## *Zu diesem Buch*

Paul William Gallico wurde am 26. Juli 1897 in New York als Sohn eines Einwanderers aus Triest geboren. Sein Vater war Pianist, die Mutter Geigerin. Der junge Paul bereiste mit seinen Eltern Europa und ging in New York zur Schule. Um über Sport authentisch schreiben zu können, übte er fast ein Dutzend Sportarten aus und wurde schließlich der populärste und höchstbezahlte Sportberichterstatter Amerikas. Seine ersten Bücher waren Sammlungen von Sportreportagen: «Farewell to Sport» (1938) und «Golf Is a Friendly Game» (1942). Seit 1939 lebte er als freier Schriftsteller in England. Seine «Mrs. Harris»-Romane wurden bei uns auch als Fernsehfilme (mit Inge Meysel) ein großer Erfolg. «Ein Kleid von Dior» / «Freund mit Rolls-Royce» / «Mrs. Harris fliegt nach Moskau» liegen als rororo Nr. 13161 vor; ebenfalls als Einzelbände (Nr. 640, Nr. 1387, Nr. 4239). Paul Gallico, der überdies als Bühnenautor hervortrat, starb am 15. Juli 1976 in Monte Carlo.

Als rororo-Taschenbücher liegen außerdem vor: «Meine Freundin Jennie» (Nr. 499), «Der geschmuggelte Henry» (Nr. 703), «Thomasina oder Die rote Lori» (Nr. 750), «Ferien mit Patricia» (Nr. 796), «Die Affen von Gibraltar» (Nr. 883) und «Die silbernen Schwäne» (Nr. 13040).

Gesamtauflage der Werke von Paul Gallico in der Reihe der rororo-Taschenbücher: über 1,6 Millionen Exemplare.

Paul Gallico

# *Schiffbruch*

Roman

Deutsch von
Rudolf Rocholl

Rowohlt

Die englische Originalausgabe erschien unter
dem Titel «The Poseidon Adventure»
Umschlaggestaltung Susanne Heeder
(Foto aus der Verfilmung des Romans unter dem Titel
«Die Höllenfahrt der Poseidon» – Archiv Jauch/Scheikowski)

64.–73. Tausend Mai 1994

Veröffentlicht im Rowohlt Taschenbuch Verlag GmbH,
Reinbek bei Hamburg, Dezember 1972, mit Genehmigung der
Verlagsgruppe Bertelsmann GmbH/C. Bertelsmann Verlag, 1971

Satz Sabon (Linotronic 500)
Gesamtherstellung Clausen & Bosse, Leck
Printed in Germany
1290-ISBN 3 499 13294 X

*Für John Tucker Hayward*
*Yankee Bat-Boy*
*Admiral U.S.N.*
*Freund*

# 1
## *Die Katastrophe wird geprobt*

Am Morgen des sechsundzwanzigsten Dezember, früh um sieben Uhr, geriet die S. S. POSEIDON, 81 000 Tonnen, nach einer einmonatigen Weihnachts-Kreuzfahrt zu afrikanischen und südamerikanischen Häfen auf dem Rückweg nach Lissabon, 400 Meilen südwestlich der Azoren plötzlich in eine unerklärliche Dünung und begann heftig zu schlingern.

Als die POSEIDON – früher R. M. S. ATLANTIS, als erster der Atlantik-Riesen unmodern geworden, verkauft und zu einem kombinierten Fracht- und Passagierdampfer umgebaut – dieses Gebiet erreichte, waren ihre Treibstofftanks dreiviertel leer, ohne daß man den Gewichtsverlust durch Wasserballast wettgemacht hätte. Die Intervalle der langen flachen Wellen, denen sie sich ausgesetzt sah, waren zu groß, als daß sie durch die mangelhafte Synchronisation ihrer altmodischen und teilweise schadhaften Stabilisatoren hätten ausgeglichen werden können. Infolgedessen taumelte sie trunken von einer Seite zur andern – mit dem Ergebnis, daß der Mehrzahl ihrer etwa fünfhundert Passagiere des einklassigen Travel Consortium Limited durch die Bewegung im Verein mit dem Kater von der vorangegangenen nächtlichen Weihnachts-Gala-Party entsetzlich und unausweichlich übel wurde.

Das große Schaltbrett mit den Lämpchen für jede Kabine flammte auf wie der Christbaum, der den riesigen Speisesalon schmückte. Hilferufe überschwemmten den Dienstraum von Dr. Caravello, dem Schiffsarzt, einem fünfundsiebzigjährigen Italiener, den das International Syndicate, das diese Fahrt organisierte, aus der Pensionierung zurückgeholt hatte, und dessen Assistenten Marco, der gerade von der Universität gekommen war. Darüber hinaus stand eine Oberschwester mit zwei Krankenschwestern zur

Verfügung. Die Telefone im Behandlungsraum hörten nicht auf zu läuten. Da es dem Arzt nicht möglich war, überall persönlich zu erscheinen, ließ er Tabletten verteilen mit der Anweisung, im Bett zu bleiben. All dies fand in strahlend hellem Tropen-Sonnenschein statt – auf einer See, die sich, wenn man von der immerwährenden Dünung absah, kaum kräuselte.

Zum Unwohlsein der würgenden Passagiere trug weiterhin bei, daß die Dinge in den Kabinen sich selbständig machten. Alles, was nicht befestigt war – Koffer, Handgepäck, Flaschen –, rutschte von einer Seite zur anderen; an Haken hängende Kleidungsstücke wurden lebendig und schwangen hierhin und dorthin. Weiterhin wurden die Nerven dadurch strapaziert, daß das alte Schiff in allen Fugen krachte und knirschte und irgendwo in der Ferne Geschirr zerbrach. Sämtliche bekannten Heilmittel gegen Seekrankheit verloren schließlich ihre Wirkungskraft und ihre psychologische Magie. Im Verlauf des Vormittags wurde den Passagieren dieser bislang unbeschwerten und ereignislosen Fahrt ihre behagliche Behausung zur Hölle.

Doch gab es, wie stets, einige abgehärtete Ausnahmen: jenen kleinen Prozentsatz hartgesottener Seefahrer, die man auf jedem Dampfer findet und die da sagen: «Ich werd niemals seekrank» – und die es auch nie werden.

So rief kurz vor Mittag Mr. James Martin, Besitzer eines Herrenausstattungsgeschäfts in Evanston, Illinois, allein reisend und von der Schlingerbewegung nicht in Mitleidenschaft gezogen, Mrs. Wilma Lewis an, eine Witwe aus Chicago. Mrs. Lewis gehörte nicht zu den Glücklichen und sagte: «Laß mich in Ruhe, um Himmels willen! Ich will in Frieden sterben.» Und als er fragte: «Darf ich mal rüberkommen?», entgegnete sie stöhnend: «Nein!» und legte auf.

In einer anderen Kabine bedachte Mrs. Linda Rogo zwischen Übelkeitsanfällen ihren Mann mit allen erdenklichen Schimpfworten ihres reichhaltigen obszönen Vokabulars. Mrs. Rogo war ein Hollywood-Starlet gewesen und hatte kurz am Broadway gespielt, nun war sie überzeugt davon, sich erniedrigt und ihre Karriere geopfert zu haben, als sie Mike Rogo heiratete, einen Kriminalbeamten des Broadway Strong Arm Squad. Wenn sie nicht gerade damit beschäftigt war, ihn mit allen ihr zur Verfügung stehenden Gossen-Ausdrücken zu beschimpfen, entwickelte sie die These, er habe sie zu dieser Fahrt gezwungen, die ihr von Anfang an zum Hals herausgehangen habe, und lasse sich jetzt nicht einmal dazu herab, seekrank zu werden. Mike Rogo gelang es nicht, seine Frau versöhnlich zu stimmen, also verließ er, gefolgt von ihren Verwünschungen, fluchtartig die Kabine.

Dr. Frank Scott (er war kein Dr. med., sondern ein Dr. theol.) rief Mr. Richard Shelby aus Detroit an und sagte: «Na, Dick?»

Die Antwort lautete: «Na, Frank?»

«Wie hält sich die Familie?»

«Bis jetzt großartig.»

Scott sagte: «Mit unserm Tennis ist's ja wohl Essig.»

«Das kannst du laut sagen.»

«Wenn diese Schaukelei aufhört, holen wir's heute nachmittag nach.»

«Abgemacht.»

«Wir sehn uns beim Essen.»

«Okay, Buzz.»

Ihr Interesse für Football und Leichtathletik hatte die beiden Männer auf der Kreuzfahrt zusammengeführt. Reverend Dr. Scott war vor nicht einmal fünf Jahren noch Frank ‹Buzz› Scott gewesen, Princetons All-America *full-back*, Allround-Athlet, zweimaliger Meister im olympischen Zehnkampf und Bergsteiger.

Richard Shelby, der mit seiner Familie reiste, war über zwanzig Jahre älter, Vizepräsident der Cranborne Motors in Detroit und Leiter der Design-Abteilung für kommerzielle Kraftfahrzeuge; er hatte seinerzeit in Michigan einen durchaus brauchbaren *end*-Spieler abgegeben.

Mrs. Timker, Chefin der Gresham Girls, der Tanzgruppe, die in Verbindung mit dem *Schwimmenden Cabaret* dreimal wöchentlich an Bord aufgetreten war, lag zwar – ihrer Meinung nach – in den letzten Zügen, hatte jedoch die Kraft, allen Mitgliedern ihrer Truppe eine Nachricht zukommen zu lassen, welche besagte: ‹Heute keine Vorstellung.› Eine der Tänzerinnen, ein mageres Mädchen aus Bristol, Nona Parry, mit rotem Haar und einem blassen, etwas zu kleinen Gesicht, die wider Erwarten nicht seekrank war, sagte: «Oh, fein! Da kann ich mir die Haare waschen!»

Um elf Uhr dreißig waren im Rauchsalon nur drei Passagiere anwesend: ein dem Trunk ergebener Engländer namens Tony Bates, seine Freundin Pamela Reid und Hubie Müller, ein Amerikaner ohne Anhang aus San Francisco.

Der Engländer, dem man den Spitznamen ‹der Strahler› gegeben hatte, und Pamela saßen mit verschlungenen Beinen auf ihren Barhockern, die fest an den Boden geschraubt waren, während der Barmann ihnen doppelte Martinis in so hohen Whiskygläsern servierte, daß nichts überschwappte, wenn das Schiff sich auf die Seite legte. Beide litten weder am Kater noch an *mal de mer;* sie waren lieblich betrunken, und dies schon seit dem Vorabend, ohne überhaupt geschlafen zu haben.

Müller war ein wohlhabender Junggeselle ohne Beruf und Anfang Vierzig; er hatte Europa bereist und war auf zwei Kontinenten der Liebling jeder Mutter mit heiratsfähiger Tochter; zur Zeit hockte er, die Füße hochgelegt, mit einem Buch und einer halben Flasche Champagner versehen, in einer der Leder-Ecken des Rauchsalons. Ihm war nicht schlecht, doch das Buch war übel, der Champagner wollte nicht im Glase bleiben, die Kreuzfahrt hatte keine nennenswerten Erfolge gebracht, und infolgedessen war er zu Tode gelangweilt. Das endlose Schlingern des Schiffes empfand er als persönlichen Affront.

Mr. Rosen, Eigentümer eines Delikatessenladens, der sich vom Geschäft zurückgezogen hatte, fragte seine Frau angstvoll: «Wie geht's dir, Mamma? Geht's dir gut?»

Belle Rosen gab zur Antwort: «Aber gewiß doch. Weshalb sollt's mir nicht gutgehen?»

Mr. Rosen, der in seinem gestreiften Pyjama und mit verwuschelten Haaren wie ein kleines Kind aussah, sagte: «Allen scheint's übel zu sein, wie ich höre.»

«Mir jedenfalls nicht», sagte Belle. Sie war eine fette Frau, deren gewaltige Körpermasse fast ihre Koje füllte; den restlichen Raum hatte sie mit Kissen und einem Koffer derart vollgestopft, daß sie gegen die Bewegungen des Schiffes gut gefeit war.

Auf dem D-Deck im Damenfrisiersalon mühte sich die Friseuse mit einer blonden schulterlangen Perücke ab, die ihr Mrs. Gleeson aus Kabine M 119 heruntergeschickt hatte – mit der Weisung, sie zu waschen und zu legen und bis spätestens neun Uhr abends bei ihr abzuliefern. Marie, die Friseuse, fragte sich, wann und wo Mrs. Gleeson sie wohl tragen wolle, wenn dies so weiterging. Mrs. Gleeson in der Kabine M 119 hatte ein Stadium erreicht, in dem ihr alles egal war.

Eine andere Witwe, Mrs. Reid, war nicht nur entsetzlich seekrank, sondern litt auch noch ungeheuer unter der katastrophalen Wendung, die diese Reise für sie genommen hatte. Zum Teil war sie dafür gedacht gewesen, für ihre ein wenig schlampige Tochter einen Ehemann zu finden. Pamela aber hatte sich schockierenderweise in den unpassendsten Mann auf dem ganzen Schiff vernarrt, mit dem sie jetzt bestimmt in einer der allzu vielen Bars saß und trank.

Gänzlich unangefochten von der teuflischen Schlingerbewegung war Miss Mary Kinsale, ledig, Hauptbuchhalterin einer Niederlassung der Browne's Bank in Camberley nahe London, eine schweigsame adrette kleine Person, deren hervorstechendes Merkmal in einer Fülle schimmerndbraunen Haares bestand, das sie straff aus dem Gesicht gekämmt trug, im Nacken zu einem gewaltigen Knoten geschlungen und auf den Rücken fallend. Sie hatte einen kleinen zimperlichen Mund – ihre Augen indessen waren munter und lebhaft interessiert. Ein Versuch, sich das Frühstück im Bett servieren zu lassen, war erfolglos verlaufen, da die Bewegungen des Schiffes das Tragen von Tabletts nicht mehr zuließen; jetzt hatte sie Hunger. Sie hob den Hörer ab, rief den Speisesaal an und fragte: «Gibt es heute Lunch?» Hierauf entgegnete der Assistent des Chef-Stewards mit entsetzter Stimme: «Lunch?!»

Sogleich sagte Miss Kinsale entschuldigend: «Verstehe. Ich möcht ja bestimmt niemandem zur Last fallen.«

Auch die Stimme am anderen Ende der Leitung entschuldigte sich. «Nein, nein. Bitte, so war das nicht gemeint. Wir hatten bloß nicht mit vielen Gästen gerechnet. Wir würden uns wirklich freuen, wenn jemand käme. Aber leider gibt's nur kalte Gerichte. Die Küche ist zur Zeit außer Betrieb.»

«Aber ich bitte Sie! Das macht doch nichts», erwiderte Miss Kinsale. «Haben Sie herzlichen Dank. Ich bin mit allem zufrieden.» Auch nach siebenundzwanzig Tagen Fahrt war es ihr immer noch nicht gelungen, ihre Scheu vor dem Luxus des Bedientwerdens zu überwinden.

Um ein Uhr mittags schwankte der Page des Speisesaals durch die Korridore. Seine Aufgabe war es, mit dem Bimm-bomm-bamm-bimm seines tragbaren Xylophon-Gongs anzuzeigen, daß man dienstbereit sei. Bislang war dieser Klang den allzeit Hungrigen nur zu willkommen gewesen – dieses Mal jedoch fand sich hinter ihm nur eine recht dürftige Gefolgschaft. Die wenigen Passagiere vom Haupt- und A-Deck kamen taumelnd und torkelnd und tastend, hielten sich an den installierten Seilen fest, riefen einander Warnungen zu und hatten, da die Fahrstühle ausgefallen waren, mit den Treppen ihre liebe Mühe. Das Ganze war kein gefahrloses Unterfangen, indessen bildeten diese Standhaften, die über eine robuste Konstitution verfügten und deren inneres Ohr oder ‹Labyrinth› nicht in Mitleidenschaft gezogen war, durch das neuartige Wagnis eine Art von Schicksalsgemeinschaft: es galt, mit dem höchst unsicheren Boden unter den Füßen fertig zu werden, der einen einmal zu mühseligem Klettern zwang und dann wieder unter einem wegsackte, daß man in der Luft hing. Auf diese Weise versammelte sich etwa ein halbes Hundert Unverzagter unten in dem Speisesaal auf dem R-(Restaurant-) Deck.

Die Shelby-Familie – Richard, seine Frau Jane, ihre siebzehnjährige Tochter Susan und der zehn Jahre alte Robin – arbeitete sich schrittweise die Treppe hinab.

Zum fünften Mal stolperte der rundliche Manny Rosen auf die Füße und versuchte eine Verbeugung. «Willkommen im Club der Starken Mägen!»

Belle, seine Frau, sagte: «Laß das doch, Manny! Ist's nicht schon schlimm genug, ohne daß du deine Witze machst?»

Die Rosens hatten einen Tisch für zwei an der äußersten Backbordseite des Speisesaals an einem der großen, eckigen, messingbeschlagenen Fenster, die zum Meer zeigten, das nur ein paar Fuß tiefer vorbeirauschte. Daneben saß Hubie Müller allein an einem

Zweiertisch. Darüber hinaus war für ihn stets ein *Tête-à-Tête*-Tisch im ‹Observation Grill› reserviert – für den Fall, daß sich im Verlauf der Reise eine intime Freundschaft anbahnen sollte. Damals, als die POSEIDON noch die ATLANTIS gewesen war, hatte er mit ihr ein halbes dutzendmal den Atlantik überquert – New York–Cherbourg, Southampton–New York–und kannte sich aus. Die erhoffte Gelegenheit jedoch hatte sich nicht ergeben.

An den Fenstern standen nur Zweiertische, die anderen aber boten bis zu acht Gästen Platz, um die Geselligkeit zu fördern. Bei den Rosens und in der Nähe eines der Zugänge zu den Servier-Pantries befand sich ein Tisch, den Susan Shelby wegen seiner zusammengewürfelten Gesellschaft den ‹Lumpensammler› getauft hatte. An ihm saßen normalerweise: Reverend Dr. Scott, Miss Kinsale, James Martin, die Rogos und Mr. Kyrenos, der Dritte Ingenieur-Offizier.

Miss Kinsale und James Martin, der Herrenausstatter aus Evanston, waren bereits da, als Mike Rogo allein auftauchte und seinen Empfangsvers von Manny entgegennahm, der hinzufügte: «Wo ist Linda? Läßt die uns im Stich?»

Rogo sagte: «Linda spricht nich mit mir. Die macht mich dafür verantwortlich, daß der Kahn so schaukelt.»

Als die Familie Shelby auf den Nachbartisch zutorkelte, legte sich das Schiff neuerlich auf die Seite; Robin, der Jüngste, hatte nichts zum Festhalten, und mit einem anhaltenden «Heeeeeeeee!» sauste er quer durch den Saal, bis er heftig mit Mike Rogo zusammenstieß und zu Boden fiel. «Wei!» sagte er.

Robin war ein gutgebauter Knabe, stark und kräftig wie sein Vater. Mike Rogo aber hob ihn vom Boden auf, als wäre er ein Säugling, und stellte ihn auf die Beine. «Hättest dir glatt was antun können, Bübchen. Halt dich mal lieber an was fest.»

Rogo, der gut und gerne seine hundertachtzig Pfund wog, war stark wie ein Ochse.

Martin fragte den Steward Peters: «Was is'n hier eigentlich los, wie? Ganz ruhige See – und der alte Pott schießt Kobolz.»

«Ich weiß auch nicht genau, Sir», sagte Peters. «Wahrscheinlich hat's voraus ein Unwetter gegeben. Dann ist oft so eine Dünung.»

Die Shelbys hatten gerade Platz genommen, da kamen Tony

Baytes und Pamela Reid lässig und nahezu unangefochten die breite Treppe herab und marschierten erhobenen Hauptes quer durch den Saal zu einem Zweiertisch an der Steuerbordseite. Auf irgendeine geheimnisvolle Weise wirkte ihre Alkoholisierung der Kreiselbewegung des Schiffes entgegen.

«Hast du das gesehen, Mummy?» rief Susan. «Der ‹Strahler› und sein Mädchen haben's geschafft. Sind die nicht großartig? Wie macht die das bloß? Ich brauch bloß einen Schluck Sherry zu trinken, dann ist mir schon komisch.»

Richard Shelby sagte: «Schluckfest.» Er und seine Frau waren ein ansehnliches Paar, und ihre Tochter war ein frisches fröhliches Geschöpf. Sie hatte das eckige Kinn und die dunklen Haare ihres Vaters, Lebhaftigkeit und Bewegungen ihrer Mutter sowie die geschlechtslose Figur eines amerikanischen Schulmädchens.

Die Neuankömmlinge waren zu weit entfernt: Manny Rosen konnte nur aufstehen und ihnen zuwinken. Er hatte die beiden ins Herz geschlossen. Der ‹Strahler› strahlte zurück.

Weitere Passagiere betraten jetzt, einzeln oder in Grüppchen, unsicheren Fußes den Speisesaal: Griechen, Belgier, eine achtköpfige Familie aus Düsseldorf mit dem ungewöhnlichen Namen ‹Augenblick› sowie ein Dutzend andere, darunter Briten, Amerikaner und Skandinavier. Rosen machte keine Anstalten, sie im Club der Starken Mägen willkommen zu heißen, da ihre Tische viel zu weit entfernt waren. Diese Ehrung behielt er nur der kleinen Gruppe vor, die sich im Verlauf der Reise infolge der Sitzordnung näher kennengelernt hatte.

Das Essen versprach eine aufregende Angelegenheit zu werden – jedenfalls für Robin Shelby. Die Tische waren mit Klammern und Haken bestückt, um Geschirr und Bestecke festzuhalten, und Peters und Acre – die beiden Stewards, die an den vier Tischen bedienten – vollführten mit ihren Tabletts wahre Gleichgewichtskunststücke und Jonglierballette.

Als der gut eins neunzig große Reverend Frank Scott an seinen Platz schritt, schien es, als sei er derjenige, der das Schiff bewegte, und nicht umgekehrt.

Manny Rosen wollte gerade sagen: «Willkommen zum...» Belle

aber packte seinen Arm mit festem Griff, und so rief er: «Hallo, Frank! Sie dürfen hier nicht fehlen, ist ja klar.»

Es fiel einem schwer, sich Scott als ‹Reverend› vorzustellen, als Geistlichen. Fast jeder nannte ihn Frank oder Buzz – mit Ausnahme von Miss Kinsale, die ihn mit englischem Respekt vor amerikanischer Geistlichkeit ‹Dr. Scott› titulierte, und Rogo, der ihn mit ‹Paster› oder ‹Padre› ansprach, was beides gleichermaßen ein wenig spöttisch klang. Die Europäer an Bord konnten sich keinen Reim auf ihn machen. Für das amerikanische Kontingent hingegen war er so jung und sportlich-berühmt, daß man ihn nur als ‹Buzz› Scott sah, Princetons *full-back*-Star, zweimaliger Meister im olympischen Zehnkampf, Skiläufer, Eroberer der Anden und steten Gewinner leichtathletischer Wettkämpfe.

War er während seiner Collegejahre fast immer auf den Sportseiten zu finden gewesen, so blieb er auch als Student am *Union Theological Seminary* im Gespräch, und zwar als Mitglied jener Mannschaft, die den nie zuvor bezwungenen San Jacinto in den Anden bestieg. Mit neunundzwanzig war Scott immer noch ein Hansdampf in allen Gassen, ein umwerfender Kerl mit Bürstenhaarschnitt und strotzend vor Gesundheit: das Modell des All-American-Boy – wenn man von seiner eingeschlagenen Nase absah. Er konnte einen unverwandt anblicken, treuherzig und offen, was etwas Attraktives und Zwingendes hatte, gleichzeitig aber auch etwas Irritierendes: hinter dieser Offenheit lag etwas Undefinierbares und leicht Beunruhigendes. Beim Spiel leuchteten seine Augen vor Kampfeslust wie die eines Schwergewichtsboxers – nicht wie die eines Verkünders des Evangeliums.

Auf jeden Fall war er auf diesem Schiff stets und ständig in Bewegung: auf dem Squash Court gelangen ihm die unglaublichsten Schläge, mit einem Schwarm bewundernder Jünglinge im Kielwasser lief er fünf Meilen auf dem Promenadendeck, auf dem Sonnendeck glänzte er beim Tontaubenschießen, und beim Tennis überwand er spielend alle Gegner.

Sein Bronzetorso war am Rand des Schwimmbads zur Schau gestellt gewesen. Täglich malträtierte er die Birnen und Sandsäcke in der Sporthalle oder zog sich Handschuhe an, ließ sich mit dem Trainer ein, einem ehemaligen englischen Mittelgewichtsmeister, der natürlich den kürzeren zog.

Jane Shelby bemerkte einmal zu ihrem Mann, daß er für ihren Geschmack ein bißchen zuviel Wind mache. Ihre Meinung von seinen Augen behielt sie für sich: es schien doch allzu absurd, in einem bekannten Sportsmann etwas Fanatisches konstatieren zu wollen – es sei denn, er übertrüge die Aura des Footballplatzes auf seine höchst persönliche Auslegung des Evangeliums.

In dieser Hinsicht hatte er eines Sonntags – als er gebeten worden war, den Gottesdienst abzuhalten – mit einer Predigt beträchtliches Aufsehen erregt; man hatte aus ihr den Eindruck gewinnen müssen, daß er sich nur deshalb ‹fit› halte und weiterhin halten werde, um für den lieben Gott Punkte zu sammeln.

In seiner Darlegung hatte er wörtlich gesagt: «Gott braucht Sieger! Gott will Wagemutige! Mit Schlappschwänzen, Weichlingen und Versagern kann er nichts anfangen. Jede Prüfung, die euch auferlegt wird, ist eine Art Gottesverehrung. Setzt euch für euch selbst ein, und ihr setzt euch für *Ihn* ein. Laßt *Ihn* wissen, daß ihr – wenn *Er* euch nicht helfen kann – selber willens und fähig seid, den Karren allein aus dem Dreck zu ziehn. Kämpft für euch, und *Er* wird uneingeladen auf eurer Seite mitkämpfen. Habt ihr Erfolg, dann deshalb, weil ihr *Ihn* akzeptiert habt und *Er* in euch ist. Wenn ihr kneift, leugnet ihr *Ihn*.»

Das war nicht gerade der sonntägliche Gottesdienst, den die verschiedenen Kirchgänger gewohnt waren, doch ließen sie sich von der Aufrichtigkeit und dem Temperament seiner Ansprache gefangennehmen, und alle mußten am Ende zugeben, daß es zumindest ein recht interessantes Ereignis gewesen sei und ihnen einigen Gesprächsstoff geliefert habe.

Jane Shelby hatte beim Verlassen des großen Gesellschaftsraumes, in dem der Gottesdienst abgehalten worden war, schlicht verkündet: «Huch! Mir ist, als müßt ich rausgehen und irgendwen oder irgendwas verdreschen.» Und dann sagte sie: «Weißt du – der junge Mann redet, als hielt er sich für den Chef-Trainer der Gottes-Mannschaft.»

Ihr Mann hatte – ein wenig abwesend und doch nicht ohne eine gewisse Anerkennung – erwidert: «Er war der größte Footballspieler, den Princeton je hervorgebracht hat.»

Jane Shelby sagte: «Daran dürfte der liebe Gott sein Wohlgefallen haben.» Er sah sie scharf an, um herauszufinden, ob sie scherze, doch hatte sie ein vollkommen ernstes Gesicht. Manchmal hatte seine komische Frau mit ihren klaren Augen etwas an sich, dem Richard Shelby nicht auf die Spur kam. Dann hatte sie plötzlich gefragt: «Was meinst du wohl, was er auf dieser Fahrt macht?»

«Och», hatte ihr Mann entgegnet, «das hat er mir erzählt. Er ist grad ohne Job, und da macht er halt Ferien.»

«Ohne Job? Ohne was für einen Job?»

«Ich weiß nicht», hatte Shelby geantwortet. «Ich hab ihn nicht gefragt.»

Daraufhin erkundigte sie sich: «Was meinst du, weshalb so ein Mann wohl Geistlicher geworden ist?» Und fügte hinzu: «Du magst ihn doch, oder nicht?» Jane Shelby wußte genau, daß ihr Mann den jüngeren Scott geradezu anbetete. Männer, die immer kleine Jungens blieben und nicht erwachsen wurden, betrachtete und behandelte sie mit trockenem Humor – Scott indessen gab ihr Probleme auf, die sie besorgt machten, und sie wünschte, ihr Mann würde seine Vorzüge nicht gar so sehr bewundern.

Shelby gab zur Antwort: «Aber sicher. Ist schon ein toller Knabe.»

Insgeheim war auch Dick Shelby die Berufswahl von Scott ein Rätsel. Noch unverständlicher wurde sie ihm durch die Tatsache, daß Scott aus einer wohlhabenden Familie stammte. Ein beneidenswert erfolgreicher Bursche – ja, was hatte ihn wohl dazu veranlaßt, Geistlicher zu werden?

Shelby war weder religiös noch areligiös; er war einfach ein Konformist, in gesellschaftlicher wie auch intellektueller Hinsicht. Er glaubte, daß die meisten Menschen zur Kirche gingen, weil sie für etwas anderes nicht taugten. Dieser Schlag war ihm völlig fremd, doch hatte er als Vizepräsident einer Automobilfirma gewisse Verpflichtungen, und so besuchte er sonntags abwechselnd den exklusiven *Bloomfield Hills Country Club* und die gleichermaßen exklusive *Grosse Point Episcopal Church*.

Beim Kirchenbesuch saß er auf seinem Platz im Gestühl, wie es sich für das Oberhaupt der All-American-Familie geziemte: er hielt die Augen gesenkt, wie es sich gehörte, und ließ die Abstraktionen, die Dr. Goodall von der Kanzel verkündete, gar nicht an sich herankommen. Er hielt den Pfarrer für unwahrscheinlich blöd und langweilig, gab indessen zu, daß er einen bestimmten Platz im sozialen Gefüge einnahm und seine Aufgabe derart verrichtete, daß sie Dick Shelbys Leben nur mäßig berührte. Religiöse Gefühle oder Emotionen hatten in dieser Übereinkunft keinen Raum.

Jane hatte dann plötzlich gefragt: «Er wird doch nicht vor irgend etwas davonlaufen? Oder suchte er vielleicht ein Abenteuer?»

Shelbys Weltbild drückte sich in seiner Antwort aus: «Geistliche haben keine Abenteuer.» Entschuldigend fügte er schnell hinzu: «Nicht, daß Frank verstaubt wäre. Bestimmt hat er während der Fahrt viele Gelegenheiten gehabt. Aber ich glaube nun mal nicht, daß er eine wahrgenommen hat.»

«Weiß man's?» hatte Jane gesagt. Und neckend hinzugesetzt: «Wahrscheinlich ist er abends viel zu erledigt.» Ihr Mann fand diese Anmerkung gar nicht witzig.

Wieder krängte die POSEIDON, und Robin Shelby schrie: «Huiiibumms!» Scott wurde auf seiner Tischseite hochgewuchtet; seine massige Gestalt folgte der Neigung des Schiffes. Mit der Gegenbewegung glitt er sanft in seinen Stuhl zurück.

Martin, ein dünnlippiger und angegrauter Mann, der einem struppigen Kampfhahn ähnelte und sich selten zu Wort meldete, bemerkte: «Sie kommen gerade recht, um Mannys kleinem Verein beizutreten: dem Club der Starken Mägen.»

Scott grinste, wobei er ein ebenmäßiges Gebiß zeigte – abgesehen von einem Vorderzahn, der bei seinem letzten Spiel in Mitleidenschaft gezogen worden war. Sein Lächeln verschwand, als er Rogo allein sah, und er fragte: «Geht's Ihrer Frau nicht gut?» Obwohl sich die Fahrt schon ihrem Ende näherte, waren sie doch noch nicht beim ‹Du› beziehungsweise beim Vornamen angekommen. Scotts Stimme war wohllautend und klangvoll.

«Nein», sagte Rogo.

Scott sagte: «Das tut mir aber leid.»

«Danke», sagte Rogo und gab sich keine Mühe, seinen Sarkasmus zu verbergen. Er mochte Scott nicht. Für Rogo war Scott trotz seiner physischen Vorzüge und seiner Reputation ein rotes Tuch. Alle Leute, die ein College besucht hatten, besonders aber Footballspieler, waren ein rotes Tuch für Rogo. Der Columbia-Campus war für ihn eine Pestbeule an seinem geliebten Broadway. Er kultivierte die uralte Feindseligkeit zwischen den Städten und den Campus-Studenten.

Müller rief von seinem benachbarten Tisch herüber: «Wo ist denn Mr. Kyrenos?»

Shelby erwiderte: «Von den Offizieren scheint keiner hierzusein. Ich hoffe nur, daß alles in Ordnung ist.»

Müller spießte eine Olive auf, nahm sie zwischen Daumen und Zeigefinger und verspeiste sie mit zwei Bissen. Er sagte: «Ich weiß nur, daß es höllisch ungemütlich ist. Weshalb unternimmt der Käpt'n denn nichts?»

Rogo drehte sich auf seinem Stuhl um und starrte Müller einen Augenblick an, wobei sein Gesicht vorübergehend unverhohlen Abscheu ausdrückte. Seine Verachtung für Müller war fast ebenso groß wie seine Abneigung gegen Scott. War Scott für ihn ein ‹Studierter›, so sah er in Müller einen Weichling. Der Mann aus San Francisco hatte eine zu sanfte Stimme und zu schlappe Muskeln, allzu weiße und allzu weiche Hände und zu langsame und lässige Bewegungen. Außerdem sprach er ein breites ‹A›, was ihn in Rogos Augen einem britischen Matrosen gleichsetzte. Und weiterhin störte ihn der Schnitt von Müllers Maßanzügen.

Rogo selber war stolz auf seine sorgfältig manikürten Fingernägel; allerdings waren seine Hände plump und verkrümmt, da er sich jeden Knöchel an den Kinnladen oder Schädeldecken von Personen gebrochen hatte, die sich mit ihm ‹eingelassen› hatten. Sich-mit-ihm-einlassen war Rogos Euphemismus für Sich-der-Festnahme-widersetzen. Er kleidete sich ziemlich stutzerhaft, nur stammte alles unverkennbar vom Broadway. Darüber hinaus sprach er stets mit der ein wenig zu lauten Stimme des Polizisten, der ein erfolgreicher Kriminalbeamter in Zivil geworden ist. Auf seine Weise war Rogo eine Berühmtheit, besonders in New York, und aus besonderem

Anlaß hatte er die Ehrenmedaille der Polizei bekommen. Eine Gefangenenmeuterei in Westchester Plains, bei der die Sträflinge bereits zwei Geiseln getötet hatten, war von ihm ohne fremde Hilfe niedergeschlagen worden.

Er hatte ein sanftes Gesicht mit Schweinsäuglein, deren Lider in den Winkeln etwas herabgezogen und die nie ganz ohne Argwohn waren, außerdem eine eingeschlagene Nase, die er sich als Weltergewichtsmeister der ‹Golden Gloves› zugezogen hatte. Wenn er sprach, öffnete er seinen Mund selten ganz. Er lächelte kaum. Sein Abschnitt war der Broadway-Theater-Distrikt zwischen der 38. und 50. Straße von der 6. bis zur 9. Avenue, wo sich allerlei unangenehme New Yorker Typen tummelten: reiche Gangster, Rauschgiftsüchtige, Straßenräuber, Homos – für Rogo waren sie alle gleich, wenn er seine Fäuste sprechen ließ.

Belle Rosen sagte: «Die arme Linda. Kann ich ihr vielleicht irgendwie behilflich sein?»

«Nein, danke, Belle», sagte der Detektiv. «Ich schätze, sie will bloß alleingelassen werden.»

Die Rosens und Rogo kannten sich schon aus New York und hatten sich auf der Weihnachtskreuzfahrt der POSEIDON wiedergetroffen. Rosens von ihm selbst so genannter ‹Pastrami-Palast›, Amsterdam Avenue und 74. Straße, wurde gern von Nachtschwärmern frequentiert, ehe sie nach Hause gingen, und bisweilen tauchte Rogo auf, um sie sich anzusehen. Dies reichte völlig aus, Ruhe und Frieden in Manny Rosens *Delicatessen* zu garantieren.

Rogos Anwesenheit auf dem Schiff wurde trotz seiner Beteuerungen, dies sei sein erster Urlaub seit fünf Jahren, von den Passagieren nie als gänzlich harmlos akzeptiert. Es war viel schöner und geheimnisvoller, einen richtigen Detektiv an Bord zu wissen, was zu allerlei scherzhaften Bemerkungen führte. «Sie sehen aus, als hätte der Kriminaler Sie in einer fremden Kabine erwischt.» Oder: «Weshalb stellst du dich nicht freiwillig?» Oder: «Ich hab gesehn, wie der Bulle in der Bar die ganze Nacht ein Auge auf Sie gehabt hat.»

Auf der POSEIDON wollten die Gerüchte nicht enden, daß Rogo dienstlich hier sei und nicht zum Vergnügen. Er war auf dem Schiff ‹hinter jemandem her›. Die Vorstellung, daß ein hartgesottener

Broadway-Bulle sich jeden Abend zum Essen umziehen sollte und in Senegal und Liberia und der Elfenbeinküste Landausflüge machte oder am Tischtennisturnier teilnahm, ohne bestimmte Absichten dabei zu haben – nein, das war einfach unglaubhaft, und so wurden etliche Versuche unternommen, ihn auszuhorchen.

Wenn man ihn fragte, was seine wirkliche Mission an Bord sei, verengten sich die Augen des professionellen Menschenjägers zu einem Schlitz, wodurch er einen belustigten Eindruck machte – andere Anzeichen guter Laune waren bei ihm nicht festzustellen –, und er pflegte zu antworten: «Darf denn ein Bulle nich auch mal Ferien machen? Vielleicht möcht ich mir mal ansehn, wo all die komischen Typen herkommen, die bei uns zu Hause rumlaufen. Vielleicht krieg ich sie dahin, daß sie 'n paar zurückholen.»

Die Bewegung des Schiffes war regelmäßiger geworden, wenn auch der Neigungswinkel differierte. Bei jedem Schlingern protestierten seine alten Knochen.

Richard Shelby beugte sich zum Lumpensammlertisch hinüber und sagte: «Frank, heut wird's nichts mit dem Spielen.»

Scott grinste. «Wollen wir's nicht trotzdem versuchen?» fragte er. «Könnte doch ganz interessant werden. Ich geb fünf Punkte vor.»

Shelbys Frau sagte entsetzt: «Nur das nicht, Dick!»

Shelby blickte einen Augenblick unbehaglich drein; er war nicht sicher, ob Scott im Ernst auf dem schwankenden Spielfeld einen Arm- oder Beinbruch riskieren wollte. Für Jane hingegen gab es keinen Zweifel, daß es dem Geistlichen mit seinem Vorschlag ernst war. Wenn's ans Spielen ging, schien er nicht ganz zurechnungsfähig zu sein.

Shelby entschied, daß Scott einen Scherz gemacht habe, und sagte: «Mutter sagt nein.»

Auf der anderen Seite des Speisesaals sagte der ‹Strahler›, der Teilhaber einer Börsenmaklerfirma in der City of London war: «Ich hätte gern einen doppelten dry Martini.»

Pamela fügte hinzu: «Ich auch.» Sie war ein unscheinbares, etwas molliges englisches Mädchen mit den dazugehörigen dicken Beinen, kurzgeschnittenen und enganliegenden fahlbraunen Haaren und stark gerötetem Gesicht. Indessen hatte sie klare und freundliche blaue Augen, und wenn sie jemanden ansah, besonders den ‹Strahler›, zeigte sich auf ihrem Gesicht stets staunende Verwunderung. Sie reiste mit ihrer Mutter und hatte sich ihm während der Fahrt angeschlossen – möglicherweise aber war es auch andersherum. Jedenfalls hatte sie sich mit kindlicher Unschuld bis über beide Ohren in ihn verliebt.

Der ‹Strahler› fragte: «Wie geht's denn Ihrer lieben Frau Mama?»

«Die ist seekrank», erwiderte das Mädchen.

«Schade», sagte der ‹Strahler› und strahlte sie an. «Dann können wir heute ja zusammen essen. Und abends auch.»

Sie lächelte zurück. Bates war durchaus kein gut aussehender Mann; er mochte an die Vierzig sein und hatte ein rundes, rotes, gutmütiges Gesicht; seine schütteren Haare verteilte er sorgfältig über den Schädel. Tagsüber trug er farbenfrohe Westen, und von früh um zehn Uhr an befand er sich in einem stummen und gleichmäßig alkoholisierten Zustand auf einem Barhocker in der Veranda, mittschiffs oder im Rauchsalon und sah jedermann strahlend an. Zuerst war er allein gewesen. Als er zufällig entdeckte, daß das Mädchen im Trinken mit ihm mithalten konnte und der Alkohol auch keine Wirkung zeigte, waren sie von Stund an unzertrennlich.

Die Martinis wurden gebracht. «Prost!» sagte der ‹Strahler› und hob sein Glas.

Pamela sagte: «Prost!»

Der ‹Strahler› setzte hinzu: «Am besten lassen wir uns gleich noch einen bringen.»

Robin Shelby hatte ein Spielchen entdeckt. Er stellte sein Brötchen auf die Spitze, und wenn das Schiff sich nach backbord neigte, ließ er es los, so daß es holterdipolter über die Platte rollte, bis es vom Holzgitter am Ende des Tisches aufgehalten wurde.

Die Poseidon, die kurze Zeit ausgeglichen im Wasser gelegen hatte, bekam auf einmal eine Schlagseite nach backbord, die so lange anhielt, daß man befürchten mußte, das Schiff würde sich nun nicht mehr aufrichten. Robins Brötchen hüpfte zu Boden. Alles kam ins Rutschen. Zu dem musikalischen Geräusch, das die Teller, Gabeln, Messer und Gläser machten, wenn sie gegen die hölzernen Gitter am Ende der Tische schepperten, gesellte sich das sanfte Klingeln des Christbaumschmucks, da sich der viereinhalb Meter hohe Weihnachtsbaum, der sich in einem am Boden befestigten Sandbehälter befand, gefährlich neigte.

Belle Rosen holte tief Luft. «Manny, sieh doch nur!» rief sie. Als sie auf ihren Stühlen in die Schräge gingen, schien das unschuldige blaue und von Sonne überglänzte Meer plötzlich unmittelbar unter ihnen zu liegen. Ihre plumpen weißen Hände klammerten sich derart fest an die Tischplatte, daß ihr die Ringe ins Fleisch der kurzen Finger schnitten.

Für den kleinen Robin war's nun kein Spiel mehr. Er schrie nicht mehr vor Vergnügen auf, sondern hatte Angst; er hielt sich krampfhaft fest und sah verängstigt seinen Vater an. Alle verstummten. Müller wurde bleich; er erhob sich halb und stemmte sich gegen die Scheibe. Er war überzeugt, daß sie kentern würden.

Die beiden Stewards servierten gleichzeitig; Peters, der größere, balancierte kräftig gegen die Neigung des Schiffes an und sagte: «Wird schon wieder werden, Sir.» Acre mußte sich an einem Stuhlrücken festhalten und fügte hinzu: «Das Schiff fängt sich wieder. Ist immer so.»

Es schien, als habe das große Schiff noch nie so geächzt oder gestöhnt oder gejammert wie diesmal, als es sich mühsam aufrichtete und aus dem Schlingern zog. Das Meer, das so bedrohlich nahe gekommen war, wich von den Backbordfenstern und zeigte blauen Himmel mit Zirruswolken, während das Schiff sich schon wieder nach steuerbord neigte. Langsam nahm der Neigungswinkel ab, und das Geschirr und die Bestecke rutschten an ihren Platz zurück.

Ein Steward erschien mit Kehrblech und Handfeger und beseitigte die goldenen und silbernen Scherben des heruntergefallenen Baumschmucks.

«Herr im Himmel!» sagte Rogo. Und dann: «Das war 'n Ding.»

Der rundliche Mr. Rosen und seine fette Frau blickten verschreckt zu Peters hoch.

«Tatsächlich», fuhr Rosen fort, «das war wohl wirklich gefährlich?»

Der Steward erwiderte: «Nicht besonders, Sir. Die gute POSEIDON hat schon ganz andere Sachen gemacht – im Nordatlantik.»

Acre fügte hinzu: «So, wie sie gebaut ist, Sir, kann sie überhaupt nicht kentern.» Er nahm eine Platte mit kalter Zunge fort, die er eben vor Mr. Rosen hingestellt hatte, und dieser sagte: «He, einen Moment! Ich hab ja noch gar nichts davon genommen.»

James Martin, dessen Augen hinter den geränderten Brillengläsern scharf dreinblickten, bemerkte den Zwischenfall – so, wie er auch in dem Augenblick, da das Schiff für immer und ewig in der Schwebe bleiben zu wollen schien, genau gesehen hatte, daß beide Stewards kreidebleich geworden waren. Mein Gott, sagte er sich, die sind völlig verstört. Trocken fragte er: «Haben Sie gebetet, Frank?»

Scott entgegnete: «Ich war zu beschäftigt, den Kahn mit meinen Bauchmuskeln wieder aufzurichten.»

Durch das allgemeine Gelächter ließ die Spannung nach.

Miss Kinsale nahm die Bemerkung des Geistlichen mit einiger Mißbilligung auf.

Hubie Müller sagte gereizt zu Peters: «Wem wollen Sie das erzählen? Sie haben vielleicht schon mal so etwas erlebt – aber ich noch nicht. Was tut sich hier, zum Teufel? Weshalb nimmt der Skipper nicht Fahrt weg oder ändert den Kurs oder irgend etwas?» Er war verwöhnt und konnte keine Unbequemlichkeiten ertragen und verfügte darüber hinaus über genügend Geld, sich nicht damit abgeben zu müssen. Wann immer er sich in einer Situation befand, die seinem Geschmack nicht entsprach – ob es nun die Gesellschaft oder die Annehmlichkeiten betraf –, nahm er schlicht seinen Abschied und verfügte sich anderswohin. Vor den Mätzchen der POSEIDON indessen gab es kein Entrinnen.

Martin sagte: «Der wird's wohl eilig haben. Wir hinken ohnehin schon einen Tag nach.»

Robin Shelby krähte: «Ich wette, der Käpt'n hat auch Angst gekriegt.»

Scott gab zur Antwort: «Ein Kapitän hat niemals Angst.»

Miss Kinsale aber murmelte vor sich hin: «Kindermund...»

Der ‹Strahler› sagte zu dem ihn bedienenden Kellner: «Pfff! Ich hätt gern noch einen Doppelten – trocken. Nein, warten Sie: lieber einen Whisky.»

«Ich auch», sagte Pamela.

Der ‹Strahler› bedachte sie mit seinem engelsgleichen Blick. «So ist's recht.»

Die Gruppe an der Backbordseite löste sich auf. Manny half seiner Frau und sagte: «Halt dich schön an mir fest, Mamma.» Und Rogo fragte er: «Werden Sie sich heut abend zum Essen umziehn?»

Rogo öffnete seinen dünnen Mund einen Spaltbreit und entgegnete: «Aber gewiß doch.» Mit diesem Satz und seiner Aussprache mokierte er sich über die beiden Männer, die er nicht leiden konnte.

Rosen sagte: «Vielleicht kommt Linda auch? Wir haben sie vermißt.»

«Ja», sagte Rogo. «Vielleicht kommt sie auch.»

Die Gesellschaft am Lumpensammlertisch stand auf. Die POSEIDON legte sich neuerlich auf die Seite. «Ach, du meine Güte!» rief Miss Kinsale.

«Hier, nehmen Sie meinen Arm», sagte Scott.

Miss Kinsale wisperte verlegen: «Oh, danke sehr!»

Sie zögerte, also nahm er ihren Arm. Sie waren ein ungleiches Paar und wirkten grotesk: der hünenhafte Mann und das kleine puppenhafte späte Mädchen. Wenn das Schiff sich hob, nahm er sie praktisch in die Arme, und wenn es sich wieder senkte, hielt er sie fest.

Müller sagte, während er ihren Abgang beobachtete: «Komischer Kerl.» Und dann: «Was wäre geschehen, wenn wir uns das eine Mal nicht wieder eingekriegt hätten und gekentert wären?»

Martin betupfte sich die Lippen mit seiner Serviette und sagte: «Dann wären wir mittlerweile wohl alle tot. Bis nachher.»

Die Shelbys erhoben sich gemeinsam und hielten sich aneinander fest, um in vereinter Anstrengung die Treppe zu erreichen.

# 2
## *Die Katastrophe*

Doch Robin Shelby hatte recht gehabt. Der griechische Kapitän hatte nicht nur große Angst, sondern war sogar, als sich sein Schiff zur Essenszeit auf die Seite legte und der Stabilisierungsmechanismus nicht zu funktionieren schien, einer Panik nahe gewesen.

Seit sie nach dem Verlassen Lissabons die Sandbank des Tejo hinter sich hatten, wußte er, daß er neben anderen Unterlassungssünden infolge seiner Unerfahrenheit in der Führung eines derart großen Schiffes die Stabilisatoren in einer Brise falsch eingesetzt und damit ihre Nützlichkeit und Anwendungsmöglichkeit beeinträchtigt hatte. Daß er das Glück gehabt hatte, sie während der Gutwetterfahrt nicht einsetzen zu müssen, änderte nichts an der Tatsache, daß sie jetzt, da er sie brauchte, nur ungenügend funktionierten.

Die S. S. POSEIDON war so hoch wie ein Apartmenthaus und so groß wie ein Footballfeld. Ein Drittel ihrer Bruttotonnage von 81 000 Tonnen befand sich unter der Wasserlinie, vollgepackt mit Antriebs- und Kühlungsmaschinen, mit Boilern, Pumpen, Dynamos, Aggregaten, Öl, Ballasttanks und Frachtraum.

Im Augenblick war die POSEIDON zu leicht; sie ragte zu hoch aus dem Wasser, war falsch belastet und technisch gesehen nicht seetüchtig. Der Kapitän war durch eine Pechsträhne in diese Falle geraten, durch einen schlecht gewählten Zeitpunkt und eine persönliche Fehleinschätzung infolge kommerzieller Erwägungen.

Das International Consortium, von dem der Liner angekauft worden war, hatte ihn in ein kombiniertes Fracht- und Kreuzfahrtschiff umgebaut, das von Lissabon auslief und in einem Zeitraum von dreißig Tagen etwa fünfzehn Länder in Afrika und Südamerika besuchte. Der Frachtraum war verdreifacht worden, indem man die Touristen- und Kabinenklassen vorn und achtern herausgenommen hatte, dazu einen großen Teil der Mannschaftsunterkünfte, so daß sich alle Passagiere auf die erste Klasse verteilten, während die ursprüngliche Reisegeschwindigkeit von einunddreißig Knoten beibehalten wurde. Durch die große Menge des Frachtguts konnte man den Preis für die Kreuzfahrt so niedrig halten, daß er auch für jene erschwinglich war, die sich einen solchen Urlaub bisher nicht hatten leisten können.

Als sie La Guaira in Venezuela anlief, die vorletzte Station ihrer höchst erfolgreichen Jungfernfahrt, der Weihnachtskreuzfahrt, war ihr Frachtraum nahezu leer, da sie in Georgetown, Britisch Guyana, geleichtert hatte; ihre Ölbunker indessen waren nur zu einem Drittel gefüllt. Der Treibstoffvorrat sollte mit venezolanischem Öl ergänzt werden, und der Laderaum war für Stückgut bestellt.

In La Guaira jedoch befanden sich die Dockarbeiter unglücklicherweise in einem wilden Streik. Nachdem die POSEIDON sechsunddreißig Stunden gewartet hatte, mußte sie unter dem Druck ihres Zeitplans – sie sollte am 30. Dezember von Lissabon aus zu einer Neujahrskreuzfahrt in See stechen – auslaufen, ohne Ladung und ohne Treibstoffergänzung.

Sie hatte genügend Treibstoff an Bord, um Lissabon erreichen zu können, doch entschied der Kapitän, das fehlende Öl in den doppelbödigen Tanks nicht durch Wasserballast zu kompensieren, wodurch das Schiff toplastig wurde und er in die Klemme geriet.

Hätte er die Tanks mit Salzwasser gefüllt, wie es seine Pflicht gewesen wäre, dann hätten sie in Lissabon gespült und gereinigt werden müssen, wodurch der durch die Verzögerung ohnehin gefährdete Termin der neuen Kreuzfahrt vollends in die Binsen gegangen wäre.

Offiziell sandte ihm das Consortium ein Kabel: ‹Handeln Sie nach eigenem Ermessen›. Zu seiner persönlichen Information jedoch bombardierten sie ihn mit chiffrierten Hinweisen darauf, daß er eventuell ihren finanziellen Ruin herbeiführe. Fünfhundert ankommende Passagiere müßten auf Kosten der Gesellschaft in Lissaboner Hotels wohnen – ganz abgesehen von der Verstimmung, den der Ausfall der versprochenen Neujahrsparty auf hoher See hervorrufen würde. In den Kabeln war ausdrücklich von einem Hochdruckgebiet über dem mittleren Atlantik die Rede, dazu Vorhersagen für anhaltend gutes Wetter. Es war das erste große Kommando des Kapitäns. Er setzte alles auf eine Karte.

In Curaçao, dem letzten Anlegehafen, sagten sämtliche Berichte der Wetterwarten entlang seiner Fahrtroute anhaltende Hochdruckzonen voraus. Dies bestärkte ihn in seiner Absicht, mit dem Schiff in seinem derzeitigen Zustand die Rückreise anzutreten.

Als er auf hoher See war und dieser geheimnisvollen Dünung begegnete, schlug die Falle zu. Die Tanks eines schlingernden Schiffes mit geringer Stabilität fluten zu wollen hätte sofortiges Unheil heraufbeschworen.

Er tat, was er konnte, um sein Schiff zu sichern: er ließ alles bewegliche Gut befestigen, Rettungsleinen ziehen, die Swimmingpools entleeren; er setzte seine Mannschaft auf Doppelwachen-Alarmbereitschaft und befahl den Funkern, an den Geräten zu bleiben: sie sollten nach dem Sturm Ausschau halten, der trotz aller anderslautenden Wettervorhersagen auf ihrem Kurs liegen müßte. Denn seiner Erfahrung nach, die sich auf das östliche Mittelmeer beschränkte, deutete eine solche Dünung auf den Durchgang einer großen Störung hin – oder auf eine bevorstehende. Da sie bislang eine glatte See vorgefunden hatten, mußte der Ärger voraus liegen. Der Kapitän konzentrierte sich ganz und gar darauf, das Unwetter zu lokalisieren und ihm auszuweichen, soweit das möglich war.

Um vierzehn Uhr erfuhr er des Rätsels Lösung. Sparks überbrachte ihm einen Funkbericht von der seismographischen Station auf den Azoren des Inhalts, daß ein Seebeben von geringer Stärke und Dauer stattgefunden habe, welches dort und auf den Kanarischen Inseln registriert worden sei; die daraus resultierende Dünung mache sich bei allen Schiffen im Süden bemerkbar. Also waren alle Befürchtungen bezüglich ungemeldeter Sturmzentren unbegründet. Fast gleichzeitig kam ein Funkbericht von einem spanischen Frachter, der SANTO DOMINGO aus Barcelona, mit der sie am Vormittag Kontakt gehabt hatten. Sie befand sich jetzt einhundertzwanzig Meilen nordöstlich der POSEIDON, hatte das Bebengebiet verlassen und berichtete vom Ende der Störung, zumindest auf dem Meer. Es stand zu erwarten, daß die POSEIDON gegen achtzehn Uhr das Dünungsgebiet auch bei verminderter Geschwindigkeit verlassen werde.

Daraufhin ordnete der Kapitän an, den Passagieren solle zur Beruhigung eine abgemilderte Version der Ursache für das Verhalten des Schiffes durchgegeben werden – mit dem Versprechen, daß vor Einbruch der Nacht alles ins Lot komme.

Kurz nach achtzehn Uhr ebbte die Dünung plötzlich ab, und die POSEIDON machte, nachdem sie das Schlingern und die daraus folgende Verlangsamung überwunden hatte, auf spiegelglatter See wieder volle Fahrt. Der erleichterte Kapitän hob alle Einschränkungen auf, die den Küchen- und Kabinendienst betrafen, wies ein paar jüngere Offiziere an, bei Tisch zu erscheinen, um die Stimmung durch weiße Uniformen und goldene Litzen zu heben, hielt jedoch den Rest seiner Mannschaft und seines Stabes in Alarmzustand. Sein ungutes Gefühl war noch nicht beseitigt. Da die optimalen Umstände sich indes als dauerhaft erwiesen, befahl er äußerste Kraft voraus.

Das Gefüge des betagten Dampfers begann zu zittern und zu beben, als ihn seine vier Turbinen, deren jede eine Zweiunddreißig-Tonnen-Schraube antrieb, mit annähernd einunddreißig Knoten in die niederfallende Dunkelheit jagten. Gläser und Trinkwasserflaschen klirrten in ihren Halterungen, alle losen Dinge vibrierten. Die große Anstrengung, die der alte Riesenkasten unternahm, war nur allzu augenscheinlich.

Für die Mehrzahl derer, denen es schlechtging, traf die Erleichterung zu spät ein. Die Erlösung kam so kurz vor der Abendmahlzeit, daß sich nur ganz wenige entschließen konnten, doch noch zum Essen zu gehen. Um halb neun war der riesige Speisesaal zwar ein wenig voller als zu Mittag, doch immer noch leer. Manny Rosens Club der Starken Mägen war versammelt, unterstützt durch den vollständig vertretenen Lumpensammlertisch inklusive Mr. Kyrenos, des Dritten Maschinisten, und Mrs. Rogo.

Linda hatte, wie gewöhnlich, stark übertrieben. Sie trug ein langes weißseidenes Gewand, das derart eng an ihrem Körper lag, daß die Einkerbung ihrer Hinterbacken sichtbar war und ihr Slip sich abzeichnete. Bei ihrem äußerst freizügigen Kleid mußte es sich noch um ein Stück ihrer Garderobe aus vergangenen Starlet-Tagen handeln, was Manny Rosen veranlaßte, seiner Frau zuzuflüstern: «Was hält'n die drin?»

Linda war eine hübsche puppenhafte Blondine mit einem kleinen

Mund, den sie gern zu einem Schmollschnäuzchen vorwölbte. In gewisser Weise ähnelte sie Marilyn Monroe, nur fehlte ihr jede persönliche Ausstrahlung. Sie kultivierte einen blauäugigen Babyblick, doch ihre Augen waren eiskalt. Sie hatte jedermann wissen lassen, daß sie ein Hollywood-Starlet gewesen sowie am Broadway aufgetreten sei und ihre schauspielerische Karriere aufgegeben habe, um Rogo zu heiraten. Auch sorgte sie dafür, daß ihr Mann dies nicht vergaß.

Frank Scott sagte zu ihr: «Schön, daß Sie gekommen sind, Mrs. Rogo. Ohne Sie hat was am Tisch gefehlt.»

Linda machte eine kokette Kopfbewegung und gurrte: «Nein, Ehrwürden, wirklich?» Dann senkte sie ihre Stimme – doch nur so weit, daß sie vernehmbar blieb – und sagte zu ihrem Mann: «Und du wolltest nicht, daß ich komme, du Biest.»

Rogo blickte unschuldig-gekränkt drein, wie stets, wenn Linda ihn beschimpfte, und gab zur Antwort: «Aber was denn, Kindchen; ich wollt ja bloß nicht, daß dir schlecht wird.»

Das Beben des Schiffes war im Restaurant spürbarer als anderswo, und als Müllers Glas eine Karaffe berührte, klang es wie eine Stimmgabel. Er griff so schnell nach dem Rand, daß Rosen, der ihm an seinem angrenzenden Zweiertisch gegenübersaß, aufschreckte und fragte: «Was ist passiert?»

Müller sagte: «Alter Seefahreraberglaube. Wenn man ein klingendes Glas nicht gleich bremst, läßt man einen Matrosen sterben.» Er fügte hinzu: «Ich bin nicht religiös – aber abergläubisch.» Sogleich hielten alle ihre Gläser fest, damit sie nicht klängen.

An diesem vorletzten Abend hatten die Frauen ihre drittbesten Kleider angezogen. Miss Kinsale trug ihr kurzes graues Taftkleid; sie hatte drei mitgebracht: ein schwarzes für besondere Gelegenheiten, dazu ein grünes und ein graues, die abwechselnd zu Ehren kamen. Belle Rosen trug ein kurzes schwarzes Spitzenkleid und hochhackige Schuhe sowie die unvermeidbaren Diamant-Clips und ein Nerzcape. Jane Shelby und Susan erschienen in einem knielangen Mutter-und-Tochter-Set aus Chiffon in kontrastierenden Lilatönen. Die Männer trugen, mit Ausnahme von Scott, Dinnerjacketts. Der Geistliche hatte einen dunkelblauen Anzug an und den auffallenden Princeton-Schlips in Orange und Schwarz um. Martins Dinnerjackett war aus blau-grünem Schottenstoff. Rogos Anzug saß zwar perfekt, doch wirkte er mit seinem stämmigen Körper eher wie der Rausschmeißer eines Nachtlokals. Acre und Peters, die beiden Stewards, trugen wie immer ihre steifen Hemden und weißen Messejacken. Auf der anderen Seite des Speisesaals saß der ‹Strahler› mit seinem Mädchen; sie saßen an seinem Tisch und nahmen ihre flüssige Abendmahlzeit zu sich. Pamelas Mutter lag noch immer darnieder.

Robin Shelby verkündete: «Ich möchte Hummer Newburg.»

«Kommt nicht in Frage!» sagte seine Mutter. «Nicht zu Abend.»

Ihr Mann meinte: «Am Tag nach Weihnachten ist Putenhaschee geradezu obligatorisch.»

Miss Kinsale bestellte Lachs Timbales und hoffte, die ihr von daheim vertrauten Fischkuchen zu bekommen. Die Rosens wollten Devilled Chicken: gepfeffertes Hühnchen. Die Rogos aßen nie etwas anderes als Steak oder Hamburger.

Stewards jonglierten ihre Speisetabletts durch die Gänge des nahezu leeren Speisesaals, und zwischen den Erschütterungen des Schiffes, das sich seinen Weg in den frühen Abend bahnte, konnte man gelegentlich das Klappern von Bestecken hören. Es war eine ziemlich stille Mahlzeit, denn da die Geräusche eines vollen Restaurants fehlten, sprachen und lachten die wenigen Esser nur leise.

Der Maschinenraum war vorübergehend doppelt besetzt; die Männer, deren Stimmen im Getöse der auf Hochtouren laufenden Maschinen untergingen, hockten über Peilungen, Skalen und Messungen und fragten sich, wie lange der Skipper das Schiff wohl noch mit dieser Geschwindigkeit laufen lassen wolle. Einer der Öler wurde losgeschickt, um ein paar Dutzend Cokes zu holen. Die Mannschaft im Kesselraum wachte gleichermaßen besorgt über Temperaturanzeiger und Treibstoffverbrauch.

Oben, im Radioraum auf dem Sonnendeck, setzte der Funker die liegengebliebenen Sprüche ab.

Auf der Brücke dankte der Kapitän seinen Sternen, daß er so gut davongekommen war; dennoch blieb er besorgt. Den Gedanken, unterwegs Wasserballast aufzunehmen, hatte er als unnötig und gefährlich verworfen, obwohl die See ruhig war und das Schiff wieder normale Fahrt machte. Sollte eine Orkanwarnung kommen, würden sie immer noch Zeit haben, das nachzuholen. Aus allen Berichten indessen war zu ersehen, daß die Hochdruckzonen anhielten. Noch einmal traf er die Entscheidung, keinen Ballast aufzunehmen. Wenn er aus den Maschinen das Äußerste herausholte, gelang es ihm vielleicht, einen Teil der verlorenen Zeit wettzumachen und das Schiff mit nur einem Tag Verspätung heimzubringen. Aber keinem Skipper ist wirklich wohl, wenn sein Schiff mit äußerster Kraft fährt. Er operierte daher mit dem sechsten Sinn des erfahrenen Seemannes: Wetter gut, Vorhersagen gleichbleibend, Kurs klar, Nerven schlecht.

Mit Einbruch der Dunkelheit hatte sich der Himmel bezogen, und die Oberfläche des Meeres hatte eine ölige Beschaffenheit angenommen, die dem Kapitän nicht behagte. Es sah aus, als habe sich die See mit einer bleifarbenen Haut überzogen. Als das Schiff in die Zone totaler Dunkelheit eindrang, schickte er einen zweiten Mann ins Krähennest hinauf und postierte zwei junge Offiziere ständig vor den Radarschirm, dessen kreisender Arm im Umkreis von fünfzig Meilen kein einziges Fleckchen sichtbar werden ließ.

Der Erste Offizier, der zweithöchste im Kommando und ein recht gleichmütiger Mensch, konnte sich nicht vorstellen, was der Skipper hatte und weshalb er so nervös hin und her lief. Dreimal hatte er gefragt, ob der zweite Ausguck an seinem Platze sei. Jedesmal, wenn er am Radarschirm vorüberkam, warf er einen Blick darauf. Er war wie ein Autofahrer, der vor jedem Abbiegen in den Rückspiegel schaut, niemanden hinter sich sieht und es doch nicht ganz glaubt.

Von Zeit zu Zeit ging er auf die Backbordseite der Brücke, die über das Wasser hinausragte, und blickte auf das ölige Meer, auf dem sich die Lichterkette seines Schiffes widerspiegelte. Die Meldungen von dem schwachen Seebeben hatten ihn auf das aufmerksam gemacht, was sich dort unten befand. Seine Karten zeigten ihm, daß sich die Unterwassergebirgsspitzen des mittelatlantischen Grats, der sich in einem gigantischen ‹S› zehntausend Meilen von Island bis an den Rand der Antarktis erstreckte, an dieser Stelle anderthalb Meilen unter seinem Kiel befanden.

Die Karten waren jedoch keine spezifisch seismischen Seekarten und wiesen weder auf die drei Vulkane hin, die man für tätig hielt und die in einer Linie auf die Spitze Südamerikas gerichtet waren, noch zeigten sie die gewaltige Verwerfung an, die man in dieser Gegend festgestellt hatte.

Genau acht Minuten nach neun bewegte sich diese Verwerfung, die durch das vorangegangene Beben in Unruhe geraten war, ohne Warnung heftig und rutschte an die hundert Fuß ab. Dabei saugte sie etliche Milliarden Tonnen Wasser in die Tiefe.

Wäre die Vibration der POSEIDON infolge ihrer eigenen Anstrengung nicht so stark gewesen, dann hätte man auf der Brücke möglicherweise den plötzlichen Stoß des Seebebens verspürt, dessen Echo nach oben ging, obwohl seine Gewalt nach unten gerichtet war. Der Kapitän und sein Stellvertreter sahen sich tatsächlich einen Augenblick lang scharf an, da sie meinten, etwas unter ihren Füßen gespürt zu haben. Als die POSEIDON indessen weiterhin mit voller Kraft voraus lief, beruhigten sie sich wieder. Und dann war es auch schon zu spät.

Ganz kurz hatten sie dies üble Gefühl im Magen, das sich einstellt, wenn ein Fahrstuhl zu schnell nach unten geht: als das Schiff, von dem Sog gepackt, zu schlingern begann und sich auf die Seite legte. Zur gleichen Zeit ertönte im Telefon des Krähennestes Unverständliches, und der Dritte Offizier am Radarschirm stieß ein unbeschreiblich erstauntes «Sir!» aus, als er mit hervorquellenden Augen auf die Flecken wies, die bedeuteten, daß sie auf ein massiveres Hindernis zuliefen, welches ein paar Sekunden zuvor noch nicht dagewesen war.

Der Kapitän versuchte, zur Mitte der Brücke zu laufen, doch die bewegte sich bereits aufwärts. Er hörte das Klingeln des Telegrafen vom Maschinenraum, als der Erste Offizier die Hebel bediente und befahl: «Volles Ruder! Alle Maschinen volle Kraft achteraus!» – die fast automatische Reaktion auf ein Hindernis voraus.

So kam es, daß die S. S. POSEIDON schon schwere Schlagseite hatte und übermäßig krängte, als sie von der gewaltigen, aufquellenden seismischen Woge gepackt wurde, die der Felssturz hervorgerufen hatte. Da sie topplastig und schlecht getrimmt war, blieb sie nicht einmal lange in der Schwebe, sondern kippte gleich um und trieb kieloben: so schnell und so leicht wie ein Achthundert-Tonnen-Trawler in einem Nordatlantiksturm.

Die erste Andeutung einer bevorstehenden Katastrophe bekamen die wenigen Passagiere im Speisesaal dadurch, daß ihnen der mit dicken Teppichen belegte Boden unter den Füßen wegrutschte. Stühle und Tische warfen sie nach vorn oder zur Seite und offenbarten einen schwindelerregenden Abgrund, in den sie dann hineingeschleudert wurden.

Gleichzeitig schrie das Schiff auf.

Dieser anhaltende schrille Schrei setzte sich aus den Todesrufen der Menschen zusammen, aus dem Klirren von Glas und zerschepperndem Porzellan, aus dem Klingen von metallenen Tabletts und Töpfen und Pfannen, vermischt mit dem Krachen von Tellern und Tassen, von Löffeln und Gabeln und Messern, die teils wie tödliche Geschosse von den Tischen sausten.

Der Aufschrei stieg zu einem Crescendo an, als sich jeder Gegenstand, der nicht befestigt war, selbständig machte, während das Schiff sich vollends auf die Seite legte.

Die Türen der Küchen und Kammern gingen auf, die kupfernen Kessel schepperten, von den Dämpfern und Grills und Öfen fielen alle Kochutensilien klirrend auf den sich neigenden Boden – und das Getöse und Gepolter wurde von einem tierischen Schrei durchdrungen: ein Koch verbrühte sich und starb.

Der ‹Strahler› und sein Mädchen wurden die ganzen 118 Fuß des zweistöckigen Speisesaals hinabgeschleudert; sie purzelten gleich Clowns übereinander und hielten sich unterwegs an Stühlen und Tischen fest, die plötzlich waagerecht standen. Sie fielen von steuerbord nach backbord, und als das Schiff sich weiter drehte, rutschten sie noch zwanzig Fuß, um schließlich, betäubt, doch unverletzt, in einem Gewirr von Armen und Beinen zusammen mit den Rosens, Müller und Mike und Linda Rogo in einer Ecke zu landen.

Dieser erste Sturz von fünfzig bis über einhundert Fuß – die gesamte Breite des Schiffes – verletzte oder tötete all jene Passagiere und diensttuenden Stewards, die das Pech hatten, sich nahe der

Mitte oder an der äußersten Steuerbordseite des Schiffes zu befinden, als es nach backbord kielholte.

Am glücklichsten traf es die an den Backbordtischen. Müller, Belle und Manny Rosen wurden einfach aus ihren Stühlen gekippt. Die Shelbys und die Gäste des Lumpensammlertisches hatten es auch nicht viel weiter und konnten ihren Sturz dadurch abbremsen, daß sie sich kurz an ihren Sitzgelegenheiten festhielten. Manny Rosen landete auf dem Rechteck des Fensters: zwischen ihm und dem grünen Meer war nur das dicke Glas.

Indessen ging das Kentern der POSEIDON derart leicht und gleitend vor sich, daß der ganze Aufbau des Schiffes donnernd im Meer versank, ehe der Wasserdruck den Bootskörper zerbrechen konnte. Die Backbordfenster, die jetzt steuerbords waren, wurden klar. Manny, der sich wie ein Ertrinkender an Belle festhielt, sauste kopfüber mit den Rogos, den Shelbys und den anderen die schräge Seite des Schiffes hinab, um schließlich zwischen Scherben und Tabletts und Bestecks und diversen Speisen auf dem gläsernen Dach zu landen. Die obersten Zweige des Weihnachtsbaums, der sich aus seinem Kübel gelöst hatte, stürzten auf sie herab; der Stern an der Spitze nahm dabei keinen Schaden.

Der Augenblick der erzwungenen Stille, die auf den Todesschrei des Schiffes folgte, barg mehr Schrecken und Entsetzen als das nervtötende Getöse, da es die kleinen hilflosen Geräusche der Verletzten und Sterbenden laut werden ließ: Gemurmel, Gestöhn, Gebete, das gelegentliche Herabfallen eines Gegenstandes, der sich bislang nicht hatte entschließen können, das Herumrollen der Töpfe in den Pantries, die sich noch nicht irgendwo verfangen hatten.

In dem Augenblick, als es schien, daß das Schiff in die Luft gehe, ehe es endgültig versinke, hörte man Mike Rogo sagen: «Herr im Himmel! Da liegt doch einer auf meinem Bein! Verschwinde, ja?»

Darauf gab es eine ungeheure Explosion, die eine Reihe von Detonationen zur Folge hatte, als drei Kessel in die Luft flogen.

War der erste Aufschrei des angeschlagenen Schiffes ein schrilles Kreischen gewesen, so war der zweite nach den Explosionen ein ohrenbetäubendes Dröhnen, als die Innereien aus den Fugen gerieten.

Zuerst lösten sich die übriggebliebenen Kessel. Sie mußten sich durch zwei der drei riesigen Schornsteingruppen des Dampfers hindurcharbeiten, und das taten sie mit einem Gedonner, als würden tausend Mann auf Metallplatten hämmern.

Der Maschinenraum ging langsamer zu Bruch. Die schweren Turbinen, Generatoren, Dynamos und Pumpen hingen noch eine Weile ächzend an den stählernen Halterungen des Bodens. Dann knirschten sie und krachten durch den rechteckigen Schacht über dem Maschinenraum und durch das Glasdach und trafen sich mit den Kesseln auf dem Grunde des Meeres.

Einige jedoch lösten sich nicht vollständig, sondern brachen auseinander und verrutschten und verhaspelten sich mit anderen Schiffsteilen zu einem unentwirrbaren Stahlknäuel aus herausgerissenen Rohrleitungen und bloßgelegten Armaturen. Es schien, als stülpe die S. S. POSEIDON im Todeskampf ihr Innerstes nach außen.

Dies geschah mit immer anderen Geräuschen. Holz zersplitterte, Metall zerriß jaulend, Donnerschläge ertönten, es wogte und toste und zischte, hartes Dröhnen erfolgte, begleitet von Saugen und Blubbern –: es war das reinste Entsetzen für die Überlebenden, die noch durcheinandergewirbelt auf dem Deckenboden lagen.

Sie waren betäubt vom reibenden, mahlenden und grollenden Bummbumm einer großen Kriegstrommel, von klirrendem Metall, von fauchendem Dampf, es war, als befänden sie sich im Vorraum der Hölle.

Einmal schoß wie aus einer Kanone ein gewaltiger Strom schlammigen Wassers in den Speisesaal. Doch versiegte er ebenso abrupt, wie er gekommen war, und floß durch die Öffnung ab, die durch die umgedrehte große Treppe gebildet wurde: sie war zu einem Wasserloch geworden.

Dann gingen alle Lichter aus.

# 3
# *Galgenfrist*

Dennoch hielt sich die POSEIDON infolge günstiger Umstände über Wasser: in den von Fracht, Kesseln und schweren Maschinen leeren Räumen hatte sich die Luft gefangen, und nun leckte die neue Wasserlinie knapp unterhalb der Stelle an den Rumpf, wo die Decke des Speisesaals jetzt den Fußboden bildete. Die Wolkendecke riß auf, und etwas von der Helligkeit der Tropennacht schimmerte durch die auf dem Kopf stehenden Fenster, die sich wie in den Seitenschiffen einer Kirche hoch oben befanden, und beleuchtete die Verwüstung des Salons und die in ihm befindlichen Menschen, die auf ihren Tod warteten.

Die Zuckungen des Schiffes ebbten ab; übrig blieben vereinzelte dumpfe Schläge, Stöße und Rasselgeräusche, plötzliches Brausen, das ebenso schnell erstarb, wie es begonnen hatte, das Platzen der Lukendeckel, das Rauschen des Wassers, wenn es in einen Raum eindrang – bis wieder diese nahezu unerträgliche Stille eintrat, in der nun neuerlich Stöhnen und Hilferufe hörbar wurden.

Die Menschen auf der Brücke und in den oberen Regionen des Schiffes starben augenblicklich. Der Kapitän, seine Offiziere, Rudergänger, Zahlmeister und Wachen wurden entweder an die Backbordwand geschleudert oder zerquetscht oder von Gegenständen erschlagen. Keinem von ihnen war es gelungen, die Notschalter zu erreichen oder auch nur in deren Nähe zu kommen, mit denen sich alle wasserdichten Türen schließen ließen. Sie ertranken, ehe sie noch recht begriffen, was geschah.

Im Radioraum wurde der Funker während der Arbeit aus seinem Stuhl gerissen; er schlug mit dem Kopf gegen ein Gerät und blieb eine Weile wie betäubt liegen. Als er sich wieder erheben und seinen Apparat bedienen wollte, fehlte ihm jede Orientierung. Nichts war mehr da, wo es hingehörte. Und danach war es zu spät. Seine beiden Offizierskameraden wurden in ihre Kojen geworfen und konnten sich nicht rechtzeitig befreien. Dann brach krachend das Wasser ein und tötete sie.

Der Tod suchte jeden Teil des Schiffes heim. Die Mannschaften des Maschinen- und Kesselraums erwischte es mit einem Schlag: sie wurden zerdrückt oder verbrüht oder erbarmungslos von den öligen Seen verschlungen, an den Stellen, wo ehedem die Abzüge und Oberlichter gewesen waren. Die unglücklichen Passagiere in den Luxuskabinen auf dem Haupt-, dem A- und B-Deck starben langsamer.

Die vier Decks über den ersten Kabinen – Promenaden-, Boots-, Sonnen- und Sportdeck – befanden sich jetzt sechzig Fuß unter Wasser. Ihre Türen und Fenster waren solchem Druck nicht gewachsen und wurden sofort eingedrückt. Das Wasser kam, rauschend oder sickernd; es stieg, es breitete sich aus und erstickte all jene, die in ihren Kabinen geblieben waren, oder holte sie in den überfluteten Gängen ein, wo sie über Treppen zu entrinnen suchten, die jetzt unbegehbar waren.

Im Speisesaal flackerten die Lichter wieder auf. Die Notaggregate für den Ausfall der Hauptleitung, die auf irgendeine Weise funktionsfähig geblieben waren, traten in begrenzten Bereichen in Aktion, so daß jede sechste Glühbirne ein gedämpftes Licht ausstrahlte.

Dieses Licht unter dem Glas der nun umgekehrten Decke warf jetzt einen bleichen Schein von unten herauf und machte aus den betäubten oder verletzten Passagieren gespenstische Unterwelterscheinungen.

In der unheimlichen Notbeleuchtung, die zunächst in Intervallen heller und wieder dunkler wurde, so, als könne ihr Pulsschlag jeden Augenblick aussetzen, stellte der umgedrehte Raum für die benommenen und verwirrten Gestalten einen Alptraum dar. Sie krochen auf der durch Wasser und Blut glitschig gewordenen Glasdecke umher. Aus den Trümmern stieg der Geruch von Speisen auf. Tische und Stühle hingen nun gleich gigantischen Pilzen von oben herab. Die von Klammern festgehaltenen Tischtücher wedelten geisterhaft hin und her.

Ein Drittel der etwa fünfzig Passagiere im Salon war entweder tot oder lag im Sterben oder hatte ernsthafte Verletzungen davongetragen. Wer sich noch rühren konnte, regte sich, richtete sich mühsam auf und tastete sich hilflos umher. Die Gestalten wackelten mit den Köpfen, als hätten sie einen Tick; sie fielen wieder hin, krochen auf Händen und Knien, tappten blind in die Gegend und begriffen nicht, was sich abgespielt hatte oder wo sie waren.

Diejenigen, die über die ganze Breite des Schiffes geschleudert worden waren – den ‹Strahler› und sein Mädchen ausgenommen –, hatten das meiste abbekommen. Praktisch unverletzt war der von Manny Rosen so genannte Club der Starken Mägen geblieben: er hatte den kürzesten und sanftesten Sturz zu überstehen gehabt; die Shelbys, Müller, der Lumpensammlertisch, die Rogos und die Rosens begannen, sich aus ihren Verstrickungen zu lösen.

Mike Rogo warf die Spitze des Christbaums beiseite, dessen Stern inzwischen zerbrochen war, und keuchte mühevoll: «Herr im Himmel! Was is'n passiert?»

Seine Frau Linda schrie immerfort: «Ach, du mein Gott! – Ach, du mein Gott! – Ach, du mein Gott! – Jesus, Maria, komm uns zu Hilfe!»

Jane Shelby vergewisserte sich ihrer Familie. «Dick? Susan? Robin? Seid ihr da? Dick, was ist denn geschehn?»

«Keine Ahnung», gab Shelby zur Antwort. «Ich glaube, wir sind gekentert. Bleibt alle in meiner Nähe. Seid vorsichtig wegen der Glassplitter.»

Manny Rosen erhob sich aus einem Berg von Scherben, die ihm jetzt klirrend von den Schultern fielen. Er sagte: «Wie geht's dir, Mamma?»

Belle erwiderte: «Wie geht's *dir*, Manny? Du hast dir doch nichts getan?»

Manny sagte: «Das frag ich dich.»

Seine Frau sagte: «Wenn ich dich fragen kann, bin ich doch wohl noch beisammen, oder?»

«Kannst du aufstehen?» Er half ihr auf die Beine, und da standen sie nun und hielten sich gegenseitig fest: zwei groteske Gestalten in der aus der falschen Richtung kommenden Beleuchtung, er klein und stämmig, sie größer als er, ungeheuer fettleibig und zitternd.

Hubie Müller half Miss Kinsale beim Aufstehen. Die Aufschläge seines Dinnerjacketts waren mit Soße beschmiert, die aus einer durch die Luft fliegenden Schüssel stammte. Miss Kinsale blutete an der Lippe. Müller nahm sein Taschentuch und betupfte die Wunde, wobei er mit seiner weichen und ungewöhnlich sanften Stimme sagte: «Fehlt Ihnen sonst nichts? Es muß wohl etwas Furchtbares geschehen sein.»

Sie gab keine Antwort, sondern wandte sich ab und watete durch die knöchelhohen Trümmer zu Reverend Scott; sie kniete neben ihm nieder und senkte den Kopf. Von ihrem Mund tröpfelte ein wenig Blut auf die gefalteten Hände.

Keinem war aufgefallen, daß sich der junge Geistliche aus dem Knäuel seiner Tischgenossen und Nachbarn gelöst hatte und nun in einiger Entfernung mit offenen Händen und weit ausgebreiteten Armen auf den Knien lag; er starrte die monströse Deckenlandschaft an und betete zu seinem Gott. In seinen Augen glühte es vor Kampfgeist.

Er betete: «Herr, wir sind in tiefer Bedrängnis. Du hast es für gut erachtet, uns zu versuchen. Wir werden Dich nicht im Stich lassen.»

Miss Kinsale seufzte: «Amen. Hilf uns, Vater!»

Scott beachtete sie nicht, sondern fuhr fort: «Herr, wir bitten um nichts anderes, als daß wir stark genug sind, den Anforderungen zu genügen, die Du an uns stellst, und daß wir nicht schwankend werden. Wir werden kämpfen, um für Dich zu leben.»

Miss Kinsale fügte hinzu: «Vater, Dein Wille geschehe.»

Reverend Frank ‹Buzz› Scott sagte: «Wir bitten Dich, Herr, um nichts weiter als um das, was Du uns gegeben hast: die Chance, uns zu bestätigen. Wir werden nicht versagen. Vertraue uns.»

Die Rosens, die Shelby-Familie, die Rogos und Hubie Müller gingen näher zu der Gruppe um Scott.

Müller kam der Gedanke: *Was für ein ungewöhnliches Gebet!* Und dann ein ziemlich absurder: *Mein Gott, er trägt seine Collegefarben und erzählt seinem Gott, daß er darauf aus ist, das ganz große Spiel zu gewinnen. Sollte er übergeschnappt sein?*

Geradezu erleichtert blickte er auf die armselige Gestalt von Miss Kinsale, die in ihrem kurzen grauen Taftkleid neben ihm kniete. Ihre Schulter berührte fast den ausgestreckten Ärmel des Geistlichen. Die Schlichtheit ihrer Worte bildete so etwas wie einen beruhigenden Kontrapunkt zu den seltsamen Verdrehungen der üblichen Gebetsformel des Geistlichen.

Shelby war zwar noch benommen und begriff kaum, was Scott sagte, aber dennoch schämte er sich seinetwegen in gewisser Weise. Er war daran gewöhnt, daß der Prediger in seinem Talar mit der großen Bibel auf der Kanzel stand und von der Höhe herab zu ihm sprach und bisweilen Dinge sagte, die ihn, wenn er ihm zuhörte, zum Nachdenken brachten. Es mußte alles seine richtige Ordnung und Umgebung haben, und dazu gehörten Buntglasfenster und Orgelmusik und das von der Kirchendecke zurückhallende Husten. Das war ein Ritual, dem er sich – um seinen Status innerhalb der Gemeinde zu wahren – dann und wann unterwarf. Das aber war ihm peinlich: dieser große Mann, der auf dem Boden kniete, alles um sich her vergessend, und sich mit flehend erhobenen Armen mit seinem Gott unterhielt.

Er wußte nicht, wo er hinschauen sollte. Er warf einen verstohlenen Blick auf seine Frau und sah, daß sie Scott fasziniert anstarrte; ihre Lippen bewegten sich. Sie gehörte zu jenen dünnen feinknochigen Amerikanerinnen, die als Mädchen bemerkenswert hübsch sind und mit zunehmendem Alter eine reife Schönheit werden; ihr aschblondes Haar war eine Spur dunkler geworden, ihre Augen aber waren immer noch blau und lebhaft und jung, und die zarten Linien um den Mund berichteten von Humor und Mut und von dem guten Willen, den es gekostet hatte, eine Familie zu gründen und Kinder großzuziehen und einen Ehemann zu halten.

Er sah Glassplitter in ihren Haaren glitzern; er streckte die Hand aus und entfernte sie. Seine Frau lächelte leicht, ein wenig zitternd, und sagte: «Ich habe auch gebetet.» In Gedanken aber fragte sie sich, zu wem Scott gesprochen haben mochte – zu einer dieser bärtigen Gottgestalten auf einer wogenden Wolke in der Sixtinischen Kapelle oder zu der schlapphütigen Gestalt des Trainers im Überzieher an der Auslinie?

Belle Rosen packte den Arm ihres Mannes und sagte: «Manny, was ist bloß mit uns geschehen? Sollten wir nicht vielleicht auch ein Gebet sagen?»

«Wir sind seit Jahren nicht mehr im Tempel gewesen», antwortete Manny. «Und jetzt sollen wir bitten?» Indessen griff seine Hand automatisch ins Hemd, wo die *mezuzah* an einer Halskette hätte hängen müssen. Sie war nicht da. Die Rosens gehörten einer Generation an, die ihre militante Gläubigkeit abgelegt hatte.

Die sonderbar statischen Augenblicke dauerten an. Das gekenterte Schiff hätte längst seinen letzten Seufzer tun und auf den Meeresgrund sinken müssen. Statt dessen hatte es jede Bewegung aufgegeben und schien starr und fest wie ein Feld im ruhigen Ozean zu liegen: ein langer dunkler Walbauch im Schein der aufgehenden Sterne.

Die vollständige körperliche Entspannung als Ergebnis ihres Alkoholkonsums hatte den ‹Strahler› und sein Mädchen Pam vor einer allzu großen Erschütterung bewahrt. Sie hob ihn mit starken Armen hoch und hielt ihn auf den Beinen. Beide waren auf einmal stocknüchtern. Obwohl er wußte, daß er nicht mehr betrunken war, fragte er sich angesichts der um ihn herrschenden Verheerung, ob er nicht unter Halluzinationen leide: Scott und Miss Kinsale lagen auf den Knien, unter dem Fußboden gingen Lichter an und aus, und dazu stank und lärmte es beängstigend. Er fragte: «Pam, stimmt was nicht mit mir?»

Sie hielt ihn fest und flüsterte: «Mach dir keine Sorgen; ich bin hier. Ich werd mich um dich kümmern.»

James Martin, Besitzer des *The Elite Haberdashery Shop* in Evanston, Illinois, erhob sich ohne fremde Hilfe und ging in Richtung der Treppe. Er war ein nüchterner kleiner Mann mit der glatten Haut und den dünnen Lippen der Midwesterner. Seine Augen hinter den goldgefaßten Brillengläsern waren flink und lebhaft, doch hätte man ihn in einer Menschenmenge leicht aus den Augen verlieren können. Er hatte das Durchschnittsgesicht eines Verkäufers. Als er die Stelle erreichte, wo die Treppe gewesen war, entdeckte er sechs Fuß unterhalb des jetzigen Bodens einen großen Pfuhl aus Wasser und schwarzem Öl. Eine der noch funktionierenden Notleuchten an der umgekehrten Treppe verlieh der Oberfläche einen irisierenden Schimmer verschiedener Farben.

Mit einem lauten Blupp-Geräusch platzte eine heraufsteigende Blase, und in der Blase sah er kurz den Kopf und die Schulter einer menschlichen Gestalt, konnte indes nicht erkennen, ob es sich um einen Mann, eine Frau oder ein Kind handelte, sie war mit Öl beschmiert. Eine Hand wurde ausgestreckt und griff ins Leere; dann verschwand die Erscheinung. Martin hockte sich am Rand des Pfuhles nieder und übergab sich und warf sich dann nach hinten, um nicht hineingezogen zu werden.

Mike Rogo hatte seine Frau aufgehoben; ihre Zähne klapperten, und sie war einem hysterischen Anfall nahe. Das Haarteil an ihrem Hinterkopf hatte sich verschoben, und ihr hautenges Kleid war mit Soße beschmiert. Durch das Entsetzen war sie zu einer grotesken Erscheinung geworden.

Rogo wünschte, Vater Haggerty wäre da. Er vertraute nur auf Gebete, die von Priestern seines Glaubens gesprochen wurden. Er machte einen Kompromiß, indem er sich bekreuzigte.

Dann bemerkten sie Mr. Kyrenos, den dritten Maschinisten, dem es ebenfalls gelungen war, sich zu erheben. Er war ein gedrungener Mann ohne besondere Kennzeichen, wenn man von seinem struppigen Schnauzbart und seinen dunklen trauervollen griechischen Augen absah. Er hatte Hummer gegessen. Der war jetzt über seine steife weiße Hemdbrust verschmiert, und die Schale hatte sich komischerweise an einem Knopf verfangen.

Er sagte: «Entschuldigen Sie mich, bitte. Ich muß in den Maschinenraum hinunter. Bleiben Sie hier. Sie sind völlig sicher. Es wird gleich jemand kommen. Ich muß nach unten, man wird mich dort benötigen.» Er stand vollends auf, lief zu dem großen Pfuhl, wo ehedem die Treppe gewesen war, und fiel hinein. Er schlug um sich und platschte und schrie um Hilfe.

Mike Rogo wollte ihm Beistand leisten. «Wo hat'n der bloß hingewollt?» Seine Frau aber klammerte sich an ihn und kreischte: «Nein, nein! Geh nicht weg!» Er versuchte, sich von ihr frei zu machen, doch rutschte sie an seinem Körper herab und hielt sein Bein mit beiden Armen fest. Als es ihm schließlich gelungen war, sich von ihr zu lösen, hatte Mr. Kyrenos aufgehört zu rufen. Das aus dem Wasser ragende Geländer war zu schlüpfrig, als daß man sich daran hätte festhalten können. Er schluckte zuviel Öl und ertrank: er ging unter und tauchte nicht wieder auf.

Martin kroch auf allen vieren zu den anderen zurück. Dort ließ er sich in den Trümmern auf den Bauch fallen und begrub seinen Kopf in den Armen.

Müller stand ein wenig abseits und hielt noch das Taschentuch in der Hand, in dem die roten Flecken von Miss Kinsales Blutstropfen waren; er versuchte angestrengt, mit dem zurechtzukommen, was er da sah und hörte. Der Anblick von Dinnerjacketts und Abendkleidern inmitten all der Zerstörung machte dies nicht einfacher. Aber er konnte das Ausmaß des Unglücks richtig einschätzen. *Wir sind gekentert.* Und dann: *Was soll ich denn jetzt bloß tun?* Der Umstand, daß er in der Ich-Form dachte und nicht im Plural, war charakteristisch; Hubert Müller nahm es persönlich übel, daß sich seine wohlgeordnete bequeme Welt auf den Kopf gestellt hatte.

Seine Gedankengänge wurden von Scotts kraftvoller Stimme unterbrochen, der sein sonderbares Gebet mit den Worten beschloß: «Sei ohne Sorge, Herr. Wir haben Stehvermögen. Wir werden unser Bestes tun.» Er erhob sich und half Miss Kinsale beim Aufstehen. Über ihren Köpfen rief eine Stimme: «Mr. Scott, Sir! Mrs. Shelby! Mrs. Rosen! Sind Sie wohlauf?»

Alle blickten nach oben, und der ‹Strahler› fragte sich in seiner ihm ungewohnten Nüchternheit eine Sekunde lang, ob diesem amerikanischen Geistlichen etwa tatsächlich Antwort vom Himmel zuteil werde. Doch war's nur Acre, der Steward, der vom Personaleingang aus sprach, durch den man *en route* zu den Küchen, den diversen Speisekammern und den Spirituosenräumen gelangen konnte und der sich jetzt ein ganzes Stockwerk über ihren Häuptern befand. Er schien auf dem Boden zu liegen, und sein Kollege Peters kniete neben ihm.

«Acre!» rief Rosen. «Was machen Sie da oben? Was soll das alles heißen?»

Acre erwiderte: «Das Schiff ist gekentert, Sir. Hat sich auf den Rücken gelegt.»

«Sie haben doch gesagt, das ginge nicht.»

Der tatsächliche Zustand war ihnen immer noch nicht klar. Shelby fragte: «Was soll das heißen: hat sich auf den Rücken gelegt?»

Acre entgegnete: «Ich weiß nicht, Sir. Irgendwas hat das Schiff umgedreht.»

Ein gewisser Ton in des Stewards Stimme mußte Jane Shelby irritiert haben, denn sie rief hinauf: «Acre, sind Sie intakt?»

Er antwortete: «Ich hab mir ein Bein gebrochen, Madame.»

«Aber, Acre!» rief Jane. «Kann Ihnen denn nicht jemand helfen?»

«Es wird wohl einer vorbeikommen, denk ich mir, Madame.»

«Und Sie, Peters?» erkundigte sich Scott.

«Ich bin wohlauf, Sir», erwiderte der zweite Steward. Dann fragte er: «Was ist mit Mr. Kyrenos passiert?»

Mike Rogo sagte: «Der hat die Kurve gekratzt. Er hat gesagt, er müßte zum Maschinenraum runter, und dann ist er da reingefallen.»

Er nickte mit dem Kopf in Richtung zur Haupttreppe.

Wie um dies zu unterstreichen, platzte eine weitere übelriechende Blase mit gurgelndem Glucksen wie ein Geysir in der Mitte des Pfuhls und warf einen Schwall von Öl und Wasser aus. Einen Moment lang sahen sie ein Durcheinander aus Armen und Beinen, und dann lag die Oberfläche neuerlich still da. Mittlerweile hatte sie sich etwa zwei Fuß gehoben, und sie war nun der Speisesaalebene näher als zuvor.

Keiner von ihnen wußte genau, was er da gesehen hatte. Deshalb bedeutete es einen noch größeren Schock für sie, als Acre sagte: «Mr. Kyrenos hätt's wissen müssen. Der Maschinenraum ist nicht mehr unten. Der ist oben.»

Scott legte Shelby seine Hand auf den Arm und blickte in die Runde. Der bestimmte, halb fanatische und halb überlegene, konzentrierte Blick, den der ältere Mann so häufig in den Augen des jüngeren bemerkt hatte, war verschwunden, und er wirkte äußerst gefaßt. Er sagte: «Dick, Sie halten sie alle hier beieinander. Versuchen Sie, ein bißchen Ruhe zu stiften, während ich zusehe, was ich für die Leute dort drüben tun kann.» Ermutigend drückte er Shelbys Arm und ging davon; seine von kräftigen Beinen bewegten Füße schoben achtlos alle Scherben beiseite, die den Boden bedeckten. Es klang wie Schlittenglocken-Geläute.

# 4
## *Die Abenteurer*

Die Decke des Speisesaals der S. S. POSEIDON hatte aus quadratischen Eisglasscheiben bestanden, die abwechselnd in stählerne und kupferne Leisten eingelassen waren. Die Glühbirnen lagen hinter den Scheiben. Jetzt bildete sie den Fußboden und ähnelte einem Schlachtfeld: Tote und Bewußtlose lagen da in feierlichen Kleidern, die aussahen, als stecke niemand darin. Sie hatten sich das Genick oder das Rückgrat gebrochen, waren bewußtlos durch Gehirnerschütterungen oder Schädelbrüche. Einige dieser Kleiderbündel regten sich schwach, lehnten sich auf gegen die Schmerzen durch zerschmetterte Glieder und innere Verletzungen. Nur die wenigen, die – wie die Gruppe im Heck – sich nahe der Backbordseite des Schiffes befunden hatten, waren auf den Beinen.

Dr. Caravello, der alte Schiffsarzt, hatte seine dicklinsige Brille verloren, ohne die er keinen halben Meter weit sehen konnte. Er war selber völlig durcheinander, hatte jedoch instinktiv zu funktionieren begonnen, ohne indessen im Augenblick mehr tun zu können, als um sich zu greifen und den ihm am nächsten liegenden Verletzten zu betrachten. Er hatte seine Serviette noch in der Hand und versuchte nun, das Bluten der Kopfwunde dieses Mannes zu stillen, der im Stürzen mit einer Sessellehne kollidiert war. Gleichzeitig rief er nach seinem Assistenten: «Marco! Marco! Wo sind Sie denn, zum Teufel? Sehn Sie denn nicht, daß ich Hilfe brauche?»

Neben ihm tauchte eine Gestalt auf. Dr. Caravello fragte: «Sind Sie's, Marco? Holen Sie Verbandmaterial herbei!»

Scott sagte: «Nein, Marco ist nicht da. Aber ich tue, was ich kann.»

Er begann, Servietten zu sammeln und in Streifen zu zerreißen. «Können wir viel ausrichten?» fragte er.

Dr. Caravello sagte: «Ohne meine Brille seh ich nichts. Weiß der Himmel. Wenn das Schiff gekentert ist, sind wir vielleicht gleich alle tot.»

Scott sagte: «Wenn's der Himmel weiß und wir uns nicht wie Feiglinge aufführen, dann wird der Herr uns helfen.»

«Ohne meine Brille seh ich nichts!» wiederholte Dr. Caravello und fing an, tastend in den Trümmern zu suchen.

«Hier ist sie», sagte Scott, hob sie auf und reichte sie ihm.

Einem jungen Vierten Offizier, einem Jugoslawen, der gerade seine Ausbildung beendet hatte, war es gelungen, sich zu erheben; er reckte sich und schüttelte den Kopf, als müsse er einen dumpfen Nebel loswerden. Er sagte einmal und dann immer wieder: «Ru-e bewohren, bitte sähr. Kommt alläs in Ornung.» Niemand achtete auf ihn.

Von den fünf Kellnern, die zur Zeit des Unglücks im Speisesaal serviert hatten, war einer tot, zwei waren bewußtlos und zwei geschockt wie die übrigen. Diese beiden reagierten mit dem Automatismus, der zu ihrem Job gehörte, indem sie Servietten und Scherben aufhoben und versuchten, sich einen Weg durch die Trümmer zu bahnen, wobei sie zersplitterte und zerbrochene Gegenstände mit dem Fuß beiseite räumten.

Etliche zwanzig Passagiere waren zwar unverletzt, aber völlig hilflos, wozu die Griechen, Franzosen und Belgier gehörten, die deutsche Familie Augenblick und ein amerikanisches Ehepaar in den Siebzigern. Plötzlich begann eine Frau, hysterisch zu schreien; ihre Stimme war unglaublich schrill und durchdringend. Gleichzeitig fingen die Kinder der Deutschen an zu jammern. Dann hörte das Geschrei auf, und zwar so abrupt, als hätte jemand sie geschlagen. Das Weinen der Kinder ging weiter.

Einer der beiden englischen Unterzahlmeister war bewußtlos. Als der Arzt und Scott ihn untersuchten, bemühte sich der andere, die Passagiere zu beschwichtigen. Er sagte: «Sie müssen Ruhe bewahren. Es besteht keine unmittelbare Gefahr. Offiziere werden kommen und Sie in Sicherheit bringen. Ich bitte Sie, an Ihren Plätzen zu bleiben.»

Der Anblick seiner Uniform und der Glaube daran, daß dies eintreffen werde, taten ihre Wirkung. Die beiden unverletzt gebliebenen Kellner halfen dem Arzt bei der Versorgung der Verletzten.

Dr. Caravello sagte zu Scott: «Der Junge weiß ja nicht, wovon er redet. Niemand kommt. Der Kahn wird gleich absaufen. Wir können alle nicht das geringste tun.»

«Reden Sie nicht so», sagte Scott barsch zu dem alten Mann. «Machen Sie Ihre Arbeit, und ich mache meine.» Er überprüfte die durchweichten Kleiderbündel, blickte in tote oder bewußtlose Gesichter und wies die Stewards auf einen der beiden weniger schwer Verletzten hin; dann ging er zu der Gruppe der Unverwundeten und sagte: «Alle, die sich imstande dazu fühlen, sollten versuchen, sofort hier herauszukommen. Sie können mir folgen, ich werde mein möglichstes tun.» Er sah sie mit seinen durchbohrenden Augen an, und für einen Moment schienen sie zu schwanken.

Dann schüttelte Herr Augenblick den Kopf und sagte: «Nein, es ist wohl besser, wenn wir hierbleiben, wie der Offizier gesagt hat. Wir wissen ja gar nicht, wo wir hingehen sollen. Offiziere werden kommen.» Er blickte sich um und fand die Zustimmung der anderen.

Scotts ganzer Körper drückte plötzlich eine gewisse Wildheit aus. «Sie werden kommen, wie? Und wenn sie nun *nicht* kommen?»

Der Deutsche beharrte auf seinem Standpunkt. «Wenn's ein Unglück gegeben hat, ist es besser, daß wir warten.»

Scott ging.

Robin Shelby sagte: «Daddy, was sollen wir tun?»

Der ‹Strahler› fügte hinzu: «Ja, das möchte ich auch wissen: was soll werden?»

Shelby beobachtete Scott aus der Entfernung; er fühlte sich auf einmal verlassen und wünschte, Frank würde zurückkommen. Er erwiderte: «Ich weiß es nicht. Wir müssen abwarten. Scott erkundigt sich gerade und kommt gleich wieder.»

Jane Shelby wollte etwas sagen, unterließ es jedoch. Sie hatte gehofft, daß ihr Mann die Initiative ergreifen werde, ohne auf die Rückkehr des Geistlichen zu warten. Peters rief von oben herab: «Sie sollten lieber raufkommen, Mr. Rosen.»

Rosen sagte: «Haben Sie keine anderen Witze auf Lager?» Die Öffnung, von der die beiden Stewards herunterlugten, wobei ihnen ein dritter Mann über die Schulter schaute, befand sich jetzt fast drei Meter über ihren Köpfen. Die letzten Treppenstufen, die vom C-Deck in den Speisesaal führten, gingen nun in Richtung Decke, und das Geländer war zu weit entfernt, um von Nutzen sein zu können. Die Stufen standen kopf. «Und überhaupt», schloß Rosen, «was hätten wir davon?»

«Es ist höher über der Wasserlinie», sagte Peters.

Rogo grunzte: «Das kann man wohl behaupten!»

Jane Shelby ging näher an diese Öffnung heran und fragte: «Acre, haben Sie Schmerzen?»

«Nein, Ma'am, danke. Es geht schon.»

Peters warf ein: «Wir haben's ihm einigermaßen bequem gemacht.»

Rogo fügte hinzu: «Der Doktor ist hier unten. Soll ich ihm Bescheid sagen?»

Acre sagte: «Nein, Sir. Das eilt nicht. Er muß erst mal nach den Passagieren sehn.»

Susan, Jane, Miss Kinsale und den Rosens ging Acres Zustand näher als ihr eigener. Im Verlauf der fast einen Monat währenden Kreuzfahrt hatte sich eine geradezu freundschaftliche Beziehung zwischen den Passagieren und den Speisesaalstewards entwickelt, die ihnen dreimal täglich ihre Mahlzeiten vorsetzten, sie umsorgten, ihre Lieblingsspeisen kannten, mit ihnen scherzten, sich um sie kümmerten. Während der Reise hatten die einzelnen ihre besonderen Freundschaften geschlossen: beim Bridge, beim Trinken, im Rauchsalon, auf Deck in den Liegestühlen, bei Landausflügen – bei den Mahlzeiten jedoch bildeten sie eine geschlossene Gruppe unter der Ägide von Peters und Acre. Shelby hatte einmal geäußert, sie stellten so etwas wie einen von den beiden Stewards geleiteten Club dar.

Jetzt hörten sie das Klirren und Knirschen von Glas und sahen Scott herbeikommen. Unterwegs zog er den Knoten seiner Krawatte herunter, öffnete seinen Kragen und warf seinen Rock ab. Alle beobachteten ihn neugierig.

Martin, der Herrenausstatter, hatte sich wieder gefaßt und stand auf den Beinen. Müller dachte bei sich: *Der All-American Boy hat sich zu etwas entschlossen.* Jane Shelby: *Jetzt hat er wieder den Blick in seinen Augen.*

Er war da, dieser Zug, der freundliche Besonnenheit in harte Aggressivität verwandelte. Scott sagte unvermittelt: «Für die kann ich nichts mehr tun» und ruckte mit dem Kopf nach hinten. Er gab jedoch nicht zu erkennen, ob er damit die Toten oder die Lebenden meinte. «Der Doktor sieht nach dem Rechten. Aber viel kann er auch nicht zuwege bringen. Das Schiff ist gekentert. Wir schwimmen mit dem Bauch nach oben. Jetzt liegt's einzig und allein an uns, wie wir aus dieser Falle herauskommen.»

Shelby fragte: «Was ist mit dem Offizier?»

Scott erwiderte: «Der ist völlig verwirrt. Ist ja noch ein Kind. Er sagt denen immer wieder, daß sich alles einrenken wird.»

Der ‹Strahler› sagte: «Ist auch ein Trost.»

Rosen fragte: «Was ist 'n mit den andern – den Zahlmeistern? Haben die denn keine Ahnung?»

Scott sagte: «Der eine ist bewußtlos, der andere ist bloß ein Schreiber.»

«Was is 'n mit 'm SOS?» fragte Rogo. «Die senden doch SOS aus, oder?»

Scott sagte: «Nein, das tun sie nicht» und überließ es Rogo, sich einen Reim darauf zu machen.

Der Detektiv begann streitsüchtig: «Was soll 'n das heißen, sie tun's nicht? Tun sie doch immer, wenn's ein...» Sein Mund klappte zu, und seine kleinen Augen wurden unstet. Er war aus der Fassung gebracht und deshalb verärgert.

Müller nahm den Gedankengang auf: *Herrje! Wenn wir auf dem Bauch schwimmen, kieloben, dann sind sie tot. Der Käpt'n muß auch tot sein. Und die Offiziere auf der Brücke. Und wie viele sonst noch? Wie kann sich ein Schiff über Wasser halten, das kieloben treibt?*

Der Knabe Robin ergriff zum erstenmal das Wort, seit ‹es› geschehen war. Er sagte: «Vielleicht haben sie auch ihre Positionsmeldung nicht absetzen können.» Das von den Füßen her scheinende Licht beleuchtete das Abbild seines Vaters; er hatte die gleichen grauen Augen und das eckige Kinn, doch waren seine Gesichtszüge zarter und noch nicht völlig ausgebildet; sein Mund ähnelte in seiner Weichheit dem seiner Mutter. «Das ist fürs Schiffahrts-Computer-Zentrum. Sie senden sie alle vier Stunden. Wenn sie die aber nicht...»

Sein Vater sagte: «Weshalb sollten sie die nicht gesendet haben, Robin?»

Der Knabe erwiderte: «Sie haben nicht immer pünktlich gesendet. Ich hab zusehn dürfen. Ich lern morsen. Jeder Astronaut muß morsen können. Einen Tag hat der Funker ein langes Telegramm von einem Passagier gesendet. Es ging um...» Er kicherte. «Jemand hat an sein Mädchen telegrafiert. Und der Funker hat gelacht. Die Positionsmeldung hat er erst zehn Minuten nach fünf abgesetzt. Vielleicht ist's heut abend wieder so gewesen.»

«Und was hätt das zu bedeuten?» forschte Rogo.

«Teufel», sagte der ‹Strahler›, «eine ganze Menge.» Das Hirn hinter dem runden roten Gesicht arbeitete, wenn nicht von Alkohol benebelt, logisch und präzise. «Kapieren Sie das nicht? Wenn die Meldung Punkt neun rausgegangen ist, dann dauert's vier Stunden oder länger, ehe sich jemand für uns interessiert. Hat er aber wieder so einen Liebesbrief oder sonstwas in den Äther gefunkt und ist dabei unterbrochen worden, ehe er fertig war, und die Positionsmeldung bleibt aus – dann wird schon ziemlich bald jemand aufmerksam werden und nachforschen. Wenn sie keine Antwort bekommen, werden sie schon irgend etwas unternehmen.»

Müller sagte: «Wir werden bloß nie erfahren, ob sie tot sind. Das ist der Ärger bei der Geschichte. Und diese vier Stunden könnten... könnten...» Er hatte sagen wollen: «Zwischen Tod und Leben unterscheiden.» Er sagte es nicht, aber sie wußten es und wollten es nicht wahrhaben. Sie blickten einander verwirrt und verloren an.

Scott jedoch fesselte sie mit seinem intensiven Blick. Er sagte: «Genau! Deshalb müssen wir uns sofort in Bewegung setzen.»

«In Bewegung?» fragte Rosen. «Wohin?»

Scott hob den Kopf. «Nach oben», sagte er schlicht.

Sogleich blickten alle automatisch, wie an einem Faden gezogen, zur Decke, wo die mittlerweile zur Ruhe gekommenen Tischtuchgirlanden und unheimlichen Formen der Tische und Stühle hingen.

Müller fragte: «Meinen Sie das metaphysisch, Frank? Worauf wollen Sie hinaus?»

Rogos schmale Lippen kräuselten sich vor Verachtung. Dieser Schlappschwanz mit seinen hochtrabenden Worten!

Scott polterte los: «Physisch! *Uns* meine ich, unsere Körper, unsere Personen. Allesamt. Wir müssen dorthin kommen, wo der Kiel ist. Wir müssen an die Außenhaut des Schiffes.»

Rosen schüttelte den Kopf. «Versteh ich nicht – nach oben? Zur Außenhaut?»

Der Knabe war flinker. «Ich weiß schon», sagte er. «Wie in einem Unterseeboot. Wenn jemand kommt, müssen wir klopfen, damit sie wissen, daß wir da sind.»

Der ‹Strahler› ließ sein rundgesichtiges Lächeln leuchten. «Du hast's erfaßt, mein Sohn. Die Frage ist nur: haben wir so viel Zeit? Wir wissen ja nicht, wie lange sich der Kahn auf diese Weise über Wasser halten kann.»

Scott sagte ungerührt: «Was für einen Unterschied macht das?»

Linda Rogo schrie ihren Mann an: «Du Mistkerl! Soll das heißen, daß wir plötzlich absaufen können? Du hast mich auf ein Schiff mitgenommen, das untergehen kann?» Dann bedachte sie ihren Mann zum Erschrecken aller Anwesenden mit obszönen Schimpfworten, die sich in dem Engelsmund ihres Puppengesichts höchst unpassend ausnahmen.

Rogos Gesichtszüge schienen sich insgesamt zu senken – seine Augenwinkel, sein Mund, sein Kinn –, als er versuchte, sie versöhnlich zu stimmen.

«Nu aber, Täubchen! Kannst doch vor all den netten Leuten nicht so mit mir reden.»

Linda ließ ihn wissen, wohin all diese netten Leute gehen und was sie dort treiben könnten.

«Nu aber, Baby! Wie hat denn einer wissen sollen, daß sowas passieren könnt? Das Schiff muß auf irgendwas aufgelaufen sein.» Zu den anderen sagte er: «Sie dürfen's ihr nicht übelnehmen; sie ist ziemlich wütend. Vielleicht nicht mal ganz zu Unrecht. Sie wollt nämlich nicht mitkommen. Stimmt's nicht, Mäuschen?»

Müller fragte: «Wie lange kann es sich in diesem Zustand über Wasser halten? Eine Stunde? Zwei? Zwölf Stunden?»

«Oder fünf Minuten?» warf Manny Rosen ein.

Müller ignorierte ihn. «Können wir's schaffen? Haben wir genügend Zeit? Wie kommen wir hier raus? Wir kommen ja nicht einmal zu Acre und Peters hoch. Wie viele Decks hat das Schiff? Fünf? Sechs? – können wir ja gar nicht schaffen!»

«Es kommt auf den Versuch an», sagte ‹Buzz› Scott.

Durch die Zähne und dennoch hörbar sagte Linda Rogo: «Scheißdreck!»

Rogo versuchte, sie zu besänftigen: «Laß doch, Täubchen.» Zu Scott hingegen sagte er boshaft: «Das alte College-Gebabbel, was? Jesses, wir kommen nicht mal aus diesem Loch hier raus. Und was ist mit den Frauen?» Sein Blick streifte die fette Belle Rosen. «Bleiben Sie doch auf dem Teppich! Die müssen wissen, daß wir hier unten stecken. Wenn wir hierbleiben, wird schon jemand kommen und uns rausholen.»

Scott blickte Rogo voll und durchdringend an. «Als die Sträflinge in Westchester Plains zwei Wärter als Geiseln festhielten, haben Sie anders geredet und gehandelt», sagte er.

Rogos Gesicht wurde flach und ausdruckslos. Er sagte: «Ja? Ich hab auch gewußt, worum's ging und was ich zu tun hatte. Im Gegensatz zu Ihnen.»

Müller fragte sich, ob und wie Scott reagieren werde. Er war sich der Feindseligkeit Rogos dem Geistlichen und ihm selber gegenüber wohl bewußt, die er während der Reise durch übertriebene Höflichkeit nur schlecht hatte verhehlen können. Zu seiner Überraschung reagierte Scott ganz anders. Er sah Rogo einen Augenblick lang fragend an und sagte dann: «Vielleicht haben Sie recht.»

Manny Rosen fragte: «Haben Sie einen Plan, Frank? Was sollen wir tun?»

«Uns wie Menschen benehmen, nicht wie Schafe», entgegnete Scott.

«Also?»

Müller dachte an das sonderbare Gebet des Geistlichen, das eher eine Absprache mit Gott gewesen war, in der er sie zu einer gewissen Aktivität verpflichtet hatte, und fragte sich, ob sie eine theologisch-dialektische Ansprache dieses seltsamen Mannes zu erwarten hätten.

Statt dessen erkundigte er sich ruhig, sachlich, fast beiläufig: «Hat einer von den Männern an einem Überlebenskurs teilgenommen?»

Robin sagte: «Meinen Sie, wie die Astronauten, die irgendwo

ausgesetzt werden, wo's nichts zu essen gibt und kein Wasser und keine Hilfe, und die sich dann selber helfen müssen?»

«Genau das, Robin.»

Die Männer schüttelten die Köpfe.

Scott sagte: «Aber ich. Kennen Sie die Todesursache der meisten Menschen, die sich verirren oder Schiffbruch erleiden oder in unwirtlichen Gegenden stranden?»

«Panik», meinte Müller.

«Nein», sagte Scott, «Apathie. Nichts unternehmen, sondern die Hände in den Schoß legen – aufgeben. Ist statistisch erwiesen. Manchmal bleiben Menschen durch die bloße Tatsache am Leben, daß sie etwas tun.»

Dann fuhr er fort: «Ich sehe die Lage so: wenn wir hierbleiben und darauf warten, daß Hilfe kommt, dann gibt's zwei Möglichkeiten: vielleicht kommt sie – vielleicht kommt sie nicht. Wir haben nicht die mindeste Ahnung, wie lange wir uns über Wasser halten können, wie nahe dem Tode wir sind. Aber wir leben noch, wir können denken und handeln, wir haben das, was so vielen genommen wurde: das Geschenk des Lebens. Ich würde vorschlagen, daß wir der Hilfe *entgegengehen,* die möglicherweise zu unserer Rettung kommt.»

Niemand sagte etwas.

Scott schloß sanft: «Ein Tier, das in eine Falle geraten ist, wird immer versuchen, sich daraus zu befreien – auch wenn es dafür ein Bein einbüßen muß.»

Rosen sagte: «Ich versteh immer noch nicht, was wir Ihrer Meinung nach tun sollen, Frank.»

«Klettern», entgegnete Scott. «Klettern und immer weiter klettern.»

Rosen sagte: «Und wenn der Kahn während unserer Kletterei absäuft?»

Müller war selber überrascht von dem Gedanken, der ihm durch den Kopf schoß: *Mein Gott, er hat recht! Zumindest erwischt's uns dann in einem Augenblick edler Anwandlung.*

Scott drückte es anders aus. Er sagte: «Dann haben wir's jedenfalls versucht. Aber ich glaube nicht, daß das Schiff untergeht.»

Der ‹Strahler› meinte: «Sind Sie nicht ein bißchen optimistisch, alter...» und hielt sich gerade noch rechtzeitig zurück. Man nannte einen Vikar, oder wie das amerikanische Äquivalent auch lauten mochte, nicht einfach einen ‹alten Knaben›. Er sagte: «Woher wollen Sie das wissen?»

«Weil ich ein Gelübde abgelegt habe», sagte Scott. «Das kann nicht ignoriert werden.»

Diese Feststellung war zweifelhaft und lächerlich und enthielt dennoch Stärke und Überzeugungskraft. Müller gingen all die Witze durch den Kopf, in denen davon die Rede war, wie gut es sei, einen Geistlichen als Flugnachbarn oder Golfpartner zu haben. Er war zwar durch und durch Agnostiker und hatte in seinem egozentrischen Leben niemals auf den Knien gelegen – indessen war er gegen Aberglauben oder die atavistischen Verlockungen von Stammeszauber und Medizinmännern keineswegs immun.

Scott sagte: «Robin da, der weiß, worauf ich hinauswill. Wenn wir uns bis morgen früh über Wasser halten, könnten wir von der Luft aus entdeckt werden. Schiffe und Flugzeuge werden nach uns suchen. Es gibt nur eine Möglichkeit, uns aus dem gekenterten Kahn herauszuholen: indem man oben ein Loch in den Rumpf schneidet. Unsere Chancen, gerettet zu werden, sind naturgemäß erheblich höher, wenn wir's fertigbringen, dort oben zu sein, wenn sie mit Schneidbrennern kommen.»

Und Scott fuhr fort: «Die Entscheidung, ob Sie hierbleiben oder den Versuch wagen wollen, liegt natürlich bei Ihnen.»

Müller fand es unbegreiflich, daß noch jemand zögern konnte, da sie doch, im wahrsten Sinne des Wortes, knapp vor dem Untergang standen. Keiner hatte auch nur den blassesten Schimmer von der Tragfähigkeit des Schiffes in gekentertem Zustand, von der Luftmenge, die den durch das Unglück frei gewordenen Raum ausfüllte. Und trotzdem benahmen sie sich nicht wie Menschen, die jeden Moment mit ihrem Tod rechnen müssen. Im Augenblick der Katastrophe hatten sie geschrien, es war Panik ausgebrochen, jetzt aber, vielleicht nur Sekunden vor dem endgültigen Untergang, diskutierten sie in aller Ruhe die Mittel und Wege für ihr Entkommen. Woran lag das? An Scotts Selbstsicherheit? Oder an dem

Umstand, daß die POSEIDON, kieloben treibend, eine ebenso sichere Plattform darzustellen schien, wie sie es in normaler Lage gewesen war – wenn man von den grotesken Gebilden an der Decke absah? Sie hatten das Schiff unter ihren Füßen: solid und fest und unerschütterlich. Müller aber war sich bewußt, daß es sich um eine Illusion handelte, die jeden Moment zerbrechen konnte.

Shelby fragte: «Was ist mit den andern?» Dabei blickte er zu den Geschöpfen, die am fernen Ende des Speisesaals kauerten, hinüber und zu den Gestalten am Boden, von denen sich einige wieder bewegten.

«Die Toten sind aus dem Rennen», sagte Scott, und Jane Shelby blickte auf; die Brutalität der Worte, die plötzliche Gleichgültigkeit und Indifferenz, die an die Stelle der sanften Überredung getreten war, irritierte sie. Dann kam Miss Kinsale in ihr Blickfeld, und Jane konstatierte, daß sie nicht nur überhaupt nicht erstaunt war, sondern eher etwas nachdenklich dreinschaute.

Scott sagte: «Sieben sind zu Tode gestürzt. Für die Verletzten gibt es keine Möglichkeit, hier herauszukommen. Mit Krüppeln können wir uns nicht belasten. Der alte Doktor tut sein möglichstes.»

*Das ist aber selbstsüchtig und grausam*, dachte Jane, *sie im Stich zu lassen*. Ihr gesunder Menschenverstand indessen sagte ihr: *Was soll man denn, um Himmels willen, mit Menschen machen, die sich nicht rühren können?* Aus ‹Selbstsucht› wurde ‹Selbsterhaltung›. Scott hatte recht, sie hatte unrecht, und das mißfiel ihr.

«Das ist mir eine schöne Schiffahrtsgesellschaft», sagte Rosen. «Einen Halbblinden als Schiffsarzt einzustellen!»

Der ‹Strahler› sagte: «Einen Kapitän einzustellen, der sein Schiff kentern läßt!»

Shelby wiederholte seine Frage: «Was wird mit den andern?» Dann fügte er hinzu: «Ich meine, die da drüben, die nicht verwundet sind?»

Scott sagte: «Ich habe mit ihnen gesprochen. Der junge Zahlmeister hat ihnen gesagt, sie sollten bleiben, wo sie sind, es käme schon jemand. Er trägt eine Uniform. Sie haben ihm geglaubt.»

«Dann sind wir also unter uns», sagte Shelby.

Die flackernden Lampen unter dem Boden wurden vorübergehend trüber, leuchteten dann aber wieder auf. Der ‹Strahler› sagte: «Das kann ja heiter werden! Wie lange tun die's noch? Ich nehme an, daß sie von Notaggregaten gespeist werden.»

«Ich hab den Vierten Offizier gefragt», sagte Scott, «aber der hatte keine Ahnung. Ein oder zwei Stunden; vielleicht mehr, vielleicht weniger.»

«Herr im Himmel!» sagte Rogo in beleidigtem Tonfall. «Was weiß dieser dämliche Bursche überhaupt – für unsern Zaster?»

Linda schloß die Augen, schüttelte die geballten Fäuste wie ein Kind im Wutanfall und schrie kreischend: «Ich will nicht sterben! Gleich müssen wir alle sterben – und was macht ihr? Quatscht dumm und dämlich rum! Oh, Maria, Mutter Gottes, rette uns!»

Scott ignorierte sie und erwiderte ihrem Mann: «Nichts. Er hat das Schiff zum erstenmal gesehn, als er vierundzwanzig Stunden vorm Ablegen an Bord kam. Wenn er irgendwas wüßte, hätt ich dafür gesorgt, daß er mitkommt und uns den Weg zeigt. Also: je eher wir aufbrechen, desto besser.»

Martin mischte sich plötzlich ins Gespräch. Er war klein und graumeliert und sogar in seinem auffallenden Schottenjackett derart unauffällig, daß alle überrascht waren, als er jetzt auf einmal seine Stimme erhob. «Ich weiß nicht, wie's mit Ihnen ist», sagte er, «aber ich muß vorm Zehnten zurück sein. Wir haben 'ne neue Sparte aufgenommen. Für die Jungen, wissen Sie. Wir haben einen Haufen junges Volk in Evanston draußen, und für die muß man junges Zeugs haben. Ist vielleicht verrückt, diese bunten Hemden und diese Schlipse und so, aber das wollen sie nun mal, und deshalb muß man's haben.» Und dann fügte er hinzu: «Ich hab eine gelähmte Frau daheim – Arthritis.» Einen Augenblick lang sah er sie fast trotzig an. «Aber sie hat unbedingt gewollt, daß ich diese Reise mitmache. Ist schon ein feiner Kerl, meine Ellen.»

Scott fragte: «Kommen Sie mit?»

«Warum nicht?»

«Und Sie, Dick?» Scott hatte sich an die Shelbys gewandt.

Richard Shelby zögerte, ehe er für seine Familie antwortete, die er nicht konsultiert hatte. Er sagte: «Ja. Wenn Sie meinen, daß wir eine Chance haben.»

Jane Shelby setzte hinzu: «Auch, wenn nicht.» Ihre Stimme hatte einen Anflug von Schärfe, doch ließ sich nicht sagen, ob ihre Äußerung eine Frage oder eine Feststellung war.

Scott sah sie offen an, doch sein Blick schien mehr nach innen gerichtet, und Jane spürte das. Er sagte: «Zumindest setzen wir uns ein.»

Jane wünschte, ihr Mann hätte nicht gezögert. Er war der Ältere und hätte die treibende Kraft sein müssen. Sein kurzes Zögern, ehe er seine Führerrolle abgab, war nur eine Bestätigung dessen, was sie schon lange gewußt hatte. Aber die Frau, die Liebende, hoffte weiter.

Shelby hatte sie führen wollen, hatte in den Augen seiner Familie eine gute Figur machen wollen. Er hatte während der Katastrophe die Nerven behalten, aber er hatte keinen besseren Vorschlag, wie sie sich aus dieser fatalen Lage befreien sollten, und Scott schien seiner Sache sicher zu sein. Aber er hatte die leichte Schroffheit in der Stimme seiner Frau mitbekommen und fragte: «Seid ihr einverstanden? Jane? Susan? Was meinst du, Robin?»

Robin sagte: «Klar! Im Computerzentrum in Washington werden sie schon jedes Schiff kennen, das in unserer Nähe war. Ich glaube, wir sollten mitgehn, Mamm.»

Jane war wohler zumute. Ihr Sohn hatte eine klare Meinung.

Scott setzte seine Werbung fort: «Mr. Bates?»

Der ‹Strahler› sagte: «Einen Versuch ist's allemal wert. Ich habe keine Lust, wie eine Ratte in der Falle ersäuft zu werden.»

«Miss Reid?»

Der ‹Strahler› antwortete für sie: «Ach, die kommt mit. Was, Pam?»

Die junge Engländerin nickte. «Wenn du möchtest, Tony.»

«Miss Kinsale?»

Das alte Mädchen erwachte durch die direkte Anrede wie aus einer Träumerei und lächelte in sanfter Einwilligung. «Aber selbstredend, Dr. Scott.»

«Mr. und Mrs. Rogo?»

Die kleinen Augen des Detektivs wanderten zwischen Scott und den anderen Mitgliedern der Gruppe hin und her. Er war es gewöhnt, in heiklen Situationen das Kommando zu übernehmen und sich notfalls mit Gewalt durchzusetzen. Aber hier war er nicht in seinem Element: es gab keinen Feind, niemanden zu bezwingen. Der Gedanke, sich einem Studierten unterzuordnen, und noch dazu einem Prediger, war ihm zuwider. Aber sterben wollte er auch nicht. Er hielt sich an das Broadway-Glaubensbekenntnis: Schlagen ist besser als geschlagen werden. Er sagte: «Wenn's nicht gesponnen ist von wegen wir kämen hier vielleicht raus.»

Linda fuhr ihn mit rotem Gesicht an: «Ich geh nicht mit! Ich hab Angst. Ich glaub, das ist 'n Schwindler.» Und noch lauter: «Und du gehst auch nicht mit!»

«Aber nicht doch, Täubchen», sagte Rogo besänftigend.

Der Rest ihrer Pseudokultiviertheit ging flöten, als sie einen Kübel übelster Schimpfwörter über ihren Mann ausschüttete, der sie betreten ansah und sagte: «Aber, Herzchen, hör doch mit so was auf!»

Sie war jedoch nicht zu bremsen und gab eine derartige Fülle unflätiger Beleidigungen von sich, daß die anderen sie nur offenen Mundes anstarren konnten und gar nicht auf das vorbereitet waren, was dann kam.

Ohne die mindeste Veränderung in seinem bettelnden und unglücklichen Gesichtsausdruck schlug Rogo ihr hart mit dem Handrücken über den Mund – schneller, als man sehen konnte – und fing sie gleichzeitig mit dem anderen Arm auf.

«Aua-aua», jammerte sie und heulte los. Ihre Nase blutete.

Rogo nahm sie in die Arme. «Ist ja gut, Herzblatt – ich hab's ja nicht gewollt, Herzblatt. Sieh mal: dein armes kleines Näschen!» Er holte ein weißes Seidentuch aus der Brusttasche seines Dinnerjacketts und hielt es ihr vors Gesicht. «Herzchen, ich tu dir nicht gern weh, das weißt du doch. Komm, sei lieb. So ist's gut. Siehst du.» Sie schluchzte jetzt nur noch.

Jane Shelby und ihr Mann ahnten, daß eine solche Szene bei den beiden nichts Ungewöhnliches war, wenn sie ihn bis zu dem Punkt getrieben hatte, wo seine Scheu und Ehrerbietung plötzlich in Grobheit und Grausamkeit umschlugen.

Dem ‹Strahler› fielen fast die Augen aus dem Kopf; Amerikaner waren wirklich nicht zu verstehen. Manny Rosen hingegen verzog keine Miene. Er hatte Rogo in seinem eigenen *Delicatessen* in Aktion gesehen, als drei schwere Jungens sich die Freiheit genommen hatten, ‹eine Bemerkung zu machen›, wie Rogo das nannte.

Rogo sagte zu Scott: «Sie kommt mit.»

«Mr. Müller?»

Hubie entgegnete: «Ich halt's für eine ausgezeichnete Idee.» Es gefiel ihm hier nicht, und er war bereit, einen Ortswechsel vorzunehmen.

Scott fragte weiter. «Mr. und Mrs. Rosen?»

Belle Rosen wandte sich an ihren Mann: «Ich begreif's nicht. Was will er denn? Was hat er mit uns vor?»

«Ich weiß nicht. Er sagt, irgendwo raufklettern, um hier rauszukommen. Er will im Schiff nach oben. Er sagt, er wird's uns zeigen.»

«Manny, so eine fette Frau wie ich kann nicht klettern. Geh du mal mit. Ich bleib hier und warte ab.»

«Bist du verrückt, Mamma? Weggehn und dich hierlassen? Du kannst's doch wohl versuchen, oder? Was können wir denn anders tun? Hierbleiben und drauf warten, daß das Schiff untergeht, und ertrinken?»

Belle Rosen sagte: «Ist das nicht einerlei, wo wir ertrinken?»

Ob der Logik seiner Frau sah der rundliche kleine Mann auf einmal unentschlossen aus. Ihm war die Tragweite des Geschehens noch gar nicht ganz bewußt geworden. Scott ging auf Mrs. Rosen zu, nahm ihre dickliche Hand in die seine, wo sie fast verschwand. Er sagte: «Wir werden Ihnen alle helfen, Mrs. Rosen. Vielleicht ist's nicht so schwierig, wie Sie glauben.»

Sie blickte zu ihm auf. Er und alles, was er war und was er repräsentierte, war ihr so fremd, als käme er von einem anderen Stern. Und doch sah sie irgend etwas, das dem Mut, der sie ihr Leben bis zum jetzigen Zeitpunkt hatte durchstehen lassen, neuen Auftrieb gab. Sie sagte: «Wenn Sie's sagen.» Und fügte hinzu: «Aber ich bin ein altes fettes Weib. Ich würd Ihnen bloß im Wege sein.»

Scott lächelte. «Nicht, wenn Sie sich ernsthaft Mühe geben. – So, dann wär's also entschieden.»

Das Mädchen des ‹Strahlers› stieß einen kleinen Laut aus. «Oh!»

sagte sie und konstatierte dann kühl und fest: «Tut mir leid, aber ich kann natürlich nicht mit.»

Alle waren perplex. Keiner kannte sie genauer, keiner hatte mehr als ein paar belanglose Worte mit ihr gewechselt, und keiner wußte mehr von ihr, als man gerüchteweise gehört hatte. Nach ihrer vorherigen Zustimmung waren alle von dieser plötzlichen Sinnesänderung völlig überrascht.

«Mutter, natürlich», sagte sie. «Ich kann doch nicht ohne Mammy gehn. Sie liegt in ihrer Kabine. Ich müßte erst einmal...» Sie wurde unsicher und brach ab. Angst verzerrte ihr unscheinbares Gesicht, als sie umherblickte und den Alptraum an der Decke wahrnahm und das dunkle ölige Wasser, wo einst die Treppe gewesen war. «Tony!» rief sie aus. «Wo ist sie? Wir müssen zu ihr! Wie kommen wir hin?»

Der ‹Strahler› war plötzlich hilflos. «Hör mal zu, altes Mädchen. Du mußt dich zusammennehmen. Weißt du – ich fürchte...» Hilfe – suchend sah er zu Scott hinüber.

Das Mädchen rief: «Steht doch nicht da rum und starrt mich an! Warum sagt ihr's mir denn nicht! Wie komm ich zu ihr?»

Inzwischen hatte sie begriffen und begrub ihr Gesicht an der Schulter des ‹Strahlers›, während Scott sagte: «Tut mir leid, aber es muß Ihnen allen unterdessen doch wohl klargeworden sein. Jeder, der über diesem Speisesaal war, ist jetzt unter der Wasserlinie. Keiner von ihnen kann noch leben.»

James Martin spürte, wie Übelkeit in ihm aufstieg, und es gelang ihm, sich von der Gruppe abzuwenden, ehe er wieder auf die Knie fiel und sich neuerlich übergab. Zum erstenmal hatte er an Mrs. Lewis gedacht, die gesagt hatte, sie werde nicht zum Essen kommen.

«Mein Gott», sagte der ‹Strahler›, «ich könnt jetzt was zu trinken brauchen.»

Rogo tobte wieder heftig los. «Herr im Himmel!» schrie er Scott an. «Wollen Sie vielleicht sagen, außer uns sind alle tot? Aber das ist doch verrückt, dies verkehrtrum! Das ist doch alles verrückt! Und Sie sind auch verrückt. Sie wissen ja nicht mal, wie Sie uns hier rausbringen wollen.»

«Doch, das weiß ich», sagte Reverend Dr. Frank Scott.

# 5
## *Der Weihnachtsbaum*

«Der Baum da!» sagte Scott. «Helft mir.» Zu Peters rief er hinauf: «Wir wollen zu Ihnen nach oben. Können Sie den Baum festhalten, wenn wir ihn raufschieben?»

Peters erwiderte: «Das hatt ich schon vorschlagen wollen, Sir. Wir haben einen Matrosen und ein paar Leute aus der Küche hier. Wenn Sie die Spitze zu uns hochwuchten, halten wir das Ding fest.»

Den lächerlich deplazierten Christbaum hatten alle fast vergessen. Er lag jetzt zu Füßen von Scotts Gruppe, und zwar so, daß die unteren Zweige einen Teil der Öffnung abschirmten, die einst die obere Plattform der Haupttreppe gewesen war.

«Was haben Sie vor?» fragte Shelby.

«Den Baum als Leiter benutzen, um nach oben zu kommen», sagte Scott. «Die Männer sollten sich's ein bißchen bequemer machen. Es wird eine mühsame Sache.»

Shelby lockerte seine schwarze Fliege und öffnete den Kragen. Die anderen folgten seinem Beispiel – mit Ausnahme von Martin, der noch auf den Knien lag, sich den Kopf hielt und würgte. Irgendwo tief unten in diesem stinkigen Wasser-Öl-Gemisch trieb Mrs. Lewis mit ihrem großen pneumatischen Busen und den parfümierten Haaren, was ihm beides Trost und Lust gewesen war, in ihrer mit Wasser gefüllten Luxuskabine umher oder lag eingeklemmt und ertrunken auf dem Bett, das sie geteilt hatten.

«Zuerst werden wir das untere Ende herumschwingen», sagte Scott, und die sechs Männer verteilten sich. Susan und Robin halfen ihnen.

Jane Shelby wollte ebenfalls zugreifen, doch ihr Mann flüsterte ihr zu: «Spar deine Kräfte auf. Wer weiß, was wir da oben vorfinden, falls wir's schaffen, oder was noch kommen wird.»

Schmuck und Flitter klimperten melodiös, während sie das untere Ende des Stammes herumwuchteten, bis er parallel zur Schiffswand lag und die Spitze sich genau unter der darüber sich abzeichnenden Öffnung befand.

Scott verteilte seine Mannschaft über die Länge des riesigen Baumes; er selber nahm als Größter und Kräftigster die Mitte, dann kamen in Abständen Rogo, Müller und der ‹Strahler›, und Shelby, Rosen und die beiden Jungen, Susan und Robin, hatten die Aufgabe, von hinten zu schieben.

«Los geht's», sagte er. «Wenn ich anhebe, nehmt ihr ihn auf die Schulter. Dick, Sie wuchten hoch.» Er hob den Stamm des Baumes, der an dieser Stelle gut zehn Zentimeter stark war, auf die Schulter und sagte: «Vorwärts! Schieben Sie, Dick!»

Die Spitze des Baumes hob sich und rutschte an der Wand des Speisesaals entlang nach oben, zu der Öffnung hin, wo Peters auf dem Bauch lag und darauf wartete, sie packen zu können. Die anderen Passagiere am entgegengesetzten Ende des Saals sahen ihnen unbeteiligt zu und machten keine Anstalten, ihnen zu Hilfe zu kommen. Sie waren von ihrer eigenen Unentschlossenheit paralysiert und betrachteten das Unternehmen als eine Art Wahnsinn.

«Ich krieg keine Luft mehr!» keuchte Rosen.

«Manny, du tust dir was!» rief Belle.

«Los doch, schieben!» sagte Shelby und wunderte sich selber, welche Kraft noch in seinen fünfzig Jahre alten Rückenmuskeln steckte, obwohl sich seine körperliche Aktivität seit langem auf das Schütteln von Mixbechern beschränkte.

Scott drehte seinen Kopf über die Schulter und gab den drei Männern hinter sich das Kommando: «Jetzt! Heben!» Er selber stemmte den Stamm hoch über den Kopf.

«Hab ihn!» rief Peters und packte die Spitze.

«Ausgezeichnet!» sagte Scott. «Ihr zieht – wir schieben.» Die Zusammenarbeit verlief jetzt reibungslos; die oben zogen, die unten schoben, bis Scott ausrief: «Das reicht!» Er kam mit den anderen keuchend unter den Zweigen hervor. Susans Chiffonkleid hatte einen Riß im Ärmel.

Der Baum lag nun in einem Winkel von fünfundvierzig Grad, und alle standen neben ihm und betrachteten ihn voller Stolz: sie hatten in gemeinsamer Anstrengung das Ziel erreicht.

Martin erhob sich und sagte: «Tut mir leid, daß mir schlecht war. Ich helf jetzt mit.»

Belle Rosen fragte: «Verlangen Sie vielleicht, daß ich da raufgehe?»

Scott erwiderte: «So schwierig ist das gar nicht. Sie können sich an den Zweigen festhalten. Ich werd's mal ausprobieren.» Trotz seines massigen Körpers kletterte er behende wie ein Affe den Baum hinauf. «Großartig!» rief er herunter und sprang zu Boden.

Der Baum hatte wirklich etwas von einer Leiter: die Äste dienten als Sprossen und boten gleichzeitig den Händen Halt.

Scott wandte sich an Martin. «Geht's Ihnen besser? Meinen Sie, Sie könnten jetzt da raufklettern?»

«Ja.» Er wollte sich mit Gewalt von den Gedanken und Bildern losreißen, die ihn mit Mrs. Lewis verbanden. Ihre Affäre war erledigt, mit *bezahlt* abgeschlossen. Er brauchte nun nicht mehr das Risiko einzugehen, sie in Chicago zu besuchen, wie er versprochen hatte. Ellen würde nie dahinterkommen. Er durfte jetzt nicht mehr an Wilma denken, sonst fing er noch vor aller Augen an zu flennen.

«Okay, krabbeln Sie hoch», sagte Scott. «Dann können Sie von oben den Frauen helfen.»

Martin ging tatkräftig zu Werke; er schob sich die Zweige beim Hinaufklettern aus dem Gesicht und benutzte sie gleichzeitig zum Festhalten. In halber Höhe jedoch hielt er an.

Scott, der erfahrene Trainer, rief ihm zu: «Nicht nach unten gukken. Weiter. Sie sind gleich da.»

Martin *blickte* nicht nach unten; er *dachte* nach unten und stellte sich vor, wie die überflutete Kabine aussehen mochte. Der Aktion war es nicht gelungen, die Imagination zu verdrängen. Weshalb hatte er nicht darauf bestanden, daß Wilma zum Essen kam? Weshalb war er nicht in ihre Kabine gegangen?

Im nächsten Augenblick hatte ihn Peters an der Hand und zerrte ihn durch die umgedrehte Türöffnung. «Einmal geschafft, Sir. Die anderen kriegen wir auch gleich hoch.»

Scott blickte von Linda Rogo zu Pamela Reid. «Ich fürchte, diese langen Gewänder werden verschwinden müssen. Die kurzen Röcke mögen ja gehn, aber mit solchen Fußfesseln kommen Sie nicht da rauf. Und ziehn Sie die Schuhe aus. Die Männer können sie in ihre Taschen stecken – Sie werden sie noch brauchen.»

Linda sagte: «Was will er?»

Rogo antwortete: «Das Kleid! Das Kleid! Zieh's aus! Wie willst du denn in der Wurstpelle da raufkommen?»

«Was verlangst du von mir?» fuhr Linda ihren Mann an. «Soll ich mich vor allen ausziehn? Strippen, ja?»

«Täubchen», sagte Rogo, kam indessen nicht zu Wort.

Ihre Lippen waren geschwollen, wo er sie geschlagen hatte, und aus ihrem Puppengesicht war eine Hexenfratze geworden. «Dieser Mistkerl da, der will mich ja bloß nackicht sehn. Die Sorte kenn ich: sonntags predigen und die ganze Woche pimpern. Der hat mich doch schon die ganze Reise auf 'm Kieker gehabt.»

Rogo sagte: «Aber, Püppchen, so was sollst du doch nicht sagen. Komm mal her, ich zieh dir 'n Reißverschluß auf.»

«Nimm deine dreckigen Pfoten weg!» sagte Linda und kratzte ihm mit ihren Fingernägeln über den Handrücken. Blut quoll aus den Striemen, und die Umstehenden warteten auf die nun wohl fällige Explosion.

Diesmal fiel sie milder aus, denn Rogo schüttelte nur den Kopf und sagte bedauernd: «Sie will's nicht anders haben.» Im selben Moment riß er ihr mit blitzartiger Bewegung das Kleid vom Körper. Als sie in BH und Slip dort stand, die Arme über dem Busen gefaltet, sagte er: «Baby, Süßes, du zwingst mich doch immer zu etwas, was ich überhaupt nich will.»

Linda fing wieder an zu weinen. «Uuuuh, ich schäm mich so, wo alle zukucken!» Sie nahm erst die Hände von den Brüsten, als sie merktc, daß niemand auch nur das mindeste Interesse zeigte.

«Miss Reid?» sagte Scott.

Die junge Engländerin stand neben dem ‹Strahler› in ihrem blaßblauen zerknitterten Atlaskleid, das weder zu ihrer Persönlichkeit noch zu ihrer Person paßte. Sie hatte nichts mehr gesagt, seit sie das Schicksal ihrer Mutter begriffen hatte, aber sie hatte scharf nachgedacht. Sie war vernünftig und verständig; sie konnte nichts tun. Das Trauern hatte Zeit. Sie wandte sich an den ‹Strahler› und fragte: «Stimmt das mit Mammy?»

Er sagte: «Ja, ich fürchte doch, Pam.»

«Ist sie wirklich tot?»

Der ‹Strahler› sah sie hilflos an, und seine Augen wanderten zu dem Pfuhl hinüber, wo die Haupttreppe gewesen war und dessen ölige Oberfläche jetzt glatt dalag. Was konnte er dem armen Kind noch sagen? Sie aber war seinem Blick gefolgt, nahm ihn als endgültige Antwort und fragte nicht weiter. Sie manipulierte mit den Trägern ihres Kleides, so daß es ihr auf die Füße fiel, und trat ohne jede Verlegenheit heraus. Sie trug einen knappen weißen Nylonslip. Das Abwerfen des Kleides war eine Art Abschiednehmen von jemandem, der sie mal gewesen war. Sie sagte nichts, sondern schob einfach ihre Hand in die des ‹Strahlers›.

*Oh, mein Gott,* dachte er, *was soll ich jetzt tun?* Denn diese Geste war so endgültig und bindend gewesen. Sie hatte keinen hübschen Körper und sah im Slip nicht anmutiger aus als im Kleid. Sie war ein großartiger Trinkkumpan gewesen, aber er liebte sie nicht, wollte sie nicht lieben, wollte sie nicht besitzen, wollte nichts anderes, als in ewigem alkoholischem Frieden leben dürfen. Alle Hemmungen bezüglich des Trinkens waren von ihm abgefallen, als seine Frau vor ein paar Jahren gestorben war und er sich in den immerwährenden schwerelosen Whiskynebel begeben durfte, wo er sich frei und unangreifbar fühlen konnte. Was sollte er mit diesem mutterlosen Mädchen anfangen, das sich ihm gerade eben überantwortet hatte? Er tätschelte ihren Arm, ohne sich dessen bewußt zu sein.

Scott sagte: «Na, Susan, wie ist's? Willst du als nächste hochklettern?»

«Okay!» Sie stieg aus ihren Schuhen und gab sie ihrem Vater. Sie war jung und kräftig. Sie hatte gemerkt, daß ihr die Glieder zitterten, seit das Schiff gekentert war, doch der Gedanke an den Tod oder daran, daß sie sterben könne, kam ihr nicht in den Sinn. Jetzt begriff sie, was Scott mit Aktion contra Apathie gemeint hatte. Wenn man etwas tat, hörte man auf, Angst zu haben. Es freute sie, daß er sie ausgewählt hatte, um den anderen mit gutem Beispiel voranzugehen, und sie hoffte, ihre Sache gut zu machen.

Es war, wie Scott vorausgesagt hatte, leichter als erwartet. Der großgewachsene Geistliche hielt Susans Hand fest, bis sie die Hälfte des Baumes erstiegen und nur noch zwei weitere Zweige zu bewältigen hatte; dann faßte der auf dem Bauch liegende Martin ihre beiden Hände und zog sie triumphierend herauf.

Unerwartet sagte Belle Rosen: «Soll ich jetzt?»

Ihr Mann sagte: «Willst du wirklich, Mamma?»

«Wenn ich jetzt nicht geh, dann nie mehr. Ich bin ja so nervös.»

«Gute Idee, Mrs. Rosen!» sagte Scott ermutigend. «Sie haben gesehn, wie leicht Susan es geschafft hat.»

«Sie hat ja auch nicht mein Gewicht. Wird er mich tragen?»

«Mich hat er doch auch getragen. Geben Sie mir Ihre Hand.»

«Muß ich mein Kleid ausziehn?» fragte sie.

«Nein», sagte Scott. «Es ist ja kurz. Es wird Sie nicht behindern.»

«Nimm du meine Schuh, Manny.»

«Laß dir Zeit, Mamma», sagte ihr Mann und half ihr.

Scott stützte sie, und sie arbeitete sich mühsam zwischen den Zweigen hindurch in die Höhe, bis sie den Punkt erreichte, wo niemand sie festhielt. Shelby wurde an ein schwarzes Bärenjunges erinnert, das er einst in der gleichen Lage gesehen hatte: in halber Höhe eines Baumes, unfähig, weiterzuklettern oder herunterzukommen. Er fragte sich, ob sie abstürzen werde.

Manny Rosen rief hinauf: «Weiter, Belle! Bist gleich da!»

Scott aber lenkte sie mit mehr Erfolg ab, indem er ganz ruhig sagte: «Sie brauchen nur Ihre Hand auszustrecken, dann zieht Mr. Martin Sie hoch.» Gehorsam und ohne nachzudenken erkletterte sie die nächsten beiden Zweige und wurde unter den Beifallsrufen der Untenstehenden nach oben gehievt. Sie freute sich wie ein Kind und winkte und lächelte.

«Ein richtiger Peter Pan», sagte sie.

Ein paar Minuten später waren alle oben. Scott stellte sich an die Kante und rief mit weithin hallender Stimme durch den Speisesaal: «Noch jemand? Wir wollen versuchen, die Außenhaut des Schiffsrumpfes zu erreichen, für den Fall, daß jemand zur Rettung kommen sollte.»

In die zurückgebliebenen Passagiere kam Bewegung. Ein Mann gab Antwort und rief: «Wir haben beschlossen, hier zu warten.»

Ein Steward kam mit einer blutbefleckten Serviette in der Hand durch die Trümmer herüber. Sein linker Arm stand ihm verdreht von der Schulter ab.

Als er das untere Ende des Baumes erreichte, rief er zu Scott hinauf: «Ich würd gern zu meinen Kumpels nach oben kommen, wenn ich könnte, Sir. Ich hab getan, was ich kann.»

«Los, Mann. Rauf mit Ihnen. He, was ist mit Ihrem Arm?»

«Ich weiß nicht, Sir. Ich kann ihn nich bewegen.»

«Ist der andere auch verletzt?»

«Nein, Sir», erwiderte der Steward. «Ich hab bloß nach denen gesehn, die am Bluten waren.»

Sofort kletterte Scott den Baum hinab, packte die gesunde Hand des Mannes und zog ihn behutsam hinter sich her.

Einer der Stewards sagte: «Okay, Jock. Bei uns hier oben biste besser aufgehoben.»

Peters fragte: «Müssen wir den Baum noch festhalten, Sir?» Die Spitze lag immer noch auf der Kante.

Scott blickte noch einmal auf das Chaos im Speisesaal hinab, auf die Toten, die Sterbenden und die Lebenden, die wie Schafe zusammengedrängt standen oder lagen. Sein Ausdruck war unbarmherzig. «Nein», sagte er und gab dem Baum zusätzlich einen Tritt. Mit krachenden Zweigen und dem Klingeln von Christbaumschmuck stürzte er zu Boden.

Jane Shelby rief: «Weshalb haben Sie das getan? Vielleicht überlegen sie sich's anders.»

Scott sah sie kurz an, aber sie merkte, daß er mit den Gedanken woanders war, daß er sie kaum wahrnahm.

Grob sagte er: «Für den Fall wissen sie, wie sie's anzustellen haben.»

Jane dachte, daß dieser Mann seine Verachtung den Schwachen gegenüber nicht bitterer und böser hätte ausdrücken können. Sahen so Führer aus? Sollte so ihr Anführer aussehen? Sie fragte sich, was geschehen würde, wenn ihm jemand wirklich in die Quere kam. Wieviel Herz hatte dieser Hüne? Andererseits: wie schnell und entschlossen und geradezu sanft hatte er den verletzten Steward heraufgeholt! Sie bewunderte und verachtete ihn gleichermaßen.

Nun befanden sie sich in dem Gang, der zu den Küchen führte.

Auf der einen Seite lagen hintereinander: die Servierpantry, die sommellerie – wo Weine vorrätig gehalten werden, die oft bestellt wurden – und eine Restaurantbar. Hier kamen die Kellner auf ihrem Gang von den Küchen vorbei, wo sie Bestecke abholten, zusätzliche Gläser, Servierlöffel und Getränke.

«Geben Sie auf die Rohre acht», sagte Peters warnend. «Sie gehen auf der Decke.»

Dies bewog sie, sogleich nach oben zu schauen und zu sehen, was aus dem Fußboden geworden war. Seine polierte Vinyloberfläche befand sich jetzt über ihren Köpfen. Zu ihren Füßen verliefen Metallrohre, teils mit Asbest verkleidet, in verschiedenen Durchmessern und Farben für die Elektrizitätsversorgung, für Telefonkabel und Installation, für Heizdampf und Druckwasser für die vielen Tausend über das ganze Schiff verteilten Spritzköpfe der Berieselungsanlagen, die beim Ausbruch eines Feuers in Aktion treten sollten; außerdem waren da noch Leitungen, in denen das Bier aus Fässern direkt zu den Bars gelangte. Die Rohre waren nicht nur groß, sondern auch verschieden weit voneinander entfernt und schlüpfrig, was das Stehen oder Gehen schwierig machte.

Rogo sagte zu Scott: «Da haben Sie wohl nicht dran gedacht, was?» Der Geistliche entgegnete: «Vermutlich werden uns noch eine ganze Menge andere Überraschungen erwarten. Je höher wir kommen, desto schwieriger wird's sein, schätze ich.» Er blickte Rogo geradezu belustigt an und schloß: «Ich habe nie behauptet, daß es ein Sonntagsspaziergang werden würde.»

Acre, der zweite Steward, lag der Länge nach dort, wohin er beim Kentern geschleudert worden war. Um ihn herum verstreut fand sich alles, was er in den Speisesaal hatte tragen wollen: Lachs ‹timbales›, Huhn, Steaks mit Kartoffeln, Gemüse und Reis. Als das Schiff sich auf die Seite legte, hatte er sein Bein ausgestreckt, um die Balance zu behalten. Zwischen Knie und Knöchel war es gebrochen.

Es roch stark nach Schnäpsen, Wein und Bier, und in den ‹Strahler› kam gleich wieder Leben. Aber weder in der Bar noch in der sommellerie war eine einzige Flasche ganz geblieben – dafür schwamm alles von geistigen Getränken, vermischt mit Suppe und

Blut. Zerbrochene Gläser und Teller bedeckten den Boden, Tabletts, Deckel, Saucieren, Schöpflöffel, Terrinen, Gemüseplatten: ein heilloses Durcheinander herrschte zwischen den Rohren und Leitungen.

Peters stand neben Acre. Es war ihm gelungen, das gebrochene Bein zu richten und zwischen zwei Leitungsrohre zu klemmen, was die Wirkung einer Schiene hatte. Ein bärtiger Seemann in Segeltuchhosen und einem weißen kurzärmeligen Baumwollhemd, auf dem quer über der Brust in blauen Lettern S. S. POSEIDON stand, lehnte an der Wand; seine Handflächen waren dagegengepreßt, und in seinen Augen spiegelte sich Entsetzen.

Zwei junge Chefs standen auf halbem Weg zur Küche. Sie trugen ihre hohen Mützen, die sie sich automatisch wieder aufgesetzt haben mußten, nachdem sie ihnen vom Kopf gerissen worden waren. Ihre Gesichter waren so weiß wie ihre Nackentücher, und sie bebten an allen Gliedern.

Der Gang führte weiter, an den Küchen vorbei, die sich in der Mitte des Schiffes befanden und nicht ohne weiteres zu sehen waren. Mehrere Speisesaalstewards von anderen Tischen hatten sich hier eingefunden, etwa ein Dutzend, und einige waren verletzt und bereits mit zerrissenen Tischtüchern und Servietten verbunden. Die unverletzt Gebliebenen waren noch wie betäubt, und die Anwesenheit von Passagieren in ihrer Domäne verwirrte sie zusätzlich. Passagiere gehörten nicht hierher. Es herrschte das beklemmende Gefühl von Unwirklichem, wie es während oder unmittelbar nach einer Katastrophe entsteht, wenn der erste Schock verebbt ist und die Opfer versuchen, sich den Veränderungen in ihrer Umgebung und ihrem Leben anzupassen. Nur Peters und Acre schienen ihre besondere Beziehung zu Scott und seiner Gruppe als deren Kellner beibehalten zu haben.

Miss Kinsale fragte – in einem Tonfall, der eher unbeteiligtes Interesse denn Besorgnis ausdrückte: «Werden wir alle ertrinken?»

Acre entgegnete: «Ich hoffe nicht, Miss.»

Das glatte Gesicht von Miss Kinsale ließ nicht erkennen, ob sie Angst hatte, und Susan dachte, wie wenig man doch von ihr wußte und nicht nur von ihr, sondern auch von den anderen, die sich der

Führung Reverend Scotts anvertraut hatten. Und selbst er war so etwas wie ein Geheimnis.

Miss Kinsales beiläufige Frage: «Werden wir alle ertrinken?» hatte Susan hart und kalt klargemacht, in welch verzweifelter Situation sie sich befanden, und sie hoffte, man möge es ihr nicht so deutlich ansehen wie Linda Rogo, deren Mann sich seines Dinnerjacketts entledigt und es ihr über die Schultern gelegt hatte. Sie stand neben dem Seemann an der Wand; ihr Oberkörper war in die schwarze Jacke mit den glänzenden Aufschlägen gehüllt, die sie über der Brust zusammenzog. Die lächerlichen Locken hingen ihr seitlich ins Gesicht. Der von dem Schlag geschwollene Mund ähnelte von fern einer Schweineschnauze. Ihre Zähne schlugen aufeinander. Sie stöhnte vor sich hin.

Die Rosens hielten sich aneinander fest, um nicht von den Rohren in die Brühe dazwischen abzugleiten, aus der scharfe Glassplitter herausragten. Alle Frauen hatten ihre Schuhe wieder angezogen.

Der ‹Strahler› kam aus der Weinkammer geklettert, wo er vergebens nach etwas Trinkbarem gesucht hatte. Er sah nicht gerade wohl aus. Er stapfte stolpernd zu Pamela hinüber und stellte sich, Schulter an Schulter, neben sie. Er bebte. Sie fragte: «Tony, was ist passiert?»

Er antwortete: «Der Barmann. Er muß verblutet sein. Ich konnte nichts mehr tun. Ich brauch einen Schnaps, Pam.»

Sie legte ihm den Arm um die Hüfte und drückte ihn an sich. «Ich brauch einen Schnaps», wiederholte er, ohne ihre Tröstungsversuche zu bemerken.

Scott sagte: «Wir wollen zum Boden des Schiffes hoch.»

«Sie meinen doch den Kiel, Sir, nicht wahr?» fragte Peters.

«Den meine ich. Dort müssen wir sein, wenn man Rettungsversuche unternimmt.»

Acre sagte: «Das werden Sie nicht schaffen, Sir. Das Schiff hat einen doppelten Boden.»

«Ich weiß», sagte Robin Shelby. «Da sind die Öltanks.»

«Der Skipper hat in La Guaira keinen Ballast genommen», sagte Peters. «Hat mich gewundert. Aber durch die Dünste kommen Sie trotzdem nicht durch.»

«Erstrecken sie sich über die ganze Länge des Schiffs?»

«Ausgenommen Bug und Heck, Sir.»

«Könnten wir eins von beiden erreichen?»

Peters nahm die Gruppe in Augenschein. Die fette Mrs. Rosen, deren schwarzes Spitzenkleid bei der Baumbesteigung stellenweise zerrissen war. Die unzurechnungsfähige Linda Rogo. Miss Kinsale. Die Mädchen würden es vielleicht schaffen, auch Mr. Shelby und der Junge, aber bestimmt nicht das fette Weib. Die anderen Herren wirkten gleichfalls nicht allzu sportlich. Und wer wollte wissen, auf welche Hindernisse sie noch stoßen würden? Er sagte: «Kann ich nicht beurteilen, Sir. Sie könnten's versuchen.»

«Welchen Weg würden Sie vorschlagen, Peters? Zum Bug oder zum Heck?»

Peters überlegte. Dann meinte er: «Ich würd sagen, zum Heck. Vielleicht sind die Anker ausgebrochen und rausgefallen. Das könnt den Kahn im Gleichgewicht halten. In diesem Fall wären die Kettenkammern voll Wasser. Und wenn nicht – an den Ankerketten kämen Sie nie und nimmer vorbei. Ich würd sagen: die bessere Chance haben Sie im Heck. So gegen Ende der Schraubenwelle.»

Shelby fragte: «Wieso sind wir noch nicht abgesoffen, Peters?» Das war eine Frage, die noch keiner zu stellen gewagt hatte.

Peters erwiderte: «Kann ich nicht sagen, Sir. Hat wohl mit Mathematik zu tun, nehme ich an. Mit Luftraum und Schwimmfähigkeit und so. Ich hab gehört, daß die Laderäume fast leer sind. Da wird dann wohl Luft drin sein, sollt ich meinen. Ich hab aber keine Ahnung – ich bin bloß ein Steward.»

«Aber Sie sind doch lange auf diesem Schiff gefahren.»

«Genau fünfundzwanzig Jahre», sagte Peters. «Aber ich kenn bloß den Teil, der mich angeht: die Küchen und Unterdecks.» Dann fuhr er fort: «Aber wir haben schon gemerkt, daß es ein bißchen absackt, Sir.» Er wies zum Pfuhl der Haupttreppe. «Deshalb haben wir gemeint, es wär besser, wenn Sie hier raufkämen.»

Rogo sagte: «Hier sind wir nun, aber wie soll's weitergehn, zum Teufel? Wohin führt uns all das alberne Gequatsche?»

Jetzt fühlten sie Unbehagen. Man hatte sie vom Speisesaal hier herauf geführt, und nun sah es genauso trostlos aus wie zuvor. Der

Gang führte nicht weiter. Scott ließ sich nicht beirren. Er sagte: «Es ist wie beim Spiel: es gilt, die schwache Stelle des Gegners zu erkunden. Wenn man die erst einmal kennt, kann's losgehn.» Zu Peters dann: «Wie schätzen Sie unsere Chancen ein?»

Der sagte mit gedämpfter Stimme zu Scott und Shelby: «Vielleicht sackt der Kahn allmählich ab; kann aber auch sein, daß er plötzlich in die Tiefe plumpst.» Er zuckte mit den Schultern. «Vielleicht hält er sich auch noch Stunden über Wasser, wenn das Wetter so bleibt. Ein Flugzeug könnt uns morgen früh ausmachen.»

«Morgen früh könnte es zu spät sein», sagte Shelby.

Robin Shelby hörte das. Er sagte: «Sie könnten uns auch bei Nacht sehn, wenn sie uns suchen. Auf den Azoren gibt's ein Luftraumüberwachungs- und Bergungs-Center. Die fliegen Hercules HC-130. Wenn ein Astronaut runterkommt, überfliegen sie das Gebiet und werfen Leuchtbomben ab. Wenn wir aus dem Wasser rausragen, sind wir auch im dunkeln auf den Radarschirmen zu sehn, stimmt's?»

Peters sagte: «Bitte: der ist im Bilde. Kluger Kerl. Hab manchen Plausch mit ihm gehabt.»

Robin war aufgedreht. «Dann telefonieren sie zum *Marine Information Center* in Miami, und die geben's ans *Shipping Computer Center* in Washington weiter. Deshalb geben alle Schiffe ihre Positionen durch. Wenn plötzlich ein Astronaut runtergehen muß, wo man ihn nicht erwartet, müssen sie die ganze Zeit wissen, wo jedes Schiff ist, damit sie das nächste hinschicken können.»

Der ‹Strahler› sagte: «Junge, du kennst dich ja wohl aus, wie? Also kommt's letztlich doch wieder auf diesen verdammten Zeitpunkt an – ob die Positionsmeldung hinausgegangen ist oder nicht.»

Susan Shelby fragte ihren Bruder bewundernd: «Woher weißt du das alles, Robin?»

Der Junge entgegnete: «Ach, Sis, das weiß doch heutzutage jeder. Steht alles in dem Astronautenjahrbuch, das ich von Daddy zu Weihnachten gekriegt habe.»

Scott fragte: «Wissen Sie, wie lange die Notbeleuchtung anhält?»

Acre beantwortete diese Frage: «Etwa vier Stunden, Sir», sagte er. «Einer von den Elektrikern ist mein Freund. Wenn sie nicht beschädigt ist. Sie läuft auf zwei Batterieserien.»

Scott blickte auf seine Uhr. Es war halb elf. Er sagte: «In drei Stunden müßten wir's geschafft haben.»

Die Vorstellung, daß die Lampen plötzlich erlöschen könnten, machte Rogo nervös. Erbost ließ er vernehmen: «Wieso machen wir uns nich auf un davon? Wollen Sie's vielleicht drauf ankommen lassen, daß wir mit 'm Haufen Weiber in der Finsternis nach 'm Weg suchen?»

Der ‹Strahler› fügte hinzu: «Würd ich auch sagen. Sollten wir uns nicht auf die Socken machen?» Scott antwortete mit einem barschen «Nein!» – Und als der ‹Strahler› ihn verwundert ansah, fügte er hinzu: «Sie haben mir den Ball gegeben, aber eh ich damit loslaufe, möcht ich gern wissen, wo ich das Loch finde.»

Der ‹Strahler› blickte Müller verdutzt an, und dieser erläuterte: «Football. Amerikanisch. Aber er hat recht. Er möchte halt gerne wissen, wohin die Reise geht.» Und zu Peters sagte er: «Nebenbei bemerkt: was befindet sich direkt unter uns – oder, wohl korrekter, jetzt hier drüber?»

Von Rogo bekam er einen geringschätzigen Blick ob seiner sanften Stimme und seiner gewählten Ausdrucksweise.

«Der Swimming-pool», gab Peters zur Antwort.

«Was?!» rief Rosen aus. «Mit Wasser?»

Martin stöhnte: «Oh, nein!» und zog unwillkürlich den Kopf ein. Alle blickten angstvoll nach oben.

Einer der anderen Kellner grinste hämisch und sagte hochnäsig: «Gimpel.»

Peters sagte: «Keine Bange. Der Skipper läßt ihn immer entleeren, wenn sich etwas regt. Hätte er's nicht getan, wäre jetzt keiner von uns hier.»

Scott fragte: «Bis wohin erstreckt er sich?»

«Ungefähr bis zum Ende der Pantry», entgegnete Peters. «Gleich hinter den Küchen ist eine Tür, die auf den Gang führt. Wenn Sie da längs gehn, kommen Sie auf eine Treppe und können nach unten... nein, ich meine: von da aus können Sie zwei Decks nach oben gehn und sind dann auf der *working alleyway*.»

«Broadway», setzte Acre mit einer Grimasse hinzu.

«Wir nennen's den Broadway», erklärte Peters. «Es ist ein breiter Gang, der die ganze Erste Klasse entlangläuft. Von da aus hat man Zugang zu jedem Teil des Schiffes. Das erlaubt der Besatzung und dem Hotelpersonal, also uns, und den Kabinenstewards, den Elektrikern und all den Leuten, von einem Teil des Schiffes zum anderen zu kommen, ohne auf Deck oder in die Kabinensektion gehen zu müssen.»

«Und die Passagiere zu ängstigen», fügte der Steward hinzu, der Martin einen Gimpel geheißen hatte.

«Halt die Klappe, Williams», sagte Acre.

«Pappas kann Ihnen den Weg zeigen», sagte Peters und klatschte in die Hände. «Oi! Pappas! Wach auf! Träum nicht von Mutter und zu Hause. Du sprecken Englis? Zeig diesen Leuten hier, wie sie zum *alleyway* kommen.»

Der griechische Matrose drehte ihnen sein bärtiges Gesicht zu, doch das war immer noch ausdruckslos, so, als hätte er nichts gesehen oder gehört.

«Von da ab», fuhr Peters fort, «sind Sie auf sich gestellt. Halten Sie sich nach achtern zu. An einer Stelle müssen Sie durch den Maschinenraum nach oben, um zum Schraubenschacht zu kommen.» Er tauschte mit Acre einen Blick aus. Dann sagte er: «Wir haben keine Ahnung, wie's da oben aussieht.»

Acre fügte hinzu: «Der ist fünf Decks hoch.»

Wieder verließ Müller der Mut. Dieses ‹fünf-Decks-hoch› umnebelte seine Sinne und malte ihm ein undeutliches Bild vor, aus dem er nur folgern konnte, daß sie sich auf etwas ganz und gar Unmögliches einließen.

Scott hingegen blieb unerschütterlich. Er fragte Peters: «Gibt's irgendwo Stricke oder Seile?»

«Ja. Am Ende der Pantry ist ein Kasten. Bei grober See bringen wir hier Seile an, damit wir uns festhalten und sicher zum Salon kommen können.»

«Würden Sie mir eins holen?»

Williams sagte: «Soll er sich's doch selber holen. Hier wird nicht mehr gearbeitet. Wir stecken alle in derselben Klemme.»

«Das stimmt allerdings», sagte Scott. «Also gut. Peters: sagen Sie mir, wo's ist.»

Der Steward sagte: «Kommen Sie, Sir, ich zeig's Ihnen.» Und die beiden gingen zusammen fort.

Martin – immer noch adrett in seinem Schottenjackett mit dazu passendem Binder und wachen Augen hinter der goldgefaßten Brille – fragte Müller flüsternd: «Was halten Sie davon?»

Müller erwiderte: «Er ist der Typ des Siegers. Vielleicht ist das sein Geheimnis.» Scotts Gradlinigkeit und Unbekümmertheit hatte ihn wieder mutig gemacht und zudem seine Neugier geweckt.

Der Geistliche und der Steward kehrten zurück. Scott hatte eine Rolle leichten Nylonseils über der Schulter und trug eine langstielige rote Feuerwehraxt. Die Axt war auf der einen Seite scharf, auf der anderen spitz wie ein Pickel.

Scott sagte: «Falls wir klettern müssen, kann's nicht schaden, darauf vorbereitet zu sein.»

Müller hatte ein kurioses Bild vor Augen: Scott in Lederhosen mit einem Tirolerhut und Bergstiefeln, in den Alpen angeseilt, seinen Pickel schwingend. Rogo hingegen wurde von zügelloser Wut gepackt.

«Klettern! Herr im Himmel, Mann: sind Sie denn ganz und gar bekloppt? Und wenn die Lampen ausgehn? Und die Frauen? Und was ist mit den Treppen? Treppen werden doch wohl dabeisein, oder vielleicht nicht?»

Scott sagte: «Bei den Treppen könnten Sie eine Überraschung erleben, Rogo.» Auf einmal war wieder das Glühen in seinen Augen, dieser starre, ins Weite gerichtete Blick. «*Sie* waren doch derjenige, dem's nicht schnell genug gehen konnte. Wir verplempern unsere Zeit.»

Und dies machte allen erneut klar, wie sehr die Zeit drängte und in welch prekärer Lage sie sich befanden: verkehrt herum im größten Transatlantikriesen, der je gebaut worden war, 81000 Tonnen Metall zwischen Himmel und tiefstem Meeresgrund.

Müller fühlte Übelkeit in sich aufkommen, da Scott etwas berührt hatte, das ihn plagte und an das er sich zu erinnern versuchte, seit sie sich entschlossen hatten, ihm zu folgen. Es war die Speisesaaltreppe. Er wehrte sich gegen die unerbittliche Klarheit des Bildes und fragte sich, wie lange er es aushalten werde, zwischen Tat und Tod hin- und hergerissen zu werden, zwischen Mattigkeit und Mut.

Scott sah die Mitglieder seiner Gruppe an. «Wollt ihr euch mir immer noch anvertrauen?»

Shelby zerstreute alle Zweifel, indem er für sie antwortete: «Klarer Fall, Frank.»

Mrs. Rosen aber packte den Arm ihres Mannes und flüsterte ihm etwas zu. Offenbar hatten sie die Ausrüstungsgegenstände entsetzt, mit denen der Geistliche zurückgekehrt war.

«Hören Sie», sagte Rosen. «Wir wollen Ihnen nicht hinderlich sein. Belle meint, sie kann nicht gut klettern. Wir sollten vielleicht hierbleiben, damit wir Ihnen kein Klotz am Bein sind.»

Miss Kinsale sagte sofort: «Aber nein, Mr. Rosen, das kommt doch überhaupt nicht in Frage. So schlimm wird's schon nicht. Dr. Scott ist ja da und hilft uns.»

Rosen sah unsicher und unglücklich aus. Scott sagte: «Kommen Sie mit, solange Sie können. Wir werden's schon hinkriegen.»

Das munterte sie wieder auf. Keiner wollte sterben. Er hatte die Gabe, Menschen von ihren Ängsten zu befreien, jenen Punkt anzurühren, der den Willen zum Überleben freisetzte, allen Hindernissen zum Trotz. Scott sagte: «Ich finde, wir sollten eine Art Marschordnung aufstellen und daran festhalten, damit wir immer wissen, wo jeder ist. Das Gehen auf diesen Rohren wird nicht einfach sein. Am besten gehn wir zu zweit, immer ein Mann und eine Frau. Ich werd den Anfang machen – und zwar am besten mit...» Er blickte sich um. «Mit Miss Kinsale. Es folgen Mr. und Mrs. Shelby, würde ich sagen, und die Rosens; dann die jungen Leute, Mr. Bates und Miss Reid, Martin und Mr. Müller; die beiden Rogos machen den Schluß, schlage ich vor.»

Linda Rogo sagte: «Wieso sollen wir die letzten sein?»

Rogo fügte hinzu: «Ja, warum soll ausgerechnet ich das Schlußlicht spielen?»

«Weil Sie Köpfchen haben und weil wir das aller Wahrscheinlichkeit nach brauchen werden.»

Der Detektiv sagte nichts mehr. Als seine Frau neuerlich protestieren wollte, kniff er sie in den Arm und sagte: «Halt's Maul.»

Jane Shelby verspürte wieder einen leichten Stich. Sie war verärgert. Wenn Scott den letzten für so wichtig hielt – weshalb hatte er dann nicht ihren Mann dafür genommen statt des gräßlichen gewalttätigen Kerls, der ihn so augenfällig verachtete?

Während Scott die letzten Vorbereitungen zum Aufbruch traf, fiel sein Blick auf eine Art Kommode, die an der Decke hing und Tischtücher und Servietten enthielt. Er wählte je acht Stück aus, die nicht von der allgemeinen Jauche in Mitleidenschaft gezogen worden waren, und verteilte sie an die Männer mit den Worten: «Legt euch die Tischtücher über die Schulter, und steckt euch die Servietten in die Tasche.»

Diesmal brauste der ‹Strahler› auf. «Was soll denn...» begann er. Und schwieg.

Scott sagte: «Die Tücher können uns von Nutzen sein. Wegwerfen kann man sie immer noch. Und die Servietten brauchen wir, wenn sich einer von uns schneidet. Komplikationen können wir uns nicht leisten.»

Jane dachte: *Gott steh dem bei, der zum Krüppel wird. Er läßt uns glatt im Stich.*

Scott packte den immer noch benebelten griechischen Matrosen bei der Schulter und sagte: «Okay, Pappas, auf geht's! Zeigen Sie uns den Weg.»

Williams krächzte: «Aber sicher! Okay! Auf geht's! – Und was ist mit uns hier?»

Der Geistliche entgegnete unbeeindruckt: «Wollen Sie mitkommen? Ich nehme jeden mit, der will – oder kann. Peters? Die Leute von der Küche? Jeder ist willkommen. Also?»

Peters sagte: «Ich weiß nicht, Sir. Unsere Order für den Ausnahmezustand lautet: jeder bleibt auf seinem Posten, bis weitere Instruktionen ergehen oder wir mittels Signal oder Stimme zu unseren Rettungsbootsstationen geschickt werden.»

Williams sagte: «Na und? Ein Signal hat's nicht gegeben, und eine Stimme hab ich auch nicht gehört, und wozu sind Rettungsboote gut, wenn du mit dem Kopf nach unten in der Tinte hängst?»

Scott sagte: «Meiner Meinung nach sind Sie jetzt nicht mehr durch Orders oder Anweisungen gebunden. Also schön: Williams. Und wer noch?»

Scotts bedächtige Einwilligung versetzte Williams in kindische Hysterie. «Ich nicht!» schrie er. «Das schaffen Sie nie! Sie haben ja keine Ahnung, was zwischen Ihnen und dem Schiffsboden liegt. Sie bleiben auf der Strecke, todsicher, und Ihre Leute auch.»

Scott ignorierte den Ausbruch und sagte: «Peters?»

Peters antwortete: «Ich kann Acre nicht hier liegenlassen. Dafür sind wir zu lange zusammen. Vielleicht kommt alles noch ins Lot, wenn wir nicht den Kopf verlieren.» Dann sagte er: «Kucken Sie nicht in die Küchen rein, wenn sie vorbeikommen.»

«Weshalb nicht?» fragte Rosen, ohne nachzudenken. «Ist da einer zu Schaden gekommen?»

«Die Herde haben sich losgerissen», antwortete Peters. «Und alles andere auch. Diese beiden hier –» er wies auf die beiden zitternden Chefs – «sind rausgekommen. Die anderen nicht.» Erklärend fügte er hinzu: «Die Herde waren in Betrieb.»

Hubie Müller konnte sich das Bild in den lebhaftesten und grauenhaftesten Farben vorstellen; vielleicht, weil er – wie viele seiner Freunde – ein leidenschaftlicher Amateurkoch war und in Küchendingen Bescheid wußte. Sämtliche Platten der elektrischen Herde waren glühend heiß, alles stellte sich auf den Kopf, Töpfe und Pfannen flogen durcheinander, und die kochenden und siedenden und brodelnden Inhalte ergossen sich über die Chefs, die Köche, die Salat- und Pastetenspezialisten, die Tellerwäscher und Hilfskräfte – sie verbrannten oder wurden verbrüht oder wurden erschlagen. Sie starben eines stinkenden Todes. Wahrscheinlich war von dort der tierische Schrei gekommen, den er gehört hatte, als das Schiff kenterte.

«Wir versuchen's», sagte Scott bestimmt. Zu den Stewards sagte er: «Danke, Peters. Danke, Acre. Ich wünsch Ihnen alles Gute.»

Shelby wartete darauf, daß er hinzufügen werde: «Ich bete für Sie.» Aber das tat er nicht.

Die Stewards sagten: «Ihnen auch, Sir.»

Als sie sich in Bewegung setzten, sagte Linda: «Ich brauch keine

Hilfe. Ist doch eure Schuld, daß wir hier im Dreck stecken.» Und Rogo beruhigte seine Frau mit kläglicher Stimme, um weiteren Ausbrüchen vorzubeugen: «Na, komm schon, mein Täubchen. Ich werd dich mal lieber an die Hand nehmen, eh du wieder deine Lieblingssprüche losläßt.»

Scott sagte: «Miss Kinsale.»

«Ich danke Ihnen, Dr. Scott», sagte sie und schob ihre winzige Hand unter den ihr dargebotenen Arm. Er richtete es so ein, daß sie auf seiner linken – der Küche abgekehrten – Seite ging. Die anderen Männer folgten seinem Beispiel. Niemand sagte mehr etwas, und man hörte nur das ölige Schlurfen der Schuhe, mit denen sie auf den schmierigen Rohren Halt suchten.

Sie bewegten sich mit abgewendeten Köpfen an den Küchen vorüber. Sie atmeten stinkende Dünste ein; es roch beißend nach Speisen und etwas Undefinierbarem. Müller meinte die Herkunft dieses Geruchs zu kennen: es war verbranntes Fleisch. Die meisten Deckenleuchten waren zu Bruch gegangen; zwei Lampen aber brannten noch, und das flackernde Strahlen der Notbirnen beleuchtete die Konturen verbogenen Stahls und glänzte auf zertrümmerten Kupferkesseln, Öfen, Herden und vielerlei Utensilien. Man hörte das antiphonische Knacken abkühlenden Metalls – sonst war alles still.

Müller verspürte den unbezähmbaren Zwang, einen Blick in die Räume zu werfen. Er trat durch die Tür, rutschte jedoch aus und wäre beinah hingefallen. Er hielt sich an einem hervorstehenden Stück Metall fest und sah etwas neben der Tür, das rot war und wie Rindfleisch aussah, was es aber nicht war. «Oh, du mein Gott!» sagte er.

Martin, der mit entschlossen abgewendetem Kopf weitergegangen war, sagte: «Kommen Sie schon. Weshalb wollen Sie bloß da reinkucken? Ich hab unten genug gesehn. Ich würd gleich wieder kotzen.»

«Oh, du mein Gott!» wiederholte Hubie Müller, während er sich noch fragte, was für ein Mensch er wohl sein müsse, weil er dort habe hineinblicken wollen.

Er zitterte am ganzen Körper, als er mit Martin weiterging; einmal glitt er aus, und eine Scherbe schlitzte ihm das Hosenbein auf, ohne ihn ernstlich zu verletzen; er bemerkte es nicht.

Rogo warf im Vorübergehen einen Blick in eine Küche und sagte grämlich: «So möcht ich nich krepieren.»

Seine Frau entgegnete: «Wenn du's doch bloß tätest!»

Die von dem Matrosen Pappas und von Scott geführte Gruppe kam an eine Tür. Der Grieche blieb stehen und starrte sie benommen an. Der polierte Knauf befand sich an ungewohnter Stelle: ein kleines Stück oberhalb ihrer Köpfe. Scott griff hin und stieß die Tür auf. Alle waren an die leicht erhöhten messinggefaßten Schwellen an Bord des Schiffes gewöhnt, über die an den ersten Tagen alle Landratten stolperten; diese aber war etwa zwei Fuß hoch.

«Aufpassen!» sagte Scott warnend und half Miss Kinsale beim Übersteigen.

«Was ist denn das für eine Tür?» fragte Rosen.

Shelby gab ihm die Antwort, während er seiner Frau hinüberhalf: «Sie steht auf dem Kopf.»

Belle Rosen sagte: «Das versteh ich nicht. Steht denn jetzt alles auf dem Kopf?»

Scott entgegnete: «Ich fürchte, ja, Mrs. Rosen. Aber irgendwie werden wir das schon hinkriegen.»

Sie befanden sich in einem langen engen Gang: auf der einen Seite Wand, auf der anderen Kabinen. Die Rohrleitungen, die sich an der Decke befunden hatten und jetzt auf dem Boden verliefen, waren kleiner und dichter beieinander als in der Pantry.

«Wo sind wir?» fragte Martin.

«Immer noch auf dem R-Deck, glaube ich», sagte Scott. «Das D-Deck ist genau über uns, und das E-Deck dürfte das sein, was Peters als ‹Broadway› bezeichnet hat. Wir wollen mal lieber ein bißchen langsam gehn. Verknackste Knöchel können wir nicht brauchen.»

Jane Shelby packte den Arm ihres Mannes fester; ein verrenkter oder verstauchter Knöchel oder irgendeine ernsthaftere Verletzung konnte bedeuten, daß Scott den Betreffenden zurücklassen würde. Einerseits mußten sie sich beeilen, andererseits wieder war gerade das höchst gefährlich.

Indessen half ihnen die in Abständen am Boden angebrachte Notbeleuchtung: einzelne Lampen, die zwischen den Leitungen hervorragten und ihnen den Weg erhellten. Kaum jedoch waren sie zehn Schritt vorangekommen, da gingen diese Lichter so plötzlich aus, daß sie wie betäubt im Dunkeln stehenblieben. Vom angestrengten Hinabstarren auf die jetzt erloschenen Lampen tanzten ihnen in der Schwärze sonderbare Lichtsignale vor den Augen.

Von hinten hörten sie Rogos Stimme. «Herr im Himmel!» sagte er. Und seine Frau schrie hysterisch: «Mike, halt mich fest! Laß mich nicht los!»

Darauf folgte ein anderes Geräusch: schwere Schuhe schlugen auf die Rohrleitungen, und ein paar aus der Gruppe wurden in der Dunkelheit von einem schweren Körper angerempelt. Er roch stark nach Schweiß und Knoblauch.

So unerwartet, wie die Lichter ausgegangen waren, gingen sie auch wieder an. Diesmal aber leuchteten sie heller als zuvor und ohne das bis dahin typisch gewesene Flackern.

Robin flüsterte seiner Schwester zu: «Jetzt ist bestimmt die andere Batterieserie dran.»

Als ihre Augen sich an die Helligkeit gewöhnt hatten, stellten sie fest, daß Pappas – der Matrose, der sie hatte führen sollen – nicht mehr da war.

Rogo sagte wütend: «Hat sich dieser verdammte Schweinehund doch aus dem Staube gemacht?!»

## 6

## *Nonnie kommt auch noch dazu*

Dieser vorübergehende totale Ausfall der Beleuchtung hatte eine schockartige Wirkung auf sie, und einen Augenblick lang schloß sich die Gruppe dicht zusammen. Es war schwül auf dem Gang; die Männer entledigten sich ihrer Jacketts und banden sie sich mit Hilfe der Ärmel um die Hüfte.

Hubie Müllers Hemd war gerüscht und plissiert. Dazu trug er schwarze Hosenträger mit violetten Blüten. Rogo war versucht zu sagen: «Ach, du mein Hübscher, wie bezaubernd du wieder aussiehst!» Er unterließ es jedoch. Rogo selber war kräftig und muskulös, und aus seinem geöffneten Hemdkragen ragte ein Stiernacken hervor. Das künstliche Gelock seiner Frau hatte sich von ihren natürlichen Haaren gelöst; sie packte es, riß es ab und warf es zu Boden, wo es sich zwischen zwei Rohrleitungen wie ein kleines pelziges Tier zusammenringelte.

Susan Shelby fand, daß Scott mit offenem Kragen und aufgekrempelten Ärmeln, Axt und Seil am Gürtel, einem altmodischen Filmhelden ähnlich sah. Ihr Vater konnte sich nicht mehr vorstellen, wieso der Anblick des Geistlichen auf den Knien ihn hatte verwirren können. Er war doch ein richtiger Kerl.

Jane Shelbys weiche wellige Haare waren ihr infolge der Anstrengung wie eine Wolke vors Gesicht gefallen, was sie äußerst jung aussehen ließ. Miss Kinsales straffer Knoten indessen saß noch fest an Ort und Stelle; auch ihr Kleid war nicht sonderlich in Mitleidenschaft gezogen. Sie blickte auf ihre Füße und bemerkte: «Du meine Güte! Ich fürchte, ich habe mir die Schuhe ruiniert.»

Das gerötete Gesicht des ‹Strahlers› über dem Hemdkragen ließ ihn, zusammen mit seinen Hosenträgern, eher wie einen Gärtner erscheinen. Pam in ihrem Slip, das lange Kleid auf dem Arm, wirkte mit ihren unschuldigen blauen Augen und dem englischen Teint sehr fehl am Platze.

Manny Rosen fragte: «Alles in Ordnung, Mamma?» Ohne Rock zeigte sich, daß ihm der Hosenbund nicht mehr ganz über den Bauch reichte. Er hatte bekümmerte braune Augen und einen Babymund.

Sie erwiderte: «Sieh nur: mein Kleid ist zerrissen.»

Er sagte: «Solang du keine anderen Sorgen hast, geht's ja noch.»

Zur Bestätigung ihrer Worte raffte sie ihr Kleid und ließ fette Knie und dicke Beine sehen, die ohne erkennbare Knöchel in winzigen Füßen ausliefen, eingezwängt in absatzlose schwarze Atlasslipper. Sie hatte ein Doppel- und Dreifachkinn und darüber ein recht mütterliches Gesicht. Obwohl sie in den Sechzigern war, leuchteten ihre

Augen hinter der Hornbrille noch immer jugendlich, wodurch sie zuzeiten einen schelmischen Ausdruck bekam. Ihre Haare waren ihr ganzer Stolz; sie trug sie in zwei blauschwarzen Flechten auf dem Kopf festgesteckt, ohne einen Silberfaden, und sie sagte gerne: «Jeder sagt, ich tät sie färben, tu ich aber nicht. Meine Großmutter hat noch solche Haare gehabt, als sie schon siebzig war.» An ihrer linken Schulter befand sich eine teure Diamantbrosche in Blumenform. Auf die fiel jetzt ihr Blick; sie nahm sie schnell ab und sagte: «Ach, du meine Güte, Manny! Steck du sie lieber in die Tasche. Ich möcht sie nicht verlieren.»

James Martin fragte: «Was war das mit den Lampen?»

«Wahrscheinlich liefen sie über Batterieserien», sagte Shelby. «Als die eine leer war, hat sich die andere eingeschaltet.»

Robin Shelby flüsterte seiner Schwester zu: «Siehst du? Was hab ich dir gesagt?»

Susan sagte: «Hast ja recht, *Spaceman*! Was würden wir ohne dich bloß anfangen?»

Müller fragte: «Wo ist denn unser Führer abgeblieben?» Und Martin antwortete: «Der hat sich dünnegemacht.»

«Wir brauchen ihn auch gar nicht», fügte Scott hinzu. «Die Treppe müßte hier links sein. Auf geht's.»

Kaum hatten sie sich hinter Scott und Miss Kinsale in Bewegung gesetzt, da hörten sie in der Ferne unsichere, suchende Schritte.

Der ‹Strahler› rief: «Halt! Ich glaub, der Blödkopf kommt zurück.»

Sie blieben stehen und drehten sich um. Es war aber nicht der Grieche, sondern ein Mädchen.

Als die Kleine näher kam, sahen sie, daß sie einen rosafarbenen Morgenrock mit einem Besatz aus Schwanendaunen trug. Sie versuchte zu laufen und rutschte und glitt auf der unebenen Oberfläche dauernd aus, hielt sich jedoch erstaunlicherweise auf den Füßen, die in weichen schwarzledernen Ballettschuhen steckten. Sie weinte, während sie lief, in einer seltsam monotonen Kadenz, wie ein geprügeltes Kind, das nicht aufhören kann. Und jedesmal, wenn ihre Füße zwischen zwei Leitungen gerieten, schwoll ihr jammerndes Schluchzen mit frischem Luftholen an. Mit der linken Hand hielt sie ihren

Morgenrock über den Brüsten fest; mit der rechten bemühte sie sich, die Balance zu halten. Die Haare, die ihr voll auf die Schultern fielen, leuchteten rot. Noch hatte sie die wartende Gruppe nicht entdeckt, denn sie hatte, von panischem Entsetzen gepackt, den Kopf starr nach unten gerichtet.

Rogo schreckte sie auf, als sie nur noch wenige Schritte von ihnen entfernt war.

«He, Nonnie!» rief er. «Wo wollen Sie 'n bloß hin?!»

Sie stieß einen Angstschrei aus und blieb stocksteif stehen; sie starrte die Wartenden ungläubig an und hielt sich mit beiden Händen ihren Morgenrock am Halse zu. Sie stand unmittelbar über einer der Lampen, so daß man ihr Gesicht unter den zerflatterten Haaren sehen konnte: trotz der kreidebleichen Haut und der vom Weinen geschwollenen blaßgrünen Augen war es zweifellos hübsch.

Es war, eingebettet in die feurige Aureole ihres fuchsfarbenen Haars, ein ungewöhnliches Gesicht: attraktiv, aber viel zu klein. Alles – Nase, Mund, Zähne, ovales Kinn – war im Miniaturformat. Hätte es eine angemessene Größe gehabt, wäre sie eine Schönheit gewesen.

Sie war ein ausgewachsener Mensch, und doch schien alles an ihr ein wenig infantil zu sein; mit argloser Unschuld – einem verletzten Kinde gleich, das zu seinem Vater kommt – stolperte sie zu Hubie Müller und warf sich in dessen Arme. «Ach, du mein Gott!» jammerte sie. «Ich hab ja solche Angst! Halten Sie mich fest! Bitte, bitte, halten Sie mich fest! Ich hab ja so entsetzliche Angst!»

Hubie Müller entsprach ihrer Bitte und hielt den zitternden zarten Körper fest umschlungen. Er atmete ihren Achselgeruch ein: Angstausdünstung und billiges Parfum. Die Haare hingegen, auf denen sein Gesicht jetzt ruhte, waren sauber und weich.

«Bitte, lassen Sie mich hierbleiben, bitte», rief sie weinend. «Irgendwas Furchtbares ist passiert. Ich weiß nicht, was. Ich hab so entsetzliche Angst, daß ich gar nicht weiß, wo ich überhaupt bin!»

«Schon gut», sagte Hubie mit seiner samtenen Stimme. «Ist ja schon gut. Wir sind doch da.»

Miss Kinsale sagte: «Das ist ja Miss Parry! Die Arme. Sie ist ja völlig außer sich.»

Nur Miss Kinsale und Rogo erkannten sie. Miss Kinsale hatte dann und wann ein Schwätzchen mit ihr gehalten, und Rogo steckte seine Nase gern in alles, was mit dem Showgeschäft in Verbindung stand: er war nun einmal ein Broadwaybulle. Im Verlauf der Kreuzfahrt hatte er nicht nur sie, sondern das ganze Ensemble kennengelernt.

Sie war eine kleine Tänzerin in dem Cabaret, das die Fahrt begleitete. Die anderen hatten sie vermutlich im Durchschnitt dreimal jede Woche gesehen, wenn eine Vorstellung stattfand und sie im Gleichtakt mit elf anderen Mädchen ihre Beine warf, doch niemals wirklich zur Kenntnis genommen.

Rogo paßte es nicht, daß sie bei einem Kerl Zuflucht suchte, der vielleicht kein Schwuler war, bestimmt aber das, was in seiner Rangordnung darauf folgte: ein Weichling und Schlappschwanz. Er sagte: «Reiß dich zusammen, Kind. Schließlich bist du unter Weißen.»

Das Mädchen hielt sich an Müller fest und drückte ihr Gesicht an seine Brust, als wolle es sich verstecken. Es zitterte noch immer unbeherrscht.

Dann rief die Kleine aus: «Wo ist Sybil? Haben Sie Sybil gesehn? Ich kann niemand finden. Ich hab Angst! Ich weiß nicht, was geschehen ist.»

Müller drückte die knochigen Schultern fest an sich, damit sie das Zittern besser beherrschen konnte, das ihren Körper schüttelte. Er sagte: «Ist ja gut. Es hat ein Unglück gegeben, aber wir werden uns schon um Sie kümmern.» Dann setzte er hinzu: «Wer ist Sybil?»

«Meine beste Freundin; wir wohnen zusammen.» Sie holte tief Luft. «Ein Unglück? Großer Gott!» Sie blickte auf, und als sie merkte, wo sie war, schob sie Müller von sich und sagte entsetzt: «Oh, ich bitte um Verzeihung! Ich hab ja was Schreckliches getan. Ich kenne Sie doch gar nicht, oder? Wir dürfen nicht mit männlichen Passagieren zusammen sein. Ich muß mich ja wohl regelrecht an Sie gekuschelt haben, wie? Timmy hat gesagt, wenn sie uns einmal erwischen täte, würde sie...»

Müller sagte: «Macht nichts.» Er betrachtete die zarten Züge in dem kleinen, etwas verstörten Gesicht. Er hatte sofort die Gewöhnlichkeit ihrer Sprechweise erkannt, die in den Ohren des ‹Strahlers› eine Mischung aus Walisisch und nicht sehr gewähltem Englisch war. «Ist schon in Ordnung», wiederholte er, «im Grunde sind wir alle keine Passagiere mehr. Es kommt nur darauf an, daß wir zusammenhalten.»

Die anderen umgaben das seltsame kleine Geschöpf, dessen Haarfarbe sich scheußlich mit dem Rosa des Negligés und seinem absurden weißen Flaumbesatz biß. Ein Stück hatte sich vom Kragen gelöst und schwebte kurz in der Luft, einer großen Pusteblume gleich, ehe es sich neben den schwarzen Ballettschuhen niederließ. Sie hatte sich aus Müllers Armen frei gemacht und hüllte sich enger in ihren Morgenrock. «Oh, mein Gott, ich hab ja nichts drunter an!»

Der ‹Strahler› sagte: «Deswegen würde ich mir keine allzu großen Sorgen machen, mein Fräulein; wir sind alle nicht mehr ausgesprochen korrekt gekleidet.»

Müller erklärte: «Wir kommen aus dem Speisesaal. Ich bin Hubert Müller, und das ist Dr. Scott, der versuchen will, uns nach oben zu führen, wo...»

Müllers besänftigender Stimme und seiner Förmlichkeit gelang es, das Mädchen zu beruhigen. Sie blickte blinzelnd zu dem großen Mann auf und sagte: «Oh, ich weiß, der Herr Geistliche. Alle Mädchen haben an dem einen Narren gefressen... Oh, Verzeihung. Ich meine...»

Manny Rosen sagte: «Macht nichts. Daran ist er gewöhnt.»

Das Mädchen betrachtete sie einen Augenblick lang argwöhnisch. Machte man sich über sie lustig? Schließlich sagte sie: «Ich bin Nona Parry, aber alle nennen mich Nonnie. Ich bin eine Gresham.»

Müller überlegte sich den Sinn des letzten Satzes. Er sah sie an: kreideweiße Haut, rotgoldenes Haar, blasse Augen. Was war das, eine Gresham? Dann bekam er den Zusammenhang mit. Natürlich: eins der Greshamgirls, eine Tänzerin aus der Truppe. Aber er konnte sich ihrer nicht erinnern. Vielleicht veränderte sie das Makeup.

Nonnie blickte zu Scott hinüber und fragte: «Können Sie mir helfen? Haben Sie welche von den andern gesehn?» Dabei blieb sie dicht bei Müller stehen, so, als wolle sie sich notfalls wieder in seine Arme flüchten. «Ich meine: aus unserer Truppe? Nicky – das ist der Komiker, Heather und Moira, die wo singt. Und Timmy – Mrs. Timker. Die sorgt für uns.»

Alle blickten einander unbehaglich an, bis Miss Kinsale ihre dünne Hand an ihr Gesicht legte und sagte: «Ach, du meine Güte. Die waren alle auf dem C-Deck. Meine Kabine lag in der Nähe der ihren. Es waren solch nette Leute.»

«Aber das C-Deck war über dem Speisesaal.» Jane Shelby war es herausgerutscht, ehe sie sich dessen bewußt wurde.

«Nicht doch», sagte Manny Rosen. «Die Kleine ist nicht in der Verfassung…»

Scott fragte: «Wann haben Sie Ihre Kabine verlassen, Nonnie? Wohin wollten Sie? Können Sie uns genau sagen, was geschehen ist?»

Nonnie versuchte, sich zu erinnern, und schüttelte ein wenig den Kopf, wobei ihre Haare im Dämmerlicht aufleuchteten. Sie sagte: «Ich glaube, es war kurz vor neun. Timmy hat gesagt, heute abend treten wir nicht auf, und wir brauchten nichts zu tun, wenn wir keine Lust hätten. Ich hatte mir was zu essen bringen lassen und hab mir die Haare gewaschen. Sybil war's immer noch schlecht; die wollte überhaupt nichts. Ich wollte zur Friseuse, um mir ein paar Lockenwickler zu borgen und Haarspray zu kaufen.»

Müller dachte: *Wie sollen wir's ihr sagen. Und wie wird sie's aufnehmen?*

Scott fragte: «Auf welchem Deck ist der Frisiersalon?»

Nonnie zählte an ihren Fingern ab und sagte: «D-Deck. Das ist eins tiefer. Nein: zwei, wegen des Speisesaals. Ich bin ganz durcheinander.»

Unwillkürlich blickten mehrere aus der Gruppe zur Decke auf. Nonnie sah es. «Nicht nach oben», sagte sie, «nach unten. Von C nach D muß man runtergehen, aber wegen des Speisesaals muß man hier herum.»

Niemand sagte etwas.

Nonnie fuhr fort: «Es war so spät, daß ich dachte, es wär keiner mehr unterwegs. Aber die Friseuse arbeitet manchmal noch, und da bin ich eben...» Sie zögerte. «Hier lang geschlüpft. Und die erste Treppe runtergegangen und wollte zur nächsten. Und da hat's mich umgeschmissen, wie wenn mich jemand gestoßen hätte. Ich weiß nicht, was passiert ist. Ich hab da gelegen, als ob mich jemand festhalten würde, und konnt nicht aufstehn. Ich hatte furchtbare Angst. Mir war ganz schwindlig. Dann hat's mich geworfen – und ich bin hingefallen.»

Sie hielt plötzlich verwundert inne. «Aber ich kann doch gar nicht hingefallen sein, oder? Weil ich ja schon im Gang umgeschmissen worden war. Wieso bin ich denn da hingefallen? Bin ich aber. Ich bin auf den Rücken gefallen, hab mir aber nicht den Kopf gestoßen. Mir war so schwindlig, daß alles um mich rum irgendwie schwamm. Und dann gab's ein gräßliches Geräusch. Haben Sie's gehört? Krachen und Schreie und Bumsen. Ich weiß nicht, wo ich war oder was geschehen ist. Wahrscheinlich bin ich ohnmächtig geworden. Eigentlich bin ich keine, die gleich umkippt, aber ich muß wohl. Als ich zu mir kam, war alles schummrig. Die Lampen waren irgendwie komisch, und an der Decke waren sie auch nicht mehr. Ich muß in irgendeine komische Ecke des Schiffes reingefallen sein.»

Linda murmelte: «Reingefallen sind wir auch! Um des lieben Himmels willen, kann denn keiner dieser Göre endlich mal den Mund stopfen?»

Das Mädchen ließ sich nicht anmerken, ob es diese Bemerkung mitbekommen hatte. Es plapperte weiter. «Ich hab mich aufgerappelt und wußte nicht, wo längs. Ich wollte die Treppe hoch und wieder zu Sybil. Da bin ich dahin, wo ich dachte, daß sie wäre – wo ich hergekommen war. Aber vielleicht war ich so benebelt, daß ich verkehrtrum gegangen bin. Ich konnt keine Treppe mehr finden, und dunkel war's auch. Da bin ich zu einer Stelle gekommen, wo ich dachte, daß die Treppe wär – aber da war bloß ein Loch, und ich hab runtergekuckt, und da war Wasser drin. Wie ich das Wasser seh, hab ich's wieder mit der Angst gekriegt und hab gedacht, vielleicht ist was mit dem Schiff passiert und ich sollt wieder in meine Kabine. Da bin ich losgelaufen, und als das Licht ausging, hab ich gedacht, ich müßt sterben, und ich hab geheult wie ein Baby. Ich fürchte, ich hab mich wie eine Irre benommen. Tut mir leid.» Sie schwieg. Es war, als wäre ein Uhrwerk abgelaufen.

«Nein, haben Sie nicht», sagte Hubie tröstend. «Es war schon sehr zum Fürchten.»

Scott sagte: «Sie muß es doch erfahren. Wollen Sie's ihr sagen, Hubie?»

«Himmel!» sagte Müller. «Muß ich?»

Nonnie blickte von einem zum anderen; sie war immer noch verwirrt, fühlte sich jedoch dadurch ein wenig beruhigt, daß sie sich unter Menschen befand, die sie zum Teil kannte oder im Publikum gesehen hatte. «Was soll mir wer sagen?»

«Nein!» sagte Jane Shelby, kaum hörbar. «Tut's nicht.» Sie wollte das Mädchen schonen und wußte doch, daß es unmöglich war. Alles, was der Geistliche tat oder vorschlug, war richtig – und schien gleichzeitig grausam zu sein.

Scott fuhr fort: «Ja, ich denk schon. Wir müssen weiter, solange wir noch Licht haben.»

Müller nahm ihre Hand in die seine und sagte: «Nonnie, ich fürchte, Sie werden jetzt sehr tapfer sein müssen.» Dann erzählte er ihr alles, ganz ruhig und schlicht, während die anderen mit Unbehagen zusahen und sich fragten, wie sie es aufnehmen werde. Solche Typen brachen ja immer gleich völlig zusammen und machten einen Heidenspektakel.

Nonnie tat nichts dergleichen. Allenfalls wurde sie noch eine Spur blasser, und ihr Gesicht schien noch kleiner zu werden. Sie murmelte nur: «Darf ich mich grad mal hinsetzen?» Sie kauerte sich nieder. Die Umstehenden warteten auf ihre Tränen, doch auch die kamen nicht. Ein paar Sekunden lang legte sie sich die Hände vors Gesicht; dann stand sie wieder auf.

Pamela Reid sagte: «Meine Mutter ist... war in einer Kabine auf dem B-Deck.»

Nonnie ging zu ihr und nahm sie in die Arme. «Oh, Sie liebes Mensch», sagte sie. «Wie grauenhaft! Wenn's mein Pappi und Mammi wär – ich könnt's nicht ertragen.» Dann sah sie Scott an, zeigte auf Hubie Müller und fragte: «Kann ich mit dem gehn?»

«Ja, natürlich», gab der Geistliche zur Antwort. «Der wird Ihnen helfen. Es tut uns allen furchtbar leid.»

Belle Rosen sagte mit einiger Genugtuung: «So, jetzt sind wir also fünfzehn.»

Ihr Mann fragte: «Was hat denn *das* damit zu tun?»

«Wir sind keine dreizehn mehr.»

«Du mit deinem Aberglauben», sagte Rosen. «Wir waren vorher schon vierzehn.»

«Da ist fünfzehn noch besser.»

Linda Rogo bemerkte vernehmlich: «Dieses kleine Aas hat uns bloß noch gefehlt.»

«Laß das doch, Täubchen», sagte Rogo bittend. «Die ist doch noch 'n Kind und völlig verängstigt.»

Nona Parrys Mund wurde plötzlich spitz. «Wen nennt die 'n Aas?» fragte sie aggressiv.

«Niemanden», sagte Müller. «Die ist eine Hexe. Keiner hört auf sie – nur der Bettvorleger, den sie geheiratet hat.»

Mike Rogo drohte lautstark, ohne den Kopf zu wenden: «Es wär besser, wenn sich hier keiner eine Bemerkung erlauben tät. Es könnt sich ganz leicht einer 'ne gebrochene Kinnlade einfangen.»

Sie setzten sich in Bewegung.

«Geben Sie acht», sagte Müller. «Die Rohre sind glitschig, da können Sie leicht ausgleiten. Halten Sie sich gut fest.»

Das tat sie auch; sie hängte sich an seinen Arm und drückte ihre Schulter, die durch den Morgenmantel hindurch knochig spürbar war, an die seine. Dieser enge Kontakt berührte ihn ganz eigentümlich, und er hatte einen Kloß in der Kehle. In ihrer Flucht und Panik war etwas Anrührendes gewesen, und sie hatte Tapferkeit bewiesen, als es darum ging, sich zu beherrschen und die Tragödie zu akzeptieren, die sie als einzige ihrer Truppe überlebt hatte. Es war, als sei dieser Druck eine Kommunikation – Bedürfnis und Trotz in einem.

Mike Rogo irrte sich in bezug auf Müller, wenn es möglicherweise auch gerechtfertigt sein mochte, ihn als Typ abzulehnen. Er war weder ein Homosexueller noch ein Schwächling, sondern nur der Sohn eines reichen Vaters, der sich zu einem *gentleman of no profession* mit kosmopolitischen Neigungen entwickelt und die internationale Reputation hatte, das Entzücken jeder Gastgeberin zu sein. Er war ‹derjenige welcher› mit makellosen Manieren, der nie betrunken wurde und ein erstklassiges Bridge spielte und es unterließ, die Tochter des jeweiligen Hauses zu schwängern.

Statt dessen war er mit penibler Sorgfalt darauf bedacht, daß seine Bettgefährtinnen verheiratet waren und seinem eigenen ‹Set› angehörten. Hubies Beitrag bestand darin, daß er oft und gut küßte, doch nie darüber sprach. Er war ein Snob, und es kam ihm nicht in den Sinn, sich mit einem Serviermädchen einzulassen, das ihm sein Frühstück brachte, oder mit irgendeinem dieser heiratsfähigen kleinen Mädchen, die stets einen reichen Junggesellen umschwärmen.

Im Verlauf einer ansonsten nutzlosen Karriere in Harvard hatte er sich einen gewissen müden Charme sowie einen semi-englischen Bostoner Akzent zugelegt. Andererseits hatte er zwei Jahre gedient, davon acht Monate in Korea, und war durchaus nicht so schlapp, wie Rogo vermutete. Diese Erfahrung hatte ihn in seiner Überzeugung bestärkt, daß es besser ist, sich möglichst von allem fernzuhalten, was nach Unbequemlichkeit oder Ärger oder Arbeit aussah. Er war Junggeselle aus purer Selbstsucht. Noch hatte er keine Frau gefunden, die Hubie Müller in seinen Neigungen ausstechen konnte.

Mittlerweile also war er vierzig; er scheitelte sein Haar immer noch auf derselben Seite, band sich an niemanden und war gewinnend charmant. Er tauchte mit seinem Feldstecher in Ascot, Auteuil und Saratoga auf und wurde in der entsprechenden Gesellschaft in Palm Beach und Biarritz gesehen, in Deauville, St. Moritz und Monte Carlo.

Der Gedanke, in fremden Familien Weihnachten feiern zu müssen, war ihm derart zuwider gewesen, daß er impulsiv diese Kreuzfahrt gebucht hatte, worin eine gewisse sentimentale Anhänglichkeit an die alte ATLANTIS mitspielte, die jetzt POSEIDON hieß. Auf etlichen Überfahrten hatten sich nämlich einige höchst interessante vorübergehende Verstrickungen ergeben.

Sexuell war die Kreuzfahrt unergiebig gewesen. Die verheirateten Frauen waren zu alt, und bei der Schiffsschönheit, hinter der sämtliche Männer herliefen, handelte es sich offensichtlich um eine Fopperin.

Die einzige attraktive Witwe, Mrs. Wilma Lewis, hatte in Beantwortung seiner diskret chiffrierten Signale die ‹Nein-danke-Flagge› gehißt.

Er warf einen verstohlenen Blick auf die winzige Gestalt an seiner Seite und überlegte, wie lächerlich sie aussehen mußten, Arm in Arm, in dieser Aufmachung: er mit seinen geblümten Trägern, dem plissierten Hemd und dem aufgeschlitzten Hosenbein, und sie in dem provozierend vulgären rosafarbenen *peignoir*, unter dem sie, wie sie sagte, nichts anhatte.

Und doch fühlte er sich in dieser ausgefallenen und lebensgefährlichen Situation sonderbar zu ihr hingezogen. Irgendwie war er für sie verantwortlich geworden, und sei es auch nur zeitweilig. In dieser durch die Katastrophe zusammengeworfenen und -gewürfelten Gesellschaft hatte jeder Mann eine Frau mit Ausnahme von ihm und diesem unscheinbaren Herrenausstatter. Dann war dieses winzige Wesen aus der Dunkelheit in seine Arme geflattert wie ein sturmzerzaustes Vögelchen aus der Nacht.

Er verstärkte seinen Griff, um diesen Kontakt beizubehalten, der ihm das merkwürdigste Mitgefühl bescherte. Er sagte: «Halten Sie sich schön fest, Nonnie. Sie sind jetzt in Sicherheit.» Dann mußte er selber darüber lächeln, es war schließlich ziemlich blödsinnig, unter diesen Umständen von ‹Sicherheit› zu reden.

Sie blickte zu ihm auf und flüsterte zutraulich: «Sie sind so nett.»

Etwa zwanzig Schritt weiter vorn sagte Scott: «Halt!» Dabei hob er die Hand. Sie blieben stehen. «Hier ist die Treppe.»

Mike Rogo blieb es überlassen, die Empfindungen aller in Worte zu fassen. «Na, wunderbar!» sagte er. «Und was wird jetzt, großer Meister?»

# 7
## *Das Abenteuer mit der ersten Treppe*

Keiner von ihnen hatte jemals vor einer umgedrehten Treppe gestanden oder so etwas auch nur gesehen.

Im Chaos des Speisesaals war ihnen nicht wirklich klargeworden, daß die Haupttreppe auf dem Kopf stand und an ihrer breitesten Stelle aus einem Pfuhl öligen Wassers aufstieg und daß ihr goldenes Geländer und die mit Teppichen belegten Stufen zur Decke strebten. Das Ganze sah so vollkommen anders aus, daß es von niemandem als Treppe erkannt wurde. Es war einfach zu einem Teil des Alptraumes geworden, in dem Tische und Stühle an der Decke hingen und Lichter vom gläsernen Boden aufstiegen. Deshalb waren sie völlig unvorbereitet auf das, was sie jetzt erwartete.

Die Stufen hingen umgedreht von der Decke herab, und die absolute Nutzlosigkeit ihrer früheren Funktion traf sie beinahe ebenso hart wie die eigentliche Katastrophe. In einem einzigen Augenblick wurde ein Konzept zerstört, das ihnen äußerst vertraut und ein Teil ihres täglichen Lebens gewesen war.

Das Geländer aus poliertem Mahagoni und die messinggefaßten, vinylbedeckten Treppenstufen boten nicht mehr den bequemen Aufstieg, an den sie gewöhnt waren, sondern hingen über ihren Köpfen. Die Decke des *companion-way,* die zu dem Abstiegswinkel parallel gelaufen war, bildete nun die einzige Aufstiegsmöglichkeit: eine schräge und schlüpfrige Fläche aus gestrichenem Stahl mit eingelassenen Beleuchtungsfeldern, die darüber hinaus noch feucht war und keinerlei Halt bieten konnte. Zwar waren die Geländer in Reichweite eines großen Mannes, doch konnten sie allenfalls einem durchtrainierten Athleten von Nutzen sein.

Manny Rosen watschelte hinüber und blickte den Treppentunnel hinauf.

«Wie sollen wir denn da raufkommen? Das ist doch irre!»

Der ‹Strahler› lachte. «Damit dürfte das Vorhaben ja wohl gescheitert sein.»

«Ich begreif's nicht», sagte Martin. «Sind die alle so?»

Shelby flüsterte seiner Frau etwas zu und warf einen Blick auf Belle Rosen. Er wandte sich an Scott und sagte: «Ich seh keine Möglichkeit, wie wir das schaffen sollen, Frank.» Und insgeheim war er, ohne sich das einzugestehen, fast ein wenig froh, so schnell auf ein unüberwindliches Hindernis gestoßen zu sein. Der Jüngere war wohl doch mit allzuviel Zuversicht und Dreistigkeit vorgegangen. Sie hätten die Lage sorgfältiger überdenken müssen.

Scott sagte: «Es sollt nicht allzu schwierig sein.»

«Nu machen Sie mal keine Witze», fuhr Rosen dazwischen. «Was soll dies Gerede? Wissen Sie nicht, daß wir Frauen bei uns haben?» Er schloß sie alle ein, doch wußte jeder, daß er auf sich und seine Frau anspielte, die unmöglich eine solche Steigung würde überwinden können.

Der ‹Strahler› sagte: «Wissen Sie überhaupt, was Sie tun? Ich glaube, es wäre besser, wenn wir zu Acre und Peters zurückgingen.»

«Genau!» pflichtete Martin bei. «Die gehören wenigstens zum Schiff.»

An den Blicken und Bewegungen der übrigen ließ sich erkennen, daß dieser Gedanke allgemeinen Anklang fand. Da man Hoffnung in ihnen geweckt hatte, waren sie ihrem Überlebensinstinkt gefolgt und hatten sich auf ein waghalsiges Unternehmen eingelassen, und weil sie erst am Anfang standen, genügte das erste größere Hindernis, sie zum Aufgeben zu bewegen.

Nonnie flüsterte Müller zu: «Was ist denn? Wo will er bloß mit uns hin?»

Müller erklärte es ihr. Nonnie blickte die Treppe hinauf und sagte leise: «Meinen Sie nicht, daß wir's versuchen sollten?»

Müller sah sie erstaunt an. Vor ein paar Minuten noch hatte sie sich in einem Zustand von Panik befunden. Er dachte daran, wie hitzig sie auf Lindas Beleidigung reagiert hatte, und sagte sich: *Sieh an, das ist ja eine kleine Kämpfernatur?*

Scott, der sie alle überragte, überblickte wortlos seine Gruppe.

Jane Shelby suchte nach einer Spur von Verachtung auf seinem Gesicht, so daß sie wieder sinnlos wütend auf ihn hätte werden können. Sie entdeckte jedoch nichts; was sie statt dessen zu sehen vermeinte, war ein mitleidiges Abwägen ihrer Persönlichkeiten und Fähigkeiten, und plötzlich fühlte sie sich klein, unzulänglich, antriebsschwach und feige. Sie sagte ganz laut: «Ich finde, wir sollten weitergehn!» Ihr Mann blickte sie entsetzt an.

Scott hingegen lächelte sie dankbar an, so, als sei dies das Stichwort gewesen, auf das er gewartet hatte, und sagte schlicht: «Ist ja 'n Kinderspiel.»

Diese alberne jungenhafte Bemerkung machte sie neugierig, brachte sie wieder zum Leben und gab ihnen frischen Mut. Müller, der zur Selbstprüfung neigte, wußte wohl, daß er bereit gewesen war, aufzugeben und umzukehren. Nun nicht mehr.

Martin überspielte sein Gefühl der Scham mit einem unrichtigen Zitat: «Okay, so führet uns voran, Macduff!»

Der ‹Strahler› fragte Pam: «Na, altes Mädchen, was hältst du von der Wonnetour?»

Robin Shelby rief: «Ich gehe jede Wette ein, daß ich da hochkomme!»

Nur Linda Rogo winselte: «Ich will zurück.»

Scott ignorierte sie. Er sagte: «Sie wissen ja, daß sich der Rest unserer kleinen Welt hier auf den Kopf gestellt hat. Wenn wir nur aufhören wollten zu erwarten, daß sich alles noch so verhält, wie wir's von früher gewohnt sind, dann würde uns alles gar nicht mehr so schwierig vorkommen.»

«Ich bin mein ganzes Leben lang auf den Füßen gegangen», sagte Rosen. «Soll ich plötzlich lernen, auf dem Kopf zu laufen?»

Scott sagte: «Sie stehen doch nicht kopf, oder? Sie stehen nur auf der Decke, und der Fußboden ist über Ihnen. Wenn man sich erst einmal an etwas gewöhnt, ist's nicht mehr halb so schlimm.»

Robin Shelby fragte: «Meinen Sie so was wie, daß die Astronauten sich an die Schwerelosigkeit gewöhnen müssen?»

«So was Ähnliches, Robin», bestätigte der Geistliche. «Versuchen Sie einmal, sich vorzustellen, was wäre, wenn Ihr eigenes Haus plötzlich auf den Kopf gestellt würde, während Sie im ersten Stock sind und etwas aus dem Keller holen wollen. Dann müßten Sie eine Möglichkeit finden, nach oben zu klettern, um es zu holen, und da Sie Ihr eigenes Haus gut kennen, würden Sie's schaffen.»

Susan stieß einen kleinen Schrei aus. «Ja! Jetzt weiß ich wieder, was ich im Speisesaal gedacht hab. Aber das war so dumm. Letztes Jahr im Sommer war ich mit ein paar Freunden in *Bannermans Amusement Park*. Da war so eine Art verrücktes Haus. Wenn man reinging, stellte es sich auf den Kopf – oder jedenfalls kam's einem so vor –, und plötzlich lief man auf der Decke. Und wenn man hochguckte, waren die Stühle und Tische und Schränke und Bilder und so weiter da oben. Die waren bestimmt da oben angebracht, irgendwie, aber man kriegte ein irrsinnig komisches Gefühl.»

Belle Rosen sagte: «Worte! Worte! Worte! Ihr könnt reden, soviel ihr wollt, nur soll keiner erwarten, daß ich da raufsteige.»

Der kleine Rosen blickte plötzlich erschreckt drein und sagte: «Mamma, wenn wir tatsächlich müssen, dann...»

Richard Shelby meinte, ihm wenigstens eine Art moralischer Unterstützung zukommen lassen zu müssen, wenn er schon nichts anderes tun konnte. Er sagte: «Überlegt doch alle mal. Bis hierher sind wir gekommen. Wir haben die anderen zurückgelassen, und in gewisser Weise haben wir eine Verpflichtung auf uns genommen. Ich für meine Familie und mich. Wenn Schiffe kentern, dann sacken sie normalerweise auf der Stelle ab. Unser Kahn aber schwimmt noch.»

Während er sprach, sah er kurz wieder Scott auf den Knien, und ein Buchtitel fiel ihm plötzlich ein: *Die Macht des Gebets*. Hatte Scott eine unmittelbare Telefonverbindung zu Gott und wurde als früherer *Princeton All-America*, der Prälat geworden war, bevorzugt behandelt? Er fuhr fort: «Wir treiben kieloben im Wasser, und die halbe Unterseite ragt raus.»

Jane fühlte sich neuerlich irritiert. Scott schenkte dem, was ihr Mann sagte, nicht die geringste Beachtung, sondern war mit den Vorbereitungen beschäftigt. Er zog sich Schuhe und Strümpfe aus und steckte sie in die Seitentaschen seiner Jacke und legte die Axt auf den Boden. Er nahm die Seilrolle von der Schulter, befestigte das eine Ende an seinem Gürtel und reichte Rogo das andere mit den Worten: «Hier, halten Sie das mal fest, ja?»

Wieder erfolgte von seiten Rogos eine Eruption. «Ich glaube, Sie sind bekloppt!» schrie er Scott an. Und den anderen rief er zu: «Was ist denn bloß mit euch allen los, zum Donnerwetter? Eben wolltet ihr doch noch zu denen zurück, die bei den Offizieren im

Speisesaal geblieben sind – und jetzt hört ihr wieder auf diesen Rappelkopp. Ich spiel nicht mehr mit!» Trotzdem hielt er das Ende des Seils fest.

Shelby fuhr fort: «Mein Sohn hatte recht. Jeder, der nach uns Ausschau hält, sieht uns morgen früh von der Luft aus wie einen riesigen Fisch mit dem Bauch nach oben schwimmen. Wir sind tausend Fuß lang. Wo müssen sie sich dann reinfressen, wenn sie nachsehn wollen, ob noch einer von uns am Leben ist? Am Kiel wohl doch, oder? Solange der Kahn seine Schwimmkraft beibehält, haben wir eine Chance.»

Janes Verdrossenheit richtete sich nun gegen ihren Mann. Er plapperte Scott nach, nichts anderes; wieso war er nicht gleich darauf gekommen?

Der ‹Strahler› richtete seinen, jetzt nüchternen, Blick voll auf Rogo und sagte mit Überzeugung: «Wissen Sie, alter Knabe, wenn der Kasten tatsächlich absaufen sollte, dann möcht ich jedenfalls versucht haben, aus dem Ding rauszukommen.»

«Und ich auch!» sagte Mary Kinsale. «Das ist doch viel würdevoller, oder etwa nicht?» Alle starrten sie verwundert an.

«O doch, Miss Kinsale, Menschenwürde über alles», sagte Reverend Dr. Scott und machte einen Sprung an das Geländer über seinem Kopf.

Müller begriff vielleicht zum erstenmal, weshalb er bereit war, weiterhin mitzumachen. Gott und alle Heiligen waren verblichene Mythen – der Geistliche indessen hatte ein Banner entfaltet, dem er zu folgen vermochte.

In stummer Bewunderung sah er zu, wie Scott das Geländer packte und sich mit derselben Bewegung aufwärts schwang, so daß seine Füße voraus auf dem steilen Hang ruhten. Alsdann hangelte er sich an dem schrägen Geländer empor und hatte ein paar Sekunden später die Höhe erreicht. Er stellte sich auf den Boden, der früher die Decke gewesen war, befestigte sein Ende des Seils an einem stählernen Pfosten und rief hinunter: «Ist gut, Rogo; Sie können jetzt loslassen.»

Der Detektiv war perplex. So ein Studierter hatte ihm da etwas vorgemacht. Deshalb sagte er sarkastisch: «Ich kann's gar nicht erwarten, Belle da raufmarschieren zu sehn.»

Scott sagte: «Stellen Sie sich doch nicht so blöd an, Rogo! Schikken Sie Martin hoch.» Und zu Martin: «Benutzen Sie das Seil anstelle des Geländers. Stemmen Sie Ihre Füße gegen den Abhang und ziehen Sie sich hoch. Lassen Sie sich Zeit. Machen Sie ruhig mal Pause. Ja, so ist's richtig.» Ein paar Minuten später war er oben und stellte sich nicht ohne Stolz neben ihn.

«Robin, jetzt du.»

Der Junge war erst bis zu halber Höhe geklettert, als ihn die Kräfte verließen. «Ich kann nicht mehr!» rief er.

Scott rief hinab: «Immer mit der Ruhe. Halt dich schön fest. Laß die Füße unter dir wegrutschen.» Er packte das Seil und bedeutete Martin, es ihm gleichzutun. Dann zogen sie an und hievten den Jungen, der jetzt auf dem Bauche rutschte, nach oben, bis er über die Kante krabbelte und in Sicherheit war.

«Puh!» sagte er. «Vielen Dank. Ich dachte, ich wär stärker.»

Scott sagte: «Ist gar nicht so schlimm, Robin. Du hast was geleistet. Du hast den Kopf nicht verloren und hast dazu beigetragen, daß andere ihren auch nicht verlieren.»

«Ich?» sagte der Junge überrascht. «Wieso das denn?»

Scott grinste ihn freundschaftlich an. «Indem du ihnen das Bild von den Schiffen und Flugzeugen und Seefunkstationen und Computerzentren gegeben hast, die nach uns suchen. Manche nennen's Hoffnung. Ich würd's lieber Luftschlösser nennen. Wenn man sie hat und sieht, kann man versuchen, sie zu erreichen.»

Martin sagte: «Ich darf unmöglich sinken. Ich muß ...» Er hatte sagen wollen, daß er in seinen Laden müsse, doch schien es ihm unter diesen Umständen plötzlich wieder ziemlich lachhaft, ihr Überleben mit seinen Frühjahrsmodellen in Verbindung zu bringen, also schloß er: «zu meiner Frau.» Und unmittelbar darauf peinigte ihn von neuem der Gedanke an Mrs. Lewis.

Scott sagte: «Bleiben Sie ruhig bei diesem Wunsch.»

Martin fragte sich, weshalb er nicht hinzufügte: ‹und beten Sie›, wie's ein Pastor normalerweise tut. Unter diesen modernen Geistlichen gab's schon komische Käuze.

«Okay, Rogo», sagte Scott, «jetzt Sie.»

Linda kreischte: «Nein, nicht du! Du läßt mich allein hier unten, wie du's in der Kabine wolltest. Ich wär jetzt tot wie all die andern, wenn ich auf dich gehört hätte. Wir lassen uns von dem nichts befehlen. Soll jemand anders gehn.»

Scott sagte: «Sie brauchen keine Angst zu haben, Mrs. Rogo. Wir wollen Sie nämlich heraufziehen.»

Linda verwünschte ihn.

Jane Shelby fuhr herum, blaß vor Zorn, und sagte: «Können Sie sich denn nicht benehmen, Sie dumme Pute? Sehn Sie nicht, daß wir uns alle Mühe geben, nicht die Beherrschung zu verlieren? Daß wir alle jeden Augenblick ertrinken können? Daß er der einzige ist, der was für uns tut?»

Richard Shelby betrachtete sie mit Verwunderung und einem gewissen Ärger. Was weh tat, war ihr: ‹Der einzige, der was für uns tut›. Weil es stimmte. Er selber hatte sich Scotts Führung anstandslos unterworfen, obwohl er nicht so ganz davon überzeugt war, daß etwas dabei herauskommen werde.

Rogo sagte: «Ist schon gut, Puppi. Sieh mal, Mrs. Shelby hier sagt, sie will auf dich aufpassen.» Wenn er wollte, konnte er eine erstaunliche Fähigkeit entwickeln, weder zu sehen noch zu hören. Er schlang sich das Tischtuch um die Schulter, packte das Seil und zog sich, ohne Unterbrechung in der Bewegung seiner kraftvollen Arme und Schultern, nach oben.

Dann war die Reihe am ‹Strahler›. Es wurde ein ziemlicher Kampf, aber er kam bis an den Rand, und den Rest besorgte Scott.

Von unten rief Pamela: «Darf ich allein? Wir haben in der Schule Seilklettern gehabt.»

«Wir auch», sagte Susan.

«Wollen wir um die Wette klettern?» fragte Pam.

«Auf geht's», gab Susan zur Antwort.

Pam packte das Seil und rief nach oben: «Zeit nehmen!» Und schon kletterte sie mit ihren stämmigen Beinen nach oben.

Robin verkündete: «Sechzehn Sekunden! Los, jetzt, Schwesterchen!» Susan war anmutiger, aber nicht so kräftig. Als sie oben angelangt war, sagte sie lachend: «Sie haben gewonnen!»

Der ‹Strahler› rief: *«Up, Britannia?»* Er prüfte Pamelas Armmuskeln und murmelte: «Klasse!»

Der kleine Wettkampf hatte die Stimmung gehoben.

Müller stand bereit und betrachtete seine Hände.

«Der schafft's nie und nimmer», sagte Rogo vor sich hin. «Der is 'n Schwächling. Lassen wir 'n raufziehn, dann hat sich's.»

Der ‹Strahler› sagte: «Sollte man ihm nicht zumindest eine Chance geben?»

Rogo sah ihn verächtlich an. «Chance, Fair play und so, ja?» Engländer konnte er ebensowenig leiden wie Homosexuelle und Weichlinge.

Müller begann, nach dem ersten Drittel jedoch brach ihm der Schweiß aus, sein Gesicht wurde puterrot, und er zerrte verzweifelt an der Leine. In halber Höhe rutschten ihm die Beine weg.

Rogo sagte: «Laßt uns den Schlappschwanz da wegholen, eh er sich was tut.»

Der ‹Strahler› sagte: «Er tut sich mehr, wenn er losläßt.»

Scott betrachtete den Kampf eine Weile leidenschaftslos und schlug dann vor: «Drehen Sie sich um und schieben Sie mit Füßen und Rumpf.»

Müller arbeitete sich mühsam auf den Rücken und fand ausreichend Angriffspunkte, um seine Arme zu entlasten. Unter größter Anstrengung erreichte er die Plattform, wo Scott ihn bei den Handgelenken packte und nach oben hievte. Dort fiel er auf die Knie, rang nach Luft und betrachtete seine Hände, die voller Blasen waren. Rogo blickte ihm über die Schulter und sagte: «Junge, Junge, sind das Blasen! Da sollten Sie mal 'n bißchen vorsichtig sein.» In seiner Stimme jedoch war nicht das mindeste Mitgefühl.

Inzwischen hatte Rosen mit Shelby im Flüsterton eine Konferenz abgehalten. Shelby rief nun zu Scott hinauf: «Frank, Mr. Rosen meint, er schafft's nicht. Was haben Sie mit den Mädchen vor?»

«Schlinge machen», erwiderte Scott. «Hochhieven.»

«Aus dem Seil?»

«Nein, aus den Tischtüchern. Da tun sie sich nicht weh. Na gut, Rosen soll also unten bleiben; wir ziehen ihn nach den Frauen hoch. Kommen Sie jetzt und bringen Sie sein Tischtuch mit. Rosen kann ihnen ebenso gut helfen wie Sie.»

Shelby fragte sich, ob er sich auch so unbeholfen anstellen werde wie Müller. Er hatte Rogos verächtliches ‹Schwächling› gehört und dachte, wie schlecht gerüstet man doch in einem Notfall war, der Körperkräfte erforderte. Als er nach der Leine griff, stellte er sich die – angesichts des Todes recht absurde – Frage, ob er vor Scott und seiner Familie und einem New Yorker Polizeidetektiv eine gute oder schlechte Figur machen werde.

Er bewältigte den Aufstieg gar nicht mal so übel, was ihm von seinem Sohn die anerkennende Bemerkung eintrug: «Klasse, Dad, wirklich!» Die anderen waren bereits damit beschäftigt, die Tischtücher einzurollen und miteinander zu verknüpfen. Scott befestigte das Seil an ihren beiden Enden, so daß eine Schlinge entstand, die sie nach unten hinabließen.

Rosen fragte: «Wie sollen sie's denn machen?»

«Reinsteigen», lautete Scotts Anweisung. «Ein Bein auf jede Seite. An beiden Seiten festhalten. – Mrs. Rogo, wollen Sie als erste raufkommen?»

«Das könnte Ihnen so passen! Suchen Sie sich mal lieber ein anderes Versuchskaninchen aus.»

Nonnie sagte: «Ich geh.» Sie fühlte sich unerträglich einsam und allein und sehnte sich nach der Geborgenheit des Mannes, der sie vorhin beschützt hatte und der freundlich zu ihr gewesen war. Sie stopfte ihren rosafarbenen Morgenrock ins Kreuz, um sich zu polstern, und legte ein nacktes Tänzerbein über die Tuchschlinge.

«Genau richtig», bestätigte Scott. «Halten Sie sich jetzt fest und drehen Sie der Schräge Ihren Rücken zu. – Also los, Jungs: zieht! Aber schön langsam, damit wir sehn, ob die Geschichte hält.»

Sogar die Mädchen griffen zu, und so wurde Nonnie ohne Komplikationen zur Plattform gezogen, wo man ihr auf die Beine half. Der Morgenrock öffnete sich, und zum Vorschein kam eine kleine spitze Brust, wie man sie bei einer Fünfzehnjährigen erwartet. Rogo, der ‹Strahler› und Martin wandten ihre Augen ab. Scott ließ sich nicht irritieren. Unten sagte Linda zu Miss Kinsale: «Da! Haben Sie das gesehn? Unser Pasterbubi hat 'n Auge voll genommen.»

Sie erwiderte ungerührt: «Ich weiß nicht, wovon Sie reden.» Sie präparierte sich für die Stoffschlinge, die wieder herabgelassen wurde.

Miss Kinsale gelang es, ihren Aufstieg mit jener merkwürdig zurückhaltenden Würde zu vollziehen, die sie immer und überall zu umgeben schien, so, als sei das alles für sie etwas Alltägliches.

Linda hingegen versuchte, soviel Aufmerksamkeit wie möglich auf sich zu lenken, während sie sich in die Schlinge setzte. Bevor sie das Signal zum Hieven gab, zog sie sich Rogos Jacke an, die sie über der Schulter getragen hatte, knöpfte sie zu und sagte: «Meine Titten kriegt er jedenfalls nicht zu sehn.»

Nachdem auch Jane Shelby ohne Zwischenfall oben angelangt war, befanden sich nur noch die Rosens unten. Manny sagte zu seiner Frau: «Mamma, ich schäm mich ja so.»

«Und weshalb?» fragte sie.

«Weil ich nicht am Seil hochklettern kann wie die andern.»

Seine Frau sagte: «So? Was bist du denn, Manny Rosen? Ein Akrobat oder ein Geschäftsmann im Ruhestand? Es gehört sich für dich gar nicht, Seile raufzuklettern. Die sollen dich mal ruhig ziehn.»

Rosen hielt die Tücher straff, während seine Frau mit einem Bein hindurchstieg, sich niederließ und die beiden Enden in die Hand nahm, die vorn und achtern abstanden.

Sie sagte: «Daß ich in meinen Jahren noch Windeln brauch!»

Rosen sagte: «Mamma, wie kannst du Scherze machen?»

«Was soll ich denn sonst tun?» entgegnete sie.

Er empfand Bewunderung für sie und Zuneigung. Ihm selber war gar nicht wohl, und er hatte Angst.

Er sagte: «Mamma, du bist großartig.» Dann rief er hinauf: «Okay!»

«Ich wette, daß der Fahrstuhl unter mir zusammenbricht», sagte Belle Rosen.

«Die Wette halt ich!» erwiderte Scott von oben. Und zu den anderen sagte er leise: «Ganz langsam. Nur nicht rucken. Sie ist eine ganz schöne Fuhre.»

Mrs. Rosen rutschte majestätisch, leicht hin und her schwingend empor. Ihre Augen hinter den dicken Brillengläsern blickten schon wieder mutwillig, so, als genieße sie die Fahrt. Oben streckten sich viele Hände nach ihr aus, man zog sie an Land, und als sich alle vergewisserten, daß sie keinen Schaden genommen habe, wurde sie beglückwünscht.

«Danke», sagte sie, «danke. Wenn ich's nicht geschafft hätte – ich hätt's nicht geglaubt.»

Von unten her kam Manny Rosens Stimme. «He, he, he, da oben! Vergeßt mich nicht!»

Rogo ging an den Rand der Plattform und sagte: «Nun mal ruhig Blut, Rosen.»

Linda sagte zu ihrem Mann, ohne auch nur ihre Stimme zu senken: «Soll er doch selber zusehn, wie er raufkommt. Ich kann Juden nicht ausstehn.»

Alle waren peinlich berührt, nur Belle Rosen nicht. «Nein?» sagte sie. «Ist aber völlig aus der Mode. Heutzutage können nur Araber die Juden nicht ausstehn. Ich hab gar nicht gewußt, daß Sie eine Araberin sind.»

Susan Shelby kicherte. Linda fuhr sie an: «Ich haß euch allesamt! Ich weiß genau, daß ihr mich auslacht und verhöhnt. Ihr denkt alle, ihr seid was Besseres als ich!»

Rogo versuchte, sie zu beschwichtigen. «Nich doch, Püppchen, nich doch», sagte er. Und zu den anderen: «Sie dürfen's ihr nicht übelnehmen. Sind bloß die Nerven. Ist ja kein Wunder. Schließlich sind wir alle unter Druck, oder nicht?»

Rosen kam heraufgesegelt und spürte sogleich die Spannung innerhalb der Gruppe. «Da bin ich!» sagte er. «Ist was? Wieso macht ihr so 'n Gesicht?»

Belle Rosen sagte, ohne eine Miene zu verziehen: «Mrs. Rogo hat grad gesagt, sie freut sich, daß du da bist. Ist's nicht so, meine Liebe?»

Linda wollte eine boshafte Antwort formulieren, doch Jane Shelby schaltete sich ein, ehe es dazu kam. Sie sagte: «Wir freuen uns alle, daß Sie da sind, Mrs. Rosen. Wir freuen uns, daß alle da sind – dank Mr. Scott.»

Scott schien die Bemerkung nicht gehört zu haben; wie ihm auch der ganze Zwischenfall entgangen zu sein schien. Er war im Geiste schon mit dem nächsten Stadium ihres Aufstiegs beschäftigt. Er sagte: «Nun wollen wir mal sehn, wie's weitergeht.»

# 8
## *Madame braucht ihre Perücke*

Robin Shelby rief aus: «Ich glaub, ich weiß, wo wir sind! Hier unten arbeitet der Fotograf.»

Sie befanden sich in einem zweiten langen, engen, verlassenen Gang, ganz ähnlich dem, aus dem sie gerade gekommen waren, wenn auch nicht so luxuriös. Hier lagen die billigsten Unterdecks-Innenkabinen, die für eine schnelle Transatlantikpassage ausreichen mochten, jedoch nicht für eine Sonnenkreuzfahrt in die heißen Tropen verkauft wurden.

Hier befanden sich neben dem Fotolabor und der Druckerei, in der die tägliche Speisekarte und die Bordzeitung hergestellt wurden, der Herren-Frisiersalon und, weiter hinten, der Damen-Frisiersalon.

Der Korridor schien sich über die ganze Länge der mittschiffs liegenden Erste-Klasse-Sektion der POSEIDON zu erstrecken. Achteraus funktionierte die Beleuchtung nicht: hier herrschte tiefste Dunkelheit.

Das Gehen war jetzt noch schwieriger geworden, da mehr Rohre und Leitungen an der einstigen Decke verliefen. Über sich hörten sie auf einmal Geräusche, Scharren und Trampeln und das Dröhnen von Schuhen auf Metall.

Der ‹Strahler› sagte: «Hallo! Da oben leben ja noch welche.»

Shelby fügte hinzu: «Das muß der Gang für die Besatzung sein, den Peters Broadway genannt hat.»

Rogo warf Scott aus seinen kleinen Augen mit den in den Winkeln merkwürdig herabhängenden Lidern einen Blick zu und sagte: «Okay, Chef, wo längs?»

Martin fragte Rosen flüsternd: «Was soll das Chefgequatsche?»

Rosen erwiderte: «Er ist ein hartgesottener Bulle. Er mag keine Studierten.»

Martin verzog seine schmalen Lippen halb grinsend, halb gähnend. Er sagte: «Mir will scheinen, der mag überhaupt niemanden, ausgenommen diese Hexe da, die ihm laufend Saures gibt.»

Es war gar nicht seine Art, solche Bemerkungen zu machen. Er tat es nur, um sich von den Qualen abzulenken, die er auszustehen hatte.

Sie hörten ein Geräusch. Ein paar Schritte weiter vorn war eine Frau erschienen, die mühselig über eine der hohen Schwellen der kopfstehenden Türen auf den Gang kletterte. Als sie die Gruppe entdeckte, blieb sie blinzelnd und benommen stehen. Sie trug einen weißen Kittel mit kurzen Ärmeln und einem Gürtel, und in der rechten Hand hielt sie eine Damenperücke mit braunen schulterlangen Haaren. In der anderen Hand hatte sie eine Haarbürste.

Die Frau sagte: «Entschuldigen Sie, Mrs. Gleeson. Es tut mir leid, daß ich mich verspätet habe. Ich bin aber gleich fertig. Ich weiß nicht, was passiert ist, aber irgendwie muß sie was abgekriegt haben.» Sie blickte von einem zum anderen, und sie konnten sehen, daß ihre Augen glasig waren; ihr Gesicht war durch den Schock kreidebleich. Zu Jane Shelby sagte sie: «Sie sind ja gar nicht Mrs. Gleeson! Ich hab gedacht, Sie wären's und wollten Ihre Perücke holen und würden böse auf mich sein.»

Nonnie rief: «Aber das ist ja die Friseuse! Zu der wollte ich doch hin.» Und dann: «Oui, Marie, Liebes! Wissen Sie denn nicht, was passiert ist? Für Perücken interessiert sich jetzt keiner mehr.»

Die Friseuse brachte es nicht fertig, ihre Gedanken von der Perücke zu lösen. Automatisch fuhr sie mit der Bürste darüber, um ein paar Strähnen wieder zu ordnen und nach oben zu kräuseln. «Jetzt sieht sie doch ganz gut aus, oder nicht? Ich hatte alles schön gekämmt – da ist's umgekippt: der Perückenständer und alles.» Erstaunen kam in ihre Stimme. «Und ich muß auch umgekippt sein. Mir wird manchmal schwindlig. Mir war gar nicht gut, seit das Schlingern anfing.» Sie fuhr fort, den *postiche* zu bürsten, und murmelte dabei: «Ich kann nicht richtig sehen. Warum sind denn die Lichter alle ausgegangen? Oder liegt's an meinen Augen?»

Nonnie sagte leise zu Müller: «Versuchen Sie, es ihr klarzumachen. Sie hat keine Ahnung.»

«Hören Sie», sagte er, «am besten bleiben Sie bei uns.»

Die Friseuse fuhr entsetzt zurück, als fürchte sie, daß er sie von ihrer Pflicht abhalten wolle. «Bei Ihnen bleiben?» rief sie. «Warum das?» Wieder musterte sie die Perücke; sie drehte sie hierhin und dorthin, und von hinten sah dieses Gebilde dem Hinterkopf einer Frau derart täuschend ähnlich, daß Müller einen Augenblick lang an seinem Verstand zweifelte.

«Sie hat gesagt, neun Uhr. Wenn sie sie nicht kriegt, macht sie mir die Hölle heiß. Die hackt sowieso immer auf mir rum, wenn sie herkommt. Der kann's keiner recht machen. So eine ist das. Ich werd mal lieber gehn.»

Ehe einer sie zurückhalten konnte, lief sie stolpernd und rutschend den Gang hinab nach achtern und hielt den lächerlichen Gegenstand sorgsam fest.

Das Absurde dieses Pflichteifers, der so fehl am Platze war, hatte sie alle derart überrascht, daß die Frau schon fast in der Dunkelheit am Ende des Ganges verschwunden war, ehe Nonnie ihr nachrief: «Warten Sie, Marie! Kommen Sie zurück! Da ist niemand mehr. Bitte, Marie, kommen Sie zurück!»

Sie wollte hinter ihr herlaufen, doch Hubie Müller hielt sie fest. «Hat keinen Zweck, Nonnie», sagte er. «Die holen Sie nicht mehr ein.» Die Friseuse war tatsächlich verschwunden. «Sie könnten sich was antun. Marie wird schon zurückkommen, wenn sie sieht, was sich ereignet hat.»

Oben ertönte neuerliches Fußgetrappel, das sie vorübergehend ablenkte.

Jane Shelby indessen umklammerte den Arm ihres Mannes. «Dick! Ich hab einen Schrei gehört – von da unten, wo die Frau hingelaufen ist. Die war ja nicht bei Sinnen. Wir hätten sie auf jeden Fall festhalten müssen.»

«Weshalb haben Sie mich nicht hinter ihr herlaufen lassen!» rief Nonnie. «Ihr ist was zugestoßen. Und Marie ist immer so nett zu uns gewesen.»

Müller sagte: «Ich werde einmal nachsehn. Warten Sie hier. Vielleicht hat Mrs. Shelby etwas anderes gehört.»

Er fühlte sich Nonnie gegenüber verpflichtet, da er sie daran gehindert hatte, der Friseuse nachzugehen.

Scott sagte: «Seien Sie vorsichtig, Hubie.»

Und Rogo setzte hinzu: «Ja, tun Sie sich man bloß nichts.» An seinem Tonfall war nicht zu erkennen, ob er's ernst meinte.

Rogos Welt war indessen so weit von der seinen entfernt, daß Müller sich nicht die Mühe machte, darüber nachzudenken. Er ging den Korridor hinunter, bis er an die Stelle gelangte, wo keine Lichter mehr brannten. Jetzt war ihm unbehaglich zumute; er wünschte, er hätte sich nicht freiwillig für diese Exkursion gemeldet, und gleichzeitig fragte er sich, warum er's getan hatte. Lag es daran, daß Nonnie sich ihm anvertraut hatte? Und weshalb sollte er sich für sie verantwortlich fühlen?

Er ließ sich auf Hände und Knie nieder und schob sich zollweise an den Rohrleitungen weiter, da er gemerkt hatte, daß der Boden sich abwärts neigte. Als er plötzlich merkte, daß es steil nach unten ging, hielt er inne.

Er holte sein Feuerzeug aus der Tasche, zündete es an und hielt es sich über den Kopf. Jetzt wußte er, weshalb sie geschrien hatte. Er machte eine Kehrtwendung und kroch auf dem Bauch zurück; er richtete sich erst wieder auf, als er die Lampen wieder sah. Auch dann noch ging er mit langsamen Schritten und kämpfte gegen die Übelkeit an. Er hatte es zu lange nicht mehr erlebt: Zerstörung, Entsetzen und plötzlichen Tod. Rogos Verachtung war vielleicht nicht unbegründet. Er war weich und schwach geworden.

Als er wieder bei den anderen anlangte, warteten sie schweigend seinen Bericht ab. Er sagte: «Nun, jetzt wissen wir jedenfalls, wohin wir zu gehen haben. Die arme Person hat's für uns entschieden.» Er schüttelte sich und sagte: «Wenn wir dorthin gegangen wären, hätt's uns vielleicht alle erwischt.»

«Wieso denn das?» fragte Shelby.

Müller antwortete: «Da ist alles zerfetzt, aber im Dunkeln hätten wir's nicht gemerkt, bis es zu spät gewesen wäre. Sie hat's auch nicht. Irgendein schweres Maschinenaggregat muß da heruntergekommen sein. Da ist nur noch ein riesiges Loch, ein oder vielleicht auch mehrere Decks tief, angefüllt mit Öl und Wasser. Die alberne Perücke schwamm mittendrin. Von Marie hab ich nichts gesehen.»

Nonnie sagte: «Die war doch gar nicht richtig bei sich. Oje, weshalb hab ich sie bloß nicht festgehalten!» Ihr kleines Gesicht verzog sich; sie war den Tränen nahe.

Ihr Kummer rührte sogar Rogo; er legte ihr die Hand auf den Arm und sagte: «Sie brauchen sich keine Vorwürfe zu machen, Miss. Sie haben getan, was Sie konnten, und wir sind ja auch nich schlauer gewesen.»

Linda sagte zu ihrem Mann: «Du bleibst gefälligst von dem kleinen Flittchen weg!»

Nonnie nahm die Hände von den tränenden Augen und fuhr sie an wie eine Hornisse: «Wen haben Sie hier 'n Flittchen genannt, Sie Nutte?»

Müller war zwar einerseits angewidert von diesem vulgären Krawall, gleichzeitig aber spürte er Zorn in sich aufsteigen, der dem von Nonnie gleichkam.

«Aber nicht doch», sagte Belle Rosen, woraufhin sich Manny sogleich einschaltete. «Mamma, misch dich da nicht rein.»

Mike Rogos Augen wurden hart. Er sagte zu Nonnie: «Mach mal halblang, Kindchen. Niemand nennt hier niemand was. Sie haben sich wohl verhört. Ham wir nich grad schon genug Ärger?» Und seine Frau pfiff er an: «Hör jetzt endlich auf!»

Mit der Geschicklichkeit eines erfahrenen Polizisten, der es gewohnt ist, Streitigkeiten zu schlichten, stellte er sich unauffällig zwischen die beiden Streitenden. Hubie Müller stand schützend vor der Tänzerin, die immer noch vor Wut bebte. Ihr Mund war verkniffen. Sie hatte das Temperament der Rothaarigen und war noch nicht am Ende. «Die hat mich eine Hure geschimpft!»

Durch den Morgenrock, den sie eng an sich hielt, und durch die fliegenden Haare, die nach dem Waschen ungebärdig waren, wurde ihr Auftritt keineswegs würdevoller. Und doch stellte Müller überrascht fest, daß ihn das Ganze fast schon amüsierte. Sie sah nämlich tatsächlich ein bißchen aus wie eine kleine Hure.

«Macht nichts», sagte er zu ihr. «Möglicherweise handelt sich's um einen Fall von Transferenz.»

Nonnies Zorn verrauchte ebenso schnell, wie er aufgewallt war, und sie sah Müller neugierig an. «Ich versteh nicht, was Sie damit sagen wollen. Ich bin wohl 'n bißchen blöd.»

Rogos Schweinsäuglein musterten Müller. Auch er hatte nicht verstanden und hätte gerne gewußt, ob etwas gesagt worden war, das Vergeltung erforderte.

«Nein», sagte Hubie, «Sie sind nicht blöd.»

Das Mädchen blickte zu ihm auf und sagte: «Ich bin keine Hure.» Dann fügte sie hinzu: «Ich muß mir meinen Lebensunterhalt verdammt schwer verdienen.»

Wieder spürte Müller den sonderbaren Kloß in der Kehle, und wieder hatte er das Gefühl, sie behüten und beschützen zu müssen. Plötzlich fiel ihm ein, daß sie unter diesem lächerlichen rosafarbenen Dings nichts anhatte, wodurch sie für ihn auf gewisse Weise noch verletzlicher wurde. Er stellte sich dicht neben sie und sagte tröstend: «Ich weiß, Nonnie; ist nicht leicht.» Sie antwortete mit einem dankbaren Lächeln und schmiegte sich an ihn, so, als akzeptiere und besiegle sie damit ihre Zusammengehörigkeit.

Scott bemerkte: «Wenn das über uns die *service-alley* ist, dann wird an jedem Ende eine Treppe sein. Also werden wir die vornliegende benutzen. Jetzt sollten wir aber weiter.»

Belle Rosen klagte: «Au, meine Füße! Auf diesen Röhren ist schlecht gehn.»

Scott reagierte prompt. «Vielleicht ist's besser, wenn die Mädchen ihre Schuhe ausziehen. Mit Absätzen ist's zu gefährlich.»

Jane Shelby ging mit Miss Kinsale als eine der ersten. Miss Kinsale trug ihre Schuhe mit größter Sorgfalt und meinte: «Ist Dr. Scott nicht großartig? So autoritär!» Und wie entschuldigend fügte sie hinzu: «Viele unserer Vikare sind's nämlich gar nicht, wissen Sie.»

«Ja», erwiderte Jane. Insgeheim wunderte sie sich darüber, wie schnell es Scott gelungen war, die Episode mit dieser unglückseligen Friseuse zu vergessen. Hatte er ihr überhaupt noch einen Gedanken gegönnt, nachdem sie tot war, oder ein Gebet? Ein derartiger Unternehmungsgeist war geradezu besorgniserregend. Irgendwo mußte da etwas nicht stimmen.

James Martin hatte sich Scott und den beiden Männern angeschlossen; alle vier blickten angespannt zu Boden und schritten schweigend voran. Martin überlegte, ob er dem Geistlichen beichten solle, was ihm so schwer auf der Seele lag; er fragte sich, ob dies nicht der Augenblick sei, sich seiner bedrückenden Last ein wenig zu entledigen, indem er darüber sprach. Scott war mehr als einen Kopf größer als er, und als Martin aufschaute, sah er das gut geschnittene Gesicht, die energischen Kinnbacken und die Konzentration, die sich in der Augen- und Stirnpartie widerspiegelte. Er zögerte. Dieser Mann ähnelte so ganz und gar nicht den Geistlichen, die er kannte. Er konnte diese beiden nicht miteinander in Einklang bringen: den durchtrainierten athletischen Scott mit einem von Gott Erwählten, den Sportsmann mit dem Pastor.

James Martin wurde von seinem Gewissen geplagt. Wenn sich das Schiff über Wasser hielt, wenn sie die Außenhaut erreichen sollten, wenn man draußen von ihrer Notlage erführe, wenn Schiffe oder Hubschrauber oder was immer rechtzeitig eintrafen, um sie herauszuholen – dann würde er zu leicht davonkommen.

Er hatte gesündigt. Er hatte sich ehebrecherisch mit einer glutvollen leidenschaftlichen Frau zusammengetan und sollte bestraft werden. Als moralischer Mensch und Kaufmann – auch, wenn er ein rückfälliger Baptist war – wußte er, daß jede Rechnung bezahlt werden mußte. Von den meisten Menschen unterschied sich Martin dadurch, daß er stets bereit war, jede gerechtfertigte Rechnung anstandslos zu begleichen.

Mrs. Wilma Lewis war keine Frau, die man am Ende der Reise mit einem Geschenk und einem Klaps auf den Po verabschieden konnte. Sie war eine Witwe von achtundvierzig Jahren und hatte die Kreuzfahrt einzig und allein zum Zweck sexueller Befriedigung gebucht. Sie war schwedischer Abstammung: eine gutaussehende, füllige, vollbusige Frau mit guter Figur und glatter Haut und hellblauen Augen, die leicht hervorstanden. Sie hatte dichtes naturblondes Haar, das sie gelegentlich ein wenig tönte, um ihm zusätzlichen Glanz zu verleihen. Und wenn sie ihre Hüllen fallen ließ, war sie eine rosenfarbene Venus, ein verführerisches Vollweib, in dem ein Mann mit Wonne versinken konnte.

All dies verbarg sie hinter einem damenhaften und spröden Benehmen. Ihre Reserviertheit war irreführend. Sie war sehr groß, fast ein Meter achtzig, aber sie wirkte nicht herrisch, denn sie war anmutig und hatte ein charmantes Lächeln. Ihre Kleidung war konservativ und kostspielig. Durch ihr Äußeres wirkte sie – fast – unnahbar. Es bedurfte eines richtigen Mannes, um den Geschmack zu goutieren und den Wegfall jeglicher Hemmungen zu würdigen, mit dem sie in sexuellen Spielen aufwarten konnte.

Ein solcher war Hubie Müller gewesen, der so weit gegangen war, ihr auf der Türschwelle eine respektvolle und gentlemanhafte, wenngleich unmißverständliche Andeutung zu machen. Trotzdem hatte Mrs. Lewis ihn abschlägig beschieden: sie suchte keinen Gentleman.

Mit unfehlbarem weiblichem Instinkt hatte sie sich ausgerechnet denjenigen erkoren, dem niemand auch nur die mindeste Chance bei ihr eingeräumt hätte. Es war der kleine unscheinbare und doch vielversprechende Kerl mit den kurzgeschnittenen, leicht angegrauten Haaren, den wachen Augen hinter goldgefaßten Brillengläsern, dem schmalen Mund der Midwesterner und der eine Spur zu aufwendigen Kleidung. Mr. James Martin, Herrenausstatter aus Evanston, Illinois, bezog seine Anzüge aus dem eigenen Laden.

Es bedurfte nur einiger kleiner Hinweise, um ihn schon gleich zu Beginn der Reise als den Geeigneten erscheinen zu lassen. Er hatte die Fahrt alleine angetreten und war ein Kaufmann aus einer Kleinstadt im Mittelwesten mit einer arthritisch gelähmten Frau; zum erstenmal seit Jahren machte er Ferien und war aller Fesseln ledig. Seine Schweigsamkeit ließ darauf schließen, daß er den Mund halten konnte. Und sein mildes, sanftes, farbloses Äußeres versprach einen wahren Vulkan erotischer Genüsse, waren die Hemmungen erst abgebaut. Am siebten Tag auf See hatte Mrs. Lewis ein simples Experiment in Szene gesetzt: ob Mr. Martin mit den Soundsos um acht Uhr zum Cocktail in ihre Kabine kommen wolle, schwarzer Binder? Als er ankam, hatten die Soundsos absagen müssen, wie es schien. Nach dem zweiten Glas tat Mrs. Lewis, als müsse sie eine *barette* richten, mit der ihre Haare befestigt waren. Bei dieser Gelegenheit lösten sie sich und fielen auf eine nackte Schulter herab, glänzend und duftend, und verwandelten eine hoheitsvolle und unnahbare Dame augenblicks in ein feuchtäugiges williges Weib.

Weitere Hinweise erübrigten sich. Martin war seit einer Dekade sexuell ausgehungert. Den Rest der Reise verlustierten sie sich nach allen Regeln der Kunst.

Ihre Affäre war eins der bestgehüteten Geheimnisse dieser Kreuzfahrt. Tagsüber blieben sie einander fern – erst abends, wenn der ausgelassene Bordbetrieb sich gelegt hatte, huschte Martin heimlich in ihre Kabine.

Was die unausbleibliche Rechnung betraf (‹Paradies auf Pump›) – die sollte er bald präsentiert bekommen. Wie so viele unbedeutende kleine Männer, die von Frauen zu oft übersehen werden, war Martin ein sexuelles Wunder. Er wurde ein Opfer seiner eigenen Potenz. Sie gab ihn nicht mehr her. Und da ihre Affäre nicht durch Liebe kompliziert, sondern nur ein köstliches Amüsement war, vermochte Mrs. Lewis nicht einzusehen, weshalb sie auf dem festen Lande nicht fortgesetzt werden sollte. Sie hatte ein elegant eingerichtetes Apartment am Lake Shore Drive in Chicago. Martins Geschäft im nahe gelegenen Evanston bot den perfekten Vorwand für wöchentliche Geschäftsreisen. Enthusiastisch hatte sie solcherlei Pläne mit ihm diskutiert.

Da hatte er's: Bezahlung in wöchentlichen Raten und all der Ärger, der damit zusammenhing – Lügen, Ausflüchte, knappes Davonkommen dann und wann, endlich die unausweichliche Entdekkung. Martin war ein rechtschaffener Mann; er hing an seiner Frau und wollte ihr nicht weh tun. Und er hatte sich allmählich an eine sexlose Existenz gewöhnt gehabt und wollte nun, da es wieder angefangen hatte, nicht mehr davon ablassen. Insbesondere wollte er Mrs. Lewis nicht aufgeben. Dabei verlangte es ihn im Grunde gar nicht nach einer festen Geliebten, und was er auf jeden Fall vermeiden wollte, war Ärger.

Und jetzt würde es keinen geben. Fast konnte er sich den auf dem Kopf stehenden Raum vorstellen, in dem die Möbel von der Decke hingen. Er kannte alles so genau: den rosa-weißen Chenilleüberzug auf dem großen Bett, die moderne getönte Kommode, das stilisierte Gemälde einer Gartenanlage, den dicken Teppich, das Sofa und die Sessel. Grotesken Faunen gleich hatten sie darin und darauf und drumherum nackte Spiele getrieben. Jetzt war er mit Wasser gefüllt wie ein Aquarium, in dem Wilma Lewis trieb; ihre langen Locken wogten in den Fluten wie die einer Seejungfrau, und ihre vorstehenden Augen waren weit geöffnet und starrten ins Nichts.

Der Nachtwächter, der ihn wahrscheinlich morgens ihre Kabine hatte verlassen sehen, war ebenfalls tot. Niemand würde jemals etwas erfahren, und es würden sich keinerlei Konsequenzen ergeben. Und gerade dies stürzte ihn in einen Zwiespalt, der ihn zu zerreißen drohte. Er hätte um die Frau trauern müssen, die ihm so großzügig Vergnügen gewährt hatte, aber er tat es nicht. Trotz ihrer Einwände hätte er zu ihr gehen sollen. Er müßte jetzt mit ihr zusammen tot sein, aber er war froh, daß er am Leben war. Er hatte gesündigt. Sünde verlangte Bestrafung, aber er war frei und unbehelligt, immer vorausgesetzt, daß es ihnen gelingen sollte, aus dem gekenterten Schiff zu entkommen. Vielleicht aber bestand seine Strafe darin, daß er mit ein paar weiteren Stunden Leben genarrt wurde, um dann wie die andern unten ausgelöscht zu werden. Als praktischer Mensch jedoch, der seinen Weg gemacht hatte, konnte er sich keine Gottheit vorstellen, die gleich tausend Menschen ertrinken ließ, nur weil er außerehelich seiner Libido gefrönt hatte.

Was sollte er Scott sagen? Wie das Thema anschneiden? Und würde den das überhaupt interessieren? Was konnte er tun oder auch nur sagen außer jenen Stereotypen, an die ihn seine eigene Kirche gewöhnt hatte: bereue, gehe hin und sündige hinfort nicht mehr. Ihm würde vergeben werden. Indessen wollte er keine Vergebung, sondern eine Bestrafung für die Ungerechtigkeit, daß Mrs. Lewis tot und er lebendig war.

Plötzlich hatte er das überwältigende Gefühl, daß ‹Buzz› Scott an seinen sexuellen Abenteuern und seinen Gewissensbissen nicht sonderlich interessiert sein würde. Der junge Mann hatte andere Dinge im Kopf. Er war wieder auf dem Sportplatz bei einem entscheidenden Spiel. Martin preßte seine schmalen Lippen noch fester zusammen, auf daß ihnen keine törichten Worte entschlüpften, die er hinterher vielleicht bereute. Außerdem war's ihm peinlich, da der Geistliche so viel jünger war als er.

Scott bestätigte seine Gefühle geradezu erschreckend, als er sich an ihn wandte, ihm zublinzelte und sagte: «Kommst du nicht durch die Mitte, dann versuch's außenrum.»

«Meinen Sie, wir schaffen's?» fragte Martin.

Scott erwiderte knapp: «Klar!»

Martin dachte bei sich: *Teufel noch eins, vielleicht braucht Gott solche Kerle wie den.*

Der ‹Strahler› glitt auf einem der Rohre aus. Er fluchte und wäre gestürzt, wenn Pamela ihn nicht mit festem Griff beim Arm gefaßt hätte. Die Stärke, mit der sie ihn stützte, ärgerte ihn dermaßen, daß ihm noch mehr zu Bewußtsein kam, wie schockierend nüchtern er war. Er hatte die Kreuzfahrt nicht so sehr deshalb gebucht, weil er Geselligkeit suchte, sondern weil sie einen Monat ungestörten Trinkens unter angenehmen Umständen verhieß. Er trank auch in London, aber es war sehr viel schwieriger, weil er ja ins Büro mußte. Ein Schiff war eine wunderbare bewegliche Bar, fern von den lächerlichen Sperrzeiten und Restriktionen an Land befindlicher Etablissements. An Bord durfte er sich dem Trinken bis zu dem Punkt hingeben, da er dies unerklärliche Sehnen kaum mehr verspürte, dieses jämmerliche Gefühl. Weshalb elend? Sehnsucht wonach? Er wußte es einfach nicht. Es schien halt immer etwas leer und hohl in ihm zu sein, und er kannte kein anderes Mittel, um diesen Hohlraum zu füllen, als Alkohol.

Er war zufrieden mit diesem pummeligen Mädchen, dessen Mutter die Kreuzfahrt augenscheinlich zu dem Zweck gebucht hatte, für ihre Tochter einen Ehemann zu finden. Zu zweit machte das Trinken mehr Spaß als allein.

Pamela mit ihren hellen Augen, in denen nie auch nur der Schatten eines Vorwurfs war, mit ihren kurzgeschnittenen fahlen Haaren, mit ihrem dicklichen Körper und den beiden wunderbaren, offensichtlich hohlen Beinen, in denen der Whisky spurlos verschwand, war ideal gewesen.

Und sie verlangte nichts von ihm; sie hielt ihm andere fern. Sie saß bei ihm, sie stand neben ihm, und sie trank mit ihm. Sie sprach sogar fast nie. Er wußte nur, daß sie sich auf irgendeiner englischen Schule sportliche Meriten erworben hatte – darüber hinaus wußte er wenig von ihr.

Wieder rutschte der ‹Strahler› aus, und wieder stützte ihn das Mädchen. Er kaschierte seinen Verdruß mit einem Lachen. «Das kommt davon, wenn man zu nüchtern wird. Ist regelrecht gefährlich. Laß mal los – es geht schon.» Sie war offensichtlich verletzt, und er sagte: «Nein, nein, halt dich mal lieber an mir fest.» Er war ganz und gar nicht herzlos. Das verhinderte schon sein immer wiederkehrendes Gefühl der Einsamkeit, gegen das er etwas unternehmen mußte. Es ging einzig und allein darum, daß er nicht belästigt werden wollte. Er überwand seine Verstimmung und fügte hinzu: «Bist ein lieber Kerl.»

Mittlerweile war das Mädchen ebenfalls stocknüchtern, sonst hätte sie nicht im Traum daran gedacht, die Frage zu stellen, die sie jetzt an ihn richtete. Wenn auch die Getränke, die sie mit dem ‹Strahler› konsumierte, äußerlich wenig Wirkung zeigten, so war sie doch in Wirklichkeit immer genauso betrunken wie er und nur noch in der Lage, verklärt und anbetend zu ihm aufzublicken. Jetzt aber hatten der Schock über den Verlust ihrer Mutter und das Entsetzen auch den letzten Rest von Alkohol vertrieben.

Sie fragte: «Tony, weshalb trinkst du so viel?»

Der ‹Strahler› sah das Mädchen verwundert an und unterdrückte einen Seufzer. Auch seine Frau hatte ihn das gefragt. «Deshalb», sagte er und setzte dann hinzu: «Ich hab das Gefühl gern. Ich liebe jeden, wenn ich betrunken bin.»

«Und wenn du's nicht bist?»

Wieder sah er sie an, und diesmal strahlte er und sagte: «Daran kann ich mich nicht erinnern.»

«Ja!» rief Pamela. «Jetzt weiß ich, weshalb sie dich den ‹Strahler› nennen. Du strahlst einen tatsächlich an.»

«Tun sie das?» sagte er. «Na ja, ich muß schon einen reichlich dämlichen Eindruck machen, wenn ich da den ganzen lieben langen Tag auf einem Barhocker sitze. Aber, weißt du: ich find sie dann allesamt nett und möcht die ganze Welt umarmen.»

«Liebst du *mich*, wenn du betrunken bist, Tony?»

«Ungeheuerlich!» gab der ‹Strahler› zur Antwort. «Du bist das Licht meines Lebens – das Traummädchen eines Trinkers. Stimmt's?»

«Und wenn du nüchtern bist?»

Bates erwiderte lachend: «Woher soll ich das wissen? Wir sind's doch jetzt zum erstenmal, oder?» Das hatte er einfach so als Scherz gemeint, doch wurde ihm sogleich klar, wie grausam diese Bemerkung sein mußte. Sein Bedauern verlor sich aber sogleich in dem Vorwurf, daß sie diese Frage überhaupt gestellt und ihn ausgerechnet in *die* Lage versetzt hatte, die jeder Mann fürchtet, der sich mit einer Frau einläßt, die er nicht liebt.

Er war angenehm berührt, als sie schlicht und einfach äußerte: «Ist mir auch egal.» Ihre Feststellung berührte ihn nicht sonderlich; allenfalls meldete sich die verletzte männliche Eitelkeit leise zu Wort: wieso?

Ihre Hand packte seinen Arm noch fester. «Obacht!» sagte sie. «Da ist wieder so ein komisches Rohr mit einem Knoten drin.»

Plötzlich gab es weiter vorn eine Stockung, und sie hörten Rogos Stimme: «Himmel-Arsch-und-Zwirn! Jetzt sind wir geliefert!»

Sie hatten die Treppe am Ende des Korridors erreicht.

## 9

## *Das Abenteuer mit der zweiten Treppe*

Konsterniert versammelte sich die ganze Gruppe in empörtem Schweigen vor diesem neuen Hindernis. Ihre Erfindungsgabe und die neu erworbene Fertigkeit, umgedrehte Aufstiege zu bewältigen, hatten ihnen Hoffnung gemacht und sie dem jungen Geistlichen vertrauen lassen. Kopfstehende Treppen bildeten für sie kein Problem mehr. Mit jedem Schritt, der sie von den unaussprechlichen und unausdenkbaren Dingen entfernte, die unter ihnen lagen, verloren die Schrecknisse an Wirklichkeit und Wirkung.

Hier gab es keine Schräge, an der man die Frauen hätte nach oben hieven können. Die Treppe bildete das Endteil des Korridors und war gänzlich anders: ein breiter doppelter *companionway*, dessen steiler Überhang von Eisenstufen und polierten Stahlgeländern außer Reichweite über ihren Köpfen hing. Ihnen gegenüber befand sich ein etwa zwölf Fuß hohes Schott, in das die Rohrleitungen von der umgedrehten Decke in parallelen Linien hineinliefen.

Müller dachte nur: *Sackgasse!* und gab auf. Seine Verzweiflung mußte sich Nonnie durch das plötzliche Abschlaffen seines Körpers mitgeteilt haben, denn sie blickte ihn angstvoll an. Er versuchte, ihr ermutigend zuzulächeln, aber es gelang ihm nicht.

Jane Shelby sagte zu ihrem Mann: «Das ist doch wohl nicht zu machen, oder?»

«Ich wüßte nicht, wie», entgegnete er.

Der ‹Strahler› sagte zu Scott: «Ich fürchte, jetzt sind wir geliefert, alter Knabe.»

Böse und verächtlich wandte sich Rogo an Scott und fragte: «Haben Sie vielleicht noch mehr solche brillanten Ideen auf Lager?»

Rogos grobe Unverschämtheit war aufreizend und gefährlich und als Herausforderung gedacht, er legte es geradezu darauf an, seine harten Fäuste ins Spiel bringen zu können – das einzige Mittel, mit dem er sich durchzusetzen vermochte.

Scott ließ sich auf keine Auseinandersetzung ein. Statt dessen bemerkte er nach kurzem Studium der Gegebenheiten ungerührt: «Die nächste wird wahrscheinlich noch schwieriger sein.»

Müller konnte sich ein leises Kichern nicht verkneifen ob der ruhigen Art, mit der Scott das Problem erledigte, indem er einfach ‹die nächste› sagte; gleichzeitig schwand sein Gefühl der Panik. Nonnie sah ihn besorgt an und fragte flüsternd: «Ist der durchgedreht?»

«Nein», antwortete Müller, «aber durchtrieben.»

Rogo war weiterhin streitsüchtig. «Was soll denn das heißen, ‹die nächste›, zum Teufel? Wir schaffen ja nich mal diese hier.»

«Zum einen: wir können noch sehen», erwiderte Scott. «Wenn die Lichter ausgehen, hat's damit ein Ende.»

Sie hatten völlig vergessen, daß sie von einem Satz Batterien abhängig waren, die sich schnell erschöpften. Der Gedanke, daß sie jeden Augenblick in totale Dunkelheit stürzen konnten, legte sich allen schwer aufs Gemüt – ausgenommen vielleicht Miss Kinsale, die das Schweigen mit den Worten brach: «Ja, wir können wirklich noch von Glück reden.»

«Außerdem», fuhr Scott fort: «Wenn man sich die nächste schwieriger vorstellt, wird diese dadurch einfacher.»

In diesem Augenblick erschien über ihren Köpfen ein bleiches bärtiges Gesicht und blickte mit verängstigten Augen zu ihnen herab.

Rogo rief: «He, da oben! Hol mal jemand her! Wir wollen da rauf!»

Der Kopf verschwand, und sie hörten leiser werdende Schritte. Sie warteten lauschend. Nichts geschah. Niemand kam. «Dieser verdammte Schweinehund, dieser dreckige!» brüllte Rogo.

«Haben Sie denn nicht gesehn?» sagte Scott. «Der war zu Tode erschreckt. Wahrscheinlich sind alle da oben in demselben Zustand und nutzlos. Wir werden uns auf uns selbst verlassen müssen.»

«Aber sicher!» sagte Rogo sarkastisch. «Und wie Affen an der Wand raufklettern.»

«Oder wie Menschen.» Scott prüfte die Voraussetzungen, und dabei sahen sie, was ihnen bisher entgangen war, da sie sich ausschließlich mit der Treppe beschäftigt hatten.

Die Oberseite des auf dem Kopf stehenden und scheinbar nicht zu erreichenden Schotts, die für sie der Boden sein würde, falls sie sie ersteigen konnten, ähnelte jener, auf der sie gegangen waren: auch hier verliefen Rohrleitungen, nur daß einige von ihnen, die vertikal an der Seite herabkamen, erheblich dicker waren und darüber hinaus Räderventile verschiedener Größen aufwiesen.

Die Verbindungsstellen waren dick mit Asbest isoliert, und in Abständen waren die Rohre mit Schellen an den ins Schott eingelassenen Flanschen befestigt. Wenn es sich auch nur um einige Zentimeter handelte, so würde sich doch Finger und Zehen genügend Halt bieten. Zwei große und mehrere kleinere Ventilräder gaben zusätzliche Unterstützung.

Neue Hoffnung kam auf, und Scotts Ausspruch: «Kleine Fische!» tat ein übriges, ihnen Mut zu machen. Jane Shelbys Zweifel an Scott wurde von Erleichterung und Bewunderung verdrängt.

Linda Rogo sagte: «Nicht für mich.»

Wieder kam ein bekümmerter Ausdruck auf das Gesicht ihres Mannes, als er den Kopf schüttelte und sagte: «Da wird's dir aber scheußlich einsam werden, wenn du allein hier unten bleibst, Püppchen.»

Sie sagte ihm, was er sie könne, und fügte hinzu: «Ich werd schon Gesellschaft kriegen. Oder denkst du, der alte Fettwanst kommt da rauf?»

Jane Shelby fragte sich, ob dies das Vorspiel zu einem neuerlichen Ausbruch sei, doch diesmal nickte Rogo nur mürrisch zu Scott hinüber und sagte: «Sie kommt schon mit.»

Indessen waren sie an Mrs. Rosen erinnert worden, die sie in ihrer Hochstimmung vergessen hatten.

«Es ist ja töricht», sagte sie, «auch nur daran zu denken. Ich schaff's nie und nimmer. Manny soll mitgehn, aber ich versuch's gar nicht erst. Ist mir schon peinlich, daß überhaupt jemand dran gedacht hat.»

«Die Tischtücher...» schlug Müller vor, doch Scott verwarf sie, ehe er den Satz vollenden konnte.

«Helfen hier nicht. Klettern ist leichter.»

«Ich soll mitgehn und dich hier zurücklassen?» sagte Manny. «Bist du närrisch, Mamma? Wer sagt denn, daß ich da raufkäm? Die andern sollen alle gehn und uns hierlassen. Wir wollen kein Hemmschuh sein.»

Mit seinem leicht affektierten Ton in der Stimme sagte Hubie Müller: «Es kommt überhaupt nicht in Frage, daß einer von Ihnen hierbleibt. Wir haben das Unternehmen gemeinsam begonnen, und wir werden's gemeinsam fortführen.»

«Wieso?» sagte Linda Rogo schnippisch. «Es ist doch *ihre* Sache, wenn sie nicht mitkommen wollen. Was geht's uns an? Laßt sie mal bleiben.» Als sie die Woge der Abneigung spürte, setzte sie hinzu: «Ihr mich auch, allesamt.»

Scott sagte zu Belle Rosen: «Hätten Sie unten im Speisesaal geglaubt, daß Sie's bis hierher schaffen würden?»

Belle antwortete: «Nein, hätt ich nicht. Aber es ist ja auch was anderes, ob man hochgezogen wird oder klettern muß.» Alsdann sagte sie: «Sie sind ein furchtbarer Mensch. Ich glaub, ich werd's versuchen.»

Scott grinste sie freundschaftlich an und sagte: «So gefallen Sie mir. Passen Sie auf: wir werden Sie vor allen andern da oben haben, und dann können Sie zusehen, wie wir uns abmühn.» Er richtete seine Aufmerksamkeit wieder auf das Schott und sagte: «Hier brauchen wir die Axt. Wer hat sie?»

Von Manny Rosen war ein lautes Aufstöhnen zu vernehmen. Belle fragte: «Manny, was ist dir? Ist dir nicht gut?»

Rosen stöhnte wieder. «Nicht gut? Ich war der letzte. Ich hab sie vergessen.»

Linda keifte: «Da habt ihr 'n Jidd!» Sie schien entschlossen, bei jeder sich bietenden Gelegenheit die Atmosphäre zu vergiften.

Rosen gab zur Antwort: «Was hat denn das mit Jidd zu tun, wenn einer was vergißt? Ich hätt's nicht dürfen, aber jeder kann doch mal was vergessen, wenn er aufgeregt ist.»

Belle sagte: «Sicher doch, Manny. Weshalb hat dir auch keiner gesagt, daß du sie mitbringen sollst?» Und mit überraschender Sanftheit fügte sie hinzu: «Beschimpfungen bringen uns nicht weiter, Mrs. Rogo. Wir sind, was wir sind, und Sie sind, was Sie sind, und da sollt einem keiner einen Vorwurf draus machen.»

Linda war zu dumm, um Mrs. Rosens subtile Bemerkung voll erfassen zu können, wollte sich aber gerade mit ihr anlegen, als Rogo sich geschwind einschaltete. «Ich hol sie.» Er hatte das Gefühl, durch seine Bösartigkeit gegenüber Scott an Gesicht verloren zu haben, und wollte das wettmachen.

«Das läßt du bleiben!» sagte Linda. «Er hat sie vergessen, da soll er sie auch holen.»

«Aber, Täubchen», sagte Rogo beschwichtigend, «sei doch nicht so. Das schafft er nie und nimmer. Mr. Rosen ist mein Freund.» Und tatsächlich dachte der Detektiv in diesem Augenblick an die vielen Pastrami und Rosens-Spezial-Dreidecker-Sandwiches, die er in seinem *delicatessen* verzehrt hatte, stets umsonst und immer mit einer Flasche Bier dazu. Er wandte sich an Scott. «Geben Sie mir das Seil.»

Scott reichte ihm die Rolle. «Werden Sie's schaffen?»

Rogo sah ihn direkt und durchaus nicht freundlich an und sagte mit unverhohlener Feindseligkeit: «Bloß, weil alle Bullen angeblich dämlich sind, brauchen Sie mich noch lange nicht für blöd zu halten.»

Sie sahen zu, wie die gedrungene Gestalt den Gang hinunterging, auf dem sie hergekommen waren.

«Wir werden uns so lange ausruhen», schlug Scott vor und legte sich der Länge nach auf die Rohrleitungen. «Macht's euch gemütlich, so gut's eben geht.»

Nonnie flüsterte Müller zu: «Ich fand's nett, was Sie da gesagt haben: daß man die Rosens nicht sitzenlassen darf. Die sind süß. Da denkt der eine an den andern.» Beim Niederknien öffnete sich ihr Morgenrock; schnell raffte sie ihn wieder zusammen und sagte: «Oh, ich schäm mich ja so, daß ich nichts drunter anhab.»

Es war Müllers erste Begegnung mit der paradoxen Sittsamkeit, wie man sie privat bei Personen finden kann, die sich professionell zur Schau stellen, und er fand es irgendwie rührend. Er wußte, daß ihre Scheu in diesem Augenblick durchaus echt war. Was oder wer sie auch sein mochte: sie hielt auf sich. Er lächelte ihr zu und sagte: «Ich habe eine Idee.» Er löste seine Hosenträger und gab sie ihr. «Hier, verwenden Sie die als Gürtel.»

«Oh!» sagte sie. «Und Ihre Hose? Wird die nicht rutschen?»

Müller klopfte sich auf den Bauch. «Nicht bei einem Gourmet», erklärte er. «Hosenträger trage ich nur als Symbol.»

«Was ist ein Symbol?» fragte Nonnie.

Müller antwortete: «In diesem Fall, daß ich mir vormache, ich brauche etwas, um meine Hose zu halten.»

«Sie sind wunderbar albern!» sagte sie leise und drückte seinen Arm, und diese Gebärde erfüllte ihn mit Freude.

Belle lag, außer Hörweite, unbequem auf den Rohren und fragte ihren Mann: «Was ist denn bloß mit dieser Person, dieser Linda? Für wen hält sie sich? Weshalb läßt der sich das von ihr gefallen? Ich hab immer gedacht, Polizeileute wären harte Burschen.»

«Sie denkt, sie ist besser als er», entgegnete Manny.

«In welcher Beziehung?»

«Sie wollt ein großer Filmstar werden. Sie hat ihre Karriere aufgegeben und sich erniedrigt, als sie Rogo heiratete.»

«Wer sagt das?»

«Rogo.»

«Glaubt er das wirklich?»

Manny sagte: «Ich weiß noch, wie er einmal in den Laden gekommen ist, eh er geheiratet hat. Da hat er mir ihr Bild in *Life* gezeigt. Oben drüber stand: ‹Starlets von heute – Stars von morgen›. Es waren vier oder fünf Mädchen, alle von verschiedenen Filmgesellschaften. Sie war bei der Paramount, glaub ich. Richtig nett. Sah gar nicht verwöhnt aus und so. Na, jedenfalls sagte Rogo: ‹Manny, ich schweb im siebten Himmel. Wir heiraten. Stellen Sie sich das doch mal vor: ein Stiesel wie ich – un mit 'nem Filmstar verheiratet!› Siehst du: für ihn war sie bereits ein Star. Er sagte: ‹Ich bin reineweg verrückt nach ihr. Wie kommt so 'n popeliger Bulle an so eine Frau, die ihren Namen in Leuchtschrift über den Kinos haben könnt?› Ich hab zu ihm gesagt: ‹Die muß ja auch ganz schön verrückt nach Ihnen sein›, und er hat gesagt: ‹Ich kann's kaum glauben. Wo ich überhaupt nicht mal eine Erziehung hab: mich haben sie auf der First Avenue ins Leben geprügelt.›»

«Huh!» schnaubte Belle. «Vielleicht sollt sie sowieso an die Luft gesetzt werden. Vielleicht hatte sie sich irgendwie reingeritten.»

Manny sagte: «Ich glaube, sie war in irgendeiner Broadway-Show, aber die machte Pleite. Rogo hat allerdings nichts davon gesagt.»

«Und die soll uns anspucken? Oder so 'n nettes Kerlchen wie Nonnie?»

Manny nickte. «Ist das nicht immer so?»

Belle sagte: «Was sie braucht, ist noch so eine deftige Maulschelle.»

Nachdem sie dies gesagt hatte, wurde sie jedoch plötzlich nachdenklich; sie fingerte an ihrem zerrissenen Spitzenkleid herum, spürte ihre schmerzenden Füße und warf sogar einen kurzen Blick auf den großen Diamantring, der an ihrem Finger glitzerte. Sie sagte: «Wie kann man in einem solchen Augenblick so was Dummes sagen, Manny. Wen geht das denn etwas an? Wo wir so dick in der Klemme stecken. Tun wir doch, oder nicht?»

«Ich kann dich ja doch nicht anlügen, Belle.»

«Könnten wir untergehen?»

«Wir könnten.»

Einen Augenblick lang schwieg sie und sagte dann: «Du hast mir ein gutes Leben gegeben, Manny.»

«Ohne dich wär's keins gewesen, Mamma.»

Sie seufzte. «Was hat dann diese ganze Kletterei für einen Sinn?»

«Solang wir eine Chance haben, sollten wir sie auch wahrnehmen, find'st du nicht?» entgegnete er.

Hierauf gab sie keine Antwort.

Miss Kinsale hatte sich nicht hingelegt, sie saß auf den Rohren; ihren altmodischen und viel zu langen grauen Rock hatte sie sich schamhaft über die Knie gezogen. Sie hielt die Hände im Schoß gefaltet und blickte unbewegt ins Nichts.

Scott öffnete die Augen und richtete sich auf. Er betrachtete forschend die ihm gegenübersitzende Gestalt. «Wie fühlen Sie sich, Miss Kinsale?»

Mit einem leichten Schaudern erwachte sie aus ihrer Träumerei und bedachte ihn mit einem kleinen freundlichen Lächeln; ihre Züge wurden weicher, und ihr unscheinbares Gesicht wirkte zehn Jahre jünger. «Och, ganz gut», erwiderte sie. «Danke sehr.»

Scott sagte: «Was für ein stiller, ruhiger Mensch Sie sind.»

Damit drückte er aus, was fast alle dachten, die auf der Kreuzfahrt mit ihr in Berührung gekommen waren. Miss Kinsale redete nicht viel. Man hatte in Erfahrung gebracht, daß sie Buchhalterin war, und zwar in einer Bank in Camberley, einer Ortschaft in der Nähe Londons. Sie hatte lange für eine Kreuzfahrt im Winterurlaub gespart. Morgens klickten ihre Absätze behutsam über das Promenadendeck, wenn sie ihre zwanzig Runden drehte, was ein Lächeln hervorrief. Nachmittags nahm sie mit mehreren Damen ihren Tee, wobei sie mehr zuhörte als selber sprach. Sie besuchte die Filmvorführungen, und auf Landausflügen sah man die kleine Person eifrig und wißbegierig mit Notizbuch, Bleistift und Fotoapparat. Auch brachte sie zahllose farbige Postkarten mit an Bord, um all das belegen zu können, was sie gesehen und unternommen hatte. Was sie aber dachte und fühlte und empfand, oder wer sie wirklich war, das wußte niemand.

Miss Kinsale hatte über die Bemerkung des Geistlichen nachgedacht. «Da gibt's nicht viel zu sagen, oder?» entgegnete sie schließlich. Gleich senkte sie die Augen und fügte mit leiser Stimme hinzu: «Wir sind in der Hand des Herrn. Auf Ihn vertraue ich. – Haben Sie Dank, daß ich mit Ihnen beten durfte. Sie haben mir Kraft gegeben.»

«So? – Ach ja», sagte Scott, wie jemand, der an etwas erinnert wird, das er längst vergessen hatte. Dann fragte er sie: «Vertrauen Sie auch auf sich selbst?»

Miss Kinsales graue Augen leuchteten. «Aber ja!» antwortete sie. «In Ihrer Nähe habe ich keine Furcht. Ich spüre, daß Sie Gott nahe sind.»

Über ihnen gab es wieder ein Geräusch. Dieses Mal lugten zwei Gesichter auf sie herab. Alle blickten voller Hoffnung hinauf, da sie dachten, daß der erste Mann, den sie gesehen hatten, Hilfe herbeigeholt habe. Doch wirkten diese beiden Köpfe noch sonderbarer: die Münder waren verzerrt, Speichel tropfte heraus, die Augen blickten glasig. Sie verschwanden.

Hubie Müller rief, um sie zurückzuholen: «He! Sprecht ihr English? Français? Deutsch? Parla Italiano?»

Sie tauchten nicht wieder auf.

«Wenn mich einer fragt – die sind vollkommen blau», sagte Martin und erschreckte alle damit.

«Was?» rief der ‹Strahler› hoffnungsvoll. «Betrunken?»

Mike Rogo kehrte zurück, die Axt auf der einen Schulter, die Leine über der anderen. Er sah mitgenommen und besorgt aus. Seine Schuhe waren durchnäßt, desgleichen seine Hosenbeine bis zu den Waden.

Der ‹Strahler› äußerte sich anerkennend. «Reife Leistung, alter Knabe!»

«Quark», sagte Rogo.

Scott betrachtete verwundert Rogos Füße. «Hallo!» sagte er. «Wieso sind Sie so naß? Wo war denn die Axt?»

Rogo erwiderte: «Im Wasser. Ein Fuß hoch.» Er blickte aufs Schott und sagte: «Wird verdammt Zeit, daß wir da raufkommen.»

«Mein Gott, das Schiff sinkt», konstatierte Shelby. «Was ist mit all den anderen auf Deck C? Mit Acre und Peters? Und mit denen im Speisesaal?»

Rogo sah ihn ausdruckslos an und sagte: «Tja, was wird mit denen schon sein?»

Pamela Reid sprudelte hervor: «Die sind dann wohl alle unter Wasser? Unsere Kabine war auf Deck B.»

Nonnies Zähne klapperten. «Ach, du mein lieber Gott!» winselte sie. «All meine Kolleginnen – Nicky, Moira, Sybil, Heather, Jo und Timmy... sind die alle tot?»

«Pst!» sagte Müller. «Nicht dran denken.» Er legte seinen Arm um sie, und sie vergrub ihr Gesicht in seiner Achsel.

Scott fragte: «Ist das Wasser gestiegen, während Sie dort waren?»

«Nein», erwiderte Rogo. «Ich hab eine Weile gewartet und aufgepaßt. Das Seil hatt ich oben an der Treppe festgebunden, damit ich wieder zurück konnte.»

«Das Schiff muß ein wenig die Balance verloren haben», sagte Shelby optimistisch.

Martin war realistischer. Er sagte: «Es könnte vollaufen und jeden Augenblick absacken.»

Entsetzt blickten sie einander an. Das vorübergehende Gefühl der Sicherheit schwand dahin. Langsam dämmerte ihnen, daß jede Minute die letzte sein konnte.

«Danke, Rogo», sagte Scott. Dann befahl er: «Auf geht's!» Und diesmal fand sich keiner, der seine Anordnung in Frage gestellt hätte. Alle hatten begriffen, daß größte Eile not tat. Scott nahm Rogo die Axt ab und hieb ihr spitzes Ende fest in einen Winkel der Rohrleitungen. Er probierte aus, ob der Stiel hielt, und meinte: «Das müßte ein ganz brauchbarer Griff sein.» Er wandte sich an Pamela und sagte: «Nun zeigen Sie uns mal, wie einfach man da raufkommt.»

Die junge Engländerin ging auf das Schott zu; ihre ganze Haltung drückte Entschlossenheit und Selbstvertrauen aus.

Sie stieg aus den Schuhen, reichte sie dem ‹Strahler› und begann zu klettern. Mit starken Zehen und kräftigen Fingern nutzte sie jede sich bietende Handhabe. Als sie den Axtgriff erreichte, konnte sie sich hochziehen, und anschließend kletterte sie ohne Pause weiter, bis ihr Körper halb über die obere Kante reichte. Dann schob sie sich vollends hinüber, erhob sich auf die Knie, drehte sich um und blickte auf die anderen herab. «Nicht so wild», lautete ihr Urteil.

Der ‹Strahler› sagte: «Du lieber Himmel, da habe ich mich ja mit einem veritablen menschlichen Kletteraffen eingelassen!»

Einige lachten, und die Stimmung stieg merkbar. Müller kam zu der Überzeugung, daß Scott – einerlei, was man sonst von ihm halten mochte – in der Psychologie ausgezeichnet bewandert war. Er hatte ein Mädchen hinaufgeschickt. Das hatte es im Handumdrehen geschafft und so für die anderen leichter gemacht.

Scott rief: «Sehn Sie irgend jemand, Pam?»

Das Mädchen stand auf. «Hier ist nicht allzuviel Licht. Hinten scheinen ein paar Leute durcheinanderzulaufen, aber ich kann nicht sehen, wie viele es sind oder was sie da tun. Soll ich mal hingehen und nachsehen?»

«Nein», erwiderte Scott. «Wenn Martin recht hat, daß sie Alkohol erwischt haben und blau sind, dann hat's keinen Sinn. Jetzt werden wir Mrs. Rosen helfen, nach oben zu kommen.»

Der ‹Strahler› reckte sich und sagte: «Habe ich da etwas von ‹Alkohol› gehört?» Dann sang er: «Ach, hätt ich Engelsflügel…»

Scott ignorierte ihn und fuhr fort: «Nein, machen wir anders. Dick, hüpfen Sie mal hoch, damit Sie ihr von oben helfen können.»

Shelby machte sich gehorsam bereit. Dieses Mal hatte er keine Bedenken. Scott hatte eine Atmosphäre geschaffen, die geradezu hypnotisch wirkte, jener vergleichbar, die Shelby auf dem College beim Sport kennengelernt hatte.

Scott sagte: «Immer mit der Ruhe und dann mit 'm Ruck!» Er versetzte Shelby einen Klaps aufs Hinterteil, so, als schicke ein Spielführer seinen besten Mann aufs Feld.

Shelby war erregt; er fühlte sich leicht und siegessicher wie in alten Footballtagen, wenn er seinen Kopfschutz aufsetzte, um sich ins Spielgetümmel zu stürzen.

Die Euphorie hielt an, und unter ihrem Einfluß erreichte er in wenigen Augenblicken die Höhe, wo das Mädchen wartete.

Scott rief hinauf: «Knien Sie an der Kante, wegen der Hebelkraft. Okay, Mrs. Rosen: aufwärts!»

Belle Rosen wiederholte verdrossen: «Aufwärts!» und wandte sich an ihren Mann. «Muß ich, Manny?»

«Versuch's, Mamma.»

Sie erhob sich schwerfällig und ging zum Schott, und mit jedem Schritt wurde die Schwierigkeit für sie größer. Endlich drehte sie sich zu den anderen um; in ihren dunklen Augen lag Demütigung. «Seht doch bloß! Mein Wanst! Ich komm nicht mal dicht genug ran. Bitte, zwingt mich nicht. Bitte.»

Scott hatte den Männern ein Zeichen gegeben. Müller, der ‹Strahler›, Martin und Rogo versammelten sich um ihn. «Hier», sagte er, «wir sind alle da. Wir lassen Sie schon nicht fallen. Sie sind gar nicht so schwer, wie Sie glauben. Stellen Sie Ihre Füße da hin, und halten Sie sich dort mit den Händen fest. Und nun: ab die Post!»

Belle Rosen hob sich sechs Zoll über ihre Köpfe und schrie dann: «Nein, nein, ich kann nicht! Ich falle!» Und sie wäre gefallen, wenn die vier Männer sie nicht an die Seite des Schotts gepreßt hätten.

«Es geht schon, Mrs. Rosen», sagte Scott, und den anderen flüsterte er zu: «Okay, Jungs, schieben!» Die massige Gestalt stieg weitere sechs Zoll und fing an zu schreien: «Nein! Nein! Laßt mich runter! Laßt mich runter! Ich will nicht!» Dabei suchten ihre fetten Finger krampfhaft nach einem Halt.

Manny Rosen sagte: «Mamma, Mamma, reg dich doch nicht so auf! Du machst's großartig!»

Wieder gab Scott ein Zeichen, und wieder hievten sie. Mrs. Rosen befand sich jetzt zwei Fuß über dem Boden und wurde dort mit vereinten Kräften gehalten. Sie kreischte weiter. «Laßt mich runter! Laßt mich runter! Manny, sag, daß sie aufhören sollen!»

Manny Rosen umschlich den Halbkreis der schiebenden Männer und sagte jetzt ängstlich: «Vielleicht sollt sie's doch nicht. Vielleicht tut sie sich was.»

Sie hoben wieder an, und die unförmige Frau rutschte höher; es war wie eine makabre Pantomime; die Rohre rissen ihr die Vorderseite des Kleides auf. «Können Sie sich einen Augenblick am Axtgriff festhalten?»

Belle konnte vor Angst nicht mehr schreien. Wie irre packte sie den Griff und klammerte sich an, was Scott die Möglichkeit gab, seinen gekrümmten Rücken unter ihre Füße zu stemmen, während die anderen sie mit ausgestreckten Armen stützten.

«Lassen Sie jetzt los», befahl Scott, «und heben Sie die Arme. Die da oben können Sie beinahe fassen.» Er reckte sich und stieß, doch sie hielt sich beharrlich fest. Schweiß lief ihr übers Gesicht. Mit lautem Geräusch machte sich ihr Körper Luft.

Linda Rogo stieß ein schrilles Gelächter aus.

Jane Shelby fuhr sie an: «Sie Ekelpaket!»

Linda prustete unanständig, ebenso laut und lange, wie Mrs. Rosen Wind abgelassen hatte. Jane holte aus, um sie ins Gesicht zu schlagen, wurde jedoch von Rogo daran gehindert, der mit kalter Stimme sagte: «Schluß jetzt, Mädchen! Endgültig! Hebt euch eure Albernheiten für später auf.»

Scott reckte sich mit ganzer Kraft.

«Oh», jammerte Belle, «ich kann mich nicht mehr halten. Ich fall.» Ihr Griff lockerte sich, und die unten Stehenden – Martin, Rogo, der ‹Strahler› und Müller – waren nicht groß genug, um sie in ihrer augenblicklichen Lage festhalten zu können. Einen Moment lang wankte sie, und es sah aus, als stürze das Gebäude zusammen. Verzweifelt packte Shelby von oben ihre dunklen Haare.

«Nicht doch! Nicht doch!» schrie Manny und sprang wütend auf und nieder. «Nicht bei den Haaren! Nicht bei den Haaren! Lassen Sie los!»

Belle Rosen indessen hob automatisch die Arme, um den abzuwehren, der sie an den Haaren zog, und Pamela Reid beugte sich kaltblütig hinunter und packte ihr Handgelenk. Die Engländerin sagte zu Shelby: «Ich hab eine Hand erwischt – können Sie die andere kriegen?»

Er faßte das andere Handgelenk und rief ihr zu: «Keine Bange, Mrs. Rosen. Alles in bester Ordnung. Gleich haben wir Sie oben.»

Durch ihr beherztes Zupacken wurde Scott die schwere Last genommen; flink richtete er sich auf und stellte sich Mrs. Rosens Beine auf beide Schultern und begann nun selber, nach oben zu steigen.

Das weiße, aufwärts gerichtete Gesicht der fetten Frau mit dem kleinen Polypenmund, der kläglich miaute und winselnde Töne von sich gab, ruckte höher, bis die beiden oben ihre Arme zu fassen bekamen und Mrs. Rosen über die Kante ziehen konnten. Wie ein dickes Baby lag sie da auf dem Rücken; sie keuchte und weinte und verrenkte sich Arme und Beine.

Scott ließ sich zu Boden fallen und sagte: «Sie sind dran, Rosen.»

Sonderbarerweise protestierte das kleine Männchen nicht, obwohl ihm die Hände und Knie zitterten und sein Kopf sich unkonzentriert hin und her bewegte. Er sagte: «Ist gut. Ich möcht rauf zu Mamma. Ich muß zu ihr hoch. Wie stell ich das an?»

Müller erkannte die Streß-Symptome. «Einfach losgehen», sagte er. «Keine Bange. Wir heben Sie schon.»

Und so geschah es. Manny kletterte nach oben, ohne zu zögern oder sich auch nur einmal umzudrehen.

Scott grinste, als seine Füße verschwanden. Er sagte: «Ich wette, daß ihm das keiner nachmacht! Okay, und jetzt der kleine Affe. Los, Robin. Sollen wir dich raufwerfen, oder schaffst du's aus eigener Kraft?»

«Ich schaff's schon», sagte der Junge, kletterte nach oben und rief herunter: «Komm, Mutti! Komm, Schwesterchen! Ist ganz leicht.»

«Ja», sagte Jane Shelby, «wenn man zehn ist.» Trotzdem bewältigte sie den Aufstieg mit einiger Anmut. Ihre Tochter folgte nach.

Scott fragte: «Wer jetzt?»

«Ich», gab Nonnie zur Antwort.

Müller sagte: «Wie im Theater. Abgang der Feen nach oben durch die Decke. Lachenderweise.»

Nonnie ging zur Wand und blickte hinauf. Sie war so klein, daß ihr alles noch höher schien. «Oje», sagte sie, «dieser verwünschte Morgenrock.»

Linda sagte: «Weshalb ziehn Sie 'n denn nicht aus?»

Nonnie antwortete nicht, aber auf ihrer Unterlippe wurden zwei winzige Zähnchen sichtbar, und ohne Umschweife machte sie sich ans Klettern. Obwohl sie sich mit Hubies Hosenträgern gegürtet hatte, klaffte ihr Morgenmantel auseinander.

Linda kicherte. «Jetzt kriegt der alte Shelby was zu sehn. Dabei hat sie nich mal groß was zu zeigen.»

Nonnie winkte zu Müller herunter. «Feenkönigin gut gelandet», rief sie. «Wartet auf Feenkönig.»

«Wollen Sie als nächste, Mrs. Rogo?» fragte Scott.

Linda sagte: «Ach, ich hab ja solche Angst! Ich brauch Hilfe. Können Sie mich stützen?» Rogo trat vor. Sie sagte: «Er – nicht du!» Sie stellte ihren Fuß auf den ersten Vorsprung und griff mit einer Hand nach den Rohren.

Das Jackett hatte sie ihrem Mann zugeworfen, und der ‹Strahler› stellte fest, daß sie in ihrem weißen BH und Slip wie eine Zirkusakrobatin aussah, die aufs Trapez steigen will. Scott nahm ihren freien Arm und hob sie.

«Junge, Junge!» sagte Linda. «Das sind vielleicht Muskeln!» Sie kletterte ein paar Fuß in die Höhe und blieb dann hängen. Ihr Bauch war in der Nähe seines Gesichts. Sie blickte zu ihm herab und sagte: «Puh! Weiter trau ich mich nicht. Heben Sie mich.»

So ein Aas, sagte der ‹Strahler› bei sich; dies Luder will auch noch mit ihm flirten.

Ohne das geringste Zögern legte Scott ihr eine Pranke unter das Gesäß und schob. «He!» sagte sie, nach Luft schnappend, «ganz schön grob!» Wie der Blitz war sie oben.

Miss Kinsale sagte: «Darf ich jetzt?» Die am Fuß des Schotts stehenden Männer blickten sich verwundert um. Man hatte sie völlig vergessen.

Scott fragte: «Werden Sie's schaffen?»

«Wohl schon», sagte Miss Kinsale. «In meiner Kindheit sind wir auf unserm Landgut immer in die Bäume geklettert. Und das hier ist doch tatsächlich beinahe so etwas wie ein Baum, nicht wahr? Und Dr. Scott hat uns einen so schönen Ast gebaut. Nein, nein, besten Dank. Wirklich: ich brauche keine Hilfe. Aber einer von den Herren möchte bitte meine Schuhe mitbringen.»

Sie zog sie aus und erstieg die Wand mit derselben ruhigen und ausgewogenen Bedächtigkeit, die ihr ganzes Verhalten kennzeichnete.

Alsdann sagte Scott zu Rogo, Müller, dem ‹Strahler› und Martin: «Das wäre geschafft. Nun nichts wie rauf. Wir haben genug Zeit verloren.» Als die vier Männer oben waren, stieg er selber bis in halbe Höhe, schwang sich herum und packte das helle Geländer der überhängenden Treppe, machte die Axt los, hakte sie über sich fest und hangelte sich so zu den übrigen hinauf, die sich auf der umgedrehten Decke des langen breiten halbdunklen Ganges befanden.

Rosen kniete neben seiner Frau; er hatte seine Arme schützend um sie gelegt, und sie schluchzte hemmungslos.

«Na, na, Mamma», sagte er tröstend. «Wer wird sich denn so aufregen. Ist doch alles vorbei. Du hast's geschafft.»

«Ich schäm mich ja so», jammerte sie. «Ich schäm mich ja so!»

«Wieso denn?» sagte Rosen. «Hast doch gar keinen Grund. Du warst großartig. Weshalb sollt'st du dich schämen?»

«Ich hab die Hose naßgemacht», klagte sie. «Ich konnt's nicht ändern. Kann jetzt keinem mehr ins Gesicht sehn. Wie ein Baby – konnt mein Wasser nicht halten. Was soll'n die andern von mir denken?»

«Gar nix, Mamma! Unsinn! Was soll's? Wen interessiert das? Aber du warst großartig. Ich sag dir: du warst einfach großartig.» Dann sah er die Umstehenden geradezu trotzig an und sagte herausfordernd: «War sie großartig – oder war sie nicht großartig?»

Erstaunlicherweise war es der nüchterne und farblose kleine Martin, der für alle antwortete. «Ja», sagte er. «Es stimmt. Sie waren wirklich großartig, Mrs. Rosen.»

## 10
## *Der Broadway*

Wie sich herausstellte, war der sogenannte ‹Broadway› nicht nur ein breiter unterirdischer Verbindungsgang, wie Acre ihn beschrieben hatte, sondern auch ein wahrer Kaninchenbau, bestehend aus Vorratskammern, Schlachtereien, Geflügel-Kühlanlagen, Bäckereien und Lagerräumen für alle erdenklichen Lebensmittel. Zahlreiche Treppen und Korridore gingen, in Abständen, von ihm aus.

Bei einem normalen Besuch hier wäre man Magazinverwaltern und Matrosen begegnet, Schiffszahlmeistern, Bäckern mit mehlbestäubten Armen, Stewards, Kellnern, Anstreichern und Tischlern, Maschinisten, Wischern, Ölern und Technikern, wenn die Wache in den Maschinen- und Kesselräumen wechselte, und alle wären in diesem scheinbaren Durcheinander unbeirrt ihres Wegs gegangen. Jetzt aber stand alles auf dem Kopf. Eine Katastrophe hatte sich ereignet. Explosionen waren erfolgt. Der Tod hatte das Schiff heimgesucht, und die Überlebenden von Mannschaft und Besatzung hofften auf Rettung.

Mehr oder weniger kannten sie einander oder konnten sich zumindest an der Kleidung identifizieren – die Passagiere jedoch, die jetzt in ihre Domäne eindrangen, waren ihnen fremd: eine sonderbare Gesellschaft, angeführt von einem Hünen in weißem offenem Hemd, gefolgt von einer merkwürdigen Weiberschar in zerrissenen Kleidern, rosafarbenen Negligés, Büstenhaltern und Höschen.

Im übrigen gingen diese Personen die Bewohner dieses Gebiets nicht das geringste an. Ihre Aufgabe war es, ihnen ungesehen zu dienen, Brot zu backen, mit Papiermanschetten versehene *French chops* oder *gigots* aus Lammfleisch zu fabrizieren, Eier für Soufflés aufzuschlagen und Whisky, Bier und Wein gegen Empfangszettel oder Bons auszuhändigen. Von dem Augenblick an, da die Maschinen aufblubberten, nachdem das Schiff unter den Rufen der Hafenarbeiter abgelegt hatte, die Trossen und Taue zu den Pollern zogen, bekamen die meisten von ihnen keinen Passagier mehr zu Gesicht. Reverend Scott und seine Gruppe betraten ein völlig fremdes Territorium.

Nach der Einsamkeit auf Deck D und den Anstrengungen des Kletterns hätte man meinen können, daß die Anwesenheit von Menschen auf dem sogenannten Broadway eine gewisse Erleichterung für sie bedeuten würde. Das Gegenteil war der Fall: die neue Station entpuppte sich als Alptraum; denn als Scott seine Leute nach hinten führte, hatten sie, je weiter sie sich von der Treppe entfernten, mehr und mehr den Eindruck, sich in einer Art Vorhölle zu befinden. Schwankende Gestalten bewegten sich, zum Teil betrunken, ziellos und taumelnd auf den Stahlrohrleitungen umher, die hier die ganze Breite des Ganges einnahmen; sie waren dicker und wiesen mehr Ventile und Windungen und Fallgruben auf.

Ein Offizier war bei ihnen; sein Gesicht war mit verkrustetem Blut aus einer Kopfwunde bedeckt, und die Schulter, von der die Uniform fortgerissen war, blutete ebenfalls. Am Ärmel trug er die drei Ringe eines Zweiten Maschinisten. Auf ihre Fragen gab er keine Antwort. Seine Augen waren leer, und wenn er den Mund öffnete und zu sprechen versuchte, ertönte kein Laut. Jane Shelby, Miss Kinsale und Susan konnten nicht allzuviel für ihn tun: sie setzten ihn nieder, stillten die Blutung mit Hilfe der mitgebrachten Servietten und hielten ihn von seinem sinnlosen Umherirren ab.

Zwei englische Stewardessen, die weniger kopflos waren als die anderen, erkannten sie und kehrten kurz zur britischen Disziplin zurück, die man ihnen beigebracht hatte, als die POSEIDON noch die ATLANTIS gewesen war. Eine wandte sich an Jane Shelby und sagte: «Ach, Madam, ist das nicht furchtbar? Wir wissen überhaupt nicht, wo wir sind und was eigentlich passiert ist und wie viele umgekommen sind. Eine ganze Menge sind schwer verletzt. Sind Sie unversehrt, Madam? Können wir irgend etwas für Sie tun?»

Jane spürte das Pathos. Diese verängstigten Frauen bedurften eher selber der Hilfe, als daß sie in ihrem Zustand anderen hätten helfen können.

«Nein, danke», sagte Jane Shelby. «Kümmern Sie sich lieber um sich und Ihre Freunde.»

Die Frau war spürbar erleichtert. Sie sagte: «Ja, Madam, das tun wir ja schon, soweit wir können. Aber es muß gleich ein Offizier kommen. Der wird Ihnen zeigen, wie Sie zu Ihren Rettungsstationen kommen. Bestimmt sind schon Rettungsboote zu Wasser gelassen worden.»

Es hatte keinen Sinn, ihnen zu erklären, daß die in den Davits hängenden Boote sich vermutlich fünfzig Fuß tief im Wasser befanden. Wenn einige sich losgerissen haben sollten oder wenn aufblasbare Rettungsflöße an die Oberfläche gekommen waren, dann trieben sie jetzt ohne Ziel herum und dienten allenfalls ein paar Matrosen zur Rettung, die vielleicht vom Oberdeck ins Meer geschleudert worden waren.

«Ja, das ist wohl anzunehmen», sagte Jane. Ihr Mann wunderte sich über ihre Gelassenheit.

Die Stewardeß sagte: «Wir müssen auf unsere Stationen. Aber wir können sie nicht finden.» Dann entfernte sie sich rasch mit den anderen.

Shelby versuchte, sich zusammenzunehmen, um nicht der kindischen und beängstigenden Vorstellung nachzugeben, daß er überhaupt nicht mehr am Leben sei, sondern tot und in der Hölle. Denn die Männer strichen an ihnen vorüber, als seien sie gar nicht da; bisweilen stießen sie sie an, als seien sie unsichtbar. Und im Halbdunkel war es tatsächlich schwierig, etwas zu unterscheiden. Wäre er nämlich nicht so durcheinander gewesen, dann hätte er bemerkt, daß die Helligkeit der Notbeleuchtung erheblich nachgelassen hatte.

Eine Gruppe von Matrosen und Handwerkern torkelte vorüber. Hubie Müller, der es mit allen ihm bekannten Sprachen versucht hatte, geriet nun an zwei italienische Mechaniker und unterhielt sich mit ihnen.

Rogo sagte: «Müller hat 'n paar Ithaker erwischt.» Dann wandte er sich direkt an Müller und meinte: «Fragen Sie die Kerls doch mal, wo sie meinen, daß sie hingehen, Teufel noch eins.»

Scott erkundigte sich: «Was haben sie gesagt?»

«Es hat keinen Zweck, in die Richtung zu gehen», sagte Müller und wies zum Hinterschiff, woher die Gruppe gekommen war. «Einer sagt, es wäre versperrt. *Punto di fermata. Caotico.* Das dürfte Chaos bedeuten. Ein Kessel ist in die Luft geflogen, und zwei andere haben sich losgerissen und sind ins Meer gefallen. Im Maschinenraum ist's das gleiche. Man kommt nicht mehr durch. Er sagt, die Turbinen und Generatoren haben sich selbständig gemacht. Er hat unterwegs einen Blick reingeworfen: lauter Tote. Jetzt wollen sie versuchen, zum Bug vorzudringen.

Scott war unbeeindruckt. Er sagte: «Sagen Sie ihnen, daß wir trotzdem nach achtern gehen.»

Rogo brauste auf. «So?» sagte er. «Tun wir das? Wie wär's denn, wenn Sie uns erst mal fragen würden? Sie haben ja gehört, was die Kerle gesagt haben. Und die scheinen Bescheid zu wissen.» Vor kurzem erst hatte er sich widerstrebend Scotts Führerschaft unterworfen, doch die unheimliche Atmosphäre des düsteren Ganges mit der dort herrschenden Verwirrung hatte ihn wieder umgestimmt.

Scott erwiderte gleichmütig: «Es bleibt Ihnen überlassen, sich mit denen zusammenzutun. Aber seit wann verlassen Sie sich auf die unklaren Aussagen eines wildfremden Menschen, ohne sie nachzuprüfen?»

«Hör nicht auf ihn, Rogo», rief Linda. «Ich will in die andere Richtung.»

Rogo fuhr sie an: «Vielleicht hältst du mal die Klappe, ja?» Seine Aggressivität war verpufft. Normalerweise war er hart und unbeirrbar – hier jedoch war er nicht in seinem Element. In New York hatte er einen Namen: Mike Rogo. Hier war er niemand. Dafür haßte er Scott – und gleichzeitig sich selbst. Denn er wußte genau, daß der Geistliche im Grunde recht hatte: wenn man erst einmal eine bestimmte Linie konsequent verfolgte, durfte man sich nicht von irgendwelchem Gerede von der Bahn abbringen lassen. Er sagte zu Scott: «Okay, okay, machen Sie mal halblang.»

Scott sagte zu Müller: «Fragen Sie sie, ob sie mit uns kommen wollen.»

Dies führte eine hitzige Auseinandersetzung herbei. In ihrem Verlauf wechselte ein Mann urplötzlich zu Scotts Gruppe über. Er war wie ein Ringer gebaut: gedrungen, muskelbepackt, nahezu glatzköpfig, mit struppigem Schnauzbart; seine dunklen Augen indessen waren sonderbar sanft. Er trug einen groben Overall auf der nackten Haut, und seine Brust war mit einem dichten schwarzen Haarpelz bedeckt.

Er schob sich an Scott heran, der ihn um Haupteslänge überragte, und radebrechte: «Ich gehn euch.»

Das Ergebnis war ein gestenreicher Disput, von dem der Mann keine Notiz nahm. Müller befragte die Italiener weiter und erstattete Scott Bericht. «Er ist Türke, ein Öler. Anscheinend ist er am Leben geblieben, weil sie ihn vom Maschinenraum losgeschickt haben, um ein paar Cocas zu holen, als es passierte. Kemal heißt er. Er spricht Türkisch und Griechisch, aber nur ein paar Worte Englisch.»

Bei der Erwähnung seines Namens nickte der Mann heftig und lächelte, wobei er etliche Goldzähne zeigte.

Der Italiener sagte zu Müller: «Der ist verrückt! Ich glaub, ihr seid alle verrückt! Und was soll's überhaupt? Sterben tun wir ohnehin alle.»

Die Matrosen setzten sich in Bewegung. Linda machte Anstalten, ihnen zu folgen. Rogo streckte einen Arm aus und hakte zwei Finger in das Gummiband ihres Slips. Wäre sie weitergegangen, hätte er ihr das Höschen abgerissen. Sie brach in Tränen aus, drehte sich um und hämmerte mit beiden Fäusten auf Rogos Brust. Er leistete keinerlei Widerstand, schien die Schläge überhaupt nicht zu spüren. Schließlich hörte sie auf.

Die Beleuchtung war merklich schwächer geworden. Bisweilen umgab sie die Bevölkerung des geisterhaften Broadway, bisweilen verschwand dieser gespenstische Spuk, während sie unbeirrt einen Fluchtweg suchten; in Seitengängen tauchten Schatten auf und tauchten wieder unter; kaum jemand schien sich zurechtzufinden oder sich auch nur darüber klar zu sein, daß alles auf dem Kopf stand. Alle waren ihren alten Gewohnheiten verhaftet – unfähig, die Lage zu überblicken oder sich der neuen Situation anzupassen.

Robin Shelby sagte: «Mutter, ich muß mal.»

«Herr im Himmel!» rief sein Vater aus. «Muß das sein?»

Jane sagte: «Muß man nicht mal?»

«Ja», sagte Shelby, «aber wo?»

«Hier müßten ein paar Lokalitäten für die Besatzung sein», warf Müller ein. «Es steht WC dran. Aber vergiß nicht, daß es auf dem Kopf steht.»

Scott sagte: «Ja, richtig. Und ich schlage vor, daß jeder, der ähnliche Bedürfnisse hat, das jetzt erledigt. Ich gehe mal nach hinten und peile die Lage. Ich bin nicht sicher, wie lange es die Beleuchtung noch tut. Falls sie aussetzt, bricht unter den Leuten hier eine Panik aus. Wenn das passiert: drückt euch alle an die Wand. Oder legt euch hin. Bedeckt die Köpfe mit den Händen und bleibt genau, wo ihr seid. Ich finde euch schon – per Stimme.» Er wandte sich an das neue Mitglied der Gruppe und sagte: «Sie kommen mit.»

Widerstandslos grunzte der Türke: «Okay.»

Scott nickte und meinte: «Wir haben Glück; er wird den Maschinenraum kennen.»

Müller dachte bei sich: *Glück?* Oder hatte sich dem Türken etwas von Scotts Dynamik mitgeteilt? Was hatte diesen Menschen bewogen, seine Leute zu verlassen und sich ihnen anzuvertrauen? Er war ein primitiver Bursche, ein Bauer. Was hatte er gerochen? Hatte er durch seine Entscheidung Leben oder Tod gewählt? Nun, wie dem auch sei: bisher hatte Scott sich als Sieger erwiesen.

«Komm, Robin», sagte Jane Shelby zu ihrem Sohn, «wir wollen mal nachsehen.»

Das ‹Nachsehen› kam ihr absurd vor angesichts der verzweifelten Lage, in der sie sich befanden. Das einzig Vernünftige wäre gewesen, eine dunkle Ecke zu suchen und ihren Sohn niederhocken zu lassen. Und doch wußte sie, daß auch sie das Opfer jener menschlichen Tendenz war, weiterhin das zu tun, was einem beigebracht worden war oder was man gewohnheitsmäßig jeden Tag getan hatte.

Sie dachte daran, daß sogar im Krieg, unter Beschuß, Latrinen gebaut wurden, wo die Männer, die in jeder anderen Hinsicht wie Tiere lebten, ihre Notdurft in einer gewissen Abgeschiedenheit verrichten konnten. Und da waren sie nun, sie beide, gefangen im Korridor eines gekenterten Schiffes, das sich aus einem unerfindlichen Grunde über Wasser hielt, und suchten nach einem Messingschild mit einem verkehrten ‹C› und einem ‹W›, das wie ein ‹M› aussehen würde, darauf, dem althergebrachten Zeichen für jene Anstalt, die in viktorianischer Zeit als *water closet* bekannt war.

Sie waren jetzt wieder intelligente und denkende Wesen, die sich mit der neuen Architektur ihrer Umgebung vertraut gemacht hatten, und dennoch traf sie jede Entdeckung wie ein Schock und rief das Gefühl hilfloser Bestürzung hervor.

«Mutter!» rief Robin.

Sie blickten zur Decke, wo sechs Urinbecken aus der Wand ragten wie eine lächerliche moderne Serien-Skulptur. Ähnlich verhielt es sich mit den Toiletten; das Wasser war herausgelaufen, und die Deckel hingen an den Angeln herab. Seine besondere Eigenart erhielt das Ganze noch durch die herunterhängenden Toilettenpapier-Girlanden.

«Mommy», jammerte Robin, «ich kann nicht!» Er nannte sie wieder so, wie er sie früher genannt hatte, ehe das mehr erwachsene ‹Mutter› an dessen Stelle getreten war.

Auch Jane mußte an diese Zeiten denken, und sie erwiderte: «Nun komm schon; du bist doch kein Baby mehr. Du mußt lernen, mit dem vorliebzunehmen, was sich bietet, und dich anpassen. Ganz früher haben sich die Menschen auf den Boden gehockt, bevor man all die komischen Dinger da an der Decke erfunden hat. Und gesünder soll's auch gewesen sein.»

«Mutter, ich kann aber nicht», protestierte Robin. «Nicht da drin. Das ist alles voll...» Andere waren vor ihm dort gewesen.

«Dann mach's hier draußen», sagte sie. «So groß ist der Unterschied ja nun auch nicht mehr. Aber beeil dich.»

Der Junge zögerte noch immer, und in Gedanken huschten ihr die vielen Tage und Jahre durch den Kopf, da man ihn ans Töpfchen und dann an die Toilette hatte gewöhnen müssen, und sie dachte an die Segnung der Installation und daran, daß er als Stadtjunge sich wahrscheinlich niemals hinter ein Gebüsch gehockt hatte, nicht einmal in den Ferien auf dem Land. Was für eine wunderbar sanitäre Welt hatten sie doch erschaffen!

«Dann geh du weg, Mutter», sagte er.

«Aber Robin», sagte Jane. «Wenn du wüßtest, wie oft ich das gesehen habe.»

«Mutter, bitte!» bettelte der Junge. «Ich kann sonst nicht. Du hast selbst gesagt, daß ich kein Baby mehr bin.»

Jane machte sich Vorwürfe. Natürlich war er keins mehr. Und sie selber hatte seine Gewohnheiten geformt. «Nun gut», sagte sie.

«Und steh nicht rum», bat Robin. «Ich meine: geh richtig weg. Kommt jemand?»

Jane blickte den Gang entlang, der im Augenblick fast leer war. «Nein», sagte sie. «Also gut. Beeil dich, Robin. Ich bin bei den andern.»

Als sie um die Ecke bog, riet ihr der Instinkt hierzubleiben, doch ihr Gefühl für Fairneß sprach dagegen, und so ging sie zu ihrer Gruppe zurück.

Miss Kinsale kam ihr entgegen; offensichtlich hatte sie etwas auf dem Herzen. Sie sagte: «Haben Sie – haben Sie's gefunden? Dr. Scott meinte, vielleicht...»

Jane unterdrückte ein Lächeln und sagte: «Ja, wir haben's gefunden. Aber es taugt nicht mehr für uns. Es steht alles kopf, wissen Sie.»

«Du meine Güte», murmelte Miss Kinsale. «Das hatte ich vergessen.»

«Ist's was Ernsthaftes?» fragte Jane.

«Nein», entgegnete Miss Kinsale. «Nur... na, Sie wissen schon.»

«Na gut», sagte Jane. «Dann schlage ich vor, daß wir uns hier im Gang verkriechen, wo's dunkel ist, und die Röcke heben und puschen, wie wir's als kleine Mädchen gemacht haben.»

Gleich darauf wünschte sie, nicht so derb gewesen zu sein, doch zu ihrem Erstaunen war Miss Kinsale überhaupt nicht verlegen, sondern sagte schlicht: «Das finde ich sehr vernünftig.» Und sie ging mit.

Scott war noch nicht zurückgekehrt. Auf sich gestellt, zeigten seine Anhänger die Neigung, das Terrain zu erkunden.

«Wenn wir», meinte der ‹Strahler›, «unseren Nasen und Ohren trauen dürfen, liegt Weingeist in der Luft und geräuschvolles Gelächter.»

«So ist es», sekundierte Pamela, obwohl ihr ganz und gar nicht nach einem Besäufnis zumute war. Sie plagte der Gedanke an ihre tote Mutter, die auf entsetzlich obszöne Weise und in einer derart grotesken Lage ums Leben gekommen war, daß sie es sich nicht einmal vorstellen konnte. Sie wußte, weshalb sie auf diese Kreuzfahrt mitgenommen worden war. Sie sollte neue Menschen kennenlernen, neue Freunde gewinnen – heiratsfähige, wenn möglich –, um ihren Gesichtskreis zu erweitern, der bei den Eigentümern einer kleinen, wenngleich florierenden Reinigung in einem Außenbezirk Londons einigermaßen beschränkt war.

Sie wußte nicht, wie sie um ihre Mutter trauern sollte. Der Städter kennt den Tod im Krankenhaus oder daheim im Bett, die ungewohnte Stille, das Auf-den-Zehenspitzen-Laufen, die uneingestandene Ironie, mit der man so leise wie möglich ‹das Zimmer› betritt und verläßt. Hier aber fühlte sie sich verloren und verwirrt.

Auch der Mann an ihrer Seite trug dazu bei, daß sie unglücklich und elend war. Sie wäre bei ihrer Mutter geblieben, wenn der ‹Strahler› nicht an ihre Tür geklopft hätte. Die Fähigkeit, ohne Nebenerscheinungen trinken zu können, hatte sie unerwartet gleich zu Beginn der Reise entdeckt, als sie auf einer Party, die der ‹Strahler› eines Abends spät im Rauchsalon gab, die ganze Gesellschaft unter den Tisch trank. Tony Bates war, wie es schien, verwöhnt und penibel und mochte keine betrunkenen Frauen; so stellte dieses Mädchen, das Whisky für Whisky mithielt, eine seltene Entdeckung dar. Dergestalt hatte ihre merkwürdige Freundschaft begonnen. Jetzt aber war nicht die Zeit, ans Trinken zu denken.

Und trotzdem wünschte sie sich – was ihrem eigentlichen Wesen zuwiderlief – den ‹Strahler› betrunken, weil er dann wieder ganz ihr gehören würde. Nüchtern sah er zu klar, und in seiner Haltung ihr gegenüber entdeckte sie eine Spur von Spott, was äußerst schmerzvoll war. Sie erinnerte sich jener beiden kurzen Aussprüche, die sie sehr verletzt hatten: ‹Wir haben uns doch eben erst kennengelernt!› und: ‹Du lieber Himmel, da habe ich mich ja mit einem veritablen menschlichen Kletteraffen eingelassen!› War er betrunken, würde er sich zu ihr beugen und eine warme feuchte Hand beinahe liebevoll auf ihren Arm legen und sagen: «Altes Mädchen, ich fürchte, ich versteh langsam, was die Menschenleute sagen. Wär wohl besser, wenn wir noch einen zu uns nähmen, was?» So war sie zu seinem Trinkkumpan avanciert.

Sie sagte: «Ich glaube, es kommt von da» und wies nach backbord, was ehedem steuerbord gewesen war und wo sich die meisten Lagerräume befanden, die miteinander durch *gangways* und Innentreppen verbunden waren, wodurch ein Zugang zu den darüberliegenden Küchen ermöglicht wurde. Es gab Aufzüge für eine schnelle Belieferung, und in einem Raum waren gewaltige Fässer mit Bier und Ale, das von hier aus in Leitungen direkt zu dem halben Dutzend Bars lief, die den Passagieren zur Verfügung standen.

Der ‹Strahler› nahm sie beim Arm und sagte: «Na, altes Haus, da wollen wir uns mal auf die Socken machen.»

Pamela wurde es warm ums Herz. Allein der Gedanke, möglicherweise etwas Trinkbares zu finden, veränderte seine Haltung ihr gegenüber. Sie war wieder sein Kumpel; er verließ sich auf sie.

Sie schlugen die Richtung ein, die Pam gewiesen hatte, und entdeckten einen Gang. Auf der einen Seite befanden sich stählerne Halbtüren, deren obere Hälfte schwer vergittert war. Jetzt aber, da alles auf dem Kopf stand, befanden sich die Gitter unten, und die hölzernen Behälter mit den Weinflaschen waren aus den Regalen gerutscht und boten qualvoll-einladend ihre Etiketts dar: *Vin de Bourgogne, Bordeaux, Rosé, Côte du Rhône.* Die Türen waren mit schweren Vorhängeschlössern gesichert. Das ganze Angebot lag in Augenhöhe vor ihnen, und die beiden standen Hand in Hand, wie Kinder im Zoo.

«Guter Gott», sagte der ‹Strahler› endlich. «Was für ein Anblick! Jetzt brauchen wir Scotts Axt. Ein Weinschwips ist herrlich. Da verstehst du, weshalb die Bacchanten sich Weinlaub in die Haare flochten.» Dann schlug er mit den Fäusten an die Eisengitter und rief laut: «Chinesen-Tortur!»

«Ach, Tony!» seufzte das Mädchen mit sehr viel Verständnis.

Auf der gegenüberliegenden Seite befand sich der Champagnerraum. Hier waren die Behälter unverrückbar bis unter die Decke gestapelt und durch das Kentern des Schiffes nicht durcheinandergeworfen worden; nur die Flaschenetiketts lasen sich verkehrt herum: *Röderer, Lanson, Veuve Cliquot, Mumm, Pommery, Dom Perignon, Cristal.*

«Bah», sagte der ‹Strahler›, «Killewasser! Weibergesöff, von teuren Ärzten in Fällen von *mal-de-mer* oder früher Schwangerschaft verordnet.» Und mit einer Grimasse fügte er hinzu: «Saure Trauben, ohne damit auf irgend etwas anspielen zu wollen. Ich würde sogar *das* Zeugs trinken. Was aber sagt dir deine Nase?»

«Weiter runter, glaub ich», sagte das Mädchen. Sie folgten dem Geruch und gelangten zum Raum der geistigen Getränke. Er war offen. Kisten und Flaschen lagen herum. Neben der Tür lag der Magazinverwalter in seiner blauen Uniform, daneben ein halbnackter Matrose. Beide hielten eine Flasche umklammert; beide waren bewußtlos.

«Wunderbares Mädchen!» rief der ‹Strahler›. «Wunderbare Nase! Nirwana. Whisky, Rum, Gin, Wodka, Cognac – wir sind da! Was darf's, bitte, sein?»

«Ich hab Hunger», verkündete Nonnie. «Mit Essen bin ich heut ein bißchen zu kurz gekommen.»

Müller sagte: «Irgendwo sollten wir doch etwas Genießbares finden. Kommen Sie: wir gehn fouragieren.»

Der lange *alleyway,* der ‹Broadway› genannt wurde, diente nicht nur der Mannschaft als Verbindungsweg, sondern war auch Lagerplatz für die ungeheuren Mengen von Speisen und Getränken, die tiefgefroren oder halbgefroren oder unter speziellen Temperaturen in nagetiersicheren Räumlichkeiten eingelagert waren.

Alle vierundzwanzig Stunden wurden gewisse Kontingente von Nahrungsmitteln – Dosenware, Marmelade, Haferflocken und andere Getreideprodukte, Konserven, Speck, Schinken, Käse und Butter, Eier, Kaffee, Tee, Zucker, Fisch, Fleisch und Geflügel, Wurst, Gemüse sowie frisches Obst – in dafür bestimmte Nebenräume des ‹Broadway› gebracht, von denen aus sie in die Küchen gelangten. Hierdurch war gewährleistet, daß die Ware frisch und der Abfall so gering wie möglich blieb. Da man hier auf sorgfältige Lagerung keinen Wert legen konnte, hatte der gewaltige Schwung, mit dem das Schiff gekentert war, aus dem gesamten Vorrat an Eßwaren einen wirren unappetitlichen Haufen gemacht.

Der Boden des Frühstücklagerraums war eine schmierige Masse aus Kaffee, Mehl und Milch, Speck, Würsten und Hunderten zerbrochener Eier. Nonnie verzog das Gesicht und schüttelte sich. «Junge, Junge», sagte sie, «was für eine Schweinerei. Ich war mal in einer Show, wo sie so was gemacht haben. Zwei Komiker haben mit haufenweise Eiern und Mehl und Wasser rumgeschmissen. Danach mußten wir sechs Minuten vor dem Vorhang rumtanzen, bis sie die Schweinerei beseitigt hatten. Was meinen Sie: ist das überall so, oder finden wir vielleicht was? Ich hab nämlich ziemlichen Kohldampf.»

Müller sah das Bild vor sich: die von Kindern heißgeliebte Clowns-Komödie – und Nonnie, die in irgendeiner absurden Kostümierung vor dem Vorhang die Beine warf, während die Bühnenarbeiter mit Besen und Schaufeln arbeiteten. «Kommen Sie», sagte er, «ich glaube, ich sehe Hilfe voraus.»

Sie kamen an durcheinandergeworfenen Rinder-, Hammel- und

Kälberhälften vorüber, die eigentlich zur Schlachterei gebracht werden sollten, von wo aus sie dann ihrem endgültigen Verwendungszweck zugeführt worden wären. Sie stiegen über Berge von Konservendosen, denen niemand etwas antun konnte, der nicht gerade über einen Büchsenöffner verfügte.

Mit einem kleinen Juchzer stolperte Nonnie voraus und rief: «Teegebäck! Jede Menge!»

Der auf dem Kopf stehende, weit geöffnete Vorratsraum, den sie entdeckt hatten, enthielt all jene Dinge, die nun einmal – ob man's mag oder nicht – zu einer typisch britischen Teestunde gehören und den begierig darauf wartenden Engländern jeden Nachmittag Punkt vier Uhr von makellos gekleideten Stewards in der *Main Lounge* auf silbernen Tabletts dargeboten worden waren. Hier befanden sich neben diversen Teesorten – Oolong, Orange Pekoe und Earl Grey – Sandwichbrote, Fischpasteten, Konfitüre, Gelees, Rosinenkuchen, Torteletts, *petit-fours,* Tee-Biskuits und dergleichen mehr: kurzum, all jene nicht so leicht verderblichen Dinge, die man für jenen Ritus notwendig braucht.

Alles war aus den umgekippten Regalen heruntergeschleudert worden und bildete auf dem Boden ein kunterbuntes, kcineswegs abstoßendes Durcheinander, das fast wie ein riesiger Weihnachtsteller wirkte: ungeöffnete Packungen Ingwerstäbchen, Zuckerwaffeln, Schokoladenbiskuits und Vanilleplätzchen, dazu Törtchen und Kekse und allerlei Gebäck mit verschiedenfarbenen Überzügen.

Nonnie war regelrecht verzaubert. «Au, Süßes!» rief sie mit großen Augen, und ihr Gesicht drückte höchstes Entzücken aus. «Was sollen wir 'n zuerst mal essen?»

«Augenblick», sagte Müller. «Zuvor werden wir's uns gemütlich machen und die Sache auf römisch angehen.»

Er wühlte sich in das Gebirge und schob es auseinander, bis in der Mitte eine Fläche entstand, auf der sie sich ausstrecken konnten und nur um sich zu greifen brauchten, um an alle erdenklichen Leckereien heranzukommen. Gewaltsam öffnete er einige Packungen und teilte deren Inhalt mit Nonnie.

«Bedaure, Ihnen keinen Tee anbieten zu können», sagte er, «aber irgendwo müßte sich ein Cola-Automat befinden.»

«Macht nichts», sagte Nonnie, kaum verständlich, da sie mit vollem Munde sprach. Sie bediente sich mit beiden Händen. Im Grunde waren es die gleichen Dinge, die von den Stewards offeriert wurden, doch machte der schiere Überfluß das Mädchen geradezu heißhungrig.

Müller lehnte auf einem Ellbogen, tunkte bedächtig einen Teekuchen in Erdbeerkonfitüre und aß ihn mit sichtbarem Genuß, so, als befinde er sich im vornehmen Claridge's Hotel.

Nonnie lachte auf. «Sie sind mir ja wirklich ein feiner Herr!» sagte sie.

Er war amüsiert. «Wie würden Sie einen ‹feinen Herrn› definieren? Ich bin auf der ganzen Welt einer Menge begegnet, und die meisten waren Schufte, wenn man's genau nimmt.»

Nonnie hatte wieder den Mund voll. Diesmal handelte es sich um ein petit-four mit einer halbierten kandierten Kirsche oben drauf. Dazu hielt sie in der einen Hand ein Tortelett und in der anderen eine halbgeöffnete Packung Sahne-Baisers. So war sie gezwungen, ihre Antwort knapp zu formulieren, sie sagte: «Freunlicheit», was ‹Freundlichkeit› bedeuten sollte.

Als sie heruntergeschluckt hatte, fragte sie: «Was haben Sie eigentlich mit ‹Römisch› gemeint?»

«Ach so, na ja», entgegnete Hubie, «Sie wissen ja. Die Römer haben ihr Mahl im Liegen eingenommen.»

Nonnie sagte: «In Rom bin ich schon mal gewesen, aber da hat keiner so gegessen.»

«Ich habe ja auch die alten Römer gemeint – zu Neros Zeiten.»

«Au ja!» rief Nonnie. «Damals, wo sie die Orgien hatten? Ich bin mal auf einer Orgie gewesen, aber das war in London. Es war entsetzlich langweilig. Alle haben sich betrunken und gesagt, wir sollten uns ausziehn –»

«Haben Sie's getan?» fragte Müller.

«Nicht alles», gab Nonnie zur Antwort. «Dann haben wir da blöd rumgestanden und gekichert und gedacht: wie albern doch die Männer ohne Hosen aussehn. Viele Männer haben wirklich ganz verkorkste Beine.»

Müller fragte: «Und was war dann?»

«Die Männer waren viel zu blau, um irgendwas anzustellen. Sie haben Froschhüpfen veranstaltet und sind immer wieder umgefallen. Außerdem war Winter, und es war verdammt kalt. Sybil und ich, wir haben uns dann wieder angezogen und sind heimgegangen.»

Plötzlich wandte sie ihm den Rücken zu, und Müller vernahm ein leichtes Aufschluchzen und fragte sich, was für andere Erinnerungen diese Ungereimtheit noch wachgerufen haben mochte. Dann vermeinte er es zu wissen. Sanft berührte er sie an der Schulter und fragte: «Sybil?»

Nonnie drehte sich zu ihm. «J-ja» sagte sie, und er sah die Tränen. Dann fragte sie: «Gibt's hier Aprikosenmarmelade?»

«Schon unterwegs!» antwortete Müller. Er schraubte den Deckel eines Glases auf und reichte es ihr hinüber.

Sie tauchte einen Finger hinein, leckte ihn ab, wiederholte den Vorgang und war getröstet. «Sie sind freundlich», sagte sie. «Sie sind gütig und verstehen alles. Das ist meine Vorstellung von einem ‹feinen Mann›.»

Müller verspürte eine außerordentliche Art von Zufriedenheit, während er darüber nachdachte, in welch überaus gefahrvoller und gleichzeitig lächerlicher Lage sie sich befanden. Hier lag er, angetan mit den Resten eines Abendanzuges, auf einem gekenterten Schiff, inmitten zu Bergen getürmter Backwaren, neben einer gewöhnlichen kleinen Ballettratte, die nichts anderes anhatte als einen vulgären rosafarbenen *peignoir*, der zudem noch von seinen Hosenträgern zusammengehalten wurde. Ihr Gesicht, ihr kleiner Mund, ihre Finger: alles war mit Schokolade und Marmelade beschmiert. Sie lag auf der Seite, stützte sich auf einen Ellbogen und musterte ihn mit kindlichem Vergnügen. Er war entzückt und regelrecht bezaubert.

# 11
## *Wer ist Buzz Scott wirklich?*

Wieder wirkten Besatzungsmitglieder außerordentlich störend. Sie schienen aus den Wänden hervorzutreten, obwohl sie in Wirklichkeit aus den Seitengängen kamen, aus den kopfstehenden Lagerräumen und Werkstätten. Der lange Gang hallte wider von ihren Rufen und ihrem rasselnden Atem, sie tappten hierhin und dorthin; einige weinten. Den umgekehrten Treppen gegenüber waren sie machtlos. In den meisten von ihnen war die alte Topographie des Schiffes derart fest verankert, daß sie sich in dem verdrehten Labyrinth einfach nicht zurechtfanden. Ihre Denkschemata bewegten sich immer noch in ‹Stationen› und ‹Posten› und ‹Rettungsbootübungen›. Niemand half ihnen oder gab Anweisungen, die sie zum Handeln veranlaßt hätten. Sie waren verlorene Seelen in einer Welt, in der sie nicht mehr links von rechts unterscheiden konnten und oben nicht von unten.

Allenfalls gelang es ihnen im Halbdunkel, den Treppen und *companionways* auszuweichen, die ursprünglich vom ‹Broadway› zum Deck D hinaufgeführt hatten und jetzt Wasserlöcher waren. Nach achtern zu war eine ganze Zwischenwand in Fetzen gegangen und hatte ein dunkles bodenloses Loch hinterlassen.

Shelby sagte: «Scott hat recht. Wenn hier das Licht ausgeht, haben wir die Hölle. Diese Leute werden Amok laufen. Am besten gehn wir ihnen aus dem Weg.»

Er war mit den übrigen an der Stelle geblieben, wo Scott sie zurückgelassen hatte.

«Und wohin, zum Beispiel?» fragte Rogo.

«Zur Seite», meinte Martin. «Hier an die Wand, wie er's gesagt hat. Das dicke Rohr gibt uns ein wenig Schutz. Mir ist sehr nach Ausruhn.»

Rogo sagte: «Das ist einleuchtend. Leg dich da hin, Linda, damit keiner auf dich drauftritt.»

Linda verwünschte ihn, wie üblich, doch hörte es niemand mehr. Sie warf ihre Obszönitäten wahllos in die Gegend, wie ein fluchender Matrose, so daß sie jede Wirkung und Bedeutung verloren.

Ein starkes Rohr von ungefähr 25 Zentimeter Durchmesser bot weiteren Schutz durch Ventilräder, die in Abständen wie gewaltige Pilze hervorstanden.

Ein kahlköpfiger Kerl, halb hinüber, kam herangetorkelt; er hatte eine Flasche *Johnnie Walker ‹Red Label›* geköpft und blieb an der Stelle stehen, wo Manny und Belle Rosen Zuflucht gesucht hatten. Er bot ihnen die Flasche an.

«Nein, danke», sagte Manny. «Ich trinke nicht.» Um ihn nicht zu beleidigen, fügte er hinzu: «Der Arzt hat's mir verboten.»

Der Kahlkopf verstand kein Wort, lächelte jedoch, legte seinen Kopf zurück und nahm einen herzhaften Schluck. Dann taumelte er weiter, stolperte und schlug der Länge nach hin; die Flasche ging in Scherben; nur das pompöse Etikett blieb intakt: der Mann im Cut mit Zylinder und Monokel. Der Betrunkene lag auf dem Bauch, sah die Flasche an und begann zu flennen.

«Ach, der arme Kerl!» sagte Belle Rosen. «Was einem alles passieren kann, wenn die Welt kopfsteht, und was man alles über Menschen erfährt, wo man nie dran gedacht hat.» Sie schwieg eine Weile und fuhr dann fort: «Und weißt du, was ich jetzt noch gern rauskriegen möchte? Bloß so, aus purer Neugier?»

«Nein, was?»

«Was Rogo hier auf dem Schiff treibt. Hinter wem ist er her? Bist du draus schlau geworden?»

«Er sagt, hinter niemandem. Er sagt, er macht bloß Urlaub wie wir und die andern.»

Belle sagte: «Glaubst du das etwa? Daß ein Bulle vier Wochen auf eine Kreuzfahrt geht – einfach so?»

«Pst, Mamma!» flüsterte Manny. «Nicht so laut. Er könnt dich hören. Jedenfalls hat er doch seine Frau bei sich, oder nicht?»

«Manny, sei doch nicht dumm. Das ist doch bloß, damit sich niemand was dabei denkt. Wenn ein Bulle in der Nähe ist, dann hat das seinen guten Grund.»

«Gedacht hab ich das auch schon», räumte er ein. «Bloß: was könnt er für einen haben? Es hat nicht mal einer ein Spiel mit einem Einsatz von über einem Viertelcent vorgeschlagen. Falschspieler haben wir also keine. Außerdem ist das nicht Rogos Gebiet.»

Belle senkte ihre Stimme verschwörerisch. «Hör mal zu, Manny. Könnt er nicht vielleicht hinter dem Geistlichen her sein?»

«Mamma, sei doch nicht albern. Wer *der* ist – das weiß doch jeder.»

Belle sagte: «Und weißt du, was? Jedesmal, wenn Mr. Scott an Land gegangen ist, wenn wir Ausflüge gemacht haben, dann sind die Rogos überall mit hingegangen.»

Ihr Ehegemahl grunzte. «Und ein paar Hundert andere ebenfalls. Manchmal wir auch, Belle: da mußt du schon was Besseres vorbringen.»

«Okay, Mister Schlaukopf», schnaubte Belle. «Aber weißt du noch etwas?»

«Nein, was?»

«Scott ist an die Luft gesetzt worden.»

«Ach. Und woher weißt du das?»

«Ich hab's in *The News* gelesen. Ich erinnere mich, weil ich was in den Anzeigen gesucht hab, und da stand's gleich daneben:

‹Reverend F. C. Scott hat seine Bindung an die *Tenth Avenue Church* und den *Boys' Club* gelöst.›

Und dann kam was von wegen, wie er Trainer von den Jungens gewesen ist und wie sie drei Titel errungen haben: im Basketball, im Baseball und im Laufen.»

Manny sagte: «Bindung gelöst? Gekündigt hat er.»

«Manny, du mußt noch was lernen. Wenn in der Zeitung ‹Bindung gelöst› steht, dann heißt das, er ist an die Luft gesetzt worden. Sie haben ihn gefeuert. Vielleicht hat er was mit einem Mädchen im Chor angestellt, wie man's von Geistlichen so häufig in der Zeitung liest. Vergewaltigt, weißt du, oder verführt und in andere Umstände gebracht.»

Manny lachte. «Mamma, deine Phantasie möcht ich haben. Die Tenth Avenue Church liegt in einer schlimmen Gegend. Wenn er Trainer von den Jungs gewesen ist, dann hat er keine Zeit gehabt, sich mit Mädchen abzugeben. Vielleicht war er zu gut, und da ist jemand eifersüchtig geworden.»

«Na, eins steht jedenfalls fest: Rogo kann ihn nicht ausstehen.»

Manny zuckte mit den Schultern. «Rogo ist wie all diese harten

Burschen, die auf der East Side groß geworden sind: die können keinen ausstehen, der irgendeine Erziehung mitgekriegt hat. Mr. Müller kann er auch nicht ausstehn. Vielleicht hat er's auf *den* abgesehen.»

Belle sagte: «Mr. Müller ist Gentleman. Rogos Frau kann den Geistlichen auch nicht leiden.»

«Meinst du? Da will ich dir aber mal was anderes sagen. Linda ist scharf auf den strammen Kerl, und er macht sich nichts draus. Und dafür soll Rogo Mr. Scott verhaften wollen?»

«Frag ihn doch», sagte Belle laut. «Vielleicht sagt er's dir jetzt.»

«Was soll er mich fragen?» sagte Rogo.

Er lag mit seiner Frau ein wenig von den Rosens entfernt an der Wand eingezwängt.

«Los», flüsterte Belle.

Rosen kroch ein paar Schritte heran und fragte: «Hinter wem sind Sie 'n auf dem Schiff hergewesen?»

Rogo antwortete: «Hinter niemand.»

Aber Rosen ließ sich nicht abweisen. «Na, Mike, nu hören Sie aber mal auf», sagte er. «Wie Belle schon sagt: Seit wann geht ein berühmter New Yorker Detektiv auf 'ne Kreuzfahrt nach Afrika und Südamerika? Was soll denn sein – jetzt können Sie's mir doch sagen. Wenn's stimmt, daß alle anderen ertrunken sind, dann ist er tot. Oder es müßte einer von uns sein.»

Rogo sah ihn träge und unbeteiligt an. «Teufel noch mal: was sollt ich denn von einem von euch wollen?»

«Keine Ahnung», sagte Rosen. «Sie kennen mich, und ich kenne Sie. Aber wer sind die andern? Mr. Müller, Mr. Martin? Die Shelbys sind eine nette Familie, aber Belle sagt, vielleicht könnt's ein anderer sein...» Er wurde leiser, behielt jedoch den fragenden Tonfall bei: «...Vielleicht der Geistliche?»

Rogos starres Gesicht blieb völlig gelassen. «Belle liest zuviel Krimis», sagte er.

«Hab ich ihr ja auch gesagt», pflichtete Rosen bei, «aber sie hat nu mal eine lebhafte Phantasie. Sie wissen ja, wie Frauen sind, und sie sagt, sie haben ihn aus dem Job an der *Tenth Avenue Church* gefeuert.» Rosen beobachtete den Detektiv, während er diese Information einfließen ließ, doch Rogos Gesicht blieb nach wie vor gänzlich ausdruckslos.

«Haben Sie?» sagte er.

«Ja», bekräftigte Rosen. «Sie hat's in *The News* gelesen. Es hat aber nicht dabeigestanden, weshalb.»

«Keinen Schimmer.»

«Vielleicht macht er deshalb jetzt Ferien.»

«Möglich.»

«Genau wie Sie.»

«Richtig», sagte Rogo. «Genau wie ich.» Und dann setzte er hinzu: «Manny, warum schlagen Sie sich den Kram nicht aus dem Kopf? Wär besser.»

Rosen gab auf. Als er wieder bei Belle war, fragte sie: «Hast du ihn gefragt? Was hat er gesagt?» Er entgegnete: «Nichts. Wenn so 'n Bulle wie Rogo nix sagen will, dann kann er sein wie eine Sphinx.»

«Hast du den Geistlichen erwähnt?»

«Hab ich. Er meint, du liest zu viele Krimis. Mein ich übrigens auch.»

Belle sagte: «Na, man kann sich ja irren, aber so 'n Geistlichen wie den hab ich mein Lebtag nicht gesehn. Er könnt ja auch ein großer Gangster sein.»

«Belle!» sagte ihr Mann vorwurfsvoll. «Was redest du nur für einen Unsinn! Jeder weiß doch, daß Buzz Scott ein großer Athlet gewesen ist.»

Belle gab nicht nach. Sie sagte: «Und ein großer Athlet kann nicht geraten in die Klemme?»

«Rogo sagt, wir sollten uns den Kram aus dem Kopf schlagen.»

«Ist das vielleicht eine Antwort?» sagte Belle.

Etwas weiter entfernt, möglichst außer Reichweite der in der schwindenden Beleuchtung hin und her streunenden Männer, unterhielt man sich ebenfalls über dieses Thema.

Shelby fragte Martin: «Was halten Sie von unserm Freund, dem Geistlichen?» Er konnte sich nicht erinnern, ihn jemals direkt angesprochen zu haben. Obwohl sie Tischnachbarn gewesen waren, hatten sich ihre Wege im Verlauf der Reise nur selten gekreuzt, und er wußte wenig oder gar nichts von ihm. In der Tat: er war derart schweigsam und still und nachgerade unsichtbar, daß ihn praktisch niemand jemals um seine Meinung gebeten hatte. Jetzt jedoch erwies Martin sich als ziemlich redegewandt.

«Na ja», erwiderte er, «wenn Sie mich fragen – ich würd sagen, er ist 'n ganzer Kerl. Da gibt's nichts dran zu rütteln. Hat doch Format, der Mann, oder etwa nicht? Ist doch ungewöhnlich, daß ein Geistlicher so eine Rettungsaktion in die Hand nimmt, oder? Nehmen Sie mal zu Hause. Da haben wir einen Geistlichen, einen Baptisten, der wär in einer solchen Situation nicht die Bohne wert. Würde völlig versagen. Saft- und kraftlos. Mit Worten kann er donnern wie Jeremia, aber die schwere Bibel bringt er kaum von der Kanzel. Der Küster schleppt sie für ihn rauf und wieder runter. Wenn ich's mir recht überlege: im Grunde ist er zu Hause auch keinen Pfifferling wert. Er wettert gegen die Sünde und kann einem mit seinen Predigten angst und bange machen. Wirklich. ‹Gottes Donnerwetter›, so heißt er bei uns, aber inwendig ist er böse, daß es gen Himmel schreit.»

«Aber, Mr. Martin», sagte Susan Shelby, «das ist doch nicht Ihr Ernst! Ein Geistlicher kann doch nicht böse sein.»

Er betrachtete sie spöttisch, aber nicht unfreundlich, und entgegnete: «Miss Susan, wenn Sie noch ein paar Jahre warten und die schöne Frau geworden sind, die Sie sein werden, dann kommen Sie dahinter, daß Bosheit nicht auf bestimmte Kategorien von Menschen beschränkt ist beziehungsweise daß umgekehrt keine bestimmte Gruppe vom Bösen verschont bleibt. Das ist irgendwie universell. Wissen Sie, was er vor ein paar Tagen gemacht hat? Na ja, es sind nun schon ein paar Wochen her. Wir hatten da eine Taufe in unserm *Baptist Centre Auditorium* in Evanston. Sonntag abend. Ed Bailey, der die Ford-Agentur hat, sollte getauft werden, und ‹Gottes Donnerwetter› hat ihn untergetaucht, bis er fast abgesoffen wär. Er behauptet, Ed hätt ihn mit seinem letzten Ford gewaltig angeschmiert, richtig aufs Kreuz gelegt, und er sollt ihn zurücknehmen. Ed sagt, er hätt ihn gefahren wie ein Irrer, daß sich gleich auf den ersten fünfhundert Meilen die Kolben festgefressen hätten, und das käme gar nicht in Frage. Als Ed wieder hochkam, blau im Gesicht und halb zu Tode erstickt, da hat Sister Stoll gehört, die als nächste an die Reihe kommen sollte, wie Carl geflüstert hat: ‹Nimmst du den Wagen zurück? Oder soll ich dich noch mal taufen, und diesmal richtig?› Und dann hat Sister Stoll Ed sagen hören: ‹Okay, du...› – Und er hat ihn mit was bezeichnet, was ich in Gegenwart von Miss Susan hier nicht wiederholen will. Aber es hatte was mit der Mutter von ‹Gottes Donnerwetter› zu tun. Sie wissen schon, was ich meine. Richtig unflätig. Können Sie sich das vorstellen? Und hinterher ging die Predigt: ‹Füge keinem zu, was du nicht willst, daß man *dir* tu.› Und er hat ganz schön dick aufgetragen, und die halbe Zeit hat er seine Augen auf Ed Bailey gerichtet. Aber dieser Bursche hier, der hat's in sich. Der hat uns in die Hände des Allmächtigen gegeben, und den Rest hat er uns auf die Schultern gelegt.»

«Na, na», sagte Shelby. «Mir scheint: ganz so hat er's nicht ausgedrückt. Wir hatten mal einen Footballtrainer in Michigan, der quatschte daher – ‹Ihr Kerle solltet dem allmächtigen Gott danken, daß ihr für diese Schule spielen dürft›.»

Martin grinste. Seine Lippen waren so schmal und straff, daß es aussah, als mache er Witze – auch wenn er nur lächelte. Er sagte: «Und was soll's – wenn's hinhaut?»

Shelby fragte: «Wissen Sie denn überhaupt etwas von ihm? Was bringt einen Kerl wie den dazu, Geistlicher zu werden? Der hatte doch alles! Seine Leute sind die *Middle Atlantic Food Processing* – millionenschwer. Also?»

«Wer will das wissen?» gab Martin zur Antwort. «Wieso wird ein Typ wie Carl ‹Gottes Donnerwetter› Prediger? Der haßt alles und alle. Seine Frau traut sich nicht, den Mund aufzumachen, und die Kinder behandelt er, als gingen sie in die Hilfsschule. Und überhaupt: der ist 'n runzliger kleiner Kerl mit einem Affengesicht, und trotzdem stehen all die alten Klatschtanten in der Gemeinde auf ihn, und er denkt, er wär mit dem lieben Gott verwandt. – Scott hat ganz besondere Vorstellungen von sich und Gott.»

«Ich bin mir nicht sicher, ob ich ihn mag», warf Susan überraschend ein.

«Aber Susan!» sagte ihr Vater. «Das wundert mich. Ich bewundere ihn über die Maßen. Und dir gegenüber ist er doch immer äußerst höflich und zuvorkommend gewesen. Robin findet ihn umwerfend.»

Susan meinte: «Was Kinder so finden.» Und dann fügte sie hinzu: «Vielleicht kommt's daher, daß er zu gut aussieht.»

Martin gab ein trockenes Kichern von sich. «Ich hab nicht gewußt, daß ein Mann für ein Mädchen zu gut aussehn kann. Wie muß denn ein Mann Ihrer Ansicht nach aussehn, Miss Susan?»

Susan überlegte. «Na ja, jedenfalls nicht wie der typische All-American Boy, wenn Sie verstehn, was ich meine. Und dann hat er manchmal einen sonderbar starren Blick. Wissen Sie: er guckt einem unverwandt in die Augen.»

«Das sollte ein ehrenhafter Mann auch tun», sagte Shelby.

Martin kicherte wieder. Er sagte: «‹Gottes Donnerwetter› bringt seine Augen nicht höher als bis zum dritten Hemdknopf. Wir haben Glück gehabt, daß nicht er an Scotts Stelle bei uns ist. Dann wären wir nämlich noch alle unten im Speisesaal, und ‹Gottes Donnerwetter› würd mit seinem knochigen Finger auf uns zeigen und brüllen: ‹Tuet Buße, Ihr Sünder, denn das Jüngste Gericht ist nahe›.»

Das Lächeln verschwand, und der Mund klappte zu. Dieses ‹Tuet Buße, Ihr Sünder› hatte ihn alles wieder bewußt werden lassen: seine kranke Frau, die pneumatische Geliebte, ihren warmen weichen erregenden Körper, Ehebruch, Wasserleiche... Das Geheimnis, das niemand je zu erfahren brauchte. Wie aber konnte er seine Gewissensbisse loswerden? Bilder alter biblischer Gestalten gingen ihm durch den Sinn, wie sie sich an die Brust schlugen und ihre Kleider zerrissen und sich zerfleischten, und zum erstenmal verstand er sie. Er wünschte, er könnte sich die Eingeweide aus dem Leibe reißen. Wie und wem konnte er eine Beichte ablegen? Auf keinen Fall diesem Halbaffen, den er gerade beschrieben hatte. Der würde nur mit den Lippen schmatzen und jede Einzelheit erfahren wollen. Gottes Donnerwetter und Verdammung!

Scott und der Türke waren von ihrem Erkundungsgang noch nicht zurückgekehrt. Die Rogos gerieten sich wieder in die Haare.

Sie schienen nichts dabei zu finden, ihren Ehekrieg auch noch unter diesen makabren Umständen fortzuführen. Zu streiten und zu fluchen lag in Lindas Natur, wie es in seiner lag, zu lieben und versöhnlich zu stimmen.

Im Grunde begriffen beide den Ernst der Lage nicht. Das Meer und die innere Topographie der POSEIDON waren ihnen so fremd wie der Mond. Für Linda war das Schiff nichts anderes als ein beliebiges Hotel. Sie hatte es vom ersten Augenblick an gehaßt, da sie an Bord gekommen war. Auch an Land wohnten sie in einem Hotel, in einem recht heruntergekommenen Haus *The Westside Palace* auf der 8. Avenue zwischen der 48. und 49. Straße mit einem Gitterkäfig als Fahrstuhl, der von einer Seite zur anderen klapperte; der Kragen des farbigen Liftboys war niemals zugeknöpft, seine Uniform starrte vor Schmutz, und die Telefonvermittlung beantwortete Anrufe nur selten. Hier hatten sie zwei Zimmer mit Bad; im letzteren tummelten sich die Küchenschaben.

Auf einem Gaskocher bereitete Linda das Frühstück zu, doch das war auch schon alles. Alles andere verrichteten Stubenmädchen, so daß ihr nichts zu tun blieb. Für Rogo war es gut, mitten in der City zu wohnen. Daß die Telefonzentrale nicht recht klappte, stellte für ihn kein Problem dar, da er über eine direkte Leitung zum Polizeipräsidium verfügte. Er machte sich nichts aus selbstzubereiteten Speisen, und so aßen sie immer in einem der zahllosen Broadway-Restaurants, die in seinem Dienstbezirk lagen. Beiden gefiel diese Art zu leben. Sie bekamen Freikarten für Shows, und bei Boxveranstaltungen waren die besten Plätze für sie reserviert. Mike Rogo war eine Persönlichkeit, die häufig in der Presse erwähnt wurde, und hin und wieder erschien sein Bild in der Zeitung.

Auf dem Broadway gab es viele Lindas: gescheiterte Schauspielerinnen von der Küste, die nicht einmal zu Callgirls taugten. Als Linda endlich eine Rolle in einem Broadway-Musical erwischt hatte, war sie von den Kritikern verrissen und abserviert worden, die es satt hatten, die Betthäschen von reichen Geldgebern als ‹Darstellerinnen› präsentiert zu bekommen. Sie hatte Mike Rogo geheiratet, um sich in seinem Ruhm zu sonnen, der durch die Niederschlagung der Gefangenenmeuterei in Westchester Plains begründet worden war, die das Leben von zwei als Geiseln festgehaltenen Wärtern gekostet hatte. Mike war allein und ganz auf sich gestellt ins Gefängnis gegangen, hatte drei bewaffnete Kriminelle erschossen und die Meuterei niedergeschlagen.

HELD DER WESTCHESTERMEUTEREI HEIRATET HOLLYWOODSCHÖNE›, verkündeten die Schlagzeilen und vergaßen der Romantik zuliebe, daß sie kürzlich am Broadway katastrophal durchgefallen war. Linda war mit der Publicity durchaus zufrieden – bis sie merkte, daß sie nur im Schatten des Ruhms eines kleinen, anderthalb Zentner schweren Detektivs stand, der sich vor nichts fürchtete, was zwei Beine hatte. Die Chefs der Besetzungsbüros wußten immer noch, daß sie weder singen noch tanzen konnte, daß sie ihren Text nicht behielt und daß sie, wenn sie über die Bühne ging, wie ein Pavian mit dem Hintern wackelte.

Die Verbitterung darüber ließ sie an ihrem Ehemann aus. Er war so stolz auf sie, als wäre sie Doris Day oder Julie Andrews. Seinen Reden nach zu urteilen, konnte er das Wunder noch immer nicht fassen, daß sie sich herabgelassen hatte, ihn zu heiraten. Drei Jahre lang war sie einzig und allein damit beschäftigt gewesen, ihn weichzumachen. Es war ihr nicht gelungen. Wenn er zuschlug, dann geschah das ohne Erbarmen, und wenn das Ärgste vorüber war, hegte und pflegte er sie mit ganzer Liebe.

In gewisser Weise war die Kreuzfahrt auf der POSEIDON für Linda ‹das Letzte›. Die Reise ging erst zu den Schwarzen und dann zu den Kaffeefarbenen. Für sie war ein Hafen wie der andere, und die Bevölkerung bestand aus Niggern. Der Liftboy mit dem offenen Kragen im *Westside Palace* war einer, und der Kerl in der Telefonzentrale war auch einer – noch dazu einer, der immer pennte, wenn er nicht gerade in einer Kneipe war oder sich Zigaretten holte. Der Portier und die Zimmermädchen waren Nigger. Mußten sie da eine Schiffsreise unternehmen, um noch mehr von diesem Volk zu sehen?

Die Passagierliste war durchaus umfangreich und interessant gewesen, aber sie hatte kaum Bekanntschaften gemacht, ebensowenig wie Rogo, der als Polizeidetektiv zurückhaltend und ohnehin ein Einzelgänger war. Darüber hinaus hatten die Urlauber eine gewisse Scheu vor ihm. Für einige Bullenhasser war er nun einmal ein Polizist, und sie argumentierten: Polente bleibt Polente. Für andere war er ein berühmter Detektiv und Pistolenschütze. Und wenn auch alle darüber scherzten, so war doch jeder davon überzeugt, daß er dem einen oder anderen Passagier auf den Fersen sein mußte.

Linda hatte es ihm sogar auf den Kopf zugesagt. «Hör mal, du Miststück, hast du mich vielleicht auf 'ne Dienstreise mitgenommen? Was soll diese alberne Kahnpartie überhaupt?» Daraufhin hatte er nur, wie üblich, ein gekränktes Gesicht gemacht und geantwortet: «Täubchen, nun hör mal zu: warum darf man denn nicht ein einziges Mal verreisen? Wir sind doch noch nirgends gewesen. Warum gehst du nicht los und suchst dir jemand Nettes, wo du mit reden kannst? Amüsier dich doch!» Nun war sie genauso klug wie zuvor. Rogo sprach nicht über seinen Beruf. Wenn er einen wohlgezielten Hieb anbrachte oder ein paar Gauner erledigte oder einen Straßenräuber tot aufs Pflaster streckte, dann erfuhr sie's am nächsten Tag aus der Zeitung.

Darüber hinaus bedrückte sie noch etwas. Als sie nach ihrem Charterflug von New York nach Lissabon an Bord der POSEIDON ging, erinnerte sie sogar die schäbige Eleganz des einstigen Luxusliners an die Kluft, die zwischen ihren zwei armseligen Zimmern nebst billigem Bad im *Westside Palace* und der ihr, ihrer Meinung nach, zustehenden Umgebung klaffte.

Im Augenblick stritt sie mit Rogo über das gleiche Thema, das auch die anderen Mitglieder der Gruppe beschäftigte. Es ging um Scott. «Rogo, du bist ein Narr», sagte sie. «Angeblich sollst du doch 'n gewitzter Bulle sein, der sich auskennt – und da läßt du dir von diesem Kraftprotz, der sich als Geistlicher ausgibt, so einfach die Schau stehlen?»

Rogo antwortete mürrisch: «Und was soll ich tun?»

Erbost setzte sie sich auf und versuchte, ihre Haare in Ordnung zu bringen. «Die Augen sollst du aufmachen, du Idiot. Siehst du denn nicht, daß er bloß drauf wartet, an mich ranzukommen?»

«Ach, Linda, jetzt hör auf. Wie kommst du denn auf so was? Bekloppt ist er vielleicht, aber respektvoll ist er auf jeden Fall.»

Linda lachte. «Haha! Hast du nicht gesehen, wie er die Titten von der kleinen Nutte angeglotzt hat?»

«Wieso schimpfst du die Kleine dauernd 'ne Nutte? Die ist im Showgeschäft wie viele andere auch. Na, und wenn er tatsächlich einen Blick riskiert hätte? Schließlich ist er doch 'n Mann, oder? Wieso soll er 'n da an dich rankommen wollen?»

«Als Dame erkennt man eine Nutte auf den ersten Blick», sagte Linda hochnäsig. «Und ich weiß doch, wann ein Mann an mich rankommen will. Natürlich: wenn's dir nichts ausmacht...»

Rogo sagte: «Wenn er dich anfaßt, nehm ich ihn auseinander.»

Linda warf ihren Kopf zurück, und die strähnigen Locken umspielten ihr Porzellangesicht. «Da möcht ich nicht drauf wetten. Ich hab den Herrn mal beim Football gesehen, und da war er gar nicht zimperlich.»

«Gewäsch», schnaubte Rogo. «Wenn du sie in die Eier trittst, fallen sie alle um, so oder so.»

Plötzlich merkte er, daß er sich in etwas hineinsteigerte und daß es dabei leicht wegen einer Lappalie zur Explosion kommen konnte, seine Stimme wurde wieder kläglich. «Ach, Linda», sagte er, «weshalb läßt du den nicht endlich in Frieden – und mich auch? Schließlich bringt er ja was zuwege, oder etwa nicht?»

«Okay. Und wo ist er jetzt?»

«Hast du denn nicht gehört? Die peilen die Lage.»

«So? Und weißt du, was ich glaube? Der hat sich dünnegemacht. Die fette Jüdsche kriegt er doch nicht noch mal so 'n Berg hoch – und uns andre auch nicht. Der sieht jetzt zu, daß er Land gewinnt.»

Dann fiel ihr etwas anderes ein, und sie platzte heraus: «Und wie diese Shelby mich anguckt! Als wär ich der letzte Dreck. Und beschimpfen tut sie mich auch. Du nimmst nicht mal deine eigene Frau in Schutz – nach allem, was ich für dich getan habe.»

Rogo sagte: «Dünnegemacht hat er sich nicht – da kommt er nämlich.»

Wegen seiner Größe konnten sie ihn schon von weitem sehen, obwohl immer noch viele Fremde den Gang bevölkerten. Sie sahen, daß er auf sie zukam, von dem Türken begleitet, der mit Armen und Händen gestikulierte, als wolle er ihnen pantomimisch etwas mitteilen.

In diesem Augenblick flackerten die Lampen auf und verloschen endgültig. Es herrschte absolute Finsternis.

## 12
## *Broadway im Dunkel*

Das Schiff hielt sich immer noch knapp über Wasser und bewegte sich nicht; für die Besatzung aber war das Verlöschen der Beleuchtung das Zeichen dafür, daß die POSEIDON kurz vor dem Untergang stand. Die Schwärze, die sie jetzt umgab, beraubte sie jeglicher Kontrolle. Der Umstand, daß sie nicht spüren oder sehen konnten, wie sie sterben würden, daß sie nicht die letzte Spur von Würde beibehalten konnten, sondern blinden Auges in den Untergang gerissen werden würden, ließ die Überlebenden vor Angst halb wahnsinnig werden. Sie taumelten im Dunkeln hin und her, ohne zu wissen, von welcher Seite das Ende kommen würde.

Auf der Flucht vor dem Tod töteten sie. In ihrer Panik schlugen sie nieder, wer sich ihnen in den Weg stellte. Jeder war des anderen ärgster Feind. Wer zu Fall gebracht wurde oder auf dem ungewohnten Boden stürzte, wurde zertrampelt.

Der enge Gang wurde zum Tollhaus: Rufen, Schreien, Stöhnen, Weinen, Jammern, dazu das Stampfen der Füße auf den Rohren, Wehlaute, Luftzug und Gestank. Es roch nach Angstschweiß. Die das Glück hatten, nicht umgerissen zu werden, wurden wie Lemminge mit fortgezogen, die sich ins Verderben stürzten. Sie fielen in die Schächte kopfstehender Treppen, weil sie ihre Flucht auf dem darunterliegenden Korridor fortsetzen wollten, oder purzelten in die große Öffnung mittschiffs und ertranken.

Die kleine Gruppe der Passagiere indessen, die sich an die Seite gedrängt hatte, um dem Tumult so weit wie möglich zu entgehen, behielt – Scotts strikter Anweisung eingedenk – eine gewisse Disziplin bei.

Als die Lichter verlöschten, sah Scott bereits die wilde Flucht voraus, das tödliche Gedränge, das unweigerlich folgen mußte. Er stieß den Türken zur Seite und sah nach unten. «Beweg dich nicht, Kemal!» schrie er und stellte sich schützend über ihn. Er war in seinem Element. Leiber, die gegen ihn wuchteten, wehrte er ab oder riß sie von den Füßen; bestand die Gefahr, von Körpern eingekeilt zu werden, schlug er mit seinen gewaltigen Fäusten und knochigen Ellbogen um sich und boxte so lange, bis das Knäuel sich auflöste. Er wirkte wie der Erzengel Michael mit den Dämonen der Tiefe.

Auch Rogo hatte zufällig gestanden, als die Lichter ausgingen, doch packte er mit dem Instinkt des Polizisten sofort die Haare seiner Frau mit der linken Hand, um mit ihr Kontakt zu behalten, und boxte mit seiner tödlichen Rechten, bis er sich freigekämpft hatte und sich schützend auf sie werfen konnte, wobei sie selbstmitleidig wimmerte: «Au, du hast mir weh getan! Du tust mir weh!»

Jane Shelby und Miss Kinsale, die gerade zum Broadway zurückkehrten, nachdem sie sich am Ende des *companionway* erleichtert hatten, blieben ungeschoren, da die Lichter ausgingen, ehe sie den Eingang zum Wirtschaftskorridor erreichten. Die grauenhafte Phantasmagorie stürmte an ihnen vorüber, und die beiden Frauen klammerten sich aneinander fest; sie spürten den Luftzug, sie rochen alles, sie hörten alles, aber sie sahen nichts, da sie am Rande des völlig schwarzen Abgrundes standen.

Shelby hatte den zurückkehrenden Scott erblickt, und die bloße Tatsache, daß er wieder da war, erstickte die Panik, die auch ihn gepackt hatte und zwingen wollte, durch die Dunkelheit zu laufen, immer weiter zu laufen, bis er ins Nichts gestürzt wäre.

«Bleibt unten!» sagte er keuchend zu Susan und Martin und drückte sie an die Seitenwand des Ganges. Ein schwerer Stiefel trampelte ihm auf die Hand, ansonsten blieb er unverletzt. Einmal hörte er, wie Martin schmerzvoll aufschrie und dann eine Reihe von Flüchen mit völlig veränderter, viel zu hoher Stimme ausstieß. In gewisser Weise war dieser Kampf in der dunklen Enge weitaus schlimmer als der eigentliche Beginn der Katastrophe, als ihre ganze Welt sich im Handumdrehen verkehrt hatte. Das Fegefeuer war eine Redensart, ein altmodischer Begriff, ein Fluch, eine nicht ernst zu nehmende Angelegenheit – aber hier nun schien es grauenvolle Wirklichkeit geworden zu sein.

Im Lagerraum streckte Nonnie Parry ihre Hand nach Müller aus und rief winselnd: «Müssen wir jetzt sterben?»

Hubie Müller war davon überzeugt. So oder so würde jetzt alles vorbei sein.

Er spürte, wie ihre Lippen auf seinem Gesicht nach seinem Munde suchten, und als sie ihn gefunden hatten, waren sie weich und rochen und schmeckten nach Zuckerbiskuits und klebten von Aprikosenmarmelade. Mit diesem hungrigen Bitten jedoch, mit dem sie sich an ihn schmiegte, lieferte sie sich ihm gleichzeitig bedingungslos aus.

Und Hubie Müller, der diskrete und zynische Held zahlloser Schlafzimmerabenteuer, an Umarmungen und Stöhnen und Schreie gewöhnt, machte eine einzigartige Erfahrung. Zum erstenmal liebte er mit einer Leidenschaft, in die sich Zärtlichkeit und Mitleid mischten. Nie zuvor hatte er ein so großes Glücksgefühl gespürt wie mit diesem verängstigten kleinen Geschöpf zusammen, das sich ihm bedingungslos verbunden hatte und das sich ihm in diesen letzten Augenblicken ihres Lebens selber zum Abschiedsgeschenk machte.

Gemeinsam erlebten sie den Höhepunkt ihrer Liebe, und auch danach blieb in Müller ein ihn überwältigendes Gefühl, es war Mitleid und Beschützenmüssen diesem Mädchen gegenüber, mit dem er noch verbunden war und das er eigentlich gar nicht richtig kannte.

Müller ging der soziale Euphemismus seiner Klasse für das, was eben geschehen war, durch den Sinn: *to make love.* Er hatte Liebe gegeben und empfangen, und er wußte, daß es – hier, im Dunkeln, mit diesem unbekannten Mädchen, das erst vor kurzem in seinen Gesichtskreis geraten war – zum erstenmal stimmte. Etwas, das er niemals zuvor in seinem Leben kennengelernt hatte, war geschehen: Liebe. Sie hüllte ihn ein, füllte ihn aus, erstickte ihn und trieb ihm die Tränen in die Augen.

Sie klammerten sich aneinander fest, berührten ihre Gesichter mit den Fingern und begriffen dann allmählich, daß sie noch am Leben waren – mochte dort draußen im Korridor der Tod jetzt auch rasen und wüten.

Die Rosens beschützten einander, so gut sie es vermochten, wobei er immer wieder rief: «Leg dich hin, Mamma! Hör, was ich sage: bleib liegen! Hab keine Angst, ich bin ja da.» Als ihm einfiel, daß Scott sie beschworen hatte, die Köpfe zu schützen, bedeckte er den ihren mit seinen Händen. Ihn bekümmerten keine Visionen vom

Hades, von der bodenlosen Grube oder von Teufeln, die durch die infernalischen Regionen fegten, da in der jüdischen Religion für derlei Unsinn kein Platz war. Er wußte nur, daß sie sich in einer äußerst heiklen Lage befanden, umgeben von wahnsinnigen Matrosen, die in der Dunkelheit umherrannten und schrien und drängten, und er versuchte, Belle so gut wie möglich zu schützen. Wenn ein Körper gegen den seinen fiel oder stieß, schob er ihn fort und sagte: «Weg da! Platz! Weg mit euch!» Während Belle immer aufs neue wiederholte: «Manny! Manny! Laß doch den Unsinn. Leg dich hin, damit sie dir nichts tun. Hier, komm hinter mich. Wer weiß, was da vorgeht an verrückten Sachen?»

Das Rennen und Stolpern und Schreien wurde leiser und verlor sich mehr und mehr in der Ferne. Über den restlichen Geräuschen ließ sich Scotts befehlende Stimme vernehmen. «Bleibt, wo ihr seid! Keiner rührt sich! Es ist gleich vorbei. Ist jemand verletzt?»

Mannys Stimme gab Antwort. «Keine Ahnung. Woher soll man's wissen in dieser Düsternis? Sie sind über uns hinweg getobt.»

Dann waren die Geräusche verstummt. Zwei oder drei vereinzelte Aufschreie – und wieder Stille und die alles verschlingende Dunkelheit.

Scotts Stimme ertönte neuerlich. «Hat jemand ein Feuerzeug?»

«Ja, ich», sagte Shelby.

«Zünden Sie's an.»

Es gab ein Klicken, und das erste winzige Lichtchen leuchtete auf.

Die Flamme, die einen Teil von Shelbys Gesicht gespensterhaft anstrahlte, beruhigte die Nerven der anderen und gab ihnen das Gefühl der Zusammengehörigkeit zurück: sie waren wieder Glieder einer Gruppe und nicht mehr voneinander isoliert. Die Feuerzeuge von Martin, Rogo und Rosen gingen an und markierten ihre Positionen. Auch ein Streichholz hörte man auf der Reibfläche kratzen.

Wieder ließ sich Scott vernehmen. «Hebt's auf! Seid sparsam! Wir wissen ja nicht, wie lange wir sie noch brauchen werden. Also nur Shelbys. Dick, halten Sie Ihr's mal hoch. So, und jetzt geht jeder auf Dicks Licht zu, bis wir alle versammelt sind und abzählen können.»

Hubie Müller und Nonnie hatten die Aufforderung gehört und

kamen langsam und vorsichtig heran. Er hatte seinen Arm um ihren Leib gelegt, und sie drückte ihren Kopf an seine Brust; sie bewegte sich ganz leicht, so, als versuche sie, durch seine Kleidung zu dringen und durch seine Haut und in sein Herz zu gelangen. Für sie war es nahezu unerträglich geworden, nicht mehr ein Teil von ihm zu sein.

Die Rosens schoben sich Schritt für Schritt entlang der Wand des Ganges auf das Feuerzeichen zu. «Uuuh», stöhnte Belle, «meine Füß!»

Manny sagte: «Zieh deine Schuh wieder aus.»

«Mir ist wohler, wenn ich sie anhab – bloß die Hacken.»

«Wart mal», sagte ihr Mann. «Gib sie mal her.» Er zog ihr im Dunkeln die Schuhe aus, und es gab zweimal einen scharfen Knacks, als er die Absätze abbrach, um ihre Sohlen einigermaßen eben zu machen. «Ich sollt mich lassen untersuchen, daß ich nicht früher drauf gekommen bin.»

Belle zog sie wieder an. «Es reicht doch, daß du jetzt dran gedacht hast. Ja, jetzt ist's viel besser!»

Jane Shelby und Miss Kinsale mußten den Gang diagonal überqueren. Sie hielten sich an den Händen und stützten sich überdies mit den Unterarmen. Jane war sehr froh, daß ihr Mann den kleinen Leuchtturm darstellte. Ihre Familie würde vollzählig sein.

Plötzlich spürte sie einen Zug an ihrem Arm, als Miss Kinsale schwankte und einen kleinen Schrei ausstieß. «Oh!»

«Was ist?» fragte Jane.

Miss Kinsale entgegnete: «Ich bin auf jemanden getreten.»

«Du meine Güte!»

Miss Kinsale klammerte sich fester an sie und sagte: «Sie hat sich nicht bewegt.»

«Sie?» fragte Jane. «Woher wissen Sie, daß es eine Frau ist?»

«Das weiß man halt», erwiderte Miss Kinsale. «Sollten wir nicht was tun?»

«In dieser Dunkelheit?» sagte Jane. «Besser tun wir erst einmal, was Dr. Scott vorgeschlagen hat. Hinterher...»

Miss Kinsale war sogleich einverstanden. «Aber ja, natürlich. Er hat gesagt, wir sollten uns dort versammeln.» Und dann fügte sie hinzu: «Die Arme ist wahrscheinlich tot.» Mit großer Behutsamkeit gingen sie weiter und stießen unterwegs auf mehrere Körper, einer stöhnte vor Schmerzen auf. Miss Kinsale merkte ungerührt an: «Das war ein Mann.»

Jane bewunderte ihre Nerven und Selbstkontrolle und spürte, daß es etwas Außergewöhnliches geben müsse, dem sie diese Beherrschung verdankte. Sie selber meinte, jeden Moment zusammenbrechen zu müssen.

Als Scott das Gefühl hatte, daß alle da seien, sagte er: «Dick, sparen Sie den Sprit auf.» Der Geistliche begann die Namen aufzurufen.

«Mrs. Rosen?»

«Hier!» entgegnete Belle.

«Alles in Ordnung?»

«Oh, ja.» Und dann: «Manny hat meine Schuh behandelt. Er hat die Hacken abgebrochen.»

«Mr. Rosen?»

«Okay. Mir ist einer auf die Hand getreten, aber jetzt geht's wieder.»

Im Dunkeln war zu hören, wie er sie knetete und massierte.

Scott sagte: «Die Idee mit den Schuhen war ausgezeichnet. Wer sonst noch hohe Absätze hat, sollte das gleich tun.» Und dann: «Hubie? Nonnie?»

«Wir sind da», gab Müller zur Antwort. Er hatte das Gefühl, von jetzt an nur noch ‹wir› denken zu können – falls sie überlebten –, und dabei war zwischen ihnen noch kein einziges Wort der Liebe gefallen.

«Mr. Bates? Miss Reid?»

Keine Antwort. Aus der Dunkelheit kam Rogos eintönige Stimme. «Die müssen rausgekriegt haben, wo's was zu saufen gibt. Bestimmt sind sie stockbesoffen.»

Der Geistliche ließ seine Stimme laut durch den Korridor dröhnen. «Mr. Bates! Miss Reid! Können Sie mich hören?»

In die leere Stille, die auf das Rufen folgte, stach Jane Shelbys Stimme. «Dick, ist Robin bei dir? Robin, bist du da?»

Shelby erwiderte: «Robin? Nein, der war doch bei *dir*!»

Janes Atemholen wurde von Scotts neuerlichem Rufen übertönt. «Mr. Bates! Miss Reid! Können Sie mich hören? Wo sind Sie?»

Aus der Tiefe des Ganges kam Pamelas Stimme; sie war erkennbar, obwohl sie leicht verschwommen klang. «Wir sind hier!»

Rogo lachte und sagte: «Wußt ich's doch: blau.»

«Jane!» sagte Shelby aufgeregt, «Robin muß bei dir sein. Du hast ihn doch mitgenommen.»

«Nein, nur Miss Kinsale. Ich hab ihm gesagt, er soll zu dir gehn.»

«Und wer fragt nach uns?» sagte Linda.

Scott kam ihrem Wunsche nach. «Mr. und Mrs. Rogo – alles in Ordnung?»

Rogo erwiderte für sie beide: «Ja.»

«Du hast gut reden», sagte Linda. «Die hätten mich glatt zu Tode trampeln können!»

«Martin zur Stelle», meldete sich Mr. Martin. «Mit knapper Not.»

Susan rief: «Mummy, bist du sicher? Robin ist bei dir gewesen. Er ist nicht da.»

Jane Shelby kämpfte gegen die Panik an, die in ihrer Brust aufstieg, während Shelby schrie: «Robin! Robin! Wo bist du?» Dann sagte er zu Scott: «Frank, Robin fehlt!» Er zündete sein Feuerzeug an, und alle anderen Feuerzeuge sowie Streichhölzer wurden ebenfalls angemacht und in die Höhe gehalten, doch gelang es ihnen nicht, die schwere Dunkelheit zu durchdringen – sie ließen nur in einer gewissen Entfernung die vagen Umrisse eines Klumpens erkennen, der unheilvoll reglos auf dem Boden lag: die Gestalt eines erwachsenen Mannes.

Shelby schrie mit brüchiger Stimme: «Robin! Robin! Wo bist du? So antworte doch!»

Jane fing jetzt ebenfalls an, seinen Namen zu rufen, beide waren einer Panik nahe. Da erwachte in Rogo der professionelle Detektiv. Er fragte: «Tschuldigung, Ma'am, wo und wann ist er zuletzt gesehen worden?»

Angesichts dieser vernünftigen Erkundigung gelang es ihr, sich zusammenzunehmen und zu fassen, trotz der entsetzlichen Gedanken, die ihr kamen, und trotz der Erinnerung an den weichen reglosen Körper, auf den Miss Kinsale getreten war und der nicht aufgeschrien hatte. «Beim WC», sagte sie. «Er mußte mal austreten. Aber er wollte nicht, daß ich dabei bin. Er hat sich geschämt. Alles stand kopf und war entsetzlich eklig. Es war's nicht gewöhnt. Dann bin ich mit Miss Kinsale... Ich hab gedacht, er wär längst wieder hier – schon eh das Licht ausging. Ach, du mein Gott! Ich muß ihn suchen. Ihm ist was passiert. Ich muß ihn finden!»

Sie wollte gerade loslaufen, da packte Scott ihren Arm und hielt sie fest. «Kommt nicht in Frage», sagte er. «Noch nicht. Wir dürfen uns nicht trennen. Warten Sie.»

«Lassen Sie mich los!» kreischte Jane; ihre Stimme klang hysterisch. «Lassen Sie mich los! Lassen Sie mich los! *Lassen* Sie mich!»

«Nein, Jane!» rief ihr Mann und hielt sie, die jetzt wild um sich schlug, fest. «Reiß dich zusammen. Wir müssen tun, was Frank sagt. Im Dunkeln ist's hoffnungslos.»

Scott sagte: «Im Dunkeln können wir gar nichts machen. Da hinten ist eine Feuerlöschanlage. Kemal hat sie mir gezeigt, als die Beleuchtung versagte. Dort müßten auch ein paar Lampen sein. Unbedingt. Zwei Feuerzeuge her, und ich nehme Kemal mit. Geben Sie mir ein paar Minuten, Jane, und wir haben eine Chance, ihn zu finden. Ich bitte Sie inständig; unternehmen Sie nichts Wahnwitziges.»

«Frank hat recht», sagte Shelby.

Mit einer plötzlich stechenden Bitterkeit in der Stimme sagte Jane: «Frank hat immer recht.» Dann ließ sie sich endgültig gehen und schrie aus Leibeskräften: «Ich will mein Kind! Könnt ihr das nicht verstehn? Ich will mein Kind!»

Susan nahm sie weinend in die Arme. «Mummy, Mummy! Wir finden ihn schon. Ihm ist nichts passiert. Er kann nicht weit weg sein.» In Wirklichkeit hatte sie nur noch Angst.

Shelby sagte, und seine Stimme zitterte: «Ist besser, wenn wir mit dem Licht sparsam umgehen.» Er ließ sein Feuerzeug zuschnappen. Die übrigen verlöschten ebenfalls, und sie befanden sich wieder im Dunkeln – ausgenommen die beiden Flämmchen, mit denen Scott und Kemal, der Türke, sich den Korridor hinab nach achtern tasteten.

Endlich schimmerte im dürftigen Lichtschein der Feuerzeuge eine blanke Geländerstange auf, und dann sahen sie in Kniehöhe an einer auf dem Kopf stehenden Türschwelle ein Messingschild, auf dem, richtig herum, zu lesen war: FEUERSTATION. Scott hielt kurz inne, um sich zu orientieren. Der Raum befand sich unterhalb der Deckebene, auf der sie standen, da die Feuerstation ursprünglich über eine kleine, vom Gang nach oben führende Treppe zu erreichen gewesen war. Er gab Kemal zu verstehen, daß er hier oben warten solle. Er nahm beide Feuerzeuge, steckte das eine in die Tasche und beleuchtete mit dem anderen für einen Augenblick das Geländer, bis er sich dessen Stellung, Form und Anlage eingeprägt hatte. Dann löschte er die Flamme und sprang und machte sich – halb rutschend, halb hangelnd – auf den Weg nach unten.

Er zündete die Feuerzeuge an und hielt sie hoch, um die Gerätschaften hier zu inspizieren: Sauerstoffausrüstungen, Asbestanzüge, Feueräxte, Helme, Schaumlöscher und die elektronischen Tafeln, die in dem Augenblick aufleuchteten, da in irgendeinem Teil des Schiffes eine bestimmte Temperatur infolge eines Brandes überschritten wurde, und den genauen Ort anzeigten. Dicht neben der Tür entdeckte er schließlich ein zylindrisches Gebilde aus schwarzem Gummi. Er wollte es an sich nehmen, aber es saß zu fest. Dann kam ihm die Idee, es verkehrt herum zu versuchen, und es gelang. Er drückte auf den Knopf an der Seite des Stabes, und sogleich durchschnitt ein gelber Lichtstrahl aus der wasserdichten Lampe die Düsternis. Der Türke lugte von oben herab und schrie: «Hoi! Gutt! Mär! Mär! Viele mar.»

Mit Hilfe der Stablampe entdeckte Scott, was er gesucht und erhofft hatte: einen wahren Schatzkasten, bestehend aus einem halben Dutzend starker Notleuchten für den Fall, daß irgendwo die normale Beleuchtung infolge eines Kurzschlusses aussetzte, und weiterhin aus einer Anzahl wasserdichter gummiverkleideter Handlampen. Die Leuchten konnten es mit einem kleinen Scheinwerfer aufnehmen. Sie waren schwer, da sie von großen Trockenzellenbatterien gespeist wurden, doch waren sie, neben einem Griff, mit Riemen ausgerüstet, mit denen man sie sich umhängen konnte, um beim Löschen beide Hände frei zu haben.

«Okay, Kemal», rief Scott nach oben, «eins zu null für uns!»

Auch Seile waren in der Feuerstation vorhanden. Scott ließ den Türken sechs große Leuchten eine nach der anderen nach oben ziehen, anschließend eine gute Menge von Handleuchten. Dann hielt der Geistliche abschließend Ausschau nach irgendwelchen Gegenständen, die sich als nützlich erweisen könnten. Er fand indessen nichts – außer weiteren Nylonrettungsleinen, die er in Schlingen legte und sich um den Hals hängte. Er sprang ans Geländer, zog sich hoch und traf wieder mit seinem Begleiter zusammen. Sie teilten die Last unter sich auf und begaben sich, jeder eine brennende Stablampe in der Hand, auf den Rückweg.

Als die Wartenden den Lichtschein ihrer Lampen sahen, sagte Shelby: «Gott sei Dank, sie haben Licht gefunden!»

Miss Kinsale hauchte: «Amen.»

## 13
## *Susan*

Hubie Müller war aufgeregt und guter Dinge und triumphierte. «Jetzt kann uns nichts mehr passieren – jetzt schaffen wir's», sagte er. «Wenn wir die Lampen sparsam verwenden, müssen sie halten.»

Rogo murmelte: «Glück gehabt.»

Scotts Stimme wurde plötzlich störrisch. «Wir hätten's auch ohne diese Dinger geschafft. Meinen Sie vielleicht, ich hätte aufgegeben?» Und nachträglich fügte er hinzu: «Ist der Junge wieder da?»

Martin sagte: «Nein.»

Jane rief drängend: «Beeilen Sie sich. Bitte. Geben Sie mir eine. Geben Sie mir ganz schnell eine Lampe.»

Scott schaltete eine der Stablampen an. In ihrem Schein, der sein Kinn von unten traf, wirkte sein gutgeschnittenes Gesicht wie ein Relief, und Müller hatte einen Augenblick lang den Eindruck, als blicke er leicht verärgert drein.

«Ja, ja», gab er zur Antwort, «wir finden ihn. Wir werden einen Suchtrupp bilden; die anderen bleiben hier, für den Fall, daß der Junge auftauchen sollte, während wir auf der Suche nach ihm sind. Kann ja sein, daß ihm vorübergehend schlecht geworden ist.»

Linda Rogo protestierte. «Ich mach schon mal nicht mit. Ich bin müde, und mein Bein tut weh.»

«Geben Sie so 'n Ding her», sagte Rogo. «Ich geh.»

Seine Frau sagte verächtlich: «Boy-Scout!»

Scott nickte. «Nehmen Sie eine von den Laternen. Sie sehen doch bestimmt noch was, wo andre nichts mehr sehn.»

«Sehr gnädig von Ihnen», sagte Rogo.

«Also gut denn. Es gehen: Jane, Dick und Susan, Rogo, Martin, der Türke und ich. Hubie, Nonnie und Miss Kinsale können hierbleiben. Und Mr. und Mrs. Rosen – Sie beide brauchen eine Verschnaufpause.»

Er verteilte Lampen an Rogo, Shelby und Kemal; eine behielt er selber; Jane, Susan und Martin gab er Taschenlampen. Der Türke war plötzlich verwirrt und begriff nicht, was vorging; Scott mußte es ihm pantomimisch verständlich machen.

Wieder entdeckte Müller auf Scotts Gesicht jenen unwirschen Ausdruck. Dem Geistlichen behagte etwas nicht. Müller sah, wie er einen schnellen Blick auf seine Armbanduhr warf, ehe er sagte: «Also los. – Jane, können Sie uns genau zeigen, wo Sie ihn zurückgelassen haben?»

Jane sagte, ein wenig unsicher: «Ich glaube, das war... Ich glaube, da hinten.» Sie zeigte zum Bug. «Ich find's bestimmt wieder. Aber ich hab mir nicht gemerkt, wie weit es war, ich bin doch unterwegs mit Miss Kinsale zusammengetroffen. Sie und ich, wir waren zusammen, als die Lichter ausgingen, und...» Hastig holte sie tief Luft und sagte: «Du meine Güte, da war eine Frau – dort drüben.»

Scott richtete den Lichtschein seiner schweren Lampe in die angegebene Richtung. Er ging hin und kniete neben einer Frauengestalt nieder, einer Stewardeß in weißem Overall, die mit dem Gesicht nach unten auf dem Boden lag; ihr Kopf war zwischen zwei Rohren eingeklemmt. Er untersuchte sie kurz und kehrte zurück. Er schüttelte den Kopf.

Rogo ließ seine Laterne in den Korridor leuchten und sagte: «Heiliger Strohsack! Seht euch das an!»

Sie fanden die Leiche eines Mannes aus der Offiziersmesse, dem man den Hals zertrampelt hatte, und die Reste des betrunkenen fetten Kerls, der mit seiner Johnnie-Walker-Flasche hingefallen war; er hatte sich das Genick gebrochen. Einem anderen Mann war ein Bein zertreten worden, und eine Hand war zerschmettert, und er stöhnte vor sich hin. Einem weiteren lag der ausgerenkte Arm mit der Handfläche nach oben auf dem Rücken. Darüber hinaus waren in dem langen Gang keine Lebewesen zu sehen.

«Tut mir leid», sagte Jane, «aber ich kann nicht warten.» Sie hatte völlig vergessen, wie sie den Geistlichen für das anscheinend herzlose Zurücklassen der Verletzten gehaßt hatte.

Scott pflichtete ihr bei. «Ja. Wir haben nicht mehr viel Zeit. Außerdem können wir ihnen doch nicht helfen.»

Sie brauchten länger, als Jane erwartet hatte. Zum erstenmal erfuhr sie, was es heißt, wenn Orte, die man bestimmt gesehen hat, plötzlich verschwinden, bis man an seinem eigenen Verstande zu zweifeln beginnt. Das Schlimme war, daß sie sich an die genaue Entfernung nicht mehr erinnern konnte; hinzu kam, daß sie vergessen hatte, ihre Taschenlampe auf der Suche nach dem Messingschild ‹WC› nach unten zu halten statt nach oben. Einmal hörte sie, wie Martin «Oh! Oh!» sagte, und sie rief, halb ängstlich und halb hoffnungsvoll: «Was haben Sie gefunden?»

Sein Lichtstrahl hatte den Getränkeraum erfaßt, wo – inmitten durcheinandergeworfener Kästen mit hochprozentigen Markenspirituosen – Pamela Reid mit übergeschlagenen Beinen in einer Art von Alkoven aus Kisten saß und den Kopf des ‹Strahlers› im Schoß hielt. Sie starrte unbewegt vor sich hin. Der ‹Strahler› war besinnungslos. Es stank nach Alkohol. Das Mädchen blickte nicht auf und sprach auch nicht, als der Schein der Lampen auf sie fiel. Sie saß nur da und fuhr mit den Fingern einer Hand sanft und behutsam durch die schütteren Haare des ‹Strahlers›.

«Hinüber», sagte Rogo.

«Hier war's!» hörten sie Jane rufen, und alle eilten zu dem Gang, wo sie aufs WC wies. «Ich weiß es genau.»

Niemand war da. Der Gang, in dem das WC lag, war eine Sackgasse; er hatte keine Treppe, nur zu beiden Seiten Lagerräume für abgepackte Waren: Seife, Reinigungsmittel, Waschpulver und Putzmaterial.

Jane kämpfte mühsam um Beherrschung. «Was kann denn bloß mit ihm sein? Wo ist er?»

Ihr Mann tröstete sie. «Mach dir keine Sorgen. Weit kann er nicht sein.» Er wandte sich an Kemal und erkundigte sich: «Wo sind die Treppen – die anderen? Wohin geht's hier? Was ist aus den anderen geworden? Wo kann der Junge hingeraten sein?»

Aber der Türke verstand nicht.

«Der Mob ist in beide Richtungen gerast», sagte Rogo. «Ein Wunder, daß nicht noch mehr getötet oder verletzt worden sind.»

«Hat denn niemand was gehört?» fragte Martin. «Hat der Kleine nicht gerufen?»

Shelby sagte: «Bei dem Lärm und dem Getöse? Weiß der Himmel: Vielleicht hat er gerufen, und wir haben's nicht gehört.»

Martin dachte: *Jeder denkt oder sagt oder benutzt die Worte ‹Gott› und ‹Himmel›, nur dieser Geistliche nicht.*

Scott sagte zu Rogo: «Dafür sind Sie zuständig. Nehmen Sie die Sache in die Hand.»

Jane wandte sich an Rogo. «Was sollen wir tun?» fragte sie. «Wo sollen wir suchen? In welcher Richtung sollen wir gehn?» Die Tatsache, daß er Polizist war, machte seinen Rat wertvoll.

Rogo erwiderte: «Ausschwärmen. Verteilen. Nicht alle auf einem Haufen.» Er dachte an Suchaktionen in den Parks oder Außenbezirken von New York, wenn sie dort nach entführten oder vermißten Kindern gefahndet hatten: die Männer auf hundert Schritt verteilt, langsam über das Gelände gehend, die Augen auf den Boden geheftet; jeder wollte der erste sein – und wollte es doch wieder nicht –, der auf eine verstümmelte kleine Leiche stieß.

Hier jedoch war eine solche Taktik nicht erfolgversprechend. Wenn der Junge zu Tode getrampelt worden wäre, hätten sie ihn hier irgendwo finden müssen; wenn er aber noch lebte und von den Horden mitgerissen worden war, dann mußte jeder Ausgang und Eingang sorgfältig unter die Lupe genommen werden.

Scott sagte: «Wir müssen uns beeilen. Vielleicht haben wir nicht mehr allzuviel Zeit. Also los.»

Jane Shelby drehte sich zu ihm um und fragte: «Ist das Ihr Ernst? Keine Zeit mehr, um meinen Jungen zu finden?»

Scott gab keine Antwort, und Shelby schaltete sich ein. «So hat Frank das nicht gemeint, Jane. Wir dürfen jetzt nur den Kopf nicht verlieren.»

«Verlierst du deinen nicht, wenn wir unsern Sohn nicht finden?» Sie zitterte am ganzen Körper. Ihr Gesicht war zu einer solchen Maske der Raserei geworden, daß ihr Mann erschrak und nur sagen konnte: «Aber, Jane!»

Rogo sagte: «Ma'am, regen Sie sich nicht auf. Vielleicht hat er's mit der Angst zu tun gekriegt, als die Meute da rumtobte, und hat sich irgendwo versteckt und ist dann eingeschlafen. Bei Kindern weiß man ja nie. Wir fangen hier in der Mitte an und arbeiten uns nach beiden Seiten vor. In jeden Gang reingucken, klar? Wo eine Tür zu ist, würd ich weitergehn: Er kann sie nicht aufgemacht haben, weil er zu klein ist. In jede offene Tür kann er reingekrochen sein. Auf Treppen achten. Rufen! Der Junge ist nicht dumm. Der ist nicht nach unten gegangen, wo er weiß, daß wir nach oben wollen, klar?»

Susan meinte: «Was ist, wenn sie ihn mitgeschleift oder runtergestoßen haben? Wo sind die andern im Dunkeln verschwunden?»

«Ja, ja, ja», sagte Rogo. «Aber da brauchen wir doch jetzt noch nicht drüber zu reden, oder?» Aus Gewohnheit nahm er seine Zuflucht zu dem etwas brutalen Takt des Polizisten für jene Fälle, die mit ziemlicher Sicherheit in einer Tragödie enden.

Susan sagte: «Ich werd da unten nachsehn.»

«Wo?» fragte ihr Vater angstvoll. «Allein? Sollt nicht jemand mitgehn?»

Das Mädchen sagte: «Mit mir braucht keiner mitzugehn. Ich kenn den Weg. Laß mich gehen, Daddy.» Sie wollte Robin allein finden.

Rogo musterte sie kurz. Sie war robust und beherrscht. «Okay», sagte er, «kann nich schaden. Die macht das schon. Auf dem Rückweg die Gänge inspizieren, wir treffen uns dann wieder hier. Martin und Shelby: Ich würd sagen, daß Sie sich hier runter beide Seiten vornehmen. Scott: Sie gehn am besten mit diesem komischen Türken ans andere Ende zurück.» Zu Jane sagte er: «Ma'am, Sie und ich, wir werden uns hier mal richtig umtun, für den Fall, daß wir...» Er zögerte. «Na, sagen wir, für den Fall, daß wir irgendwelche Hinweise finden können. Und wenn die andern Hilfe brauchen oder ihn finden, dann sind wir gleich da. Okay?»

Scott nickte und blickte wieder auf die Uhr.

Jane Shelby fragte mit erschreckendem Nachdruck: «Wieviel Uhr ist es, Dr. Scott?»

Er entgegnete: «Es ist Viertel vor zwölf.»

«Und wieviel Zeit geben Sie uns, um mein Kind zu finden?»

Scott ignorierte diese direkte Frage und sagte: «Wir machen das so, wie Rogo gesagt hat.» Er hatte die Disposition des Detektivs widerspruchslos akzeptiert. «Der kennt sein Fach. Wenn der Junge hier irgendwo ist, dann finden wir ihn auch.» Er tippte Kemal auf die Schulter, und die beiden gingen los, um das Gebiet achteraus zu erforschen.

Susan war vorsichtig; sie ließ den Lichtstrahl ihrer Stablampe von einer Seite zur anderen wandern, um sich zu vergewissern, daß Robins kleiner Körper nicht zwischen den Rohren eingeklemmt lag, an die sie sich als Lauffläche schon beinah gewöhnt hatte. Von Zeit zu Zeit kam sie an einem der Gänge vorüber, die jetzt links und rechts vom ‹Broadway› abgingen, und leuchtete jeweils kurz hinein, ohne genauer nachzusehen.

Sie war in größter Sorge. Ihre Phantasie ließ sie ihren Bruder tot am Fuße jener Wand liegen sehen, die sie vom unteren Deck heraufgeklettert waren. Sie stellte sich vor, wie der von Panik gepackte Pöbel ihn mitgerissen und zu Tode getrampelt hatte. Dieses Bild trieb sie an, und sie verspürte den Zwang, zuerst dort nachzusehen und sich zu vergewissern, daß es nicht stimmte.

Andere, nur halb erahnte Dinge vergrößerten ihre Qual. Mit Todesangst hatten sie nichts zu tun, denn sie war noch zu jung – knapp siebzehn fröhliche unbeschwerte Jahre –, um auch nur an den Tod zu denken, daran zu denken, nicht mehr zu sein, nicht mehr zu atmen, zu riechen, zu sehen, zu schmecken, nicht mehr ein Teil dieses herrlichen Lebens zu sein. Es war eine ungewisse Warnung, eine Ahnung, eine Andeutung, daß ihre Familie sich in Auflösung befinden könnte.

Ihr Bruder war verschwunden, das war Verlust genug. Was, wenn man ihn nicht fand und wenn sie am Ende gerettet würden? Was sollte sie tun, wenn Robin aus ihrem Leben gerissen würde? Was würde ihre Mutter tun? Und ihr Vater?

Es war immer ganz selbstverständlich gewesen, daß sie ihren Bruder liebte, daß sie ihre Eltern liebte. Jedoch wußte sie nicht, woraus diese Liebe sich zusammensetzte. Robin war manchmal ein kleines Biest, und sie zankten sich und versuchten, einander weh zu tun, und einmal hatte er ihr fast den Finger gebrochen. Die Liebe zu ihrer Mutter war so eine Art Wettkampf zwischen dem Menschen, der sie jetzt war, und dem, der Susan werden wollte: ruhig, sanft, chic, zärtlich, begehrenswert. Ihren Vater mit seinen derben Zügen bewunderte sie.

Der Junge, mit dem sie zwei- oder dreimal im Dunkeln auf dem Sofa geschmust hatte und dessen Hand zum erstenmal ihre Brust berührt hatte, was gleichzeitig Verlangen und abgrundtiefe Furcht in ihr hervorgerufen hatte, war habichtgesichtig und hager gewesen, ein Sportler, ein Sprinter. Er war nervös, temperamentvoll und explosiv, und sie erinnerte sich an Sportveranstaltungen, bei denen er beim Startschuß mit solch gebündelter Energie losgejagt war, daß er das Rennen praktisch auf den ersten fünf Yards gewonnen hatte. Auch als er ihre Brust berührte, hatte sie etwas davon gespürt, es war ein gefahrvoller Augenblick des Ungestüms, das sie gedämpft und bezwungen hatte und dem sie entkommen war, da sie es so nicht wollte. Kurz danach hatten sie sich gestritten, und sie hatte mit ihm Schluß gemacht; denn wenn er auch phantastisch gut aussah, so war er doch unerträglich egoistisch. Indessen: Die Botschaft war verstanden worden, die Aufforderung zum Erwachen, und sie hatte sich seither häufig gefragt, wie es wohl sein würde, wenn es passierte, und mit wem.

Bruder, Mutter, Vater – Liebe, Zuneigung, Gewohnheit – was war ein Gefühl? Was war überhaupt? Was war sicherer als das einträchtige Leben, das ihre Familie miteinander führte? Susan konnte sich nicht erinnern, daß es zwischen ihren Eltern jemals zu einem Streit oder einem lauten Wort gekommen wäre.

Und doch hatte das Verschwinden von Robin bei ihrer Mutter noch etwas anderes als Besorgnis und Raserei hervorgerufen, etwas, das Susan mehr gespürt als gesehen hatte und das sie nicht begriff, das ihr zuvor auch noch niemals aufgefallen war: etwas merkwürdig Schrilles.

Das Mädchen ließ die anderen hinter sich. Als sie sich umdrehte, sah sie die Bewegungen ihrer Lampen, und einmal leuchtete eine der großen Notlaternen von Rogo oder einem der anderen Männer voll in den Gang, erfaßte sie und warf ihren Schatten gegen das Schott am Ende des Ganges: ein junges Ding in kurzem Rock, dessen Haare sich zu beiden Seiten des Gesichts nach außen lockten. Dann wandte sich der starke Lichtstrahl von ihr ab, und sie war wieder von Dunkelheit umgeben; nur ihre eigene Lampe erhellte vor ihr den Weg. Sie stellte fest, daß sie den Rand des *companionway* erreicht hatte, von dem aus sie heraufgestiegen waren, und fragte sich, ob sie den Mut haben werde, in die Tiefe zu blicken.

Sie richtete ihren Scheinwerfer auf das darunterliegende Deck und sah niemanden, keinen Lebenden und keinen Toten, nichts als eine ölige Wasserschicht. Was das zu bedeuten hatte, kam ihr nicht zu Bewußtsein: sie war nur erleichtert darüber, daß ihr Schreckensbild nicht Wirklichkeit geworden war. Wo immer ihr Bruder auch sein mochte: hier war er nicht zu Tode gekommen.

Also hieß es jetzt, den Anweisungen zu folgen und jeden Gang sorgfältig zu untersuchen. Sie war sich nicht sicher, was sie von Rogo halten sollte, denn er und seine Frau waren ihr ganz und gar fremd. Sie verachtete Linda, weil sie so billig und biestig war, und Rogo, weil er ihr gegenüber diese sonderbare Mischung aus Demut und Brutalität an den Tag legte. Der Umstand jedoch, daß die beiden ihrer eigenen Welt so fern waren, machte alles weniger verwunderlich. Vielleicht sahen so eben Leute aus, die in Bereichen lebten, mit denen sie nie in Berührung kam. Andererseits: Wenn es darum ging, eine Suche für einen Vermißten zu arrangieren, dann schien dieser ordinäre kleine Mann mit den gesenkten Augenlidern und der komischen Sprechweise zu wissen, was er tun mußte, und irgendwie hatte er sogar erkannt, daß sie ihren Bruder unbedingt alleine finden wollte.

Vorsichtig ging sie in den ersten Gang zu ihrer Linken. Zwei Türen waren geschlossen, doch eine dritte am äußersten Ende war offen, und als sie in den Raum leuchtete, meinte sie, vor Angst sterben zu müssen.

An der Decke hing ein unbeschreibbares, geringeltes ‹Ding›, das aussah, als wolle es sich auf sie stürzen. Sie glaubte, ein totenbleiches Gesicht zu sehen und einen schwarzen Insektenleib, und nicht nur zwei Arme griffen nach ihr, sondern Tentakel, die sich wie Schlangen wanden und böse im Lampenlicht schimmerten. Es war derart unerwartet, derart monströs, derart unglaublich, derart drohend, daß sie starr wurde und ihr die Stimme versagte.

Dann wurde sie von hinten gepackt, und der neuerliche Schreck lähmte sie vollends. Die Lampe wurde ihr aus der Hand geschlagen, doch ehe das Licht ausging, sah sie, daß die abscheulichen Tentakel noch immer von der Decke herabhingen, und ihr wurde bewußt, daß zwei andere Arme sie festhielten. Sie hatte die leisen Schritte hinter sich nicht gehört und den Atem nicht gespürt. Daß sie nicht ohnmächtig wurde, lag an der Erkenntnis, daß diese Arme einem Menschen gehörten. Sie wurde grob herumgerissen und zu Boden geworfen. Eine Hand hielt ihr brutal den Mund zu.

Sie stürzte hart auf den Rücken, und während die Hand immer noch schmerzhaft auf ihrem Mund lag, damit sie nicht schreien solle, warf sich ein Gewicht, ein Körper auf sie und hielt sie fest, so daß sie sich nicht rühren konnte.

Merkwürdigerweise war sie jetzt imstande, die beiden Greuel voneinander zu trennen: das ‹Ding› an der Decke und das andere ‹Etwas›, das sie niederdrückte und sie ihrer Bewegungsfreiheit und ihres Willens beraubte. Sie fühlte sich unbarmherzig gefangen, nicht nur von dem, der auf ihr lag, sondern auch vom Gewicht der Dunkelheit, die sie einhüllte. Eine Hand riß an ihrer Unterwäsche, und erst, als sie einen scharfen Schmerz verspürte, wußte sie, was ihr geschah, daß sie mißbraucht wurde, geschändet, mit Gewalt genommen.

Sonderbarerweise kam ihr das Wort ‹Vergewaltigung› nicht in den Sinn. Sie war sich nur bewußt, daß etwas mit ihr geschah, daß ihr etwas angetan wurde und daß sie machtlos war; sie konnte sich nicht bewegen, konnte nicht aufschreien; der Schmerz und die scheußlichen Umstände, unter denen das alles geschah, machten sie hilflos. Die Hand drückte ihr so gewaltsam den Mund zu, daß ihr die Zähne in die Lippen schnitten. Dunkelheit und Böses und Schmerz!

Die Qual ging weiter. Sie wollte weinen, wie ein Kind, das geschlagen wird, aber sie konnte es nicht. Geräusche waren nah an ihren Ohren, die sie noch nie zuvor gehört hatte; sie waren kaum mehr menschlich, beängstigend in ihrer Intensität. Am Ende lag sie nur noch erschöpft da, nunmehr ihrer Lage bewußt, und fragte sich, wann er mit ihr fertig sein werde.

Schließlich war es vorbei. Der physische Schmerz ließ nach, aber es war, als verlagere er sich in ihr Innerstes. Die Hand löste sich von ihrem Gesicht, aber jetzt war alles einerlei: sie kam nicht auf den Gedanken, zu rufen oder zu schreien. Sie war verloren. Die Schwärze war ein endloses Nichts, in das sie fiel und fiel; nie würde sie daraus wieder emporkommen. Sie merkte nicht, daß ihre Arme nicht mehr zu Boden gedrückt wurden, daß der auf ihr liegende Mann sie nicht mehr gewaltsam festhielt. Unbewußt bewegte sie ihre Hand hin und her. Sie kam mit der Lampe in Berührung. Ihre Finger schlossen sich um den Stab. Ohne genau zu wissen, was sie tat, schaltete sie das Licht ein und leuchtete das Gesicht über ihr an.

Fast noch ein Kind! Ein blonder Junge, höchstens achtzehn Jahre alt. Dies war wohl der größte Schock für sie. Denn während des gewaltsamen Geschehens im Dunkeln hatte sie sich den Täter nicht vorstellen können, alles war nur komprimierte Bestialität gewesen. Und jetzt sah sie einen Jüngling mit sandfarbenen Haaren und hellblauen Augen, einer sonderbar anrührenden Stupsnase, rosaroten Wangen und einem fast femininen Mund.

*Ja!* dachte sie, völlig überrascht, *der ist ja noch ein Kind!*

«Nicht!» sagte der Junge, «mach das nich. Guck mich doch bitte nich an.»

Er stieg von ihr herunter, brachte kniend irgend etwas in Ordnung, nahm ihr dann die Lampe aus der Hand und strahlte sie an. Hinter diesem grellen Lichtschein stieß er entsetzt aus: «Ach, du großer Gott! Ich hab's mit 'n Passagier getriebn! Mein Gott! Ich hab gedacht, du wärst 'ne Stewardeß.» Er wiederholte: «Ich hab's mit 'n Passagier getriebn! Jetzt baumeln sie mich auf!»

In seinen Augen war das blanke Entsetzen. «Mich erschlägt's! Du bist 'n Passagier. Ich hab dich schon mal gesehn, wo ich auf Deck war, mit's Messing. Ich hab dir nichts tun wollen. Ich hab gedacht, ich müßt sterben. Dann kam da was Weibliches, und ich hab gedacht, ich mach's noch 'n letztes Mal. Wenn du glaubst, daß du stirbst, dann weißt du nicht mehr, was du tust. Aber ich hätt's nich getan, wenn ich's gewußt hätt.» Und plötzlich legte er die Lampe hin, schlug sich die Hände vors Gesicht und begann zu weinen – nicht wie ein Mann, sondern so, wie Susan geweint hätte, wenn es ihr möglich gewesen wäre.

Unwillkürlich hatte sie das Bedürfnis, ihn trösten zu müssen. «Psch! Wein doch nicht so. Es ist nun mal passiert. Du hast's nicht tun wollen. Ich werd schon nichts sagen. Keiner braucht's zu erfahren. Bitte, wein doch nicht so.»

Er konnte sich nicht beruhigen. Er war voller Gewissensbisse und Angst und Entsetzen wegen seiner Tat, dieses entsetzlichen und unentschuldbaren Vergehens, das nicht eigentlich darin bestand, daß er ein junges Mädchen vergewaltigt hatte, sondern darin, daß er eine bestimmte Grenze überschritten hatte.

«Na, na!» hörte Susan sich sagen, «beruhige dich mal. Komm, leg deinen Kopf mal eine Weile hierhin.» Und sie zog ihn zu sich herab und bettete seinen Kopf in ihre Arme. Susan war, als kenne sie sich selbst nicht mehr. Sie sah die Tränen aus seinen Augen quellen und seine Wangen herab- und über die schön geformten Lippen laufen. Er war so jung, und sie kam sich plötzlich so entsetzlich alt vor, daß sein Schmerz sie rührte, und sie drückte ihn an sich und streichelte seine Haare und redete ihm gut zu, bis er aufhörte zu weinen und still an ihrer Schulter lag.

Und es war ihre Stimme, die fragte: «Wie heißt du?»

«Herbert.»

«Wie alt bist du, Herbert?»

«Achtzehn.»

«Und was bist du?»

«Schiffsjunge, Ma'am – Miss.» Seine Antworten kamen schluchzend und gedämpft durch den Stoff des Rockes, der ihre Brust bedeckte. Er schien diesen Dialog nicht seltsamer zu finden als sie. Er fühlte sich jetzt aber getröstet und beschützt.

«Wo kommst du her?» Susan hatte keine Ahnung, weshalb sie ihm all diese Fragen stellte.

«Aus Hull», erwiderte er.

«Hull?» wiederholte sie. «Wo ist das?»

«Am Humber, wissen Sie, an der Nord-Ost-Küste.»

«Leben deine Eltern noch?»

«Ma und Pa? 'türlich! Pa hat 'n Fisch-und-Chip-Laden. Ma hilft dabei. Ich? Ich konnt den Geruch nich ausstehn.»

«Bist du zur See gegangen – ausgekniffen?»

«Nich doch, Miss! So einer ist mein Pa nich. Ich hab ganz richtig angeheuert. Im Urlaub geh ich immer heim. Meine Ma und mein Pa, die sind ganz große Klasse.»

Und dieser Gedanke schien ihm das ganze Ausmaß und die ganze Tragweite seiner Untat klarzumachen, denn er riß sich plötzlich aus ihren Armen, und alle Tränen und alle Kindlichkeit waren aus den blauen Augen verschwunden, und wieder waren nur Schreck und Entsetzen in ihnen zu lesen. Er richtete sich auf, sah sie an und rief aus: «Um Gottes willen! Ein Passagier!» Er sprang auf die Beine, machte kehrt und rannte weg.

Susan rief hinter ihm her. «Nicht doch, Herbert! Hab keine Angst! Ich sag schon nichts.» Dabei hörte sie, wie er über die Rohrleitungen rutschte und stolperte, und dann hörte sie plötzlich einen Aufschrei und ein Platschen und noch einen Schrei, und sie wußte, daß er in die Treppengrube gestürzt war und sich verletzt haben mußte. Gleich darauf fiel ihr ein, daß dort eine ölige Wasserschicht gewesen war, und sie überlegte, ob das Wasser vielleicht so hoch stand, daß er ertrinken könnte. Aber es war wohl nur ein paar Fingerbreit hoch, denn sie hörte jetzt, wie er, wie von Entsetzen gepackt, planschte und platschte und dann den dunklen Gang dort unten entlanglief, bis seine Schritte verstummten.

Susan richtete sich mühsam auf; jeder Teil ihres Körpers tat ihr weh, sie nahm die Stablampe in die Hand und brachte ihre Kleidung in Ordnung. Sie machte sich nicht die Mühe, sich zu untersuchen. Alles geschah mit der veränderten Susan, die aus jenem Augenblick der Dunkelheit heraus geboren war und an die sie sich erst gewöhnen mußte. Unter Schmerzen ging sie zur Einmündung des Gangs, und als ihre Lampe um die Ecke leuchtete, wurde sie erneut vom Schein der starken Laterne erfaßt.

Sie hörte die Stimme ihres Vaters durch den Korridor hallen. «Hallo! Susan! Alles in Ordnung?»

«Ja!» rief sie schallend zurück.

«War da jemand?»

«Ja.»

«Wer denn?»

«Ein Matrose.»

«Was hat er gesagt? Hat er Robin gesehn?»

«Nein. Er war völlig verängstigt. Er ist weggelaufen.»

Die helle Laterne wurde ausgeschaltet. Die Stimme ihres Vaters sagte: «Halt weiter Ausschau. Wir arbeiten uns in deiner Richtung vor und treffen uns dann.»

Susan setzte sich auf eins der runden Ventilräder und beugte sich, die Hände zwischen den Knien gefaltet, vornüber und starrte in die Dunkelheit.

Sie wußte, daß sie altmodisch war, daß sie von einer Familie mit altmodischen Vorstellungen auf altmodische Art und Weise erzogen worden war.

Die neue amerikanische Revolution, die Unruhen der späten sechziger Jahre waren an den Shelbys spurlos vorübergegangen. Die damit verbundenen Veränderungen waren nicht bis nach *Grosse Point* vorgedrungen, der Ort blieb quasi als Lebensenklave zurück, wo man weiterhin so lebte, wie man vor fünfundzwanzig Jahren gelebt hatte – wie das auch in vielen anderen Kleinstädten der Fall war, in denen das Leben streng nach althergebrachten Regeln verlief. Und doch hatte diese Unruhe, die sich sozusagen vor ihrer Haustür abspielte, auf Susans Gedanken abgefärbt, auf ihre Wünsche, Emotionen, Sehnsüchte, und häufig stellte sie sich die Frage, wie das schließlich ausgehen werde: gefangen zu sein zwischen sich wandelnden Ideen und Sitten und Bräuchen.

Trotz der neuen Freiheit und Ungehemmtheit ihrer Mitschüler war sie während ihrer *High-school*-Jahre durch ihre eigenen Ängste und ihre Besonderheit behütet. Die Mädchen trugen Verhütungsmittel in ihren Handtaschen mit sich herum oder nahmen die Pille, doch der sonderbare Hauch des Obszönen, der diesen Gegenständen und ihrem Gebrauch anzuhaften schien, hielt sie davon ab, sie auch zu gebrauchen. Sie meinte ihre eigene Jugend verstanden, ihren eigenen Körper und seine Werte begriffen zu haben und hatte nicht den Wunsch verspürt, daß jemand davon Besitz ergreife.

Indessen war ihr nicht verborgen geblieben, daß die Zeit, in der sie lebte, durch eine hohe sexuelle ‹Temperatur› gekennzeichnet wurde. Es war ihr letztes Jahr an der *Julia Chandler High School*; im kommenden Jahr würde sie achtzehn werden und aufs College gehen und später an der Universität von Chicago Kunst studieren. Häufig hatte sie sich gefragt, ob sie sich während der Studienjahre in einen Jungen verlieben und mit ihm schlafen werde, ihn vielleicht später sogar heiraten werde. Oder sollte sie warten, altmodisch bis zum Schluß – eine scheue und jungfräuliche Braut, die ein verständnisvoller Ehemann verführte?

Den Begriff der Jungfräulichkeit verband sie mit keinem besonderen Wert. Sie wußte nicht einmal, ob sie nach den anstrengenden Sportarten, die sie betrieben hatte, praktisch überhaupt noch Jungfrau war. Manchmal hatte sie eine gewisse Ahnung davon gehabt, was Liebe sein könne, und ihr war, als höre man sie wie ferne sanfte Musik. Aus diesem Grunde war sie entschlossen, sich nicht mit irgendeinem pickeligen Jüngling einzulassen, der sich nur zu seinem eigenen Vergnügen an sie heranmachte. Sollte diese Musik eines Tages so nahe sein, daß sie davon ganz verzaubert wurde, dann würde sie sich ohne Scham und Bedauern hingeben. Es mußte erregend sein, eine Frau zu werden, und gleichzeitig unirdisch schön. Dies war die geheime Susan – oder war es gewesen.

Erst jetzt begann sie, leise zu weinen. Ihre Träume, Sehnsüchte, Visionen – alles hatte in einem Augenblick des Schmerzes, des Entsetzens und der Gewalt ein Ende gefunden, und statt Haß hatte sie

Mitleid empfunden. In einem einzigen Moment war sie zerstört worden und hatte dennoch den Zerstörer verstanden und ihm verziehen.

Eisige Kälte durchfuhr sie vom Scheitel bis zu den Zehen, als sie plötzlich begriff, was geschehen war; gleichzeitig wurde sie steif und starr. Was ihr indessen am meisten nahezugehen schien, war die Erinnerung an den verängstigten Jungen in ihren Armen, den sie umarmt hatte, wie man wohl seinen Geliebten nach dem Liebesakt umarmt.

Sie hörte die anderen näher kommen, die die Seitengänge des langen Korridors absuchten, und sah den Lichtschein ihrer Laternen und Lampen hierhin und dorthin huschen. Sie wischte sich die Tränen aus den Augen und nahm die Suche nach ihrem Bruder wieder auf.

Zuerst aber wollte sie sich vergewissern, was es gewesen war, das ihr vorhin solches Entsetzen eingejagt hatte, und den Mut hierzu gab ihr die Erkenntnis, daß hinfort nichts mehr würde weh tun können.

Noch einmal faßte sie das ‹Ding› ins Auge, das an der Decke lauerte; doch diesmal erkannte sie's und verifizierte ihr Erkennen, indem sie das kopfstehende Messingschild an der Tür las: Zahnarzt, Besatzung. Die Tentakel entpuppten sich als zahnärztliche Bohrer, die von der Decke baumelten, und das weiße Ungeheuer war der Zahnarztstuhl, der auf dem Kopf stand. Wie schwierig war es doch, Gegenstände in dieser umgekehrten Welt zu erkennen und sich in ihr zurechtzufinden! Würde es ebenso schwierig sein, sich in ihrem eigenen Ich wieder zu orientieren? Wer war sie jetzt? Und was war sie? Was war geblieben von dem alten Menschen? Wie würde die neue Susan Shelby sein, nachdem ein armer verängstigter Matrose ihr Gewalt angetan hatte und weggelaufen war?

Und während sie mit ihrer Lampe Türen anleuchtete und in Vorratsräume und winzige Büros blickte, in denen die Chefköche und Chefstewards gearbeitet hatten, murmelte sie leise vor sich hin: «Es ist nicht zu glauben, aber am Ende benimmt man sich so, als wär überhaupt nichts passiert.»

Sie fand kein Zeichen ihres Bruders, und auf dem Weg vom Treppenschacht traf sie mit ihrer Mutter und ihrem Vater zusammen, mit Rogo und Martin. Sie und ihre Elten sahen sich an; sie sprachen die Frage nicht aus, schüttelten nur elend hilflos die Köpfe, während Rogo und Martin verlegen und mitfühlend daneben standen.

## 14
## *Die Probleme spitzen sich zu*

Die Gruppe machte sich auf den Rückweg. Man blickte hinter Kisten und Kästen und Ballen, die beim Kentern des Schiffes umhergewirbelt worden waren. Man hielt jetzt Ausschau nach einer toten Kinderhand, die vielleicht unter irgendeinem Haufen hervorschauen mochte. Alle wollten sie entdecken – und hatten zur selben Zeit Angst davor; alle fürchteten sie mehr und mehr, erkennen zu müssen, daß er nirgendwo war.

Nahe der ‹Broadway›-Mitte, wo sie die anderen zurückgelassen hatten, trafen alle wieder zusammen.

«Habt ihr…» wollte Manny Rosen fragen, als Belle ihm einen Rippenstoß gab und flüsterte:

«Frag doch bitte nicht erst. Hätten sie's nicht schon längst gesagt? Furchtbar, furchtbar!»

Scott sagte: «Tut mir leid, Jane, er ist nicht da. Er kann uns nicht entgangen sein – wir waren bis zum Ende.»

Er sagte nichts von dem klaffenden Riß in der Innenwand des Gangs und dem dunklen Loch am Grund, wo sie im Schein der Laterne Gräßliches hatten schwimmen sehen. Kemal hatte hinabgezeigt und gesagt: «Kessel – Bumm!»

Der zweite achteraus war nicht explodiert, sondern herabgestürzt und im Schornsteinschacht hängengeblieben. Der Junge konnte ihn unmöglich erreicht haben.

Sie verstummten, bis Nonnie sagte: «Aber er kann doch nicht verschwunden sein! Er war so 'n lebhafter kleiner…» Und dann rief sie entsetzt: «Ach, du meine Güte!» Müller hatte sie in den Arm gezwickt, um sie zum Schweigen zu bringen, denn es gab noch einen Menschen, dem nicht bewußt war, daß er sehr wohl verschwunden sein konnte.

Rosen fragte: «Was ist mit Treppen?»

«Jede Menge», sagte Rogo. «Beide Richtungen.»

«Kann er nicht eine hochgeklettert sein?»

Martin sagte: «Was, im Dunkeln?»

Belle raunte ihrem Mann zu: «Psst! Red nicht so viel, Manny. Stell nicht so viele Fragen. Ist's nicht schlimm genug – mußt du's noch ärger machen?»

Susan sagte: «Ich hab nachgesehn, wo wir hergekommen sind. Da war niemand. Jetzt steht da an die sechs Zoll Wasser.» Sie erinnerte sich, daß es gerade die Rohre bedeckt hatte und daß Herbert platschend ins Dunkel gelaufen war.

«Ja», sagte Scott, «im Korridor von Deck D unten. Das Schiff liegt jetzt tiefer im Wasser als vorhin.»

Rogo sagte: «Teufel! Dann kann's jede Sekunde absacken. Was hält's denn noch oben?»

«Vielleicht die Ladung», meinte Müller. «Und die Ballasttanks an beiden Enden. Acre hat gesagt, sie seien leer. In der Mitte ist es vielleicht vollgelaufen, aber...»

«Dann sollten wir uns aber verdammt auf die Socken machen», warf Linda Rogo hitzig ein. «Wenn der Kleine weg ist, können wir doch nichts dafür. Ich hab keine Lust zu ertrinken. Wenn er irgendwo in der Nähe wär, hätt er sich doch wohl gemeldet, oder vielleicht nicht?»

«Ja», sagte Jane Shelby. «Natürlich müssen Sie weiter.» Sie blieb erstaunlich ruhig. «Alle, bitte. Ich bleib hier, bis ich meinen Sohn gefunden habe...»

Susan holte tief Luft und sagte: «Aber Mutter – das kannst du nicht!» Und plötzlich wurde ihr bewußt, daß sie meinte: ‹*Wir* können nicht.› Sie fühlte den gesunden Egoismus der Jugend. Sie wollte nicht mit der Erinnerung an das Geschehene in dem schwarzen und unheimlichen Gang zurückbleiben. Sie wollte dem allen entkommen, indem sie kletterte, weiterstieg, aufwärts ging, ans Licht kam, um am Leben zu bleiben und vielleicht andere Träume zu finden. Sie war zu jung, um zu diesem ewigen Alptraum verdammt zu sein, im Dunkel umherkrabbeln zu müssen, in dem so urplötzlich das zerstört worden war, was sie einst gewesen war. Sie wollte nicht sterben.

Scott sagte: «Nicht doch, Jane. Ihr Junge wird gefunden werden. Das versprech ich Ihnen.»

«*Sie* versprechen mir das? Wieso? Warum? Woher wollen Sie wissen, daß…? Haben Sie ihn gesehn? Wissen Sie was und sagen's mir nicht? Weshalb reden Sie so?»

«Weil er nicht verloren sein darf», erwiderte der Geistliche, und nur Müller merkte, daß seine Stimme sich um eine Spur gehoben hatte.

Scott wiederholte, fast wie eine Litanei: «Seid sparsam mit den Lampen.»

Und sie waren schon so daran gewöhnt, ihm zu gehorchen, daß allenthalben die Laternen und Lampen ausgeschaltet wurden – die von Jane Shelby und Scott ausgenommen – und wieder unbehagliche Düsternis herrschte.

Scott fuhr fort: «Wir haben unser Licht verschwendet. Von jetzt an müssen wir äußerst sparsam damit umgehen, denn ohne sind wir erledigt. Ich weiß nicht, wann die Batterien erneuert worden sind. Auf einem erstklassigen Ozeanriesen wären sie in erstklassigem Zustand, aber dieses Schiff hier ist völlig verludert, und da muß man auf das Schlimmste gefaßt sein. Deshalb schlage ich vor, daß wir nur dann Licht machen, wenn es unbedingt notwendig ist.»

Jane sagte: «Es tut mir leid, daß wir Licht verschwendet haben. Was wollen Sie jetzt tun? Wie sollen wir meinen Jungen ohne Licht finden – was schlagen Sie vor?»

Wäre Scott mit seinen Gedanken nicht so sehr bei dem angestrebten Ziel gewesen, dann wäre ihm Janes veränderter Tonfall aufgefallen, ihr angespannter Gesichtsausdruck und ihr allgemeiner Zustand.

Der Geistliche verstand sie falsch – wie alle anderen auch, mit Ausnahme von Nonnie, die Müller zuflüsterte: «Au wei, merkt der denn nichts? Die geht gleich in die Luft.»

Scott sagte: «Ich fürchte, wir müssen weiter, Jane. Wir können hier nicht länger bleiben, wenn wir noch eine Chance haben wollen. Wir müssen jede Minute nutzen. Sie haben ja gesehn, daß das Wasser steigt. Und dann gibt's noch einen Grund.»

Manny Rosen fragte: «Und der wäre?»

«Luft», gab Scott zur Antwort. «Wir sind im Schiffskörper eingeschlossen. Wir wissen nicht, wieviel Sauerstoff vorhanden ist oder wie lange er reichen wird. Habt ihr nicht gemerkt, daß es heißer geworden ist? Wir müssen nach oben.»

Nonnie flüsterte Müller zu: «Wie können wir denn? Hat er überhaupt kein Herz?»

«Pst!» sagte Müller und zog sie außerhalb des gelben Lampenlichts enger an sich.

Jane Shelby fragte: «Und mein Sohn?»

Scott entgegnete: «Den finden wir unterwegs.»

«Junge, Junge», sagte Rogo. «Das ist noch nicht raus.»

Zum erstenmal sah es so aus, als hätte der Detektiv mit einer an sich harmlosen Bemerkung den Geistlichen getroffen, denn der entgegnete streng: «Wo ist Ihr Glaube? Ich habe gesagt, er wird gefunden werden.»

Jane erklärte: «Ich bleibe hier und such ihn.»

Richard Shelby setzte hinzu: «Susan und ich bleiben natürlich bei dir, Mutter. Wir lassen dich nicht im Stich...»

Er meinte das nicht im Ernst. Ganz und gar nicht. Er wollte nicht in diesem scheußlichen Tunnel zurückbleiben, in dem es bereits nach Tod stank, und er wollte auch nicht, daß Susan hier blieb. Scott hatte versprochen, daß sie den Jungen finden würden. Er glaubte ihm. Er wollte ihm glauben. Wenn er an die Möglichkeit geglaubt hätte, daß sein Sohn am Leben oder in der Nähe war, wäre er nicht weitergegangen, aber sie hatten den Gang – unterstützt von einem Polizeidetektiv – auf das sorgfältigste abgesucht und durchkämmt. Wenn aber seine Frau auf ihrer Entscheidung bestand und es für möglich hielt, daß er nach so langer Zeit plötzlich wieder auftauchen könnte, dann war es ihre Pflicht, bei ihr zu bleiben. Und doch war dieses Opfer wahnsinnig und ungerecht: drei Menschen mehr für einen – nämlich Jane und Susan und er selber für...

Jane wußte Bescheid. Er würde unweigerlich das Rechte aus falschen Motiven heraus tun: der perfekte Außenmensch, das Manntier, der *homo sapiens americanus*, der nie auch nur einen Fußbreit vom Wege abwich – *mens sana in corpore sano*... und im gewaltigen Brustkorb ein Herz wie eine kandierte Walnuß.

Er hatte seinen Sohn geliebt, wie er sie geliebt hatte: mit allen äußerlichen Anzeichen. Er hatte mit ihm *football* gespielt, er war mit ihm über Land getrampt und hatte mit ihm gezeltet, er hatte alles getan, was ein Vater zu tun hatte – nur geliebt hatte er ihn nicht, und verstanden hatte er ihn nicht. An die Stelle von Liebe hatte er Stolz gesetzt: Stolz auf sein gutes Aussehen und seine Begabungen, eine kleine Reproduktion seiner selbst.

Oder, dachte Jane, man kann auch Eitelkeit an die Stelle von Stolz setzen. Er war eitel, weil er eine solche Frau, eine Tochter, einen Sohn, einen Job und Erfolg hatte, weil er Karriere machte, ein Heim hatte, Freunde, einen Stellenwert in der Gemeinde. Niemand konnte an Dick Shelby auch nur das geringste auszusetzen haben. Er war ein phantastischer Kerl mit einer phantastischen Familie. Er war fehlerfrei und makellos. Dabei war er, wie sie wußte, innerlich leer und hohl wie ein Fußball, wie jenes lederne Gebilde, dem er sich, mit seinem Sohn zusammen, so leidenschaftlich widmen konnte, damit dem Jungen dereinst der gleiche Applaus zuteil werde, der in seinen Ohren geklungen hatte, als er noch auf dem Sportplatz aktiv gewesen war. Wieder ein Grund mehr, noch stolzer zu sein. «Du, das war Robin Shelby. Dick Shelbys Junge. Weißt du noch: Dick Shelby '49? Der war umwerfend. Der Kleine wird wie er.»

Dies alles hatte Jane nach einjähriger Ehe entdeckt – ein Jahr nachdem ihre Hochzeit mit dem einer Tochter aus einer Motorenhierarchie gebührenden Pomp in Detroit gefeiert worden war. Der junge Dick Shelby galt als ‹kommender Mann›, und ihr Vater, Howland Cranborne, Generaldirektor von *Cranborne Motors*, hatte auf ihn gesetzt. Jane selber war verliebt und hatte Shelby geheiratet, weil er nicht war wie all die anderen jungen Männer, die sie kannte und die ihr vorkamen, als seien sie auf dem Fließband fabriziert. Dick war anders. In Dick war irgend etwas verborgen, das sie anrührte und reizte.

Die Liebe, die sie ihrerseits empfing, bestand aus dem ganzen Wust modischer Reklameklischees von der Madison Avenue, mit denen dieses Wort umgeben wurde. Legte man den Maßstab der einschlägigen Aufklärungsliteratur zugrunde, dann war an seiner Betätigung im Bett nichts auszusetzen. Es war sein Stolz, sie zu befriedigen – nicht jedoch sein Bedürfnis. Wenn sie, nachdem sie sich geliebt hatten, voller Wärme und Zärtlichkeit war, wurde sie häufig durch das Gefühl abgekühlt, daß er neben ihr liege, als warte er darauf, daß die Tür aufgehe und der Trainer hereinkomme, um ihm anerkennend auf die Schulter zu klopfen, oder der Direx, um ihm die Note ‹sehr gut› zu geben.

Die eigentliche Enttäuschung indessen kam mit der Entdeckung, daß dieses gewisse ‹Etwas› – das sie irrigerweise als ein Verlangen gedeutet hatte, das sie würde stillen können – etwas gänzlich anderes war. Es war nämlich nichts weiter als die Angst davor, nicht konform zu sein. Seine Sucht, unbedingt mit den allseits akzeptierten Normen konform zu gehen, beherrschte alles andere.

Mehr verlangte er nicht vom Leben. Was er machte, machte er gut – nie nur gerade so eben, aber auch nie überragend. Auf diese Weise konnte er sich mit einem Mann wie Scott auf dieselbe Stufe stellen und ihn gleichzeitig vergöttern. Er ‹gehörte dazu›. Auch *er* hatte einst den entscheidenden Siegestreffer auf seinem Konto verbuchen können. Im Zweiten Weltkrieg hatte er's bis zum Hauptmann der Artillerie gebracht; ein Jahr Pacific; Verhalten vorbildlich. Er war ohne Auszeichnungen und Verletzungen heimgekehrt, bei seiner Kompanie beliebt, im Feuer ruhig und gelassen, kurz: ein Mann, der alles getan hatte, was man von einem guten Soldaten erwartete. Er konnte es einfach nicht wagen, die Mittellinie zu verlassen, sei es nach unten oder nach oben.

Jane wußte genau, daß er durch seine Heirat mit ihr das große Spiel um die Konformitätsliga gewonnen zu haben meinte. Und weil sie selber gewieft und ein guter Sportkamerad war, hatte sie sein Spiel mitgemacht, und es war ihr gelungen, eine nicht allzu unglückliche Ehe daraus zu machen, wobei ihre größte Leistung vielleicht darin bestand, zwanzig Jahre lang vor Richard Shelby die Tatsache verheimlichen zu können, daß sie ihn durchschaut hatte. Jetzt aber kam dieser zwei Jahrzehnte lang unterdrückte Groll durch die impertinente Zurschaustellung seines Lebensstils zum Ausbruch. Zwar erbot er sich zurückzubleiben, jedoch nicht, weil ihn der Verlust seines Sohnes so schmerzlich traf, sondern weil er meinte, daß das die richtige und angemessene Haltung war.

In ihrem Zorn ähnelte sie einem hochempfindlichen Empfangsgerät, das sich automatisch auf die Wellenlänge jeder Emotion einstellte. Sie spürte die Ungeduld der Gruppe. Ihr Geschick, ihr Dilemma, ihre Person oder das, was aus ihr werden würde – dies alles interessierte die anderen im Grunde gar nicht. Sie war ein Hindernis und ein Ärgernis geworden wie die fette Mrs. Rosen und bedrohte ihre Überlebenschancen. Sie wußte, daß auch ihr Ehemann sich diesen Wünschen unterordnen wollte – und Scotts Führerschaft.

Belle sagte: «Wir sollten nicht ohne den Jungen gehn. Mir wär's egal, wenn wir keinen Schritt mehr weiter täten. Ich find's sowieso alles verrückt: rauf – runter, runter – rauf. Wenn das Schiff sinkt, gehn wir ja doch alle mit.»

«Ich versteh nicht, was könnt passiert sein mit dem kleinen Kerl», sagte Manny Rosen. «Ich hab nichts gehört im Dunkeln, als der Ansturm kam, wenn er vielleicht gerufen hat. Aber wenn er... ich meine, wenn sie ihn umgerannt hätten, dann hätten wir ihn vielleicht...» Er sprach nicht weiter, denn mit jedem Wort machte er's ohnehin nur schlimmer.

Es war das Nichtwissen! Hätten sie seine Leiche gefunden, hätte Jane ihn betrauern können, wie wahrscheinlich alle betrauert würden, die zu Tode getrampelt und zerfetzt und unter ihnen ertrunken waren. Lebte er aber noch, allein, verschreckt, verstört – oder irrte verzweifelt in einem pechschwarzen kopfstehenden Gang umher – oder saß in einem Lagerraum gefangen – oder war in einen dieser entsetzlichen Abgründe gefallen...

Nonnie ging zu ihr, nahm sie bei der Hand und sagte: «Ach, Mrs. Shelby, wir wollen Sie wirklich nicht verlassen!»

Und Müller fügte hinzu: «Wir verstehen durchaus, wie Ihnen zumute ist.»

«Vielleicht sollten wir noch mal nachsehn», sagte Martin.

Und Miss Kinsale warf ein: «Ja, das sollten wir wirklich.»

Rogo sagte: «Ich wüßt nicht, wo. Vielleicht haben ihn irgendwelche Leute mitgenommen, die zum Bug vordringen wollen. Die würden aber seinetwegen nich umkehren. Alleine schafft er's nich.»

«Ist doch ihre eigene Schuld», sagte Linda. «Wieso ist sie 'n nicht bei dem Kleinen geblieben?»

Ihre Bemerkung war gemein, aber Jane wußte, daß sie recht hatte. Es stimmte. Sie hätte nicht auf ihn hören dürfen, hätte der Empfindlichkeit nicht nachgeben dürfen, die ebendiese Erziehung zur Konformität in ihrem Jungen herangezüchtet hatte.

Gemartert und zerquält spürte Jane die Unaufrichtigkeit der Beteuerungen. Die kleine Tänzerin mochte es aufrichtig meinen – die anderen wollten weiter. Sie hatte ihn selber verspürt, diesen Drang, nach oben und an die Luft zu kommen, solange noch Zeit war – zu überleben, wo so viele gestorben waren. Sie kannte den Triumph bei jedem kleinen Sieg, empfand die unerträgliche Spannung des havarierten Schiffs. Aber ihre Wut richtete sich gegen ihren Mann.

Scott war ehrlich. «Dick, die Entscheidung liegt bei dir. Ich habe mich verpflichtet, mit diesen Leuten hier weiterzugehn. Sie haben mir vertraut. Wir lassen euch eure Scheinwerfer und eine der großen Laternen, aber denk daran: ewig halten die nicht. Wenn ich nicht das Gefühl hätte, daß der Junge in Sicherheit ist oder daß wir ihn noch finden, dann würde ich nie und nimmer vorschlagen...»

«Natürlich bleib ich bei meiner Frau», sagte Shelby.

Susan, die so plötzlich erwachsen geworden war, stand etwas abseits und beobachtete. Verlorener Robin, gequälte Mutter, aufopfernder Vater! Und wer fragte sie, Susan, ob sie leben oder sterben wolle, für welche der beiden vergeblichen Hoffnungen sie sich entscheiden möchte? Und sie spürte, daß es jetzt zu einem Ausbruch kommen mußte, zur Explosion der unterschwelligen Ströme, die sie geahnt hatte.

Es war soweit, als Jane Shelby sich zu ihrem Mann umdrehte und sagte: «Nein, mein Guter, das tust du nicht!» Ihre Stimme bebte vor Haß und Verachtung.

Susan, die etwas Ähnliches erwartet hatte, war geradezu erleichtert. Richard Shelby, dem überhaupt nicht bewußt war, welche Gefühle sich in seiner stets fröhlichen und liebenswürdigen Frau angestaut hatten und sich jetzt zeigten, starrte sie an, als sei sie plötzlich übergeschnappt und stammelte: «Aber Jane! Was soll das heißen? Warum denn nicht?»

«Weil ich's nicht will. Weil ich dich nicht bei mir haben will. Weil ich dich verabscheue und weil du mich anekelst. Weil du nichts anderes bist als ein Automat, der so programmiert ist, daß er geht und spricht und handelt wie die Schablone eines Mannes.»

Shelby begann zu zittern. Er traute seinen Ohren nicht. «Jane, weißt du, was du da sagst?»

«Ich weiß sehr genau, was ich sage: daß du ein schwächliches und rückgratloses Geschöpf bist, das sich zu allem und jedem bereit erklärt, nur zu einem nicht: ein Mensch zu werden. Du hast nie daran gedacht, du hast niemals gewagt, etwas zu tun, was ‹man nicht tut›. Wie ich das gehaßt habe: in deinem Haus zu sein! Wie ich das gehaßt habe: in deinem Bett zu sein!»

Alle waren wie vor den Kopf geschlagen – nur Scott nicht, der, ein wenig abseits, die großen Laternen und Seilrollen zwischen sich und Kemal aufteilte. Die anderen standen verblüfft da und versuchten, sich nicht anzusehen, ausgenommen Linda, die laut loslachte und zu Rogo sagte: «Da hast du deine feine Dame! Und mich ziehst du in den Dreck!»

Mit wachsendem Entsetzen wurde Shelby klar, daß die vermeintlich so sicheren und stabilen Grundlagen seiner Ehe ins Wanken gerieten. Und tollpatschig suchte er Zuflucht bei dem Klischee, das ein Mann anwendet, der sich unerwartet einer aufgebrachten Frau gegenübersieht.

«Aber Jane – ich habe dich doch immer geliebt.»

«Du?» rief sie. «Geliebt? Du weißt ja gar nicht, was das ist. Ich hab dein Lieben gehaßt, wenn ich dich am meisten hätte lieben müssen. Ich hab deine Feigheit verabscheut und deine kleinkarierten Versuche, den Typ des guten Ehemannes darstellen zu wollen. Du hast ja nicht mal den Mut gehabt, dir eine Geliebte zu nehmen oder aus purem Jux mit der Frau eines andern ins Bett zu gehen. Ich hätt's dir nicht übelgenommen – aber sogar *da* mußtest du dich anpassen, hast dich mit deinen Kumpanen in irgendeiner anderen Stadt mit Nutten rumgetrieben, damit sie bloß nicht auf den Gedanken kommen sollten, du seist kein richtiger Mann.»

Die Grundfesten waren erschüttert, das Gebäude kam ins Wanken. Wie war sie nur hinter diese kleinen Eskapaden gekommen, die er sich während geschäftlicher Besprechungen in New York, Chicago oder Atlanta geleistet hatte?

«Du hast ja überhaupt keine Ahnung, wovon ich rede», sagte Jane. «Du stehst da und überlegst, wie ich hinter deine Hurerei gekommen bin. Meinst du, mir hat's was ausgemacht? Hast du mich jemals für einen Menschen gehalten, der Verständnis aufbringen kann? Jedesmal, wenn ich ein bißchen frischen Wind in unser Leben lassen wollte, hast du's gleich doppelt und dreifach blockiert, bis ich resigniert habe. Du wirst versuchen, mich zum Mitkommen zu überreden – meinetwegen und Susans wegen und deinetwegen. Du wirst mit mir zurückbleiben, weil ein Mann seine Frau nun einmal nicht im Stich läßt – auch wenn er sie für selbstsüchtig und närrisch hält. Aber dir bricht nicht das Herz, weil du deinen Jungen verloren hast, weil man ihn vielleicht zu Tode getrampelt hat, weil er erstickt ist oder ertrunken oder irgendwo umherirrt.»

Sie ließ sich auf den Boden nieder, begrub ihr Gesicht in den Händen und schluchzte wieder und wieder: «Ich werd's nie erfahren! Ich werd's nie erfahren!»

Wieder war Nonnie die erste, die sich um sie kümmerte. Sie kniete sich neben sie und umschlang sie mit den Armen. «Aber, aber, nicht doch, Liebes!»

Miss Kinsale tänzelte um die beiden herum und stieß mitfühlende kleine Geräusche aus.

Die praktisch veranlagte Belle Rosen sagte: «Hören Sie, Mrs. Shelby: Sie müssen tun, was Sie für richtig halten, und Manny und ich, wir würden auch bei Ihnen bleiben –»

Shelby war durch die schmerzhaften Eröffnungen der letzten erschreckenden Minuten paralysiert und unfähig, etwas zu tun.

Auch Susan konnte ihrer Mutter in diesem Augenblick keinerlei Beistand leisten; sie betrachtete die beiden nur, wie ein Zuschauer zwei Fremden zusieht. Sie war fast so verwirrt wie ihr Vater. Wie hatte ihre Mutter in all den Jahren eine so gute Ehefrau sein und ihre wirklichen Gefühle derart verbergen können? Wie konnte ihr Vater dem wahren Wesen des Menschen gegenüber derart blind sein, der mit ihm in seinem Hause lebte? Und wieso hatte sie selber nie gewußt oder geahnt, wer ihre Mutter wirklich war – oder ihr Vater? Angesichts des Niedergangs des Hauses Shelby verteilten sich ihre Sympathien auf beide Parteien: auf die gequälte Mutter und den niedergeschmetterten Vater. Und dann kam ihr der lächerliche Gedanke: *Armer konventioneller Papa! Wenn du wüßtest, was mit mir passiert ist...!*

Ebenso schnell, wie Jane Shelby zusammengebrochen war, kam sie wieder zu sich; sie hob ihr Gesicht, und im Schein der Laternen sahen die anderen, daß es tränenlos war.

«O nein», sagte sie mit einer Stimme, die ohne Ton zu sein schien, «ich komme mit.» Sie wies auf Scott. «Dieser gräßliche Mann hat recht. Er hat die Pflicht, am Leben zu bleiben, und ich wohl auch. Ich hab euch alle lange genug aufgehalten. Also los.»

Der gräßliche Mann Scott sagte ohne jede Gefühlsregung: «Ich glaube, Sie haben eine gute Entscheidung getroffen, Jane – eine kluge.»

Von allen war Müller vielleicht von Janes Entschluß am meisten erfreut. Er befand sich schon zu lange in einer Situation, die seinem Geschmack nicht entsprach. Er wandte sich an Nonnie und flüsterte ihr zu: «Bist ein gutes Mädchen.» Insgeheim fragte er sich, aus welchem Holze Scott geschnitzt sein mochte, was er wohl empfinden mochte.

Jetzt ging Susan zu ihrer Mutter, legte ihre Arme um sie und sagte: «Ach, Mutter, ich weiß nicht, was ich sagen soll.»

Jane zitterte noch immer, war immer noch für die geringste Ausstrahlung empfänglich. Sie sagte zu ihrer Tochter: «Hoffentlich erfährst du nie, was es heißt, sein Kind im Stich zu lassen.»

Dieser Hieb traf nicht die Stelle, auf die er gerichtet war, löste in Susan aber doch sofort den Gedanken aus: *Herr im Himmel, wenn ich nun eins kriege?*

Scott war bereits mit der Organisation des Weitermarschs beschäftigt. Er sagte: «Ich geh mit einer großen Laterne voraus. Rogo macht mit einer zweiten den Schluß. Auf diese Weise haben wir genügend Licht, ohne die anderen Lampen benutzen zu müssen. Wir gehen durch...» er zögerte eine Sekunde, «...das, was vom zweiten Kesselraum übrig ist. Wir werden alles brauchen, was wir haben, um zum Maschinenraum vorzustoßen.»

«Und Gottes Hilfe», warf Miss Kinsale ein.

Scott blickte auf sie herunter und sagte: «Gott begleitet uns. Ich halte nichts davon, Ihm dauernd in den Ohren zu liegen. Er hat uns die Kraft gegeben, uns auf uns selbst zu verlassen, also dürfen wir Ihn nicht enttäuschen, oder?»

Miss Kinsale blinzelte mit den Augen wie ein getadeltes Kind und versuchte, die Tränen zurückzuhalten. «Aber doch, natürlich», gab sie zur Antwort. «Sie haben völlig recht, Dr. Scott. Wenn Sie es so ausdrücken...»

Müller war versucht, Scott nach dem vermißten Jungen zu fragen, nach diesem zuverlässigen und mutigen kleinen Kämpfer. War er das erste Opfer ihres Versuches geworden, sich zu retten – wie paßte dieser Verlust in die Theologie des Geistlichen? Er sagte jedoch nichts. Es war schon genug geredet worden.

Die Unterbrechung kam von anderer Seite. Rogo sagte: «Der Engländer und sein Mädchen sind nicht da.»

Alle waren so mit ihren eigenen Sorgen beschäftigt gewesen, daß sie den ‹Strahler› und seine Freundin Pamela vergessen hatten.

Scott sagte verdrossen: «Wo sind sie?»

Linda kicherte. «Total besoffen.»

Martin sagte: «Die sind irgendwie an Alkohol gekommen.»

«Großer Gott», sagte Shelby, «wenn er betrunken ist...»

Scott fragte: «Haben Sie die beiden gesehn?»

«Hab ich», sagte Rogo. Martin und Scott machten sich, angeführt von Rogo, auf den Weg zum Lagerraum, wo sie im Schein ihrer Lampen den ‹Strahler› und sein Mädchen fanden. Beide lagen noch genauso da, nur, daß Pamela jetzt ebenfalls schlief. Scott schüttelte sie, doch nur Pamela wurde wach. Sie hatte die Fähigkeit, sich gleich beim Wachwerden zurechtzufinden, und sagte gleich: «Oh, ich bin bloß ein Weilchen eingenickt.»

«Und was ist mit ihm?» fragte Martin.

Das Mädchen lächelte sie an und sagte: «Och, der wacht in den nächsten Stunden nicht auf. Er hat eine ganze Flasche Whisky verkonsumiert.»

Scott blickte wütend auf die beiden herunter und fluchte. Er fragte Pamela: «Warum haben Sie das zugelassen? Ist Ihnen nicht klar, daß das sein Ende bedeutet? Sie werden ihn dalassen müssen. In diesem Zustand werden wir unmöglich mit ihm fertig. Und warten können wir auch nicht – wir haben genug Zeit verloren.»

Das unscheinbare Mädchen ignorierte seine Frage, warf einen liebevollen Blick auf den ‹Strahler›, sah dann auf und entgegnete: «Ich verlaß ihn nicht. Ich muß hiersein, wenn er wach wird. Dann hat er mich nötig.»

Martin sagte eindringlich: «Aber sehn Sie denn nicht, was er für 'n Mist gemacht hat und in was er uns alle reingeritten hat? Wollen Sie sich für den Kerl wegwerfen?»

Pamela starrte ihn an, als verstünde sie nicht. «Mich wegwerfen?» wiederholte sie.

Scott sagte scharf: «Weshalb haben Sie ihn nicht vom Trinken zurückgehalten?»

Das Mädchen erwiderte: «Er hat's gebraucht. Deshalb. Und es hat ihn wieder glücklich gemacht.» Sie fügte nicht hinzu: *und wieder süß und nett und liebevoll.*

Rogo war weniger taktvoll. Er sagte: «Hör'n Sie zu, Miss. Der Kerl is 'n notorischer Säufer. Sie sind 'n junges Mädchen. Vielleicht saufen wir alle mit diesem Kahn ab, aber wenn nich, dann haben Sie 'n Recht, am Leben zu bleiben. Kommen Sie mal mit uns mit. Soll er zusehn.»

«Aber ich *bin* doch am Leben», gab Pamela mit solcher Überzeugung zur Antwort, daß kein Zweifel mehr möglich war. «Geht ihr mal weiter. Wir kommen nach, wenn er wach wird.»

Die Männer sahen sich an, und Martin sagte: «Hat keinen Zweck. Ich kenne die Sorte. Manche Mädchen stehn nun mal auf Trinker.»

Scott traf seine Entscheidung. «Wir lassen Ihnen diesen Scheinwerfer hier. Mehr können wir nicht weggeben. Und länger können wir nicht warten, fürchte ich.»

«Danke, Dr. Scott», sagte Pamela. «Wir sind gut aufgehoben. Machen Sie sich unsretwegen keine Sorgen. Ich geb schon auf ihn acht.»

Scott sagte: «In einer Stunde, höchstens in zweien, ist dieses Deck möglicherweise unter Wasser.»

Das Mädchen blickte zu ihm auf, nickte nur, nahm die Lampe entgegen und schaltete sie aus. «Werd besser sparsam damit umgehn», sagte sie. «Vielen Dank, daß Sie sich um uns gesorgt haben.»

Die drei Männer drehten sich um und gingen. Rogo sagte angewidert: «So ein saublödes Biest! Weiß die denn nicht, daß sie absäuft, wenn sie hierbleibt? Beide?»

«Doch», entgegnete Scott schlicht, «das weiß sie.»

Martin dachte bei sich: *Herr im Himmel, und ich hab unsern Carl Hosey für einen hartgesottenen Kerl gehalten. Was dieser Mensch hier machte, war ja nicht mehr zu fassen.*

Als sie wieder zu den anderen kamen, fragte Rosen: «Na, wo sind sie denn nu? Was geht vor?»

Scott erwiderte nur: «Er ist bewegungsunfähig. Das Mädchen bleibt bei ihm. Ich habe ihnen eine Lampe gelassen.» Er ordnete seine Gruppe. Sein Gesichtsausdruck war hart, und in seinen Augen spiegelte sich das Licht der Laternen.

Niemand verspürte den Wunsch, eine Frage an ihn zu richten oder über die Bedeutung dessen nachzudenken, was er ihnen eben mitgeteilt hatte. Nur Jane Shelby sagte: «Ich beneide sie.»

## 15
## *Belle Zimmerman vom Schwimmverein*

Der erste Satz Kessel hatte sich, rotglühend, aus seiner Verankerung gerissen, war durch den vorderen Schornstein ins Meer gestürzt und dort explodiert. Der zweite, mehr nach achtern liegende Satz hatte sich nur teilweise gelöst und war als unheimliche Mondlandschaft mit Kratern und Hügeln aus abgekühltem Eisengewirr erstarrt.

Der auf dem Kopf stehende und verwüstete, drei Stockwerke hohe Raum hatte jede Ähnlichkeit mit seinem früheren, fast aseptischen Zustand verloren. Die Brenner mit ihren Glimmerglasfenstern, durch die die Kesselbedienung das feurig orangerote Glühen im Innern hatte beobachten können, zeigten jetzt ihre Gedärme. Die Überreste der Temperaturanzeiger und Ölstandmesser und sonstigen, einst so makellosen Armaturen erinnerten an die falschen Fassaden aus grob angepinseltem Pappmaché und bunter Sackleinwand, wie man sie auf Jahrmärkten und Volksfesten am Eingang zur Geisterbahn sieht.

Scott war mit seiner Gruppe durch eine schmale Tür hereingekommen, zu der Kemal sie geführt hatte und die sich fast am hinteren Ende des ‹Broadway› befand. Hier, auf dem ihm einstmals so vertrauten Terrain, legte Kemal eine Pause ein und machte eine Geste, die weder Scott noch einer der anderen verstand. Mit der rechten Hand wies er, die Handfläche nach oben gekehrt, zu Boden und machte mehrere Male eine schöpfende, schaufelnde Bewegung; dann richtete er seine ängstlichen Augen fragend auf Scott.

Müller fragte: «Was will er damit sagen? Ich versteh's nicht. Die andern Kerle haben gesagt, hier wäre der Weg blockiert. Will er das vielleicht ausdrücken?» Kemal fragte er: «Okay? Okay?»

Diesmal nickte der Türke nur, und Müller sagte: «Er meint, wir sollen hier entlanggehn.»

Der Eingang war so schmal, daß Belle Rosen meinte: «Wenn's noch enger wird, komm ich nicht mehr durch.»

Scott rief zurück: «Alles in Ordnung. Wird wieder breiter. Bleibt zusammen. Rogo, leuchten Sie auf den Boden.»

Der Gang war jetzt gewellt, wie von einem Erdbeben gekräuselt, und an einer Stelle gebrochen, so daß sie einen breiten Spalt übersteigen mußten. Flüssigkeiten sickerten aus angeschlagenen Leitungen.

Eine scharfe Biegung endete an einer Treppe, die, wie eine Leiter, fast normal nach oben zu führen schien, statt von der Decke herabzuhängen.

Müller fragte verwundert: «Wieso steht sie nicht auf dem Kopf wie all die andern? Wir haben uns doch nicht etwa wieder aufgerichtet?»

Für ein paar Minuten benutzten sie alle verfügbaren Lampen, um die Treppe in Augenschein zu nehmen. «Nein», sagte Shelby, «sie ist bloß herumgedreht worden. Mein Gott, was müssen hier für Kräfte am Werk gewesen sein!» Es waren die ersten Worte, die er nach Janes Ausbruch gegen ihn sprach, und der Klang seiner eigenen Stimme schien ihn derart zu erschrecken, daß er sich beinahe ängstlich umsah.

Martin bemerkte: «Wenn das mal kein Glück ist.»

Scott sagte: «Sein Glück muß man sich machen.»

Es war einer jener offenen eisernen *companionways* ohne Rückwand hinter den Stufen, so daß seine Bewältigung, im Gegensatz zu den anderen, keine größeren Schwierigkeiten machen würde.

Scott schickte die Männer hinauf, wo sie sich in Abständen postierten, um dann die Frauen von einem zum anderen weiterzureichen. Sie hätten jetzt in Höhe von Deck F sein müssen – nur befanden sie sich noch im Kesselraum.

Die Toten lagen in den Ecken, wohin sie beim Kentern des Schiffes geschleudert worden waren.

Linda schrie auf. «Oh, mein Gott! Die sind ja tot! Da geh ich nicht...»

Belle sagte: «Wovor haben Sie denn Angst? Vielleicht sind die besser dran als wir. Manchmal ist's schlimmer, lebendig anstatt tot zu sein.»

«Für Sie vielleicht, aber nicht für mich.»

Ihr Mann sagte: «Die tun dir nichts.» Das war wieder etwas, das sein Beruf ihn gelehrt hatte. Wenn eine Kugel einem Menschen erst das Lebenslicht ausgeblasen hatte, dann war er jenseits von Gut und Böse – ein für allemal.

«Sollten wir nicht für sie beten?» gab Miss Kinsale zu bedenken.

«Später», sagte Scott und erkundete die Gegend. Wrackteile und verbogenes Metall. «Ich glaube, Kemal ist hiergewesen, ehe die Lichter ausgegangen sind, und kennt einen Teil des Wegs. Wir werden ihm folgen.» Er bedeutete dem Türken, daß er sie führen solle.

Wieder gingen sie in der ihnen mittlerweile vertraut gewordenen Marschordnung weiter: Scott und Miss Kinsale an der Spitze, dann Martin, Shelby, Susan und Jane, die Rosens, Müller und Nonnie, zum Schluß Linda und Mike Rogo.

Der Aufstieg erfolgte stufenweise. Der Untergrund war zerklüftet und tückisch, einem aus groben scharfen Lavabrocken bestehenden vulkanischen Hang vergleichbar. Kemal, der mit einer der schweren Lampen die Vorhut bildete, führte den Trupp an und zeigte den einfachsten Weg. Das Gehen war mühsam und beschwerlich.

Shelby hätte seiner Frau gern geholfen, aber er wagte es nicht. Er war erschüttert und verbittert und hatte Angst vor ihr. Nach all diesen Jahren des Friedens und der Harmonie war solcher Haß auf ihn niedergeprasselt! Vor Fremden hatte sie ihn als unzureichenden Liebhaber und völligen Versager heruntergemacht! – Trotzdem drehte er sich um und flüsterte seiner Tochter zu: «Paß auf deine Mutter auf, Sue.» Und anschließend meinte er sagen zu müssen: «Ich... weiß nicht, was über sie gekommen ist...»

Falls Jane etwas gehört hatte, ließ sie es jedenfalls nicht erkennen; als aber Susan auf einer schwierigen Wegstrecke ihre Hand nahm, hielt sie sich an ihr fest.

Belle Rosen stieß einen kleinen Schrei aus; sie war ins Rutschen geraten und fiel hin. Ihr Mann war sofort bei ihr und versuchte sie aufzuheben. Stöhnend sagte sie: «Meinst du, ich sollt weiter, Manny? Wie lang soll eine alte Frau denn das noch aushalten? Ich bin doch bloß 'ne Last für diese Leut. Denk doch nur, wieviel schneller die ohne uns weiterkommen würden.»

Mit Rogos Unterstützung richtete Manny sie auf. Nonnie kam und legte ihr den Arm um die Hüfte. «So dürfen Sie nicht denken, Mrs. Rosen. Wir sind doch alle gleich.»

Müller hörte, wie Linda zischte: «Ein Scheißdreck sind wir.»

Rosen sagte: «Nur noch ein bißchen weiter, Mamma. Es ist nicht mehr viel weiter, stimmt's nicht, Frank?»

«Keine Ahnung», erwiderte Scott. «Ich kann's noch nicht sagen. Wir müssen weiter, solange wir können.»

Belle sagte: «Du hast schon recht. Ich schäm mich richtig, daß ich die ganze Zeit alles mies mache. Ich bin okay.»

Plötzlich machte der Pfad einen Knick, und im Schein von Kemals Lampe sahen sie, daß er sich nach unten neigte, langsam erst, dann abrupt.

«He!» schrie Rogo von hinten. «Weiß der Kerl denn, was er tut? Wir gehn nach unten. Ihr wißt doch, was unten ist. Zum Teufel noch mal! Ich hab gedacht, wir wollten nach oben?!»

Sie befanden sich bereits etwas tiefer als vor ihrem Aufstieg über die umgedrehte Treppe und mußten sich nun wieder nahe dem Deck E befinden.

Scott drehte sich um und hielt die Marschkolonne an. Er sagte: «Wir kommen schon nach oben. Was meinen Sie wohl, weshalb der Mann die anderen im Stich gelassen und sich uns angeschlossen hat?»

Niemand sagte etwas, doch Rogo ließ, hinten und höher, seine Laterne voll auf Scotts Gesicht scheinen – wie ein Beleuchter, der den Punktscheinwerfer vom Balkon aus auf den Schauspieler richtet.

Scott ließ sich nicht beirren. Er blinzelte nicht einmal. Er bot einen dramatischen Anblick, aber alle merkten, daß er niemanden ansah. Er drehte sich um und nahm den Marsch wieder auf.

Neuerlich saßen sie in der Klemme; es blieb ihnen nichts anderes übrig, als ihm zu folgen. Mit einem üblen Gefühl in der Magengrube konstatierte Müller, daß sie mindestens drei Meter ihrer schwer erarbeiteten Höhe preisgegeben hatten. Dann ging es gar noch steiler bergab. Sie gaben kampflos auf, was sie sich so qualvoll erarbeitet hatten. Alle spürten es und sträubten sich dagegen, und mit jedem abwärts führenden Schritt sanken Mut und Moral.

«Scott, Sie dämlicher Hund!» schrie Rogo nach unten, da er als Schlußlicht höher als die anderen war. «Hier geht's doch wieder in die Brühe rein. Die andern haben gesagt, diese Strecke wär blokkiert.»

Scott rief zurück: «Jetzt machen Sie mal halblang, Rogo. Kemal schien nicht so ganz davon überzeugt zu sein. Immerhin kennt er sich in diesem Teil des Schiffes aus.»

Mühsam krochen sie ein paar Schritte weiter, bis sie den Endpunkt erreichten. Der Boden des Kesselraums verschwand unversehens in einem dieser – ihnen mittlerweile allzuvertrauten – Pfuhle aus schmutzigem Wasser mit dem üblichen vielfarbigen Ölfilm obenauf. Dieses Wasserloch maß etwa acht Fuß im Quadrat und erstreckte sich auf der gegenüberliegenden Seite bis zu einer glänzenden stählernen Wand, die sich aus dem Wasser erhob.

Enttäuscht, erschöpft und entmutigt sanken sie auf den Hang neben dem Pfuhl. Jane Shelby murmelte: «O nein, o nein!» Und Miss Kinsale betete: «Ach, Herr, was haben wir getan, Dich so zu erzürnen?»

Lindas Verwünschungen nahmen sie kaum wahr, doch Rogo war laut und deutlich zu vernehmen: «Okay, Sie dämliches Schwein – und was jetzt?»

Martin brummelte vor sich hin: «Herrje, ach herrje», denn jedesmal, wenn er dieses schwarze Wasser sah, sah er auch die rosige Gestalt von Mrs. Lewis. Sie mußten irgendeinen Schacht erreicht haben, der mit dem Kesselraum in Verbindung stand, in dem das Wasser hochgestiegen war.

Nur Scott und Kemal blieben auf den Beinen. Der Geistliche stand stumm da und überschaute gedankenvoll die Szenerie. Er schien abzuwarten.

Kemal wies auf die Wand, mit einer strengen Gebärde, so, als wolle er sie mit dem Finger durchstoßen. «Maschin», sagte er. Daraufhin zeigte er auf die dunkle Wassergrube und machte wieder diese sonderbaren Schöpf- oder Schwimmbewegungen mit den Händen.

«Was will er damit sagen?» fragte Rogo. «Wozu hat er 'n uns bloß hergebracht?»

Müller sagte: «Der Maschinenraum muß auf der anderen Seite sein.» Er wandte sich an Kemal: «Hör mal gut zu», sagte er vernehmlich, «was ist da unterm Wasser? Ein Gang? Hat er Verbindung? Wie tief ist er?»

Der Mann verstand zwar die Worte nicht, doch begriff er mit seinen flinken intelligenten Augen ihre Bedeutung. Wieder begann er mit seinen pantomimischen Erklärungen. Die Hände legte er zusammen, daß sie so etwas wie eine Kiste bildeten; dann breitete er mehrere Male die Arme aus und tat, als wolle er eine Leiter oder eine steile Treppe ersteigen. Schließlich mimte er wieder eine Explosion mit einem tiefen «Bumm!» und zuckte die Schultern.

Müller meinte: «Da unten ist irgendein Gang. Augenblick mal! Wenn er kopfsteht, das heißt: im Normalzustand müßte er Kessel- und Maschinenräume miteinander verbinden und einen Eingang darstellen oder einen Weg nach oben für die Ingenieure. Jetzt ist er unter Wasser.» Er wies auf den Pfuhl und machte zu Kemal Schwimmbewegungen. Der Öler lächelte sanft und schüttelte verneinend den Kopf. Müller sagte: «Will nichts davon wissen. Wer weiß, was da unten ist oder wie weit oder wie tief. Kann ich ihm nicht übelnehmen.»

«Hmmm», sagte Belle Rosen, «unter Wasser schwimmen – das kann ich!» Niemand indessen achtete auf sie. Alle waren um diesen dunklen Pfuhl versammelt, von dem niemand wußte, wohin er führen mochte.

Rogo nahm Zuflucht zu seinem Lieblingsspruch. «Okay, Chef. Zeigen Sie uns, was wir jetzt tun soll'n. Woll'n Sie in das Loch da runter?»

Scott leuchtete mit seiner Lampe aufs Wasser, wodurch sich der irisierende Ölfilm in Primärfarben auflöste. «Ja», sagte er.

Die Erleichterung der Männer war geradezu spürbar, und Jane Shelby versuchte wütend, eine Spur Hochachtung vor Scott zu unterdrücken. Was auch sonst an ihm auszusetzen war – als Anführer bewies er Mut.

Rogo sagte: «Können Sie haben.» Seine Bemerkung brachte die Meinung der anderen Männer haarscharf zum Ausdruck. Kemal hatte sich geweigert, und Rosen kam nicht in Betracht. Hätte Scott nicht akzeptiert, dann wäre Martin oder Müller oder Shelby diese gefahrvolle Aufgabe zugefallen, und wenn sie auch alle gute

Schwimmer waren, so lag doch keinem etwas daran, in diese fauligen Fluten zu tauchen, um Gott weiß welchen scheußlichen Dingen zu begegnen.

Müller aber halste ihnen diese Bürde sogleich wieder auf. Er sagte: «Frank, das geht nicht. Wir können's nicht zulassen.»

«So?» sagte der Geistliche. «Und warum nicht?»

«Weil Sie unsre einzige Hoffnung sind», sagte Müller kurz und bündig.

Der kleine Rosen war der erste, der die Bedeutung dieser Worte begriff. «Mein Gott, ja! Wenn Frank was sollte zustoßen...»

Nonnie flüsterte Müller ins Ohr: «Du gehst nicht. Bitte, geh du nicht!»

Er beruhigte sie. «Keine Bange», sagte er, «ich hätt nicht den Mumm.»

Scott sagte: «Mir wird schon nichts zustoßen.»

Aber Shelby warf ein: «Müller hat recht. Das Risiko können wir uns nicht erlauben. Wir werden umkehren müssen. Vielleicht hätten wir von vornherein versuchen sollen, uns zum Bug durchzuschlagen.» Der alte Shelby hätte die Aufgabe übernommen oder sich zumindest gemeldet – um sein Gesicht zu wahren. Doch den alten Shelby gab es nicht mehr.

Miss Kinsale schüttelte sich und sagte: «Noch mal durch diesen ‹Broadway›? Nein, das würde ich nicht ertragen.»

«Können wir gar nicht», sagte Martin. «Wir haben zuviel investiert. Wir haben ganze zwei Stunden gebraucht, um bis hierher zu kommen.» Indessen erbot auch er sich nicht, den Versuch zu wagen.

Rogo sagte sarkastisch: «Fein gemacht, Frankie-Boy!»

Müller fragte sich, wie lange es noch dauern werde, bis die beiden ernsthaft aneinandergeraten würden. Der Geistliche jedoch schien jede Herausforderung zu überhören. Müller haßte Scott wegen seiner Unerschütterlichkeit – und sich selber dafür, daß ihm der Mut fehlte, in diese schwärzliche Brühe hinabzusteigen, um herauszufinden, ob sich dort eine Möglichkeit zum Entkommen bot, so unwahrscheinlich es auch aussah.

Scott verkündete entschieden: «Wie mir scheint, haben wir keine andere Wahl. Also werd ich's tun.»

Belle Rosen sagte: «So ein Gewese um ein bißchen Wasser. Wenn ihr mich laßt, hab ich's gleich raus. Ich habe ja gesagt: unter Wasser schwimmen – das kann ich.»

Alle drehten sich zu ihr um und starrten sie an, und Martin sagte: «Das kann doch nicht Ihr Ernst sein, Mrs. Rosen.»

In der Tat ließ sich nichts Groteskeres denken als eine solche Äußerung aus dem Munde dieser zerschundenen Frau: ihr schwarzes Spitzenkleid hing in Fetzen, von ihren Lippen und Wangen rann rote Schminke, ihre Haut war grau und schweißüberströmt und zeigte große dunkle Flecken unter den müden Augen hinter den dikken Brillengläsern. An ihren Armen und Beinen hatte sie Abschürfungen und Schrammen vom schwierigen Aufstieg über die Rohrleitungen und dem tödlichen Gedränge im Dienstkorridor.

Jetzt musterte sie alle überlegen und sagte: «Weil ich bin ein fettes altes Weib, könnt ihr euch nicht vorstellen, daß ich in meiner Jugend eine Sportlerin war, nein? Ihr solltet Charlotte Epstein vom Schwimmverein fragen. Gott sei ihrer Seele gnädig. Sie ist tot. Drei Jahre lang war ich ihre beste Unter-Wasser-Schwimmerin.»

«Mein Gott», flüsterte Linda Rogo, «wovon quatscht die alte Schachtel denn jetzt schon wieder?»

Belle Rosen hörte es. Sie hörte alles. Sie richtete ihren melancholischen Blick auf die junge Frau. «Wovon Sie keine Ahnung haben. Weil Sie auch keine Eleanor Holm kennen oder solche Mädchen wie Helen Meany, Aileen Riggin, Ethelda Bleibtrey oder Gertrude Ederle. Das waren alle Stars im Schwimmverein. Ich hab unter Wasser die Luft anhalten können für zwei Minuten – und einmal für zwei Minuten und siebenunddreißig Sekunden. Wissen Sie, was das damals war? Das war Weltrekord! Und Eppie – Charlotte Epstein –, die Chefin vom Schwimmverein in New York, die war überhaupt das Größte, was im Schwimmen sich hierzulande jemals hat abgespielt. L. B. De Handley war unser Trainer. Der hat Gertrude Ederle so weit gebracht, daß sie als erste den Kanal durchschwommen hat. Trudy hat mal gesagt, ich hätt vielleicht den Kanal unter Wasser durchschwimmen können, wenn ich's bloß gewollt hätte.»

Sie schwatzte drauflos. Niemand kam auf den Gedanken, sie unterbrechen zu wollen. Niemanden interessierte es, daß sie sich plötzlich irgendwelcher Personen erinnerte, von denen sie nie etwas gehört hatten. Andererseits dämmerte ihnen merkwürdigerweise, daß diese korpulente Person – so unglaublich es auch scheinen mochte – einen Hoffnungsschimmer in ihre äußerst mißliche Lage brachte.

«Ich hab allen Angst eingejagt», fuhr Belle Rosen fort. «Ich konnt so lange unten bleiben, daß niemand mehr wußte, wo ich wieder würde auftauchen. Und einmal hat sogar Eppie beinah einen Herzschlag gekriegt, wo ich zweieinhalbmal durchs Becken geschwommen bin, als ich im Training gut in Form war.»

«Eine Frage», sagte Martin plötzlich, «waren Sie Belle Zimmerman?»

Manny Rosen mischte sich voller Stolz ein: «Aber das sagt sie Ihnen doch die ganze Zeit, oder? Natürlich ist sie's. Sie sollten mal all die Medaillen und Trophäen sehn, die sie gekriegt hat, und ein ganzes Buch voll Zeitungsausschnitte hat sie. Und als sie den Weltrekord gebrochen hat, da ist sie gewesen auf der Titelseite der *Daily News*. Wenn Sie's nicht glauben: daheim können wir's Ihnen alles zeigen.»

Belle sagte: «Ach, laß doch, Manny; er ist zu jung, als daß er das noch wissen könnte. Es ist schon viel zu lange her.»

«Ich bin älter, als Sie glauben», sagte Martin. «Wissen Sie, wieso ich mich noch daran erinnere? Das ist so eine komische Sache, wie sie einen das ganze Leben lang begleitet. Als ich ein kleiner Junge war, an die sechs oder sieben Jahre alt, da hat mich mein alter Herr zu einem Schwimmwettkampf im *Illinois Athletic Club* in Chicago mitgenommen. Da war ein Mädchen – und jetzt fällt mir der Name wieder ein: Belle Zimmerman –, die ist unter Wasser geschwommen, und ich hab solche Angst gehabt, daß sie ertrunken wäre und nicht wieder auftauchen würde, daß ich laut geschrien und Theater gemacht habe, so daß sich alle zu mir umdrehten und mich anstarrten.»

«Das war ich», sagte Belle selbstzufrieden. «Wir haben die Nationalmeisterschaft gewonnen. Ich hab den Weltrekord gebrochen. Nachdem ich aufgehört hatte, hab ich geheiratet, und da bin ich sehr in die Breite gegangen.»

Rogo bestätigte: «Stimmt, Belle. Mir fällt ein, daß ich ein paar

Bilder von Ihnen im Laden gesehn hab. Sie haben wirklich gut ausgesehn, muß man schon sagen.»

Plötzlich schrie Linda Rogo dazwischen: «Und was soll das? Was soll das? Papperlapapp!» Dann schnappte ihre Stimme über. «Ich will hier raus!»

«Sie sollten sich nicht so erregen, Mrs. Rogo», sagte Belle gelassen. «Weshalb hab ich das denn erzählt? Gebt mir so eine Lampe, und ich geh runter und seh nach, was es da gibt. Keiner von euch kann die Luft so lange anhalten wie ich. Wenn's offen ist – gut. Wenn nicht...» Sie zuckte mit den Schultern.

Ihr Anerbieten rief die Männer auf den Plan. «Das können wir nicht zulassen, Mrs. Rosen», sagte Shelby. «Ist viel zu gefährlich. Wir wissen ja nicht, was da unten ist. Zuerst müssen wir herausbekommen, wie tief es ist.»

Müller wandte ein: «Ja, einer von uns sollte als erster gehn.»

Martin fügte hinzu: «Ich schätze auch. Wenn's soweit kommt...»

Er vollendete den Satz nicht, damit keiner auf den Gedanken kommen solle, er melde sich freiwillig. Dann schämte er sich jedoch und fuhr kleinlaut fort: «Ich bin kein großer Schwimmer.»

Zur allgemeinen Überraschung ergriff Manny Rosen das Wort und sagte: «Nun hört mal zu. Wenn meine Frau sagt, sie kann's, dann kann sie's.»

Belle setzte schlicht hinzu: «Gehört nicht viel zu, wenn man's gewohnt ist. Nur eine gute Lunge – und die hab ich noch.»

Ihr Anerbieten war für sie derart beschämend, daß sie sich ihrem Anführer zuwandten in der Hoffnung, er möge sie auf irgendeine Art und Weise vor dieser Erniedrigung verschonen.

Reverend Dr. Scott blickte von seiner Höhe auf die kleine rundliche Person herab und sagte schließlich: «Okay. Lassen wir's Mrs. Rosen versuchen.»

Die anderen sahen ihn erstaunt und auch ein wenig entrüstet an. Die Männer hatten gehofft, daß er sich über ihre Einwände hinwegsetzen und zum Schluß doch noch die Aufgabe übernehmen werde.

Mit seiner tiefen, zwingenden Stimme fuhr er fort: «Alle haben gehört, was sie gesagt hat. Mrs. Rosen ist eine Meisterin gewesen. Und Meister unterscheiden sich von anderen Menschen.»

Belle Rosen strahlte vor Stolz und schien plötzlich etliche Zentimeter größer zu werden.

«Ja, doch», fuhr Scott fort. «Von Anfang an habt ihr sie als Hindernis betrachtet, als einen Klotz am Bein. Und darüber hinaus hat der eine oder andere von euch sie das auch spüren lassen. Sie bietet uns aus Überzeugung ihre Hilfe an. Wie sollen wir das Angebot ablehnen, ohne ihre Würde zu verletzen?»

Wieder hatte Jane Shelby dieses zwiespältige Gefühl, spürte die ewige Frage: *Wie bringt der es nur fertig, für den ich mein Kind im Stich gelassen habe, daß ich ihn um das so liebe, was er für diese Frau tut?*

Scott sagte: «Wenn Sie's versuchen wollen, Mrs. Rosen, werden wir jede nur mögliche Vorsichtsmaßnahme ergreifen.»

«Vorsichtsmaßnahmen ergreif ich selber», sagte Belle. «Ich bin doch nicht dumm.» Alsdann befahl sie: «Alle Lampen aus.»

In der völligen Dunkelheit, die sie nun umgab, murmelte Müller vor sich hin: «Buzz Scott markiert einen neuen Treffer.»

Nonnie fragte: «Was heißt das?»

«Schon gut», sagte Müller.

Einen Augenblick lang hörten sie Belle atmen, und dann sagte sie: «Okay, ihr könnt sie wieder anmachen.» Sie hatte sich nur unbeobachtet entkleiden wollen; und bemerkte danach nur leichthin: «Jaja, so ohne alles hab ich nun mal nicht mehr die Figur von früher.»

Sie hatte auch ihren Strumpfhaltergürtel entfernt und stand nun in schwarzem Schlüpfer und BH da, und ihr weißes Fleisch quoll überall heraus. Sie wirkte grotesk, zugleich jedoch unfaßbar tapfer und mutig. Ihre Bewegungen hatten jetzt eine gewisse Präzision und Vitalität. Sie nahm ihre Brille ab und gab sie ihrem Mann. «Um Himmels willen, verlier die bloß nicht!» sagte sie. «Wo ist die Lampe?» Scott reichte sie ihr. Sie schaltete sie an und bewies, daß sie umsichtig war, sie beugte sich nämlich vor und hielt die Lampe unter Wasser, um sicherzugehen, daß sie wasserdicht war, und um gleichzeitig ihre Leuchtkraft auszuprobieren.

«Könnten Sie sie jetzt an meinem Handgelenk befestigen?» bat sie und streckte ihren rechten Arm aus. Sie verfügten noch über eine Anzahl Servietten, und Müller brachte den Scheinwerfer fest an.

«Das Seil können Sie mir um die Hüften binden – den Knoten im Rücken.» Scott nahm eine der längsten Nylonrollen von Kemal und band sie nach ihrer Weisung fest.

«Hört mal zu», sagte Belle. «Weltrekorde werden wir heut keine brechen. Vielleicht kann ich jetzt noch grad zwei Minuten die Luft anhalten. Wenn ich durchkomme, okay, dann ruck ich an der Leine. Wenn's nach anderthalb Minuten auf eurer Uhr keinen Ruck getan hat, dann zieht. Hoffentlich habt ihr Glück.»

Hubie Müller sagte: «Hoffentlich haben *Sie* Glück!»

«Nein», sagte Belle, «ich brauch keins. *Ihr* braucht's. Daß ich in einer Minute durchkomme. Denn von euch könnt keiner zwei Minuten lang die Luft anhalten. Keiner.»

Daran hatten sie nicht gedacht.

«Dr. Scott und Mike: Sie beide nehmen vielleicht das andere Ende der Leine, weil Sie wohl die Kräftigsten sind. Unter anderthalb Minuten brauchen Sie sich nicht zu ängstigen. Mr. Müller könnt mich auf seiner komischen Uhr stoppen, die er da hat.»

Einen Augenblick setzte sie sich auf den Rand der Grube und ließ ihre fetten Beine ins Wasser baumeln. «Ist nicht mal kalt», sagte sie, und Hubie Müller sah kurz eine dieser dicken Damen vor sich, wie sie auf albernen Ansichtskarten als Badeschönheiten posieren. Die anderen beobachteten fasziniert ihre Vorbereitungen.

Belle Rosen begann, tief aus dem Bauch heraus zu atmen: zwei-, drei-, vier-, fünfmal, jedesmal tiefer, bis sie sich mit vollgepumpten Lungen abstieß. Sie sahen ihre Unterwasserlampe und ihren großen weißen Körper sinken, und dann entschwand sie ihren Blicken.

«Zehn Sekunden», sagte Hubie Müller.

Die Leine glitt Scott und Rogo durch die Hände. Sie lief ein paar Meter aus und hielt dann an, und Rogo sagte: «O weh!»

«Keine Bange, keine Bange», sagte Manny Rosen. «Ich sag's doch: im Wasser ist Mrs. Rosen wie ein Fisch. Meinen Sie, ich hätt sie's tun lassen, wenn ich nicht genau Bescheid wüßte?»

Hubie sagte: «Zwanzig Sekunden.» Die Leine setzte sich wieder in Bewegung. Sie lief ruhig und glatt aus, wurde plötzlich schlapp und dann wieder straff.

«Großer Gott!» sagte Hubie. «Fünfundvierzig Sekunden.»

«Keine Bange», sagte Manny beruhigend.

Die Leine lief neuerlich aus.

«Sehn Sie?» sagte Rosen.

Hubie Müllers Hand zitterte derart, daß er sich kaum auf den Sekundenzeiger seiner Uhr konzentrieren konnte. «Eine Minute!» verkündete er.

Martin warf ein: «Sie hat gesagt, wenn es mehr als eine Minute wäre, würd's keiner von uns schaffen.»

«Um Himmels willen!» rief Shelby ängstlich. «Zieht sie zurück, ehe sie ertrinkt.»

Mit unglaublicher Ruhe und Zuversicht sagte Manny Rosen: «Mein Rat ist, es so zu tun, wie sie hat gesagt. Andernfalls, wenn was schiefgeht, wärt ihr schuld.»

Scott befahl: «Achten Sie auf die Uhr, Hubie.» Er ließ die Leine nicht aus den Augen.

«Eine Minute und zwanzig Sekunden», rief Hubie mit brüchiger Stimme. Er wollte vor allem deshalb nicht, daß diese tapfere fette Frau dort unten in der stinkenden Brühe starb, weil er selber ein Feigling gewesen war. «Ich fang jetzt mit dem Countdown an.» Er wartete den richtigen Zeitpunkt ab. «Zehn, neun, acht, sieben, sechs, fünf, vier, drei, zwei, eins – zieht!»

Rogo und Scott legten sich in die Leine und wären beinahe hintenübergepurzelt, weil sie keine Spannung hatte.

«Zieht! Zieht!» schrien Hubie und Martin und packten ebenfalls zu. «Ach, du lieber Gott, wenn die Leine gerissen ist, und sie steckt da unten und hat sich verirrt!»

Sie holten ein paar Fuß lose Leine ein und spürten plötzlich, wie sie sich spannte, so, als hätte ein gewaltiger Fisch angebissen. Aus der Düsternis der Grube tauchte ein Glühen auf, und dann durchbrach ein weißer Körper prustend und schnaubend die Wasseroberfläche und saugte sich die Lungen voll mit frischer Luft. Die Männer streckten ihr die Arme entgegen, hievten sie hoch und setzten sie wieder auf den Rand.

Jane Shelby, Susan und Nonnie knieten neben ihr nieder und sahen sie besorgt an. «Wie fühlen Sie sich, Mrs. Rosen?»

«Wozu all die Aufregung?» sagte sie. «Mir geht's blendend. Ihr braucht nur fünfunddreißig Sekunden die Luft anzuhalten, dann kommt ihr drüben hoch. Wenn da mal eine Tür war – jetzt ist jedenfalls keine mehr da. An einer Stelle muß man sich vorsehen, da steht was vor, aber das ist nicht schlimm.»

Hubie Müller fragte: «Aber wenn's nur fünfunddreißig Sekunden sind, wieso sind Sie dann so lange drüben geblieben und haben uns hier zappeln lassen? Wir haben uns Sorgen gemacht.»

Belle erwiderte: «Ist das nicht entsetzlich, daß ich immer andere Leute ängstige? Aber ich hab's nicht gewollt. Als ich drüben war, wollt ich bloß mal sehn, wie's auf der anderen Seite aussieht.»

«Und was haben Sie gesehen?» fragte Scott.

«Viel nicht», sagte Belle. «Es war nicht hell genug. Da ist so eine Art Plattform wie hier, bloß größer und flach. Na, jedenfalls hab ich mir erst mal die Lungen vollgepumpt, eh ich zurückgekommen bin. Jetzt wollen wir's erst mal hier ausprobieren. Jeder sollte sicherheitshalber fünfundvierzig Sekunden die Luft anhalten können. Eine Minute ist schwer, wenn man's nicht gewöhnt ist, aber weniger müßt zu schaffen sein, und dann haben wir keine Sorgen.»

«Sagen Sie uns, was wir zu tun haben, Belle», sagte Scott.

Belle entgegnete: «Ich werd auf der andern Seite die Leine festmachen, und dann könnt ihr euch daran durchziehen. Ich bin nicht mal schnell geschwommen. Ihr haltet die Luft an und macht die Augen zu, und in einer halben Minute seid ihr drüben.»

Manny Rosen fragte: «Glauben Sie jetzt, daß Mrs. Rosen Medaillen und Trophäen hat?»

«Weiß Gott, ja!» sagte Martin. «Ausgerechnet Belle Zimmerman!»

Richard Shelby fügte hinzu: «Sie sind wunderbar, Mrs. Rosen!»

«Quatsch», erwiderte Belle. «Was man kann, kann man, und was man nicht kann, das kann man nicht.»

«Was ist mit unsrer Kleidung?» fragte Müller.

«Ausziehn», sagte Belle, «wie ich's auch gemacht hab. Wer trägt schon Kleider, wenn er schwimmen geht?»

Miss Kinsale fragte: «Und auf der anderen Seite?»

Belle sagte: «Das muß jeder selber wissen. Man kann sie hierlassen oder mitnehmen. Ich mein aber, daß wir sie drüben nicht brauchen. Mir war, als wär's da heißer als hier. Ich würd's Dr. Scott überlassen.» Und damit gab sie die Führerschaft wieder an ihn zurück.

Der Geistliche sagte: «Ich glaube, wir sollten unsere Schuhe behalten. Wenn wir noch klettern müssen, brauchen wir Schutz für unsre Füße. Im übrigen hat Mrs. Rosen recht: je weniger wir mit uns herumschleppen, desto besser. Nasse Anzüge und Kleider helfen nicht. Rogo, Müller, Shelby, Kemal, Martin und ich, wir werden uns die großen Laternen umbinden. Daran können wir alle Schuhe befestigen. Jeder bindet seine Lampe an, und dann machen wir alles genau so, wie Belle es vorschlägt.»

«Haben Sie keine Angst?» fragte Belle.

Scott lachte. «Mit Ihnen würde ich unter dem arktischen Packeis durchschwimmen.»

«Das ist aber 'n Kompliment, Mamma», sagte Manny Rosen. Miss Kinsale fragte: «Sollen wir alles ausziehn?»

«Sie könnten Ihre Unterwäsche anbehalten, wie ich», erwiderte Belle. «Das ist wie 'n Bikini. Am Strand tragen sie manchmal noch viel weniger.»

Nonnie sagte: «Aber ich hab hier drunter nichts an.»

Belle lächelte. «Bei Ihrer Figur sollten Sie größere Sorgen haben, Herzchen. Aber das Zeugs könnt sich irgendwo verheddern.»

Nonnie bat: «Würden Sie's Licht noch mal ausmachen?» Im Dunkeln hörten sie dann, wie Stoff zerrissen wurde. «In Ordnung», sagte sie nach einer Weile, und im Lampenlicht sahen sie, daß sie aus den Resten des Morgenrocks einen regelrechten Bikini verfertigt hatte. Nun wirkte sie noch kindlicher als zuvor.

Linda musterte ihre Figur mit unverhohlener Geringschätzung und meinte: «Na, da hat der Paster ja nicht viel versäumt. Mal sehn, wie der sich als Stripper anstellt.»

«Schon gut, mein Täubchen», sagte Rogo. «Und du darfst ruhig schon mal meinen Rock ausziehn.»

Linda warf einen Blick ins Wasser und sagte: «O Gott, was wird denn da mit meinen Haaren?»

Rogos Gesichtsausdruck blieb unverändert. «Vielleicht gibt's auf der andern Seite eine Friseuse», sagte er, und Linda verwünschte ihn mal wieder.

Sie begannen, ihre Kleidungsstücke abzulegen. Jane fragte sich, ob Miss Kinsale es fertigbringen werde, sich teilweise auszuziehen, und ob sie darum bitten werde, daß das Licht gelöscht wurde. Das ältliche Mädchen begnügte sich indessen damit, ein wenig beiseite zu gehen, um dort den Rock auszuziehen und dann in Höschen und BH ohne eine Spur von Verlegenheit zu erscheinen.

Sie taten, was Scott vorgeschlagen hatte: sie befestigten ihre Lampen und banden die Schuhe fest. Scott selber sah auch in weißen Shorts gut aus. Martin mußte mit leisem Kichern bei sich denken: *unser Padre sollt uns jetzt in diesem Kostüm hier sehen.*

Daraufhin sagte Scott zu Belle: «Am besten sagen Sie uns noch einmal ganz genau, was wir tun sollen.»

«Okay», sagte Belle. «Hauptsache ist: keine Angst haben. Ihr könnt alle schwimmen. Okay. So, und das erste ist, daß ihr die Luft anhaltet. Versucht's mal; nehmt einen dicken Bauch voll Luft, ich meine: eine Lunge voll – aber von ganz tief unten her, und haltet sie dann an. Denkt an nichts und zählt nicht. Zählen macht euch nur nervös. Mr. Müller sagt, wann's fünfundvierzig Sekunden sind.»

Müller blickte auf seine Uhr, gab ein Zeichen und hob nach fünfundvierzig Sekunden wieder den Arm. Geräuschvoll stießen alle die Luft aus, und Martin sagte überrascht: «Ich hätte sie noch länger anhalten können.»

«Ich auch», meinte Susan.

«Da seht ihr's», sagte Belle. «Dreißig Sekunden ist gar nichts. Ich geh zuerst – mit der Leine.»

Müller fragte: «Müssen wir auf irgend etwas achtgeben?»

Belle erwiderte: «In der Mitte ist was durchgestoßen und steht vor. Man kann entweder drüberweg oder drunterdurch. Ich geh drunterdurch, weil ich da mehr Platz habe. Wenn ich auf der andern Seite bin, mache ich das Seil fest und rucke zweimal. Dann wißt ihr, daß alles in Ordnung ist. Schickt die Damen eine nach der andern durch. Ich rucke jedesmal zweimal an der Leine, wenn sie angekommen sind. Ihr wißt jetzt alle, daß ihr lange genug die Luft anhalten könnt, also keine Panik. Versucht nicht zu schwimmen, sondern zieht euch an der Leine längs – das geht schneller und kostet nicht so viel Kraft. Wenn irgendwas schiefgeht, komm ich runter und hol euch.»

Belle war wieder Profi geworden. Sie vergewisserte sich, daß die Lebensleine ordentlich verknotet und die Lampe gut befestigt war. Dann wandte sie sich an ihren Mann. «Du machst dir doch keine Sorgen, Manny, oder?»

Er entgegnete: «So, wie du das organisierst, ist's ein richtiger Spaß, Mamma. Bis bald!»

Sie senkte den Kopf und tauchte; das Licht ihres Scheinwerfers verschwand in der Tiefe.

Die Leine lief störungsfrei aus. Hubie Müller hatte fünfunddreißig Sekunden gezählt, als sie schlaff wurde. Eine halbe Minute später gab es zwei kurze kräftige Rucke. «Sie hat's geschafft», sagte er.

## 16
## *Willkommen in der Hölle*

Die Frauen gelangten ohne Zwischenfall durch das Wasserloch: Miss Kinsale zuerst, dann Susan und Jane Shelby. Nonnie versteckte ihre Angst hinter einem Scherz. «Es folgt die nächste Nummer: das Unterwasserballett.» Bekümmert betrachtete sie ihren selbstgemachten Bikini mit Daunenbesatz. «Ich werd scheußlich aussehn, wenn ich drüben ankomm.»

Zwei Rucke signalisierten ihre sichere Ankunft.

Linda Rogo machte die größten Schwierigkeiten und hielt die anderen am längsten auf. «Ich will nicht in das Ölzeugs rein», jammerte sie. «Wer weiß, was auf der anderen Seite ist oder ob wir von da aus weiterkommen? Ich glaub, ihr seid allesamt verrückt. Meine Haare werden ganz ruiniert.»

Ihr Mann nahm ein Taschentuch aus seinem ramponierten Dinnerjackett. «Hier. Bind dir das um den Kopf.»

Sie band es sich wie ein Kopftuch um und sagte: «Du kommst gleich hinter mir, Rogo, hörst du?»

Er entgegnete: «Passiert dir schon nichts, Täubchen. Ich bleib lieber hier, bis alle durch sind.»

«Willst wohl immer noch Boy-Scout spielen», sagte Linda. «Na, warte nur: eines Tages wirst du's verdammt bereuen, daß du mich hier reingebracht hast.»

Zimperlich und unbeholfen stieg sie, mit den Füßen voran, ins Wasser. «Himmel», sagte sie. «Wie das stinkt!»

«Nun mach schon, Baby», bettelte Rogo. «Und vergiß nicht, dich mit Luft vollzupumpen.»

Plötzlich ruckte die Leine in Müllers Händen an; aber es waren nicht die vereinbarten zwei Signalrucke: es war etwas anderes, und erst beim drittenmal bekam er den Rhythmus mit: Damm-di-di-damm, damm damm... Er begriff, was Belle Rosen humorvoll sagen wollte. Sie wußte ja, daß Linda die letzte Frau hier war und daß sie das Unternehmen durch ihre Widerborstigkeit verzögerte. Er konnte ein leichtes Grinsen nicht unterdrücken. Er fühlte Zuneigung für Mrs. Rosen. Seinem altjüngferlichen Ästhetizismus war sie anfangs unattraktiv erschienen, jetzt aber war sie zu einer bemerkenswerten Person geworden. Er sagte: «Sie wollen wissen, wer den Laden hier aufhält.»

Linda sagte ihm, was er sie könne, hielt sich mit der einen Hand die Nase zu, packte mit der anderen die Leine und tauchte endlich ihren Kopf ein. Sie mußte mit Leichtigkeit durchgekommen sein, denn das Ankunftssignal kam viel früher als bei den anderen. «Puh!» sagte Shelby. «Was für eine Erleichterung. Wenn die's so einfach schaffen, dann werden wir's wohl auch können.» Trotzdem standen sie eine Weile schweigend herum, keiner wollte der nächste sein.

Scott rettete die Situation. «Euer Ehren», sagte er zu Manny Rosen. «Sie haben eine großartige Frau. Sie wird sich freuen, Sie wiederzusehen.»

Manny wirkte in seinen rosaweiß karierten Shorts mit dem vorgewölbten Bauch einsam und verloren. Ein dichter Pelz aus graumelierten Haaren bedeckte seine Brust. Seine Knie zitterten. Er sagte: «Ich weiß nicht, wie ich das machen soll – wo ich doch den Scheinwerfer mitnehmen muß. Und Mammas Brille. Und meine eigene.»

Rogo löste das Problem; auf seinem ansonsten leeren Gesicht zeigte sich erstaunlicherweise ein Ausdruck freundschaftlicher Zuneigung. «Manny», sagte er, «wir werden einen richtigen Tiefseetaucher aus Ihnen machen. Haben wir noch Taschentücher?» Mit einem band er die Lampe an Rosens Unterarm fest. Mit einem zweiten umwickelte er die Brille seiner Frau und steckte sie in Rosens Shorts. «Behalten Sie Ihre ruhig auf. Belle hat sie bloß abgenommen, weil sie nich gewußt hat, was sie da unten finden würde. Okay, Johnny Weissmüller, vergessen Sie nicht, die Luft anzuhalten.»

Rosen blickte dümmlich umher. «Wer meint, daß ich zum Helden bin gebaut, der sollt sich schleunigst untersuchen lassen.» Er packte die Leine und plumpste ins Wasser.

Nacheinander hangelten sich Shelby, Kemal und Scott hinüber. Müller sagte zu Rogo: «Gehört ja Mut zu, der letzte zu sein.»

Rogo gab ein gedehntes «Jooo» von sich, verzichtete jedoch auf jeglichen Kommentar. Er war damit beschäftigt, sich seine schwere Lampe anzubinden und den Rest der Leine zu entwirren, damit sie sich nirgendwo festhaken könnte, wenn sie sie zum Schluß nachzogen.

Müller fragte sich, ob er derjenige sein werde, der es nicht schaffte, und wie das sein mochte, wenn er da unten war und nur noch einen letzten Rest Atemluft in der Lunge hatte. Wenn es darum ging, Mühen und Gefahren zu begegnen, hatte er nur wenig Selbstvertrauen. Sogar Rosen hatte, wie es schien, mehr Mut als er und mußte durch sein bisheriges Leben besser auf das Überleben vorbereitet worden sein. Am anderen Ufer aber war Nonnie, die arme furchtsame Nonnie, die versucht hatte, einen Jux draus zu machen. Sie würde naß sein, verschmutzt, nackt und zitternd, mit ölverschmierten Haaren. Sie wartete auf ihn und brauchte ihn.

Rogo schien seine Gedanken gelesen zu haben. Sein Gesicht war wieder ausdruckslos, als er sagte: «Nun mach schon, die Kleine wird schon warten.» Müller spürte seine Verachtung, konnte sie ihm aber nicht verübeln. Er tat sein Bestes, das Gesicht zu wahren, indem er sagte: «Bis gleich.»

«Ja», sagte Rogo, diesmal ohne Dehnung.

Fünfundvierzig Sekunden. Der Schacht war etwa acht Fuß tief. Sein mit Luft gefüllter Körper wollte nicht nach unten, und so mußte er sich mühsam an der Leine hinabziehen. Das Licht seiner Lampe drang nur ein paar Fuß weit und zeigte die unvermeidlichen Rohrleitungen; plötzlich jedoch verengte sich der Durchgang, als sei er von einer Riesenhand zusammengedrückt worden. Etwas Hervorstehendes sah er gerade noch früh genug, um nicht mit dem Kopf dagegen zu stoßen; dann führte die Leine aufwärts und an der Innenseite entlang.

Ihm wurde klar, daß dies ein stählerner Gang war, der ehemals den Fußboden gebildet hatte, jetzt jedoch auf dem Kopf stand. Wie viele Sekunden waren verstrichen? Noch spürte er keinen Druck auf der Brust. Er hielt seine Lampe auf die Lebensleine gerichtet, und auf einmal kam ihm ein absonderlicher Gedanke: *Hubie Müller, wenn sie dich jetzt sehen könnten! Sie*, das war der Jet-set, zu dem er gehörte.

Er schreckte zusammen, als vor ihm eine dunkle Gestalt auftauchte, die nach ihm zu greifen schien. Sie war rundlich und reichte fast bis zum Ende des Ganges und war in Wirklichkeit ein Teil einer hydraulischen Pumpe, die auseinandergeflogen sein mußte. Müller staunte neuerlich über Belle Rosens Mut, die schließlich zuerst auf dieses Hindernis gestoßen war und sich entschieden hatte, darunter hindurchzuschwimmen – ohne zu wissen, was vor ihr liegen mochte oder ob sie jemals zurückfinden werde.

Für ihn war oberhalb der Pumpe ausreichend Platz. Er spürte die Spannung in seinen Lungen. Fünfundvierzig Sekunden konnten doch nicht so schnell verstrichen sein. Als er die anderen mit seiner Uhr gestoppt hatte, war's ihm viel länger vorgekommen. In Wirklichkeit waren erst zwanzig Sekunden verstrichen, doch schon bekam er Angst, die sich leicht zu Panik entwickeln konnte und ihn umbringen würde. Dunkelheit, Wasser, lauernde Gestalten. Wie tapfer war er, auf sich allein gestellt? Wie bekämpfte man die Angst, wenn man alleine war? Auf welche Hilfsquellen griff man zurück, wenn man bestehen wollte? Er spürte, wie sein Herz hämmerte, wie der Druck auf Brust und Kehle zunahm, wie der Zwang wuchs, die wenigen kostbaren Kubikzoll Luft aus der Lunge zu lassen…

Sein Hinterkopf rieb sich nun nicht mehr an dem stählernen Grat über ihm. Die Leine führte steil nach oben. Er zog daran und schoß aufwärts, bis sein Kopf im blendenden Licht der Lampen die Wasseroberfläche durchbrach. Was er sah, ließ ihn an eine Ansammlung höllischer Dämonen denken: weiße halbnackte Leiber, verschmutzt und mit Öl beschmiert, zerzauste nasse Haare, seltsame Gesichter, die kaum mehr erkennbar waren. Hände griffen in seine Achselhöhlen; er wurde aus dem Wasser gezogen und auf eine Art Plattform gestellt. Ohne je die ‹Göttliche Komödie› gelesen zu haben, sagte der kleine Martin leicht ironisch: «Willkommen in der Hölle!»

Shelby reichte ihm die Leine, deren Ende an einer verbogenen Stange festgebunden war, und sagte: «Sie haben's geschafft. Sie sind mit Rucken dran. Tun Sie's zweimal.»

Müller jedoch signalisierte an Rogo das von Belle verwendete Zeichen: Damm-di-di-damm, damm damm. Dreißig Sekunden später tauchte der Detektiv aus dem schmutzigen Gewässer auf wie etwas Prähistorisches, das der Tiefe entsteigt.

Müller hielt nach Nonnie Ausschau. Sie hatte sich von ihm abgewandt und sagte: «Oh, kuck mich nicht an! Bitte, kuck mich nicht an.»

Belle sagte: «Was soll der Quatsch? Wir sehn doch schließlich alle nich so aus, wie wenn wir aus 'nem Schönheitssalon kommen täten.»

Müller hatte sie schon gesehen: eine hoffnungslos verschmutzte und verschmierte Nymphe. Die beiden Tuchfetzen klebten an ihrem zerbrechlichen Körper. Ihre Haare waren durch das Wasser dunkler geworden und lagen in Strähnen auf ihrer Schulter. Das schmutzige Gesicht wirkte kleiner denn je. Sie wirkte nicht mehr zart. Sie sah aus, als sei sie aus einem Abwasserkanal geklettert. Bei den anderen war's allerdings nicht anders – und doch schienen die Frauen ihre Verdreckung mit einer gewissen Würde zu tragen.

Nur bei Nonnie war nichts davon zu spüren, und Müller hatte großes Verlangen, sie in die Arme zu nehmen und zu trösten. Aber das war, solange alle zusahen, für ihn nicht möglich. Stärker denn je rührte ihn dieses komische kleine Persönchen. Am liebsten hätte er ihr die Möglichkeit gegeben, ihre vermeintliche Schande hinter ihm verbergen zu können. Aber das ging nicht. Er brachte es einfach nicht über sich, zu ihr zu gehen und ihr in ihren Nöten beizustehen, solange die Augen von Linda und den anderen auf ihn gerichtet waren. Erst als Scott eine Ruhepause anordnete und die Lampen gelöscht wurden, um die Batterien zu schonen, wurde er wieder mutiger.

Zuerst aber fragte Rogo, nachdem er wieder zu Atem gekommen war: «Wo sind wir hier, zum Teufel?»

«Im Maschinenraum», entgegnete Scott.

«Und wie soll's weitergehn?»

Scott hob die schwere Laterne und durchbrach die dichte Dunkelheit mit einem Lichtstrahl, der fast zwei Meter hoch aufstieg, ehe er auf Metall traf.

Rogo fragte: «Das soll wohl 'n Witz sein?»

«Nein», erwiderte Scott. «Da oben, aber nicht unmittelbar über unseren Köpfen, ist der Schiffsrumpf. Allerdings der doppelte Boden, von dem Acre gesprochen hat. Sobald wir dort oben gelandet sind, müssen wir uns weiter nach achtern durchschlagen.»

«Das Schlimmste haben Sie noch nicht gesehn», warf Shelby ein. «Martin hat schon recht gehabt, als er Müller hier in der Hölle willkommen hieß.» Ein hohles Echo scholl von der zerklüfteten Decke zurück: ‹...in der Hölle!›

Martin und Rogo richteten ihre Lampen auf den Schauplatz des Schreckens, auf eine alpine Landschaft aus zerrissenem Stahl, verbogenen Rohren, herabhängenden Drähten und Trägern, geborstenen Dynamos, auf Kliffs aus Turbinenrotoren, Grate und Schluchten aus zerstörten Generatoren, die nur halb aus ihren Fundamenten gerissen waren und ihre metallenen Innereien aus weit geöffneten Mäulern spien.

«Die Frauen sehn nicht hin», sagte Shelby. «Wir haben ihnen Bescheid gesagt.»

Martin fügte hinzu: «Ich seh auch nicht hin. Das wär zuviel für mich. Mir würde gleich wieder schlecht werden.»

Zwischen zerbeulten Maschinenresten, verdrehten Leitern und Gängen waren Menschen, Leichen, eingequetscht. In einer Spalte steckte ein Arm. Aus dem gezackten Rand einer elektrohydraulischen Kupplung hing die obere Hälfte eines Mannes. Er war mittendurch gesägt worden. Sein Gesicht konnten sie nicht sehen. Sein Körper hatte längst alles Blut verloren. Überall verstreut klebten einzelne Körperteile an irgendwelchen Vorsprüngen, und das war schlimmer anzusehen als die Leichen. Die Zahl der Toten ließ sich nicht feststellen.

Die Lichtstrahlen entdeckten nichts Lebendes. Es war auch nichts zu hören – ausgenommen das leise Schwappen des schwarzen Wassers am Rande des etwa zwanzig Schritt im Quadrat messenden Sees. Undefinierbare Gegenstände trieben auf der Oberfläche, und Dinge, die nicht versunken waren, wuchsen aus dem Wasser heraus. Sie befanden sich jetzt auf einer Art Halbinsel, die im normalen Zustand eine der Überwachungsplattformen im oberen Bereich des Maschinenraums gewesen sein mußte.

Miss Kinsale sagte plötzlich: «Ach, du meine Güte!»

«Was ist?» erkundigte sich Shelby.

Sie saß nahe dem Rande der Plattform, hatte ein Bein untergeschlagen und kauerte dort wie eine Badenixe im Bikini am Rand eines Swimming-pools. Sie hatte sich erstaunlich verändert. Beim Schwimmen hatte sich der Knoten in ihren Haaren gelöst, und nun hingen sie ihr bis auf die Hüften. Sooft im Halbdunkel ein Lichtstrahl ihre Gestalt erfaßte, meinte man, eine Najade dort hocken zu sehen.

Sie erwiderte: «Diese beiden armen Menschen – der Herr, den Sie den ‹Strahler› nennen, und das Mädchen, das, scheint's, immer bei ihm ist...»

«Großer Gott», sagte Jane Shelby.

«Mummy!» fügte Susan hinzu. «Sie haben gesagt, sie würden...»

«... uns nachkommen, wenn sie könnten», schloß Müller.

Miss Kinsale wischte sich die langen Haare aus dem Gesicht und sagte: «Aber sie können's nicht. Wie sollen die beiden das allein bewältigen, was wir gemeinsam geschafft haben?»

«Bringen diese beiden Puten nie und nimmer fertig», sagte Rogo mit Entschiedenheit.

Linda meinte schnippisch: «Na ja, schließlich haben sie's ja so gewollt. Wir haben gesagt, wir wollten sie mitnehmen... Ich meine: das Fräulein.»

Jane Shelby sagte: «Aber sie ist doch nun mal eine Frau. Die läßt ihn nicht im Stich.»

Ihr Mann zuckte zusammen. Nach Robin hatten sie nicht gerufen, da oben, in dieser scheußlichen Leere, in der ekligen Schwärze, wo tote Männer an zerschlagenen Maschinenteilen baumelten. Und Rogo hatte gesagt, der Junge würde nach oben steigen.

Miss Kinsale sagte zu Linda: «Sie dürfen nicht zu streng über sie urteilen.»

«Sollen wir umkehren und sie holen?» fragte Shelby.

Linda sagte: «Und wenn der Kerl immer noch bis zur Bewußtlosigkeit besoffen ist?»

Darauf gab es keine Antwort. Es genierte sie, daß es hierauf keine Antwort gab, und dann war es ihnen unangenehm, daß Linda ihnen etwas vom Halse schaffte. Keiner wollte noch einmal durch diesen Tunnel. Außerdem: wie kann ein bis zur Bewußtlosigkeit Betrunkener unter Wasser Luft anhalten? Und schließlich hatten sie an sich selbst zu denken.

«Willkommen in der Hölle», hatte Martin gesagt, und wenn man ihre Umgebung bedachte, die Hitze, das geisterhafte Echo, das Gefühl äußerster Verlassenheit beim Betreten dieser Domäne der Verdammten – dann stimmte es.

Im Verlauf ihres äußerst schweren Aufstiegs über die umgekehrten Treppen und Rohrleitungen und durch den Alptraum des ‹Broadway› hatten sie sich bis zu einem gewissen Grade an diese auf dem Kopf stehende Welt gewöhnt und erkannten nun immer wieder ihnen geläufige Dinge. Die kopfstehenden Schilder an Lagerräumen und Büros bestätigten ihnen, daß sie sich immer noch auf einem Dampfer befanden. Mit ihrem Unterwassereintritt in den Maschinenraum aber hatten sie alles hinter sich gelassen, was ihnen bislang bekannt und geläufig gewesen war; es gab nichts Vergleichbares mehr. Sie hätten tatsächlich auf einem anderen Planeten gelandet sein können. Das gnadenlose unbarmherzige Gewühl der Gestänge und der zertrümmerten Maschinerie, besonders aber der faulige und mit Öl bedeckte Tümpel, an dessen Ufer sie sich jetzt befanden – all dies nahm ihnen jeden Mut. Allein Scott blieb unbeirrbar.

Mit seiner Laterne erforschte er das stählerne Gebirge, das sie jetzt überwinden mußten; jedes Detail prägte er sich ein: jeden metallenen Grat und jede gezackte Zinne. Niemand hatte vorher einen solchen Aufstieg unternommen oder auch nur daran gedacht. Hier gab es keine Möglichkeit, Stufen in den ‹Fels› zu schlagen, Umwege zu machen oder leichtere Routen zu suchen. Verschlimmert wurde die Lage weiterhin dadurch, daß das Öl in den jetzt oben liegenden Tanks in den Doppelböden ausgelaufen war und alles glatt und schlüpfrig gemacht hatte. Wieviel von diesem schwarzen See in den Schacht eingedrungenes Salzwasser war und wieviel Öl, das ließ sich nicht feststellen. Die gewaltige Luftblase dieses Leerraumes mußte jedenfalls mit dazu beitragen, daß sich das Schiff noch über Wasser hielt. Dennoch war ihnen allen klargeworden, daß es langsam absackte und daß das Wasser in den Gängen stieg. Sie konnten nicht einmal raten, wieviel Luft und Tragfähigkeit in den vorderen und rückwärtigen Laderäumen noch vorhanden war.

«Wollen Sie uns etwa da raufbringen?» fragte Shelby.

«Ja», erwiderte Scott. Er ließ das Licht seiner Lampe in den hellen, öligen, zylindrischen Schacht gleiten. «Das muß der Schraubenschacht sein. Aber sehen Sie dahinter – das heißt obendrauf – dies lange, dünne, flache Stück? Das muß der Laufgang sein, über den man im Notfall im Schacht zum Lager hinunter kann.»

«Aber er steht kopf», sagte Shelby. «Wir können uns doch nicht dranhängen wie Fliegen.»

«Wir müssen auf die andere Seite kommen. Dann können wir drauf gehen.»

«Woher nehmen Sie nur Ihre Kraft?» fragte Shelby plötzlich und erwartete, daß Scott antworten werde: «Aus meinem Glauben.» Statt dessen entgegnete der Geistliche schlicht: «Aus meinem praktischen Wissen.»

Dann fügte er hinzu: «Ich glaube, ich hab einen Weg gesehen. Wir werden uns anseilen, und zwar abwechselnd ein Mann und eine Frau. Leine haben wir reichlich. Der Mann hinter und vor der Frau muß darauf achten, daß sie genau auf die richtige Stelle tritt. Sie werden mit Susan und Jane zusammenarbeiten, Dick. Rogo kann wieder den Schluß machen. Er ist zuverlässig.»

«Er mag Sie nicht», sagte Shelby.

«Das beruht auf Gegenseitigkeit», gab Scott zur Antwort. «Aber man kann sich auf ihn verlassen. Sein Leben hat ihm genügend Sicherheit gegeben.»

*Und meiner hat's mich beraubt*, dachte Shelby und verspürte wieder Scham. Niemand hatte Robin erwähnt. Wenn er irgendwo in der Nähe gewesen wäre, wenn es ihm gelungen wäre, auf einem anderen Weg hier heraufzukommen, dann hätte er sie gehört und gerufen. Wie hatte Jane all die Jahre so ruhig und gefaßt leben können, da sie doch jeden Augenblick haßte?

Scott sagte: «Wenn's Ihnen recht ist – Licht aus. Schonen wir die Batterien. Ein paar Schwierigkeiten haben wir bestanden. Andere stehen uns noch bevor. Wir werden uns eine Weile ausruhen. Wer kann, soll ein paar Minuten schlafen. Kein Licht machen. Wir werden die Lampen noch sehr nötig haben. Ich melde mich, wenn's Zeit zum Aufbruch ist. Wer kann, soll ein bißchen schlafen –»

Mit Ausnahme von Shelby und vielleicht noch Rogo wußte keiner, was sie erwartete. Sie wußten nur, daß es noch weiterging. Das Wie und das Wann lag in Scotts Händen. Seine Stimme besänftigte sie. Sie schlossen sich zu ihren eigenen kleinen Gruppen zusammen und legten sich auf den öligen Stahl. In der Dunkelheit fühlten sie sich besser. Falls aus der Dunkelheit ein Dauerzustand werden sollte – nun, dann würden sie den Übergang vielleicht gar nicht bemerken.

Es gab noch ein weiteres Phänomen, das sie alle mehr oder weniger traf und dessen sie sich nicht bewußt gewesen waren, bis sie diesen schwarzen See erreicht hatten, den Martin ‹die Hölle› nannte. Auf seiner Oberfläche hatten sie im Schein der Lampen zum erstenmal ihr Spiegelbild gesehen.

Zwar hatte jeder sehen können, wie sehr die äußere Erscheinung der anderen gelitten hatte, aber keinem war bislang der Gedanke gekommen, daß dies auf ihn genauso zutreffen könnte.

Sie waren zu fast nackten primitiven Wilden geworden, waren zu einem Dasein in Schmutz und Lumpen erniedrigt worden, und doch lebte jeder einzelne in der Vorstellung, auszusehen wie früher. Unterwegs hatten sie zwar alle überflüssigen Kleidungsstücke fortgeworfen, indessen hatten sie sich nicht von dem Bewußtsein, mit diesen Artikeln zu leben, getrennt, mit Hosen, Jacketts, Röcken, Slips.

Beim Schein der Lampen machten sie erstaunliche Feststellungen. Rosens Schmerbauch wölbte sich grotesk über seinen Shorts, aus dem Geistlichen wurde ein Tarzan, Miss Kinsale ähnelte Lady Godiva, ihr schmächtiger Körper verschwand fast ganz hinter den langen Haaren, und die kleine Tänzerin wirkte durch ihren selbstgemachten Brust- und Lendenschurz wie die weibliche Hauptdarstellerin in einem schlechten Dschungelfilm. Aber es war eben keiner auf den Gedanken gekommen, sich vorzustellen, wie er selber aussehen mochte.

In gewisser Weise hatte das dazu beigetragen, daß Selbstachtung und Tatendrang nicht ganz verlorengingen; es hatte ihnen ermöglicht, das Erforderliche zu tun, ohne durch Äußerlichkeiten behindert zu werden. Jetzt, am Höllensee, wurde das anders, da seine beleuchtete ölige Oberfläche ihnen gezeigt hatte, zu was für lächerlichen Vogelscheuchen und Karikaturen sie geworden waren.

Jane Shelby schämte sich, da ihre Unterwäsche genau das hervorhob und zur Geltung brachte, was sie verbergen sollte. Das Spiegelbild ihres dreieckigen Höschens und ihres knappen Büstenhalters irritierte sie derart, daß sie die Lust verspürte, sich diese letzten Kulturfetzen vom Leibe zu reißen.

Von den Männern schien nur Scott sich in seiner kurzen Unterhose, die einer Turnhose glich, nicht unwohl zu fühlen. Den anderen war plötzlich bewußt geworden, daß ihre Unterkleidung die Genitalien nur höchst unvollkommen bedeckte. Sie waren nicht nur peinlich berührt, sondern befürchteten auch eine mögliche Verletzung dieser auf einmal so leicht verletzlichen Teile.

Müller, der verwöhnte Müller, der besser als alle anderen die Vielfalt des Erdballs kannte, über dessen Oberfläche er so ruhlos wanderte, war darüber hinaus erstaunt und verwundert, wie fern ihm diese Welt gerückt war – ja beinahe schon gänzlich aus der Erinnerung entschwunden. Er konnte sich Lokalitäten und Leute ins Gedächtnis rufen, doch schienen sie zur Realität keine Beziehung mehr zu haben. Es existierte nur noch das Hier: diese dunkle, stinkende, grausige Höhle. Sie waren auf einem toten Planeten ausgesetzt worden und irrten wie Insekten in einer leblosen lunaren Landschaft umher, von allem Vertrauten und Gewohnten abgeschnitten.

Er vermutete, daß das beständige Wissen um die Nähe des Todes, um die unmittelbare Nachbarschaft mit dem Nichts, das gewohnte Leben so weit entfernt erscheinen ließ. Es überraschte ihn, wie vollständig sich nicht nur sein Körper, sondern auch sein Geist in diesen streng begrenzten Raum einsperren ließ, in diese Düsternis, die Echos, die Gewaltsamkeiten.

Wieso hatten sie immer noch Hoffnung? Woher kam dieses Streben nach oben, dieses dauernde Drängen, dies fortwährende Klettern? Alle spürten es, diese zusammengewürfelten Leute – Schiffbrüchige in einem schwimmenden Grab, deren Chance, doch noch gerettet zu werden, praktisch gleich Null war.

Nein, der Tod war unausbleiblich und unausweichlich. Die Schwimmfähigkeit des Schiffes mußte zwangsläufig einmal zu Ende gehn. Andere hatten bereits den Tod gefunden, und nun umlauerte er sie. Dieses blinde Klettern und Krabbeln war lachhaft; es war albern und dumm; es war ameisenhaft. Und dennoch machten sie halsstarrig weiter. Einen Augenblick lang nährte Müller geradezu ein freudiges Gefühl des Stolzes auf sich und seine Gefährten, ehe er sich wieder die absolute Aussichtslosigkeit ihres Bemühens klarmachte und sich in die peinigende Gegebenheit ihres Gefängnisses schickte. Nur Nonnie war ihm geblieben. Alles darüber hinaus war auch gedanklich nicht mehr zu fassen.

Er lag mit Nonnie ein Stück von den anderen entfernt, nahe der Stelle, an der sie aufgetaucht waren. Er hatte sie jetzt in die Arme genommen, wie er es schon vorher hatte tun wollen, und sie hatte sich so dicht an ihn geschmiegt, wie sie nur konnte. Sie sagte: «Drück mich.»

Er tat es, aber er fand auf diesen etwas ordinären Ausdruck keine entsprechende Antwort.

Sie flüsterte: «Ich liebe dich. Hast du mich auch ein klein bißchen lieb?»

«Ja.»

«Mir ist noch bei keinem so gewesen. Es ist ganz anders. Ich hab dich schrecklich lieb.»

Das sonderbare Gefühl, das Müller verspürte, vertrug keine Übersetzung ins Banale. Er wollte sie nicht darüber sprechen hören, und er wollte all diese Gemeinplätze nicht sagen, die er so oft nachgeäfft hatte, diese sinn- und bedeutungslosen Phrasen, die ihm mechanisch über die Lippen gekommen waren, so, wie ein Computer auf einen Knopfdruck hin die gewünschten Informationen von sich gibt.

Er spürte, wie sie trotz der Hitze wieder zitterte. «Pst, sei ruhig», sagte er. «Ich wärme dich.»

Ihre eiskalten Lippen suchten erneut seinen Mund, saugten sich an ihm fest. In dieser Berührung lagen ihre ganze Kindlichkeit und Angst und Abhängigkeit: ein mißhandeltes, geschundenes kleines Tier auf der Suche nach Zuflucht. Im Dunkeln schwanden ihre Pfiffigkeit, ihr versteckter Argwohn und ihre Jungenhaftigkeit.

«Können wir noch mal?» fragte sie.

Müller, der nie jemanden geliebt hatte, solange die Luft nicht rein war, die Atmosphäre günstig und die Tür verschlossen, war entsetzt. «Hier! Wo alle in der Nähe sind?»

«Ach, die merken's schon nicht. Ich bin auch ganz still. Ich versprech's dir. Ich will dich.»

«Und wenn jemand Licht macht?»

«Dann sehn sie mich eben in deinen Armen. Vielleicht machen's ein paar von den andern auch. Hubie, bitte –»

Als ihr Mund wieder den seinen berührte, vergaß er alles andere. Auf dem Höhepunkt ihrer Vereinigung wünschte er, daß sie nie wieder erwachen möchten, daß das havarierte Schiff gnädig sein und sie jetzt gemeinsam ins Vergessen ziehen möge.

Ihr Flüstern, ihr Atem an seinem Ohr brachten ihn wieder zu sich.

«Bin ich nich 'n gutes Mädchen gewesen?»

«Doch.»

«Hab ich getobt oder auch nur einen Laut von mir gegeben?»

«Nein.»

«Hätt ich gern. Es ist so schön mit dir. Ich hab nie jemand so geliebt. Ich weiß nicht, was über mich gekommen ist.»

Sie verstummte, und er wußte genau, worauf sie wartete: daß er ihr sagte, daß auch er sie liebe; sie erwartete von ihm jenes nichtssagende Gemurmel, das für sie aus irgendeinem Grunde eine Notwendigkeit war, vielleicht sogar Gewohnheitssache. Würde er je in der Lage sein, ihr zu erklären und begreiflich zu machen, wie sehr er ihr verfallen war und daß ihm, als er sie eben geliebt hatte, etwas geschehen war, das er nicht verstand? Es war, als wende man eine Seite um oder öffne eine Tür, ja, es war fast eine Umkehrung alles dessen, was er jemals getan oder gedacht hatte. Unten war oben, und oben war unten, und wo war da Hubie Müller, für den dieses Mädchen so notwendig geworden war wie das Atmen?

Und sie war ein so gewöhnliches kleines Ding. Wieder flüsterte sie. «Ich bin verrückt nach dir, Hubie. Es ist was ganz was anderes, wirklich. Dabei kennen wir uns ja kaum. Liebst du mich?»

Fast ärgerlich wisperte er: «Hast du's denn nicht gemerkt?»

«Ach, das», erwiderte sie, fast enttäuscht, als sei ihr das zu alltäglich. Und er wußte, was sie wollte, was sie brauchte: Worte.

«Ja, ich liebe dich.»

«Sehr? Mehr als alle andern?»

«Ja. Viel mehr.»

«Gibt's eine andere?»

«Nein.»

«Bist du verheiratet?»

«Nein.»

«Oh!»

Erstaunen, Verwunderung und Glück lagen in diesem Ausruf, und Hubie wußte, daß Nonnie ihm damit alles erzählt hatte, was es von ihr zu erzählen gab. Gleichzeitig jedoch spürte er, daß sie danach lechzte, ausgefragt zu werden. Sie hatte ihre Beichte abzulegen, und wenn er sie wahrhaft liebte, mußte er sich an diese Regeln halten.

«Und du? Hast du einen...» Er war sicher, daß sie die winzige Pause nicht bemerkte, während der er den ‹Geliebten› gegen einen ‹Freund› austauschte.

Sie aber zögerte, möglicherweise bewußt, und entgegnete dann: «Nein. Nein, im Augenblick nicht.»

«Aber du hast doch welche gehabt.»

Sie legte ihren Mund an sein Ohr und flüsterte so leise, daß er ihr Geständnis kaum hören konnte: «Bloß zwei.»

Er wußte, daß es eine Lüge war, und liebte sie wegen dieser perversen und infantilen Dummheit um so mehr. Ihre Instinkte dienten jetzt der Selbstbehauptung. Alles, was sie falsch machte und was seiner Herkunft und seinem Wesen zuwider war, entzückte ihn. Über die Gepflogenheiten und den Umgang der *Gresham Girls* war er bestens informiert, wahrscheinlich aber waren es allesamt verheiratete Männer gewesen.

Nun war sie zufrieden, und ihre Gedanken gingen einfältig und zugleich folgerichtig weiter. «Die arme Moira», sagte sie. «Jetzt braucht sie sich keine Sorgen mehr zu machen. Die hat sich in Rio was anhängen lassen.»

«Werden die Mädchen häufig schwanger?»

«Eigentlich dürfen wir nicht. Die sind wahnsinnig streng mit uns.»

«Bist du einmal schwanger gewesen?» fragte Hubie, und es tat ihm sofort leid. Er wollte es gar nicht wissen.

Es entstand eine Pause, während der sie überlegte, ob sie wieder lügen solle oder nicht. Sie beschloß, es nicht zu tun. Feine Leute wie Müller kamen einem irgendwie hinter die Schliche. Ihr Flüstern wurde noch leiser. «Ja. Macht das was aus?»

Hubie war nun interessiert. Platitüden boten Sicherheit vor dem Gefühl, das sie in ihm erweckte. «Was macht jetzt überhaupt noch etwas aus? Was hast du getan?» Er fragte sich, ob es in Bristol, irgendwo bei Großeltern oder Verwandten, ein Kind von ihr gab.

«Ich bin zu einem Doktor gegangen. Einem von denen, die helfen, du weißt schon. Das ist in Rom passiert. Diese Ithaker können einen mit ihrer Süßholzraspelei zu allem verführen.»

«Habe ich dich zu was verführt?»

«Nein. Bei uns ist das anders. Du hast deinen Arm um mich gelegt, als ich Angst gehabt hab, und das war irgendwie... Ihn hab ich nicht geliebt. Dich liebe ich.» Ihre Gedanken schweiften ab, und sie fragte: «Was ist aus den andern geworden? Treiben die jetzt alle in ihren Kabinen rum wie tote Goldfische in ein Aquarium?»

«Sag so etwas nicht, Nonnie. Denk nicht an sie.»

«Ich kann's doch nicht ändern. Wir sind so lange zusammen gewesen. Drei Jahre schon. Mir ist, als wär's grad vor einer Minute, wo ich Sybil frag, ob sie nicht zum Essen kommen will, und sie sagt: ‹Geh bloß weg, du Schwein! Ich will sterben.› Ihr war noch elend übel, weißt du. Und da ist sie eben gestorben. Und die ‹Fuchtel› auch, nehm ich an, und all die andern, die in ihren Kabinen geblieben sind.»

«Wer ist die ‹Fuchtel›?»

«Mrs. Timker. Das war die Chefin von unsrer Gruppe; die hat uns mächtig auf Trab gehalten; Training; saubere Kostüme; und nachgeschnüffelt hat sie uns – wann wir heimgekommen sind und so. Aber Timmy war 'n feiner Kerl. Hat mal 'n Auge zugemacht. Sie war eine von uns, bis sie Bert Timker geheiratet hat, den Produktionsassistenten. Hat immer bloß gesagt: ‹Euern Spaß könnt ihr haben, aber wenn ihr euch dick machen laßt, fliegt ihr.›»

«Dick machen –?»

Nonnie lachte leise an seinem Ohr und flüsterte: «Ach, du weißt schon... Wo wir eben von gesprochen haben.»

Auch Müller lachte und zog sie fester an sich.

«Weshalb drückst 'n mich so?» sagte sie.

Er antwortete: «Frag doch nicht.»

Aus der nur von leisem Flüstern und gelegentlichem Schnarchen unterbrochenen dunklen Stille kam plötzlich eine harte, kalte, unpersönliche Stimme, und was sie sagte, war derart unerwartet, daß im ersten Augenblick niemand Scott erkannte.

«Nehmen Sie Ihre Hand da weg, sonst brech ich Ihnen den Arm.»

Man hörte Bewegungen; eine Frau gab irgendwelche Laute von sich. James Martin hörte es, erschauderte und dachte bei sich: *Heiliger Strohsack! Wer will denn da an wen ran?* Und gleich kam ihm die weiche wollüstige Hand von Mrs. Lewis in den Sinn.

Susan Shelby erinnerte sich plötzlich an eine Szene auf der Hollywood-Schaukel im Garten ihres Hauses daheim, in der sie schroff sagte: «Toby, nimm deine Hand weg. Nun reicht's!» Merkwürdigerweise jedoch dachte sie nicht an Herbert und das, was ihr vorhin geschehen war.

Manny Rosen wachte auf und sagte: «Hat sich da einer 'n Arm gebrochen?»

Mike Rogo machte seine Lampe an und sagte: «Was tut sich hier, Teufel noch eins?»

Scott lag auf dem Boden, hatte einen Ellbogen aufgestützt, und Linda Rogo hockte neben ihm; ihr Gesicht war rot vor Wut. Sie wies auf Scott und sagte: «Der Saukerl da hat sich an mich rangemacht.»

«Was? Wer? Der?» fragte Rogo.

Scott unterbrach ihn gelassen. «Machen Sie sich selber einen Vers drauf, Rogo.»

Rogo haßte Scott in diesem Augenblick eigentlich nur deshalb, weil er die anderen auf die richtige Spur gesetzt hatte. Wenn es stimmte, daß der Geistliche versucht hatte, sich an seine Frau heranzumachen – wieso sollte er sich dann derart bemerkbar machen? Rogo hatte Erfahrung; er wußte Bescheid, was Mädchen und Männer betraf; er kannte sich aus und ahnte längst, daß Linda auf den Geistlichen scharf war. Offensichtlich hatte sie sich im Dunkeln an ihn herangepirscht. Und ebenso klar war es, daß dies vertuscht werden mußte.

Mit lauter Stimme sagte er, ganz Polizist und Polyp: «Daß mir hier keiner irgendwelche krummen Dinger macht! Wer frech wird, handelt sich 'n gebrochenen Kinnladen ein, klar? – Was soll 'n überhaupt sein: wolln wir die ganze Nacht hier rumliegen? Ich hab gedacht, wir wollten irgendwo nach oben, damit sie uns hören können.»

Scott stand auf. «Ja», sagte er, «Sie haben recht. Es ist Zeit, daß wir uns wieder auf die Beine machen. Wenn drei von Ihnen hier entlang leuchten, dann, glaub ich, kann ich ihnen den Weg zeigen, den wir jetzt gehen müssen.»

# 17
# *Das Poseidongebirge*

Der Maschinenraum eines Ozeanriesen dieser Größenordnung besteht aus einer Anzahl von Plattformen; er ist etwa fünf Decks hoch, die durch leiterähnliche Treppen miteinander verbunden sind und zu den Arbeitspodesten oder Laufgängen führen. Diese Plattformen sind um die Gehäuse der gewaltigen Hauptdampfturbinen und Untersetzungsgetriebe herumgebaut. Die andere Maschinerie, also Turbogeneratoren, Kondensatoren, Kompressoren, Notkompressoren und eine ganze Batterie von Pumpen, sind an den vier Seiten angebracht und durch ein scheinbar unentwirrbares Knäuel von Rohren und Leitungen untereinander verbunden, um unter verschiedenen Druckverhältnissen Dampf zu liefern, Öl, Schmiermittel und Strom.

All dies ist an die doppelbödigen Treibstoff- und Ballasttanks im Boden des Schiffes angeschlossen. Sie sind für eine maximale Neigung von 45 Grad konstruiert. Kreuzbalken aus schweren Trägern stützen die Plattformen, Laufgänge und Rohrleitungen.

Als die POSEIDON kenterte, wurde außer den Schraubenschächten fast alles verdreht, losgezerrt oder weggerissen. Entweder stürzte es durch den offenen Maschinenraumschacht direkt ins Meer oder bildete eine Kaskade aus ineinander verschlungenem Metall. Die Dynamos hatten die Gehäuse durchstoßen, den Stahl wie Papier durchschnitten und speerförmige Spitzen oder rasiermesserscharfe, drohend emporgereckte Grate hinterlassen, so daß man meinen konnte, die Dolomiten *en miniature* vor sich zu sehen.

In diesem Wirrwarr hingen verdrehte Plattformteile, umgekehrte Leitern mit herausgerissenen Stufen und größere Leitungsrohre, teils zerbeult, teils der Länge nach aufgeschlitzt – so, wie man eine Wurstpelle einschneidet. Alles war mit Öl überzogen, das aus den Bodentanks sickerte, weil die schweren Turbinen sich aus ihren Verankerungen losgerissen hatten.

An einer Stelle hatte sich ein riesenhaftes Untersetzungsgetriebe samt seinem Gehäuse von der dazugehörigen Turbine gelöst und war beim Kentern infolge der Zentrifugalkraft an die Wand des Maschinenraums geschleudert worden. Dort steckte es nun fest, mit winklig eingerammtem Zahnrad, von seinem zerbeulten Gehäuse gehalten. Scotts Scheinwerfer erfaßte die gefrästen Zähne, die ein Stück überhingen, ehe sie wieder im allgemeinen Gestrüpp verbogenen Stahls verschwanden.

Fragmente dieses geborstenen Berges ragten bis knapp über die Plattform, auf der sie sich ausgeruht hatten. Der Schein ihrer Lampen ließ jenseits des stygischen Sees ein ähnliches Gebirgsmassiv erkennen.

Scott musterte die Erhebungen am anderen Ufer. Wären sie leichter ersteigbar gewesen, hätte er mit seinen Leuten zum Weg übers Wasser angesetzt. Doch sah es drüben noch wilder aus, dort hatte sich nämlich ein Überhang aus Metall gebildet, etwa zweieinhalb Meter vom Rand entfernt, wodurch die Besteigung aussichtslos wurde.

Müller fragte: «Wonach suchen Sie?»

«Nach einem Weg», erwiderte Scott, strahlte mit seiner Lampe wieder das diesseitige Ufer an und fügte hinzu: «Ja, es bleibt uns keine Wahl.» Er nahm das stählerne Gebirge auf ihrer Seite in Augenschein.

Rogo sagte: «Wo wollen Sie 'n jetzt mit uns langgehen?»

Scott entgegnete schlicht: «Da rauf.»

Shelby war entsetzt. «Frank», sagte er laut, «Sie müssen verrückt sein! Das ist doch unmöglich. Meine Familie könnte nie und nimmer –»

In den Augen des Geistlichen lag wieder dieser fanatische Ausdruck, und seine Stimme füllte die riesige Höhle. «Wir werden versucht. Ihr glaubt an Gott. Dient ihm, indem ihr euch als wert erweist!»

«Erweist», hallte das Echo und verklang. In normalem Tonfall fuhr er fort: «Denkt nicht daran, wie ihr's seht – stellt's euch als Berg vor, den ihr besteigen wollt. Es ist alles wie in einem Gebirge: Schluchten, Vorsprünge, Hänge, Rippen, Risse, Halt für Hände und Füße. Es gibt kaum einen Gipfel auf der Welt, den nicht schon jemand bezwungen hat.»

«Jemand», murmelte Martin vor sich hin, und Müller sagte: «Die Poseidon-Berg-Expedition.»

«Genau», fuhr Scott fort. «Sie alle haben Fotografien von angeseilten Bergsteigern gesehen. Das Anseilen wird so vorgenommen, daß das gesamte Gewicht nie auf einer Person allein lastet, sondern sich verteilt. Ist das klar? Für uns ist's im Grunde viel einfacher. Wir haben nur einen Aufstieg von fünfzig Fuß zu bewerkstelligen. Wir sind –» er zählte schnell nach, als habe er's vergessen – «dreizehn. Mit einem Abstand von ein oder anderthalb Metern werden wir uns doppelt anseilen.»

«Grundgütiger», murmelte Hubie Müller, «man sollte meinen, er träfe Vorbereitungen, um eine Touristengruppe auf die *Jungfrau* zu bringen.»

Scott überblickte seine Gruppe. «Ich übernehme die Führung. Dann kommt Miss Kinsale, die offenbar nicht so leicht aus der Ruhe zu bringen ist. Dann Martin, würde ich sagen. Dann Susan, Dick und Jane und Kemal. Dann Mrs. Rosen, Manny, Nonnie und Hubie, Mrs. Rogo und ihr Mann. Rogo, ich fürchte, Sie kommen mal wieder zum Schluß, wie gewöhnlich, aber Sie verlieren zum Glück nicht so schnell den Kopf, wenn was schiefgeht.»

«Besten Dank!» sagte Rogo.

«Erfolg oder Mißerfolg einer Bergbesteigung hängen von zwei Dingen ab: vom Bergführer und von der Art und Weise, wie man ihm folgt», erklärte Scott. «Der Führer legt die Route fest, die anderen folgen ihm in seinen Fußstapfen nach. Im Prinzip ist's genauso wie das bekannte Kinderspiel, bei dem jeder dem ersten *alles genau nachmachen* muß, sonst ist er *aus*. Wissen Sie noch? Wenn er mit den Fingern am Ohr wackelte oder sonstwas Verrücktes anstellte, dann mußte man genau das gleiche machen.»

«Manny, wovon ist hier die Rede, verstehst du das?» fragte Belle Rosen. «Ich hab nur gehört, wir sind dreizehn, un dreizehn gefällt mir nicht. Ich hab ja immer gesagt, wir sind dreizehn.»

«Er erklärt uns, wie wir werden gehen von hier aus», sagte Manny.

«Wie interessiert mich nicht; wohin, möcht ich wissen.» Sie lag noch. Eigentlich hätte ihr Unterwassertriumph sie stolz machen und stimulieren müssen, doch merkwürdigerweise war das Gegenteil der Fall: er schien sie völlig ausgelaugt zu haben. Vielleicht war es nicht nur die Erschlaffung infolge der ungewohnten Überbeanspruchung des Herzens und der Muskeln, sondern der Sprung, den sie im Geiste über einen Zeitraum von vierzig Jahren hin und zurück getan hatte.

«Jeder Schritt, den ich mache, jede Stelle, an die ich Hand oder Fuß setze, alles, was ich tue, wird von dem hinter mir Kletternden beobachtet», fuhr Scott fort, «und genau kopiert. Das werden *Sie* sein, Miss Kinsale. Dann wird Martin Sie kopieren, dann Susan und so weiter. Haben das alle kapiert?»

Martin fragte: «Halten Sie's wirklich für möglich, daß wir das schaffen?»

«Ja», erwiderte Scott. «Jedenfalls müssen wir's versuchen. Es geht nur darum, daß jeder den vor ihm Kletternden haargenau nachahmt. Wenn ihr euch daran haltet, werden wir die Spitze sicher erreichen.»

«Was erreichen? Wo?» fragte Belle Rosen.

Manny entgegnete: «Sieh doch! Da oben!»

Belle Rosen kroch umständlich auf die Knie und blickte zum erstenmal dorthin, wo die Lichtstrahlen sich über die schmierige Oberfläche des fernen Schraubenschachts tasteten. «Das schaff ich nich», erklärte sie kategorisch. «In tausend Jahren nich und für 'ne Million Dollar nich.»

«Belle, hör doch mal zu. Wie Frank sagt: wir werden alle zusammengebunden, damit...»

«Damit sie alle fallen, wenn einer runterfällt. Nein, da mach ich nicht mit.»

Scott versprach: «Es ist genauso ungefährlich wie bei Ihnen, wenn Sie zu Hause die Treppe hinaufgehen.»

«Wenn ich bei mir zu Hause raufgehe, dann nehm ich den Fahrstuhl.» Noch einmal warf sie einen Blick nach oben. «Nich in hunderttausend Millionen Jahren. Das kann mir keiner einreden.»

«Aber Mamma, du kannst nicht bleiben hier. Hör doch: ich komm gleich hinter dir her.»

«Doch kann ich bleiben. Geh du, Manny. Alle gehn. Laßt mich.

Könnt ihr nicht sehn, daß ich müde bin? Daß ich keine Kraft mehr habe?»

«Aber Mamma, dann würd'st du sterben. Wir würden beide sterben. Denkst du, ich laß dich allein?»

«Denken Sie vielleicht, wir täten's, Mrs. Rosen?» rief Nonnie.

Belle sah sie mit dunklen Augen an, voller Müdigkeit, Verzweiflung und Erinnerungen. «Ist leben denn so schön?» fragte sie.

Ihr Mann sagte: «Da muß ich mich doch wundern, Mamma. Willst du sterben?»

«Ich will nicht mehr klettern. Die Füß tun mir sterbensweh von all den Röhren. Ich bin alt. Ich bin zu schwer, als daß ich mich könnt da hochziehn.»

Susan Shelby beugte sich über Belle und nahm ihre Hand; sie verspürte plötzlich eine Zärtlichkeit und Sanftheit, die sie bei sich nie für möglich gehalten hätte. «Liebe Mrs. Rosen», bettelte sie, «bitte, versuchen Sie's doch. Wir...» Sie hatte ‹lieben Sie› sagen wollen, was sie jedoch nicht über die Lippen brachte. «Wir bewundern Sie», sagte sie. «Sie sind eine großartige Person. Denken Sie doch bloß daran, wie Sie durch diesen fürchterlichen Tunnel geschwommen sind, was sonst keiner gewagt hätte. Ohne Sie wären wir niemals hierhergekommen.»

«Und wo sind wir?» sagte Belle. «Ich bin Ihnen dankbar für Ihre Bemerkungen, aber schwimmen ist nicht klettern. Wenn Sie wollen, daß ich für euch da rüberschwimmen soll – okay. Aber noch weiter rauf? Niemals! Außerdem hab ich Herzschmerzen.» Dann, an ihren Mann gewandt: «Da muß ich mich doch wundern, Manny, wo du das mit meinem Herz weißt –»

«Belle, Belle, du immer mit deinem Herzen!» sagte Manny, und es war ersichtlich, daß die beiden über dieses Thema schon häufig diskutiert hatten. «Hör mal zu, Mamma. Du weißt genau, daß dir nichts fehlt. Als wir das letzte Mal bei Dr. Metzger waren und er dich abgehorcht hat, da hat er gesagt, mit so einem Herzen kann man leben hundert Jahre.»

«Dr. Metzger weiß ja nicht, wie mir ist. Wenn ich klettere, bringt's mich um, und wenn ich hierbleibe, bringt's mich auch um. Hier ist's leichter.»

Linda wandte sich an sie. «Dann bleiben Sie doch hier, zum Donnerwetter!» schrie sie, und zu den anderen sagte sie: «Wenn sie hierbleiben will und sterben, dann laßt sie. Aber sie hat kein Recht, uns zurückzuhalten.»

Belle sagte ernst: «Niemand will sterben, Mrs. Rogo. Wenn's kommt, kommt's, und man tritt ab. Ich bin vierundsechzig Jahre alt. Sie sind jung. Ich verstehe Ihre Einstellung. Niemand soll hier bei mir bleiben, bitte. Ich hab ja nie gedacht, daß uns sowas könnt zustoßen, aber wenn's dann passiert, muß man's danach betrachten, wie einem ist.»

«Mamma», flehte Manny, «wie kannst du sagen solche Sachen? Mit vierundsechzig bist du noch gar nichts. Sieh doch, wie du immer noch kannst schwimmen wie eine Meisterin. Willst du Irving nicht wiedersehen? Und Sol und Sylvia? Und Hy und Myra – deine eigenen Kinder und Enkel?»

Shelby und Müller bemerkten, wie ein wenig Festigkeit in die erschlaffte Mrs. Rosen kam. «Sol und Sylvia – auf die kann ich gut und gerne verzichten», sagte sie. «Die ganzen Jahre haben sie genassauert vom Laden. Zunge oder Pastrami ist für sie nicht gut genug. Nein, es muß jedesmal sein Stör und geräucherter Lachs. Oder wie sie sagt: ‹Belle, da hab ich doch grad Hunger – ein bißchen Kaviar auf Weißbrot käm mir jetzt sehr gelegen.›»

Der rundliche kleine Rosen in seinen Shorts blickte sie an wie ein gekränktes Kind. «Aber Mamma. Fang nicht wieder an, auf meinen Verwandten rumzuhacken. Wir hatten das doch alles geklärt. Sol ist mir ein guter Bruder gewesen; er hat Geld gesteckt in den Laden, als…»

«Ja, und Sylvia hat's aufgegessen, doppelt und dreifach», unterbrach Belle. «Einen Appetit hat sie gehabt wie 'n Pferd. Schön, sie ist meine Schwägerin, aber wenn's ans Gratisfuttern ging, war sie schlimmer als die Bullen. Jeden Tag, jeden Tag: ein Sandwich hier, ein Dill-Pickle da. ‹Mir ist der Senf daheim ausgegangen, Belle, könnt'st du mir ein Töpfchen borgen. Mmmmmm, sieht der Heringssalat gut aus; darf ich mal kosten?› – Geh mir weg mit Sylvia.»

«Belle, Belle, so darfst du nicht reden. Nicht vor Fremden.» Er dachte daran, was Rogo – oder Linda – wegen der Anspielung auf die Bullen tun oder sagen könnten. Und die anderen standen verlegen dabei und taten, als hörten sie nicht zu.

Rogo überraschte ihn jedoch. Er sagte: «Lassen sie sich's von der Seele reden, Manny. Hinterher ist ihr wohler.»

«Wie eine Speisekammer haben sie benutzt unsern Laden», fuhr Belle fort. «Und Sol war genauso schlimm wie sie. Du weißt ja nicht einmal die Hälfte, denn schon als Kind, in Wadleigh High, da hab ich unter anderm gelernt, daß man nicht petzt. Weißt du, wo das halbe Zeugs herkommt, seit ihr Simon in der Bar Mitzvah sitzt? Aus unserm Lager. Ich hab's bloß verheimlicht, damit du nicht sollst rauskriegen, daß solche Taugenichtse in deiner Familie sind. Und was haben sie jemals für uns getan? Weißt du, was Sylvia unsern Kindern letzte Weihnachten hat geschenkt? Jedem ein Taschentuch mit Monogramm von Woolworth. Ein dickes Ding, wo Sol seinen Laden für eine halbe Million verkauft. Wenn ich die Pfennige nicht zusammenhalte – was meinst du, wo wir heute wären?»

Rosen blickte mit einem dümmlichen und unglücklichen Lächeln in die Runde. Für ihn war's eine alte Geschichte – aber daß Leute wie die Shelbys und Scott und Müller in den geheimsten Familientratsch eingeweiht wurden! Jane Shelby versuchte, ihn mit einem Blick zu trösten: *Ist schon gut, Mr. Rosen, macht nichts, wir verstehen ja.*

Und Rosen meinte, nicht recht zu sehen. Hatte Scott ihm nicht eben verständnisvoll zugezwinkert?! Ungeheuer erleichtert sagte er: «Mamma, Mamma, verzeih. Tut mir leid. Wie du sagst: die Hälfte hab ich nicht gewußt, sonst...»

«Tut dir leid. Ja, jetzt tut's dir leid, wo's zu spät ist und wir uns zur Ruhe gesetzt haben.»

«Hast ja recht, Mamma. Aber wir haben doch reichlich genug für uns. Steht uns noch viel Schönes bevor.» Rosen zögerte und entschied sich dann, es zu riskieren. Vielleicht hatte Rogo recht. Sie hatte sich's bloß wieder einmal von der Seele reden müssen. «Könnt'st du jetzt vielleicht mitkommen, Mamma? Siehst du, wir haben Mr. Scott und die anderen ziemlich aufgehalten.»

Sie sah zu ihm auf. Ihr Gesicht hatte einen belustigten Ausdruck, doch in ihren dunklen Augen waren Güte und Liebe, als sie aufseufzte und sagte: «Ich denk schon, Emmanuel Rosen. Ich hab's ja immer gesagt: du bist ein schrecklicher Mann. Was soll ich jetzt tun?» Sie stand auf. Martin applaudierte: «Große Klasse, Belle! Zum Teufel mit Sol und Sylvia.» Dies erzeugte Gelächter in der ganzen Gruppe. Durch die Aufmerksamkeit, die er auf sich gelenkt hatte, war er peinlich berührt, und er entschuldigte sich sofort. «Bitte um Vergebung, Mrs. Rosen, ich wollt nicht...»

«Schon gut», sagte sie. «Na, da hab ich ja wohl drauflos getratscht wie eine alte Närrin. Also zeigt's mir, und ich versuch's.»

Sorgfältig erklärte Scott das Anseilen. Wegen des kurzen und steilen Aufstiegs sowie der Anzahl der Personen würde man anders als bei einer normalen Bergbesteigung verfahren müssen. Man würde zwei Seile verwenden: mit dem einen wurden die Kletterer untereinander verbunden, das andere sollte als Führungsleine dienen, die Scott auf dem Weg nach oben mitnehmen und nach jedem Schritt neuerlich festmachen würde.

Müller fragte: «Wie sollen wir dem Türken die Chose klarmachen? Ich wäre nicht gerade begeistert, wenn er mir auf den Kopf fiele.»

«Das ist ein heller Junge», gab Scott zur Antwort. «Immerhin war er so klug, sich uns anzuschließen. Passen Sie auf: der kapiert's sofort, wenn ich's vormache. Miss Kinsale und Martin, bei Ihnen fangen wir an. He, Kemal, du kucken! Siehst du?»

Scott legte die beiden Seilrollen aus und band sich das Ende der einen um die Hüfte, schlang es schräg um den Oberkörper von Miss Kinsale, befestigte es mit einem merkwürdigen Knoten und ließ die zweite Leine da hindurchlaufen.

«Das Körperseil hält euch fest, und das Führungsseil könnt ihr benutzen, um euch hochzuziehen. Kapiert? Hier, Kemal, ist dir alles klar?»

Der Türke grinste und sagte: «Hokay, hokay!»

Müller fragte: «Weshalb haben Sie die Rosens in der Mitte? Ich hätte gedacht, die...»

Scott erwiderte: «Das ist doch ganz logisch. Der schwierigste Teil des Aufstiegs ist in der Mitte. Wenn die Rosens dort ankommen, bin ich schon oben. Das Führungsseil ist fest verankert, und ich kann sie am Körperseil hochziehen. An der Stelle, wo sie's brauchen werden.»

So, wie er's erklärte, war's ein Kinderspiel. Jeder Schritt war vorausbedacht, jedes Risiko einkalkuliert. Und sonderbarerweise fühlten sich alle durch die Art der Herausforderung, die fast etwas Kultisches hatte, mehr oder weniger stimuliert, sogar die Areligiösen oder Zweifler wie Müller und Martin, die sich mit dem Gedanken trösteten, daß es an ein Wunder grenzte, wenn sie einen solchen Aufstieg bewerkstelligten, so daß dies irgendwie belohnt werden müsse. Sie konnten kaum das Startzeichen erwarten.

«Auf geht's!» rief Scott. «Zeigen wir Ihm, aus welchem Stoff wir gemacht sind.»

Wieder dachte Shelby an den halb hysterischen Trainerassistenten, der ihm einen Schlag aufs Hinterteil gegeben und gesagt hatte: «Los jetzt, und zeig den Hunden, aus welchem Stoff Michigan-Männer gemacht sind.»

Indessen gab Scott letzte Verhaltensmaßregeln. Er sagte: «Wir schaffen's, wenn alle *eins* beherzigen. Nie auch nur im geringsten von dem abweichen, was die Person darüber tut. Ich werde jeden Schritt, Handgriff, Seilhalt ausprobiert haben. Nur so geht's. Weiterhin: nie nach unten kucken. Nur nach oben, auf das, was der Höhere tut oder getan hat. Nicht reden. Atemluft sparen. Von Zeit zu Zeit werd ich eine Ruhepause ausrufen. Dann bleibt ihr, wo ihr seid, macht eine Schlinge ins Seil, und wenn's nötig ist, hängt ihr euch daran und bewegt und entspannt die Finger. Wenn wir wieder normal atmen, geht's weiter. Hat jeder Schuhe an? Rogo: achten Sie darauf, daß das Führungsseil glatt ausläuft. Okay! Auf geht's!»

Behutsam ging er den am Ufer des Sees lagernden Trümmerberg an, von dem aus der erste fast senkrechte Aufstieg begann.

Miss Kinsale kletterte mit peinlicher Genauigkeit hinter ihm her; sie hielt den Kopf gesenkt und achtete konzentriert darauf, daß sie genau dorthin trat, wohin er getreten hatte; die langen dunklen Haare hingen zu beiden Seiten ihres Gesichtes herunter. Müller fand es erstaunlich, wie zutreffend Scott den Aufstieg skizziert hatte: Mädchen folgt Mann in ausgeklügelter Weise sorgsam auf scharfes Kliff an irgendeinem Urlaubsstrand.

«Alles in Ordnung, Miss Kinsale?»

«Völlig, Dr. Scott.»

«Jetzt geht die Kletterei richtig los. Achten Sie drauf, was ich tue und wohin ich gehe.»

Das Körperseil straffte sich zwischen ihr und Martin, der hinter ihr in die Wand einstieg; ihnen folgten Nonnie und Müller.

Da die Stablampen noch an den Unterarmen festgebunden waren, hatten sie ihre Hände frei und gleichzeitig gutes Licht an den Griffpunkten, während die großen Lampen für die allgemeine Beleuchtung sorgten.

Scott hatte mit geübten Bergsteigeraugen eine Route festgelegt, doch hatte er, wegen der Schatten, nicht alles sehen können, und so wurden Improvisationen erforderlich. Aber er hatte mit diesen matten müden Menschen, die ihm vertrauten, den Aufstieg begonnen, und nun gab es keine Rückkehr mehr. Als er die Hauptsteigung erreicht hatte, schlang er das Führungsseil um ein Stück zerbrochenen Geländers und suchte nach einem Halt für seinen Fuß. Miss Kinsale fragte: «Soll ich mit der Sicherheitsleine irgendwas machen?»

«Nein, nur zu Hilfe nehmen. Jedesmal, wenn ich höher gehe, binde ich Sie erneut fest, damit Sie für Ihren nächsten Schritt festen Halt finden. Haben Sie Angst?»

«Nein, mit Ihnen nicht.»

«Gut. Sehen Sie zu, daß Sie immer mit der Fußwölbung auf einem Vorsprung stehen, wenn er schmal ist. Dann rutschen Sie nicht so leicht aus.» Scott stieg weiter. An dem röhrenförmigen Kreuzstück eines abgerissenen Geländers fand er Halt für die Hand, und auf der Innenwand eines zerrissenen Rohres konnte er sicher seinen Fuß aufsetzen. «Martin», rief er nach unten, «kommen Sie nach?»

«Ja!»

«Wir haben Glück. Ich hab ein Stück Leiter gefunden, das sich genau richtig umgedreht hat. Fünf Stufen wie auf einer Treppe, und oben ist ein Stück Plattform, da werden wir die erste Rast einlegen.»

Jetzt begannen die Shelbys mit dem Aufstieg. Sie fanden es nur insofern schwierig, Scotts Instruktionen zu folgen, als jedes Stück Metall durch das Öl glitschig geworden war. Scott aber kletterte so langsam und peinlich genau, daß sie genügend Zeit hatten, sich bei jedem Schritt einen festen Halt zu verschaffen.

Als Shelby nach unten blickte, sah er, wie Kemal und die Rosens den Hang am Boden überquerten. «Ganz einfach!» rief er zu Belle hinunter. «Kemal hilft Ihnen, und Scott läßt sich jede Menge Zeit.»

Sie gaben keine Antwort. Shelby konzentrierte sich auf den nächsten Schritt. Er war voller Bewunderung für Scotts Organisationstalent und Voraussicht. Kemal hatte begriffen, weshalb er an dem ihm zugewiesenen Platz eingesetzt worden war, denn nach jedem Schritt vergewisserte er sich, ob Belle ihm an der richtigen Stelle folgte, und reichte ihr seine gewaltige Pranke hinab, um ihr das Klettern zu erleichtern.

Inzwischen war Scott oben auf das erste ernsthafte Hindernis gestoßen. Es bestand in einer massiven eisernen Wand, die etwa zwei Meter hoch war, den Weg versperrte und über den Rand des unten liegenden Sees hinausragte. An dieser Stelle war ein V-förmiger Riß entstanden, während der äußere Teil eine nach oben gerichtete nadelscharfe Spitze bildete. Unmittelbar über seinem Kopf wurde der Weg durch einen Pfosten, etliche geborstene Rohre und ein nach unten gebogenes Stück Stahl blockiert. Wäre Scott allein gewesen, hätte er ein Seil über eins der vorstehenden Teile geworfen und die Hürde in wenigen Minuten überwunden. Mit den anderen jedoch war das unmöglich.

Die drohende Speerspitze schnitt den Zugang zur Rechten ab. Das oben liegende Stück zu bewegen war nicht möglich.

«Ruht euch aus, wo ihr seid», rief er und faßte dann die linke Seite ins Auge, wo zwei Schmierpumpen lagen, deren Inhalt ausgeflossen war.

Miss Kinsale blickte nach oben und fragte: «Haben Sie Schwierigkeiten, Dr. Scott?»

«Im Augenblick ja.»

«Wenn Sie unsern himmlischen Vater um Hilfe bäten...»

Scott erwiderte barsch: «Das wäre impertinent. Hier haben wir's mit einem bergsteigerischen Problem zu tun. Da gibt's immer einen Weg.» Er hatte ihn bereits entdeckt. Es handelte sich um eine etwas riskante Stelle auf einem nur fußbreiten Metallstreifen, der zum

Glück leicht bergan führte, um das Hindernis und die zerstörten Pumpen herum, und dann eine Art vertikaler Wendeltreppe bildete, von der aus man ein Stück breiter unbeschädigter Plattform erreichen konnte. Es kam einzig und allein darauf an, daß jeder, der die schmale Windung um die Kante der Wand bewältigt hatte, stehenblieb und dem nächsten behilflich war.

Scott lächelte befriedigt. Er wollte weiter. Der ekelhafte drohende Dreizack war jetzt zu einem Pfeil geworden, der aufmunternd nach oben wies.

Er sagte: «Ich hab's.» Er balancierte über die schmale Leiste, warf die Schlinge des Führungsseils über den nächstgelegenen und höheren Vorsprung und sagte: «Geben Sie mir Ihre Hand, Miss Kinsale, und halten Sie sich fest, bis Sie hier um diese Ecke rum sind. Dann warten Sie auf Martin und machen's bei dem genauso und sagen ihm, daß er's den andern weitersagen soll. Der nächste Abschnitt ist dann kinderleicht.»

«Ich hab gebetet», sagte Miss Kinsale.

Scott erwiderte nichts, sondern half ihr um die vorspringende Ecke. Während sie auf Martin wartete, nahm er den nächsten Abschnitt des Aufstiegs in Angriff.

Plötzlich rief Scott: «Augenblick anhalten! Nicht weiterkommen!»

Sie warteten. Miss Kinsale, die unmittelbar unter ihm stand, hatte den Eindruck, als kämpfe er mit etwas, als wolle er etwas losreißen. Einen Augenblick später hörten sie ein Aufklatschen.

Shelby fragte: «Was war das?»

Scott entgegnete: «Nichts.»

Rogo aber hatte sich zufällig umgedreht, und im Schein seiner Laterne bekam er den Gegenstand kurz zu Gesicht. Es war ein verletztes Bein mit einem Gummistiefel. Einen Augenblick lang war ihm übel. Scott wurde ihm nicht angenehmer. Er dachte: *Teufel, aus was für 'm harten Stoff ist dieser Kerl bloß gemacht?*

Die Leine wurde länger. Belle und Manny Rosen befanden sich bereits am Beginn der vertikalen Steigung und wurden von Kemal unterstützt. Nonnie und Müller standen auf der Schräge. Nur Linda und Rogo waren noch unten und warteten.

Linda sagte: «Warum hast du zugelassen, daß wir wieder Rücklicht spielen müssen? Wenn was schiefgeht, sind wir die Dummen. Oder einer fällt uns auf 'n Kopf.»

«Psychologie», gab Rogo zur Antwort.

«Scheiß auf Psychologie», sagte Linda. «Du läßt dich von dem räudigen Köter rumkommandieren. Und wenn einer sich vor deinen Augen an deine Frau ranmacht, dann kuckst du ruhig zu.»

«Klar», sagte Rogo mit seiner ausdruckslosen Stimme. «Genau so. Er geht dir zwischen die Beine, und dann schreit er um Hilfe. Mach mir doch nichts vor. Was hast 'n da drin – vielleicht 'n scharfes Gebiß?»

«Du Sau!»

Rogo sagte: «Ich hätt dich für schlauer gehalten, als daß du dich an 'n Homo ranschmeißen tätest. Dem Herrn Pastor bin ich mittlerweile draufgekommen. Der is schwul wie sonstwas.»

*«Der?!»* Diese Anklage überstieg ihr Empfindungsvermögen.

«Ja, der! Dem fällt zu Mächens nichts ein, der machts verkehrtrum. Und dir hat er ja wohl 'ne knallharte Abfuhr erteilt.»

Die Leine um Lindas Leib straffte sich, und an der losen in ihrer Hand gab's einen Ruck.

«Mach los», befahl ihr jetzt Rogo. «Und um des lieben Himmels willen: mach kein Theater, sondern tu, was er sagt, damit wir hier rauskommen. Du hast Müller vor dir. Der gibt zwar nich viel her, aber richtig rum is er schon. Ich hab gehört, wie er die Kleine gebumst hat. Ich bin hinter dir und paß auf dich auf, Täubchen. Immer mit der Ruhe.»

Sie begannen mit dem Aufstieg.

«Alles in Ordnung, Belle?» rief Manny. Der gelbe Schein seiner Stablampe war auf ihr weißes Hinterteil gerichtet, das von Schweiß und Öl glänzte.

Sie erwiderte: «Die Luft. Jedesmal, wenn ich einen Schritt höher tu, krieg ich keine Luft.»

«Aber du hast doch keine Bange, Mamma?»

«Nein, Bange hab ich keine. Ich hab bloß einmal runtergeguckt, und da hab ich nichts gesehn. Der Türke ist 'n netter Mensch. Er hilft mir. Wie weit ist es noch?»

«Keine Ahnung. Vielleicht nicht mehr weit. Wir machen eben einfach weiter wie bisher, bis wir da sind. Du bist wirklich groß in Form.»

«Manny, wenn wir je hier rauskommen, dann bringst du mich nie mehr weiter von unserer Wohnung als bis zur Ecke von Amsterdam Avenue und 89. Straße.»

«Gut, Mamma. Denk an unsre Wohnung – wie schön wir's da haben.»

Sie konnte sich nicht verkneifen zu sagen: «Wo Sol seine Füße auf unsern besten Sessel legt und Sylvia dauernd die Nase in mein Schrank steckt, ob ich nicht vielleicht 'n neues Kleid haben tu. – Okay, okay, Mr. Kemal, ich komm ja schon.»

Auf der schmalen Leiste, die um die stählerne Wand führte, wartete Müller auf Linda. Er streckte ihr seine Hand entgegen. Sie nahm sie und sagte: «Oh, Mr. Müller, halten Sie mich fest. Ich hab solche Angst.»

«Hier, nehmen Sie meinen Arm.»

Das Signal, das er daraufhin bekam, war unmißverständlich. Müller war, was diese Art von Ouvertüren betraf, ein Experte. Er dachte bei sich: *Dieses Luder! Armer Rogo*.

Die Gruppe arbeitete sich mühsam aufwärts. Linda sagte zu Rogo: «Warum müssen wir 'n hier hoch? Da drüben seh ich einen bessern Weg. Kuck mal!»

Rogo zog das Seil straffer, so daß sie sich nicht umdrehen konnte. «Herr im Himmel, Baby, spiel doch nich verrückt. Der Scott hat's ausgetüftelt, und es funktioniert. Vergiß nicht, daß ich am andern Ende dieser Leine hänge.»

«Wie immer», sagte Linda. «Immer der letzte und Kleinste.»

Sie erreichten den Teil der Plattform, den Scott in halber Höhe zum Gipfel erspäht hatte. Dort wartete er mit den anderen. Sie hatten gerade genügend Platz.

Scott sagte: «Setzen Sie sich, wenn Sie können. Und Licht aus. Wir werden uns hier ein paar Minuten ausruhn.»

# 18

## *Dann waren es nur noch zwölf*

Aus der Dunkelheit kam Belle Rosens Stimme: «Was tun wir hier?»

Niemand antwortete; keiner wußte, ob diese Frage bedeutete, daß sie ihren Humor wiedergefunden hatte, oder ob sie aus tiefer Verzweiflung heraus gestellt worden war. Sie wiederholte sie indes: «Ja, wirklich! Was tun wir alle hier? Wie kann das überhaupt passieren? Vor ein paar Stunden sitzen wir unten, um zu essen und vielleicht hinterher anzusehen eine Show oder Karten zu spielen, und jetzt sind wir hier, praktisch nackicht, und klettern hoch wie die Affen, damit wir nicht getötet werden.»

Shelby sagte: «So ganz unrecht haben Sie nicht, Mrs. Rosen.»

Es war merkwürdig, daß sich die meisten immer noch siezten, ja nicht einmal mit dem Vornamen anredeten, obwohl dieses gemeinsame Abenteuer sie doch einander hätte näherbringen müssen. Die Shelbys und die Rosens waren nie sonderlich intim miteinander gewesen und hatten höchstens höfliche Grüße gewechselt. Es war Shelby unmöglich, sie ‹Belle› zu nennen, zumal jetzt, da sie fast nackt war. Er hatte das Gefühl, daß sie es verdient habe, respektvoll mit ‹Mrs. Rosen› angeredet zu werden. Er sagte: «Ein modernes Schiff, mit allen erdenklichen Sicherheitsvorkehrungen ausgerüstet – und kippt um wie ein Kanu...»

Müller fügte hinzu: «Denken Sie doch nur an die ANDREA DORIA! Zwei Schiffe mit Radar sind da zusammengestoßen!»

Manny Rosen warf ein: «Ist ja alles eine feine Sache, wenn man bei einer Cocktail-Party in der Kapitänskajüte sitzt und Kaviarsandwiches auf Kosten der Gesellschaft ißt und Champagner trinkt. Und wo ist der Kapitän jetzt, wo wir ihn brauchen? Oder all die andern Offiziere, die immer mit den Passagieren getanzt haben?»

Niemand beantwortete die Frage. Bei ihrem Kampf ums Überleben war's so leicht zu vergessen, doch wußten alle Bescheid. Nonnie begann, leise vor sich hin zu jammern. «All meine Kolleginnen...»

Jane Shelby, die in ihrer Nähe saß, legte ihr einen Arm um die Schulter und sagte sanft: «Ich habe meinen Jungen verloren.»

«Sagen Sie das nicht, Ma'am. Bei der Suche nach einem Vermißten geben wir nicht eher auf, als bis...» Rogo hatte den Begriff *corpus delicti* verwenden wollen, bremste sich jedoch noch rechtzeitig und fuhr fort: «...bis wir definitive Anhaltspunkte dafür haben, daß keine Aussicht mehr besteht. Vielleicht finden wir ihn, wenn wir oben sind.»

«Danke, Mr. Rogo», sagte Jane. «Ich verstehe. Aber er hätt uns jetzt längst hören müssen. Er hätte unsre Lichter sehen müssen.»

«Es ist 'n großes Schiff, Ma'am. Vielleicht ist er 'n andern Weg gegangen.»

Jane dachte: *Grad das kann ich nicht ertragen, daß ich ihn verlassen habe, damit er sich nicht zu genieren braucht... Ein Junge, der sich in Gegenwart seiner Mutter einer Körperfunktion schämt. Er war zu jung, um so sterben zu müssen... Und ich werd nie erfahren, wann und wo – und welches seine letzten Gedanken waren.*

Rogo sagte: «Ich würd alles tun, um ihn für Sie zu finden, Ma'am. Vielleicht hätt ich zurückbleiben und noch mal nachsehn sollen.» Seine Polizistensympathien galten der Mutter des Opfers.

«Danke, Mr. Rogo. Nein, es war zwecklos. Er war ja nicht da.»

«Er wird gefunden werden», ließ Scott sich vernehmen. «Der Kleine war pfiffig. Er wußte genau, was hier gespielt wird.» Er sprach mit solcher Zuversicht und Sicherheit, daß Jane wieder Hoffnung faßte, bis sie plötzlich das Gefühl hatte, die Worte könnten ebensogut an ihn selber gerichtet gewesen sein – gar nicht so sehr an sie.

Dann sagte er wieder: «Auf geht's!» Er schaltete die Laterne ein, die er sich umgebunden hatte, und richtete ihren Lichtschein nach oben in das Stahlgewirr, das jetzt auf sie wartete. «Ich will euch nichts vormachen: die zweite Hälfte wird noch schwieriger, noch anstrengender und gefährlicher.»

In geringer Entfernung von der Spitze befand sich der Überhang, den Scott gesehen hatte: eine seltsame kreisförmige Leiter, bestehend aus den eckigen stählernen Zähnen des Untersetzungsgetriebes, das gegen die Seite geschleudert worden war, als die ganze Einheit sich losgerissen hatte. Sie bot Halt für Hände und Füße, doch würde der Kletterer auf mehr als zwei Metern nach hinten geneigt sein und gefährlich über dem Abgrund hängen.

Wieder war ihr Problem eine auf dem Kopf stehende Treppe, das sie schon zweimal gelöst hatten, indem sie ihm aus dem Wege gegangen waren. Diesmal gab es keine Umgehung. Die Treppe mußte bis zu der Stelle bewältigt werden, an der die Radzähne wieder so standen, daß das Körpergewicht sich nach vorn verlagerte und der Druck auf Arme und Oberschenkel nachließ. Weder von unten noch hier aus der Nähe hatte Scott eine Möglichkeit entdecken können, diese Stelle zu vermeiden. Als einzige Hoffnung blieb ihm der Umstand, daß er und Martin und Shelby schon oben sein würden, wenn die schwächsten Mitglieder der Gruppe die heikle Stelle erreichten. Mit Hilfe der Leinen konnten sie ihnen dann behilflich sein.

«Weiß jemand, wie spät es ist?» fragte Martin. «Meine Uhr ist Viertel nach zwei stehengeblieben.»

«Teufel», sagte Müller, «meine auch. Die Jauche, durch die wir geschwommen sind...»

Shelby meinte: «Seither ist mindestens eine Stunde vergangen. Es muß jetzt fast drei Uhr sein.»

«Dann sind wir schon beinah sechs Stunden unterwegs», sagte Martin. «Mein Gott, was hält denn das Schiff noch über Wasser?»

Miss Kinsale machte ihre Leine klar. «Sie haben es doch gerade gesagt, Mr. Martin – Gott!»

«Mit Unterstützung von Reverend Dr. Scott», murmelte Müller vor sich hin.

«Was hast du gesagt, Schatz?» fragte Nonnie.

Der ‹Schatz› tat Müller weh, als er sie jedoch ansah, spürte er nur wieder, daß er sie liebte.

Rogo sagte: «Viel länger wird's der Kahn aber nich mehr tun.»

«So, und hat's dann Sinn, weiter zu klettern und zu klettern?» fragte Manny.

Scott wollte gerade aufbrechen, drehte sich aber noch einmal zu ihnen um und erwiderte schlicht: «Ja. Weil wir Menschen sind und uns selbst verantwortlich.»

Diese einfache Feststellung ließ Müller zum erstenmal etwas vom

Charakter dieses kirchlichen Athleten begreifen – wie auch die Tatsache, daß er ihm folgte.

Aufwärts war immer gut gewesen; abwärts war schlecht. Der Himmel und das Gute waren oben, die Hölle und das Schlechte waren unten. Der Weg zur Verdammnis führte in die Tiefe; die Auferstehung zur Höhe. Phrasen und Redensarten kamen ihm in den Sinn: ‹Mit Herrn Soundso geht's gewaltig bergauf. Erklimmt Sprosse um Sprosse. Hochform. Top-Management.› Dagegen: ‹Mit dem armen Duweißtschon geht's rapide bergab, wie man hört. Verliert jeden Halt. Gerät ins Rutschen. Fällt. Geht unter.›

Die ganze Geschichte der Menschheit war ein Aufstieg gewesen... hinauf und hinan, heraus aus dem Schlamm und Schlick des Meeres, aufs feste Land, höher und höher, jetzt zu den Sternen greifend, zum Mond... In der Mythologie wurden die Unterirdischen, die Unter-der-Erde-Hausenden, als mißgestaltete Zwerge und Gnomen und Ungeheuer dargestellt, die Geschöpfe der Oberwelt hingegen waren geflügelte, beschwingte graziöse Lichtwesen.

Wohin sollten sie sich denn auch wenden, wenn nicht nach oben, solange sie noch japsen konnten? Sogar diese arme fette schnaufende Person, für die jeder Schritt eine geradezu unerträgliche Qual sein mußte – sogar *die* gab nicht auf. War es wirklich die Hoffnung auf ein Wunder, die sie vorantrieb – oder die sonderbare Hypnose des Aufstiegs an sich, der Rausch der Höhe? Sie hatten protestiert, sie hatten sich gestritten, sie hatten versucht, sich zu drücken – sie hatten alles mögliche gemacht, nur aufgegeben hatten sie nicht. Stets war der Drang nach oben stärker gewesen.

Das mußte der Kernpunkt Scotts religiöser Überzeugung sein. Oder das Bekenntnis, sich als Mensch zu rechtfertigen, als Mensch und als Mann. Ob er als Endergebnis tatsächlich ihre Rettung sah oder nicht – wenn sie versagten, würden sie doch bis zum letzten Atemzug die ihnen von seinem Gott verliehene Würde wahren. Und Müller fragte sich, was geschehen wäre, wenn Scott sie nicht von Anfang an geführt hätte. Würden sie jetzt unten im dunklen Wasser liegen? Hätten sie, auf sich selber gestellt, irgendwelche Anstrengungen unternommen, sich in dieser kopfstehenden Welt zurechtzufinden und den richtigen Weg zu suchen?

Laut sagte er: «Okay, auf geht's.»

Scott verfügte eine Änderung ihrer Marschordnung. Er ließ Manny Rosen und Kemal ihre Positionen wechseln, so daß Manny vor Belle kam und der Türke nach ihnen ging. Dann wies er nach oben auf die kritische Stelle und befragte Kemal pantomimisch.

Kemal nickte und sagte: «Hokay, hokay!» wobei er von seinen breiten Händen auf Belle Rosens Hinterteil blickte.

«Wir schaffen's», versprach Scott und nahm den letzten Abschnitt ihres mühevollen Aufstiegs in Angriff.

Er hatte recht gehabt. Es war schwieriger und gefährlicher, und ihre untrainierten Muskeln verkrampften sich immer mehr. Immer häufiger mußten Pausen eingelegt werden, nicht zuletzt wegen Belle Rosen, die bei jedem Schritt seufzte und stöhnte und lamentierte, trotzdem aber weiter mitmachte. Es herrschte jetzt eine gewisse Hypnose der Disziplin und des Gehorsams als Folge von Scotts Anweisung, daß jeder dem anderen in der gleichen Weise zu folgen habe: indem sie sich auf diese Aufgabe konzentrierten, wurden sie von ihrer körperlichen Verfassung ein wenig abgelenkt.

Der Überhang des Zahnradanstiegs war jetzt unmittelbar über dem Kopf des Geistlichen. Der Weg war nicht allzu steil, doch für Mrs. Rosen würde dieses Stück außerordentlich schwierig werden. Viel hing dabei von Kemal ab. Er sagte zu Miss Kinsale: «Vergrößern Sie den Abstand, bis etwa drei Meter zwischen uns liegen. Passen Sie auf, wie ich's mache, und machen Sie's mir dann nach, nur daß ich Sie dabei auch noch ziehe. Sehn Sie? Sagen Sie's Martin weiter, und der soll's weitergeben.»

Er machte sich ans Werk, wobei er nicht nur seine Hände, sondern auch Ellbogen und Knie zu Hilfe nahm. Infolge des täglichen Tennisspiels in der Halle und an Deck war er noch bei Kräften und in guter Verfassung. Trotzdem spürte er, wie der Schmerz von den Handgelenken in die Unterarme und den Bizeps stieg. Man mußte schieben, stoßen, hieven, festhalten. Die Oberschenkel taten ihm weh.

«Ich bete», sagte Miss Kinsale.

«Halten Sie lieber die Augen offen und bleiben Sie bei der Stange», keuchte Scott fast gereizt. «Wenn Sie die Stelle erreichen, an der ich bin, lehnen Sie sich nach links, kapiert?»

«Ja, Dr. Scott», erwiderte Miss Kinsale zerknirscht. «Ich werd's Mr. Martin weitersagen.»

Scott zog sich über das letzte überhängende Stück. Das nächste war vertikal, und die folgenden neigten sich nach hinten wie Stufen. Als er wieder zu Atem gekommen war, erkletterte er sie ohne Schwierigkeit. Zu seiner Erleichterung stellte sich heraus, daß das letzte Stück in der Tat ein *companionway* war, intakt zwar, doch umgedreht und ohne Rückwand. Sie brauchten nur herumzugehen und konnten ihn dann wie eine Leiter benutzen.

«Von hier aus ist's ein Kinderspiel», rief er nach unten. Er packte das Leitseil, schlang es sich um die Hand, rief: «Okay, auf geht's!» und zog.

Miss Kinsale bewältigte den Aufstieg erstaunlich leicht. Zum Teil lag das daran, daß sie klein und drahtig war, zum Teil halfen ihr auch Scotts Vorbild und seine zusätzliche Unterstützung am Seil, jedenfalls stand sie bald neben ihm. «Dr. Scott», sagte sie, «ich fürchte, Mrs. Rosen wird das niemals schaffen.»

Er entgegnete: «Sie wird. Wenn es gar nicht geht, werden wir sie zurücklassen müssen. Aber sie ist sehr tapfer.»

Miss Kinsale starrte ihn an. Auf ihrem Gesicht zeigten sich Entsetzen und Mißbilligung, soweit so etwas bei ihr überhaupt möglich war. «Das meinen Sie doch nicht im Ernst – sie zurückzulassen?»

«Wir haben den Engländer und sein Mädchen und viele andere zurücklassen müssen, die nicht mitkommen konnten oder wollten. Was meinen Sie, weshalb wir so weit gekommen sind? Wir haben auf Sieg gesetzt!»

«Wir haben den Jungen verloren», sagte Miss Kinsale und erschrak vor dem plötzlichen Ausdruck von Wildheit auf dem Gesicht des Geistlichen.

«Sagen Sie das nicht noch einmal!»

«Entschuldigung, Dr. Scott. Ich wollte ja nicht...» Dann setzte sie hinzu: «Darf ich hierbleiben und ihr helfen?»

«Nein. Die anderen kommen ja auch noch. Ich habe für sie getan, was ich konnte. Von oben aus können wir viel wirksamer helfen.»

Miss Kinsale fragte: «Macht's Ihnen etwas aus, wenn ich für sie bete?»

Scott erwiderte: «Wenn's Ihnen Spaß macht, bitte. Aber sie müßte auch jetzt schon Gottes Wohlgefallen erlangt haben – mehr, als man durch Bitten und Beten erreichen könnte. Wir werden ja sehn.»

Mühsam arbeiteten sie sich Schritt für Schritt höher, mit nur einer Unterbrechung, um Martin hochzuhieven. Susan war jung und sportlich und schaffte die schwierige Stelle ohne Schwierigkeit, Jane und Richard Shelby indessen standen Todesängste aus. Shelby meinte, jeden Moment rückwärts zu fallen und hilflos am Seil zu baumeln. Doch während er noch aufgeben wollte, hatte er die Gefahrenzone schon überschritten.

Inzwischen hatten Scott, Miss Kinsale und Martin den Gipfel erreicht, wo sie wieder ihre Kraft gebrauchen konnten, um Manny Rosen über die schlimmste Stelle hinwegzuhelfen, so daß er die restliche Strecke kriechend zurücklegen konnte, wobei er sich Bauch und Knie zerkratzte. Er war jedoch sehr stolz auf sich und schrie nach unten: «Siehste, Mamma, ich hab's geschafft! Ist gar nicht übermäßig schwer.»

Was für sie nicht zutraf.

Denn Belle Rosen war tatsächlich am Ende ihrer Kräfte. Je höher sie stiegen, desto heißer und drückender wurde es, und sie bekam nicht mehr genügend Sauerstoff in die Lungen. Wenn die da oben am Seil zogen, bewirkte das nur, daß sie noch dichter ans Zahnrad gepreßt wurde, wo sie keuchend und stöhnend hing. «Ich kann nicht, ich kann nicht! Laßt mich los, laßt mich fallen! Ich kann nicht, ich kann nicht!»

Kemals Anstrengungen verhinderten eine Katastrophe. Er schob und hob von hinten und versuchte, ihre Gliedmaßen zwischen zwei Radzähne zu bekommen, damit nicht ihr ganzes Gewicht an der Leine hing, die in ihre Fleischmassen schnitt. Er hatte sie halbwegs oben, da spürte er, wie seine eigenen Kräfte nachließen. «Au, au, nich kann!» brüllte er. «Nich kann!»

Müller zwängte sich an Nonnie vorbei, zog Linda mit sich. Die Gedanken, denen er nachgehangen hatte, stachelten ihn wieder an. Er war besessen von der Vorstellung: hinauf, nach oben – klettern, steigen – der Weg nach oben durfte nicht blockiert werden.

Linda schrie: «Laß das! Sie tun mir weh. Paß auf! Die alte Kuh fällt uns auf 'n Kopf.»

«Halt den Rand, du dumme Ziege», sagte er und hangelte sich neben den Türken.

Das unerwartete Auftreten eines Bundesgenossen mobilisierte Kemals letzte Reserven. Die beiden Männer drückten und stießen. Und was bislang ein Handikap gewesen war, kam ihnen auf einmal zu Hilfe: die Ölschicht, die alles überzog. Gezogen und geschoben rutschte sie plötzlich über den glitschigen Grat und wurde von dort an den Fuß der falschen Treppe gezerrt, wo sie keuchend und japsend liegenblieb.

Scott ließ ihr keine Zeit zum völligen Zusammenbruch, sondern enterte die Leiter hinab, hob sie auf und trug sie praktisch nach oben. «Gut gemacht, Hubie!» rief er nach unten. «Gehn Sie jetzt wieder an Ihren Platz, damit Sie sich nicht verheddern. Okay, Kemal. Dann Nonnie. Haltet euch ans Leitseil; es ist festgebunden. Über die schlimmste Stelle kriegen wir euch weg.»

Kemals gewaltiger Brustkorb wogte regelrecht, als er nach Luft schnappte. Dann prustete er, atmete tief ein und überwand das Hindernis. Auf dem Gipfel war nun so viel Zugkraft, daß Nonnie und Müller keine allzu große Mühe mehr hatten.

Wieder war es Linda, die sich sträubte und Scherereien machte. Sie rief: «Nein, nein! Die Tour mach ich nich mit. Da tu ich mir weh. Müller hat mir schon was getan. Das mach ich nich. Ich such mir einen andern Weg.»

«Aber was denn, Herzchen», sagte Rogo schmeichelnd. «Is ja bloß das kleine Stück. Ich bin ja direkt hinter dir.»

Scott schrie: «Mrs. Rogo! Halten Sie sich an unsre Route! Eine andre gibt's nicht.»

«Sie halten erst mal Ihr gottverdammtes Maul! Von Ihnen hab ich genug. Laßt mich, laßt mich...» Sie wurde zunehmend hysterischer. Sie zerrte an der Leine, die sie hielt, und rief: «So hört doch auf! Zieht nich! Laßt mich los. Ich geh um die andere Seite rum.»

Zur Rechten ragte eine schmale, ungefähr einen Fuß breite Metallplanke vor, und darüber befand sich ein Gewirr von Leitungen, Rohren, Geländern und Drähten.

«Nein, Linda!» rief Scott befehlend. «Das geht nicht. Ist nicht sicher. Ich hab's ausprobiert. Rogo, halt sie fest!»

Einen Augenblick lang bäumte sie sich auf wie ein Pony am Haltestrick. Plötzlich dann tat sie, mit einem verschmitzten Gesichtsausdruck, einen Schritt nach oben, um die Leine zu lockern; sie löste das Seil um ihren Leib, zog es sich über den Kopf und war wieder unten, von wo aus der Zahnradaufstieg begann.

«Bis gleich», sagte sie, trat auf die eiserne Planke hinaus, reckte die Arme, griff nach den Drähten, zog sich hinauf und versuchte, die Rohrleitungen zu erreichen.

Das Drahtgeschlinge gab nach, löste sich, und sie fiel auf die Planke zurück, die so sehr wippte, daß sie sich nicht mehr festhalten konnte. Oben schrien zwei Frauen auf, als sie abstürzte.

Sie erschien kurz im Lichtkreis von Rogos Laterne. Er streckte sich, und mit fast übermenschlicher Anstrengung gelang es ihm, ihren Arm zu fassen. Seine Hand und ihre Haut waren jedoch von Öl aalglatt, und so rutschte sie aus seinem Griff.

Wieder schrien die Frauen. Lichtbündel richteten sich auf den Körper, der sich im Fallen überschlug. Als Linda auf den seitlich vorstehenden winkligen Stahlstab aufprallte, wurde sie von ihm durchbohrt: die Spitze drang im Rücken ein und kam auf der Brust heraus.

Ein langgezogenes «Ohhhhhhhhhhhh» ertönte, ein Schmerzschrei, hoch und lang, dann verebbend. Aus der dunklen Höhle erscholl hallend: «Rogo, du Mistvieh!»

Einmal bewegte sie sich noch – wie ein Mensch, der sich nach langem Schlafe reckt und streckt. Danach lag sie still und gab keinen Laut mehr von sich.

# 19
## *Immer kann man schließlich nicht gewinnen*

Im Licht der Lampen floß das Blut schwarz aus der Brust der nach hinten gebeugten Gestalt, die den Eindruck einer achtlos fortgeworfenen Puppe machte. Einigen der Gruppe kamen Gedanken, über die sie sich sofort schämten.

Nonnie flüsterte gehässig: «Geschieht ihr recht – immer auf jedem rumhacken!»

«Pst», sagte Müller, «sowas darfst du von dem armen Geschöpf doch nicht sagen.»

Nonnie war augenblicklich zerknirscht. «Hätt ich wirklich nicht dürfen. Wie gemein von mir.»

Müller indessen war von seinem eigenen, immer wiederkehrenden Gedanken peinlich berührt: *Es hätte keinen besseren treffen können.*

Miss Kinsale dachte: *Sie war dumm, dumm, dumm. Sie hat Dr. Scott nicht gehorcht.*

Martin sagte ständig vor sich hin: «Denk nicht schlecht von den Toten...»

«Was ist passiert?» fragte Belle.

Ihr Mann antwortete: «Sie ist abgestürzt. Linda Rogo. Ich glaub, sie ist tot.»

Belle sagte: «Das arme Kind!» Insgeheim aber dachte sie: *Das ist die Strafe Gottes.*

Susan fragte sich, ob ihr Herz zu Stein geworden sei, sie verspürte angesichts dieses schnellen und scheußlichen Todes keinerlei Gefühlsregungen.

«So eine dumme Person», sagte Shelby. «Sie ist selber schuld.» Aber er wagte es nicht, seine Frau anzusehen, die mit hartem und ausdruckslosem Gesicht auf die Leiche hinabstarrte. Jane wünschte, sie selber wäre es gewesen. Linda verdiente den Frieden nicht.

Rogo war anfangs zu verblüfft und betäubt, um etwas zu empfinden. Noch hatte ihn der Schock des Geschehenen nicht voll erreicht; er fragte sich: «Wozu mußt sie 'n dahin gehn und das tun?» Dann aber stieß er einen Schrei aus und rief: «Linda! Herr im Himmel! Linda!» Er tat einen Schritt auf die tückische Planke hinaus, wurde jedoch von Scotts Stimme am Weitergehen gehindert.

«Das Führungsseil, Rogo! Lassen Sie sich am Seil runter. Ich komme nach.»

Der Detektiv packte sofort die Leine und glitt an ihr hinunter, wobei er gegen die scharfen vorspringenden Teile stieß und sich schnitt und sich die Handflächen aufrieb. Kaum hatte er die stählerne Wand erreicht und die schmale Leiste, mit deren Hilfe sie die Wand umgangen hatten, da war Scott schon neben ihm.

Linda lag da wie ein gespannter Bogen; ihre Beine und Arme waren schlaff; die Locken gaben ihre weiße Stirn preis; noch immer quoll dunkles Blut aus ihrer Brust. In den starren blauen Augen war kein Leben mehr. Die Lippen ihres Schmollmundes waren noch von den letzten Worten geöffnet.

Rogo, der den Tod doch in jeder Form kannte, brach in Tränen aus. Er berührte sie nicht, so, als wolle er ihr nicht weh tun, als befürchte er, sie noch tiefer in die scharfe Spitze zu drücken. Er fragte: «Weshalb hat sie das gesagt, bevor sie starb? Ich hab sie gepackt gehabt, aber ich konnt sie nicht festhalten. Meine Hände waren glatt vom Öl. Sind Sie sicher, daß sie tot ist?»

«Laß mal sehn.» Scott zwängte sich an ihm vorbei. Auch er rührte sie nicht an. Es war nicht nötig. Er stand da und blickte auf die tote junge Frau, und wenn Rogo es auch nicht bemerkte, so verzog sich doch plötzlich sein Gesicht vor Wut. «Da ist jede Hilfe vergebens.»

Rogo sagte: «Sie hat mich 'n Mistvieh geschimpft. Ich hab sie dazu überredet. Das muß es gewesen sein, was sie gemeint hat, oder? Sie kann doch nicht gedacht haben, ich hätt sie absichtlich nich festgehalten?»

«Nein», sagte Scott. «Das kann sie kaum angenommen haben.»

«Sprechen Sie ein Gebet für ihre Seele», bat Rogo. Und als ihm bewußt wurde, daß er, als Katholik, einen Nicht-Katholiken darum bat, fügte er hinzu: «Irgendein Gebet.»

Er wartete darauf, daß der Geistliche das Kreuz schlagen werde, doch Scott tat nichts dergleichen. Sein Gesicht hatte sich noch mehr verfinstert, und er rief mit lauter Stimme nach oben: «Wozu hast Du das tun müssen? Warum?»

«Was ist, Frank?» rief Shelby herab.

«Ich hab doch nicht mit Ihnen gesprochen!» schrie Scott. «Gehn Sie aus dem Weg, und lassen Sie meine Stimme durch!» Und dann brüllte er: *«Du!* Wozu brauchst Du dieses arme Geschöpf? Ich hätte sie alle sicher oben, wenn Du Dich nicht eingemischt hättest!»

Rogo sagte: «Teufel, was is 'n das für 'n komisches Gebet?»

«Was soll ich *denn* beten?» rief Scott. «GOTT, sei dieser Seele gnädig, die ihr durch sinnloses Töten entrissen wurde, wie auch die andern eines sinnlosen Todes starben!»

Rogo starrte ihn an. «Was is 'n mit Ihnen los? Sind Sie durchgedreht? Wenn Sie's nich können, lassen Sie mich das machen.»

«Verzeihen Sie», sagte Scott. Er schien sich in einem seltsamen Zustand zu befinden, er war wie betäubt. «Wir beten gemeinsam. – Gott, gib der Seele dieser Frau Frieden und nimm sie gnädig bei Dir auf. Im Namen Jesu Christi, Amen.»

Rogo sprach die Worte nach. Dann sagte er: «Wir müssen sie hochschaffen.»

«Wohin? Wozu?»

Rogo war mit den Nerven am Ende. «Wohin – wohin? Was denken Sie 'n, wohin zum Teufel? Nach oben – zu uns.»

«Und wie wollen Sie das bewerkstelligen?»

«Ich trag sie, schlepp sie, zieh sie. Was ham 'n *Sie* gedacht? Wie 'n Stück Fleisch hier aufgespießt liegenlassen? Wie sollt ich je wieder 'n Auge zutun, ohne sie so zu sehn?»

«Und hören können...» setzte Scott hinzu.

«Sie Schwein!» knurrte Rogo, wobei seine Augen boshaft aufblitzten. «Und Sie woll'n Geistlicher sein? So was Niederträchtiges...

«Ich trage sie rauf», sagte Scott.

Rogo starrte ihn an. «Das bringen Sie fertig.»

«Ja. Sie sind zwar kräftig, aber kein geübter Bergsteiger.»

«Wie wollen Sie sie denn raufbringen?»

«Wir binden sie mir auf den Rücken.»

Rogo sagte, halb zu sich selbst: «Das brächten Sie fertig, Sie...»

«Ja. Wenn Sie's wollen, tu ich's.»

«Aber Sie meinen, wir sollten's nicht.»

«Sie etwa? Die ganze Zeit haben wir die Toten, die Verletzten und die Schwachen zum Wohle der Lebenden zurücklassen müssen, wenn wir nichts mehr für sie tun konnten.»

«Wie Sie's mit dem Engländer und seinem Mädchen gemacht haben», sagte Rogo bissig. «Die waren nicht tot, und verletzt waren sie auch nich.»

«Wären Sie gern für einen Betrunkenen gestorben, der nicht den Mumm hat, für sich und die Kleine einzustehen? Jede Minute, die wir hierbleiben, kann über Leben oder Tod entscheiden.»

Rogos Stimme drückte beinahe Verzweiflung aus. «Wofür hat sie bloß sterben müssen?»

Scott schrie fast. «Für nichts und wieder nichts! Verdammt und zugenäht! Ist doch alles...»

«Ich soll sie also hier unten liegenlassen?»

«Das ist Ihre Sache, Rogo.»

«Herr im Himmel! Haben Sie kein Herz im Leibe – oder was?»

Scott blickte von Rogo auf die tote junge Frau und wieder auf Rogo und sagte hart: «Das Schiff hält sich nicht ewig über Wasser. Ich habe mir gelobt, uns hier rauszubringen, ehe es absäuft. Verflucht noch mal, Mann, entscheiden Sie sich!»

Rogo erinnerte sich plötzlich an eine Wochenschau, in der er Scott in einer College-Mannschaft gesehen hatte, wie er viele Meter zurücklegte, obwohl sich vier Gegenspieler an ihn gehängt hatten, und dann noch einen fünften überrumpelte und die Ziellinie erreichte, ohne sich aufhalten zu lassen. Vielleicht mußte man so vorgehen, um die Leute in die Kirche oder zu Gott zu bringen – oder lebend aus einem havarierten Schiff. Und Rogo erinnerte sich, daß dieser Geistliche, als er sich erst einmal im Speisesaal von den Knien erhoben hatte, nicht mehr zu bremsen gewesen war. Zwar stimmte es, daß ihnen die fette alte Belle Rosen zu Hilfe gekommen war, aber das änderte nichts daran, daß sie es getan hatte, als sei sie dazu bestimmt gewesen. Es gab nicht das mindeste, was Mike Rogo an dem Reverend Frank Scott gefiel oder paßte, und doch mußte er zugeben, daß der Kerl etwas an sich hatte. Er war es gewohnt, zu siegen.

Der Detektiv war ein Einzelgänger; er war mutig, tatkräftig und tollkühn; andererseits aber erkannte er eine Führerpersönlichkeit auf Anhieb. Ob dieser Kerl nun ein Homo war oder nicht – auf jeden Fall hatte er das Zeug zu einem Befehlshaber. «Okay», sagte er und wies mit dem Kopf nach oben. «Auf geht's.»

Während er zusah, wie Scott sich umdrehte, sich um die Wand herumschob, und die ihm nun vertrauten Griffe und Tritte fand, um mit seinem Aufstieg zu beginnen, fühlte Rogo immer deutlicher, daß diesem Mann plötzlich irgend etwas fehlte, der alte Schwung, der gewohnte Elan. Er kam langsamer voran, so, als trage er die Tote tatsächlich auf seinem Rücken. Der Detektiv fragte sich, ob Scott absichtlich vorausgegangen war, um ihn einen Augenblick mit Linda allein zu lassen, oder ob er es einfach ihm überließ, selber wieder den Weg nach oben zu finden.

Rogo warf einen letzten Blick auf seine Frau. Er hatte zu viele Tote gesehen, um durch den Tod an sich geschockt zu werden – oder durch irgendwelche Gewalttätigkeiten, die ein blühendes Menschenleben auslöschen, für ihn reduzierte sich alles auf den technischen Begriff ‹Leiche›. Seine Trauer, seine Tränen waren etwas anderes, und er drückte seine Gefühle in den letzten Worten aus, die er an die zerfledderte Puppe richtete, aus deren Stoffleib das Sägemehl gequollen war. «Täubchen, wenn du bloß gewußt hätt'st, was für 'n Mistkerl ich *nich* gewesen bin...»

Dann machte er sich an den mühsamen Aufstieg, zurück zu den anderen.

Die Überlebenden lagen, mit dem Gesicht nach unten, auf der gefährlichen Höhe, die sie erobert hatten: einem schmalen umgedrehten Laufgang oberhalb des Schraubenschachts. Im Halbdunkel hingen sie über dem bodenlosen Tümpel aus Öl und Seewasser; sie waren derart erschöpft, daß sie an allen Gliedern zitterten; und weil sie alle Linda gehaßt oder verachtet oder verabscheut hatten, wurden sie darüber hinaus noch von Schuldgefühlen geplagt.

Keiner wagte es, Rogo ins Gesicht zu sehen. Als Scott ihn mit der

Laterne kurz anleuchtete, war es so ausdruckslos wie eh und je. Sie erkannten nicht, ob er wußte oder ahnte, was sie – in Verbindung mit dem Tode seiner Frau – dachten. Er sagte: «Und was jetzt? Wissen Sie, was Sie vorhaben und wo's hingehn soll?»

Scott erwiderte: «Zur anderen Seite hinüber. Dort ist eine Plattform, auf der wir uns ausruhen können.»

«Aber doch nicht in dieser Verfassung, Frank», rief Shelby. «Sehn Sie denn nicht, daß wir alle am Ende unsrer Kräfte sind? Wir sind restlos ausgelaugt. Sie würden uns schließlich alle verlieren.»

Zu ihrer Überraschung antwortete Scott mit einiger Schärfe. «Dick», sagte er, «Selbstmitleid ist hier fehl am Platz. Wir haben erst einen Teil des Weges geschafft. Das Spiel ist noch nicht gewonnen. Es bleibt uns gar nichts andres *übrig*, als da rüberzugehn. Wir können uns gratulieren, wenn es uns gelingt. Auf jeden Fall dürfen wir hier und jetzt nicht haltmachen.»

Ob es Shelbys anklagendes ‹*Sie* würden uns schließlich alle verlieren› war oder der Tod von Linda nach dem Verlust des Jungen – Scott hatte sich jedenfalls verändert. Er war wütend. Er hatte jene Ruhe und Abgeklärtheit verloren, die seine Entscheidungen charakterisiert hatten, und die Überlegenheit, mit der er scheinbar unüberwindliche Hindernisse angegangen war. Doch schien auch das seine Vorzüge zu haben, denn indem er ihnen nicht gestattete, sich auf ihren Lorbeeren auszuruhen, trieb er sie weiter zu neuen Zielen.

Er wußte, daß sie alle daran dachten, was hinter ihnen lag, an die Grube und die abgestürzte Frau und an den tückischen See, in dem sich ihre Lampen und Laternen widergespiegelt hatten. Er sagte: «Es kommt jetzt nicht auf Kraft oder Stärke an, sondern auf den Willen. Wenn ihr wüßtet, daß ihr ein paar Zentimeter tiefer sicheren Boden unter euch hättet, würdet ihr mit verbundenen Augen über das Ding marschieren. Also: ich sage euch, unter euch ist ein Boden. Denkt es, glaubt es, und euch kann nichts passieren. Ich bringe jeden einzelnen hinüber.»

Und das tat er, ohne zu schwanken. Er verfügte über die Balance und Furchtlosigkeit eines Profis, der auf einem eisernen Träger sechzig Stockwerke über dem Erdboden arbeitet. Ein Mann, der wie er eine Nacht in heulendem Sturm und Schneetreiben auf einem zwei Meter breiten Felsensims am Hang eines Andenberges zugebracht hatte, der dreitausend Meter steil abfiel, der hatte nichts zu fürchten, für den gab es keine Angst. Einem nach dem andern half er auf die Füße. Jedem legte er seine Hände auf die Schultern und führte ihn hinüber, wobei die festgeschnallte Laterne den eisernen Laufgang beleuchtete. Um ein Ausrutschen zu vermeiden, sagte er zu jedem einzelnen: «Nicht gehen wollen. Die Füße vorwärts schieben. Geradeaus schauen. Wenn wir erst auf der anderen Seite sind, haben wir das Schlimmste hinter uns.»

Er hypnotisierte sie geradezu; sie überquerten den Abgrund wie Schlafwandler; keiner dachte an das, was unter ihm lag. Alle konzentrierten sich auf die Worte, die er mit der breiten Plattform in Verbindung gebracht hatte: ‹Sicher›, ‹Ausruhn›, ‹Schlimmste hinter uns›.

Zu Miss Kinsale sagte er: «Sie sind eine patente Person.» Zu Susan: «Aus dir wird eine großartige Frau – wie deine Mutter.» Und Susan dachte bei sich: *Werd ich das? Werd ich durch das, was ich nie werde vergessen können, ein besserer oder ein schlechterer Mensch werden?*

Jane Shelby sagte: «Mir wär's lieber, Sie würden mich nicht anfassen. Ich kann allein gehn. Ich hab keine Angst.»

Scott legte ihr seine Hände trotzdem auf die Schulter. «Jane, Jane!» flüsterte er. Sie gingen los, und Jane war dankbar für den starken Halt, wenn er auch ihre Bitterkeit nicht zu lindern vermochte. Sie starrte geradeaus, wie er's befohlen hatte, und sagte: «Sie haben mir meinen Jungen versprochen.»

«Ist ja noch nicht vorbei», gab er zur Antwort. «Wir wissen nicht, was uns noch erwartet; wir wissen nur, daß wir's als erwachsene Menschen bestehen werden.»

Belle Rosen murmelte er ins Ohr: «Im Schwimmverein war's bestimmt nicht so spannend.»

«Du lieber Gott!» kreischte sie. «Bringen Sie mich jetzt bloß nicht zum Lachen. Sie sind ein schlimmer Mensch, Dr. Scott. Wie Sie mich zu alldem bringen, was ich getan hab. Ich kann's einfach nicht glauben.»

Kemal schaffte es allein.

Scott brachte Manny, Nonnie und Müller hinüber und kam dann zurück, um Rogo zu holen. Der Detektiv stand auf dem schmalen Steig im Dunkeln, und Scott hörte, wie er seine Lampe anknipste, und sah dann den nach unten gerichteten Lichtstrahl. «Nicht noch mal hinsehn», sagte er.

Rogo ließ den Ratschlag unbeachtet. Seine Batterie wurde schwächer. Der Schein erreichte kaum mehr die Stelle, an der seine Frau aufgespießt auf dem silbrigen Stahlsplitter hing.

«Leuchten Sie sie an», befahl Rogo.

Scott gehorchte und richtete seine hellere Laterne nach unten. Jetzt waren Einzelheiten zu sehen: das dunkel wirkende Blut, das leere weiße Gesicht, die starren Augen. Rogo fragte: «Was soll das? Wozu? Weshalb mußt sie sterben?»

Scott gab keine Antwort, und in Rogo stieg kalte Wut auf. Er wollte eine Antwort haben – irgendeine. Es *mußte* doch eine geben! Und sei es auch nur etwas Närrisches und Nutzloses wie ‹Gottes Wille› – mit dem ihnen Father Maloney vom *Broadway Tabernacle* immer kam, wenn etwas schiefging: als Linda ihr ungeborenes Kind verlor, zum Beispiel, oder als Rogo Schwierigkeiten bekam, weil er einen jungen erfolgreichen New Yorker Politiker auf die Hühneraugen getreten hatte. «Der Wille Gottes, mein Sohn. Hab Vertrauen und bete um Verstehen.» Er brauchte eine ‹Ablenkung›, eine Krücke, eine Vorstellung, an die er sich halten konnte, irgend etwas! Dieser Kerl da war Geistlicher und starrte auf die Leiche seiner Frau und hatte nichts zu sagen?

Schließlich sagte Scott doch etwas, und diesmal lag etwas Mechanisches in seiner Antwort, so, als sei das, was er sagte, etwas anderes als das, was er empfand. Zuerst murmelte er: «Ich weiß es nicht.» Und dann fügte er hinzu: «Wahrscheinlich ist es barmherzig schnell gegangen. Sie hat nicht gelitten.»

Rogo sagte: «Nicht gelitten? Gestorben ist sie! Ein gewaltvoller Tod tut weh. Wenn Sie die Gesichter von denen sehn, die so umkommen, dann wissen Sie Bescheid.»

«Ja», sagte Scott. «Vielleicht haben Sie recht.»

«Gehn Sie voraus», sagte Rogo zu Scott, «ich komm nach. Ich kann genug sehn.»

Der Geistliche ging zu den anderen hinüber. Rogo fiel nichts ein, was er noch hätte sagen können, außer: «Gott sei ihrer Seele gnädig.» Gleichzeitig fragte er, was aus diesem gemarterten Ding wohl schon geworden sein mochte. Hatte es sich bereits aus dieser Vorhölle emporgeschwungen, hatte es den eisernen Rumpf über ihnen schon durchdrungen und befand es sich schon auf dem Weg zu den Engeln? Bilder tauchten vor seinem inneren Auge auf: Christus mit blutendem Herzen, goldene Heilige mit perlfarbenen Heiligenscheinen, Gott auf einer Wolke, majestätisch, bärtig, koloriert. Heiligenbilder.

Der Himmel – oder was immer ‹oben› war – bestand aus einem Gasgürtel, einer Mischung aus Stickstoff und Sauerstoff, der die Erde umgab, und jenseits war das All, in dem nach einem geheimnisvollen und unerklärlichen Plan die Sterne und die Planeten kreisten.

Rogo wußte, daß er allenfalls mit halbem Herzen Katholik war, der die Messe besuchte, niederkniete, ins Weihwasserbecken faßte und Lippenbekenntnisse ablegte, während ihm andere Sachen durch den Kopf gingen, Dinge, die mit der Kirche nichts zu tun hatten, wie zum Beispiel die beiden Männer, die er in einem Pistolenduell an der Ecke 6. Avenue und 47. Straße umgelegt hatte – und zwar abends, nach Theaterschluß, in der Menschenmenge –, zwei Kriminelle, die ihm zuvorkommen wollten. In der Kirche, bei Musik und Weihrauch, bei den holzgeschnitzten Heiligen und den Buntglasfenstern, sah er dann wieder, wie die Neonleuchte eines Restaurants die Pistole des einen glühend rot gefärbt hatte. Rogo hatte auf ihren einen Schuß hin deren zwei abgefeuert, und das hatte die Angelegenheit erledigt, ohne daß irgendein unschuldiger Zuschauer verletzt worden wäre. Er hatte auf die beiden Toten niedergeblickt, die rücklings auf dem Pflaster lagen und deren lehmgraue Gesichter keine Blutspuren zeigten, denn er hatte sie durchs Herz geschossen und gedacht: *tot ist tot.* Genausogut hätte es anders kommen können, und dann hätten die neugierigen Passanten den toten Rogo angestarrt, und damit wär's aus gewesen, und eine Auferstehung findet niemals statt. Das Loch in seinem feschen Filzhut wäre eine ausreichende Bestätigung gewesen.

Also sagte er noch einmal: «Gott sei ihrer Seele gnädig» und wollte damit die Hoffnung ausdrücken, daß das, was von ihr blieb, nicht die Qualen würde ausstehen müssen, die sie im Leben offenbar ertragen hatte. Und wenn nichts anderes, dann möge ihr Vergessen beschieden sein. Daraufhin lenkte er den Lichtstrahl seiner Laterne auf den stählernen Pfad und schritt kaltblütig über den Abgrund hinweg zu den anderen.

«Ruht euch aus», ordnete Scott an, und mit Ausnahme von Shelby und ihm selber ließen sich alle auf die Plattform fallen.

Shelby fragte: «Wo sind wir hier?»

Scott richtete den Schein seiner Lampe prüfend in alle vier Winkel, dann auf eine Seite, an der etwas herausragte, das wie eine riesige Tasse aussah, drei Meter im Durchmesser und mindestens anderthalb Meter tief. «Wofür würden Sie das halten?» fragte er Shelby. Der Experte für Autos gab zur Antwort: «Wahrscheinlich ist es das halbe Turbinengehäuse. Oben können Sie die Bolzen sehen, mit denen es befestigt war.»

«Und das?» Scott ließ seine Lampe über einen schimmernden polierten fortlaufenden Zylinder gleiten, der ungefähr einen halben Meter im Durchmesser war. Darüber befand sich wieder ein umgedrehter Laufgang.

«Das muß die Schraubenwelle sein», meinte Shelby.

«Die zum Schraubenwellenkanal führt», schloß Scott. «Am Ende des Laufgangs dort ist der Schiffsboden. Und da müssen wir hin.»

Shelby stöhnte. Ihr Ziel war noch vier bis fünf Meter über ihren Köpfen. Er sagte: «Wie?»

Die anderen seufzten auf.

«Na ja», erwiderte Scott, «es müssen Stufen oder Leitern dagewesen sein, oder ein companionway hat da hinabgeführt, als das Schiff noch aufrecht im Wasser lag. Einer müßte jetzt hinaufführen.»

«Und wenn nicht?»

«Klettern!» sagte Scott, und zwar mit einer Stimme, die derart hart und unwillig war und ihm so unähnlich, daß Shelby ihn verwundert anstarrte. Er ging ein Stück weiter. Shelby blieb stehen und beobachtete den umherspringenden Lichtstrahl, mit dem er hierhin und dorthin leuchtete. Er kam zurück und sagte schlicht: «Er ist da. Er ist zwar halb weggerissen, aber für uns reicht das.»

Ohne die geringste Warnung machte die Plattform, auf der sie alle versammelt waren, eine Schlingerbewegung, so daß Scott und Shelby hinfielen. Aus den Tiefen des Schiffes kam ein knirschender metallischer Krach, begleitet von dem Geräusch platzender großer Blasen und fernem innerem Rumoren.

Der Boden unter ihnen neigte sich im selben Augenblick, so daß sie alle nach einem Halt suchten oder sich wild aneinanderklammerten und versuchten, sich auf der schlüpfrigen Oberfläche abzustützen. Müller verspürte wieder dieses üble Gefühl totaler Hilflosigkeit, wie er es einmal bei einem Erdbeben in Mexiko gehabt hatte.

Die Plattform kehrte fast wieder in ihre frühere Lage zurück. Die krachenden Geräusche gingen weiter. Eine gewaltige, heiße, stinkende Blase platzte unten im Schacht, und von mittschiffs her erscholl eine Explosion, ein großer donnernder Knall wie von einer Pauke, gefolgt von metallischem, zymbelähnlichem Klirren und Klingeln. Irgend etwas hatte nachgegeben, und das Schiff schüttelte sich und erschauderte, als trieben seine Maschinen es wieder zu voller Fahrt an. Noch einmal neigte es sich, diesmal nach vorn. Die Frauen schrien und kreischten.

«Herr im Himmel!» rief Rogo. «Der Kahn säuft ab!»

«Nein, nein, nein!» schrie Scott in hohen Tönen, fast hysterisch, und rannte zur Mitte des schrägen Laufgangs.

Rogo brüllte: «Was ham Sie 'n vor, zum Teufel?» Und Shelby schrie: «Frank! Kommen Sie zurück, um Himmels willen!» Er leuchtete die hohe Gestalt des Geistlichen an, der sich mit gespreizten Beinen gegen den Abhang sperrte.

«Nein, nein!» schrie er. «Nein, sage ich!»

Sie sahen, wie er die Arme über den Kopf hob, und keiner dachte daran, daß sie ja alle dem Tod sehr nahe waren und daß die POSEIDON jeden Augenblick endgültig absinken konnte.

«Was willst du von mir, Gott?» brüllte ihr Anführer und schüttelte seine Fäuste gegen das Dunkel über seinem Kopf. Er war fast nackt, die Laterne hatte er umgebunden, ebenso die Feueraxt – so stand er da im gelblichen Schein der Lampen und wirkte wie ein primitiver Medizinmann bei einer Anrufung.

«Was willst du noch? Ich hab dir ein Versprechen gegeben. Wir haben's gehalten. Wir haben nicht aufgegeben. Wir haben jeden nur möglichen Versuch gemacht, oder etwa nicht?» Seine kraftvolle Stimme dröhnte durch das Gewölbe, und das laute Echo übertönte die Sterbegeräusche des Ozeanriesen.

Scotts Stimme wurde schriller. «Warum hast du uns so weit kommen lassen, du Bastard, wenn du uns jetzt erledigen willst? *Wir* haben dich erfunden. Hätten wir es nicht getan, dann gäb's dich gar nicht! Jahwe! Marduk! Baal! Moloch! Du bist immer noch derselbe alte Töter mit dem Geruch von Blut!»

Martin rief: «Er dreht durch!»

Shelby klammerte sich unwillkürlich an Müller, und dieser sagte: «Wir müssen ihn da wegbekommen.» Sie knieten sich hin. Das bebende Schiff schien in seinen letzten Zuckungen zu liegen; das ferne Dröhnen nahm an Lautstärke zu.

Shelby schwamm es vor Augen, und seine Gedärme revoltierten. Er stammelte: «Ich, ich ka-kann nicht da-daraus.» Müller erwiderte nichts, er machte sich allein auf den Weg.

Scott mußte noch lauter schreien, um vernehmbar zu werden. «Du Kinderfresser!» kreischte er. «Du Frauenschlächter! Du Männermörder! Du hast doch schon den Jungen und die Frau. Was willst du denn – noch ein Opfer? Mehr Blut? Noch ein Leben?»

Lauter als das Ächzen und Stöhnen des sterbenden Schiffes war der Schrei von Miss Kinsale: «Dr. Scott! Bitte, nein!» Sie war die einzige, die vorhersah, was er zu tun beabsichtigte.

«Verschone sie! Nimm mich!» schrie der Reverend Frank ‹Buzz› Scott lauthals und stürzte sich in die Tiefe.

Er fiel schlaff, sein Körper war ergeben, und seine immer noch brennende Laterne beschrieb einen flachen Bogen durch die Halle des Maschinenraums. Dann wurden beide, Mann und Licht, in der Grube unten ausgelöscht, sie ließen nur noch eine Fontäne öligen Wassers aufsteigen.

Die Überlebenden hörten, wie das Aufklatschen hohl widerhallte, und verstanden nicht, warum gleichzeitig alle anderen Geräusche abrupt geendet hatten.

Von mittschiffs kam kein Dröhnen mehr, und das Schiff hatte aufgehört, zu beben und zu knarren. Auch der Neigungswinkel hatte sich verringert, und die Plattform, an die sich alle klammerten, war nun fast wieder eben, nur zum Bug hin ein bißchen schräg.

Shelby erhob sich, tastete sich zum Rand vor und wagte es hinabzuleuchten. Das Wasser des Höllensees war gestiegen und hatte den Hang verschlungen, der das Vorfeld zur Besteigung des ‹Poseidon-Gebirges› gebildet hatte. Die Oberfläche regte sich und bewegte sich, aber Scott tauchte nicht auf. Rogo, Müller und Martin kamen herbei und stellten sich neben Shelby.

Die Wellen schlugen noch an die Wände der Grube. Von irgendwo hörte man Wasser rauschen – dann hörte auch das auf. Im Schiff herrschte wieder Stille.

Der Mittelpunkt der Wellenringe zeigte an, wo der Geistliche eingetaucht war, doch von ihm selber war nichts zu sehen. Shelby suchte die Wasseroberfläche ab. Ein Aufschrei von Rogo durchbrach die Stille: «Jesses, Linda ist weg!»

Es stimmte. Die auf den stählernen Dreizack gepfählte Leiche seiner Frau war nicht mehr da. Auch die Treppe des Untersetzungsgetrieberades war verschwunden. Der ‹Poseidon-Berg› hatte sich verändert. Viele Teile waren herabgefallen. Müller sah, daß er nicht mehr besteigbar war.

Rogo murmelte: «Sie ist ihm nach.»

Das Schiff kam völlig zur Ruhe.

Shelby schüttelte in ratloser Verwunderung den Kopf. Er wiederholte Scotts Worte: «‹Verschone sie, nimm mich›.»

James Martin sagte überrascht: «Wer weiß? Vielleicht hat's gewirkt. Sieht nicht so aus, als wollt's jetzt untergehn.»

Miss Kinsale heulte laut, mit einem fast tierischen Ton, es war das Klagejammern eines getroffenen Herzens.

# 20
## *Der Feldwebel übernimmt das Kommando*

Jane Shelby ging zu Miss Kinsale hinüber, die mit gekrümmtem Oberkörper kniete und ihre Stirn gegen die eiserne Plattform schlug. «Miss Kinsale, das dürfen Sie nicht! Liebe Miss Kinsale, bitte bitte, tun Sie das nicht! Ich versteh Sie ja, aber das dürfen Sie nicht tun.»

Sie nahm die Frau in ihre Arme, konnte das jammervolle «Oh, oh, oh, oh, oh!» jedoch nur wenig dämpfen.

Shelby blickte auf die jetzt ruhige glatte Oberfläche des Sees nieder und dachte: *Weshalb ist er nicht hochgekommen?* Und als er sich an Martins Bemerkung erinnerte, kam ihm der entsetzliche Gedanke: *Die Grube ist zufriedengestellt; das Opfer wurde angenommen.*

Hubie Müller sagte: «Dieser verdammte Narr! Können wir ihn nicht da rausholen?»

«Er hat sich irgendwo festgehakt», sagte Martin. «Jedenfalls kommen wir da nicht runter.»

Shelby hatte plötzlich das Gefühl, es würde ihn zerreißen. Wütend rief er: «Jane, Grundgütiger, kannst du das Geheule der Frau denn nicht abstellen?»

Sie antwortete ihm nicht, sondern wandte sich wieder an dieses verzweifelte Mädchen. «Liebe Miss Kinsale, können Sie nicht aufhören, bitte? Ich versteh Sie ja. Aber er hat wirklich geglaubt, er tät's für uns.»

Miss Kinsale vergrub ihr Gesicht in Janes Armen und stöhnte: «Ich habe ihn geliebt! Ich habe ihn geliebt!» Dann brach sie in Tränen aus. In gewisser Weise trauerte sie für alle anderen mit und nahm ihnen so die Spannung, unter der sie gestanden hatten. Sie konnten wieder denken und sehen, ja sogar fragen und überlegen.

Belle fragte: «Was hat er Gott genannt – einen Bastard? Er hat Gott geschmäht und sich umgebracht?»

Susan Shelby sagte: «Er muß den Verstand verloren haben.»

«Er hätte Gott nicht dürfen beschimpfen», sagte Mrs. Rosen unbeirrt. «Niemand läßt sich gern beschimpfen.»

Der kleine Martin kam von der Plattformkante zurück und schüttelte den Kopf. Er sagte: «Er hätte das nicht zu tun brauchen. Das Schiff geht nicht unter.»

«Nein?» sagte Rosen. «Ich jedenfalls hab Abschied genommen.»

Müller sagte: «Wir scheinen uns wieder eingependelt zu haben. Dieser arme Irre hat tatsächlich gedacht, er könnte das Schiff über Wasser halten.»

Zu aller Überraschung ergriff Nonnie das Wort und sagte bestimmt: «Und hat er's nicht auch getan? Er hat uns immer wieder auf die Beine gebracht.»

Rogo fragte: «Was sind 'n das für Namen gewesen, die er da gesagt hat? Da bin ich nich mitgekommen.»

«Semitische Namen für Gott oder Götter», erklärte Müller. «Menschenfresser – assyrisch, babylonisch – vor dem jüdischen Gott. Sie bevorzugten Menschenopfer.»

Martin sagte: «Scheint mir ziemlich verrückt.»

Miss Kinsale lag nun ruhiger in Jane Shelbys Armen. Belle Rosen sagte mit einiger Entrüstung: «Unser Gott ist nicht so einer! Wenn wir Juden gut sind, gibt *Er* uns Milch und Honig. Wenn wir böse sind, kriegen wir was auf den Kopf. Okay, also liebt er uns bloß, wenn wir sind gut. Grad jetzt kriegen's die Ägypter auf den Kopf.»

Manny Rosen bemerkte: «Aber sich umzubringen? Und zu sagen, es wär für uns? Soll das sein Religion?» Plötzlich wurde ihm bewußt, was er gesagt hatte, und er sprudelte hervor: «Entschuldigung, tut mir leid. Ich hab's nicht so gemeint gehabt, wie sich's anhört. Er war ein guter Mensch.»

Susan warf ein: «Er hat aber doch wirklich geglaubt, oder nicht?»

«Vielleicht zu sehr», sagte Müller sanft. «Er war ein Mann, der immer gewinnen mußte, und zum Schluß hat er dann entdeckt, daß er im falschen Spiel mitgewirkt hatte.»

Dann sagte eine Zeitlang niemand etwas, und die Stille wurde nur von Miss Kinsales leisem Schluchzen und Jane Shelbys Beschwichtigungsversuchen unterbrochen.

Dann fragte Martin: «Was ist mit Freund Kemal?» Er wandte sich dem Türken zu, der ruhig und unerschrocken auf der Plattform hockte. Wahrscheinlich war er von allen derjenige, der am leichtesten akzeptieren würde, was auch immer kommen mochte. Indessen schockierte er sie dadurch, daß er sich mit dem Finger gegen die Stirn klopfte, um ihnen zu zeigen, was er von Scotts Handlungsweise hielt.

Rosen fragte: «Was ist gewesen mit dem Schiff? Das versteh ich nicht.»

Shelby sagte: «Irgend etwas muß nachgegeben haben. Vielleicht ist ein Schott aufgegangen und hat das Gleichgewicht verändert. Wahrscheinlich ist das Schiff zu groß, um auf einmal abzusacken. Ein kleineres wäre schon längst untergegangen. Das nächste Mal wird das letzte Mal sein.»

Müller dachte bei sich: *Und wir haben den Mann verloren, auf den wir uns alle wie kleine Kinder verlassen haben.* Und dann formulierte er unangebrachterweise die Schlagzeile: *Buzz Scott gibt sich geschlagen.* Laut murmelte er: «Weshalb hat er das bloß getan, um alles in der Welt?»

Rogo sagte: «Er konnt's nicht ertragen. Als er gedacht hat, das Spiel wär verloren, da hat er den ganzen Kram hingeschmissen.»

Miss Kinsale weinte nicht mehr, sie wies ihn zurecht: «Das stimmt nicht, Mr. Rogo», sagte sie. «Er hat das getan, was er für den Wunsch seines Vaters hielt.»

Martin sagte: «Dann seid ihr alle der Meinung, es ist jetzt aus?»

Langes Schweigen. Dann ließ sich Shelby vernehmen: «Damit müssen wir uns wohl abfinden.»

«Mir soll's recht sein.» Das war Rogos Kommentar.

Belle Rosen tat einen müden Seufzer. «Mir auch. Je schneller, desto besser.»

Jane Shelby sagte: «Eigentlich schade – nach all der Anstrengung und der Mühe.»

Ihr Mann fügte hinzu: «Wir sind alle zusammen. Wir können genausogut hier drauf warten wie anderswo.»

Und dann hörten sie wieder Martins trockene Stimme. «Wir sind noch nicht da.»

Shelby: «Wo?»

«Da, wo er uns hinbringen wollte. Dort oben, über unsern Köpfen. Im Boden des Schiffes.»

Rogo sagte: «Der war ja übergeschnappt. Ich wünsch, ich hätt nie auf ihn gehört. Linda wär jetzt noch am Leben.»

«Oder ihr wärt beide tot», entgegnete Martin scharf. «Möglich, daß er ein sonderbarer Kauz gewesen ist, aber er hat die richtige Idee gehabt und genügend Mumm. Ohne ihn wären wir nie so weit gekommen.»

Müller sah wieder seine Schlagzeile und sagte: «Bis er uns im Stich gelassen hat. Was haben wir jetzt davon, wenn das Schiff sinkt?»

«Ich weiß nicht, wie Sie darüber denken», meinte Martin, «aber wenn das Schiff sinkt, dann will ich da oben sein, wo wir hinwollten. Vielleicht sinkt's nicht.»

Shelby lachte bitter auf und sagte: «Ein verdammt dünner Strohhalm. Spüren Sie das denn nicht? Das Ganze hängt bloß noch an einem Zwirnsfaden.»

«Ich riskier's», sagte Martin ruhig. «War das nicht auch Scotts Einstellung? Er hat ja nie gesagt, wir würden gerettet werden. Er hat bloß gesagt: wenn jemand kommt, dann müßten wir da sein, wo sie leicht an uns ran können.» Dann hörten sie, wie der Herrenausstatter ein trockenes Kichern von sich gab. Er sagte: «Jeder hat dies oder das Motiv dafür, am Leben bleiben zu wollen. Meins halten Sie bestimmt für dämlich, aber ich kriege Mitte Januar eine neue Kollektion in den Laden, richtig scharfe Sachen. Heutzutage muß man sich an die Jungen halten, wenn man Umsatz machen will. Meine Frau kann nicht. Arthritis. Also muß ich zurück, um die Fenster zu dekorieren und alles.»

Zum erstenmal seit vielen Stunden dachte einer von ihnen an Martins Beruf oder wurde, wie jetzt, daran erinnert. Rogo sagte sarkastisch: «Junge, Junge, wenn das nich 'n Grund is!»

Martins Erwiderung erstaunte sie. Er sagte: «Ich weiß nicht, wie's bei Ihnen ist, aber solange nicht alles verloren ist, werf ich die Flinte nicht ins Korn.»

«Wollen Sie's im Alleingang schaffen?»

Martin entgegnete: «Och, ihr werdet schon alle mitmachen.»

Manny Rosen sagte: «Sie haben doch meine Frau gehört: sie kann keinen Schritt mehr weiter.»

«Das hat sie schon öfter gesagt», erwiderte Martin.

Belle stöhnte: «Ich habe solche Herzschmerzen.»

Aus Gewohnheit sagte Manny zu ihr: «Mamma, bitte, nicht wieder mit's Herz.»

«Einen Versuch sollten wir noch machen», sagte Martin eindringlich. «Ist ja nicht mehr weit. Scott hat gesagt, da wäre eine Leiter, an die wir ran könnten.»

Müller knipste, ohne zu wissen, warum, seine Laterne wieder an und richtete ihren Lichtschein auf die kleine graue Gestalt von Mr. Martin, der sich halb aufgerichtet hatte.

«Machen Sie das Ding aus», sagte Martin barsch, «wir werden's noch brauchen.» Nach einer kurzen Pause kam wieder sein Kichern. «Ich weiß genau, was ihr jetzt alle denkt. Aber was ist denn so sonderbar daran, daß ein Herrenausstatter nicht ersäuft werden will wie eine Ratte in der Falle?» Wieder machte er eine Pause. Dann: «Harry Truman hat's ja auch zu was gebracht, oder nicht? Und womit hat er angefangen? Strümpfe und Hemden und Schlipse hat er verkauft.»

Müller lachte und dachte bei sich: *Sieh mal an: so ein zäher kleiner Kampfhahn ist das!*

Susan dachte: *Ach, Daddy, warum konntest du denn nicht das Kommando übernehmen wie der? Dieser kleine Kerl bringt's noch fertig, daß wir weitermachen.* Und gleich darauf: *Aber wie sollte Vater das können, nachdem Mutter ihn so runtergemacht hat? Weshalb tun die Menschen sich nur so etwas an?*

Nonnie reckte sich und legte ihren Mund dicht an Müllers Ohr, damit kein anderer hörte, was sie sagen wollte. «Wir wollen nicht mitgehn, nein?» wisperte sie. «Laß uns hierbleiben und es noch mal tun, bis wir zusammen ertrinken. Es tut doch nicht sehr weh, wenn man ertrinkt? Mir würd's dann nichts ausmachen, bestimmt.»

Müller jedoch hatte wieder einen Funken Hoffnung. «Nein. Martin hat recht. Nach all den Anstrengungen kann man sich nicht einfach hinlegen und aufgeben.»

Martin stand auf. Fast automatisch folgten die anderen seinem Beispiel. Bei aller Erschöpfung und Niedergeschlagenheit erkannten sie, daß ihnen wieder jemand die Entscheidung abnahm, und das erleichterte sie.

Belle fragte: «Was tu ich denn schon wieder?»

Shelby gab ihr, in einem plötzlichen Anflug von Scham und Selbstanklage, die Antwort: «Was Sie immer getan haben, Mrs. Rosen», sagte er. «Sie sind nun einmal die Tapferste von uns.»

Es war eine Phrase, gewiß, doch diesmal hatte sie Gewicht. Alle murmelten aufrichtig Beifall, und Belle sagte: «Na, na...»

Miss Kinsale hatte sich nun wieder völlig in der Gewalt. Sie sagte: «Wir sind es Dr. Scott schuldig, weiter nach oben zu klettern. Er ist gestorben, um uns zu retten.»

«Quatsch!» sagte Rogo halblaut. «Der is gestorben, weil er nich mehr alle Tassen im Schrank gehabt hat.» Dann: «Jetzt sind sie beide unten zusammen. Sie is ja die ganze Zeit hinter ihm her gewesen.» Und schließlich: «Herr im Himmel, warum hat sie 'n *so* sterben müssen?»

Manny Rosen sagte: «Mir tut's... uns tut's leid, Mike.»

«Stimmt ja nich», sagte Rogo bitter. «Ihr habt sie gehaßt, alle zusammen. Na schön, nun seid ihr quitt. Umgekehrt war's genauso, und ich könnt euch...»

Martin fragte ganz ruhig: «Kommen Sie mit, Rogo?»

Die Antwort war bar jeglicher Emotion. «Kann sein.»

Jane sagte einschränkend: «Ich komme mit, weil wir dann vielleicht noch meinen Robin finden. Frank war so sicher, daß wir ihn finden würden – so sicher.» Sie wurde nachdenklich. «Wieso war er eigentlich so sicher, wenn er...» Sie zögerte, und dann sagte sie: «Er war nur deshalb so sicher, weil er sich für unfehlbar hielt. Und dann war er's doch nicht. Und das Wissen, daß er sie verloren hatte, daß er Robin und Linda verloren hatte, das hat ihn dann umgebracht. Stimmt das nicht?» Sie war einem Zusammenbruch nahe, nahm sich aber zusammen und fuhr nach einer Pause fort: «Ich gebe nicht auf. Vielleicht finden wir ihn trotz allem noch.»

«Ma'am», warf Rogo ein; plötzlich war er wieder ganz Polizeibeamter, und dementsprechend veränderten sich auch Stimme und

Haltung. «Ma'am, an Ihrer Stelle tät ich da nicht mehr allzuviel Hoffnung drauf setzen.» Er hatte während seiner Laufbahn mit zahlreichen Fällen von Kidnapping und mit vermißten Kindern zu tun gehabt. Solange auch nur die mindeste Aussicht bestand, sprach er den Eltern guten Mut zu; sobald er aber die Gewißheit hatte, daß keine Hoffnung mehr bestand, daß sie allenfalls eines Tages einen kleinen Leichnam entdecken würden, hielt er's für humaner und klüger, die Angehörigen auf das Schlimmste vorzubereiten. –

Jane verstand ihn. Sie begriff, was er wollte. «Sie sind sehr freundlich, Mr. Rogo», sagte sie. «Und das mit Linda tut mir herzlich leid. Wirklich und wahrhaftig. Ich glaub, keiner von uns hat sie und ihre Probleme ganz richtig verstanden.» Und dann fügte sie hinzu: «Aber ich werde weiter hoffen, bis es wirklich keine Hoffnung mehr gibt.»

Der weiße Lichtstrahl von Martins schwerer Lampe wurde merklich schwächer. «Oh, oh», sagte er. «Die Batterien lassen nach. Ab jetzt nur noch eine Lampe.»

Das gab ihnen zu denken. Vor der Dunkelheit hatten sie alle jetzt noch mehr Angst. Sie wollten sich nicht von diesem dicken, öligen Geruch einhüllen lassen. Dennoch prüfte jeder kurz seine Lampe, um zu sehen, wie stark sie noch war.

Martin sagte: «So, nun wissen Sie Bescheid.» Bei vielen hatte die Lichtstärke schon erheblich nachgelassen. Er fuhr fort: «Wenn Sie mit mir kommen wollen, werde ich für Sie tun, was ich kann. Als Scotts Nachfolger dürfte ich's ganz schön schwer haben. Ich habe nicht das Zeug zum Anführer, wie er's hatte, aber ich weiß, was er vorhatte und wohin er wollte.»

Er war ein bescheidenes kleines Männchen, und es erschien ihm auf einmal als eine derartige Anmaßung, sich an die Spitze der Gruppe stellen zu wollen, daß er das Gefühl hatte, seine Führerrolle rechtfertigen zu müssen. Er begann: «Wissen Sie, im Krieg hat's auch eine ganze Menge unscheinbarer Muschkoten gegeben – Schuhverkäufer, Bankbeamte, Packer, ungelernte Arbeiter, Barkeeper und dergleichen.» Als ihm klar wurde, wie absurd seine Ansprache war, kicherte er neuerlich. «Keine Bange: ich will nicht versuchen, mich als Helden hinzustellen. Ich war bloß in der Etappe und habe Vorräte ausgegeben. Marketenderware und so.» Er legte eine kleine Pause ein und schloß dann mit den Worten: «Aber ich hab's zum Feldwebel gebracht.»

Müller dachte: *Und ich mache jede Wette, daß du ein mieses Ekel warst.*

Rogo sagte: «Wenn wir gehn wollen, dann los.»

Beim Schein der stärksten Laterne entdeckten sie, daß die Leiter oder Eisentreppe, von der Scott gesprochen hatte, seitlich verdreht war und keine allzu schwierige Aufstiegsmöglichkeit bot – wenn man davon absah, daß die untersten fünf Stufen fehlten, wodurch bis etwa in Kopfhöhe eine Lücke entstanden war. Ganz oben zeigte der Lampenschein den silbrig schimmernden Zylinder des Schraubenschafts, den Eingang zum Schacht und den umgekehrten Laufgang aus festem Röhrenwerk, der bis zum Heck des Schiffes reichte.

Linda war tot. Sie war nicht mehr unter ihnen, und doch hatte sie ihnen anscheinend so etwas wie ein Vermächtnis hinterlassen. Belle Rosen faßte in Worte, was ihnen allen in dieser oder jener Form durch den Kopf ging, nämlich: *Was sollen wir bloß mit der fetten Jüdin anfangen?* Sie sagte: «Wenn mir jemand da rauf hilft, dann könnt ich den Rest wohl alleine schaffen. Sieht aus wie eine richtige Treppe.»

Manny sagte: «Klar kannst du, Mamma. Hab ich doch gesagt die ganze Zeit.»

Sie schien plötzlich neuen Lebensmut gefunden zu haben, eine versteckte Kraftquelle, eine starke Entschlossenheit, was vermutlich auf die Tatsache zurückzuführen war, daß der Herrenausstatter mit seiner schlichten Art der letzten Anstrengung jeden dramatischen Aspekt genommen hatte. Sie verstand Martin besser, als sie Scott je verstanden hatte.

Martin tippte Kemal auf die Schulter und zeigte zuerst nach oben und dann auf Belle. Der Türke begriff sofort, schwang sich auf die Treppe, stieg vier Stufen hoch und reichte einen Arm herunter.

«Okay, Leute!» befahl Martin. Zu Belle sagte er: «Stützen Sie sich mit den Händen auf unsre Schultern, wenn wir anheben; dann fassen Sie sie, Kemal. Passen Sie auf, das geht wie der Blitz.»

Martin und Müller, Shelby und Rosen packten Belle bei den Beinen und hievten sie hoch. Sie erhob sich aus ihrer Mitte wie die groteske Karikatur einer Tänzerin in langsamer Bewegung. Es gelang ihr sogar, sich um das Ende des verdrehten companionway zu winden und die ehemalige Decke des Schraubenwellentunnels zu erreichen, die jetzt den Fußboden darstellte. Hier befanden sich die Träger des elektrohydraulischen Systems, mit dem das 40-Tonnen-Ruder bewegt worden war. Die Welle selber war höher, ungefähr in Schulterhöhe, und ungefähr ein Meter darüber befand sich – jetzt ein Dach bildend – der stählerne Laufgang, auf dem das Personal des Maschinenraums sich im Tunnel bewegen konnte, um die Wellenlager zu beobachten und zu schmieren. Noch etwas höher war die Beplankung des doppelten Bodens, unter dem die Treibstoff- oder Ballasttanks waren, wenn das Schiff normal mit dem Rumpf im Wasser lag.

Als Belle zu Atem gekommen war, rief sie nach unten: «Seht ihr? Wie hab ich gesagt: wenn einer hebt, geht's glänzend. Ihr braucht euch keine Sorgen mehr zu machen.» Ganz plötzlich aber hörte man ein Keuchen und dann einen Aufschrei.

Rosen richtete den schwachen Strahl seines Scheinwerfers nach oben und rief: «Mamma, was ist? Hast du dir was getan?»

Die Antwort ließ etwas auf sich warten. «Es ist... es ist, wie Dr. Metzger sagt... ist nichts. – Also: keine Sorge.»

Rosen senkte seine Stimme und sagte besorgt zu den anderen: «Mamma – ich meine: meine Frau – denkt seit dreißig Jahren, daß sie was hat mit dem Herz, weil sie war Sportlerin und ist dann geworden fett. Sie wissen ja: ‹Athletenherz›. Aber der Doktor sagt immer...»

Müller unterbrach ihn: «Sie hat furchtbare Strapazen hinter sich, Mr. Rosen.»

Martin sagte kurz und bündig: «Der nächste.»

«Ich, bitte», bettelte Nonnie. «Ich könnt ein bißchen nach ihr sehn.»

Sie hoben die kleine Tänzerin schwungvoll in die Höhe und hörten, wie sie leise auf Belle einredete.

Jane rief: «Alles in Ordnung?»

«Die Atmung ist schon bißchen besser», berichtete Nonnie. «Ich massier sie grad. Sie is ganz große Klasse, wirklich.»

«Miss Kinsale.»

Sie trat vor und hob die Arme, damit man sie besser greifen und heben konnte. Ihr Körper war zu knochig und eckig, um weiblich zu sein; ihre Brüste waren klein und unterentwickelt und waren nie geliebt worden. Indessen verlieh ihr das lang herabhängende dunkle Haar vorübergehend eine solche Attraktivität, daß Shelby plötzlich das heiße Verlangen spürte, sie erwecken zu müssen. Er fragte sich, weshalb sie nie geheiratet hatte. Im Dunkeln errötete er wegen Janes hämischer Äußerung: *Du hast dir ja nicht mal eine Geliebte gehalten oder bist mit der Ehefrau eines andern ins Bett gekrochen – einfach aus Spaß an der Freude...*

In einem rachsüchtigen Film, der blitzschnell durch den Projektor seines Geistes lief, verführte er Miss Kinsale, um es Jane zu zeigen – vergrub er sein Gesicht in ihren Haaren, richtete er ihr eine Wohnung in Detroit ein und besuchte sie dort regelmäßig als seine Geliebte. Als seine Hand jedoch ihre harte fleischlose Hüfte berührte, verblaßten die Bilder, und er fragte sich, wie er nur auf eine solche Idee hatte kommen können.

Wie eine Dryade schwebte sie zu Kemal empor. Die anderen folgten ihr nach.

Jetzt, da sie ihre Aktivität wiedergefunden hatten, dachten sie nicht mehr an den möglichen Untergang des Schiffes. Es war, als hätten sie durch ihren Entschluß, Martin zu folgen und ihr Vorhaben zu Ende zu führen, für das Schiff und für sich selber eine Gnadenfrist gewonnen.

Jane Shelby ging zur Öffnung des Tunnels und rief hinein: «Robin – Robin, bist du da?» Gleichzeitig leuchtete Müller mit seiner Lampe in die dunkle Höhlung.

Niemand war zu sehen. Es kam keine Antwort. Nur irgendein gequälter Schiffsteil ächzte und knarrte.

Martin sagte: «Ich werd mal nachsehen.» Er begab sich in den Schacht und kehrte nach kurzer Zeit zurück. «Ich hab's», sagte er. «Wenn wir der Schraubenwelle folgen, müßten wir an die Außenhaut herankommen. Die Stewards haben gesagt, der doppelte Boden erstreckt sich weder vorn noch achtern über die ganze Länge des Dampfers. Wir werden hier entlanggehen. Aber Vorsicht: es geht sich hier verteufelt schlecht.»

Jeweils zu zweit marschierten sie los; Martin machte mit Miss Kinsale den Anfang, dann folgte Rosen mit Belle, Kemal mit Jane, Shelby mit seiner Tochter; endlich kamen Müller und Nonnie, und Rogo bildete wie üblich die Nachhut.

Es waren noch drei der großen Laternen übrig. Martin verfügte, daß nur eine brennen durfte, damit sie den Weg und die Unebenheiten des Bodens sehen konnten. Sie bewegten sich schweigend vorwärts – zu müde zum Sprechen, zu schlapp und betäubt, um darüber nachzudenken, was alles geschehen war, seit sie sich am Abend zuvor im Speisesaal eingefunden hatten und von Mr. Rosen im Club der Starken Mägen willkommen geheißen worden waren.

Müller, der Nonnie an der Hand hielt, wunderte sich über die Anpassungsfähigkeit der Männer und Frauen. Es war erstaunlich, was für Schrecknisse und Entbehrungen sie ertragen konnten. Und dabei hatten sie noch Hoffnung und verfolgten ein ungewisses Ziel und redeten sogar noch wie halbwegs normale Menschen! Ohne Vorwarnung hatte sich ihr Schiff auf den Kopf gestellt, waren Menschen vor ihren Augen getötet worden. Ein Sohn war spurlos verschwunden, eine Frau, die sie gekannt hatten, war auf gräßliche Weise ums Leben gekommen. Zwei Leute, die sich mit ihnen zusammen auf den Weg gemacht hatten, waren inzwischen höchstwahrscheinlich ertrunken. Eine Stewardeß war zu Tode getrampelt worden. Bei ihrem Marsch auf den schlüpfrigen Rohrleitungen waren sie an Menschen mit gebrochenen Gliedern vorübergekommen, hatten sie Reste von Menschen an den Vorsprüngen des stählernen Bergmassivs hängen sehen. Sie hatten gesehen, wie Reverend Frank Scott seinen Gott beschimpfte und verfluchte und sich dann in den Höllenpfuhl stürzte. Und er selber, Hubie Müller, hatte sich in ein Tanzgirl verliebt, und die Berührung ihres Körpers erfüllte ihn immer noch mit diesem sonderbaren Gefühl aus Mitleid und Leidenschaft.

Susan ging neben ihrem Vater her; alles tat ihr weh, und sie fragte sich wieder, was sie sagen oder denken oder fühlen werde, wenn sie ihm erzählen sollte, was mit ihr geschehen war. Sie wußte, daß ‹Vergewaltigung› in seinem Lexikon das schrecklichste und bestialischste Verbrechen darstellte. Wer es beging, kam ins Zuchthaus oder auf den elektrischen Stuhl oder in die Gaskammer. Wieder sah sie das blasse Gesicht des jungen Matrosen vor sich und merkte, wie ihre Augen feucht wurden. Was hätte sie getan und was wäre aus ihm geworden, wenn er nicht fortgelaufen wäre? Er hatte ihr Gewalt angetan, und doch waren sie einander nahe gewesen, zusammengeführt durch Angst und Mitgefühl.

«Martin», rief ihr Vater plötzlich laut, «stehenbleiben!»

Alle blieben sofort stehen, und ihr Anführer rief ebenso laut zurück: «Was gibt's?»

«Der Tunnel wird enger», sagte Shelby. «Er wird schmaler und niedriger.» Er hatte es als erster bemerkt, da er einen Kopf größer war als Martin.

«Guter Gott!» sagte Müller. «Was nun?»

«Wir kriechen auf Händen und Füßen weiter, wenn's sein muß», erwiderte Martin ungerührt. Er hatte die Führungsrolle übernommen – nicht, weil es ihn danach gedrängt hatte, sondern weil sich kein anderer bereit erklärt hatte und weil er nicht sterben wollte. Aber jetzt wurde er das Gefühl nicht los, daß er einen Fehler gemacht hatte und daß er alle ins Verderben führen würde.

Es wurde spürbar enger. Martin sagte: «Die Frauen sollen hier warten. Rosen, Sie bleiben hier. Wir anderen gehn voraus und sehn mal nach, was sich da tut.»

Sie krochen zehn Schritt weiter, bis der große Stahlkragen, der den ganzen Tunnel füllte, durch den die Welle lief, ihrem Vordringen endgultig Einhalt gebot. Über ihren Köpfen konnten sie im Licht der Lampen immer noch die Beplankung des doppelten Bodens erkennen. Sie waren im Innern des Druckblocks gelandet, gegen den die Schraube beim Antreiben des Schiffes drückte.

Martins Enttäuschung äußerte sich auf geradezu kindliche Weise. «Das ist ja überhaupt nicht so, wie sie's erzählt haben.»

Rogo, hinter ihm, sagte: «Wieder Sackgasse. Himmel, Sie sind genauso gut wie Scott!»

Martins dünne Lippen verzogen sich zu einem unfreundlichen Grinsen. «Danke, Rogo. Sie sind die ganze Zeit über eine unschätzbare Hilfe gewesen. ‹Und was jetzt, Meister?› Immer in dieser Tonart. – Verdammt noch mal, wozu versuch ich bloß, Sie zu retten?

Damit Sie wieder in Ihr Revier kommen und noch ’n paar arme Schweine zusammenschlagen können.»

Rogo wurde sofort angriffslustig. «Mann, mach keinen Ärger, sonst...»

Martin lachte. «Hier ist’s ein bißchen zu eng für Ihre Fäuste, Herr Polyp», sagte er. «Schön: Scott hat sich geirrt, und hier geht’s nicht weiter. Jetzt sind *Sie* dran. Haben Sie vielleicht einen besseren Vorschlag?»

Sie gingen zurück. Als sie mehr Bewegungsfreiheit hatten, tippte Kemal Martin auf die Schulter und gestikulierte. Martin schüttelte den Kopf. «Nix gut, Kemal, *Napoo! Fini!*»

Der Türke indessen schüttelte ebenfalls den Kopf und fuhr hartnäckig fort, seine rätselhaften Handbewegungen zu machen, so daß sie schließlich gezwungen waren, ihm Beachtung zu schenken.

Zuerst machte er mit seinem Zeigefinger eine Drehbewegung. Dann hielt er vier Finger hoch und sah sich um, ob sie begriffen hatten. Als nächstes zeigte er ihnen zwei und wies mit beiden Händen auf die linke Seite und wiederholte die Pantomime für die rechte Seite. Müller murmelte: «Vier, aufgeteilt in zwei...»

Kemals Augen funkelten förmlich: es war ihm offensichtlich ungeheuer viel daran gelegen, sich ihnen verständlich zu machen. Er wechselte die Lage der Hände. Er bewegte eine Hand so, daß die verschmierten schwarzen Fingernägel auf das Gelenk der anderen stießen.

Shelby rief begeistert aus: «Ich hab’s! Wir sind im falschen Tunnel!»

«Was soll das heißen?» sagte Martin. «Versteh ich nicht. Was macht denn das für einen Unterschied?»

«Das will er uns ja gerade klarmachen.» Shelby ließ seinen Finger kreisen, wie Kemal es getan hatte, und hielt dann den Daumen hoch. «Das Schiff hat vier Schrauben, zwei auf jeder Seite – das heißt, zu beiden Seiten des Ruders.»

Rogo konnte es immer noch nicht verkraften, daß ihm von einem armseligen Ex-Feldwebel der Wind aus den Segeln genommen worden war, der den Krieg gewonnen hatte, indem er Uniformen ausgab oder Heeresbestände inventarisierte: «So», sagte er, «und was haben wir davon? In jedem anderen Tunnel stecken wir doch genauso fest.»

«Nein», sagte Shelby aufgeregt. «Das ist nämlich das, was er uns durch die Stellung der Hände zeigen wollte. Die Schrauben sind nicht in einer Reihe angeordnet. Zu beiden Seiten des Rumpfes liegt eine hinter der anderen. Wir sind in dem Tunnel, der nicht über den doppelten Boden hinausragt.»

Müller erfaßte die Situation. «Dann hatten Peters und Acre also recht. Der zweite würde sich demnach weiter achtern befinden –»

«Genau!» sagte Shelby. «Der andere Wellentunnel müßte sich über den doppelten Boden hinaus erstrecken und damit bis zum Ruder und zur Schiffshaut.»

Martin sagte kurz: «Beim Strümpfeverkaufen lernt man solche Sachen nicht. Auf geht's! Wollen Sie die Leitung übernehmen, Rogo?»

Der Detektiv lächelte schief. «Tut mir leid, Herr Feldwebel», sagte er, «hab's nich so gemeint.»

Müller fragte: «Und wie finden wir den anderen Tunnel?»

Shelby wies auf Kemal. «Der wird's wissen.» Er hob zwei Finger, und der Türke nickte; er freute sich, daß man ihn verstanden hatte, und winkte ihnen zu, daß sie ihm folgen sollten.

«Warum hat 'n uns der blöde Kerl nicht gleich gesagt, daß wir im falschen Tunnel sind?» fragte Rogo.

Müller erwiderte: «Für ihn steht der Kahn ja schließlich auch kopf.»

Das Licht der Laterne flackerte und wurde eine Spur dunkler.

«Himmel! Die Batterien!» sagte Martin. «Wir waren zu leichtsinnig.»

Die vier krochen zurück, bis sie wieder aufrecht gehen konnten. Als sie die anderen erreichten, fragte Manny Rosen aufgeregt: «Was ist? Stimmt was nicht? Können wir nicht weiter? Ich habe gehört...»

Martin kam gleich auf den Kern. «Ich hab einen Fehler gemacht», sagte er, «hier gibt's zwei Tunnels wie diesen. Ich hab den falschen genommen. Wir müssen zu dem anderen gehn; Kemal wird uns den Weg zeigen.»

Jane Shelby stöhnte: «Ich hatte die Hoffnung auf Robin aufgegeben. Wenn's noch einen anderen Tunnel gibt – soll ich da doch wieder hoffen?» Sie begann leise vor sich hin zu weinen.

Susan legte ihren Arm um sie. «Ach, Mummy –»

Manny sagte aufgebracht: «Meine Frau soll jetzt noch mal den ganzen Weg zurück?» Und dann: «Weiß der Himmel, was wir noch alles werden tun, wie Akrobaten. Was erwarten Sie?»

«Ich erwarte gar nichts», gab Martin zur Antwort. «Ich habe Ihnen nur gesagt, wie die Dinge liegen. Es ist immer noch ein doppelter Boden zwischen uns und der Außenwelt – falls es so etwas noch gibt. Shelby kann's besser erklären als ich. Wenn wir hierbleiben, hätten wir ebensogut im Speisesaal bleiben können.»

Belle Rosen hatte sich auf den Boden sinken lassen. Auch in der sparsamen Beleuchtung konnten sie sehen, wie grau ihre weißliche Haut geworden war und wie ihre Glieder zitterten. Mit einem heiseren Flüstern fragte sie: «In Gottes Namen, was soll denn jetzt noch? Klettern kann ich nicht mehr.»

Miss Kinsale ergriff das Wort: «Wir müssen weiter, Mrs. Rosen. Sie wollen doch nicht, daß Dr. Scott umsonst für uns gestorben ist.»

«Dr. Scott ist seinen Weg gegangen», sagte Belle. «Weshalb laßt ihr mich jetzt nicht den meinen gehn, in Frieden?»

Rogo unterließ es, seine Meinung zum Opfer des Geistlichen zu wiederholen. Statt dessen sagte er: «Vergessen Sie nicht, daß Sie Belle Zimmerman waren, der Schwimmstar, und daß die Zeitungen gesagt haben, Sie wären die Größte. Wie Shelby sagt: was Mumm angeht, da sind Sie uns über, Belle.»

Martin sagte: «Es wird nicht mehr geklettert. Wir sind jetzt oben, bloß an der falschen Stelle. Die Batterien werden immer schwächer, und die Luft hier taugt kaum mehr zum Atmen. Vielleicht ist's unsre letzte Chance.»

Nonnie sagte: «Wollen Sie die arme Frau wieder loshetzen? Is ja grausam. Sehn sie denn nich, daß sie am Ende ist? Und ich hab auch die Nase voll. So was Beschissenes! Ich will nicht mehr weiter, Hubie, halt mich!»

Bei ihrem Kraftausdruck zuckte Müller zusammen, doch gleich

fühlte er wieder Zuneigung. Nonnie hatte ihr ganzes Leben lang kämpfen müssen, und er wollte nicht, daß sie jetzt aufgab. Er wollte – das stand plötzlich fest – sie an die Sonne zurückführen; er wollte sie bei sich behalten, sie beschützen, lieben, beschenken; er wollte ihr Freude machen und sich für das Geheimnisvolle bedanken, das sie ihm geschenkt hatte.

«Ich bin keine arme Frau», krächzte Belle Rosen. «Manny, hilf mir hoch.»

Kemal eilte voraus, und Martin folgte ihm. Eine der großen Lampen von der Feuerstation war noch brauchbar. Als sie aus dem Tunnel kamen, leuchtete der Türke herum und rief dann aus: «Hoi! Gutt! Hokay!»

Martin atmete erleichtert auf. «Gott sei Dank. Manna vom Himmel.»

Ein Spalt von etwa sechs Metern trennte die beiden parallel verlaufenden Backbordschraubenwellen. Und ein *companionway*, der ursprünglich zur nächsten Plattform hinaufgeführt hatte, war herabgestürzt und überbrückte, samt Geländer, den Abgrund.

«Feine Sache», sagte Rogo.

«Kinderspiel!» sagte Müller – und wünschte, er hätte es nicht gesagt, denn das war ja Scotts Lieblingsausspruch gewesen. An Scott wollte er jetzt nicht denken. «Komm, Nonnie.»

Martin sagte: «Laßt mich das Ding erst mal ausprobieren. Leuchten Sie rüber, Müller. Wenn's sicher ist, können alle nachkommen.»

Die Stufen saßen fest, das Geländer konnte benutzt werden; beim Übergang mußte man nur darauf achten, daß man mit dem Fuß nicht abrutschte und zwischen zwei Stufen geriet. Aber Martin wollte erst sehen, was sie auf der anderen Seite erwartete.

Als er die zweite Schraubenwelle erreichte und sah, was geschehen war, lachte er zuerst laut auf – dann aber packte ihn die Wut über diesen letzten Streich, den ihnen einer der von Scott verfluchten Götter gespielt hatte. Zum erstenmal kam ihm eine Ahnung von dem, was den Geistlichen möglicherweise bewogen haben mochte, sich in den Tod zu stürzen. Die Schraubenwelle, die aus dem zertrümmerten Turbinengehäuse kam, führte an die vier Meter zu seiner Linken in den Tunnel, aber da war keine Brücke vorhanden, nur der Zylinder selbst. Der Laufgang, der hier gewesen sein mußte, war vom Untersetzungsgetriebe aus seiner Verankerung gerissen worden und in die Tiefe gestürzt.

Als er zu lange ausblieb, kamen Rogo und Shelby hinüber, um nach ihm zu sehen. Mit zusammengebissenen Zähnen sagte der Detektiv: «So eine Sauerei!»

Martin sagte zu ihm: «Wenn Sie jetzt sagen: ‹Und was nun, Meister?› – dann bringe ich Sie um!»

«Ich sag ja gar nichts», erwiderte Rogo. «Ist ja Ihr Bier. Sie haben's ja so gewollt.»

Shelby überzeugte sich von der Situation und stieß hervor: «Großer Gott, was sollen wir denn jetzt machen?»

Etwas schien Martin über sich selbst hinauszuheben – ein heftiger Zorn oder die freche Aggressivität des kleinen Mannes –, und er sagte: «Rüberreiten.»

Sie sahen ihn entgeistert an, und Shelby sagte: «Belle!»

«Wir sagen's ihr gar nicht», erwiderte Martin barsch. «Wir stekken sie zwischen Sie und Kemal, und dann haben wir sie drüben, eh sie überhaupt weiß, wie ihr geschieht.» Mit lauter Stimme rief er: «Okay, kommt alle rüber.»

Er stand am Brückenkopf – eine groteske kleine Gestalt in verschmierten gestreiften Shorts. Vor ihren Augen verwandelte er sich in einen Jahrmarktsausrufer, der seine Sprüche in die Menge schleudert: «Hereinspaziert, hereinspaziert!» brüllte er. «Immer rein, Herrschaften, hier sehen Sie Mister Martins berühmten Rodeoritt! Die Sensation des Jahres! Eine Attraktion ohnegleichen! Hereinspaziert, hereinspaziert! Sichern Sie sich eine Karte für den Rodeoritt! Jeder hat eine Chance! Mister Martin macht's möglich! Herein – und auf geht's!»

Die Überraschung wirkte Wunder. Sie kamen überhaupt nicht zum Denken. Übergangslos wurden sie vom Leichenhaus auf die Kirmes befördert und an ihre Jugendfreuden erinnert. Martin gab Kemal einen Schlag auf die Schulter und schob ihn rittlings auf die Schraubenwelle; dann packte er Belle mit Shelbys Unterstützung und hob sie hinauf; endlich kletterte Shelby hinterher.

Belle konnte gerade noch keuchen: «Was macht ihr mit mir?» – da wurde sie auch schon vorwärts geschoben.

«So ist's richtig, Mädchen!» krähte Martin. «Applaus für die mutige Dame! Es geht in die letzte Runde! Wer will noch mal – wer hat noch nicht? Aufgesessen, meine Herrschaften! Immer schön der Reihe nach! Miss Kinsale? Famos, famos! Jane – bitte sehr. Susan – der Gaul ist lammfromm.» Manny kam an die Reihe. «Sie auch, werter Herr? Aber bitte, gern.» Zu Müller: «Kommen Sie, Mister, bringen Sie Ihr Mädchen mit. Ab geht die Post! Ein bißchen Bewegung da vorne, wenn's recht ist!»

Zu Rogo sagte er leise: «Leuchten Sie uns rüber, und lassen Sie sie um Himmels willen nicht sehn, was unten ist.»

«Rogo macht mal wieder den Schwanz», sagte der Detektiv.

Martin lachte und sagte: «Für irgendwas müssen Sie ja zu brauchen sein.» Er schwang sich auf die Welle und machte wieder Stimmung. «Nun zeigt mal, daß ihr perfekte Cowboys seid! Yippiiiyeee!» Er schlug mit der flachen Hand auf den Stahl. «Gebt euern Gäulen die Sporen, Freunde! Galopp!»

Ob sie ihn für übergeschnappt hielten oder nicht – er hatte die Situation im Griff, und es war alles vorbei, ehe sie zur Besinnung kamen. Die anfeuernden Rufe, der Rhythmus und die Bewegung, denen er sie unterworfen hatte, dazu die Tatsache, daß immer einer von hinten nachschob: alles zusammen bewirkte, daß sie sich widerstandslos fügten.

Martin feuerte sie weiterhin an. «Ausgezeichnet, Jane! Was macht 'n unser Bellemädchen vorn? Nachher ist große Preisverteilung! Das goldene Hufeisen für den besten eisernen Rodeoreiter! Schön die Beine unter den Pferdebauch klemmen, und weiter geht's! Den letzten beißen die Hunde!»

Kemal hatte bereits die andere Seite erreicht. Er sprang dort herunter, wo die Welle in die Tunnelöffnung lief, und hob Belle Rosen von ihrem Sitz. Nacheinander packte er die anderen und stellte sie auf die Beine.

Rogo war am Brückenende stehengeblieben und hatte ihnen geleuchtet. Jetzt richtete er den Schein seiner Lampe nach unten.

«Rogo!» rief Martin. «Kommen Sie!»

Der Detektiv schien vorübergehend verwirrt von der Höhe und von dem Durcheinander aus zerschmetterten Maschinen, das ihn unten erwartete. Er äffte Martin nach: «Den letzten beißen die Hunde!» Dann sagte er: «Da unten is sie – mit ihm.» Er näherte sich der ungesicherten Kante des Brückenkopfes.

Martin rief wieder hinüber, dieses Mal jedoch süß und sanft und in Homotönen. «Aber Liebes, was hast du denn bloß vor, um alles in der Welt?» Alsdann schrie er schrill: «Jeder hat von Mike Rogo gehört, dem bulligsten Bullen aller Zeiten. Soll's jetzt vielleicht heißen, er wär bloß ein falscher Fuffziger gewesen?»

Der stämmige kleine Mann verharrte noch einen Augenblick, trat dann zurück und griff nach dem Geländer. «Ja», sagte er mit seiner üblichen ausdruckslosen Stimme, «könnt'st vielleicht recht haben.» Er setzte sich rittlings auf die Welle und arbeitete sich über den Abgrund. Martin streckte die Hand aus und zog ihn in den Tunnel. Rogo sagte: «Ich sollt Ihnen eine scheuern. Hätt alles vorbei sein können.»

Martin grinste auf seine trockene Art. «Suchen Sie sich einen, der Ihnen ebenbürtig ist.»

Jane war bereits ein Stück weit in den Tunnel eingedrungen und rief: «Robin! Robin! Bist du da, Robin?» Das Echo ihrer Stimme war die einzige Antwort.

Müller sagte zu Nonnie: «Hast du etwas bemerkt?»

«Nein. Was?»

«Das Echo klang anders als im ersten Tunnel.»

## 21
## *Unter der Haut*

Keiner von ihnen hätte zu sagen vermocht, wie er sich das Ziel vorstellte. Jetzt jedenfalls waren sie alle bitter enttäuscht, als sich das Dach öffnete, das früher den Boden des Tunnels gebildet hatte, und über der Schraubenwelle eine Höhlung zum Vorschein kam, die von flachen Stahlstreben und eckigen Steifen durchkreuzt wurde.

Die Decke des Raumes bestand aus Stahlplatten, doch waren die Nieten, die sie zusammenhielten, anders als jene im Doppelboden: sie waren doppelt so stark, und der Abstand differierte.

Mit einem Grunzen der Genugtuung hatte Kemal auf dieses Konglomerat gewiesen und sich dann im Schneidersitz niedergelassen. Sie waren da.

Sie setzten sich hin oder knieten nieder oder ließen sich auf die üblichen Rohrleitungen fallen. Sie hatten das Ziel erreicht und stellten nun enttäuscht fest, daß es völlig anders aussah, als sie es sich in ihren Wunschträumen vorgestellt hatten.

Sogar die Realisten unter ihnen waren durch die Anstrengungen und Schmerzen, durch die Verbissenheit und den Willen zum Überleben zu der Erwartung verführt worden, daß ihr Kampf unbedingt und sogleich belohnt werden müsse. Scott war für sie, mit individuellen Abweichungen, das typische Bild des Helden gewesen, der alle Hindernisse überwindet, alle Probleme meistert und zum Schluß von seinen Kameraden auf den Schultern fortgetragen wird – unter donnerndem Applaus. Sogar Rogo hatte, wenn auch zynisch, Scotts Führerschaft anerkannt, weil Scott der Typ des Siegers war.

Sie hatten etwas anderes verdient. Ihrer verschwommenen Vorstellung nach hätte der Rumpf des Schiffes bereits geöffnet sein müssen, während ein Empfangskomitee sie erwartete und sie zu ihrer bravourösen Heldentat beglückwünschte. Ihr letztes Ziel, ‹die Außenhaut des Schiffes›, hatte sie an etwas Glattes und Geregeltes denken lassen, an etwas Weißes und Sauberes, ja sogar an einen besonderen Raum, der eigens dazu bestimmt war, sie unbeschadet aus den Fängen des Meeres in Sicherheit zu bringen.

Dieses unwirtliche und verwirrende Gewölbe nun machte sie niedergeschlagen und mutlos. Die Stahlträger waren rostig, die Rohre waren rot angestrichen, und die Steifen schienen aus Mutwillen hier und dort angebracht worden zu sein, ohne ersichtliche Notwendigkeit. Die Höhle war nur etwa fünf bis sechs Schritt lang. Danach verengte sich der Tunnel wieder, wie sie es bei dem anderen erlebt hatten, bis die Schraubenwelle auf das innere Lager des Druckblocks traf. Dahinter befand sich die Zweiunddreißig-Tonnen-Schraube und das gigantische Blatt des Ruders.

Jetzt, da sie trotz aller Widerstände das Ziel ihrer Wünsche erreicht hatten, waren sie tief enttäuscht und den Tränen nahe.

Martin, der wieder dieses üble Gefühl in der Magengegend verspürte, meinte, neuerlich versagt zu haben. Dieses heillose Durcheinander konnte doch unmöglich der Raum sein, in dem sie gerettet werden würden! Er richtete seine Lampe auf Kemal und fragte: «Du sicher?»

Der Türke nickte überzeugt, zeigte in die Höhle, machte neuerlich das Daumen-nach-oben-Zeichen und sagte inbrünstig: «Hokay! Hokay! Hokay!» Pantomimisch deutete er mit auseinandergehaltenen Händen den doppelten Boden an, preßte dann beide Handflächen fest zusammen und hielt wieder einen einzelnen Finger hoch.

Müller nickte. «Er sagt, es ist schon richtig. Wir haben es geschafft.»

Niemand sprach. Schließlich brach Manny Rosen das Schweigen. «Vielleicht sind sie hiergewesen und schon wieder weg.»

«Himmel, sagen Sie bloß so was nicht!» stöhnte Martin.

Susan fragte: «Wieviel Uhr ist es?» Sie erinnerte sich, daß Robin von Flugzeugen gesprochen hatte und davon, was geschehen würde, wenn sie im Meer ein unidentifizierbares Objekt sichteten. Doch wenn es draußen noch dunkel war...

Ihre Uhren waren sämtlich zu verschiedenen Zeiten stehengeblieben. Rogos war am längsten gegangen und zeigte fünf Minuten vor vier.

«Verflixt», sagte Müller mit einem Blick auf seine Armbanduhr, «wie sollen wir je herauskriegen, wieviel Uhr es war und wo wir waren, als wir zuletzt nachgesehen haben, als die Dinger noch gingen?»

Shelby sagte: «Das war in halber Höhe des Poseidonberges. Martin hat gesagt, es sei ein Viertel vor drei.»

«Wie lange kann das her sein?» fragte Rosen.

«Keine Ahnung», sagte Müller. «Ich habe jedes Zeitgefühl verloren. Eine Stunde – zwei? Vielleicht weniger, vielleicht mehr.»

Rosen meinte: «Dann könnte tatsächlich jemand gekommen sein und wieder weggegangen.»

Shelby sagte: «Das glaube ich nicht. Ich vermute, daß es noch dunkel ist. An dem Morgen nach dem Kostümball, als wir so lange aufgeblieben sind, ging gerade die Sonne auf.»

Müller sagte: «Außerdem hätten wir bestimmt etwas gehört. Auch in dem anderen Tunnel.»

«Stimmt», pflichtete Martin ihm bei. «Jagen Sie mir nicht solche Angst ein, Rosen. Vielleicht müssen wir noch eine ganz schöne Weile warten. Alle Lampen aus!»

Rogo fragte: «Wieso? Was soll 'n das jetzt noch für 'n Sinn haben? Wir brauchen sie ja doch nich mehr.» Einmal war er einem Heckenschützen in einen pechschwarzen Keller gefolgt und hatte ihn durch das Geräusch des Atmens aufgespürt und erschossen. Jetzt aber wollte er nicht im Dunkeln sein.

«Und wenn doch?» entgegnete Martin. «Man kann nie wissen. Außerdem möchte vielleicht jemand schlafen.»

Schlafen! Das Wort weckte vergessene Regungen und Gedanken in ihnen, wie schon Shelbys Erwähnung des Kostümballs, jener weit zurückliegenden Angelegenheit aus improvisierter Verkleidung, zweitklassigem Tanzjazz, zollfreiem Champagner, Papierhüten, falschen Schnurrbärten und Nasen, Schwärmern, Konfetti und Papierschlangen. Kein einziges Mal war ihnen der Gedanke an Schlaf gekommen, seit sie diese auf dem Kopf stehende Welt betreten hatten. Schlafen – das tat man in einem Bett mit einem weichen weißen Kissen unter dem Kopf und einem Buch in der Hand, um müde zu werden. Zum Schlafen zog man sich in seine Kabine zurück, wenn's nichts mehr zu erleben gab, wenn man der Nacht oder dem frühen Morgen jede nur mögliche Vergnügung abgewonnen hatte.

Rosen fragte: «Und wenn nun jemand kommt, wenn wir alle schlafen?»

«Einer bleibt eben immer wach», erwiderte Martin. «Ich übernehme die erste Wache, bis ich müde werde. Wenn wir ausgeruht sind, werden wir leichter mit dem fertig, was uns erwartet.»

Wieder hüllte die Dunkelheit sie ein, die stickige Luft, der Gestank; wieder hatten sie das Gefühl, sich bereits im Grabe zu befinden, lebendig begraben zu sein, ohne daß jemand ihre Hilferufe gehört hätte oder noch hören könnte.

Shelby fragte Müller flüsternd: «Was halten Sie von unsern Chancen?»

«Nicht viel», erwiderte Müller.

«Warum nicht?»

«Es steht zwei zu eins dagegen, untergehen oder ersticken. Der Kahn ist schon einmal ins Taumeln gekommen und wäre beinahe abgesoffen. Scott war überzeugt, daß er untergehen würde. Beim nächstenmal tut er's auch. Dann haben wir keine Frischluftzufuhr. Wir brauchen den Sauerstoff auf. Deshalb will Martin nicht, daß wir uns viel bewegen. Und recht hat er. Wir befinden uns zwar über Wasser, aber es ist genauso, als säßen wir in einem untergegangenen U-Boot gefangen. Ob wir aus der Luft entdeckt werden, hängt davon ab, ob hier eine Flugroute entlangführt. Außerdem kommt's darauf an, um welche Tageszeit ein Flugzeug über uns hinwegfliegt. Wenn sie uns vom Meer her suchen, können sie uns eher finden – vorausgesetzt, daß sie eine ungefähre Ahnung von unserer Position und der Art der Katastrophe haben. Aber es dauert Stunden, bis Schiffe vom Kurs abweichen und auf uns zusteuern. Wissen Sie», fügte er hinzu, «ich war nie ganz glücklich mit dem neuen Namen, den sie diesem Kahn gegeben haben, als sie ihn umbauten. Früher hieß das Schiff R. M. S. ATLANTIS, und auf der habe ich siebenmal den Atlantik überquert. Wissen Sie, wer Poseidon war?»

«Irgendein antiker Gott.»

«Es war der griechische Gott des Erdbebens und des Wassers und erst sekundär der des Meeres. Einer seiner bedeutendsten Titel im Griechischen war ‹Erderschütterer›. Er war einer der Götter, die Scott zu verfluchen vergaß, ehe er sich umbrachte.»

«Dann sind Sie also der Meinung, daß alles vergebens war, was wir unternommen haben, um hierherzukommen?»

«Das war ich von Anfang an. Sie nicht?»

Shelby dachte nach. «Ich weiß nicht», sagte er. «Vielleicht. Aber weshalb haben wir's dann getan? Wozu haben wir uns abgemüht und abgerackert und aufgeregt? Hätten wir's nicht getan, dann... dann wäre mein Robin noch bei uns.»

Müller sagte: «Sogar ein Tier kämpft, um aus einer Falle freizukommen. Ob wir leben bleiben oder sterben – auf jeden Fall haben wir nicht die Hände in den Schoß gelegt.»

Shelby fragte: «Und was ist mit denen, die im Speisesaal geblieben sind und darauf gewartet haben, daß irgendwelche Offiziere kommen und ihnen sagen, was zu tun sei? Die einfach nur abgewartet haben? Die nichts unternommen haben?»

Shelby spürte, daß Müller die Schultern zuckte. «Sie haben Scott nicht geglaubt. Wir doch. Wir sind Menschen, wenn auch in jedem von uns noch ein Stück dummes Tier steckt.»

«Was haben Sie von Scott gehalten?»

«Das war ein Irrer», entgegnete Müller. «Der war ganz und gar durchgedreht.»

«Meinen Sie das im Ernst?»

«Natürlich. Was sonst? Ein junger Mann aus einer reichen Familie, mit einem guten Namen im Sportgeschäft, schmeißt alles hin, wird Pastor und begeht Selbstmord, wobei er Gott verflucht, weil er glaubt, daß er dieses Mal nicht Sieger bleibt. Na? Und was hat er überhaupt auf dieser Kreuzfahrt gemacht, so ganz allein?»

Shelby sagte: «Ich glaube, Sie sehen das völlig falsch, Müller. Ich war selber Fußballer und habe Scott immer sehr bewundert. Ich hab ihn auf dieser Reise ganz gut kennengelernt, glaube ich. Er hat seinen Beruf sehr ernst genommen – er hat sich berufen gefühlt.»

«Ach nein», höhnte Müller. «Daß ich nicht lache. Wußten Sie übrigens, daß er in New York in irgendwelche Schwulitäten geraten sein soll?»

Shelby war froh, daß man im Dunkeln nicht merken konnte, wie sehr ihn diese Frage konsternierte. «Nein, das hab ich nicht gewußt. Worum ging's denn?»

«Ich habe keine Ahnung», sagte Müller. «Ich bin ja da auch nicht zu Hause. Aber auf dem Schiff ging das Gerücht um, daß er gefeuert worden sein soll oder zum Abdanken gezwungen oder etwas in der Richtung.»

Nonnie sagte: «Was flüstert ihr beiden denn da? Ich denke, wir sollten schlafen?»

«Wir reden von Gott und der Welt und Reverend Scott. Ich werde dir was sagen.» Er kroch näher an sie heran, so daß die anderen ihn nicht hören konnten. «Weißt du, was ich täte, wenn er jetzt bei uns wäre?»

«Nein, was?»

«Ich würde ihn bitten, uns zu trauen.»

Er hörte, wie sie überrascht Luft holte. «Was? Uns zu trauen? *Uns* zu trauen?»

«Ja. Falls du keine Einwände hättest, natürlich.»

«Hubie!» Obwohl sie gleichfalls flüsterte, hörte er den Schmerz in ihrer Stimme. «Halt mich doch nich zum Narren. Du darfst bitte nich mit mir spielen.»

«Ich spiele nicht mit dir, Nonnie.»

«Weißt du denn, was du da gesagt hast? Weißt du, was das heißt: heiraten? Immer zusammen bleiben – Hausstand gründen? Du bist doch 'n Mann von – von Welt.» Sie suchte nach Worten. «Und das ist nich *meine* Welt. Ich bin doch niemand. Ich bin keine...» Sie versuchte verzweifelt, ihm den Abgrund zwischen ihnen deutlicher zu machen, den sie instinktiv für unüberbrückbar hielt. «Ich weiß doch überhaupt nichts. Du würd'st dich nur immer für mich schämen müssen.»

Müller dachte: *Du hast recht, mein liebes Herz; das würde ich und das werde ich.* Und zu ihr sagte er: «Ich will dir mal etwas verraten, Nonnie. Auch ich bin niemand. Noch weniger als du, da du für alles, was du hast und bist, schwer arbeiten und kämpfen mußtest. Ich hingegen bin bloß ein gebildeter Nichtstuer. Du würdest dich erniedrigen – so, wie Mrs. Rogo es immer ihrem Mann vorgeworfen hat. Aber du würdest mir's nicht vorwerfen, oder?»

Er wollte ihr – ein wenig verspielt – sagen, daß er sie liebte und nie mehr ohne sie sein wollte. Er mußte es neckend tun, damit er nicht von seinen Gefühlen überwältigt wurde, die seinen Intellekt und seine Gewohnheiten zu besiegen drohten. Seine Leichtlebigkeit indessen täuschte sie und tat ihr weh. Sie hatte nie zuvor wahrhaft geliebt, und im Grunde begriff sie nicht, was das alles zu bedeuten hatte.

«Du hast gut reden», sagte sie mit plötzlicher Bitterkeit. «Scott ist nicht mehr da. Und außerdem denkst du, daß wir sowieso sterben werden. Ich hab 'n bißchen was gehört, wie du mit Shelby geredet hast. Du brauchst nicht nett zu mir zu sein. Hab ich dich nich drum gebeten gehabt.»

Wieder störte ihn ihre Ausdrucksweise, und wieder war seine Zuneigung stärker. Er konnte – und diese Formulierung kam ihm selber komisch vor – ohne diese kleine Person nicht mehr leben.

Er sagte: «Nein, Nonnie. Vielleicht werden wir sterben, vielleicht läßt man uns aber auch hier heraus, womit die Unsinnigkeit von Scotts Selbstmord bewiesen wäre, obwohl Miss Kinsale unerschütterlich glaubt, daß wir es seinem Opfertod zu verdanken haben. Jedenfalls: überall auf der Welt gibt's Standesämter und Scotts jeden erdenklichen Glaubens. Du kannst dir's aussuchen: Katholik, Protestant, Jude, Moslem, Hindu, Parse, Shinto, Buddhist, Medizinmann – wen willst du haben? Ich stelle mich vor jeden mit dir hin und gelobe, dich bis in alle Ewigkeit zu behüten – oder jedenfalls, solange ich lebe.»

Und nun, da er dies gesagt hatte, nun, da es feststand, daß er den größten Fehler seines Lebens begehen würde, nun, da er ein Versprechen abgegeben hatte, von dem er als Gentleman nie und nimmer zurücktreten konnte, hatte er keine Angst mehr, und er fühlte sich glücklich und zufrieden.

Wenn sie auch möglicherweise nicht die volle Bedeutung seiner Worte begriff, so spürte sie doch seine Aufrichtigkeit. «Meinst du das wirklich, Hubie?!»

«Ja, Nonnie. Wirklich.»

In der Dunkelheit drängte sie sich näher an ihn heran und legte ihren Kopf an seine Brust. Sie sagte nur: «Laß mich bei dir weinen.»

In der ‹Wartehalle› der Überlebenden gab es noch andere Geräusche, denn der Schlauch des Tunnels wirkte wie ein Sprachrohr und führte jeden Laut aus dem Schiff hierher. Seit seiner letzten Schaukelbewegung war es nie mehr ganz verstummt, und es ächzte und krächzte vor sich hin. Fernes Rumpeln und Knarren war zu hören, und manche Geräusche wiederholten sich monoton, so, als rutsche oder rolle irgend etwas ständig hin und her. Gelegentlich tönte es lauter dazwischen, nach klingendem Metall und rauschendem Wasser.

Trotz ihrer Erschöpfung setzten sie sich auf oder lehnten sich auf einen Ellbogen und lauschten ängstlich. Dazu kam noch die Hitze, die stinkende Luft und das qualvolle Lager, so daß an Schlaf nicht zu denken war.

Martins Stimme kam aus der Dunkelheit. «Ich schätze, das ist ja wohl eine Schnapsidee von mir gewesen. Hier kann doch kein Mensch schlafen. Na ja, da können wir uns ebensogut unterhalten.»

Doch auch zur Unterhaltung schien niemand Lust zu verspüren, zumindest folgte keiner seiner Aufforderung. Der kleine Mann indessen wußte, daß etwas geschehen mußte, um sie von ihrer Enttäuschung abzulenken, damit ihr Lebenswille nicht erlosch. Da der Sauerstoff in der stickigen Luft stetig abnahm, war ihr Kampf ums Überleben noch längst nicht gewonnen.

In einer vorübergehenden Pause des beängstigenden Polterns und Blubberns aus den fernen Tiefen des angeschlagenen Schiffes sagte Martin: «Wißt ihr, was an dieser ganzen Geschichte komisch ist, wenn wir rauskommen?»

Rogo sagte bissig: «Komisch?!»

«Wir sind niemand.»

Aus Müllers Richtung: «Was soll das heißen, wir sind niemand?»

«Wer ist niemand?» Das war Manny Rosen.

«Wir. Wir alle. Sind wir vielleicht bedeutend? Wer sind wir denn schon? Was würde es ausmachen, wenn wir nicht rauskämen?»

Miss Kinsales Stimme war leise, aber zischend und ein wenig wütend. «Wie können Sie nur so was sagen, Mr. Martin?! Sind wir nicht allesamt Gottes Kinder?»

«Und was ist mit den Gotteskindern, die unten zu Hunderten liegen?» konterte Müller.

«Wir sind nicht mal eine Auswahl, mit der man eine Arche Noah besetzen könnte», sagte Martin. «Sie wissen ja: ‹Reicher Mann, armer Mann, Bettler, Dieb, Doktor, Anwalt, Kaufmann›!» Er ließ sein trockenes Kichern vernehmen. «Es sei denn, wir zählten als den Kaufmann einen gewissen James J. Martin, Inhaber der *Elite-Haberdashery* in Evanston, Illinois, Lieferant von Herrenkleidung und Accessoires. Und das ist vielleicht ein Jux! Wir verkaufen Mützen, die zu Handschuhen passen, und all so was... Junge, Junge!»

Keiner lachte.

Wenn dieser unscheinbare und schweigsame Mann schon einmal ins Reden kam, dann ließ er immer gleich einen wahren Wortschwall los.

Jetzt war er in Fahrt, teils, um die Menschen abzulenken, die er in seine Obhut genommen hatte, teils aber auch, weil er nachgedacht hatte und ihn im Dunkeln niemand sehen konnte. Er war nur eine körperlose Stimme wie die andern auch. «Ich mache jede Wette, daß keiner auch nur im entferntesten weiß, was wir für Leute an Bord gehabt haben – ausgenommen den Senator, vielleicht, und den Harvardprofessor, weil der wegen irgendeiner nützlichen Erfindung in der Zeitung gestanden hat, und den komischen Schauspieler da, der früher mal berühmt gewesen ist. Ich habe mal nachgeforscht. Ich hab meiner Frau versprochen, daß ich ein Tagebuch führen würde, damit ich ihr die Reise haargenau erzählen könnte. – Teufel noch eins!»

Er verstummte; die anderen warteten. «Das ist unten in meiner Kabine. Dazu all die Filme, die ich gemacht hab, um sie ihr zu zeigen. Na ja, ist ja auch egal.»

Er hatte wieder dieses üble Gefühl von Schuld und Scham.

«So, und was waren das für welche?» fragte Rosen. «Wir haben kennengelernt eine Menge nette Leute.»

«Genau wie in dem Vers: ‹Reiche Männer, arme Männer... Advokaten›», erwiderte Martin. «Börsenmakler; ein Bandleader, der früher mal Rollschuhmeister war; ein halbes Dutzend Präsidenten oder Vizepräsidenten von diversen englischen und amerikanischen

Konzernen; ein wohlhabender deutscher Papierfabrikant; dann so ein Typ, der sich *Master of Trinity Hall* aus Cambridge nannte, wohl eine Art Lehrer; ein paar Sirs; ein Londoner Taxifahrer mit Frau; ein Sägemühlenbesitzer; ein Mann, der ein großes Hotel in Waukeegan leitet; ein anderer, der chirurgische Instrumente herstellt; der Vorsitzende eines Fußballvereins aus Leeds; ein paar Schriftsteller; ein Illustrator; ein Bankkassierer; Krankenschwestern; der Besitzer einer Fabrik für Trockenhauben; Werbefachleute; Fernsehproduzenten; Verkäufer, kurz: von jeder Sorte etwas.»

Martin hatte etwas heraufbeschworen, was vor Äonen stattgefunden zu haben schien: die Kreuzfahrt.

Sie hatten die faulen Tage an Deck völlig vergessen, die Bälle und Parties; auch die aufregenden Landausflüge sowie die Leute, die mit ihnen zusammen daran teilgenommen hatten. Auf einer solchen Reise konnte man nicht jeden kennenlernen; es bildeten sich Freundschaften, kleine Gruppen oder Cliquen mit gemeinsamen Interessen, die sich bei Exkursionen zusammentaten und nach dem Essen im Rauchsalon saßen, Karten spielten oder plauderten.

Indessen war es nicht so sehr das Leben an Bord, das Martin ihnen ins Gedächtnis rief, sondern die Ausflüge an Land, denn dort begegneten sich die verschiedenen Gruppen – beim Einkaufen in Läden oder auf Märkten, in Straßencafés, beim Feilschen mit Taxifahrern, beim Besuch derselben Nachtclubs, wo man schlechten Whisky trank und kümmerliche Shows sah, und bei dem Versuch, sich den Eingeborenen verständlich zu machen.

Man war freundlich miteinander; man grüßte einander, ohne sich wirklich zu kennen. Jeder der Überlebenden jedoch hatte bruchstückhafte Erinnerungen an die einzelnen Landausflüge: die Felsenaffen in Gibraltar, die der tierliebenden Ehefrau eines der Passagiere die Perücke wegschnappten; die nebeneinander liegenden Souvenirläden in Sierra Leone, die zweifelhafte Elfenbeinraritäten feilboten; die dunklen Beamten und Polizisten, die blendendweiße Uniformen trugen; die Medina außerhalb Dacca mit schnatternden Afrikanern; der Markt; die schönen Textilien und handgestickten Shawls, die sie dort im syrischen Viertel erstanden hatten; die Jagd auf nachgemachte afrikanische Schnitzereien in Monrovia.

Sie erinnerten sich der heißen Samba- und Cariocarhythmen in Rio, des betäubenden Lärms der Steel Bands von Trinidad und des billigen Vergnügens, durch Recifes Prostituiertenviertel zu schlendern, wo über jeder Haustür eine Madonna oder ein blutendes Herz befestigt war.

Sie hatten einander nicht allzugut kennengelernt, doch waren ihnen die diversen Gestalten vertraut geworden, besonders durch den letzten Einkaufsbummel in Curaçao. Bei der großen Weihnachtsfeier mit Tanz waren sie sich noch nähergekommen, als die verschiedenen Cliquen sich auflösten und mit anderen Kontakt aufnahmen. Jetzt, als Martin ihnen all dies wieder vor Augen führte, konnten sie sich an keine Gruppe mehr recht erinnern. Sämtliche Personen waren zu gesichtslosen Figuren geworden, zu Mitläufern aus dem endlosen Marsch um das Promenadendeck.

Rogo fragte: «So, und was wollen Sie damit sagen? Vielleicht hat der Professor mit seiner Erfindung was angestellt, und der Senator war 'n bedeutender Mann. Aber wer noch?»

«Das ist es ja grade», entgegnete Martin. «Weshalb sollten *wir* überleben und Hunderte von andern sterben?»

Rosen lachte auf. «Wollen Sie wissen, weshalb? Weil wir sind Mitglieder des Clubs der Starken Mägen. Wissen Sie noch? Das war an dem Tag beim Lunch.» Er sprach von ‹dem Tag› und dachte an ihn, als läge er Jahre zurück und nicht erst wenige Stunden. «Wir sind nicht geworden seekrank, und das Essen wollten wir auch nicht versäumen. Das ist doch sicher ein Grund, weshalb wir sollten werden gerettet?»

Wieder meldete sich Rogos ausdruckslose Stimme. «Noch sind wir nich draußen.»

«Ich glaube, wir sind alle sehr bedeutend», sagte Miss Kinsale.

Sie hörten Martins Kichern. «Stürzt die Welt ein, wenn wir untergehen? Weshalb *ich* nach Hause will? Ich hab's ja erzählt. Ich will unsre neue Frühjahrskollektion für Männer vorbereiten. Für Männer? Zum Lachen! Das wird von Tag zu Tag weibischer. Wenn ich nicht heimkomm, na ja, ich hab einen verheirateten Sohn in der Kurzwarenbranche, und der übernimmt dann das Geschäft. Meine Frau ist versorgt, und wenn James J. Martin, Herrenausstatter, auf

Nimmerwiedersehen verschwunden ist, wird kein Hahn nach ihm krähn – ausgenommen, daß der Leichenbestatter daheim, der auf mich scharf ist, einen Kunden verloren hat, und daß Preacher Hosey die Gelegenheit genommen wird, einen Haufen Lügen über mich zu erzählen. – So, und wie steht's mit Ihnen, Shelby? Wie unentbehrlich sind *Sie*?»

Shelby antwortete: «Nun ja, ich weiß nicht recht. Ich habe an der Entwicklung eines neuen Leichtlasters gearbeitet, unter Verwendung einer neuen Legierung. Er soll bei niedrigeren Kosten die Arbeit eines schweren Fahrzeugs verrichten.»

«Und wenn Sie nun die Entwicklung nicht zu Ende führen könnten?»

Shelby überlegte einen Augenblick zu lange, und als er antwortete, war seine Stimme fast so ausdruckslos wie die von Rogo. «Ich schätze, dann wird's ein anderer tun. Ich habe da in meiner Abteilung einen jungen Kerl...»

*Den du ausgenutzt hast!* dachte Jane und wunderte sich darüber, daß sie ihren Mann immer noch verachtete. Dabei erinnerte sie sich, daß damals alles so normal ausgesehen hatte, als ihr Mann gut gelaunt aus der Fabrik nach Hause gekommen war mit den Worten: «Dieser Parkins ist ein heller Junge. Wir haben das Achsenproblem gelöst, das mir solche Sorgen gemacht hat. Die werden Augen machen, wenn ich ihnen die Pause zeige!» Alles vernünftig, alles bestens in Ordnung. Geschäfte gehen gut, Gemahl ist clever, die Vorgesetzten erkennen seine Leistungen an, und übrig bleibt nur ein vages, kaum wahrnehmbares Fragezeichen: ‹*wir* haben das Achsenproblem gelöst›. Und wer löste es in Wirklichkeit?

Martin rief: «Müller?»

In dem Lachen, das durch den Schacht tönte, klang kein Selbstmitleid mit. Hubie sagte: «Keiner von Ihnen kennt mich besonders gut, und keiner weiß viel von mir. Aber ich darf Ihnen versichern, daß ich für andere völlig nutzlos und unnütz und unwichtig bin. Ich gehe weder hinter dem Pflug her, noch verrichte ich sonst eine nützliche Arbeit. Es mag zwar etliche Mammas geben, die diesen reichen und unabhängigen Junggesellen für ihre Töchter ins Auge gefaßt haben – ansonsten aber schert's keinen, ob ich sterbe oder am Leben bleibe. Wie Martins Leichenbestatter: wenn ich verschwinde, werden sie denken, ich hätt's aus purer Boshaftigkeit getan.»

«Ich will aber, daß du am Leben bleibst», sagte Nonnie laut und entschieden.

Martin fragte: «Und Sie, Nonnie?»

Nach kurzem Überlegen sagte sie: «Ich taug nich zum Tanzen, sonst wär ich schon ein Star oder so was. Aber meine Mamma un mein Papa, die halten mich für sonstwas. Denen tät was fehlen, wenn ich in 'n Ferien nich heimkommen tät. Mein Papa is Fernfahrer, aber Weihnachten kommt er immer nach Haus. Meine Mamma is einfach Klasse. Ich hab noch 'n Bruder und 'ne Schwester, und die arbeiten beide. Wenn wir zusammenkommen, machen wir immer 'n Faß auf. Ehrlich.»

Müller lächelte. Wie leicht Nonnie in ihren Jargon zurückfiel, sobald sie von zu Hause sprach! Er fragte sich, ob es ihm jemals gelingen werde, ihr das abzugewöhnen, oder ob ihm überhaupt daran lag.

Jane Shelby verkündete kalt und knapp: «Ich kann mich nicht rechtfertigen. Ich bin weder mir noch anderen gegenüber aufrichtig gewesen. Ich habe nicht mein Leben gelebt, sondern das eines anderen. Ich ekle mich vor mir –»

«Aber Jane!» Diesmal verriet Shelbys Stimme Schmerz und geradezu Verzweiflung.

«Ach, Dick», sagte Jane Shelby in wieder anderem Tonfall. «Du brauchst nicht zu befürchten, daß ich dir jemals untreu gewesen bin oder daß ich deinen Namen entehrt habe. Ich bin bloß mir selber untreu gewesen.»

Martin meinte: «Verzeihung, ich hatte nicht gewollt, daß hier schmutzige Wäsche gewaschen werden soll. Aber was das anbetrifft, da bin ich wohl auch ein ziemlicher Versager gewesen.» Die flutenden blonden Haare; das lustvolle Eindringen in den prallen rosafarbenen Leib; das Doppelleben, das für die wöchentlichen Besuche in Chicago erforderlich geworden wäre...

Susan ergriff unaufgefordert das Wort. «Ich bin Schülerin. Ich wollte auf die Kunstschule gehen und vielleicht Designer werden. Aber das hat jetzt alles nichts mehr zu bedeuten.»

«Oh, doch», protestierte ihr Vater. «Von uns allen bist du vielleicht die bedeutendste. Du müßtest deine Chance im Leben bekommen.»

Das Mädchen dachte: *Ich möcht wissen, ob du das auch sagen würdest, wenn du Bescheid wüßtest.*

«Was mich angeht», warf Manny Rosen ein, «ich könnt abtreten heute, morgen, nächste Woche, nächstes Jahr. Ich sitze auf dem Altenteil. Mein Sohn hält's im Laden genauso wie sein Vater: nur das Beste vom Markt, und alles frisch und schmackhaft. *Rosens Midnight Delicatessen* läuft also weiter, und meine Verwandtschaft kriegt auch nichts mehr von mir, ob ich nun lebendig bin oder tot. Wen kümmert's also? Stimmt's nicht, Belle? Wir haben gehabt ein gutes Leben.»

Belle sagte: «Halt keine großen Reden. Mir ist nicht wohl.»

Martin fragte: «Was hat's mit Kemal auf sich? Wieso hat er seine Kumpels verlassen und sich uns angeschlossen, nachdem er entdeckt hatte, daß der Weg blockiert war?»

«Ja», sagte Rogo. «Wie paßt 'n der da rein. Ohne den hätten wir 'n paarmal ziemlich dumm dagestanden.»

Müller meinte: «Ich kann zwar die Frage nicht beantworten, was er denkt oder fühlt oder für wie wichtig er sich hält, aber etwas weiß ich bestimmt: er ist derjenige von uns, der am wenigsten ans Sterben denkt und am wenigsten Angst davor hat. Ich kenne die Dörfer, aus denen solche Menschen stammen, weil ich einmal durch Anatolien gefahren bin. Eine Ansammlung von weiß gekalkten Steinhütten mit roten Ziegeldächern und einer Moschee, die so klein ist, daß das Minarett so gerade den Durchmesser eines Ofenrohrs hat. Jedenfalls wirkt es so. Der Muezzin muß innen eine Leiter emporklettern... Keine Elektrizität, kein fließendes Wasser, weder Telefon noch Radio, jedoch eine gute Schule mit einem guten Lehrer. Die Frauen auf den Feldern tragen weite Baumwollpumphosen und gelbe Kopftücher. Wahrscheinlich möchte er gerne dorthin zurück. Und er hält Kemal Atatürk für den größten Mann, der je gelebt hat.»

Im Dunkeln regte sich der Türke und grunzte: «Atatürk, hokay, hokay!»

Müller fuhr fort: «Das herrlich Paradoxe daran ist, daß in jeder Hütte dieser primitiven Dörfer ein Bild von Atatürk in voller Kriegsbemalung hängt: Abendmantel, Seidenschal und alles. Weshalb er sich uns angeschlossen hat? Ich kann es nur erraten. Vermutlich aus demselben Grund, der uns bewog, mit Scott zu gehen. Möglicherweise hat Scott etwas von Atatürk an sich gehabt.»

Nonnie flüsterte: «Ich könnt dir den ganzen Tag und die ganze Nacht zuhören.»

«Vielleicht wirst du's müssen», erwiderte Müller trocken.

Martin sagte: «Kommen Sie, Rogo. Sie sind an der Reihe. Los, auspacken!»

## 22
## *Miss Kinsales Liebesleben*

In der dunklen Stille, die hin und wieder von einem Ächzen unterbrochen wurde, waren alle gespannt, was nun kommen werde. Der Detektiv ließ sie eine gute Weile warten, so daß Müller dachte, er werde wohl Martin eine Grobheit an den Kopf werfen. Da aber begann er, und zwar in merkwürdig mildem Tonfall:

«Bei mir, sehen Sie, bei mir hätt's so oder so kommen können. Ich war 'n hartgesottner East-Side-Polyp. Mein alter Herr hat 'n Obststand an der Ecke First Avenue und 6. Straße gehabt. Ich schätze, dem hab ich jede Menge Ärger gemacht – immer bloß gekloppt un geklaut un so. Ja, ich hab richtig geklemmt. Wir hatten 'ne Gang, eine richtige Meute, die *Dirty Walyos*. Das is 'n anderer Name für Ithaker. Wir haben uns immer mit den Schotten auf der Second Avenue geschlagen un alles mögliche von der Theke gestohlen, un dann nix wie weg. Ich war richtig gemeingefährlich. Da hat mich dann Father Tamagno aus unserm Bezirk mal gesehen, unser Priester da, wie ich mich mit einem Burschen angelegt hab, der doppelt so groß war wie ich – un ich bloß mit linken Graden, weil ich mir die rechte Hand verletzt gehabt hatte. Da hat er mich in die *Golden Gloves* gesteckt, in den Boxverein. Ich hab die 118-pound-Meisterschaft gewonnen un bin mit der Mannschaft zum *Inter-City-Fight* nach Chicago gefahren. Die haben wir 9 zu 7 geschlagen. Ich hab durch K.o. gesiegt. Sie haben mir 'n blauseidenen Bademantel gegeben, mit Goldbuchstaben auf 'm Rücken: *Mike Rogo – Golden Gloves Champion,* un mein Bild ist in die Zeitung gekommen. Sehn Sie, ich war in der Mannschaft drin, un da konnt ich hinterher kein Schläger und Krimineller mehr sein.»

Er verstummte eine Zeitlang, und Müller fragte sich verwundert, was ihn wohl dazu bewegen mochte, sich plötzlich alles von der Leber zu reden, als säße er im Beichtstuhl. Er selber hatte nur mit halbem Ohr hingehört, da er gleichzeitig dem Stöhnen des Schiffes lauschte. Er glaubte wieder eine Bewegung zu spüren. Würde sich das Schiff umdrehen, wenn es unterging, und sie alle holterdipolter durcheinanderwerfen und in den Tunnel und den ekligen See schleudern, in dem sich bereits Scott und Linda und Gott weiß wie viele andere befanden, ehe es sie schließlich und endlich in die Tiefe riß? Vor dem teuflischen See fürchtete er sich mehr als vor dem Sterben.

Rogo nahm seine Erzählung wieder auf. «Father Tamagno wollt mich nich Profi werden lassen. Vielleicht hätt ich 'n Haufen Geld gescheffelt un wär dann bei den andern Besoffenen un Bekloppten gelandet, die am *Garden* rumlungern. Statt dessen hat er dafür gesorgt, daß ich was lerne un auf die Polizeischule geh. Sehn Sie, aber ich hätt genausogut auf der andern Seite landen können. Klar? Ein Halbstarker, der Rauschgift schiebt und Kaufleute aufs Kreuz legt un so. Ich hab so viele von der Sorte verprügelt, daß sie sich in meinem Distrikt nich mehr sehn lassen. Na, im *Sixteenth Precinct* bin ich nich der einzige. Johnny Broderick, der jetzt tot ist, der kommt von da. Und Irish Paddy Mahan un Joe Klopfberger un Frank Myers, alles hartgesottene Bullen, die sin noch da. Okay, un ich bin eben nich mehr dabei. Beim nächsten Ausbruch aus 'm Knast oder 'nem Juwelenraub oder 'n paar Süchtigen tot auf 'm Gehsteig kriegt irgendein anderer Bulle die Auszeichnung der *Daily News*. Ich sag bloß, es gehört 'ne Menge Glück dazu.»

Wieder fiel er in Schweigen, und alle dachten, er sei fertig mit seiner Erzählung. Da sprach er weiter. «Aber, wissen Sie», sagte er, «mit Linda, das haben Sie nich richtig mitgekriegt. Die war überhaupt nich so, wie sie getan hat. Die hat's von Anfang an mordsmäßig schwer gehabt. Jede andere wäre dabei untergegangen.»

«Oh, doch», warf Jane Shelby ein, «so etwas Ähnliches habe ich mir schon gedacht.»

«Ja, Ma'am», pflichtete Rogo ihr bei. «Haben Sie ja gesagt. Ihr Künstlername war Linda Lane, aber richtig hieß sie Cosasko. Ihr alter Herr war 'n Tagedieb un ein Säufer, un ihre Mutter hat's getrieben. Die kommen von Sandusky, Ohio. Als sie elf war, hat ihr Vater sie eingeritten. Gelebt haben sie von der Pinunse, die ihre Mutter zwischen den Beinen verdient hat. Als sie vierzehn war, haben sie die Kerls aus dem Viertel hinter die Anschlagtafel auf 'n leeres Grundstück gezerrt un haben sie reihum Maß genommen. Mit sechzehn hat sie die Alte auf die Straße geschickt un selber 'n Zuhälter gemacht.» Dann fügte er hinzu: «So 'ne Geschichte wird noch keiner von euch gehört haben, schätz ich.»

Niemand sagte etwas. Alle dachten an die Puppengestalt mit dem durchbohrten Herzen.

«Aber Mumm hat sie gehabt. Sie wollt nich sein wie die. Sie is durchgebrannt und Serviererin in so 'nem Drive-in-Lokal geworden. Da muß sie schon richtig hübsch gewesen sein. Figur hat sie gehabt, un tolle Beine in den kurzen Röcken da. Irgendein Halunke hat sie dann gekriegt, auf die Tour, er tät sie beim Film unterbringen. Erst hat er sie angebufft, un dann is er getürmt. Sie hat Glück gehabt: sie hatte 'ne Fehlgeburt. Dann hat sie nich mehr so 'n Glück gehabt: sie hat sich mit einer miesen Clique eingelassen, die sich da in Hollywood und Vine rumtrieb. Als sie den schweren Wagen von so einem Boß klauten, saß sie mit dem Dieb im Auto, un da war's Essig. Sie hat achtzehn Monate gekriegt – vier wurden wegen guter Führung erlassen. Als sie rauskam, hat sie den Namen Linda Lane angenommen un bei *Central Casting* unterschrieben, im Hauptbesetzungsbüro, un sich nebenbei Geld verdient. Dann kam ihre große Chance. Vielleicht war's aber auch gar keine. Ein Hilfsregisseur hat sie aus den übrigen ausgewählt un ihr im *Garden of Allah* ein Apartment eingerichtet.»

Sie sahen Linda vor sich: ihre schmollenden Lippen, die porzellanblauen Augen, die lachhaften Löckchen auf dem Kopf, die sprühende Aggressivität.

Rogo fuhr fort, doch seine Stimme wurde wieder monoton, wie die eines höheren Polizeibeamten, der Anweisungen gibt. «So, un dieser Hilfsregisseur wird Regisseur un macht aus Linda ein Starlet, klar? Sehn Sie, die haben einen Haufen Mädchen da, die sie für Publicity brauchen oder als Statisten oder so was, un die sollen eines Tages Stars werden, aber die meisten landen in der Gosse. Na ja, un eines Tages fährt dieser Regisseur nach Hause zu seinem Weibchen, betrunken, un wickelt seinen Thunderbird um einen Laternenpfahl. Linda zieht zu einem Bolzenfabrikanten, der schon ein Auge auf sie gehabt hat. Aber da hatte das *Publicity-Department* sie schon mit einer erfundenen Familie un einer erfundenen Heimatstadt versehn, un auf einmal is Linda Lane das berühmte Mädchen von nebenan. Vielleicht hätte sie's geschafft, wenn ihr das genug gewesen wäre, aber sie wollte ums Verrecken auf die Bühne. Da haben sie ihr 'n bißchen Singen un Tanzen beigebracht. Dieser Fabrikant da, der kauft sie in 'n Musical ein, das auf 'm Broadway laufen soll: *Hallo, Seemann*. Das Ding wird der größte Reinfall aller Zeiten, und die Kritiker reißen Linda in Stücke. Der Fabrikant sieht rot un verläßt sie. – Ich hab dann die Reste aufgesammelt.»

Manny Rosen sagte bestätigend: «Ich weiß noch, wie Sie in den Laden gekommen sind und haben gesagt, Sie wären verrückt nach der Kleinen.»

«Haben Sie das alles vorher gewußt?» fragte Müller.

Rogos Stimme wurde noch ausdrucksloser. Er erwiderte: «Sehn Sie, wenn einer von außerhalb in unsern Distrikt kommt, sagen wir mal im Showgeschäft, dann leuchten wir mal 'n bißchen dahinter, für den Fall, daß sie Verbindungen haben und wir später Ärger kriegen, oder so 'n Gangster will sich bei uns festsetzen, un wir können das Feuer löschen, eh's erst richtig losbrennt.»

«Au weh!» sagte Martin.

Nonnie sagte: «Ich hab sie gehaßt, aber ich wünscht, sie wär jetzt wieder bei uns.»

Jane konstatierte: «Sie haben sie wohl nie wissen lassen, daß Sie Bescheid wußten.»

«Wozu?» entgegnete Rogo. «Sie war glücklich. Sie hat gemeint, ich hätte keine Ahnung. Leicht war's für sie nicht. Immer hat sie Angst gehabt, sie würd einen von da unten treffen, der ihre Vergangenheit kennt. Das is eine ganz schöne Belastung, oder?»

Die Frage schien in der stickigen Luft zu hängen. Susan Shelby ließ Lindas Lebensstationen im Geiste an sich vorüberziehen: Inzest, Vergewaltigung, Hurerei, Diebstahl, Versagen und Tod. Sah so das Leben aus – das Leben außerhalb der Mauern, die sie beschützten? Und wie sicher waren sie jetzt, wo ihre Mutter diese geheime Tür geöffnet hatte? Wieder sah sie Linda aufgespießt und dachte, daß auch sie selber von einem Speer durchbohrt worden war. Trotzdem wollte sie nicht sterben.

Es wurde immer heißer. Auch tiefes Atemholen schien den Lungen nicht mehr genügend Sauerstoff zuzuführen. Und aus einer Richtung war zu vernehmen, wie jemand mühsam nach Atem rang. Martin machte kurz seine Laterne an. Es war Belle Rosen. Ihr Mann saß mit dem Rücken an der Wand des Tunnels und hielt ihren Kopf in seinem Schoß. Sogar beim gelblichen Schein der schwächer werdenden Batterie konnte Martin erkennen, daß ihre Haut die Farbe von Lehm angenommen hatte. Sie ähnelte jenen grotesken modernen Skulpturen, wie er sie häufig in den Illustrierten gesehen hatte. Er machte das Licht aus und überlegte, wieviel Zeit verstrichen sein mochte, seit sie die Höhe erreicht hatten. Auch dachte er besorgt an den geringen Sauerstoffvorrat. Es ließ sich nicht erfahren, ob das, was sie atmeten, ein Teil des Ganzen war, das den Dampfer über Wasser hielt, oder ob sie sich gewissermaßen in einer Tasche im Heck befanden, der allmählich der Sauerstoff ausging.

Als Rogo geendet hatte, schien niemand mehr zum Erzählen aufgelegt zu sein. Martin hatte das Gefühl, sie weiterhin ablenken zu müssen, damit sie durchhielten. «Miss Kinsale», begann er, «Sie haben gesagt, wir wären alle sehr wichtig. Und was ist mit Ihnen?» Sie hörten Bewegung aus der Gegend, wo sie sich neben Jane Shelby niedergelassen hatte. «Oh», lautete ihre Antwort. «Ich habe *Sie* gemeint, sie alle. Nicht mich. Ich bin ganz und gar nicht wichtig.» Und nach kurzem Zögern setzte sie hinzu: «Dabei komme ich eigentlich aus einer sehr guten Familie. Die Schwester meiner Mutter hat einen Brigadier aus dem Stabe Alexanders geheiratet. Er war bei den berühmten Wüstenratten auf Zypern – Brigadier Catesby. Bestimmt haben Sie von ihm gehört. Er war einer der Lincolnshire Catesbys.»

*Hoffentlich ist Rogo beeindruckt*, dachte Müller, und dann fragte er sich, wieso sie den fürchterlichen Brigadier nach Zypern versetzte, wenn er eine Wüstenratte gewesen war, und nicht nach Alamein zu Montgomery.

«Aber unsere Seite kommt aus Norfolk», fuhr Miss Kinsale fort, «aus der Nähe von Thetford. Eine wunderschöne Besitzung. Ich erinnere mich ihrer noch aus meiner Kindheit – die Gärten und die Bediensteten und unsere alte Nanny. Die muß jetzt an die Achtzig sein. Auf dem Torpfosten waren zwei eiserne Hirsche, und unser Obergärtner erzählte immer Geschichten über sie. Ach ja, und die Fasanen. So hübsch. Der Earl of Waldringham, der ganz in der Nähe wohnte, hatte damals die Erlaubnis, auf unserem Grundstück zu schießen.»

«Oh», sagte Müller, «das kenne ich. Es muß Telford House gewesen sein. Bumbles Waldringham war mit mir in Harvard, und jedesmal, wenn ich in England war, bin ich zu ihnen nach Greatgreys gefahren. An die eisernen Hirsche erinnere ich mich gut, weil ich immer im Wagen an ihnen vorübergekommen bin, wenn ich zu Bumble fuhr.»

Sie hörten, wie Miss Kinsale langgezogen ausatmete, ehe sie wieder sprach. «Ich finde, Norfolk ist so ein wunderschönes County, obwohl Lincolnshire natürlich auch sehr hübsch ist. Der Brigadier hat uns häufig dorthin eingeladen. Sein Hobby waren Dahlien –»

Bei Müller regten sich unbestimmte Zweifel; ehe er jedoch darüber nachdachte, sagte er: «So, dann müssen Sie ja eine Cokington sein.»

Miss Kinsale sagte: «Eine was?»

«Eine der Cokingtons aus Norfolk. Alte Familie. Telford House war eine ihrer Besitzungen auf dem Lande.»

Dann wünschte er, den Mund überhaupt nicht aufgemacht zu

haben. Wieso war eine Cokington Angestellte in einer kleinen Bank in einem Vorort wie Camberley? Ihre Antwort ließ lange auf sich warten. Vergebens versuchte er, ein anderes Gesprächsthema zu finden.

Endlich sagte Miss Kinsale: «Ach, wissen Sie – Verwandtschaft!» Dann fügte sie hinzu: «Außerdem verändert sich ständig alles. Todesfälle und dergleichen. Aber ich bin ganz glücklich in meinem kleinen – in unserm kleinen... in unserer Wohnung in Frimley. Und von meinem Fenster aus kann ich eine Ecke von Sandhurst sehen. Das hält meine Erinnerung an Gerald wach. Gerald war mein Verlobter.»

Müller hatte sogleich das Gefühl des *déjà vu*. Bei Leuten wie Miss Kinsale fand sich stets der junge Traumverlobte, der im Krieg gefallen war, entweder gleich zu Beginn oder in den letzten Tagen vor dem Waffenstillstand.

Die folgenden Sätze hätte er geradezu vorhersagen können.

«Gerald ist von dort ins Feld gezogen. *Graduated,* wie die Amerikaner wohl sagen. Bei Nijmegen ist er gefallen. Wie oft sind wir zusammen nach Frimley gewandert und abends zurück.»

«Wie traurig», sagte Nonnie. «Das tut mir aber leid.»

Die ältliche Jungfer seufzte auf. «Zuerst Gerald – und jetzt Frank. Eigentlich kaum zu ertragen.»

Müller war der einzige, bei dem diese beiden Namen ein Alarmsignal auslösten. Um alles in der Welt: was konnte sie damit bloß gemeint haben? Ein Gerald war möglich – aber Frank Scott? Und was sollte dieser ganze Hokuspokus mit Telford House? Andererseits war es natürlich *denkbar,* daß sie eine dieser fernen Cousinen war, die mal zu Besuch kommen und dann in der Versenkung verschwinden.

Rosen fragte plötzlich: «Was für ein Geistlicher ist er gewesen überhaupt? Zuerst betet er, und dann verflucht er Gott. Wie Christus im Neuen Testament mit dem Feigenbaum.»

Martin sagte: «Auf jeden Fall war er ein Mann der Tat.»

«Hat er aber wirklich an Gott geglaubt?» fragte Müller. Und darauf: «Glaubt überhaupt jemand? Wirklich und wahrhaftig?»

«O ja», hauchte Miss Kinsale. «Ich. Mit ganzem Herzen und aus tiefster Seele. Gott wacht über uns. Er hat Dr. Scott gesandt, daß er sein Leben gibt, um uns zu retten.»

Wieder meinte Müller, ein leichtes Beben unter den Füßen zu verspüren, und fügte in Gedanken hinzu: *Oder um mit uns Katz und Maus zu spielen, bis Er uns frißt.*

«Wofür hat Linda ihr Leben hingegeben?» fragte Rogo bitter. «Was hat sie für ein Leben un was für 'n Tod gehabt?»

Miss Kinsale wies ihn zurecht. «Aber, Mr. Rogo! Sie sind doch Katholik! Gehn Sie nicht zur Messe?»

«Ja – ja – ja. Ich bin als Katholik erzogen worden. Aber was sagt das über Linda un wie sie umgekommen is? Was, wenn Scott gesandt worden is, um sie abstürzen zu lassen? Wenn wir ihm nich nachgelaufen wären, dann wär sie jetzt noch am Leben.»

«Oder wir wären alle tot», schloß Müller.

Nonnie sagte: «Ich weiß nicht, was ich glaube, aber ich bete jeden Abend.»

Susan fügte hinzu: «Ich auch.» Ihre Mutter hingegen sagte: «Ich hab's seit Jahren nicht mehr getan.»

Müller erklärte: «Ich bin Agnostiker. – Sie sind ein guter Baptist, Martin. Was glauben *Sie*?»

Martin räusperte sich. Er war froh, daß sie ein Thema gefunden hatten, das sie alle wieder aufzumöbeln schien. «Kein guter Baptist», erwiderte er. «Bloß ein verängstigter. Alles, was mein Vater und unsere Preachers mit mir erreicht haben, ist, daß ich Gottesfurcht habe. Und mein Sohn ist sein Lebtag nicht in der Kirche gewesen. Ich hab ihn nie dazu gezwungen, und freiwillig ist er auch nicht gegangen. Er hat sich gut gemacht. Ich hab ihn nie das Fürchten gelehrt, wie's meine Leute mit mir gemacht haben.»

«*Sie* gehen zur Kirche, Mrs. Shelby?» fragte Miss Kinsale.

«Ja», erwiderte Jane. «Daheim gehen wir regelmäßig. Aber ich fürchte, das geschieht ausschließlich aus gesellschaftlichen Gründen.»

«Jane», sagte Shelby, «wie kannst du nur?»

Sie wandte sich an ihn. «Du weißt doch selber, daß es so ist! Ich fürchte, ich bin auf Mr. Rogos Seite: Warum? Warum? Warum?»

Sie waren derart in ihren Ängsten gefangen, von ihrer eigenen

Müdigkeit und Mühsal in Anspruch genommen, daß sie völlig vergessen hatten, daß ihr Sohn verschwunden war. Gegen ihren Mann richtete sie die Frage: «Was geht denn in *dir* vor, wenn du aufrecht und scheinheilig auf der Snobseite in der St.-Matthews-Kirche sitzt? Was erwartest du, wenn du ‹mein Gott› sagst oder ‹Gott steh mir bei›? Einen Unfallhilfsdienst?»

Shelbys Antwort war derart lahm, daß Müller Mitleid mit ihm empfand. Er war wie der typische verlorene kleine Junge. «Ich weiß nicht. Ich habe wohl nie darüber nachgedacht.»

Manny Rosen warf ein: «Wenn's nicht gäbe unsern Gott, wär heut kein Jude mehr am Leben.»

Martin wollte sagen: ‹Wenn's einen gibt, dann hat er jedenfalls gewaltig unter euch aufgeräumt›, hielt sich jedoch zurück. Für ihn war der jüdische Gott ein Polizist wie der Baptistengott, nur mit anderen Regeln und Strafen. Rosens Gott war ihm fremd wie der Manitou der Indianer oder der Allah der Araber. Ihm selber würd's wegen Ehebruch an den Kragen gehen, da gab's keinen Zweifel. Rosen aber hörte schon Donnergrollen, wenn er nur ein Schinkenbrot aß. Wie dem auch sei: Gott war heutzutage kein Problem der Juden mehr. Das Problem war ihre Fähigkeit, die Menschen zu reizen.

«Papa», sagte Belle Rosen, «halt meine Hand. Ich fühl mich nich sehr gut.»

Rogos zornige Gedanken machten sich mit böser Stimme Luft. «Euer Gott, mein Gott, was hat Er denn gegen uns? Was hat Er gegen mich? Was hab ich verbrochen? Warum benimmt Er sich nich wie der liebe Gott? Als Halbstarker war ich 'n Biest, klar, aber ich hab auch viel einstecken müssen. Linda un ich, wir sin regelmäßig in die Messe un zur Beichte gegangen, regelmäßig. Okay, ich hab 'n paar Kerls umgelegt, aber das waren Schurken. Was ist mit den Jungs, die im Krieg umkommen? Die Kerls, die sie umlegen, kommen mit Orden nach Hause un sin Helden. Was mußt Er Linda aufspießen, daß sie wie 'n Tier verreckt is? Sie hat nie jemand was getan, aber Er hat's von vornherein auf sie abgesehn gehabt.»

Müller dachte bei sich: *Weshalb kann kein Mensch mehr klar denken, wenn er Gott im Kopfe hat? Wenn Linda Scott gehorcht hätte, wäre sie noch hier und würde ihn piesacken. Aber wenn ich Rogo das sagte, würde er mich verprügeln.* Laut sagte er: «Was ich gern wissen möchte, ist: was für ein Gottbild hatte Scott vor Augen? Den guten alten Opapa im Himmel? Eine Art von glorifiziertem Trainer, der ihn auf den Sportplatz schickt, um das große Spiel zu gewinnen?»

Als er keine Antwort bekam, fuhr er fort: «Ich gehöre zu den Dummen. Wenn ich mich einen Agnostiker nenne, dann meine ich damit nur, daß ich mich – im Gegensatz zu den meisten Christen – nicht für den Mittelpunkt des Universums halte, das von einem Vater und einem Sohn nach völlig unerklärlichen Richtlinien gelenkt wird. Die Götter, die auf Bäumen und in Steinen, Bächen und tiefen Wäldern hausten, waren sehr viel annehmbarer als die heidnischen Götter der Griechen oder die politisch praktischen Götter der Römer. Als sich der Mensch der Moderne schließlich auf einen Schöpfer nach seinem eigenen Bilde einigte, stattete er ihn mit seinen schlechtesten Eigenschaften aus: eitel, rachsüchtig, grausam, launenhaft und bestechlich, sei es durch Kinkerlitzchen oder durch Schmeichelei. Hinter den Galaxien muß sich doch etwas Eindrucksvolleres befinden.»

«Wie unglücklich müssen Sie sein, Mr. Müller», sagte Miss Kinsale.

Müller ließ sich vorübergehend verleiten. Er sagte: «Die Sterne kennen ihre Namen nicht, und ich bezweifle sehr, ob Gott selber weiß, was und wie Er ist.»

Miss Kinsale war schockiert, Nonnie verwirrt. «Aber die Sterne haben doch Namen, oder nicht?» fragte sie.

Müller gab keine Antwort, was Nonnie ein wenig beunruhigte. Ihrem Gott sang man sonntags Lieder, und das war doch nicht verkehrt? Und wenn sie Müller mit Ihm in ihrer kleinen Kirche in Fareham Cross bei Bristol zusammenbrachte, dann würde er sich vielleicht genauso heimisch und behütet fühlen wie sie. Hierauf folgte ein Augenblick der Panik: Müller, ein Mann von Welt, ein Gentleman, vor der Fareham Cross Parish Church mit Mama und Papa, von Mr. Stopworth, dem Vikar, gönnerhaft behandelt… Mr. Stopworth war tatsächlich etwas von oben herab. Sogar ihr Papa sagte das. Weshalb wollte dieser Mann sie heiraten? Würde sie in der Lage sein, ihn auf die Dauer glücklich zu machen? Einen Augenblick lang wünschte sie inständig, das Schiff wäre untergegangen, während sie vereinigt auf den Planken lagen.

Müller spürte, wie sie schauderte. Er zog sie näher an sich und legte ihr seinen Arm um die Schulter. Er sagte: «Meiner Meinung nach hat all das Geschreie und Gejubele und seine Berühmtheit Scott einfach den Kopf verdreht.»

«Meiner Meinung nach», sagte Rogo, «war Scott ein Homo.»

«Ein was?» Die Frage kam von Shelby und Martin gleichzeitig.

«Ein Schwuler. Verkehrtrum bis geht nich mehr. Linda hat gemeint, er hätt's auf sie abgesehen gehabt, aber als sie ihm im Dunkeln in die Hose gefahren is, war der Teufel los. Mensch, wir brauchen uns doch jetzt nichts mehr vorzumachen. Glaubt ihr denn, ich wüßt nich, was da unten im Maschinenraum vor sich ging, als er gedroht hat, ihr den Arm zu brechen? Er machte sich nichts aus Weibern. Hat Schiß vor ihnen gehabt. Er konnt sich so schön hinter seinem Dreß verstecken, daß ihm keiner auf die Schliche kam, oder? Eine ganze Menge von diesen Muskelprotzen, ob in Talar oder Trikot, sin angeschwult – bloß, daß sie's nich wissen. Je mehr Angst sie vor Frauen haben, desto mehr geben sie an un zeigen ihre Haare auf der Brust. So einer is Scott gewesen. Aber genau.»

«O nein!» Der Ausruf stammte von Miss Kinsale, doch wurde er mit solchem Entsetzen ausgestoßen, daß sie ihre Stimme zuerst gar nicht erkannten. «O nein!» wiederholte sie. «So etwas dürfen Sie nicht sagen, Mr. Rogo. Er war ganz anders. Bestimmt. Ganz anders.»

Alle verstummten ob der Intensität ihrer Zurechtweisung, bis Rogo sagte: «Tschuldigung, Ma'am. Ich wollt niemand beleidigen. Ich hab nur gesagt...»

«Das ist gar nicht möglich», fuhr Miss Kinsale fort, ohne Rogo ausreden zu lassen. «Sehn Sie, ich *weiß* es nämlich. Ich... wir wollten heiraten. Er wollte mich in die Vereinigten Staaten holen.»

Der Schock, den diese Erklärung auslöste, wirkte auf jeden anders. Martin unterdrückte ein lautes Gelächter, bis er sich des animalischen Heulens erinnerte, das diese unscheinbare alte Jungfer bei Scotts Selbstmord von sich gegeben hatte. Shelby dachte: *Mein Gott, bin ich denn auf der ganzen Reise mit dem Kopf nach unten und den Beinen nach oben herumgefahren? Vielleicht sogar mein ganzes Leben lang?*

Miss Kinsale hatte neben den Shelbys gesessen. Nun beugte sie sich zu Jane und sagte flüsternd: «Da wir ohnehin sterben müssen, kann ich's Ihnen ja sagen.» Sie senkte ihre Stimme noch mehr. «Wir sind auf der Reise intim miteinander gewesen.»

Müller hörte es und hatte Mitleid – wie Jane, nur daß sie auch Zorn und Entrüstung fühlte.

«Ach, Sie Arme», sagte sie. Mehr brachte sie nicht heraus, und Miss Kinsale schien keine Trostworte zu erwarten. Innerlich war sie über den toten Geistlichen empört: wie konnte der es wagen, sich während der Reise mit dieser armen, vom Leben übergangenen und vergessenen Person zu amüsieren?! Was wollte er damit bezwekken, daß er einer Frau, die dem Alter nach gut seine Mutter hätte sein können, einen schändlichen Heiratsantrag machte? War er vielleicht einer dieser verspielten kleinen Jungen gewesen, die niemals erwachsen werden und immer nach ihrer Mutti verlangen? Hatte er's etwa für christliche Nächstenliebe gehalten, daß sie ihre kalten Hände einmal am Feuer der Liebe wärmen durfte? Oder war er am Ende gar einer dieser Psychopathen, die sich als Geistliche verkleideten, um den Frauen ungeniert unter die Röcke fassen zu können – zum Zwecke des persönlichen Kontakts mit Gott oder dem Satan? Sie war froh, daß Miss Kinsale ihren Abscheu nicht sah.

«Oh, Hubie», wisperte Nonnie, «wie entsetzlich! Das arme Ding. Die wollten heiraten, und sie hat zugesehn, wie er sich in den Tod gestürzt hat. Furchtbar.»

«Pst!» machte er und drückte sie fester an sich, so als sei sie der letzte gute und reine und normale Mensch auf der Welt. Für ihn bedeutete Miss Kinsales Bekenntnis nur ein pathetisches Hirngespinst. Möglicherweise hatte es tatsächlich diesen Brigadier aus Lincolnshire gegeben. Die Mauerblümchen des Lebens hatten bisweilen so etwas in der Familie. Telford House aber, die Cokingtons und Gerald und all das andere hatte sie sich zusammengeträumt.

Und jetzt Scott. Er war tot, deshalb konnte sie ungehindert drauflosphantasieren. Zweifellos hatte sie ihn aus der Ferne verehrt oder geliebt. Ihre Verzweiflung bei seinem Selbstmord war echt gewesen. Aber Scott – mit Miss Kinsale? Was würde sie als nächstes beichten? Daß sie schwanger sei?

Rogo indessen hielt die Augen geschlossen und die Fäuste geballt; er zeigte die Zähne und zitterte von Kopf bis Fuß vor ohnmächtiger Wut. Die Kehle war ihm wie zugeschnürt. Er hätte um sich geschlagen und alles zerstören mögen. Den Gegenstand seines Ingrimms jedoch gab es nicht mehr. Hatte er Scott die ganze Zeit falsch eingeschätzt? War der einer von diesen Mistviechern gewesen, die sich hinter einem Talar verstecken? War er vielleicht im Verlauf der Kreuzfahrt doch bei Linda gelandet? War der Zwischenfall am Teufelssee nur ein Täuschungsmanöver gewesen? Wenn er Miss Kinsale im Bett gehabt hatte, dann hatte er's Linda genausogut besorgen können. Daß sie auf ihn scharf gewesen war, stand fest. Und sie war tot, und er war ihr nachgefolgt. Rogo meinte, explodieren oder um sich schlagen zu müssen, als Belle Rosen einen langgezogenen Schmerzensschrei ausstieß. «Oh, mein Gott!»

«Mamma! Mamma!» sagte Rosen verschreckt. «Was ist? Um des lieben Himmels willen, mach doch jemand Licht.»

«Licht an!» kommandierte Martin.

Im trüben Schein der Lampen sahen sie eine Belle Rosen, deren Lippen fast schwarz waren; ihre großen Brüste wogten keuchend; sie rief: «Oh, mein Gott – Oh, mein Gott – Die Schmerzen...»

*Herr im Himmel,* dachte Müller, der so etwas schon einmal erlebt hatte, *sie hat eine Herzattacke.*

Von irgendwoher kam ein metallisches Klingen, ein Dröhnen, ein Kratzen.

Müller dachte: *Ab geht's!* und drückte Nonnie noch fester an sich.

Martin rief: «He, was ist das denn?» Und Kemal starrte angestrengt ins Dunkel zu ihren Köpfen.

«Laßt doch den Lärm», sagte Rosen klagend. «Seht ihr denn nicht, daß meine Frau schwer krank ist? Was soll ich bloß tun?»

«Beruhigen Sie sie», sagte Müller. «Mehr können wir nicht tun, bis...»

Miss Kinsale sagte: «Ich werde beten.»

«Mein Gott! Mein Gott!» stöhnte Belle. «Oh, mein Gott!»

«Mamma, Mamma, ich bin ja hier.»

Shelby rief: «Luft! Wir haben keine Luft mehr. Deshalb kann sie nicht atmen. Und ich auch nicht.»

Alle hörten jetzt das Kratzen und Klopfen und danach ein seltsames Schwirren, so, als werde eine Trosse gekappt. Es wiederholte sich zweimal.

«Sie sind gekommen!» jubelte Müller. «Sie sind gekommen! Das war über unsern Köpfen. Schnell! Wir müssen Klopfzeichen geben, solange wir noch können.»

Martin rief: «He – Kemal! Geh hoch. Nimm die Axt. Wo ist die Axt?»

Im Dämmerlicht der blassen Lampen blickten sie sich um, sahen dann einander an. Es war nunmehr unmöglich, tief Luft zu holen. Sie keuchten und japsten wie Fische im Netz. Trotzdem suchten sie überall nach der Axt.

Rogo sagte zu Shelby: «Sie haben sie zuletzt gehabt.»

«Hab ich nicht. Ich habe sie bei Martin vermutet.»

«Wir müssen Klopfzeichen geben», sagte Müller. «Wo ist sie? *Wo ist sie?*»

Miss Kinsale sagte: «Dr. Scott hat sie.»

«Was? Scott ist tot!»

«Er hat sie mitgenommen.» Benommen starrten sie Miss Kinsale an. «Er hatte sie umgebunden. Ich hab sie aufleuchten sehn, als er von uns ging.»

«Dieser verdammte Hund!» krächzte Rogo. «Da hat er uns schließlich doch noch drangekriegt.»

# 23
## *Aller ‹guten› Dinge sind drei*

James Martin, der anscheinend körperlich Schwächste der Gruppe, verfügte noch immer über verborgene Kraftreserven. Er nahm eine der Handlampen, hangelte sich mühevoll durch und über das Quergestänge, das zum Schiffsrumpf führte, holte dann aus und schlug mit allen ihm noch zur Verfügung stehenden Kräften an die Außenhaut. Das Glas des Scheinwerfers zersplitterte an der stählernen Wand, doch das dabei entstandene Geräusch war so schwach, daß es draußen wohl kaum zu hören gewesen sein dürfte, falls dort jemand war. Martin fragte sich, ob sie in der letzten Phase ihres Kampfes ums Überleben nicht vielleicht die ständigen Knarrlaute des Schiffes falsch interpretiert hatten.

Martin sprang wieder herab, das heißt, es war mehr ein Fallen.

«Aus!» sagte er keuchend.

Müller sagte: «Schade, Nonnie. Ich wäre bestimmt gut zu dir gewesen.»

«Macht doch nichts, Hubie. Müssen wir jetzt sterben?»

«Scheint so.»

«Ich liebe dich.»

«Ja, Nonnie. Bleib dicht bei mir.»

«Dieser blonde Hund», sagte Rogo immer wieder.

Eine merkwürdig metallene Stimme, die keinerlei Ähnlichkeit mit einem menschlichen Organ hatte, tönte durch den stickigheißen Raum. «Ist da jemand?»

«Mein Gott!» flüsterte Müller. «Sie reden mit uns. Aber wie machen sie das?»

Die Stimme vibrierte so gequetscht und kalt, als komme sie aus einem Kopfhörer. Sie fuhr fort: «Ist da unten jemand? Hier ist Commander Thorpe von der U.S. Seenotfregatte ANDREA MONROE. Ich verwende einen elektronischen Verstärker. Wenn Sie sprechen, können wir Sie hören.»

«Ja! Ja!» schrie Martin mit letzter Kraft. «Wir sind hier unten.»

«Okay! Wir hören Sie. Wie viele sind Sie?»

«Elf. Sechs Männer und fünf Frauen. Aber wir sind nahe am Ersticken. Wir kriegen keine Luft mehr. Können Sie uns schnell rausholen?»

«Ja. Haben Sie Geduld. Wir können Sie noch nicht herausschneiden. Wir würden Ihren letzten Sauerstoff verbrauchen.»

Plötzlich verlor Rogo die Beherrschung. «Geduld? Leckt mich am Arsch! Was meint ihr, weshalb wir hier raufgeklettert sind? Um zu ersticken? Holt uns raus, ihr Schweine!»

Die unpersönliche Metallstimme, die keinerlei Gefühlsregung verriet, erwiderte: «Zuerst müssen wir Sie mit Frischluft versorgen. Wir kommen mit Bohrer, Pumpe und Muffe, wie wir sie bei U-Booten verwenden. Keine Panik. Sie haben wahrscheinlich mehr Luft, als Sie glauben. Bewegen Sie sich nicht. Sprechen Sie nicht. Versuchen Sie, langsam und nicht zu tief zu atmen.»

Rosen erhob die Augen zur Decke. «Meine Frau. Sie ist schwer krank.»

«Es scheint eine Herzattacke zu sein», fügte Müller hinzu.

Die Stimme erwiderte: «Wir haben einen Arzt bei uns. Der wird mit Ihnen sprechen.» Pause. «Hier Leutnant Worden. Ich bin Arzt. Können Sie die Symptome beschreiben?»

Es war seltsam: seit man ihnen gesagt hatte, daß sie mehr Luft hätten, als sie glaubten, schien dies tatsächlich der Fall zu sein. Müller konnte antworten: «Ich habe mal einen Herzanfall miterlebt. Schmerzen. Lippen blau. Ringt nach Luft – viel schlimmer als wir.»

«Halten Sie sie ruhig. Lockern Sie ihre Kleidung. Wir sind gleich bei ihr.»

«Wenn wir nicht vorher untergehn», murmelte Shelby.

Das hochempfindliche Mikrofon, das außen angebracht war, hörte ihn. «Im Augenblick besteht noch keine Gefahr.»

«Kleidung lockern, sagte er.» Das war Rosens Stimme. «Was für Kleidung?»

Müller schlug vor: «Öffnen Sie ihren BH.»

«Vor allen Leuten? Das wär ihr nicht recht.»

«Herr im Himmel, Manny», sagte Rogo.

Jane Shelby beugte sich herüber, schob ihre Hand unter Belles

Rücken und öffnete den Verschluß. «Für Fisimatenten haben wir keine Zeit», sagte sie.

«Papa, Papa, hilf mir», stöhnte Belle.

«Bleib ganz ruhig, Mamma. Sie kommen gleich.»

«Sehn Sie», wisperte Miss Kinsale. «Die Axt war gar nicht so wichtig. Dr. Scott hat die ganze Zeit genau gewußt, was er tut.»

Sie warteten in der brütenden Hitze und verwendeten die verbliebene Leuchtkraft ihrer Batterien darauf, sich noch einmal anzusehen: kurz vor der Rettung – oder an der Grenze zum Jenseits. Müller zweifelte nicht daran, daß der Dampfer absacken werde, ehe die Hilfsmannschaft zu ihnen gelangte. Ihr mühsamer Aufstieg zum Gipfel forderte einen jähen Absturz geradezu heraus. Über ihnen wurde geklopft und gekratzt.

Die Stimme sagte: «Die Ausrüstung ist angekommen. Damit sind die eingeschlossenen Matrosen aus der gekenterten OKLAHOMA in Pearl Harbor befreit worden. Man hat sie seither beträchtlich verbessert. Wir werden mit Hilfe einer luftdichten Muffe ein Loch bohren und Luft zu Ihnen pumpen. Dann können Sie wieder richtig atmen. Wir werden weiterpumpen, während wir die Platten wegschneiden. Wo befinden Sie sich? Nicht in unmittelbarer Nähe der Außenhaut?»

«Nein», konnte Martin antworten. «Wir sind im Schraubenwellentunnel. Der Rumpf ist etwa drei Meter über uns.»

«Gut. Bleiben Sie, wo Sie sind, und gedulden Sie sich noch ein paar Minuten.»

Shelby fragte sich, wie viele Tote diese paar Minuten noch fordern mochten. Und was war, wenn die POSEIDON ganz plötzlich absackte und die Hilfsmannschaft mit sich in die Tiefe riß? Auf einmal hatte er nicht mehr die Kraft, sich darüber Sorgen zu machen. Wie würde das Leben hinterher aussehen, wenn sie aus dieser Falle befreit werden sollten?

Jane dachte, wie stolz ihr Sohn sein würde, daß sich seine Voraussage erfüllte. Er hatte recht behalten; sie waren gefunden worden, und die komplizierte Maschinerie, mit deren Hilfe man niedergegangene Astronauten aus ihrer stählernen Kapsel befreien wollte, funktionierte noch. Ihr Herz schrie in stummer Verzweiflung: Robin, Robin, wo bist du? Und in diesem Augenblick wußte sie, daß sie ihn niemals mehr wiedersehen würde.

Susan dachte: *Wir werden gerettet. Was wird mit mir sein? Muß ich mein Geheimnis preisgeben? Wird's immer und ewig wie ein Schatten über mir hängen?*

Martin fühlte sich ausgelaugt und erschöpft. Nur dieser letzte Lebensfunke war noch da, den er nicht erlöschen ließ.

Über sich hörten sie plötzlich ein maschinengewehrähnliches Rattattattata. Es stotterte, verstummte, setzte von neuem ein, verstummte noch einmal und wurde schließlich zu einem fortdauernden schrillen Kreischen.

«Sie bohren, Nonnie», sagte Müller. Und dann setzte er hinzu: «Wenn Gott der Spaßmacher ist, für den ich Ihn halte, dann wär's der rechte Moment, uns den Teppich unter den Füßen wegzuziehen. Was meinst du, wie Er *dann* lachen würde?! Vielleicht hat Scott diese Wende herbeigeführt.»

Miss Kinsale flüsterte: «Er ist gestorben, um uns zu retten.»

Diesmal gab Rogo keinen Kommentar.

Die metallene Stimme berichtete: «Wir sind durch die äußeren Platten. Wie ist Ihr Zustand?»

«Um des lieben Himmels willen, beeilt euch», krächzte Rosen. «Mammas Hand ist ganz kalt.»

Plötzlich sagte Belle klar und deutlich: «Du hast gewollt, daß ich sollt weitermachen, um Irving und Sylvia wiederzusehn und Simon und Klein-Hy und Myra. Na, und hab ich's nicht geschafft?»

«Ja, Mamma, hast du. Großartig warst du. Einfach großartig.» Hierbei sah er sie alle der Reihe nach an, um noch einmal Bestätigung zu finden. «Vielleicht geht's wieder aufwärts mit ihr.»

Niemand sagte etwas. Plötzlich heulte der Bohrer laut und durchdringend auf und fraß sich durch die innere Schale über ihren Köpfen. Sie sahen ihn kurz, durch das eben entstandene Loch. Mit ihm drang ein öliger Lufthauch herein, den sie begierig aufnahmen. Der Bohrer wurde fortgezogen, und gleich darauf wurde eine schwarze Röhre durch das Loch geschoben, die ein paar Handbreit unterhalb des Rumpfes stehenblieb. Während draußen stetes Pumpen zu hören war, strömte die erste frische kühle Luft herunter und belebte und ermunterte sie, so daß sie in der Lage waren, einen ersten schwachen Jubelruf auszustoßen. Als der Sauerstoff sie dann leicht euphorisierte, fingen sie an, zu lachen und zu weinen.

Gleichzeitig jedoch – so, als habe die Nadelspitze einen Nerv getroffen – begann das Schiff wieder zu ächzen und zu krächzen und in allen Fugen und fernen Teilen zu knarren. Es entstand eine vorübergehende Bewegung, und aus der Richtung des Maschinenraums tönte ein loses Stück Stahl wie eine Glocke. Unter ihnen erzitterte der Boden. Von oben kamen die Geräusche huschender Füße und klappernder Geräte. Eine Stimme sagte: «Alle Mann...»

«Himmel!» sagte Müller. «Nun kriegt Er doch noch seinen großen Spaß. Der Kahn säuft ab.»

Rogo rief: «Die Schweinehunde haben die ganze Luft rausgelassen!» Und nach oben schrie er: «Okay, ihr Mistviecher, laßt uns im Stich, sonst kriegt ihr noch nasse Füße!»

Das Sprechen und Scharren ging weiter, doch konnten sie nicht hören, was gesagt wurde. Die frische Luft strömte weiterhin herein, und das Geräusch des Pumpens hörte keinen Augenblick lang auf.

Dann sprach der Commander zu ihnen. Er sagte: «Wir lassen Sie nicht im Stich. Wir haben noch Zeit genug, Sie herauszuholen. Es dauert nicht mehr lang.»

Müller sagte: «Die haben vielleicht Mut! Wenn wir absaufen, nehmen wir sie mit.»

Die Stimme beruhigte sie wieder. Sie sagte: «Der Arzt möchte noch mal mit Ihnen reden.»

Nach einer kurzen Pause hörten sie: «Hier Leutnant Worden. Wie geht's der kranken Dame?»

«Woher soll ich's wissen?» stöhnte Rosen. «Die frische Luft tut ihr gut.»

Leutnant Worden sagte: «Gut. Ich werde eine Spritze durch die Röhre hinablassen. Kann einer von Ihnen eine Injektion machen?»

«Ja», sagte Rogo. Sie starrten ihn verblüfft an. «Ein Bulle muß auch wissen, wie man ein Kind zur Welt bringt.»

Müller sagte: «Gut, der Mann.» Was Rogo durch die Zähne stieß, hörte er nicht.

Es gab ein klimperndes Geräusch. Eine Spritze kam, Kolben voraus, aus dem Rohr. Rogo reckte sich und riß sie vom Faden. «Ich hab sie», sagte er. «Wo?»

«Linker Arm. Intramuskulär.»

Rogo näherte sich Mrs. Rosen mit der Spritze. Er sagte: «Tut gar nicht weh, Belle. Bringt Sie gleich wieder auf die Beine. Patenter Kerl, dieser Doktor.»

«Siehst du, Mamma», sagte Rosen, «jetzt kriegen wir dich hin. Ein Herzanfall sagt heutzutage nichts mehr. Denk an deinen Onkel Ben. Der hat mit sechzig einen gehabt – und wie alt ist er geworden? Fünfundsiebzig! Dein Herz ist eben nicht so gut. Also bleib still liegen. Brauchst keine Angst zu haben.»

Belle Rosen öffnete die Augen und sagte: «Das ist gut.» Und dann starb sie. Ihre Augen blieben offen und starrten ins Leere.

Rogo, Experte in Sachen Tod, murmelte vor sich hin: «Himmel, nein!» und jagte vor lauter Verzweiflung die Nadel dicht unter der Schulter in den linken Arm. Die starrenden Augen wurden bereits glasig, doch Rosen hatte noch nichts gemerkt.

Er sagte: «Mamma, hast du mich gehört? Alles in Ordnung.» Plötzlich packte ihn der Schreck. «Mamma!» rief er. «Mamma! Weshalb guckst du so?»

Müller hätte nie gedacht, daß Rogo einer solchen Sanftheit fähig gewesen wäre, als er Rosen den Arm um die Schulter legte und sagte: «Manny, tut mir leid. Sie hört nichts mehr. Ist alles vorbei. Sie is nich mehr bei uns.»

Rosen wurde ein verängstigter kleiner Mann. Er begriff es noch nicht. Er rief: «Was? Was? Aber's ging ihr doch schon besser! Sie hat doch eben erst mit mir gesprochen. Sie haben ihr die Spritze gegeben. Weshalb guckt sie so? Ist sie wirklich krank? Um Himmels willen, dann holt doch den Arzt!»

Die anderen waren reglos, wie erstarrt durch Mitleid, Entsetzen und auch Wut über diese letzte grausame Ironie. Und Miss Kinsale betete laut – unbewußt den toten Reverend Scott nachahmend – und sagte: «Lieber Gott, wenn Du noch jemanden von uns brauchst, dann nimm mich.»

Rogo schrie zur durchstoßenen Außenhaut empor: «He, Doktor! Wo sind Sie, Doktor?»

«Ich bin hier.»

«Hier Detektiv Rogo. Ich hab die Spritze gegeben, aber's war wohl zu spät. Ich fürchte, sie is hinüber. Wie lang dauert's noch, bis Sie durch sind?»

«Sie fangen gerade mit dem Schneiden an. Wissen Sie mit Herzmassage Bescheid?»

Rogo blickte zweifelnd auf den Berg aus Lehm, der bis vor kurzem Belle Rosen gewesen war, und sagte: «Ich könnt's versuchen.» Die massige Brust war im Wege, und darunter befanden sich Lagen von Speck, die die Rippen über dem verstummten Herz bedeckten. Er schob den gewaltigen Busen beiseite, um das betreffende Gebiet freizulegen.

«Was tun Sie da?» schrie Rosen. «Nehmen Sie die Hände von ihr weg! Lassen Sie sie in Ruh!»

Shelby sagte: «Rosen, beherrschen Sie sich doch. Das ist Erste Hilfe. Der Arzt hat's ihm gesagt.»

«Sollten wir ihr nicht die Augen zudrücken?» fragte Martin. «Sie macht ein Gesicht, als hätten wir sie im Stich gelassen. Ich wünschte, wir würden untergehn, jetzt gleich – alle zusammen.»

Müller sagte zu Rogo: «Wenn Sie mir zeigen, was ich tun soll, könnte ich Ihnen vielleicht helfen.»

Der Detektiv nickte und sagte: «Gehn Sie auf die andere Seite. Versuchen Sie, den Brustkorb auf und nieder zu bewegen, wenn's geht. So: langsam – eins, zwei – eins, zwei.»

Die beiden Männer begannen mit der Massage. Nonnie weinte. Rosen war immer noch völlig verwirrt und fragte mehrmals: «Was tun die da? Weshalb fassen sie Mamma an? Warum kommt der Doktor nicht?»

Jane Shelby erklärte: «Das ist keine Ungehörigkeit, Mr. Rosen. Begreifen Sie denn nicht? Sie versuchen, ihr Herz wieder in Gang zu bringen.»

In der trüben Beleuchtung sah Rosen wie ein hilfloses Baby aus. «Ihr Herz wieder in Gang zu bringen?» fragte er verständnislos. «Aber warum denn? Ist's stehngeblieben?»

Jane sagte: «Ich fürchte, ja.» Sie stellte verwundert fest, daß sie angesichts dieser neuerlichen Tragödie, die einem unschuldigen und guten Menschen die Lebensgefährtin geraubt hatte, völlig kalt und ungerührt blieb. Da wurde ihr klar, daß sie wohl gegen alle Schicksalsschläge immun geworden war. Nichts im Leben würde sie mehr verwunden oder ihr weh tun können.

«Kann man ihr nicht die Augen zudrücken?» fragte Martin noch einmal. Es genügte, Wilma Lewis vor Augen zu haben – in ihrer Kabine. Das war schrecklich genug. Und nun war er mit einer toten Frau auf engstem Raume eingeschlossen. Ob Wilmas Augen wohl ebenfalls offen waren und durchs schmutzige Wasser starrten?

Rogo sagte: «Klappt nich. Am besten warten wir, bis der Arzt da ist.»

Von oben kam ein Klopfen, dann die metallene Stimme: «Bleiben Sie jetzt von dieser Stelle weg. Wir arbeiten mit dem Schneidbrenner.»

Die Tätigkeit über ihren Köpfen wurde reger, und dann gab es ein brüllendes reißendes Geräusch. In der schwarzen Haut des Schiffsrumpfes erschien – nahe der Stelle, wo das Geräusch ertönt war – ein Glühen, eine dünne orangefarbene Linie. Sie rochen brennendes Metall und spürten die Hitze.

«Bleiben Sie ruhig, Mr. Rosen», riet Shelby. «Sie schneiden sich jetzt zu uns durch. Der Arzt wird jeden Augenblick hiersein.»

Martin beobachtete, wie die rötliche Linie einen Haken machte und dann noch einen, um ein Viereck von etwa einem Meter Durchmesser herauszuschneiden. Fast empfand er so etwas wie Groll. Wären sie zehn Minuten eher gekommen oder auch nur fünf, dann hätten sie Belle Rosen vielleicht noch retten können.

Das Quadrat war jetzt geschlossen, und er fragte sich, weshalb das ausgeschnittene Stück nicht nach innen polterte, bis ihm klar wurde, daß sie den Schnitt an der Schräge machten, um gerade das zu verhindern. Er hörte, wie die Platte mit Brechstangen angehoben wurde. Es entstand ein Spalt, und dann verschwand das Metallstück und ließ samtenes Morgenlicht hereinfluten, das ihre Lampen wirkungslos machte. Zwei Beine in Drillichhosen erschienen, gefolgt von einem Oberkörper in Lederjacke, und endlich ließ sich ein blonder junger Mann mit kurzen Haaren und hellblauen Augen herabfallen. «Ich bin Leutnant Worden. Wo ist die Patientin?»

Müller und Rogo machten ihm Platz. Er kniete sich neben sie und nahm seine Untersuchung vor. Dann schloß er ihr die Augenlider.

Als er fertig war, fragte er: «Wo ist ihr Mann?»

Sie zeigten auf den verängstigten Rosen, der an allen Gliedern zitterte. Der Arzt sagte: «Tut mir leid, Sir. Es ist vorbei. Wir können nichts mehr tun.»

«Was soll das heißen? Sie ist tot? Mrs. Rosen ist tot?»

«Leider ja.»

Rosen fiel neben seiner Frau auf die Knie, wiegte sich vor und zurück und jammerte: «Mamma! Mamma!» Und dann: «Mamma, warum mußtest du mich verlassen, wo wir grad werden gerettet?»

Wieder kamen zwei Beine, eine Lederjacke, ein kurzgeschnittener Schopf: ein junger Mann, dann eine Leiter. Der junge Mann sagte: «Leutnant Jackson. Wer hat hier das Kommando?»

Martin sagte: «Na ja, das bin ich wohl. Oder war's jedenfalls. Übernehmen Sie's, junger Mann. Mit mir ist nicht mehr viel los.»

«Commander Thorpe möchte Sie so schnell wie möglich hier heraus haben. Oben sind Decken. Wer kann, sollte sofort die Leiter raufsteigen. Oben wird für alles gesorgt. Wenn jemand nicht klettern kann, kommen Männer runter und holen ihn rauf.»

«Wir anderen können schon, schätze ich», sagte Martin. «Nur...» Und er wies auf Belle Rosen.

Der junge Mann sah hin und sagte: «Krank?» Dann fügte er hinzu: «Oh, Verzeihung. Wir holen sie zum Schluß raus. Und jetzt bitte die Frauen zuerst.»

Zwei Matrosen sprangen herab. In der Öffnung erschien das Gesicht eines älteren Offiziers mit der goldbeschnürten weißen Mütze eines Commanders. «Was ist, Tom? Beeilung!»

«Alles überstanden», sagte Martin. «Wir wollen raus. Die Frauen zuerst.»

Und nun, da ihre Rettung unmittelbar bevorstand, verspürte jeder eine höchst sonderbare Abneigung gegen jeden weiteren Schritt, so, als wollten sie durch ihr Zögern das Schicksal versuchen. Ja, fast war es, als hätten sie Angst, diese letzte Leiter zu ersteigen und sich in einer Welt wiederzufinden, wo nichts mehr kopfstand.

«Bitte», sagte Leutnant Jackson eindringlich.

Martin sagte: «Miss Kinsale, wollen Sie nicht den Anfang machen?»

Es kam ihnen vor, als sei – nach Scott – stets Miss Kinsale die erste gewesen. Sie blickte verwirrt und verwundert drein. Während der letzten Stationen ihres beschwerlichen Aufstiegs hatte sie ihre Nacktheit nicht bekümmert. Sie schien sich ihrer nicht einmal mehr bewußt gewesen zu sein. Jetzt aber, vor den Fremden, schämte sie sich. «Muß ich?» fragte sie.

Ein Matrose sagte: «Oben ist eine Decke für Sie, Madam. Kann ich Ihnen helfen?»

Miss Kinsale sagte: «Warum soll ich die erste sein? Es sind doch noch andere da, die...»

Der Matrose sagte schmeichelnd: «Kommen Sie, ich geb Ihnen die Hand.»

«Nein, danke», erwiderte sie. «Ich kann's gut allein.» Unbeirrt stieg sie die Leiter hinauf.

Die Stimme des Commanders ertönte, diesmal dringlich: «Die anderen bitte. Weshalb geht's so langsam, Jackson? Brauchen Sie noch Leute? Brauchen die Passagiere Hilfe?»

Müller dachte: *Er hat Angst, daß das Schiff untergeht.* Zu Nonnie sagte er: «Schnell, steig rauf.»

«Ich will nicht ohne dich.»

«Los jetzt», sagte Müller barsch. Sie gehorchte. Er ordnete weiter an: «Susan... Jane...» Die drei Frauen stiegen die Leiter hinauf und verschwanden.

Shelby blickte ihnen nach. Sogar in diesem letzten Augenblick hatte er keine Entscheidung getroffen.

Martin sagte: «Okay. Rosen, Shelby, Müller, Rogo, Kemal. Ich geh als letzter.»

Rogo sagte: «Nix da! Ich hab die ganze Zeit den Schwanz gemacht, da kann's dabei bleiben. Vielleicht hab ich Glück, und der Kahn säuft ab, eh ich raus bin.»

Rosen sagte: «Ich geh nicht ohne – sie.»

Shelby wurde von Panik ergriffen, dann wurde er wütend. Immer die Rosens! Immer sorgten sie für Verzögerungen und machten

Schwierigkeiten. Was, wenn der Dampfer unterging, ehe er oben war? Diese verdammten... Aber nicht einmal in Gedanken mochte er das Wort ‹Juden› hinzufügen, und Scham überkam ihn, als er zu dieser fettleibigen, trägen Gestalt hinsah und an ihr erstaunliches und mutiges Unterwasserschwimmen dachte.

«Okay, Shelby», sagte Martin. «Sie sind dran. Müller, Kemal...»

Rogo sagte zu Rosen: «Ich bleib bei Ihnen, Manny, bis wir sie raus haben. Los, Martin, ab damit!»

Rogo und Rosen blieben unten. Ein Matrose rief hinauf: «Wir brauchen noch 'n paar Decken und eine Leine!» Das Gewünschte kam herabgesaust.

«Nich hinsehn, Manny», sagte Rogo. «Die machen's schon richtig. Außerdem hat sie's hinter sich.»

Die Matrosen wickelten die Leiche in Decken und machten eine Schlinge mit der Leine.

Rosen fragte: «Warum mußt ihr das passieren? Sie war so großartig, so wunderbar, und ich hab sie immer ausgelacht, wenn sie hat gesagt, sie hätt's mit dem Herzen. Sogar zuallerletzt hab ich's nicht geglaubt.» Und dann fügte er noch einmal hinzu: «Sie war doch wirklich großartig, oder nicht?»

«Ja», sagte Rogo, «Sie war großartig, Manny. Sie war von Anfang an große Klasse.»

Plötzlich blickte Rosen Rogo an und sagte: «Ach, du lieber Gott, Mike! Ich dürft ja gar nichts sagen. Ihnen ist's ja genauso ergangen.»

Rogo sagte: «Ist es.»

Ein Matrose rief nach oben: «Okay!» Und der Leichnam von Belle Rosen bewegte sich aufwärts.

«Okay, Manny», sagte Rogo. «Jetzt könn Sie gehn.»

Er zitterte immer noch derart, daß ihm zwei Matrosen helfen mußten. Auf halber Höhe drehte er sich um und blickte ängstlich auf Rogo nieder, der, von den ausgebrannten Lampen und Laternen umgeben, unten stand. «Kommen Sie, Mike?»

In Gedanken war Rogo durch den Tunnel zur Plattform des Laufgangs zurückgegangen, durch den kopfstehenden Maschinenraum, um noch einmal seine gepfählte Frau zu sehen. Da fiel ihm ein, daß sie nicht mehr dort war.

In dieser letzten Minute des Rückblicks erkannte er, daß er kein Mann war, der sich selber das Leben nehmen konnte. Er hatte gehofft, das Schiff werde ihm diese Aufgabe abnehmen, wie es so vielen anderen den Tod gebracht hatte. Aber er stand noch immer mit beiden Beinen auf der Decke. Zögernd entgegnete er: «Werd wohl.» Er kletterte die Leiter hinauf in das blendende Licht der frühen Sonne, wo man ihm eine Decke über die Schulter warf. Betäubt und verwundert starrte er, gleich den anderen, auf die richtigstehende Welt und die Flottille, die sie umgab.

## 24
## *Der Abschied*

Die schlanke graue amerikanische Fregatte stand nur wenige hundert Meter entfernt auf der glatten ruhigen See bereit, zwei weitere Schiffe befanden sich in der Nähe. Bei dem einen handelte es sich um einen modernen Passagierdampfer von etwa vierundzwanzigtausend Tonnen mit einem stromlinienförmigen rotblauen Schornstein. Es war die britische R.M.S. LONDON TOWER der *Antilles Tower Line*, an deren Reling sich die Passagiere drängten. Das zweite war ein rostiger deutscher Tramp-Frachter von zwölftausend Tonnen, die HELGOLAND.

Ein motorisiertes Rettungsboot der LONDON TOWER war jetzt in der Nähe des Hecks, ein zweites hatte am Bug der POSEIDON festgemacht. Überall trieb Wrackgut, das sich in der Flaute noch nicht von dem Walrücken des Schiffsbodens entfernt hatte: leere Flöße, unsinkbare Rettungsboote, die sich beim Kentern von ihren Davits gerissen hatten, Deckstühle, Mützen, Kleidungsstücke und dergleichen. In der Luft kreuzten vier Seenotflugzeuge der U.S. Airforce. Auch die HELGOLAND hatte ein Rettungsboot ausgesetzt, das sich, mit vier Seeleuten bemannt, in der Nähe des Hecks zu schaffen machte, bis der Commander nach einem Megaphon griff und brüllte: «Was habt ihr Kerle denn im Sinn, zum Teufel?»

Ein Mann in Khakihose und weißer Unterjacke, aber mit einer Offiziersmütze, erhob sich und schrie zurück: «Wir wollen versuchen, sie ins Schlepp zu nehmen. Bergung!»

«Schert euch fort!» bellte der Commander gereizt. «Seht ihr denn nicht, daß wir versuchen, die Überlebenden in Sicherheit zu bringen? Danach könnt ihr tun und lassen, was ihr wollt.»

Der Deutsche gab einen Befehl, und die Ruderer legten sich in die Riemen. In einiger Entfernung stoppten sie und sahen zu.

Der Commander rief durch das Loch in den Schiffsrumpf: «Noch jemand unten?»

«Nein, Sir!»

«Sehn Sie noch mal nach und beeilen Sie sich. Das Schiff hält sich nicht mehr lange über Wasser.» Er wandte sich an die Geretteten und fragte: «Sind alle hier? Fehlt keiner von ihnen?»

«Ich habe meinen Sohn verloren», sagte Jane Shelby. «Robin. Er ist zehn.»

«Ihren Jungen?» fragte der Commander. «Wo war er denn? War er eben noch bei Ihnen?»

«Nein», sagte Jane. «Viel weiter unten. Viel früher. Ich weiß nicht mehr, auf welchem Deck, wir sind so viele raufgeklettert. Es war, als die Lichter ausgingen und die vielen Menschen kamen.»

Der Commander sagte: «Wir haben nur drei Matrosen aus einem Rettungsfloß aufgenommen.» Dann fügte er hinzu: «Aber am Bug sind noch ein paar Überlebende. Vielleicht ist er in diese Gruppe geraten. Ich werde mich erkundigen. Wie heißt er?»

«Robin Shelby.»

Der Commander sagte zu einem Funker mit Sprechgerät: «Fragen Sie mal am Bug nach, ob dort ein zehnjähriger Junge namens Robin Shelby ist.»

Zum erstenmal bemerkten die Geretteten eine Aktivität am anderen Ende der POSEIDON, zwei Häuserblocks entfernt.

Die Entfernung war so groß, daß man keine Gesichter erkennen konnte, jedenfalls handelte es sich um Passagiere und Matrosen, und Müller entdeckte einige Herren mit schwarzen Dinnerjacketts, die sich in der hellen subtropischen Sonne eigentümlich ausnahmen. Er wurde sich eines sonderbaren Grolls bewußt und fragte sich, ob Shelby und Martin ähnlich dachten, denn er sah, wie sie ihre Augen beschirmten und schweigend in dieselbe Richtung starrten.

Während des ganzen mühsamen Aufstiegs unter Scotts Führung hatte er geglaubt, die erhoffte Rettung werde ihm und den anderen als Belohnung für ihren Mut und ihre Anstrengungen zugute kommen – und nur ihnen. Sie hatten gekämpft und unvorstellbare Schwierigkeiten überwunden, sie hatten Entsetzliches erlebt und Todesängste ausgestanden und schließlich ihr Ziel erreicht. Er ertappte sich sogar dabei, daß er an die Berichte in den Zeitungen gedacht hatte, die mit dem Satz begannen: ‹Die einzigen Überlebenden der POSEIDON sind...› und da waren sie nun: zehn Vogelscheuchen, schmutzig, zerkratzt, nackt, geschockt und erschöpft – und am anderen Ende wurden weitere Passagiere aus einem ähnlichen Loch geholt, einige von ihnen offensichtlich in voller Kleidung.

Was war geschehen? Wie hatten die das fertiggebracht? Hatte es einen einfacheren Zugangsweg zum Bug gegeben? Waren sie ohne Not und Mühe emporgeklettert oder -gegangen und hatten auf ihre Rettung gewartet? Oder waren auch ihnen furchtbare Erlebnisse nicht erspart geblieben? Wer hatte sie angeführt? Hatten auch sie unterwegs Tote zurücklassen müssen?

Müller wurde von der Überlegung geplagt, was geschehen wäre, wenn sie – statt Scott zu folgen – mit den anderen zusammen im Speisesaal gewartet hätten. Wären sie dann jetzt auch in Sicherheit – vielleicht sogar, ohne so viele Menschen aus ihrer Gruppe verloren zu haben? Der Anblick jener anderen rief ein bitteres Gefühl in ihm hervor, und er war nicht mehr in der Lage, sich darüber zu freuen, daß außer ihnen noch andere gerettet worden waren. Dann fiel ihm etwas anderes ein: wäre er im Speisesaal geblieben, hätte er Nonnie nicht getroffen...

Alle beobachteten nun die Bergungsoperation am Bug. Shelby dachte: *Ach, Gott, bitte, laß Robin dort sein!* Wen aber bat er um diese Gunst, um diese Gnade? Er wußte, daß er seine letzte Sicherheit verloren hatte. Im Verlauf seiner Ehe war ihm der Glaube an einen Gott, an den man sich um Hilfe wenden konnte, abhanden gekommen.

Nahe bei dem rotgestrichenen Kiel, wie eine Indianerin in eine Decke gehüllt, kniete Miss Kinsale allein und unbekümmert zu ihrem Dankgebet nieder: «Ich danke Dir, o Herr, daß Du beschlossen hast, uns zu verschonen.»

Shelby erinnerte sich des Gefühls der Verlegenheit, das er in jenem so lange zurückliegenden Augenblick gehabt hatte, als Scott niedergekniet war. Voller Verwirrung meinte er, ersticken zu müssen oder jeden Moment zusammenzubrechen.

Martin überlegte, daß auch er den Namen Gottes benutzt hatte, und er verspürte gleichzeitig Furcht und Scham. *Mein Gott*, dachte er, was, wenn Wilma Lewis unter ihnen sein sollte? Wieder sah er sein ruhiges Leben bedroht.

Kemal, der Türke, kannte keine Scham. Er beschattete seine Augen und versuchte, Mitglieder der Mannschaft zu erkennen, die aus dem Loch im Bug heraufgebracht wurden. Er hoffte, daß keiner der Gruppe angehören möge, die er verlassen hatte. Er wollte der einzige sein, der schlau genug gewesen war, sich zu retten, indem er sich diesem verrückten Priester und seinen Freunden angeschlossen hatte.

Der Funker, der in sein Funkgerät gemurmelt hatte, sagte: «Sir!»

«Ja, Harper?» entgegnete der Commander.

«Am Vorschiff gibt's keinen zehnjährigen Jungen namens Robin Shelby, Sir.»

«Sind das jetzt alle?»

«Ja, Sir. Zweiunddreißig Passagiere, zwölf Besatzungsmitglieder.» Der Commander sagte: «Es tut mir leid, Ma'am, aber da drüben ist kein Kind.»

Jane dankte dem Commander und fragte dann: «Werden Sie noch weiter suchen können? Besteht noch die geringste Hoffnung?»

«Ma'am, zwischen hier und dort ist alles doppelter Boden. Wir könnten versuchen uns hindurchzuschneiden, aber...»

Der Rumpf unter ihren Füßen bebte, und aus den Tiefen des Schiffes kam ein Dröhnen. Eine riesige rülpsende Blase kam an der

Backbordseite hoch, und ihre ölige Explosion störte die ruhige See an diesem schönen Morgen. Mit ihr wurde die Leiche eines Mannes in Matrosenhosen emporgerissen.

Der Commander befahl: «Ruft das Rettungsboot rein! Bringt diese Leute hier sofort vom Wrack runter.»

Der Funker sprach in sein Gerät, andere Matrosen signalisierten, und das Rettungsboot mit dem Namen *London Tower* am Bug kam herüber und machte an den Leinen fest, die die fünfundzwanzig Fuß hohe Seite des kieloben treibenden Rumpfes umliefen. Die beiden gigantischen Backbordschrauben und das Vierzig-TonnenRuder ließen alles andere zwergenhaft erscheinen. Der Neigungsgrad hatte sich vergrößert.

«Los! Los!» befahl der Commander ungeduldig. «Die Frauen, schnell. Die Männer dann danach. Sie zuerst, Ma'am. Später regeln wir alles. In unsern eigenen Booten haben wir zuviel Ausrüstung.»

Ein Matrose von der LONDON TOWER packte das untere Ende der Jakobsleiter, die Mitglieder der ANDREA MONROE-Mannschaft vom Kiel bis zur Wasserlinie ausgeworfen hatten.

Der Commander sah Jane an und fragte: «Schaffen Sie's? Werden Sie hinunterklettern können?»

«Ja», erwiderte sie und wurde sich der Ironie bewußt, daß der letzte Schritt in die Sicherheit abwärts ging.

«Ihre Decke müssen Sie schon hierlassen», sagte der Commander. «Im Rettungsboot bekommen Sie neue. Dort wird man Ihnen behilflich sein.» Dann sagte er: «Wir wollen Sie erst mal von hier wegbekommen, dann werden wir Sie entsprechend Ihrer Wohnorte zu dem richtigen Schiff bringen.»

So mußte Jane sich also noch einmal frei machen; sie war noch zu sehr an die fast völlige Nacktheit gewöhnt, mit der sie ihr Abenteuer bestanden hatten, um sich über ihr Aussehen Gedanken zu machen. Als sie jedoch auf halber Höhe der Strickleiter – einen Matrosen vor sich und einen Matrosen hinter sich – im Heck des Rettungsbootes einen Fotografen auftauchen sah, der seine Kamera auf sie richtete, wurde sie böse. Zum erstenmal wurde sie wieder mit der Zivilisation konfrontiert, in die sie unter vielen Mühen und Gefahren endlich zurückgekehrt waren. Sie hätte am liebsten geschrien.

In schneller Folge kamen hinterher: ihre Tochter, Miss Kinsale und Nonnie, dann ihr Mann und Müller, Martin und Kemal.

Zwischen dem Commander und dem Detektiv und Rosen schien es eine Auseinandersetzung zu geben, doch konnte sie nicht verstehen, worum es ging. Schließlich kamen auch sie die Leiter herab; der junge Dritte Offizier half ihnen ins Rettungsboot.

Rogo sagte: «Keine Bange, Manny. Die haben versprochen, sie täten sie bringen.»

Manny mußte sich wohl geweigert haben, das Schiff ohne Belles sterbliche Überreste zu verlassen.

Der Commander rief herab: «Okay! Danke, das ist alles!»

Der Offizier sagte: «In Ordnung, Sir.» Und dann gab er das Kommando: «Leinen los!»

Vorne und achtern ließen der Matrose und der Steuermann die Leinen los, der Motor trat stotternd in Aktion, und das Rettungsboot entfernte sich vom Rumpf des Schiffes. Die zehn Überlebenden saßen dicht zusammengedrängt: eine kleine Gruppe, die so sehr zusammengehörte, daß sie sich mit einer Aura der Isolierung gegenüber der Bootsmannschaft umgab. Eine Krankenschwester hüllte sie in Decken ein und beschäftigte sich mit ihnen, bis sie merkte, daß die Schiffbrüchigen ihre Dienste weder brauchten noch wünschten, sondern aus irgendwelchen Gründen in Ruhe gelassen sein wollten. Sie verzog sich ins Heck.

Zwei Mann der ANDREA MONROE ließen ihre Ausrüstung geschwind in ihre beiden Motorbarkassen nieder, in deren einer sich bereits der Leichnam von Belle Rosen befand, und dann kletterten sie mit den beiden Offizieren selber in die Boote. Das Rettungsboot des deutschen Frachters steuerte direkt unters Heck, und einem Mitglied der Besatzung gelang es, eine Leine um den Ruderschaft der POSEIDON zu schlingen. Sie nahmen das Ende auf und pullten damit zu ihrem Schiff zurück, das eine Viertelmeile entfernt lag; offenbar hatten sie die Absicht, eine Trosse anzubringen und den Rumpf ins Schlepptau zu nehmen.

Der Commander rief ihnen durchs Megaphon wütend zu: «Ihr gottverdammten Narren, ihr habt doch keine Chance! Wollt ihr mit in die Tiefe gesaugt werden? Kappt die Leine!»

Der Mann mit der Offiziersmütze erwiderte: «Behalten Sie Ihre Weisheit für sich. Wir wissen, was wir tun. Im vergangenen Jahr hat sich ein gekenterter Erzfrachter vierzig Tage lang über Wasser gehalten. Zum Schluß mußten sie ihn mit Sprengstoff versenken.» Er lachte und sagte: «Ich rufe Sie zum Zeugen, daß wir als erste eine Leine an Bord gebracht haben. Zwei schwere Schlepper sind schon unterwegs.»

Allmählich wurde den Überlebenden klar, wovon die Rede war. Hätte ihr Schiff sich noch vierzig Tage über Wasser gehalten? War das ganze verzweifelte Abenteuer umsonst gewesen?

«Los, du Biest», sagte Rogo mit zusammengebissenen Zähnen, «sauf ab! Ich kann diese Krauts nich ausstehn.»

Langsam schien die Wirkung ihrer übermäßigen Anstrengung und ihres Triumphs zu verebben. Alles, was sie erlitten hatten, verblaßte, und es wurde ihnen auf die eine oder andere Weise klar, daß sie sich an den Gedanken würden gewöhnen müssen, wieder zu leben. Müller, der zu Martin hinüberblickte, kam es vor, als sei der noch mehr zusammengeschrumpft, als verschwinde er fast in seiner Decke. Er hatte sein Kommando abgegeben und wurde nicht mehr gebraucht.

Und immer noch hing die POSEIDON da, reglos und groß und stabil wie ein Gebäude; die Sonne wurde von der rostroten Farbe am Boden rötlich reflektiert.

Das Rettungsboot schlug einen weiten Kreis. Die Überlebenden schienen wie durch eine gläserne Wand von allem abgeschirmt zu sein, was sie sahen und hörten: die drei nahe gelegenen Schiffe, die Maschinengeräusche von Kuttern und Barkassen, die auf dem Meer verstreuten Wrackteile und besonders der riesige Rumpf des gekenterten Schiffes. Ihre Nerven, die alles Gesehene und Gehörte zum Gehirn transportierten, funktionierten noch nicht wieder richtig. Es war, als schwebten und trieben sie zwischen zwei Welten, der einen entronnen und in der anderen noch nicht angekommen, und Jane Shelby ertappte sich dabei, wie sie fast wünschte, wieder in der Dunkelheit zu sein, beim Kampf nach oben, beim Ringen um ihr Ziel. Jetzt war es erreicht, und sie war weder darauf vorbereitet, noch war sie froh darüber.

Susan streckte eine Hand aus der Decke und faßte sie an. «Ist dir nicht gut, Mutter?» fragte sie. Und fügte dann hinzu: «Ich fühl mich ganz komisch.»

Jane sagte: «Ja, ich auch.»

Das zweite Rettungsboot der LONDON TOWER, das die Überlebenden vom Bug des Kreuzfahrtschiffes aufgenommen hatte, näherte sich ihnen, als sie ihren Kreis vollendeten. Es war besetzt, und sie registrierten, was sie sahen, ohne es noch zu interpretieren: Boot, Besatzung, Überlebende von der POSEIDON, Matrosen, mehrere Stewards in weißen Jacken, unter Decken kauernde Frauen – all dies trieb auf der spiegelglatten See dahin, die von keiner Brise getrübt wurde. Alles war so widersinnig, so unglaubhaft.

Müller rief plötzlich aus: «Mein Gott!» Und Nonnie fragte erschreckt: «Was ist?»

Die beiden Rettungsboote waren jetzt nur wenig voneinander entfernt. «Der ‹Strahler› und sein Mädchen», sagte Müller und rief hinüber: «Heda! Bates! Pamela!»

Der ‹Strahler› blickte auf. Er trug immer noch sein Dinnerjackett, den Hemdkragen am Hals geöffnet. Das Mädchen war in eine Decke gehüllt, und er hatte den Arm um sie gelegt. Sein Gesicht war rot, und als er die anderen erkannte, verzog er's zu einem breiten Grinsen. Beide winkten. In der einen Hand hielt der ‹Strahler› eine Flasche. Der große und mächtige Gott Bacchus hatte wieder einmal für dic Seinen gesorgt.

Nonnie traten Tränen in die Augen. «Ich bin ja so glücklich, daß sie's geschafft haben! Die ganze Zeit hab ich dran gedacht, wie sie da unten im Dunkeln liegen, un wie sie bei ihm geblieben is, um auf ihn aufzupassen.»

Miss Kinsales dünner weißer Arm kam nach einem Kampf mit ihren langen Haaren unter dem Umhang hervor und winkte. Sie sagte: «Ich will nur hoffen, daß er's gut meint mit dem Kind, nach allem, was die Kleine für ihn getan hat.» Alsdann setzte sie mit sonderbar sachlicher Stimme hinzu: «Aber ich glaub's nicht.»

«Aber er kann sie doch jetzt nicht verlassen!» sagte Susan. «Und haben Sie nicht gesehn, wie er sie im Arm gehalten hat?»

«Und in der anderen Hand eine Flasche», schloß Miss Kinsale

streng. «Betrunken war er, und sie auch. Natürlich wird er sie verlassen. Ich kenne solche Typen.»

Müller sagte: «Ich fürchte, es wird etwas viel Schlimmeres passieren. Er wird sie heiraten, und auf dem Rückweg vom Standesamt wird sie anfangen, ihn bessern zu wollen.»

Susan dachte: *Was für ein komisches Gespräch in diesem Boot unter diesen Umständen.*

Das andere Rettungsboot hatte ihren Kurs gekreuzt und näherte sich dem Passagierdampfer.

Jane Shelby hatte, als es vorüberfuhr, ängstlich hinübergeschaut. Jetzt merkte sie, wie der Blick ihres Mannes starr auf die weiße Heckwelle gerichtet war. Er schüttelte den Kopf, ohne zu wissen, daß er beobachtet wurde. «Er war nicht dabei», sagte er. Er sah elend und verzweifelt aus.

Jane Shelby spürte einen Stich im Herzen und dachte: *Was tun wir alle hier? Wo sind all die Schiffe hergekommen? Wer sind die Leute? Was haben sie mit uns zu tun? Warum haben wir meinen Robin verloren? Wie können wir da noch leben? Zu welchem Zweck? Es ist ja alles so sinnlos.*

Danach dachte sie, diesmal indessen klar und bestimmt: *Ich muß wiedergutmachen, was ich angerichtet habe. Diesen Mann zu zerstören und alles, was noch geblieben ist, wäre ebenso sinnlos wie alles, was hier geschehen ist. Irgendwann muß es aufhören.*

«Richard», sagte sie zu ihrem Mann, «gib mir deine Hand. Ich brauche dich.»

Er sah sie erstaunt an, wußte nicht recht, was das heißen sollte, und ergriff dann die ihm dargebotene Rechte.

Jane sagte: «Wir werden einander brauchen, mit unserem Kummer.» Weiter sagte sie: «Ich habe das alles nicht so gemeint, was ich da... da unten gesagt habe.» Sie blickte zu dem Berg der POSEIDON hinüber, doch das ‹da unten› begann bereits zu verblassen, wie etwas, das man geträumt hat und nicht wirklich durchlebt. «Ich hatte den Kopf verloren. Ich war von Sinnen vor Kummer und Sorgen um Robin. Ich wußte nicht, was ich sagte. Es stimmte alles nicht. Ich habe bloß blindlings um mich geschlagen. Dick – wir haben unsern Sohn verloren.»

Shelby blickte seine Frau verwundert an. Er war gerührt und gleichzeitig erleichtert, jetzt, wo ein guter Teil seiner Selbstachtung wieder zurückkehrte. Jetzt, da sie zugab, daß alles nicht stimmte, was sie gesagt hatte, erinnerte er sich der furchtbaren Dinge gar nicht mehr, die ihn derart zerstört hatten. Sie spielten keine Rolle; sie stimmten nicht; er war wieder intakt. Er zog sie an sich und hielt sie fest. «Ich will versuchen, alles wiedergutzumachen», sagte er flüsternd.

Das Klischee tat ihr weh, aber sie zog den Arm ihres Mannes enger um sich.

Susan betrachtete ihre Mutter mit Bewunderung und wurde wieder ein wenig erwachsener.

Trotz der Tropensonne, die am Himmel emporstieg, fröstelte es Müller; er war deprimiert. Er hatte zwar nicht alles mitbekommen, doch intuitiv die Bedeutung von Janes Geste erfaßt, und jetzt rebellierte alles in ihm gegen den Mutwillen, einem Kinde unter solch grausamen Umständen das Leben zu nehmen. Bis ans Ende ihrer Tage würde diese Mutter sich mit immer denselben Fragen quälen müssen, wie war er umgekommen – und wieweit war sie dafür verantwortlich zu machen? Wie konnte man sich darüber freuen, daß der betrunkene Engländer mit dem armen Hascherl, das sich ihm angeschlossen hatte, gerettet worden war – und gleichzeitig den Tod von Belle Rosen betrauern? Und die anderen aus ihrer Gruppe, die jetzt nicht mehr lebten? Der wagemutige und überkandidelte Scott? Ein Heiliger? Linda, an der viele sich versündigt hatten? Und wozu war der Türke Kemal am Leben erhalten worden – um in seine Heimat zurückzukehren und später einen neuen Job zu finden – wieder als Öler in einem Maschinenraum, vier Stunden Dienst, vier Stunden frei? Und würde Rogo noch etwas taugen – wenn diese Frau ihn nicht mehr peinigte? Und weshalb hatte er selbst überlebt? Für Nonnie, deren Leben er jetzt in seinen Händen hielt? Und in welche Kategorie fiel Nonnie? Belohnung? Strafe? Wonne – oder Klotz am Bein? Denn sogar in diesem Augenblick, in dem er sie an sich gedrückt hielt, schweiften die Gedanken zu seinen Freunden, und er fragte sich: Was werden die bloß sagen?!

Wie eine Schildkröte ihren Hals aus dem Panzer streckt, so war

Martins Kopf aus seiner Umhüllung aufgetaucht, und seine Augen hinter der goldgefaßten Brille hatten ebenfalls die Geretteten in dem anderen Boot gemustert. Halb befürchtete, halb hoffte er, eine bestimmte Gestalt zu entdecken, eine gewisse Haarfarbe zu erspähen oder aus jenen Augen angeblitzt zu werden, in denen er sich so oft verloren hatte. Aber Mrs. Wilma Lewis war nicht da.

Martin dachte bei sich: *So soll ich also doch ungestraft davonkommen. Gerettet, vielleicht sogar ein Held, wenn die Zeitungen Wind von der Geschichte kriegen. Dabei bin ich nichts als ein mieser kleiner Zwerg, der seinen Urlaub damit zugebracht hat, einer lüsternen Witwe zu Diensten zu sein. Und niemand wird's jemals erfahren. Keine Strafe, kein Ärger. Ehebruch ohne Folgen.*

Er brauchte nicht einmal seiner Frau etwas zu erzählen. Er war erleichtert. Und dennoch klang ein bißchen Enttäuschung mit. Irgendwie und irgendwo *hätte* er doch büßen müssen.

Müller wandte sich an den Offizier und fragte: «Wo sind wir? Von welchem Schiff sind Sie? Wo fahren Sie hin?»

«*Royal Antilles Line,* Sir. R. M. S. LONDON TOWER. Veracruz, Havanna, Bermuda und London. Jetzt befinden wir uns auf dem Heimweg. Sie und die anderen werden gleich gut untergebracht sein. Sie haben Glück gehabt, Sir, wenn ich das sagen darf.»

«Ja, ich weiß», warf Shelby ein. «Haben Sie eine Ahnung, was geschehen ist?»

Der junge Mann antwortete: «Seebeben, Sir. Wir befanden uns weit genug nordwestlich davon und haben nicht einmal die Welle gespürt. Zwei andere Schiffe aus der Gegend haben sich noch nicht gemeldet. Möglicherweise sind sie mit Mann und Maus untergegangen. Sie haben mehr Glück gehabt. Die Leute von der NASA haben sich eingeschaltet, als das Beben bekanntgeworden war, und eins ihrer Radarflugzeuge hat Sie kurz nach Mitternacht geortet und Leuchtzeichen abgeworfen. Wir haben heute früh zwo Uhr vom *Shipping Computer Centre* in Washington Anweisung bekommen, dieses Gebiet anzusteuern, um gemeinsam mit dem deutschen Frachter nach Überlebenden zu suchen. Die ANDREA MONROE befand sich nur zweihundert Meilen nördlich von Ihnen auf einer Bergungsübung einer von Cape Kennedy gestarteten unbemannten

Raumkapsel. Aber das werden Sie wohl alles erfahren, wenn Sie an Bord sind, Sir.»

Shelby spürte, wie sich sein Herz zusammenzog. Ihm war, als habe sein Sohn gesprochen. Robin hatte alles über Mondfahrer und Computerzentren und Bergungsübungen und dergleichen gewußt. Robin, der nun bestimmt nicht mehr zu den Sternen fliegen konnte. Dieses schmerzliche Empfinden erinnerte ihn daran, daß Jane jetzt ihr Leben lang ununterbrochen leiden würde. Männer hatten nun einmal eine andere Einstellung zu ihren Kindern. Schlimm würde es sein, wenn er daheim den *football* in die Hände nahm – und es war niemand da, dem er ihn zuwerfen konnte. Er sah sich wieder auf seinem Rasen, wie der Ball eine Spirale durch die Luft beschrieb und wie Robin loslief und auf seinen Ausruf hin den Kopf drehte und den Ball auffing.

Plötzlich drang ihm ein Name ins Bewußtsein, den der Offizier erwähnt hatte. «London?» sagte Shelby. «Aber dort wohnen wir gar nicht. Wir sind Amerikaner.» Fast war es, als habe er während der ganzen Klettertour geglaubt, er werde, falls er durch die dicke Haut der POSEIDON kommen sollte, sich daheim in Detroit befinden.

«Ich denke, das wird sich schon arrangieren lassen, Sir.»

Martin sagte: «Ich möchte meiner Frau in Chicago eine Nachricht zukommen lassen.»

Der Offizier nickte und meinte: «Auch das dürfte sich wohl machen lassen.»

Manny Rosen fröstelte und bibberte, obwohl er bis über beide Ohren in Decken gehüllt war, und man hörte ihn wimmern: «Mamma! Mamma!»

Nonnie wollte Rosen trösten. Als sie sich aufrichtete, rutschte ihr die Decke von den Schultern und entblößte ihren leichenblassen verschmierten Körper mit dem rosaroten Fetzen über den Brüsten und dem sonderbaren Lendenschurz. Der Maschinist des Rettungsbootes glotzte sie an und sagte verdutzt: «He, wo bist du 'n gewesen, kleine Krabbe, als's passiert is – auf 'm Kostümfest?»

Nonnies Gesicht wurde plötzlich kleiner, ihr Mund schmal und böse. «Leck mich», sagte sie zu ihm gewandt. In ihrer Stimme hörte Müller alles das, was er gleichzeitig fürchtete und liebte: ihre Vulgarität, ihre Verwundbarkeit, all die Jahre, in denen sie sich hatte durchbeißen müssen und mehr oder weniger als Freiwild angesehen worden war. Mit der einen Hand legte er ihr wieder die Decke um die Schultern, und mit der anderen hob er ihr kleines Gesicht zu sich und sah sie an. Die Wildheit war noch da, die Unbezähmbarkeit, und in ihren Mundwinkeln lag noch ein Schatten der Gewöhnlichkeit, und dennoch war er neuerlich gerührt.

Ob ihr scharfer Instinkt etwas gespürt hatte oder ob in Todesängsten gegebene Versprechungen nach ihrer Ansicht hinterher nicht mehr gehalten zu werden brauchten, jedenfalls flüsterte sie leise: «Du mußt mich nich heiraten, Hubie. Ich verlaß dich auch so nich. Ich bleib bei dir, solang du mich haben willst.»

Sie gab ihm seine Freiheit zurück, und er kämpfte wider bessere Vernunft dagegen an. Sie würde glücklich und zufrieden seine Geliebte sein, bis er sie abschob. Das war zweckmäßig und klug. Er wußte es genau. Sie würden eine Zeitlang Spaß miteinander haben, und dann, wenn es sich herausstellte, daß ihre Welten trotz aller Bemühungen eben doch zu verschieden waren, nun, dann mußte man eben Schluß machen. Dennoch wollte er ihr die Chance nicht einräumen, ihn zu verlassen, als erste zu sagen: «Komm, Alter, jeder geht wieder seiner Wege.» Nie und nimmer!

Er sagte, wie er's ähnlich schon im Bauch des Schiffes gesagt hatte, als er sie zu trösten versuchte: «Still, Nonnie. Auf Reisen ist das höchst unpraktisch.» Er spürte, wie sich die Anspannung ihres Körpers löste, und freute sich. Trotzdem wollten die Erinnerungen an ihre Herkunft nicht verstummen. Er hielt sich jedoch an seine Entscheidung und sein durch sie verkörpertes Verlangen. *Nur: was soll ich tun?* fragte er sich. *Was soll ich mit diesem Mädchen anfangen, um des lieben Himmels willen? Was werden sie alle sagen? Wie wird mein Leben von jetzt an aussehen?*

Aus dem Innern der POSEIDON erklang eine dumpfe Explosion, und in der Nähe des tiefer liegenden Bugs platzte wieder eine ölige Wasserblase. Eine Offiziersmütze mit dicken goldenen Tressen wurde hochgespült. Müller murmelte: «Tja, als sie dir den Namen POSEIDON gaben, haben sie den Gott des Erdbebens beleidigt.»

«Was hast du gesagt, Schatz?» fragte Nonnie.

Müller hätte ihr am liebsten erklärt, daß sie nicht ‹Schatz› zu ihm sagen solle, statt dessen jedoch murmelte er nur: «Nichts, Nonnie. Sag dem Schiff Lebwohl.»

Nonnie fing wieder an zu weinen, und ihre Tränen glitten eine nach der anderen wie Kugeln ihr kleines Gesicht hinab. «Und all meinen Kolleginnen.»

«Ich fürchte, ja, Nonnie.» Sie vergrub ihr Gesicht in den Falten von Müllers Decke. Er liebte sie sehr.

## 25
## *Getrennt*

Der Kutter von der ANDREA MONROE kam längsseits und drosselte seine Geschwindigkeit, bis die beiden Fahrzeuge mit nur kleinem Abstand nebeneinander herfuhren. Der Commander rief herüber: «Wo ist der Herr, der...» Er zögerte und fügte dann hinzu: «Dessen Frau...»

Rogo rüttelte Rosen behutsam an der Schulter und sagte: «Manny, da will einer mit Ihnen reden, glaub ich.»

Rosens Kopf tauchte aus der Decke auf. Seine feuchten Augen blinzelten in dem hellen Licht; er blickte sich um; er wußte nicht genau, wo er war.

Der Commander sagte: «Tut mir leid, daß ich Sie so anreden mußte, Sir, aber ich hatte noch keine Gelegenheit, Ihren Namen zu erfahren. Ihre... Der Leichnam Ihrer Frau befindet sich in unserm anderen Kutter. Wir werden sie an Bord unseres Schiffes bringen.»

Trotz seiner spärlichen und verklebten Haare, die ihm vom Kopf abstanden, trotz seines verhärmten Gesichts, aus dem alle Vitalität und Rundlichkeit geschwunden war, gelang es dem kleinen Männchen, eine erstaunliche Würde an den Tag zu legen. «Gestatten», sagte er, «mein Name ist Emmanuel Rosen. Könnte ich, bitte, bei ihr sein? Ich wäre so gern bei ihr. Können Sie mich mitnehmen?»

«Ja», entgegnete der Commander, «das werden wir tun. Es dauert jetzt nicht mehr lange.» Dann fragte er: «Wie viele unter Ihnen hier sind Amerikaner?»

Martin schien kein Interesse mehr zu haben, für alle zu sprechen. Müller antwortete für ihn: «Sechs. Mr. und Mrs. und Miss Shelby, Mr. Martin, Mr. Rogo und ich.»

«Engländer?»

«Zwei», sagte Müller. «Miss Kinsale hier und –» er zögerte kaum wahrnehmbar – «Miss Parry. Miss Kinsale gehörte zu den Passagieren, Miss Parry zu einer Unterhaltungstruppe.»

«Und der andere?» erkundigte sich der Commander.

«Das ist ein Öler aus dem Maschinenraum», erklärte Müller. «Er hat sich unserer Gruppe angeschlossen, die von...» Er hielt inne, verwundert darüber, wie schnell er Reverend Frank Scott vergessen hatte. Nun, das war jetzt alles zu umständlich, und er schloß: «Er ist Türke und heißt Kemal. Er spricht nur Türkisch, Griechisch und ein paar Worte Englisch.»

Kemal grinste, als er seinen Namen hörte, und wedelte mit der Hand.

Der Commander sagte: «Dann fährt er wohl am besten zur Repatriierung nach London, würde ich meinen. Von dort aus können sie ihn nach Hause schicken.» Er sprach jetzt lauter, um sich den Überlebenden insgesamt verständlich zu machen. «Ich habe mich mit dem Captain der LONDON TOWER in Verbindung gesetzt. Er wird alle Engländer und anderen Europäer mitnehmen. In dem anderen Boot befinden sich ein paar Belgier, Griechen und Franzosen, dazu noch einige englische Besatzungsmitglieder. Wir haben unsere Instruktionen aus Washington. Alle Amerikaner werden wir an Bord der ANDREA MONROE nehmen und in Miami an Land setzen, wo Vorsorge getroffen wird, jeden an seinen Wohnsitz zu bringen.»

«Du meine Güte», sagte Miss Kinsale, «dann müssen wir ja jetzt wohl voneinander Abschied nehmen!» Sie sagte das so, als hätten sie unter ganz normalen Umständen das Ende der Reise erreicht: das Gepäck war überall aufgestapelt, und auf dem Promenadendeck sagte man einander Lebewohl und auf Wiedersehn. Die anderen waren erschreckt. Sie hatten noch gar nicht daran gedacht, daß sie getrennt werden könnten, daß ihre bunt zusammengewürfelte und doch so tapfere Gesellschaft aufgelöst werden würde. Die gemeinsam bestandenen Gefahren und Abenteuer hätten sie auf irgendeine Weise für immer aneinander binden müssen.

Niemand wußte, was er ihr erwidern solle. ‹Nett, Sie kennengelernt zu haben›? Nein, das ging einfach nicht. Auch schien es irgendwie unpassend, sein Mitgefühl zum Tode von Scott auszudrücken. Miss Kinsale sah aus, als hätte sie sich von dieser Tragödie schon erholt. Jedenfalls war sie Herr ihrer Gefühle. Und während sie diesen Überlegungen nachhingen, merkten sie erstaunt, wie schnell und vollständig der Reverend Dr. Frank Scott ihnen allen aus dem Gedächtnis entschwunden war. Wie konnte jemand, der an ihrer Rettung so maßgeblich beteiligt gewesen war, derart in Vergessenheit geraten sein? Er war einfach weg – sein Geheimnis blieb ungelöst. Hatte er überhaupt jemals existiert?

Jane Shelby kam ihnen zu Hilfe. «Oh, wie traurig. Wir müssen unbedingt einander schreiben.»

«Aber natürlich, das müssen wir», erwiderte Miss Kinsale und machte eine komische kleine Handbewegung, lachte dann und sagte: «Wie dumm von mir! Meine Handtasche habe ich ja nun nicht mehr. Aber ich bin über die Browne's Bank in Camberley zu erreichen. Kann man sich leicht merken.»

Jane sagte: «Uns braucht man nur über meinen Mann zu schreiben: *Canborne Motors Company*, Detroit.»

Sie näherten sich bereits der LONDON TOWER. Von der Wasser linie bis zum obersten Deck war sie weiß gestrichen. Sie hörten das Aufklatschen des herauslaufenden Bilgewassers und sahen die Gesichter der Passagiere hoch oben auf dem Promenaden- und Bootsdeck. Hier und da blitzte die Sonne in den Linsen der nach unten gerichteten Fotoapparate.

Der Commander sagte: «Dritter, wenn Sie die beiden Engländerinnen und den Maschinenraummann abgeliefert haben – bringen Sie dann die Amerikaner zur ANDREA MONROE rüber? Sie kommt näher heran.»

«Natürlich, Sir», erwiderte der Dritte Offizier.

Die POSEIDON lag jetzt mit der Nase noch tiefer im Wasser, ihr

Kiel hatte sich erheblich geneigt. Nur die nimmermüden Deutschen hielten noch Verbindung mit ihr. Ihr Rettungsboot, das inzwischen ein doppeltes Tau gezogen hatte, erreichte die Seite des Frachters und wurde an Bord gehievt. Die Leine am Achtersteven vermittelte irgendwie einen Eindruck des Lächerlichen und gleichzeitig Mutigen.

Rogo reizte dieser Anblick. «Hoffentlich nimmt sie alle mit, wenn sie absäuft», sagte er. «Sie haben meinen Kumpel in Bastogne umgebracht.»

Und dann legten sie an dem leuchtend weißen Dampfer an. Man hatte zwei Eisentüren geöffnet und eine Treppe herabgelassen. Als all die vielen neugierigen Gesichter zu nahe kamen, waren Müller und Nonnie auseinandergerückt. Der Mann im Bug trat auf die kleine Landeplattform, und der Dritte Offizier sagte: «Die britischen Passagiere, bitte.» Er ging zu Miss Kinsale und sagte: «Nehmen Sie mal meinen Arm. Gleich kriegen Sie was anzuziehen und können sich's bequem machen.»

Die Krankenschwester sagte: «Kommen Sie, meine Liebe, ich helfe Ihnen» und legte mütterlich ihren Arm um Nonnie, die beim Aufruf der britischen Passagiere instinktiv aufgestanden war. Halb hilflos drehte sie sich zu Müller um und sagte: «Ich bin Engländerin. Da muß ich doch wohl gehn, oder?»

Auf diese plötzliche Wende war er ganz und gar nicht vorbereitet gewesen, und Nonnies Frage kam wie ein Blitz aus heiterem Himmel. Er hörte sich sagen: «Mußt du wohl... Ich weiß nicht... Vielleicht...» Er schaute sich ratlos um, tat jedoch nichts, sie zurückzuhalten.

Die Schwester hatte Nonnie in ihre Obhut genommen. «Sie armes Ding, was müssen Sie durchgemacht haben! Na, eine schöne Tasse Tee und ein warmes Bett, wir kriegen Sie schon wieder hin.»

Miss Kinsale stand bereits, gestützt von einem Matrosen, auf der Plattform. Der Dritte Offizier zog Nonnie herüber, dann die Schwester, dann Kemal. Der Bootsführer gab einen Befehl, und plötzlich lagen, ohne daß sie etwas gemerkt hätten, zwischen dem Rettungsboot und dem Dampfer schon viele Meter offenen Wassers.

Müller war aufgestanden; sein Gesicht drückte Verwirrung und

Ratlosigkeit aus. «Nonnie!» rief er. «Mach dir keine Sorgen – du bist gut aufgehoben.» Und dann setzte er hinzu, als wäre ihm plötzlich eine Eingebung gekommen: «Ich werd dich holen.»

Jane Shelby winkte. «Auf Wiedersehn, Miss Kinsale! Alles Gute! Wir schreiben Ihnen.»

Der Abstand vergrößerte sich. Rogo, Martin, die Shelbys, sogar Rosen – alle winkten und riefen Abschiedsgrüße. «Wiedersehn, Miss Kinsale! Nonnie! Kemal!» Alles geschah derart schnell und sachlich, daß Nonnie nicht einmal Zeit für Tränen fand.

Müllers Stimme drang zu ihr herüber: «Wie heißt die Stadt, wo du wohnst?»

«Fareham Cross», schrie sie zurück, laut genug, um über den Abschiedsworten gehört zu werden. «Bei Bristol. Avon Terrace Nummer Siebenundzwanzig. Meine Mamma un Papa kenn sie da alle.» Und dann dämmerte ihr auf einmal, was eigentlich geschah, und sie rief jammernd: «Hubie!»

Als die zunehmende Entfernung ihr kleines Gesicht zu einem Fleck mit zwei Augen reduzierte, legte Müller seine Hände um den Mund und rief noch einmal übers Wasser: «Nonnie, ich hole dich!»

Er befand sich immer noch in einem Zustand der Lähmung, und nur deshalb hatte er sie auch gehen lassen, und in diesem Augenblick wußte er doch ganz genau, daß er sie nie mehr wiedersehen werde. Ihn packte ein Gefühl der Verlassenheit und der Leere. Was war geschehen? Warum hatte er sie gehen lassen? Als er Nonnie und Miss Kinsale im Innern des Dampfers verschwinden sah, kam ihm der Gedanke, dem Bootsführer zuzurufen, daß er wenden solle, damit er umsteigen und zu ihr gehen könne. Aber er tat es nicht. Er brachte die notwendigen Worte nicht über die Lippen, und je weiter sie sich von dem Passagierschiff entfernten, desto unmöglicher wurde alles.

Sein Gewissen begann bereits, nach einer Erklärung zu suchen. Wie und warum war es so gekommen? Natürlich lag's an dem teuflischen Zusammentreffen, daß die LONDON TOWER ausgerechnet ein britisches Schiff war und sich dazu noch auf der Heimreise befinden mußte. Oder wenn Nonnie nur gesagt hätte: «Willst du, daß ich geh?» statt zu sagen: «Da muß ich doch wohl gehn?» – dann hätt er weiterhin sein Herz sprechen lassen und gesagt: «Nein, auf gar keinen Fall! Nie und nimmer sollst du gehn.»

Zu dem Gefühl der Leere und Verzweiflung kam die Vorstellung, daß er nun etwas gemeinsam hatte mit Rogo und Rosen und den Shelbys und vielleicht sogar mit der armen Miss Kinsale. Dann kam ihm der Gedanke, daß er eine Gnadenfrist habe. *Du hast immer noch die Möglichkeit. Du brauchst nicht an Bord des amerikanischen Schiffes zu gehn. Das Rettungsboot fährt zur* LONDON TOWER *zurück. Du kannst mitfahren, und wenn du sie gefunden hast, trittst du heimlich hinter sie und legst ihr die Hände auf die Augen, und dann hast du sie wieder im Arm.* Dieses Bild ließ seine Lebensgeister wiederkehren.

Martin kämpfte verzweifelt, um seine Gedanken von der im Innern des gewaltigen Rumpfes eingeschlossenen und überfluteten Kabine zu lösen. Er mochte tatsächlich ungestraft davonkommen, doch solange die POSEIDON noch da war, konnte er nur an Mrs. Lewis denken. Waren ihre Augen offen oder geschlossen?

In dem Bemühen, sich abzulenken, wandte er sich an den Detektiv, der interessiert die Operation des deutschen Frachters verfolgte, wo man versuchte, eine Stahltrosse an Bord des gekenterten Dampfers zu befestigen. Man hatte ein weiteres Boot zu Wasser gelassen; das erste war noch immer mit der dünnen Leine am Heck der POSEIDON befestigt.

Martin sagte: «Kommen Sie schon, Rogo. Jetzt, wo alles vorbei ist, können Sie doch sagen, hinter wem Sie wirklich her waren auf unserm Schiff?» Dann kam ihm plötzlich eine Erleuchtung, und er fügte hinzu: «Sagen Sie mal – war's vielleicht Scott?»

Mit großer Bedächtigkeit drehte sich der in Decken gehüllte Rogo zu Martin um und bedachte ihn mit seinem kalten, abwägenden Polizistenblick; die kleinen Schweinsäuglein lugten aus seinem schwarz verschmierten Gesicht hervor, er sah wie ein Negersänger aus. Seine Lippen bewegten sich kaum, als er barsch erwiderte: «Um des lieben Himmels willen – weshalb lassen Sie mich nich in Frieden? Was macht's denn jetzt noch für 'n Unterschied? Der Kerl is tot, klar? Un meine Frau auch.» Und mit eiskalter Boshaftigkeit setzte er hinzu: «Un die blonde Busendame auch, mit der Sie sich zusammengetan gehabt haben.» Alsdann drehte er Martin wieder den Rücken zu.

Seltsamerweise war Martin nicht einmal erschreckt. Allenfalls verspürte er ein merkwürdiges Gefühl der Erleichterung.

«So», sagte er, «das haben Sie also gewußt?»

Rogo sah ihn an. «Ja», entgegnete er. «Das hab ich gewußt.»

Martin überlegte nur kurz, wie Rogo dahintergekommen sein konnte; dann erschien ihm diese Frage unwichtig. Was sollte es? Er war nicht so billig davongekommen, wie er geglaubt hatte. Vielleicht wußten sogar noch andere Bescheid. Und mit diesem Tatbestand rückte die Welt auf irgendeine Art und Weise wieder ins Lot.

Müller hatte das Gespräch mit angehört. *Sieh mal an, du kleines Stinktier!* dachte er bei sich. *Du bist also derjenige, der sie geschafft hat!* Und er konnte nicht aufhören, sich auszumalen, wie sich das wohl abgespielt haben mochte und wie es ausgesehen hatte: dieses graue dürre Männchen im Liebesspiel mit der fleischlich-fülligen Frau.

Und was war das mit Rogo und Scott, überlegte Müller. Wie viele Fragen dieses fatalen Abenteuers, dieses gräßlichen Schiffbruchs würden für immer unbeantwortet bleiben?

Rufe ertönten, und ein Tau fiel aufs Vordeck des Rettungsbootes. Sie hatten die graue stählerne Flanke der ANDREA MONROE erreicht, die tief im Wasser lag; an Deck tummelten sich Matrosen und Offiziere in weißen Tropenuniformen.

Müller stellte fest, daß die Aufbauten des Schiffes aus tausenderlei elektronischen Gerätschaften und Antennen bestanden. Beide Kutter wurden längsseits festgemacht. Der Commander, der die Rettungsaktion geleitet hatte, befand sich bereits an Bord und blickte über die Reling herab. Zwei Matrosen bemannten einen Landungslaufgang.

Scott und Rogo, Rogo und Scott... ‹Was macht's denn jetzt noch für einen Unterschied? Der Kerl ist tot, klar?› Die Antwort des Detektivs ging Müller immer noch durch den Kopf und ließ ihm keine Ruhe; er suchte nach Anhaltspunkten für eine Erklärung. Rogo hatte den Geistlichen gehaßt, soviel war sicher, aber Rogo hatte eigentlich jeden gehaßt.

Das Rettungsboot hatte festgemacht, und die Shelbys wurden an Bord gebracht. Rosen folgte stolpernd, er hatte nur Augen für das, was wie ein riesiges Paket im Heck lag. Dann kam Müller an die Reihe, danach Martin, und Rogo machte wie üblich den Beschluß. Verbarg sich vielleicht etwas Finsteres in der Beziehung zwischen Linda und Scott und Rogo? Oder war Rogo einfach nur die ewige Fragerei satt, hinter wem er auf dem Schiff her gewesen sei, und hatte deshalb eine patzige Antwort gegeben? Müller stellte sich neuerlich die Frage, die er zu Beginn der Kreuzfahrt gehört hatte: Weshalb sollte ein Polizist nicht mal in Urlaub gehn wie andre auch? Weiterhin: Wie sollte ein Mann wie Scott in irgend etwas hineingeraten, das eine Beschattung durch einen hartgesottenen Broadwaybullen erforderlich machte? Es war völlig absurd.

Das Stahldeck der ANDREA MONROE war heiß unter Müllers bloßen Füßen. Der Commander bemerkte es und sagte: «Das werden wir gleich regeln.» Als man Martin und Rogo an Bord gebracht hatte, rief er nach unten: «Schönen Dank, Bootsmaat. Legen Sie ab!» Er wandte sich an die Überlebenden und sagte: «Wir haben Kabinen und Kleidung für Sie bereit.»

Müller gingen immer noch die drei Namen durch den Kopf: Rogo, Linda, Scott. Die Schraube des Rettungsbootes schlug das Wasser im Heck zu weißem Gischt, und das kleine Schiff entfernte sich. Müller dachte: *Linda tot, Scott tot. Was hatten sich die beiden Männer zu sagen, als sie gemeinsam zu dem armen aufgespießten Geschöpf hinunterkletterten? Und Scotts Motiv, sich in den Tod zu stürzen – war es wirklich nur eine Laune, weil er glaubte, sein Gott gönne ihm nicht den Triumph, die Gruppe aus den Tiefen des gekenterten Schiffes nach oben zu führen? Oder hatte ihm der Polizist mit ein paar hingeworfenen Worten zu verstehen gegeben, daß es für ihn besser sei, den Freitod zu wählen? Nein, das ergab keinen Sinn. Wieso aber hatte der Geistliche all die Götter verflucht, ehe er sich das Leben nahm?* Eins war klar: aus dem glatten ausdruckslosen Gesicht Rogos würde auch in Zukunft keine weitere Information zu bekommen sein.

Müller blickte übers Wasser dem kleiner werdenden Heck des Rettungsbootes nach, das sich endgültig der LONDON TOWER näherte, die in der steigenden Sonne leuchtete. Er verspürte einen kalten Stich. Nonnie! Sein Entschluß, zu ihr zu gehen! Er war mit seinen Gedanken so sehr bei Scott gewesen, daß er den anderen blindlings und wie ein Schaf an Bord gefolgt war und das Boot hatte wegfahren lassen. Unwillkürlich hob er den Arm. Er wollte sie zurückrufen und wußte, daß es vergebens war. Sie konnten ihn nicht mehr sehen. Und wenn er rief, würden sie ihn nicht mehr hören.

Plötzlich spürte er Rogos kalte Augen auf sich, und aus dem kaum geöffneten Mundwinkel kamen höhnisch die Worte: «Da ham Sie sie also laufenlassen.»

Müller gab keine Antwort. Was hätte er sagen sollen? Rogo hatte recht.

Aber Rogo war noch nicht fertig. Seine Stimme blieb unverändert monoton, als er sagte: «Ich hab ja immer gewußt, daß Sie 'n Lump sind.» Auch auf diese Äußerung konnte Müller nichts entgegnen. Rogo schloß: «Ich würd sagen, die Kleine hat Glück gehabt. Kerle wie Sie sin Gift für Leute mit Herz.» Damit kehrte er Müller den Rücken.

Der Arzt war neben den Commander getreten und sagte: «Sir, ich glaube, wir sollten die Schiffbrüchigen medikamentös behandeln und sich dann ausruhn lassen. Es hat sie ganz schön mitgenommen.»

Da kam Bewegung in die Besatzung der Fregatte. «Sie säuft ab», riefen plötzlich einige. Alle eilten an die Reling.

Der Commander, der Arzt und die sieben Amerikaner blieben an ihren Plätzen und sahen gebannt zu, wie sich in einer Entfernung von einer halben Meile der Bug des gigantischen Walrückens senkte und in den Glast tauchte, mit dem eine strahlende Sonne die Meeresfläche überzogen hatte.

Und wieder ein Aufschrei der Männer an Bord der Fregatte. Der Matrose im Bug eines der deutschen Boote, das mit einer Leine an dem Pulk befestigt war, kappte sie nicht schnell genug, so daß das Boot kenterte und die Männer ins Wasser fielen. Mike Rogo an Bord der ANDREA MONROE lachte laut auf und schrie: «Nu sauft schon ab, ihr Schweine!»

Das Heck der POSEIDON mit seinen vier Schrauben, die wie riesige elektrische Ventilatoren aussahen, hob sich hoch in die Luft, und es schien, als wolle sie stumm in die Tiefe gleiten – da gingen an Bord der drei Schiffe die Sirenen und Pfeifen und Nebelhörner los, daß die Schiffbrüchigen zusammenschreckten: letzter Salut für die einstige Königin der Meere.

Einen Augenblick lang hielt sie sich noch, und dann glitt sie würdevoll unter die Wasseroberfläche. Wo sie gewesen war, blieb nur ein öliges Quirlen von Wrackteilen, durch das sich das zweite Rettungsboot des deutschen Frachters einen Weg bahnte, um die im Wasser treibenden Besatzungsmitglieder aufzufischen.

James Martin dachte: *Also komme ich doch nicht ganz ungerupft davon. Strafe muß sein. Vielleicht hat der Höllen-Hosey doch nicht so ganz unrecht.* Martin sagte sich, daß Rogo ein zäher kleiner Bursche war. Und ein Bulle. Möglicherweise konnte ihm einfallen, ihn zu erpressen. Und Müller? Hatte der's auch gehört? Martin wußte jetzt, daß er, wenn er nach Hause kam, alles beichten werde.

Emmanuel Rosen hatte sich unbemerkt von der Gruppe entfernt und saß, den Kopf in die Hände gestützt, bei der verpackten Gestalt auf dem heißen Stahldeck.

Als das Schreien und Heulen anhob, blickte er auf und sah gerade noch, wie die POSEIDON unterging. «Mamma, Mamma», murmelte er, «ich wünsch, ich wär noch drauf. Ich wünsch, wir beide wären noch da.»

Jane und Richard Shelby standen nebeneinander; Susan hielt sich ein wenig abseits. Shelbys Gedanken kehrten zum Beginn der Katastrophe zurück, und er fragte sich immer wieder: hätte ich Scott nicht folgen dürfen? War der Mann geisteskrank oder so etwas? War bei ihm eine Schraube locker gewesen, weil er beim *football*-Spiel eins über den Kopf gekriegt hatte? Waren die Leute, die man aus dem Bug geholt hatte, einfach im Speisesaal geblieben und hatten auf einen Offizier gewartet, der ihnen dann den Rettungsweg zeigte? Und wenn er bei ihnen geblieben wäre – wäre sein Sohn dann noch am Leben? Fragen über Fragen, sie würden nie erfahren, was mit dem Jungen geschehen war. *Aber*, so dachte er, *Jane hat mir verziehen.* Er legte ihr den Arm um die Hüfte, und sie fand die Kraft, sich ihm nicht zu entziehen.

Sie durchlebte einen furchtbaren Augenblick, da sie inständig hoffte und betete, daß ihr Sohn bereits tot sein möge, daß er nicht mehr lebte oder bei Bewußtsein sei und daß er nicht noch eines zweiten Todes sterben müsse – daß sie nur seinem Begräbnis beiwohnte.

Sie zürnte niemandem; sie machte nur sich selber verantwortlich. Sie allein war schuld an dieser Tragödie; sie und die Lüge, mit der sie gelebt hatte. Nun nahm sie Abschied – nicht nur von ihrem Sohn, sondern auch von dem andern Ich, das für einen so kurzen Augenblick zum Vorschein gekommen war – zu spät und nun mit dem unglückseligen Schiff für immer und alle Zeiten begraben.

Susan Shelby klammerte sich an die Reling und weinte. Sie hatte auf dieser verhängnisvollen Fahrt ihren Bruder verloren, ihre Jugend, ihr Bild vom Vater und vom Zuhause. Aber sie hatte noch einen anderen Grund zum Weinen. Sie hatte ängstlich ausgespäht, als das Rettungsboot von der LONDON TOWER mit den geretteten Besatzungsmitgliedern vorübergekommen war. Sie hatte nach einem Kindergesicht Ausschau gehalten, mit hellblauen Augen und rosigen Wangen unter sandfarbenen Haaren – nach einem Kopf, der auf ihrer Brust gelegen hatte. Er war nicht dabeigewesen. Dieser Junge, kaum älter als sie selber, der ihr Leben so nachhaltig verändert hatte, war wie all die andern ausgelöscht worden. Sie konnte sich ihn nicht tot vorstellen; sie wollte nicht wissen, wie er umgekommen war; sie wußte nur, daß es nicht recht war, ihm keine Chance zu lassen.

Und dann hatte sie in sonderbarer überwältigender Verzweiflung den Wunsch und die Hoffnung, daß sie von ihm schwanger sein möge. Dann wäre er nicht ganz gestorben, dann würde ein Teil von ihm überleben. Und sie sah und fühlte: wenn das so war, dann würde diese Geburt der freudigste Augenblick ihres Lebens sein.

Ein Kind von ihm, ein Kind wie er: mit schön geschwungenem Mund, mit einer Stupsnase und rosigen Wangen. Eines Tages würde sie mit ihm nach... Wo war das? Wohin würde sie mit ihm fahren? Einen Augenblick lang kehrten ihre Gedanken zu jenem furchtbaren und entsetzlichen Überfall zurück. Aber nun hatte er alles Schreckliche verloren, war nur noch eine Begegnung. Hull – das war's! Er hatte gesagt, er komme aus Hull und seine Eltern hätten dort einen *fish-and-chip-shop*. Es konnte doch nicht allzu schwierig sein, die Eltern eines jungen Matrosen ausfindig zu machen, der bei der POSEIDON-Katastrophe umgekommen war, und ihnen das Kind in die Arme zu legen und zu sagen: «Herbert ist nicht wirklich gestorben, nicht ganz. Dies ist ein Teil von ihm.» Bei dieser Vorstellung lächelte sie leise und flüsterte: «Bitte, lieber Gott, laß es so sein.»

## Paul Gallico

Die erste Karriere des weltberühmten Autors heiter-vergnüglicher Geschichten begann auf dem Sportplatz: **Paul Gallico** war in den vierziger Jahren Amerikas bekanntester und bestbezahlter Sportreporter. Als Sohn einer Einwandererfamilie aus Triest wurde er 1897 in New York geboren. Seine Schriftstellerlaufbahn fing mit Geschichten wie Golf is a Friendly Game an, und bald feierte Paul Gallico mit Büchern wie Ein Kleid von Dior Welterfolge. 1976 starb er in Monte Carlo.

**Die Affen von Gibraltar** *Roman*
(rororo 883)

**Ferien mit Patricia** *Roman*
(rororo 796)

**Freund mit Rolls-Royce** *Roman*
(rororo 1387)
Nicht jeden Tag wird eine Putzfrau Abgeordnete im britischen Unterhaus! Ada Harris aber schafft es.

**Der geschmuggelte Henry**
*Roman*
(rororo 703)

**Ein Kleid von Dior** *Roman*
(rororo 640)
Die Geschichte der Londoner Reinemachefrau, deren sehnlichster Wunsch ein Kleid von Dior ist, wurde mit Ingrid Meysel in der Hauptrolle ein erfolgreicher Film.

**Meine Freundin Jennie** *Roman*
(rororo 499)

**Jahrmarkt der Unsterblichkeit**
*Roman*
(rororo 1364)

rororo Unterhaltung

**Mrs. Harris fliegt nach Moskau**
*Roman*
(rororo 4239)
Ein englischer Schriftsteller verliebt sich in eine Moskauer Fremdenführerin. Das Glück scheint unerreichbar, bis Mrs. Harris das Schicksal in ihre Hände nimmt.

**Thomasina oder Die rote Lori**
*Geschichten*
(rororo 750)

3226/2

## Vladimir Nabokov

«Lolita ist berühmt, nicht ich», sagte **Vladimir Nabokov** in einem Interview. Geboren wurde er als Sohn begüterter Eltern 1899 in St.Petersburg. Vor der Revolution flüchtete die Familie nach England, Vladimir folgte seinem Vater nach Berlin, wo er vierzehn Jahre lang, von 1923 bis 1937, lebte, ohne sich je mit Deutschland anfreunden zu können. Er verdiente Geld als Englisch- und Tennislehrer oder mit Übersetzungen – und schrieb, auf russisch. Erzählungen, Romane, Gedichte. Vor dem Nationalsozialismus floh Nabokov mit seiner jüdischen Frau 1937 erst nach Frankreich, dann in die USA. Von nun an schrieb er in Englisch. Sein Roman Lolita löste 1958 bei Erscheinen in den USA einen Skandal aus und machte Nabokov weltberühmt. Er starb 1977 in Montreux.

**Ada oder Das Verlangen** *Aus den Annalen einer Familie*
(rororo 4032)

**Das Bastardzeichen** *Roman*
(rororo 5858)

**Durchsichtige Dinge** *Roman*
(rororo 5756)

**Einladung zur Enthauptung** *Roman*
(rororo 1641)

**Lolita** *Roman*
(rororo 635)

**Die Mutprobe** *Roman*
(rororo 5107)

**Lushins Verteidigung** *Roman*
(rowohlt jahrhundert 62)

## rororo Literatur

**Der Zauberer** *Erzählung*
(rororo 12696)

Seit 1989 hat der Rowohlt Verlag mit einer umfassenden **Neu-Edition der «Gesammelten Werke» Vladimir Nabokovs** begonnen, herausgegeben von Dieter E. Zimmer. Alle bisherigen Übersetzungen sind überarbeitet, die Werke mit einem ausführlichen Anmerkungsteil kommentiert. Sämtliche Bände erscheinen in einer neuen, schönen Ausstattung: in Leinen gebunden, Fadenheftung, Büttenumschlag mit Silberprägung, Büttenvorsatz und Lesebändchen.

John Irving

T. S. Garp wurde geboren mit einem sonnigen Gemüt und der Gewißheit, daß die Welt verrückt ist. Aber mit seiner Geburt war er nicht mehr aufzuhalten. **John Irving** erzählt seine Biographie, die Biographie von Helen, seiner Schulfreundin und späteren Frau, die Biographien der Kinder, der Freunde. Irvin erzählt alles – kraß, bunt, zart, ungereimt wie das Leben.

**Garp und wie er die Welt sah**
*Roman*
(rororo 5042 oder als gebundene Sonderausgabe)
«Die Amerikaner haben uns gezeigt, wie unsere Welt sich darstellen läßt... In ihrer profanen Erzähllust, in ihrer pragmatischen Unbefangenheit sind Autoren wie Saul Bellow, Joseph Heller, John Updike, Irving Wallace, Norman Mailer (ein paar Namen nur) Vorbilder für einen schriftstellerischen Wirklichkeitssinn, der hierzulande so gut wie unbekannt ist. Kraß und bunt, grausam und von unbestechlicher Logik der Entwicklung, ungereimt wie das Leben ungereimt ist. John Irving – das ist hier ein neuer Name, und sein Roman *Garp und wie er die Welt sah* hat einen Rang, über den hinaus man sich kaum etwas vorstellen kann... Garp wird Schriftsteller, ‹richtiger› Schriftsteller.
Irving erzählt seine Biographie, die Biographie von Helen, seiner Schulfreundin und späteren Frau, die Biographien der Kinder, der Freunde, Irving erzählt alles.

rororo Literatur

Die Geschichten sind ineinander verflochten wie Marinetauwerk, es gibt in diesem Buch keinen überflüssigen Satz, der Bau des Romans ist von der Genauigkeit eines hochkomplizierten Uhrwerks. Garp beendet die Schule, geht mit seiner Mutter nach Wien, macht dort erste Schreibversuche – ‹Pension Grillparzer› bekommen wir in voller Länge nebenbei zu lesen –, sucht und findet die ersten wirklichen Schreibmotivationen, er kehrt mit der Mutter in die Staaten zurück, heiratet, hat zwei Kinder, wird langsam berühmt, experimentiert mit Affären, es scheint ein leichtes, widerstandsloses Leben zu sein – bis das Schicksal zuschlägt.»
Reinhardt Stumm, «Tagesanzeiger»

3240/1